国家社科基金
后期资助项目

梅尧臣诗歌研究

朱新亮 著

社会科学文献出版社
SOCIAL SCIENCES ACADEMIC PRESS (CHINA)

图书在版编目(CIP)数据

梅尧臣诗歌研究/朱新亮著.--北京：社会科学文献出版社，2025.1.--ISBN 978-7-5228-4459-6

Ⅰ.I207.227.441

中国国家版本馆 CIP 数据核字第 2024PD6418 号

国家社科基金后期资助项目

梅尧臣诗歌研究

著　　者 / 朱新亮

出 版 人 / 冀祥德
责任编辑 / 杜文婕
文稿编辑 / 程丽霞
责任印制 / 王京美

出　　版 / 社会科学文献出版社
　　　　　　地址：北京市北三环中路甲 29 号院华龙大厦　邮编：100029
　　　　　　网址：www.ssap.com.cn
发　　行 / 社会科学文献出版社（010）59367028
印　　装 / 三河市龙林印务有限公司

规　　格 / 开　本：787mm×1092mm　1/16
　　　　　　印　张：21.25　字　数：337 千字
版　　次 / 2025 年 1 月第 1 版　2025 年 1 月第 1 次印刷
书　　号 / ISBN 978-7-5228-4459-6
定　　价 / 128.00 元

读者服务电话：4008918866

版权所有 翻印必究

国家社科基金后期资助项目
出版说明

　　后期资助项目是国家社科基金设立的一类重要项目，旨在鼓励广大社科研究者潜心治学，支持基础研究多出优秀成果。它是经过严格评审，从接近完成的科研成果中遴选立项的。为扩大后期资助项目的影响，更好地推动学术发展，促进成果转化，全国哲学社会科学工作办公室按照"统一设计、统一标识、统一版式、形成系列"的总体要求，组织出版国家社科基金后期资助项目成果。

全国哲学社会科学工作办公室

目 录

绪 论 …………………………………………………………… 1

第一章 向内潜转：梅尧臣诗歌的心理动因与人格特征 ……… 16
  第一节 进退之间：梅尧臣的仕宦心态与文学书写 ………… 17
  第二节 梅尧臣"穷而后工"的心理机制 …………………… 29
  第三节 失乐园：梅尧臣诗歌中的他者凝视与自我建构 …… 43

第二章 举世交游：梅尧臣诗歌中的角色转换与文学交际 …… 58
  第一节 梅尧臣诗歌中的角色转换与自我呈现 ……………… 58
  第二节 文人群体交游唱和与梅尧臣诗风变化 ……………… 74
  第三节 僧人群体交游与梅尧臣诗歌创作 …………………… 88
  第四节 梅范交恶：一桩千年公案的重新释读 ……………… 99

第三章 题材开拓：梅尧臣诗歌的文人化与日常化 …………… 115
  第一节 梅尧臣题画诗的书写内容与艺术新变 ……………… 115
  第二节 梅尧臣金石文玩诗的文人意趣与情感寄寓 ………… 129
  第三节 梅尧臣饮食诗的书写内容与情感记忆 ……………… 141
  第四节 梅尧臣动物诗的风雅复归与艺术开拓 ……………… 152

第四章 何以开山：梅尧臣诗歌的艺术特色 …………………… 164
  第一节 梅尧臣诗歌的叙事性色彩 …………………………… 164
  第二节 玄言诗的蜕变：宋代哲理诗的艺术实验 …………… 183
  第三节 典故使用与风格形塑：梅尧臣的"以学为诗"
         及其文学史意义 ……………………………………… 196
  第四节 老境美：梅尧臣诗歌的美学风格 …………………… 210

第五章　判分唐宋：梅尧臣诗歌的传播历程与文学定位 …………… 224
　第一节　谁为知音：梅尧臣的诗名沉浮及其现象考察 ………… 224
　第二节　宛陵诗的再发现：同光体诗人的阅读体验
　　　　　与梅诗阐扬 …………………………………………… 239
　第三节　梅尧臣诗歌的选本批评
　　　　　——以《瀛奎律髓》《宋诗钞》《宋诗精华录》为
　　　　　考察中心 ……………………………………………… 251

附录一　《宛陵集》版本考 ……………………………………… 265

附录二　国图藏《宛陵集》夜吟楼本批注考论 ………………… 281

附录三　《宛陵集》序跋补辑 …………………………………… 295

附录四　《宛陵集》未刊题跋辑释 ……………………………… 304

附录五　《书窜》诗辨伪 ………………………………………… 312

参考文献 …………………………………………………………… 325

后　记 ……………………………………………………………… 334

绪　论

唐宋诗歌嬗变是一个重要学术议题，学界却鲜见从具体个案透视唐宋诗歌嬗变的研究著作。宋诗"开山祖师"是世人对梅尧臣的共同评价，刘克庄云"本朝诗，惟宛陵为开山祖师。宛陵出，然后桑濮之淫哇稍息，风雅之气脉复续"[1]，龚啸称其"去浮靡之习，超然于昆体极弊之际；存古淡之道，卓然于诸大家未起之先"[2]。宋诗从唐诗嬗变、分化出来有一个缓慢过程，缘此，处于转变节点的梅尧臣诗就极具丰富性、包蕴性，呈现唐宋兼有、元气未分的混沌状态。那么，梅尧臣究竟是如何拓开宋诗新路、初奠宋诗乾坤的呢？又是如何成为诗论家眼中宋诗"开山祖师"的呢？将梅尧臣诗歌与唐宋诗歌嬗变议题进行关联考察，可从个案角度为唐宋诗歌嬗变提供新颖、鲜活的文学阐释，为此话题另添新说。

一　唐宋诗歌嬗变议题的研究动态

唐诗研究与宋诗研究一直存在明确的分野，历代学者也几乎将唐音、宋调视为两种对立的审美范型。近些年来，学者们着眼于中唐至北宋诗歌领域发生的嬗变现象展开了多方面的探讨。

1. 唐宋某个时段的嬗变、转型研究

这类研究以著作为主，往往选择中唐、北宋某个时段予以研究，尤其注重从宋初三体、仁宗朝诗歌方面深入考察唐宋诗歌演进与转型。如刘宁《唐宋之际诗歌演变研究：以元白之"元和体"的创作影响为中心》从"元和体"在中晚唐、宋初的创作影响入手考察唐宋诗歌转型，从士人"文官化"入手考察创作主体精神面貌的变化。张兴武、王小兰《唐宋诗文艺术的渐变与转型》将晚唐五代及宋初百年诗文艺术的演进

---

[1] （宋）刘克庄撰，王秀梅点校《后村诗话·前集》，中华书局，1983，第22页。
[2] （宋）梅尧臣：《宛陵先生文集·附录》（明正统四年刻本），《宋集珍本丛刊》第4册，线装书局，2004，第157页。

历程看作"同一研究单元",探讨了文学重心南移对诗文艺术渐变转型的影响,以及学人之诗、浅近诗风、隐逸诗家诗风的传承与嬗变。邓中龙《宋代诗歌演变》以西昆体与反西昆体、宋诗散文化的演变、摆脱江西诗派影响等三个主题论述宋诗演变。曾祥波《从唐音到宋调——以北宋前期诗歌为中心》探讨晚唐体、白体、西昆体、庆历诗歌在"从唐音到宋调"的演进过程中的地位和意义。谢琰《北宋前期诗歌转型研究》以自然观照、情感表达、历史记忆、政治关怀四大内容整合晚唐至北宋前期的诗歌文本、现象,梳理其间的因缘关系与承转脉络,并最终指向唐诗艺术思维与宋诗艺术思维的关联以及宋诗艺术思维的转型。程杰《北宋诗文革新研究》论述北宋诗文的各文学流派、文人群体对文学革新的作用,诗文革新中书写主题、写作方式的发展,宋诗的文艺理论及其审美意识。成玮《制度、思想与文学的互动——北宋前期诗坛研究》从诗学观念、文人分布、诗体发展方面描述宋初三朝的具象图景,以欧阳修为描述框架展现仁宗朝的历史现场。黄美铃《欧、梅、苏与宋诗的形成》考察北宋中期欧、梅、苏文人群体诗歌作品呈现的现实关怀、日常化倾向、平淡诗风、以文为诗、尚意诗学等宋诗特征。陈东根《北宋"新政"语境下的诗歌嬗变研究:庆历到元丰》意在考察在两次"新政"语境即变法革新的时代潮流中,北宋诗歌在内容题材、诗歌形式、诗歌语言、诗歌风格、审美范式方面的嬗变与革新。

2. 某类诗歌或主题的嬗变研究

这类研究以论文为主。尚永亮《唐宋贬谪诗的发展嬗变与特点》指出唐宋两朝的贬谪诗歌风格迥异,前者悲凉郁愤,后者多反映诗人在逆境中走向超然的心态。曹逸梅《午枕的伦理:昼寝诗文化内涵的唐宋转型》认为白居易昼寝诗所象征的道德意义和生活态度开始发生转变,经过以苏轼、黄庭坚为代表的诗人对其思想内容及审美趣味的诗意提升,昼寝诗逐渐摆脱了传统道德意义上的缺陷,获得了新的文化内涵和象征意义。谢琰《论唐宋之际爱情诗的演变轨迹及其时代根源》以乐府体、艳体、杂体三类爱情诗为主要线索,描述了唐宋之际爱情诗的演变轨迹。路成文《唐宋牡丹诗词的主题嬗变及其历史文化内涵》指出唐代牡丹诗词多颂美,中唐后多抒写人生感慨,南宋多抒写家国之恨。姚华《"私典"及其诗学转型意义:以苏轼诗歌为中心》探讨了苏轼诗歌私典的表现形态及诗学转型意义。王莹《鹰与鹤：唐宋诗词中鸟意象的嬗变》指出鹰与鹤作为唐宋两代最突出的代表鸟意象，呈示着历史文化、审美取向、文人心灵的嬗变。陈可《"濯足"书写的唐宋转型》指出宋代对"适身"体验的热衷催生了"濯足"书写趋向市民审美的特征，"濯足归隐"在唐、宋诗序中的变迁体现在"主体强调"与"时序紧迫"上。王永莉、刘立荣《唐宋诗歌"岭南"文学书写及其嬗变》指出唐诗中的岭南以恶劣荒远与异域风情著称，宋代岭南诗的环境恶劣程度明显降低，岭南文化感知也表现出强烈的认同倾向。侯艳《唐宋诗学中"雪夜访戴"意象的文化审美嬗变》、郑安琪《唐宋诗中"鹤归华表"典故的演变》则探讨了"雪夜访戴""鹤归华表"两个典故的唐宋书写演变。

3. 典范选择研究

如李贵《中唐至北宋的典范选择与诗歌因革》通过分析陶渊明、杜甫、韩愈、白居易、李商隐等人对宋诗进程的影响，深化了典范选择与诗歌因革的关系研究，细致、深刻地描述了唐宋诗嬗变轨迹。张兴武《示范性经典的更替与宋初文学之转型》探讨了元白、李义山、韩愈、杜甫诗歌与《文选》、韩柳散文等文学经典的阶段性更替展示出的宋代文学由复苏到转型的漫长轨迹。

4. 诗歌嬗变与影响因素研究

林继中《文化建构文学史纲（中唐—北宋）》将中唐至北宋的文学运行与文化建构相联系，进而把握它们一起波动震颤的脉息。傅蓉蓉《走向盛宋——北宋前期南方经济圈形成与文学转型》分析北宋前期南方经济圈崛起带来的社会文化心理、价值取向、人文素质变化如何推动了宋型文学建构。刘方《城市与媒介——宋代文学的新变与转型》将宋代文学的新变与转型置于城市化、媒介革命的背景下进行深入探讨。苏勇强《北宋印本传播与宋诗嬗变》考察了北宋印本书籍传播情况、传播方式与渠道，以及印本流布与宋诗嬗变之关系。陈元锋《宋真宗朝翰林学士与诗风嬗变——以杨亿为中心》指出博学多闻的诗坛群彦聚集馆阁翰苑，完成了白体向昆体的嬗变，呈现了"盛世"之音的气象与格调。陶俊《宋代诗风嬗变转型中的政治因素》从宋室朝廷、庶族地主两大集团力量消长的角度解读宋代诗风的不断变迁。任聪颖《试论唐宋诗转型的情感因素》认为唐宋人性情的差异是影响唐宋诗歌嬗变的因素之一。

二 梅尧臣诗歌研究动态

自20世纪30年代夏敬观、吴孟复等人从事梅尧臣研究起，先后有许多学者将目光聚焦于梅尧臣，分别在文献整理和诗歌、诗论、接受研究等方面取得许多成果，这些成果大致可归纳为以下几个方面。

1. 梅尧臣诗歌文献整理

近百年对梅尧臣诗集整理贡献最著者当推1936年夏敬观于《艺文》连载的《梅宛陵集校注》（后曾克耑辑录夏敬观、赵熙原注刊为《梅宛陵诗评注》，1983年由台湾商务印书馆出版）、1980年上海古籍出版社出版的朱东润《梅尧臣集编年校注》。特别是朱东润《梅尧臣集编年校注》将梅尧臣作品予以大胆编年，将每年作品厘为一卷，共勒为三十卷，并在吸收夏敬观原注基础上补以注释，彻底改变了《宛陵集》编次混乱、粗疏草率面貌，为读者阅读、研究梅尧臣诗做出了重要贡献。此外，吴孟复《梅尧臣事迹考略》《梅尧臣年谱》亦对学界颇有裨益。近年来，相关研究论文主要集中在四个方面。

（1）编年辨正。吴大顺《欧梅诗派唱和诗文系年辨正》通过欧梅诗文互证将欧梅唱和诗重新系年，纠正了朱东润系年错误之处。穆迪《梅尧臣纪游诗研究》通过考辨梅尧臣纪游诗的地名、路线，或补充朱东润未予深究之注解，或注释朱东润未曾出注的地名，或指出朱注编次混乱之处，颇有新见。

（2）注释补正。董海春《梅尧臣诗歌地名疏证》疏证梅诗地名517个。窦建国《梅尧臣〈汝坟贫女〉地名三考》指出，汝坟并非汝河边，而是叶县城北十五里处瀼水边上的汝坟店；瀼河也非位于鲁山县，而是在叶县附近；老牛陂当为牛老陂。寿涌《〈梅尧臣集编年校注〉再注八十四则》、徐涛《〈梅尧臣集编年校注〉补正》、顾大朋《〈梅尧臣集编年校注〉补正》、涂序南《〈梅尧臣集编年校注〉辨正》、张福清《〈梅尧臣集编年校注〉补正》等文章通过广搜史料和出土文献对梅诗所涉人物做了相当程度的有力补充。此外，方健《梅尧臣茶诗注析》《梅尧臣茶诗注析（续）》先后注解梅尧臣53首茶诗，重在注释写诗背景、茶叶知识。

（3）家世、交游考证。朱东润曾对梅尧臣家世提出四点疑问，夏建圩撰写《解答朱东润先生关于梅尧臣家世的"未易解者"》解答梅尧臣排行、梅尧臣幼子龟儿生年、梅尧臣是否有三叔梅谊、梅尧臣与叔父梅询次子宝臣（公异）年龄大小等问题。李之亮《关于梅尧臣交游的几个问题》、李一飞《梅尧臣早期事迹考》考证了梅氏交游之人的详情背景、梅尧臣早期交游、随叔父宦游的时间地点及筮仕、婚娶时间。张仲谋《梅尧臣、欧阳修交谊考辨》、邱瑰华《欧阳修与梅尧臣交游系年》、吴大顺《欧梅诗派唱和诗文系年辨正》多关注欧梅交往，安徽大学李银的硕士学位论文《谈欧阳修与梅尧臣的诗文交往》亦梳理了欧梅交往始末及酬赠诗文。

（4）补辑、辨伪。秦寰明《梅尧臣著述杂考》据明嘉靖《池州府志》补梅氏佚诗《游梅山寺》。周义敢、周雷《梅尧臣资料汇编》从《全芳备祖》《永乐大典》等书辑得佚诗14首，但《梅》《椎树》《咏茶》《竹》《元旦》等诗实已见于朱东润《梅尧臣集编年校注》，只是诗题略有不同。《全宋诗》《全宋诗订补》《全宋文》亦先后对梅诗进行辑佚。《全宋诗》考得朱东润《梅尧臣集编年校注》未收诗10首、佚句3条（张为群指出《早梅》与《全唐诗》重出）；《全宋诗订补》校订梅诗6首、补佚诗1首；《全宋文》则辑得梅尧臣佚文7篇。陈小辉《〈全宋诗〉之梅尧臣诗重出考辨》考辨《全宋诗》梅尧臣重出诗歌18首的归属问题。

2. 梅尧臣诗歌研究

（1）题材研究是梅尧臣诗歌研究的重要选题，张廷杰《论梅尧臣的边塞诗》最早开始进行梅诗题材研究，指出梅尧臣边塞诗具有包容深广、长于纪实、敢于批判、笔势淋漓、思辨敏锐之特征。王启玮《梅尧臣、苏舜钦边塞诗的角色想象与诗史意义》进一步探讨了梅尧臣边塞诗中边幕僚佐的角色意识和谈兵儒者的身份认同。悼亡诗是最受关注的梅诗题材类型。大陆分别有王淮喜、陶广学等人对此进行研究。台湾黄智群《尚意、追忆与虚实——论梅尧臣悼亡诗的抒情特点》提出"意脉的畅达""追忆的点染""虚实的张力"等表现手法使梅尧臣悼亡诗开创了个人抒情特点。陈金现《梅尧臣的梦与诗》将梅尧臣近30首梦诗分为三类，第三类梦诗即悼念亡妻谢氏的。此外还有林雪云发表于日本学术刊物的两篇文章《关于梅尧臣的悼亡诗》《梅尧臣的咏妻诗及对妻子的见解》。李栖《梅尧臣的题画诗》，吴瑞侠、吴怀东《梅尧臣题画诗考论》，日本汤浅阳子《梅尧臣的绘画鉴赏》《梅尧臣的鸟虫咏》对梅尧臣题画诗进行了细致分析。此外，穆迪《梅尧臣纪游诗研究》、刘文会《梅尧臣纪游诗探析》、殷三《梅尧臣咏物诗研究》、程甜《梅尧臣咏物诗研究》、何秋霞《梅尧臣咏史诗研究》、汤国梅《梅尧臣的禽言诗与动物意象研究》、沈会贞《梅尧臣悯农诗研究》、杜月仙《梅尧臣说理诗研究》、刘皓琳《梅尧臣茶诗研究》、张兴茂《梅尧臣送别诗研究》、冯婷《梅尧臣唱和诗研究》、李沛《梅尧臣论诗诗研究》、杜佳悦《梅尧臣叙事诗研究》等分别探讨了梅尧臣的纪游诗、咏物诗、咏史诗、禽言诗、悯农诗、说理诗、茶诗、送别诗、唱和诗、论诗诗、叙事诗等各类题材。

（2）风格研究亦是梅诗研究热点，主要议题集中于探讨其平淡风格，如朱自清《宋五家诗钞》指出梅诗"艰宕怪变得，往往造平淡"，与陶诗"平淡出于自然"有别。莫砺锋《论梅尧臣诗的平淡风格》指出，早期梅诗之平淡近陶、韦，后期则于平淡中融入劲峭、枯涩、老健等诸多因素。陈光明《论梅尧臣诗歌的平淡风格》、张福勋《"看似寻常最奇崛，成如容易却艰辛"——梅尧臣诗"平淡"发微》、张自华《梅尧臣的"古淡"论》、王子墨《梅尧臣"平淡"诗风内涵辩证》、向晓玲《梅尧臣诗之"淡"美研究》分别阐发了梅诗平淡、古淡的诗歌风格。徐涛《论梅尧臣诗"古淡"的非时尚特质及其与汉魏古诗的关系——以五古为中心》进一步认为梅尧臣诗歌古淡与其学习汉魏古诗有关。

（3）分体研究。张剑《梅尧臣诗体诗论析疑》、胡传志和汪婉婷《论梅尧臣诗歌的体裁选择》、张立荣《梅尧臣的七律诗风与北宋庆嘉诗坛》、郑韵扬《知己酬唱对七言古诗表现功能的拓展——以欧阳修、梅尧臣、苏舜钦为中心》、戴琨《梅尧臣乐府诗简论》皆从诗体角度出发阐释了梅尧臣的诗歌艺术。

（4）渊源研究。不少论文着重探讨梅尧臣诗歌的艺术渊源，如李剑锋《陶渊明接受史新局面的开创者梅尧臣》、张明华和魏宏灿《论梅尧臣诗对陶渊明的接受》、杨再喜《柳宗元诗歌传播接受的开创者梅尧臣》重在考察梅尧臣如何借鉴陶渊明、柳宗元等人的诗歌艺术。

（5）接受研究。陆游、方回对梅尧臣诗歌的接受是研究重点。朱东润《陆游和梅尧臣》、杨理论和骆晓倩《"先生诗律擅雄浑"——陆游接受梅尧臣的一个独特视角》、徐丹丽《陆游效梅宛陵体初探》探讨了陆游对梅尧臣诗歌的接受情况；聂巧平和李光生《论〈瀛奎律髓〉对梅尧臣五律的评点》、绿川英树《方回对梅尧臣的评价研究》重在探讨梅诗如何被方回评点接受。尚永亮、刘磊《欧、梅对韩、孟的群体接受及其深层原因》探讨了梅尧臣接受韩孟诗派的主要方式、内容和背景原因。张为群的博士学位论文《梅尧臣（1002—1060）诗研究——从接受史的角度出发》集中讨论了梅诗接受情况，此文以西方接受史理论为框架，围绕梅诗接受这条主线展开，旨在"探究、分析诸多决定梅氏诗名之确立以及升沉变化的因素，以说明梅氏的名气及其诗作在不同时期的接受情况与差异"。

（6）其他研究，如交叉研究、文本研究等。陈利娟《梅尧臣与禅宗》揭橥梅尧臣的禅宗因缘及佛禅态度；苏碧铨《友情·乡情·雅情：梅尧臣礼物酬答诗的情感析微》《梅尧臣礼物酬答诗中的交游叙事》讨论了梅尧臣礼物赠答诗的情感体验、交游叙事；文艺《梅尧臣诗歌自拟副文本研究——以诗题、诗序与自注为中心》探讨梅尧臣诗歌的诗题、诗序、自注等要素。

3. 梅尧臣诗论研究

（1）"平淡"诗论是多篇研究论文的聚焦点。1965年日本横山伊势雄《梅尧臣的诗论——兼正梅尧臣"学唐人平淡处"之论》指出，梅尧臣更偏爱阮籍、陶渊明，其平淡是内容与表现调和成一体化的作品之谓。1987年吕美生《梅尧臣"平淡"诗论再探》指出，"梅尧臣整个诗歌理论体系，是以'平淡'为核心而建构起来的"，它是西昆体在新的条件下物极必反的历史回响，亦是魏晋之际陶渊明开创的"平淡"诗风在新的文化背景下的理论复归。莫砺锋《论梅尧臣诗的平淡风格》指出梅尧臣所言平淡"实际上是指一种炉火纯青的艺术境界，一种超越了雕润绮丽的老成风格"。张海鸥《梅尧臣的诗歌审美观及其文化心理成因》、都业智《梅尧臣的"平淡"论》、林晓娜《论梅尧臣的"平淡论"与隐逸的关系》等文章皆对此做过探讨，各自阐发梅尧臣"平淡"诗论的意蕴与内涵。

（2）"意新语工"诗论亦获许多学者撰文探讨，杨慧《覃思精微，意新语工——梅尧臣诗论的创新意识》、梁玉竹《"意新语工"的文化阐释》、张杰《浅析梅尧臣"意新语工"说诗学内涵》、楚静静《梅尧臣的"意新语工"论研究》皆论述过梅尧臣的"意新语工"诗论。

（3）尤其值得注意的是，近些年学者们对梅尧臣诗论主张多有质疑与反思。如成玮《梅尧臣"诗主讽谕"说提出背景新探——兼论"北宋诗文革新"概念的适用度问题》指出，梅尧臣标举讽喻精神的两首诗"意在抵御时人重文轻诗之说给自己带来的压力，实为权宜举措，并不能反映其诗学的核心旨趣"；徐涛《论欧、梅"诗骚观"的差异及表现》指出，欧阳修、梅尧臣对"毛诗"和"骚"的态度皆出现了攻驳与接受的分歧；孙宗英《〈六一诗话〉中欧阳修和梅尧臣诗学观的"错位"》指出，《六一诗话》所云梅尧臣诗学观更多反映的是欧阳修的诗学主张。这些观点对梅尧臣诗论多有釜底抽薪的颠覆意义。

4. 北宋诗史演变中的梅尧臣研究

程杰《北宋诗文革新研究》、黄美铃《欧、梅、苏与宋诗的形成》、绿川英树《梅尧臣与北宋诗坛研究》、王秀春《欧梅苏诗歌历时性研究》皆是从诗史演变角度考察梅尧臣诗歌的重要成果。程杰明确指出是艺术成就而非思想内容奠定了梅尧臣"开山祖师"的诗歌地位，归纳出梅诗诗材凡近多样、叙事性、议论化、笔意刻琢怪巧、五言形式为主等艺术特征。黄美铃、王秀春皆将欧、梅、苏作为文人群体进行探讨。黄美铃认为欧、梅、苏诗歌具有凌越前人的现实精神、社会关怀，渊雅自适与日常生活化的特质，追求平淡诗风的时代趋向，以文为诗的散文化倾向，尚意的创作理念等宋诗特征。王秀春以时间为线索，认为天圣、明道年间欧、梅、苏由于家世、生长环境、活动地域不同而呈现不同倾向；景祐年间欧、梅、苏在相对封闭的环境里凸显个人风格；庆历新政促进欧、梅、苏诗风趋同、时事诗创作议论化增强，革新失败后士人心态转为内敛且艺术趋于求变；皇祐后欧、梅题材文人化、风格多样化，谐谑之风盛行，为王、苏、黄等人诗歌创作奠定了基础。绿川英树认为欧、梅对"老"的诗学认识较前人有所深化，欧、梅晚年唱和诗充满乐趣并于题材、意象、技巧方面有所创新，又着眼姻亲关系探讨谢景初在梅尧臣、黄庭坚文学承接中的中介作用，并从押韵、句法、立意等角度论述梅、黄诗风异同。

综上所述，学界在梅尧臣诗歌研究方面取得了很大成绩，尤其是近年来对梅诗研究不再局限于浅层、笼统叙述，变得愈发深入、多元，各有发明、新见迭出。但目前研究存在几方面问题，尚有诸多待推进之处。

研究视点方面，零散单篇的梅尧臣诗歌论述偏多，将其与宋代诗坛图景、唐宋诗歌嬗变等宏大议题相联系的专著成果偏少，研究视野比较细碎、狭窄，研究分量较轻，与时代联系的匮乏使这类研究难窥宋诗宏貌，无法从"一花"里窥见"一世界"，从"一叶"里觅见"一菩提"。少数宏观著作仅关注几个点，缺乏连点成线、连线成面的整体布局。因此，梅诗在唐宋诗歌嬗变中的文学表现模糊不清，很难对其做出精准、清晰的文学定位。此外，研究议题相对陈旧，略显新意不足。发散思维引入新视角开发议题，是梅尧臣诗歌研究有待拓展之处。

研究方式方面，粗略概述偏多，精细分析偏少，总体研究比较笼统，不够具体、精微。如有些学者将欧、梅、苏作为群体进行研究，然其文学创作倾向并不同步，诗歌风格亦大相径庭，能否得出一致结论颇值商榷。这种群体论述明显分散了对单个作家的研究力量，容易湮没作家的艺术个性，给人以牵强、浅显的阅读感受。其根源应是问题意识不足导致缺乏对梅诗的统摄性思考，逻辑关联不足又制约着论述的行文力量。

因此，本书从唐宋诗歌嬗变视角观照梅尧臣诗歌的文学表现，试图从梅尧臣这一具有转折意义的作家个体身上折射出一代人奋力摆脱唐诗窠臼、探索宋诗新径的文学旅程。

三　选题缘起

唐宋之际社会结构发生了巨大变迁，改变了宋代士人的生存环境与文化土壤，诸多因素促成宋人心态、思维方式、审美倾向、作品内容题材和艺术表现的若干转变，催生了迥别于唐诗的艺术特质，使唐宋诗歌嬗变成为一个历久弥新的学术话题。梅尧臣处于唐宋诗歌嬗变的历史节点，其诗极具丰富性、包蕴性，呈现唐宋兼有、元气未分的混沌状态。将梅尧臣诗歌与唐宋诗歌嬗变过程进行关联考察，仔细寻绎其诗包蕴的多重特质，可为唐宋诗歌嬗变提供新颖、鲜活的文学阐释，揭示宋人逐渐走出唐诗笼罩的摸索历程，为此话题再添新说。此外，相较唐诗研究的兴盛繁荣，几至题无剩义来说，宋诗研究始终有些薄弱，除欧阳修、苏轼、黄庭坚、陆游等代表性诗人之外，许多宋代诗人尚未得到应有关注，更遑论精细、详赡的深层挖掘。因此，本书正是要从特定的唐宋诗歌嬗变视角深入开采梅尧臣这座宝藏，为宋代作家研究添砖加瓦。通过研究梅尧臣这个极具包蕴性的宋代诗人，亦可体会宋韵文化流淌的艺术魅力，对中华优秀传统文化有更立体、丰富的认识。

相较以往研究，本书主要有以下创新之处。第一，采用心理学理论尤其是精神分析理论和心理咨询实操技能对梅尧臣诗歌流露的精神现象予以深入分析，阐发这种人格转变与"思虑深沉"的宋型人格之关系，能拓开新的研究视野，突破现有研究范围。第二，从内、外部双重视角切入梅尧臣诗歌研究，既对其诗歌的叙事性、哲理性、学问性等宋诗特征做出深入阐释，又从宋代"举世重交游"的社会环境、丰富至极的物质文化出发，阐述梅尧臣社会交游与文学创作之关系，以及文人化、日常化的两重宋诗进路。第三，着眼唐宋判分，厘清后世对梅尧臣诗歌的认知与判定，能将凌乱无绪的诸多材料有效组织起来，阐发其在江西诗派兴起后渐归湮沉的多重原因，深化对梅尧臣诗歌的具体认识。在视角上，跳出学界注重分析梅尧臣诗歌艺术、诗论等单个问题的研究窠臼，采用唐宋诗歌嬗变的历时视角深入探寻梅尧臣诗歌的宋诗特质与文学贡献。在方法上，超越单一的文学本体研究，运用社会学、心理学、历史学、艺术学、传播学、文献学等学科理论和方法，对梅尧臣诗歌的宋诗特质进行多维透视，在学科交叉中挖掘史料和文本蕴含的多元信息。在材料上，抛开学界论述梅尧臣诗所用现当代文献整理成果，深入《宛陵集》诸多宋元明清版本，相互比勘，证之史料、笔记小说、诗话诗论等诸多材料，辨析其集版本源流、篇目真伪、序跋题跋，为研究梅尧臣诗歌打下良好文献基础。

四 章节安排

本书分为绪论、正文、附录三部分，研究对象为唐宋诗歌嬗变视角下的梅尧臣诗歌。具体而言，探讨梅尧臣诗歌中的心理转向、社会交游、题材内容、宋诗特质、传播历程等重要议题。研究时从细致解读梅尧臣诗歌出发，以唐宋诗歌嬗变视角进行统摄。总题下设置五个重点议题，分别揭示梅尧臣人格心理与宋型人格转变紧密相关，梅尧臣社会交游与诗歌的交互关系，梅尧臣题画诗、金石文玩诗、饮食诗、动物诗等题材呈现的文人化与日常化两重宋诗进路，梅尧臣诗歌的叙事性、哲理性、学问性、老境美等多重宋诗特质，梅尧臣诗歌如何被后世选本、诗论家进行唐宋判分和文学定位。附录主要为《宛陵集》的版本流传与文献考证。本书不追求面面俱到的平庸概述，而是力图将每个具体问题条分缕析、研究透彻，从而以点带面、连线成片，进行整体全局的研究突破。具体章节安排如下。

第一章，向内潜转：梅尧臣诗歌的心理动因与人格特征。从仕宦心态、他者凝视、补偿机制等视角切入，揭示梅尧臣诗歌散发向内潜转、思虑深沉的人格特质。①进退之间：梅尧臣的仕宦心态与文学书写。梅尧臣诗歌存在多个层面的表述分歧，分歧实质是面对"此乐"与"彼荣"两种仕宦心态的双趋冲突。中年时期的他承担着"立门户"与"毕婚嫁"的现实责任，而门荫进身让其饱受仕途蹭蹬之苦，使其无法于现实世界获得自我意志的伸展和满足，便退回自恋的想象世界寻求权力感和道德优越感，他的功名欲望被压抑进纪梦诗，在梦中获得欲望宣泄和满足。②梅尧臣"穷而后工"的心理机制。梅尧臣的"穷"不是绝对意义上的"穷"，而是社会比较下的相对剥夺体验。面对"穷"境，诗歌创作成为梅尧臣退行的过渡性空间，有明显的心理补偿功能，又转化为能换取经济资本、社会资本的文化资本，成为其立足社会的生存方式。③失乐园：梅尧臣诗歌中的他者凝视与自我建构。梅尧臣的自我意识与悲忧欢笑皆与他者凝视密切相关，其社会自我在面对他人訾议时常处于收缩、失陷状态，其自我价值通过品读与辨认欧阳修、韩绛、吴奎等至交好友他者之镜中的自我形象得以确立。面对至交好友、仆夫驺人、社会大众他者之镜时的被动忸怩、精神冲突，根源于"君子固穷""上交不谄"等儒家思想的先行影响，儒家思想成为梅尧臣后期镜像叠加的底层基座。不论是退回想象世界、诗歌世界，还是观察、品读他者之镜，皆是一种向内收缩、拓展心灵的方式，与汉唐盛世的向外建功立业、自信风范相去甚远，是宋型人格转变的典型表现。

第二章，举世交游：梅尧臣诗歌中的角色转换与文学交际。从角色转换、文人交游、僧人交游、梅范交恶等方面着手，探讨"举世重交游"的宋代社会关系对梅尧臣诗歌的浸润泽溉。①梅尧臣诗歌中的角色转换与自我呈现。梅尧臣在其诗歌"前台"扮演着模范的朋友、深情的丈夫、诱掖的诗翁、仁爱的官员等多重角色，表现了理想化、社会化的自我。他并非不能以一种风格成名成家，但各个角色的适应要求赋予他丰富多样的诗歌题材、内容风格，塑造了"辞非一体""不名一体"的诗歌创作特色。②文人群体交游唱和与梅尧臣诗风变化。梅尧臣与胡宿、晏殊的往来唱和对梅尧臣湖州、陈州时期的诗歌题材、风格影响较大。梅尧臣在汴京与王存、刘敞、韩氏兄弟、朱处仁、邵必、司马光、蔡襄、吴开、王畴、范镇、吴奎等友人酬唱不断，嘉祐二年（1057）锁院期间与欧阳修、王珪、梅挚、韩绛、范镇等人所作唱和诗尤为典型，是北宋士人诗酒文会生活的历史呈现，对梅尧臣晚年诗歌风貌影响深远。③僧人群体交游与梅尧臣诗歌创作。梅尧臣的交游活动涉及许多僧侣，但其交游主要出于对佛教人士诗意闲散生活方式的倾心向往，而非出于对佛教宗教义理的认同，梅尧臣涉佛诗歌基本属于晚唐体风格而又呈凌越晚唐体之势，这也是其诗歌丰富、多变风格的组成部分。④梅范交恶：一桩千年公案的重新释读。梅范交恶有梅尧臣渴望范仲淹举荐却两次希望落空的发展过程。范仲淹不举荐梅尧臣主要是因为其资以仕进的《孙子注》显出迂阔的军事思想与纸上谈兵的文人性质，梅尧臣毕生倾尽心血于诗歌创作，诗歌却是范仲淹欲"厚其风俗"所要变革的"斯文之薄"，梅尧臣奉行的顺中蹈常的道家理念与范仲淹"忧以天下，乐以天下"的孟子精神格格不入。

第三章，题材开拓：梅尧臣诗歌的文人化与日常化。从题画诗、金石文玩诗、饮食诗、动物诗等题材角度出发，分别探讨梅尧臣诗歌包蕴的文人化、日常化两重宋诗进路。①梅尧臣题画诗的书写内容与艺术新变。花鸟画兴起、墨竹出现、界画独立、番族画成形、壁画衰落、释道人物画减少等艺术史现象皆在梅尧臣诗歌中有丰富呈现，反映了五代、宋初绘画艺术思潮的移易变迁。梅尧臣题画诗在结构特征、诗歌内容、表现方式、艺术风格、审美趣味等方面皆较唐代发生若干变化，表现为平实的诗歌风格，富含戏谑性、知识性，融入思理以及文人化的审美趣味。②梅尧臣金石文玩诗的文人意趣与情感寄寓。从金石器物、澄心堂纸、诸葛鼠须笔、铜雀瓦砚等物质文化角度考察了梅尧臣对物之赏玩与情感寄寓，认为北宋精美的物质世界为梅尧臣诗歌贡献了新的表现题材，其金石文玩诗生动再现了当时宴饮聚会、礼物馈赠等文人生活场景，折射出北宋士人颇具共性的审美倾向与书斋意趣，这种文人审美情趣的诗意散发成为宋诗迥别于唐诗的重要特征。③梅尧臣饮食诗的书写内容与情感记忆。梅尧臣茶诗及时呈现了北宋时期建茶异军突起、煎茶道向点茶道变迁的茶文化现象。南食诗映现了为官中原的南方士人对江南故味的向往追忆及宦游作客旅程中的淡淡乡愁。天圣、明道年间获鲫鱼与鳜鱼的往事被梅尧臣反复书写，寄寓着对那段青春年华的深切回忆与对欧阳修的深厚情谊。④梅尧臣动物诗的风雅复归与艺术开拓。鸟兽虫鱼成为梅尧臣诗歌的重要书写对象，丑怪、凶猛动物纳入笔底拓开了咏物诗的表现范围，种类繁多的动物伤悼诗是唐代悼鹤写作传统的题材突破，体现了梅尧臣仁慈爱物的心肠与物我平等的观念。《禽言四首》成为禽言诗写作范型并树立了基本的隐喻体系。总之，梅尧臣题画诗、金石文玩诗体现了文人趣味和审美倾向，饮食诗、动物诗则促使宋诗向日常化、生活化方向前进。

第四章，何以开山：梅尧臣诗歌的艺术特色。从叙事性、哲理性、学问性、老境美等多重维度切入，在文学本体层面深层挖掘宋诗"开山祖师"梅尧臣诗歌的艺术特色。①梅尧臣诗歌的叙事性色彩。梅诗制题突破"卓绝清新，言简而意足"的艺术规范和审美标准，创作了众多体兼诗序、貌类散文的诗序化长题和散文化诗序。梅尧臣自拟题目的乐府歌行和古体诗歌多运用对话、引语尤其是间接引语等手法引述他人之语。其代书诗继承杜甫、白居易开创的写作传统，以诗歌代替书简承担传递信息、交流感情的功能。以时间率领空间，以过去、现在、未来三个时间点的对比和切换完成诗歌场景的时空转换，体现了梅尧臣布局谋篇时的叙记意识。②玄言诗的蜕变：宋代哲理诗的艺术实验。梅尧臣五古哲理诗接续魏晋南北朝玄言诗由事推理的思维方式、"三玄"的表现主旨，承袭中唐白居易等人将日常化与哲理性绾合的言说趋势，在题材取向和哲理抒发上表现出接近人情、贴合世事的艺术倾向；小诗承袭晚唐杜荀鹤等人哲理诗对社会阴暗面的讥刺传统，以全知视角冷峻表达作者的社会认识和批判态度。③典故使用与风格形塑：梅尧臣的"以学为诗"及其文学史意义。梅诗使用典以典籍阅读为依托，善于剪裁与真实感情契合的经史典籍，为诗歌注入自己的生命体验、内在情感，融合为"羚羊挂角，无迹可寻"的诗歌语言，遂使宋诗用典植根于阅读体验带来的生命感悟而远离采撷类书、堆砌杂凑之弊。梅尧臣使事用典催生了高深、古雅、平淡的诗歌美学风貌，使其在庆历诗坛挺秀独立并奠定其唐宋诗史的独特地位。④老境美：梅尧臣诗歌的美学风格。梅尧臣擅用冷色调淡化诗歌色彩美，庆历四年（1044）后颜色字使用频率大为减少，兼以宽对形式稀释颜色字密度，突破唐诗敷腴色泽而转向"以意为主"的宋诗之途。梅诗意象呈现苍老特色，由"老"字修饰的诗歌意象、生存状态十分丰富。情感处理也呈现老年特色，不再如唐诗飞流直下、宣泄无余，而是笔底有千钧"忍"力，将深厚情感收蓄于心，读者反复再读才能品味出"橄榄"般的无穷滋味。

第五章，判分唐宋：梅尧臣诗歌的传播历程与文学定位。从诗名沉浮、再度发现、选本批评等视角切入，探讨梅尧臣诗歌在传播过程中如何被后世选本、诗论家进行唐宋判分和文学定位。①谁为知音：梅尧臣的诗名沉浮及其现象考察。梅尧臣诗名始盛于天圣、明道年间，江西诗派兴起后渐趋湮沉，这缘于梅诗某些质素：唐、宋风于其诗集兼容并显，表现出"虽时有宋气，而多近唐人"的艺术特点，诗风呈现多样化、驳杂性特点；梅尧臣用了精深的锻炼功力却不欲使人看出斧凿痕迹而出以高古、平淡外观，使其诗失去了炫人耳目的华丽外表与强烈动人的艺术感染力；梅诗未经编年、分体整理，亦未有注本，诗集刊刻主要依赖宣城地方官员和梅氏后人，这皆限制了梅诗传播。②宛陵诗的再发现：同光体诗人的阅读体验与梅诗阐扬。晚清同光体诗人蜂起标榜、推崇宋诗，在诗坛取法对象的流动态势中，宛陵诗作为一种诗歌范式进入晚清宋诗派的择取范围，融入宋诗派寻求新的表现道路的取择轨迹。他们在选本阅读、范式寻觅中发现了梅尧臣诗歌的独特价值。商务印书馆招来许多与同光体诗人地缘、学缘关系密切的旧式文人，通过三次刊刻《宛陵集》扩大了宛陵诗的传播范围。同光体诗人夏敬观、李宣龚、赵熙等人对梅诗做了大量批校、评点工作，改变了梅诗传播过程"至宝识之希"的冷清面貌，间接启迪了以朱东润等人为代表的新时期梅诗研究。③梅尧臣诗歌的选本批评——以《瀛奎律髓》《宋诗钞》《宋诗精华录》为考察中心。方回《瀛奎律髓》注重阐发梅尧臣诗歌句法、字法特征，将梅诗视作唐音代表并推尊为宋人五律第一；吴之振《宋诗钞》、陈衍

《宋诗精华录》选录梅诗数量皆为宋诗第八位，但注重选取梅诗近于宋诗的作品，多录峭硬枯淡、沉着苍老之作，其中，《宋诗钞》更注重选取梅诗人文题材作品，《宋诗精华录》则注重取录梅诗情感深厚、艺术精纯之作。

  附录，《宛陵集》的版本流传与文献考证。从版本刊刻、夜吟楼本批注考论、序跋补辑、未刊题跋辑释、《书窜》诗辨伪等角度着眼，为准确研究梅尧臣诗歌提供文献支撑。①《宛陵集》版本考。深入考证了《宛陵集》的历代抄本、刊本、印本形态。②国图藏《宛陵集》夜吟楼本批注考论。考论国图藏《宛陵集》夜吟楼本批注应为夏敬观《宛陵集》初注，批注时间应在1909年至1912年。③《宛陵集》序跋补辑。从万历四十三年（1615）邓良知序刊本《宛陵先生集》辑录邓良知《记宛陵先生诗集》，从康熙二十六年（1687）梅枝凤本、清道光十年（1830）夜吟楼本《宛陵先生集》辑录梅岢、梅历《搜刻先都官遗集目录》，从嘉庆二十年（1815）重修梅枝凤本《宛陵先生集》辑录梅瑛后序，从夏敬观、赵熙注，曾克耑辑《梅宛陵诗评注》辑录章斗航《梅宛陵诗评注序》。④《宛陵集》未刊题跋辑释。辑录、考释各地图书馆所藏《宛陵集》未刊题跋七则，分别为岛田翰跋残宋本、朱桂之跋万历姜奇方刻本、吴嗣广和吴骞跋康熙徐惇复白华书屋本、吴庠跋录残宋本溢出部分抄本、徐益藩跋涵芬楼影印残宋本、佚名跋《四部备要》本、曾习经跋夜吟楼刊本。⑤《书窜》诗辨伪。从文献著录看，《书窜》仅见于残宋本而不见诸明清刊本，当为绍兴本或之前所刊刻，文献源头应出自魏泰《东轩笔录》。魏泰是宋人眼中作伪惯犯，源于其书的《书窜》难以采信。从作品文本看，《书窜》指名道姓攻评他人与梅尧臣写作特征殊为不类；字句有明显拟杜痕迹，似作于江西诗派兴起后；诗歌冗滥、过于直致，整体艺术水准欠佳。

  总之，本书通过分析梅尧臣诗歌中的心理转向、社会交游、题材内容、艺术特质、传播历程等重要论题，力图揭示宋代社会文化对梅尧臣诗歌的渗透与影响，以及梅尧臣诗歌在唐宋诗歌嬗变过程中做出的可贵探索与文学贡献。

第一章　向内潜转：梅尧臣诗歌的
　　　　心理动因与人格特征

梅尧臣（1002~1060），字圣俞，安徽宣城人，北宋仁宗朝著名诗人，著有《宛陵先生文集》，今存诗近3000首。梅尧臣在宋诗发展史上有举足轻重的地位，刘克庄云"本朝诗，惟宛陵为开山祖师。宛陵出，然后桑濮之淫哇稍息，风雅之气脉复续"①，龚啸称其"去浮靡之习，超然于昆体极弊之际；存古淡之道，卓然于诸大家未起之先"②，充分肯定了梅尧臣宋诗"开山祖师"的诗坛地位。着眼于此，本书分别从五个角度阐释梅诗究竟如何从唐诗嬗变、分化出来，如何拓开宋诗新路、初奠宋诗乾坤，梅尧臣又何以能够取得宋诗"开山祖师"的诗坛地位。

文学研究最后都是研究"人"，那我们究竟如何了解一个人呢？如果放任主观想象，那么每个研究者皆可能将其形象投射到研究对象身上，所谓一千个读者心里住着一千个哈姆雷特，梅尧臣的真实面目亦将被肆意描画。所幸，近现代心理学的学科发展使这种解读变得日渐科学。由于人性自古以来具有恒定性、相通性，研究古人亦不妨借用现代心理学的相关理论、方法，通过体察古人生存境遇、心理动机、精神状态来贴近和理解一个人，从而获得新颖、深层的文学见解。本章主要从心理学角度出发研究梅尧臣的心理状态，总共设计了三节，分别援引弗洛伊德"自恋""梦"，拉康"他者"、库利"镜中我"，温尼科特"游戏"、阿德勒"心理补偿"等心理学理论，试图深入阐释梅尧臣诗歌呈现的情感、动机与心理状态，以及此种心理特征与"沉潜""思虑深沉"的宋型人格之内在关系。

---

① （宋）刘克庄撰，王秀梅点校《后村诗话·前集》，中华书局，1983，第22页。
② （宋）梅尧臣：《宛陵先生文集·附录》（明正统四年刻本），《宋集珍本丛刊》第4册，线装书局，2004，第157页。

第一节　进退之间：梅尧臣的仕宦心态与文学书写

仕宦承载着传统士人衣食生存的现实需求，负荷着家族成员向外显示的身份荣耀，寄寓着士人们自我实现的精神愿望，成为每一个传统士大夫避绕不开的人生课题。或孜孜以求，或退避三舍，传统士人大多抱持某一种仕宦心态，有较为统一的心理倾向。梅尧臣的诗歌表述却呈现方向相反又彼此交织、牵缠的两种仕宦心态，这两种皆未完全实现的生命追求构成了他的心理冲突。这种冲突是梅尧臣生存困境的心理产物，也是他诗歌情感的体验来源。理解这种心理冲突，对深入解读梅尧臣诗歌具有相当重要的意义。本节试图借用心理咨询技能影响性技术①中的面质技术②、解释技术③等操作方法，以梅尧臣诗歌中互相矛盾的文学述说为对质对象，厘清其背后的心理需求和动机，解释其心理冲突、混乱状态的真实根源，梳理其应对生存困境的解决方式，为读者呈现一个丰富、清晰的文人形象。

一　"此乐"与"彼荣"：出处进退的双趋冲突

从梅尧臣的诗歌述说中，我们至少能看到理想与现实不一致、言行不一致、前言后语不一致等多个层面的冲突分歧。

一是理想与现实不一致。隐逸思想一直盘旋于梅尧臣脑海深处，是梅尧臣诗歌书写的重要主题。"买山须买泉，种树须种竹。泉以濯吾缨，竹以慕贤躅。此志应不忘，他时同隐录"（《寄光化退居李晋卿》）、"老虽得职不足显，愿与公去欢乐同。欢乐同，治园田，颍水东"（《高车再过谢永叔内翰》）、"田园未多亦粗给，儿女况足资提携。终当去问绵上叟，自与野老月下犁"（《依韵酬永叔再示》），这些诗句皆是对怀归慕隐的理想的述说，但梅尧臣并没有任何改变现实的动向，而是"强欲活

---

① 影响性技术指对求助者实施干预，帮助求助者解决心理问题，促进咨询目标实现的心理咨询技术。
② 面质技术又称"质疑""对质""对峙""对抗""正视现实"等，是指咨询师指出求助者身上存在的矛盾，促使求助者探索，最终实现统一的心理咨询技术。
③ 解释技术指运用心理学理论来描述求助者的思想、情感和行为的原因、实质等，或对某些抽象复杂的心理现象、过程等进行解释的心理咨询技术。

妻子，勉焉事徂征"（《依韵和达观禅师赠别》）、"宦游常作客，未息为贫催"（《宿洪泽》），为升斗禄米流连官场。这是他理想、现实层面的不一致之处。

二是言行不一致。梅尧臣于诗歌中写"不忧贫且老，自有伯鸾心"（《独酌偶作》）、"幸得诗书销白日，岂顾富贵摩青天"（《回自青龙呈谢师直》）、"既不慕富贵，亦不防巧倾"（《依韵和达观禅师赠别》），俨然一副对富贵无动于衷的圣贤模样，我们却可找出与此言语相悖的实际行动。宝元元年（1038），梅尧臣进献《祫礼颂圣德诗》《祫享观礼二十韵》《宝元圣德诗》，这些诗以汉大赋般铺排恢张的艺术手法描写祫礼壮观整齐、威严庄肃的宏大场面，用典博洽、错彩镂金，意在通过粉饰太平盛世获得皇帝赏识。随后，元昊叛宋自立，朝廷为应付迫近之战而招贤纳策，梅尧臣又进献《孙子注》试图获得进身机会。种种举措皆表明梅尧臣言语、行动层面存在不一致之处。

三是前言后语不一致。天圣九年（1031），梅尧臣所作《右丞李相公自洛移镇河阳》曾流露过渴望仕进的思想倾向，该诗先以英气袭人的戟弓双鞬和浩浩千骑的随从烘托李相公的意气风发、志得意满，以济济爪亭的车辆、敷条开叶的棠芰、夹道拥迎的市民、迎风举蹄的四马烘托百姓对李相公之拥护，"莫随文学乘，空望旆旌飘"[①]是梅尧臣目睹这次威武阵仗后的心理反思，呈现出孜孜矻矻琢磨诗歌的穷酸诗人内心涌现的无力感、失落感。既要世人"莫随文学乘"，又要"一日不饮情颇恶，一日不吟无所为。酒能销忧忘富贵，诗欲主盟张鼓旗"（《缙叔以诗遗酒次其韵杂言》），到底文学之乘有无追随必要呢？从梅尧臣对叔父梅询仕途的炫耀亦可见其期盼高官厚禄之意。明道年间梅尧臣写下《季父知并州》：

> 捧诏出明光，飞轩陟太行。玉墀分近侍，虎绶给新章。笳吹喧行陌，旌旗卷夜霜。雁归汾水绿，城压代云黄。土屋春风峭，毡裘牧骑狂。关山宁久驻，剩宴柳溪傍。[②]

[①] 朱东润编年校注《梅尧臣集编年校注》，上海古籍出版社，2006，第3页。
[②] 朱东润编年校注《梅尧臣集编年校注》，上海古籍出版社，2006，第41页。

诗以"捧""出""飞""陟""分""给""喧""卷""归""压"等充满动作感、力度感的动词极力渲染梅询仕途得意、神采飞扬之态,此亦梅尧臣内心喜悦、炫耀心理的投射。梅询大中祥符元年(1008)扈驾封禅的荣耀往事亦是梅尧臣的追忆对象,他以"天子昔封禅,吾叔从金舆。回首泰山下,出建双隼旟"(《濠梁感怀》)渲染对功名富贵的渴求,却又写道:"口腹尚乖期,荣华可推类。嗟嗟勿复问,安恬固无愧。"(《依韵和不疑寄杜挺之以病雨止冷淘会》)到底是渴求富贵还是安恬无争呢?此又可见梅尧臣前言后语的不一致之处。

如此种种理想与现实、言语与行动、前言与后语的不一致表述实际上反映了梅尧臣心底激烈的双趋冲突。心理学家勒温、米勒按冲突形式将内心冲突分为双趋冲突、趋避冲突、双避冲突、双重趋避冲突。当两件事都有强烈吸引力,但两者互不相容时,人的内心便形成了双趋冲突的局面。很显然,梅尧臣诗歌中的双趋冲突主要就是仕宦、退隐的冲突。这种冲突甚至在不少诗歌中有过直接对峙的语言表述,如《次韵和永叔夜闻风声有感》:

> 月落夜正黑,风起庭槐端。窗间星动摇,枕上人寤叹。所叹吹阴云,苦热弥不欢。当其气莫出,曷若无衣寒。虚堂卧竹簟,汗体如露洅。驱蚊爇蒿艾,宁复袭芝兰。煎灼一如此,衰枯谁可完。消磨任寒暑,安有不死丹。三伏已过二,炎赫应渐残。试看蜣螂虫,辛勤方转丸。焉得从钓舟,逆上严子湍。此事人所易,谢荣为独难。谁顾万古名,黑石持镌刊。风声不用撼,床头闲素纨。①

诗人对三伏天的酷热倍感煎熬难耐,心心念念出离此间,追随严光的钓舟,享受隐逸水间的清爽凉快。"此事人所易,谢荣为独难"则托出辞却荣华富贵的抉择之艰难,严光虽获镌石刻竹的久远声名,却丝毫无补于此生此世的现实肉体,这首诗呈现了梅尧臣的内心博弈。再如《和吴冲卿江邻几二学士王景彝舍人秋兴》:

---

① 朱东润编年校注《梅尧臣集编年校注》,上海古籍出版社,2006,第1105~1106页。

> 我谓蓬瀛客，清切不畏炎。及观秋兴篇，无远此穷阎。乃知天地大，节候无爱嫌。寒不为富减，暑不为贫添。……予惭异群公，归意如陶潜。自念菊将坏，复思禾可镰。春禾作酿熟，独邀影与蟾。此乐虽易有，彼荣安得兼。①

诗人原想如陶渊明那样挂冠归隐，享受赏玩菊花、侍弄禾稼、酿造美酒、与月对酌的纯净快乐，然而，"此乐"易有，"彼荣"难兼，隐逸意味着放弃仕宦的禄米与荣显，亲历躬耕陇亩的辛苦操劳，安于泯然众人的社会地位。"此乐"与"彼荣"的对峙、难以取舍实质是诗人身心挣扎于现实与理想之间的生存困境。再如《次韵永叔乞药有感》：

> ……此物俗为贱，不入贵品中。吾妻希孟光，自舂供梁鸿。茌苒岁月久，颜丹听益聪。虽能气血盛，不疗贫病攻。何如面黳黑，腰金明光宫。亦莫如学钓，缗钩悬香葑。但知烟水乐，宁计身瘠丰。我生无快意，岂异抱笃癃。……②

他认为服食藤根虽能生发气血，却无法治疗贫苦和疾病，不如"腰金明光宫"或"但知烟水乐"这两种各富吸引力的明确选择。梅尧臣虽然向慕荣华富贵或烟水之乐，实际上却是进不能享受荣华、退不能恣意烟水，只能进退维谷，悬搁于两种理想生活方式之间，这显示了渺小生命活在世间不能自主、不得自由的人生境遇。

二 "立门户"与"毕婚嫁"：冲突背后的现实需要与生存困境

一个家族在传统乡土社会的生存境遇通常与该家族男子是否出仕息息相关，朝中有人的家族往往由于后台强硬而备受敬重、免于欺凌。因此，入仕为官成为许多家族对男丁的普遍期待，梅尧臣《晚归闻李殿丞访别言己屡来不遇》就记载了父亲梅让对他的这份期待。

---

① 朱东润编年校注《梅尧臣集编年校注》，上海古籍出版社，2006，第1028页。
② 朱东润编年校注《梅尧臣集编年校注》，上海古籍出版社，2006，第1133~1134页。

> 萧条一陌巷，频日见马蹄。归来稚子告，有客云将睽。始知君其南，复叹我向西。岂不怀念慕，吾亲书新贵。曰吾五男子，爱惜无不齐。所要立门户，安用同犬鸡。龁龁守此客，驯驯恋此栖。二季留左右，足以共挈携。身许远就禄，幸又奉阿嫛。今年还都下，路丧子与妻。囊罄厌外役，进退类藩羝。终当改江邑，傥得致音题。①

李殿丞告别南归，勾起了梅尧臣对家乡宣城父老的念慕之意。梅让却写信告诉他自己身边留下两个儿子已足以应付、帮衬乡间生活，其余兄弟理应为家庭树立门户，向外建功立业，而不该如鸡狗辈蜷居乡间、守护自己。梅尧臣颇能领会、认同此种观念，并以此勉励他人，他在张山甫得官武功簿后写道："洛阳旧交有七人，五人已为泉下尘。各家生儿为门户，唯子弟兄先立身。"（《送张山甫武功簿》）透露了他对男儿肩负树立门户责任的自觉认同，他进而鼓励张山甫勤勉职事，为家族带来光荣。

如果说"立门户"是为满足父辈的深切期望，那么"毕婚嫁"则承担了身为晚辈的分内责任，二者共同构成中年阶段"上有老，下有小"的外在压力，促使梅尧臣选择了不敢懈怠、勉力向前的人生道路。他对"毕婚嫁"的文学书写见于多处，如《留题毗陵潘氏宅假山》：

> 人心本好静，世事方扰扰。丘壑未去时，庭中结山小。长欲见苍翠，何须听猿鸟。有志同尚平，当期婚嫁了。②

诗写本性淡泊好静却受世事纷扰，无法退隐丘壑而以庭中假山寄寓情志。最后写自己愿同东汉尚长一样，为子嫁娶毕即不复以家事自累。再如《寄光化退居李晋卿》：

> 久无归田人，今喜子去禄。移家汉水滨，日见汉水绿。川鳞可为飨，山毛可为蔌。竟岁厌往还，行堤乐风俗。青巾艒上郎，漆鬟颜如玉。倚樯临落照，独唱江南曲。听若在江南，欢然自为足。我心

---

① 朱东润编年校注《梅尧臣集编年校注》，上海古籍出版社，2006，第258页。
② 朱东润编年校注《梅尧臣集编年校注》，上海古籍出版社，2006，第241页。

虽有美，未遂平生欲。更期毕婚嫁，方可事岩麓。买山须买泉，种树须种竹。泉以濯吾缨，竹以慕贤躅。此志应不忘，他时同隐录。①

诗先想象李晋卿退居汉水之滨后的悠闲生活，继而表达自己羡慕怀想却无力效仿的内心遗憾，这份遗憾正是出于"更期毕婚嫁，方可事岩麓"的现实原因。至和三年（1056），梅尧臣收到欧阳修馈赠的二十匹绢帛后，想到的也是"自惊此赠已过足，外可毕嫁内御冬"（《永叔赠绢二十匹》）。同年，他送女儿出嫁还特意提到自己给的妆奁，"随宜具奁箱，不陋复不鄙"（《送薛氏妇归绛州》），以"不陋""不鄙"形容之，可见这份嫁妆并非"随宜"准备而是颇为丰厚的物质馈赠。梅尧臣不仅勉励自己仕进以图儿女婚嫁所需资产，还曾在送别远人时写"归来儿女大，婚嫁应相续"（《送吴照邻都官通判成都》），劝告他人承担起儿女婚嫁的现实责任。

"立门户"与"毕婚嫁"共同构成梅尧臣进取求仕的现实动机。遗憾的是，梅尧臣的官阶俸禄很难满足需要。北宋高品官、低品官的俸禄收入相差很大，"五品以上的高级官员，俸禄高得惊人，各种节令还有大量赏赐，又有各种恩例，数量甚巨，因而可以过奢侈的生活。而广大的低级官员，俸禄很低，连基本生活都有一定困难"②。五品以下的地方官员又比中央官员的物质生活稍微宽裕些，这缘于他们在俸钱外还有职田收入和公使钱。咸平二年（999），地方县级职田为上县10顷、中县8顷、下县7顷，庆历三年（1043）改为上县6顷、中县5顷、下县4顷。公使钱"名义上是'使遇过客'，实际上多用于官员之间宴请、馈赠，颇为实惠"③，"官吏经济上遇到困难时，有时可支用一部分公使钱作为补助"④。梅尧臣出任县官在庆历三年以前，不仅职田收入颇为充裕，还可支用为数不菲的公使钱，生活相对来说比较滋润。因此，梅尧臣任职地方时极少哭穷并能周济朋友。明道二年（1033），欧阳修《与梅

---

① 朱东润编年校注《梅尧臣集编年校注》，上海古籍出版社，2006，第352页。
② 黄惠贤、陈锋主编《中国俸禄制度史》，武汉大学出版社，1996，第302页。
③ 黄惠贤、陈锋主编《中国俸禄制度史》，武汉大学出版社，1996，第265页。
④ 汪圣铎：《两宋财政史》，中华书局，1995，第483页。

圣俞》(第六通)载,"贩伞船至,又得书,并鲍鱼"①,可见此时梅尧臣尚有余钱接济时任馆阁校勘、生计窘迫的欧阳修。但好景不长,宋夏战争爆发导致物价不断上涨,庆历三年江淮米价已从宋初每斗三四十文涨到六七十文甚至一百文,皇祐二年(1050)更是涨至一百二十文。欧阳修"念子京师苦憔悴,经年陋巷听朝鸡。儿啼妻噤午未饭,得米宁择秕与稊"(《再和圣俞见答》)、刘敞"筐箧成书莫知数,田园生计独无钱"②"梅尧臣圣俞与公亲且旧,既卒,其家不能自存……"③等诗文皆以客位视角向我们展示了皇祐年间梅尧臣在百物腾贵的京城入不敷出、令人担忧的经济情况。

梅尧臣诗歌亦如实记录了倚靠汴京朋友馈赠柴米绢帛度日的匮乏生活,《杜挺之新得和州将出京遗予薪刍豆》《永叔赠绢二十匹》《莱宣遗酒》等诗歌皆记载了诸多朋友馈赠粟米、绢帛、美酒、薪柴、牧草的情况。随着物价上涨,梅尧臣甚至连日常米粮都需要向朋友求借,以至诗集中留下多首向友人借米之诗,如庆历八年(1048)所作《九月二日梦后寄裴如晦》:

  裴生安健否,试问雁经过。处士赋鹦鹉,将军养骆驼。食鱼今饱未,索米奈贫何。昨夜分明梦,持书认篆窠。④

可谓以诗代书,告知裴煜自己的贫困情况与借米请求。皇祐三年(1051),梅尧臣又有诗"举家鸣鹅雁,突冷无晨炊。大贫丐小贫,安能不相嗤。幸存颜氏帖,况有陶公诗。乞米与乞食,皆是前人为"(《贷米于如晦》),再次向裴煜贷米成炊。"时赖二三友,乞米慰穷惨"(《正仲见赠依韵和答》)则表明贷米给他的不止裴煜一人。

由此可见,"立门户"与"毕婚嫁"构成中年梅尧臣进取求仕的现实动机,宋夏战事爆发后不断上涨的汴京物价又渐次消释了梅尧臣俸禄

---

① 李逸安点校《欧阳修全集》第6册,中华书局,2001,第2446页。
② (宋)刘敞:《伤梅圣俞直讲都官》,《全宋诗》第11册,北京大学出版社,1998,第7230页。
③ (宋)刘敞:《故朝散大夫给事中集贤院学士权判南京留司御史台刘公行状》,《全宋文》第69册,上海辞书出版社、安徽教育出版社,2006,第221页。
④ 朱东润编年校注《梅尧臣集编年校注》,上海古籍出版社,2006,第474页。

的实际购买力。需要与匮乏这对现实矛盾构成中年阶段的梅尧臣必须面对的人生课题,使其亲历剧烈的心理冲突,无法不固守于政治仕途,苟意前进。

三 想象世界:隐退先贤的自我认同

宋朝统治者为巩固皇权、限制家族势力,制定了不少限制荫补子弟的政治措施,如不得为状元,不得担任两制、二史、经筵等官职,通常不得任台谏官等。① 因此,"荫补官升迁缓慢,不太容易成为高官,且宋代官宦子弟荫补官职级别远远低于唐代,要是逐级往上升迁,到退休年龄也不外乎是中级官僚。而且,在重视进士出身的时代,荫补官员总会受到歧视"②。梅尧臣多次参加科举未第,只能依靠叔父梅询恩荫进身士林,荫补出身的事实使梅尧臣难以拥有范仲淹、欧阳修等进士及第者的辉煌前景,注定其不可避免沦为中下层官员的边缘命运。

出身造成的仕宦壁垒似一道高墙,阻隔了梅尧臣飞黄腾达的政治愿景,带给他更多的是"少年心志一点无"(《吴冲卿学士以王平甫言淮甸会予予久未至冲卿与平甫作诗见寄答之》)的无力感、落寞感。他在《王乐道太丞立春早朝》里写道:"我家无火甑生尘,嫩柳彩花空着兴。空着兴,将底为,但愿得米资晨炊,不管飞霙与麦宜。千官队中身最卑,五日一谒前旒垂。"③ 身为千官队伍的末尾,劳劳碌碌所为不过"但愿得米资晨炊",这份失败感可谓达到了极点。

仕宦期间的梅尧臣经济收入已如此寡薄,更何况北宋俸禄制度对低级官员的致仕退隐并不友善。淳化元年(990),北宋朝廷颁布《致仕官给半俸诏》,"文武职事官,恩许致仕者,并给半俸"④,规定致仕官可依致仕时寄禄官阶领取一半俸禄。这种规定对高官厚禄者来说尚足以支撑家庭生活,对官不过五品的梅尧臣来说,所领全俸已然很低,致仕领取半俸后生活必定难以为继。对连粮米都需要向他人资借的人来说,除了勉意仕宦、劳碌生存之外,又谈何辞官归隐的底气呢?他在诗中频频写

---

① 参见游彪《宋代荫补制度研究》,中国社会科学出版社,2001,第415~425页。
② 游彪:《宋代荫补制度研究》,中国社会科学出版社,2001,第414页。
③ 朱东润编年校注《梅尧臣集编年校注》,上海古籍出版社,2006,第993~994页。
④ 司义祖整理《宋大诏令集》卷178,中华书局,1962,第640页。

道："勉意妻儿犹苟禄，强颜冠冕未抽簪。"(《依韵和春日偶书》)"文章自是与时背，妻饿儿啼无一钱。"(《回自青龙呈谢师直》)"妻孥每寒饥，内愧剧剸劓。"(《正仲见赠依韵和答》)"强欲活妻子，勉焉事徂征。"(《依韵和达观禅师赠别》)"宦游常作客，未息为贫催。"(《宿洪泽》) 我们甚至能从中感到他对人生的厌倦，但他还肩负家庭、家族的责任与期待，故不能不意兴阑珊强自撑持。

心理学的观点认为，一个人无法在现实世界获得自我意志的伸展、满足，缺乏控制环境的相应权力感时，就会倾向于退回封闭的想象世界去享受全能自恋带来的支配感、控制感。对梅尧臣来说，他以儒道思想为文化依托扩充了属于自己的、自恋的想象世界，严光、伯夷、叔齐、颜回、原宪、介子推、陶渊明等清高狷介、迥异时流的退隐人士，成为他倾心向慕、自我比况的历史对象。在他的自恋想象中，自己如同他们一样是以儒家道德为准绳尺度，拒绝功名利禄诱惑，独立不羁、自由傲岸的理想人物。可以说，先贤前哲的高贵人格与道德榜样赋予了梅尧臣拒绝蝇营狗苟、同流合污的精神力量，这是儒家传统文化影响下的一种常见士人心理，也成为梅尧臣从现实生活中碰壁、受挫后遁入的心灵疗愈空间。他以此类想象与定位来维护自己在现实社会无处得到的尊严与价值，从中获得想象世界的某种自恋性质的道德优越感。

对于严光、伯夷、叔齐这类人物，梅尧臣着重突出其不慕富贵、清高耿介的品格气节，他曾描绘严光"不顾万乘主，不屈千户侯。手澄百金鱼，身被一羊裘"(《咏严子陵》)、"其人当汉兴，富贵不可罗。足加天子腹，傲去钓于河。冬披破羊裘，夏披破草蓑。心中小宇宙，尤哂献玉和"(《送正仲都官知睦州》)的历史形象，赞叹其"终为蕴石玉，复古辉岩陬"的美好品行，并产生"焉得从钓舟，逆上严子湍"的内心向往。伯夷、叔齐的历史形象比严光更具悲剧色彩，梅尧臣的笔调也因此充满悲伤之情，"顾兹发向衰，仕路行将休。自甘贫贱死，肯作儿女羞。夷齐何其清，尚饿不食周"(《依韵和丁元珍寄张圣民及序》)。在他的笔下，尽管自己此生难以逃脱贫贱不偶的宿命，但他可以效法伯夷与叔齐采薇首阳、不食周粟的凛凛风操，活出生命的尊严与骄傲。

对于颜回、原宪这类儒家人物的描写，梅尧臣重在寄寓安于贫困、诗书自乐的理想情怀。如《贫》：

> 生甘类原宪，死不学陶朱。但乐诗书在，未忧钟鼎无。耻随波上下，难免鬼歔欷。陋巷曲肱者，终朝还似愚。①

写自己耽溺诗书而拙于谋生，以随波逐流为耻而愿像颜回与原宪那样曲肱陋巷、自得其乐。"茶开片銙碾叶白，亭午一啜驱昏慵。颜生枕肱饮瓢水，韩子饭齑居辟雍。虽穷且老不愧昔，远荷好事纾情悰"（《得福州蔡君谟密学书并茶》）②将亭午啜茶喻为颜回陋巷箪食瓢饮，亦可窥见梅尧臣雅致安静、自娱自乐的温和性情。

梅尧臣对陶渊明的形象书写突破了王禹偁等人注重歌咏其不为五斗米折腰的题材套路而投向丰富多元的生活世界，如手植五柳、采摘菊花、饮酒乞食、弃官归隐、乘坐篮舆皆成为其表现对象。菊、酒这两个陶渊明笔下的高频意象亦为梅尧臣采纳，成为他赏菊饮酒时睹物思人、抚今追昔的常用典故。"我同陶渊明，远忆颜光禄。得钱留酒家，醉卧江芜绿"（《江口遇刘纠曹赴鄂州寄张大卿》）、"陶潜九月九，无酒望白衣。何言先一日，双榼忽我归"（《答仲源太傅八日遗酒》）、"才比陶潜无用处，纱巾时任酒沾濡"（《依韵和秋夜对月》）皆以陶渊明嗜好饮酒自我比况；"当时陶渊明，篱下望亦久"（《和江邻几有菊无酒》）、"还思陶渊明，弃官归柴桑。东篱独此物，盈把恨无觞"（《和刘原甫省中新菊》）则是描写自己品赏菊花之诗。此外，"常爱陶潜远世缘"（《依韵马都官宿县斋》）、"予惭异群公，归意如陶潜"（《和吴冲卿江邻几二学士王景彝舍人秋兴》）书写向往隐逸之心，"陶潜弃官屋无米，儿嚎妻啼付邻里"（《依韵和郭秘校苦寒》）、"篱边剩晓菊，陶令奈贫何"（《次韵和景彝秋兴》）则以贫穷生活自况。总之，梅尧臣的性格情趣、生活处境最能与陶渊明产生共鸣，种种思想亦能于陶渊明处找到对应，梅尧臣与陶渊明的深层精神契合使其"初步开拓出超越唐人的陶渊明接受史新局面"③。

当荫补出身的事实让梅尧臣饱受仕途蹭蹬的现实困扰，匮乏困顿成

---

① 朱东润编年校注《梅尧臣集编年校注》，上海古籍出版社，2006，第437页。
② 朱东润编年校注《梅尧臣集编年校注》，上海古籍出版社，2006，第964页。
③ 李剑锋：《元前陶渊明接受史》，齐鲁书社，2002，第248页。

为梅尧臣的人生常态时，他将现实世界中处处受挫而无处安放的权力欲和操控欲投向了虚幻的、自恋的想象世界，儒家传统文化推扬称誉的严光、伯夷、叔齐、颜回、原宪、介子推、陶渊明等先哲前贤纷纷进驻他的想象世界，成为梅尧臣自我比况、自我认同的虚拟对象，成为他满足自恋、伸展意志的精神依托，成为支撑梅尧臣生存于世的重要意义。

四 纪梦诗：被压抑的潜意识

如上所述，营求利禄是梅尧臣现实生存的需要，但这种需要在重义轻利的儒家文化语境下是不被鼓励表达的。作为儒家礼教教化下的温厚君子，梅尧臣有意识地隐忍着这份内心追求，但这种更原始的生命动力从未消失，而是被压抑进了潜意识。我们不妨抛开其喋喋不休的自述陈辞，将观察视角转入梅尧臣纪梦诗的无意识角落。弗洛伊德认为，"梦总有一种意义，即使是一种隐意"①，梦是"欲望的满足"②，是被压抑的本我冲动之化装与释放，代表我们期望的东西，这就使通过分析梦境洞悉梅尧臣心理世界得以可能。梦大致分为两类，一类是不加掩饰的欲望满足之梦，另一类是化装过的欲望呈现、满足之梦。这些在梅尧臣纪梦诗中皆有体现，第一类纪梦诗如《五月十七日四鼓梦与孺人在宫庭谢恩至尊令小黄门宣谕曰今日社与卿喜此佳辰便可作诗进来枕上口占》：

> 同谒未央殿，共沾明主恩。冕疏亲日月，蹈舞荷乾坤。龙尾三重峻，螭头几级尊。德音欣社日，抚语走黄门。阴会皆如实，阳开不复存。空余破窗月，流影到床垠。③

该诗作于至和二年（1055）母丧服满、即将回朝前夕，梅尧臣梦见社日与妻子共同趋赴拜舞于甬道高峻、石阶深远的未央殿，皇帝宣谕其作诗进呈，这是梅尧臣希望以诗歌才华获得皇帝重用的欲望流露。"今我还朝固不远，紫宸已梦瞻珠旒"（《春日拜垄经田家》）亦是想要到达宫阙瞻仰皇帝的欲望满足。第二类纪梦诗如《梦登河汉》：

---

① 〔奥〕弗洛伊德：《释梦》，孙名之译，商务印书馆，1996，第92页。
② 〔奥〕弗洛伊德：《释梦》，孙名之译，商务印书馆，1996，第118页。
③ 朱东润编年校注《梅尧臣集编年校注》，上海古籍出版社，2006，第790页。

夜梦上河汉，星辰布其傍。……我心恐且怪，再拜忽祸殃。"臣实居下土，不意涉此方。既得接威灵，敢问固不量。有牛岂不力，何惮使服箱？有女岂不工，何惮缝衣裳？有斗岂不柄，何惮挹酒浆？卷舌不得言，安用施穹苍？何彼东方箕，有恶务簸扬？唯识此五者，愿言无我忘。"神官呼我前，告我无不臧。"上天非汝知，何苦诘其常？岂惜尽告汝，于汝恐不祥。至如人间疑，汝敢问于王？"扣头谢神官："臣言大为狂。"骇汗忽尔觉，残灯荧空堂。①

这个梦将活动场景由人间置换成天上，梦中关于星辰措置问题的连连发问，既是对传说故事的追问质疑，亦表达了对现有社会秩序的怨愤不满。上登银河、质问神官之举暴露了梅尧臣无意识中渴望进入权力阶层、拥有话语权以贯彻政治主张的内心愿望。神官警告则是潜意识中的那部分自我对本我冲动之理性、审慎的监督与稽查。这个梦将梅尧臣内心的本我需要、自我压抑之冲突揭示得比较明显。又如《李审言遗酒》："空肠易醉忽酩酊，倒头梦到上帝前。赐臣苍龙跨入月，不意正值姮娥眠。无人采顾傍玉兔，便取作腊下九天。拔毛为笔笔如椽，狂吟一扫一百篇。"②这么大胆放肆、狂放豪迈的梦境恰恰是他现实中无法实现的得到皇帝赏识进而跻身高层的欲望之满足。此外，梅尧臣还梦见在天坛接触乘白凤、白麟的仙人③，又梦见与蔡襄在"滉朗天开云雾阁，依稀身在凤皇池"（《至和元年四月二十日夜梦蔡紫微君谟同在阁下食樱桃蔡云与君及此再食矣梦中感而有赋觉而录之》）的中书省同食樱桃，这些仙气飘飘、富丽堂皇的梦境皆是梅尧臣渴望仕进的变形体现，是他被压抑的本我冲动在化装后的梦境中的发泄与满足。

从中可见，功利欲望无法通过正常途径得到宣泄，转而被梅尧臣压抑进潜意识，通过梦境形式呈现出来。高官厚禄实际上是他内心深处最真实的渴望，也被他用进献诗赋等实际行动证明过，但由于荫补出身导致的种种遗憾、受挫，其很难在现实世界充分发展、实现自我，很难体

---

① 朱东润编年校注《梅尧臣集编年校注》，上海古籍出版社，2006，第304页。
② 朱东润编年校注《梅尧臣集编年校注》，上海古籍出版社，2006，第617页。
③ 参见朱东润编年校注《梅尧臣集编年校注》，上海古籍出版社，2006，第512页。

会到自恋、权力感的心理满足，故他选择退避到虚拟的、全能自恋的精神世界，将历史上众多退隐先贤作为自我认同的对象。其诸多反复陈述逐渐模糊了想象和现实的区别，从而构成"此乐"与"彼荣"难以得兼的双趋冲突。梅尧臣始终未能统合心中两种不同仕宦心态和思想倾向，展现出一个挣扎于理想和现实之间、内心颇为分裂的宋代士人形象。

梅尧臣诗歌存在理想与现实不一致、言行不一致、前言后语不一致等多个层面的表述分歧，分歧实质是梅尧臣面对"此乐"与"彼荣"亦即仕宦与退隐抉择的双趋冲突。高官厚禄是梅尧臣内心深处最真实的渴望，因为中年阶段的他承担着"立门户"与"毕婚嫁"的现实责任，有深切的现实需要。然而，门荫出身的事实又让其饱受仕途蹭蹬之苦，使其无法在现实世界获得自我意志的伸展和满足，他便退回自恋的想象世界寻求权力欲、操纵欲的满足。由于功利欲望在重义轻利的儒家文化语境下是不被鼓励表达的，他将这种欲望压抑进纪梦诗，在梦中获得欲望的宣泄和满足。这种转向精神世界乃至更深的潜意识世界的思想倾向，无疑与向外建功立业、充满青春活力、富于少年气象的盛唐之音相去甚远，它是个体与社会周旋、碰撞后向内潜转，寻求超越、疏解的"沉潜""思虑深沉"宋型人格的典型体现。

第二节　梅尧臣"穷而后工"的心理机制

上一节我们从梅尧臣诗歌的表述分歧方面分析了背后的现实需要、动机以及梅尧臣面对困境的独特处理方式。这一节我们将从"穷而后工"这个诗学命题入手探讨梅尧臣面对困境时怎样走上精诚于诗歌的创作道路以及诗歌创作对梅尧臣调节心理的重要意义。"穷而后工"的诗学命题源自欧阳修《梅圣俞诗集序》："然则非诗之能穷人，殆穷者而后工也。"[①] 历来研究者多注重阐释"穷而后工"的思想内容、"穷"如何转化为"工"，以及其与"发愤著书""不平则鸣"等相似命题的联系、区别。这类论述存在一个共同弊端，亦即耽溺于概念、理论探讨，有从理论到理论的抽象之嫌。文学理论抽绎自诗人的具体创作经验，却很少有

---

① 李逸安点校《欧阳修全集》第 2 册，中华书局，2001，第 612 页。

学者将"穷而后工"还原到梅尧臣生存、创作的具体语境,借助心理学学科资源深入考察"穷而后工"的内在心理机制。本节试图撇开抽象的理论叙述,以梅尧臣人生经历、情感体验为出发点,以心理学学科理论深入考察"穷而后工"这个理论包蕴的切实内涵与心理机制。

一 作为相对剥夺体验的"穷"

美国社会学家斯托弗研究二战期间美国士兵心理状况时发现,美国陆军航空兵的晋升满意度会受到参照对象影响,通过与军事警察比较,他们觉得自己应得权利受到侵害而更多体验到沮丧感觉。据此,他首次提出"相对剥夺感"(Relative Deprivation)概念来解释此现象。《论语·季氏》"不患寡而患不均"[①] 所谈论的社会现象也符合斯托弗发现的相对剥夺原理。由此可见,人生的幸福感、满意度往往并非源自切实的外在条件,而是来自与参照物的社会比较,没有比较就失去了衡量幸福感、满意度的外在绳尺,个人、群体就很难产生怨恨、不满情绪。一旦进入社会比较,处于劣势者总会感觉自己失去了什么,这种感觉会使他们产生相对剥夺体验,进而产生愤怒、不满情绪与压抑、自卑心理。

作为北宋政府低级官员,梅尧臣虽然在经济方面不时遇到困难,但绝不至于沦落到底层群众那样的赤贫境地,即便是寓居汴京的艰难日子里,亦可从"我仆寝我厩,相背肖两己"(《月下怀裴如晦宋中道》)、"我马卧其傍,我仆倦揢肘"(《七月十六日赴庾直有怀》)、"忽闻大尹来,僮仆若惊鸟"(《永叔内翰见过》)、"往时南馔未通,京师无有能斫鲙者,以为珍味。梅圣俞家有老婢,独能为之"(叶梦得《避暑录话》)等诗文记载推知其家至少蓄有两名奴仆。由此可见,"穷而后工"的"穷"并非指绝对的"穷",而是一种相对的"穷"。所谓的"穷",是从欧阳修视角看到的梅尧臣的生存状态,寓含着欧、梅社会地位与财富状况的彼此、今昔比较,是基于自己位高权重、志得意满而梅尧臣在财富、地位方面原本应得、可得而未得的窘困状态之内心感触,是"作诗三十年,视我犹后辈"(《水谷夜行寄子美圣俞》)的创作实绩与"抑于有司,困于州县凡十余年。年今五十,犹从辟书,为人之佐,郁其所蓄,

---

[①] 程树德撰,程俊英、蒋见元点校《论语集释》,中华书局,1990,第 1137 页。

第一章 向内潜转：梅尧臣诗歌的心理动因与人格特征

不得奋见于事业"① 的社会地位的悖逆反差，实质就是从客位角度共情、体验到梅尧臣在社会比较下产生的相对剥夺体验，再对比、结合梅尧臣诗歌创作的骄人成绩，转而提炼出"穷而后工"的诗学命题。因此，"穷而后工"的"穷"绝不仅仅指经济穷困，而更多蕴含抱负、志向的穷境，这种志"穷"经过与仕途显达的欧阳修等人比较而愈发扩大、凸显。

梅尧臣的生活经历使其较易产生社会比较，亦即有产生相对剥夺体验的现实诱因和生存土壤。首先，天圣、明道年间梅尧臣任职地方州县时经济收入较为充裕而调职京城后经济入不敷出。如上文所述，梅尧臣担任幕职州县官期间经济相对宽裕，尚有余钱接济时任馆阁校勘的欧阳修。入京后梅尧臣不仅失去职田、公使钱收入，所领薪俸还被不断上涨的汴京物价充分稀释，因此，梅尧臣寓居京城时生活状况颇显困窘，所住房屋只能依靠租赁，薪米布帛等生活物资常需友人接济，以至集中留下了《杜挺之新得和州将出京遗予薪刍豆》《永叔赠绢二十匹》《莱宣遗酒》等记载友人馈赠粟米、绢帛、美酒、薪柴、牧草的诗歌作品。任职地方、京城的经济落差很容易引起心理上的相对剥夺体验。其次，洛阳故交相继飞黄腾达，梅尧臣却依旧屈居人下、难以进步，这种相形见绌、落后他人的仕宦状态也特别容易产生相对剥夺体验。天圣、明道年间，梅尧臣与范仲淹、欧阳修等人年龄相仿、起点相近，彼此社会地位亦相对平等，然而范仲淹、欧阳修等人进士出身，故其仕宦道路相对顺利，而门荫出身的梅尧臣仕途蹇碍、寸步难进。到庆历、嘉祐年间，这批洛阳故交早已仕途显赫、飞黄腾达，成了北宋中期社会的中流砥柱，梅尧臣在政治地位方面已无法企及。因此，与洛阳故交范仲淹、欧阳修等北宋精英的社会比较使梅尧臣积聚了许多心理压力。《高车再过谢永叔内翰》即以遇高官韩愈、皇甫湜来访，平民李贺所写《高轩过》为模仿对象，对欧阳修"高车"等指称颇有往日情谊因社会地位差距而见生分、距离的意味。最后，作为都城的汴京聚集了全社会的精英人才，但亦不乏投机取巧、钻营捷径之人，在这样鱼龙混杂的社会环境里，眼看周围人依靠溜须拍马、傍侍权贵等方式越级上位，自觉颇负文学、军事才华的梅尧臣却因自命清高、不屑合污而难有作为，"不能屑屑随时辈，亦耻

---

① 李逸安点校《欧阳修全集》第 2 册，中华书局，2001，第 612 页。

区区忆故乡"(《依韵和春日见示》))、"试看一生铜臭者,羡他登第亦何频"(《和范景仁王景彝殿中杂题三十八首并次韵·诗癖》)、"耻随波上下,难免鬼欷歔"(《贫》)等诗歌就流露了在争相媚上的社会风气下梅尧臣坚定不移的自我操守,但这种自他比较难免让其体验到强烈剥夺感、失落感,从而产生压抑、自卑等消极情绪,造成志"穷"的生存困境。

更可悲的是,宋代崇尚仕宦的社会环境进一步加剧了这种心理压力。与魏晋、隋唐"尚姓""重阀阅"不同,宋代科举取士政策最大限度开通了下层士人向上流动的制度通道,寒门学子完全可凭刻苦读书获得高官厚禄,中国历来就有的官本位文化与科举取士政策缩结合流,促使宋代尚官思潮成为举世所趋的时代潮流。张邦炜曾指出宋代"社会心理由'尚姓'即'崇尚阀阅'转向'尚官'即'崇尚官爵'"①,又称当时社会流行"眼前何日赤,腰下几时黄""眼赤何时两,腰黄甚日重"等讽刺官迷的顺口溜②。庆历年间虽是宋代理想激荡、士风高涨的历史阶段,但士人对富贵私欲的热切追求丝毫不减,刘敞、苏舜元等人未获理想职位时的怏怏不乐,苏舜钦汲汲于少年富贵的梦想皆是北宋尚官思潮的典型表现。在此社会潮流裹挟下,梅尧臣不仅要承受社会比较的外在压力,还要承受内闱妻子的不断鞭策、嘲笑。欧阳修《归田录》记载:

> 梅圣俞以诗知名三十年,终不得一馆职。晚年与修《唐书》,书成,未奏而卒,士大夫莫不叹惜。其初受敕修《唐书》,语其妻刁氏曰:"吾之修书,可谓猢狲入布袋矣。"刁氏对曰:"君于仕宦,亦何异鲇鱼上竹竿邪?"闻者皆以为善对。③

作为最亲密、贴心的家庭成员,妻子原应给予梅尧臣最有力的社会支持,但深受社会潮流影响的她不仅不支持官场失意的梅尧臣,反而嘲笑其仕宦进度如"鲇鱼上竹竿",反倒成了制造焦虑、逼迫梅尧臣的对立力量。在外感到社会比较的差异,在内失去家庭港湾的温暖熨帖,梅尧臣内心

---

① 张邦炜:《史事尤应全面看——关于当前宋史研究的一点浅见》,《西北师大学报》(社会科学版)2017年第1期。
② 张邦炜:《宋代婚姻家族史论》,人民出版社,2003,第62页。
③ 李逸安点校《欧阳修全集》第5册,中华书局,2001,第1934页。

的压抑、郁闷程度可想而知。

　　每个人都有自我保护的本能，处于不利境地时往往倾向采取自我保护机制，通过回避、自欺等方式降低不利现象对自己的伤害程度。故当梅尧臣在汴京时期感受到社会比较带来的相对剥夺体验时，他就逐渐采取社交逃避、退缩行为，开启了保护自我的心理防御机制。杜衍是显赫尊贵的前宰相，他一再称赞梅尧臣"清才绰绰臻神妙，逸韵飘飘入杳冥。动与四方明得失，时教万物被丹青"，希望朝廷君主能够欣赏、重用其人，所谓"斯文期主宜推毂，无使沉吟向外庭"[①]。梅尧臣和诗却称自己如平凡微贱的萧艾，"孤根易变终微贱，美泽难沾漫晦冥""东风已与生成足，不敢希冀在帝庭"[②]，春风吹拂下草木生根，如同贫贱摧残深植命运中，近乎自卑的自我认知与自我评估流露出长期积累的消极情绪、敏感心理，以及仕宦进取的无力感、无助感。梅尧臣与荣华显达后的故交欧阳修诗歌来往时，敏感多疑的他写出《高车再过谢永叔内翰》来刺激、猜忌欧阳修，试探其显贵后是否仍旧不变初心，并从确切答案中感受自己无可替代的重要性。他频频书写"经年三枉驾，未与故人疏"（《永叔内翰见访》）、"犹喜醉翁时一见，攀炎附热莫相讥"（《陆子履见过》）等诗句，亦是在确认欧阳修能否如往年那样支持他。

　　有价资源占有量少的梅尧臣的自我保护机制直接表现为疏远达官贵人，如"但见公轩过，未见我马去。我懒宜我嫌，公曾不我恶"（《韩子华内翰见过》）、"朋游绝经过，都未昧相识。幸得养疏慵，不能事役役"（《次韵和司马君实同钱君倚二学士见过》）、"岂敢以贫贱，而辄傲贤贵。但恨门闬遥，赫日去可畏"（《吴长文紫微见过》）、"朝游翔凤池，暮直中书省。无由见颜色，况乃当畏景"（《范景仁紫微见过亦谒不遇道上逢之》）。在这些诗歌中，梅尧臣将其极少出游拜访高官友人归因于个人性情慵懒和夏日炎炎可畏，其实这皆非他不出门访友的真实原因，真正原因在于梅尧臣的低自尊心理和相对剥夺体验带来不愿主动结交友人的社交逃避行为。他内心其实非常渴望朋友来访，不仅于诗题惯常记录友人相访日期，而且常存"乃知君子德，曩分替则未"（《吴长文

[①] 朱东润编年校注《梅尧臣集编年校注》，上海古籍出版社，2006，第875页。
[②] 朱东润编年校注《梅尧臣集编年校注》，上海古籍出版社，2006，第875页。

紫微见过》）、"曷若世上士，惟顾势力均"（《十一月二十三日欧阳永叔刘原甫范景仁何圣徒见访之什》）的欣喜和感恩之情，然而他时常逃避主动寻访友人，呈现出身处低位时面对达官贵人的心理防御机制和行为逻辑。在难以回避的多重社会比较下，梅尧臣经常有相形见绌、落后他人的相对剥夺体验，但他并未通过调整认知建立正确的评估方式，内心深处缺乏足够强大的自信和力量。所幸欧阳修、韩绛等朋友不断为其创造仕进机会，不断提供情感抚慰和社会支持，给他那敏感脆弱的内心世界注入了较多扶持力量。

二　作为过渡性空间的诗歌

梅尧臣性格偏于庸懦、软弱，解决问题能力、意志力水平皆不够突出，故每次遇到困难时皆流露出明显退避倾向。政治上，"独此怀百忧，思归卧云壑"（《大水后城中坏庐舍千余作诗自咎》）、"却咏归去来，刘薪向深谷"（《田家语》）是其遇到民生问题时的思想倾向。社交上，"但见公轩过，未见我马去"（《韩子华内翰见过》）、"但恨门阑遥，赫日去可畏"（《吴长文紫微见过》）、"大第未尝身一至，人猜巧宦我应非"（《寄汝上》）是其避免相形见绌、自尊受损的解决措施。这类被动回避策略能使梅尧臣避免暴露于令人自责、自卑的社会处境，是其维护自我尊严、自我价值的独特方式。

梅尧臣的退避策略还表现为主观歪曲仕宦的价值意义，从而退避到作为"游戏"的诗歌世界。精神动力学派心理学家温尼科特认为，游戏过程是有疗愈作用的，游戏创造了一个过渡性空间，沟通着内在世界与外在世界，儿童会在游戏中对客体进行试探性操纵，在其中体验不确定性。[①]

游戏是富于乐趣、令人忘倦的，因此才能诱使在现实社会遭受挫折的人退行其中。诗歌创作对梅尧臣而言就是富于乐趣的文人游戏，其以"戏"为题的诗歌作品有二三十首，充分反映了其诗歌创作的游戏性质。如《次韵和酬刁景纯春雪戏意》：

---

① 参见〔英〕温尼科特《游戏与现实》，卢林、汤海鹏译，北京大学医学出版社，2019。

第一章 向内潜转：梅尧臣诗歌的心理动因与人格特征

> 雪与春归落岁前，晓开庭树有余妍。杨花扑扑白漫地，蛱蝶纷纷飞满天。胡马嘶风思塞草，吴牛喘月困沙田。我贫始觉今朝富，大片如钱不解穿。①

诗写过年前飘落的一次春雪，晚来夜雪将庭树点缀得十分妍丽，如同杨花漫地、蛱蝶满天，进而想象胡马思草、吴牛喘月，结尾自嘲贫穷生活突然暴富，大片雪花如张张钱片就是不知如何穿贯，以此轻松、幽默口吻将自己的穷困处境化解开来。又如《走笔戏邵兴宗》：

> 子鱼一尾不曾有，又诺毗陵苍鼠毫。细粒吴粳谁下咽，尖头越管底能操。②

邵亢曾允诺梅尧臣送给其子鱼、狼毫笔，然而左等右等皆未等到许诺的这些物件，故梅尧臣去诗将其提醒、戏弄一番。再如"去日觅钓竿，定能垂钓否？若不暇钓鱼，钓竿当去取"（《王殿丞赴莫州日就余求钓竿数茎以往今因其使回戏赠》）、"从他舞姝笑我老，笑终是喜不是恶。固胜兔子固胜鹤，四蹄扑握长啄啄。任看色与月光混，只欲走飞情意薄。拘之以笼縻以索，必不似纤腰夸绰约。主人既贤豪，能使宾客乐。便归膏面染髭须，从今宴会应频数"（《和永叔内翰戏答》）等诗皆将诗歌创作与日常生活紧密结合，充分发挥了诗歌调笑他人、回应调笑的游戏性质。在日常公务之余，诗歌创作成为梅尧臣自嘲、揶揄的有效方式，成为其戏弄他人、忘却等级的游戏工具，也成为其"忙中唯此是偷闲"（《和公仪龙图戏勉》）、"但自吟醉与世违"（《依韵和永叔劝饮酒莫吟诗杂言》）的休憩园地，这种轻松愉悦、富于乐趣的生命方式对仕途受挫的梅尧臣极富吸引力。

游戏是内在世界和外在世界的过渡性空间。诗言志、诗缘情皆表明诗歌与内在世界关联紧密，诗歌又能反映、体现外在世界，成为一个像游戏那样连通内在世界和外在世界的过渡性空间。因此，当梅尧臣触碰

---

① 朱东润编年校注《梅尧臣集编年校注》，上海古籍出版社，2006，第1063页。
② 朱东润编年校注《梅尧臣集编年校注》，上海古籍出版社，2006，第624页。

到外部世界那铜墙铁壁般的冷漠坚硬时，无奈选择向内退转一步，回到诗歌这一过渡性空间寻求柔软、安定的心灵抚慰。他在《回自青龙呈谢师直》中写道："嗟余老大无所用，白发冉冉将侵颠。文章自是与时背，妻饿儿啼无一钱。幸得诗书销白日，岂顾富贵摩青天。"① 年纪渐老、白发侵头，家中生计却依然堪忧，这是梅尧臣外部世界的诸多不如意。所幸他有诗书消磨时光，给予其安宁、平静的心灵慰藉。在这自娱自乐的诗书天地，哪里还管得上他人富贵摩天。"莫问冠冕贵，自将诗书耽"（《依韵解中道如晦调》）、"生甘类原宪，死不学陶朱。但乐诗书在，未忧钟鼎无"（《贫》）、"人间诗癖胜钱癖，搜索肝脾过几春。囊橐无嫌贫似旧，风骚有喜句多新"（《和范景仁王景彝殿中杂题三十八首并次韵·诗癖》）等诗句皆是其耽溺诗书、不问富贵的自我述说，是其从外部世界退回诗歌这一过渡性空间的呈现。

  游戏能够实现对游戏者的试探性操纵，让游戏者体验到不确定性。诗歌创作亦近似于此，创作过程是艰苦的、不确定的，但又是能够被成功操纵、最终有所收获的。梅尧臣《依韵解中道如晦调》云："大雅固自到，建安殊未甘。哀哉彼屈宋，徒尔死湘潭。险句孰敢抗，似入虎穴探。辛勤不盈襜，况又剧采蓝。……兴来聊咏怀，字密如排蚕。曹刘为我驾，颜鲍为我骖。爱视二子才，并驱应亦堪。"② 梅尧臣在此表露了诗歌创作方面的理想追求，为此，他终日创造险句、辛勤采拾，体现了艺术创作上的勇敢超越、开拓创新精神。梅尧臣虽然在现实社会中充满无力感，却能在诗歌创作方面体验到自我效能的操纵感。诗歌创作使其获得社会人士的普遍尊敬与文学认同，给予梅尧臣源源不断的正反馈，这些正反馈又鼓励其继续为诗歌创作付出时间、精力，助其艺术创作道路越走越远。

  诗歌对梅尧臣而言就像玩具对儿童那样是可以体验创造、操纵的过渡性空间。当梅尧臣于现实世界体验到自他比较带来的情感挫伤，感觉自己是"孤根易变终微贱，美泽难沾漫晦冥""东风已与生成足，不敢希冀在帝庭"（《依韵和酬太师相公》）的萧艾草芥、"故人已贵身独贱，

---

① 朱东润编年校注《梅尧臣集编年校注》，上海古籍出版社，2006，第232页。
② 朱东润编年校注《梅尧臣集编年校注》，上海古籍出版社，2006，第568页。

篱根枯死佳花菊"（《江口遇刘纠曹赴鄂州寄张大卿》）的枯死菊花时，失去自信、没有力量、缺乏操控环境体验的他选择退归作为过渡性空间的游戏世界，撑起诗歌的扁舟漫溯进心灵的更深处，用语言文字创造适宜生存的宽阔天地。从心理学上看，一个人从现实社会退避到游戏这个过渡性空间，实际上是一种不可取的心理退行，但这种退行对他而言是足够有益的，能够让其不再直面现实创伤而获致心灵平衡，同时，梅尧臣长期坚持创作积累的文化优势使其更容易把握诗歌世界的话语权，让其拥有足够的自信、能力在诗歌天地体验创造的快乐以及自恋意义上的自我满足。

三 作为心理补偿的诗歌

心理学家阿德勒认为，"我们每个人都有不同程度的自卑感，因为我们都发现我们自己所处的地位是我们希望加以改进的"，"没有人能长期地忍受自卑之感，它一定会使他采取某种行动，来解除自己的紧张状态"。① 这种为解除紧张状态而采取的行动就是寻求优越感。可以说，自卑是一种人生常态，关键是我们怎样将这种自卑情绪予以合理转化，怎样用实际行动超越自卑心理，调节出积极、健康的心理状态。

诗歌创作是梅尧臣长期拥有的文化优势，早在天圣、明道年间，梅尧臣就以诗歌才华知名于士林。"圣俞翘楚才，乃是东南秀。玉山高岑岑，映我觉形陋。离骚喻草香，诗人识鸟兽。城中争拥鼻，欲学不能就"（《七交七首·梅主簿》）呈现了梅尧臣当时的诗歌盛名与世人争相学习的文化现象，以及欧阳修在梅尧臣诗歌才华映照下感到自惭形秽。"春风午桥上，始迎欧阳公。我仆跪双鳜，言得石濑中。持归奉慈媪，欣咏殊未工。是时四三友，推尚以为雄"（《澉口得双鳜鱼怀永叔》），具体记录了天圣九年（1031）钱幕文人集团的一次唱和活动，在这次吟咏鳜鱼的唱和活动中，众人皆"推尚"梅尧臣作品为翘楚。宝元元年（1038），梅尧臣所作《范饶州坐中客语食河豚鱼》亦获得众多文人交相称赞，欧阳修称其"作于樽俎之间，笔力雄赡，顷刻而成，遂为绝唱"②，甚至

---

① 〔奥〕A. 阿德勒：《自卑与超越》，黄光国译，作家出版社，1986，第47页。
② （宋）欧阳修：《六一诗话》，（清）何文焕辑《历代诗话》，中华书局，1981，第265页。

"余每体中不康,诵之数过辄佳,亦屡书以示人为奇赠"①。诗歌创作的文化优势是梅尧臣比他人优越之处,能赋予他相当程度的心理优越感,他无法改变门荫进身导致的淹蹇命运,就选择诗歌创作为人生的突破口,将其毕生精力用于撰写、打磨诗歌作品。欧阳修《水谷夜行寄子美圣俞》云:"梅翁事清切,石齿漱寒濑。作诗三十年,视我犹后辈。文词愈清新,心意虽老大。譬如妖韶女,老自有余态。近诗尤古硬,咀嚼苦难嚼。初如食橄榄,真味久愈在。"② 这种"视我犹后辈"的诗坛地位并非凭空得来,而是三十年的笔耕不辍、锱铢积累使诗歌优势逐渐放大换来的。为此,梅尧臣付出了巨大心力,苏轼《答陈传道》其三云:"知日课一诗,甚善。此技虽高才,非甚习不能工也。圣俞昔尝如此。"③ 即便家境贫穷、生计艰难,梅尧臣也未用全部精力营求富贵,而是孜孜矻矻于诗歌创作,苦思吟索、推敲锻炼成为他的生活常态。

> 吾与尔别未及旬,吾家依旧甑生尘。闭门不出将谁亲,自持介独轻货珍。盘餐岂有咸酸辛,苦吟辍寝昏继晨。(《依韵和师厚别后寄》)④

> 我生无所嗜,唯嗜酒与诗。一日舍此心肠悲,名存贵大不辄思。甑空釜冷不俯眉,妻孥冻饥数恚之。但自吟醉与世违,此外万事皆莫知。(《依韵和永叔劝饮酒莫吟诗杂言》)⑤

> 春雨懒从年少狂,一生憔悴为诗忙。不能屑屑随时辈,亦耻区区忆故乡。(《依韵和春日见示》)⑥

既然官位低微、生计贫穷难以改变,那么索性"苦吟辍寝昏继晨""但自吟醉与世违",搜索肝脾、憔悴身心推敲字句,将满腔热情寄寓诗歌创

---

① 洪本健校笺《欧阳修诗文集校笺》,上海古籍出版社,2009,第1923页。
② 洪本健校笺《欧阳修诗文集校笺》,上海古籍出版社,2009,第46页。
③ 孔凡礼点校《苏轼文集》,中华书局,1986,第1575页。
④ 朱东润编年校注《梅尧臣集编年校注》,上海古籍出版社,2006,第262页。
⑤ 朱东润编年校注《梅尧臣集编年校注》,上海古籍出版社,2006,第926页。
⑥ 朱东润编年校注《梅尧臣集编年校注》,上海古籍出版社,2006,第843页。

作，熟练的技艺、隆厚的声望多少能冲抵仕途淹滞的穷愁情绪，给他带来可资补偿的心理优越感。事实上，梅尧臣曾经比较过金钱利禄、诗歌创作的重要程度，《和范景仁王景彝殿中杂题三十八首并次韵·诗癖》云：

> 人间诗癖胜钱癖，搜索肝脾过几春。橐橐无嫌贫似旧，风骚有喜句多新。但将苦意摩层宙，莫计终穷涉暮津。试看一生铜臭者，羡他登第亦何频。①

此诗主题是金钱、诗歌的价值比较，由于"诗癖"胜于"钱癖"的爱好倾向，尽管生活方面"贫似旧"，却欣喜于诗歌方面"句多新"，精思神采全部奉献给诗歌创作，生活贫苦亦不再思虑顾及。从此诗可见梅尧臣已能主观排解功名利禄的失意状态，这种排解能力正是源自诗歌创作成为他超越现实的心理补偿，成为他快乐喜悦的情绪来源，成为他日常生活的重要寄托。

老子云："祸，福之所倚；福，祸之所伏。"② 尽管治政抚民、献诗献书、渴望范仲淹汲引等失败经验导致梅尧臣缺少控制环境的成功体验，屡次失败积累的负面情绪又导致梅尧臣产生"东风已与生成足，不敢希冀在帝庭"的无助感，但他并未就此颓废、消沉下去，而是致力于发掘诗歌方面的优异才华，放大本有的文化优势，在诗歌创作方面寻求优越感来超越仕宦劣势处境。梅尧臣骄人的诗歌成绩获得了欧阳修、韩绛等人的正向反馈，他们不断为梅尧臣广泛宣传，梅尧臣最终获得了社会人士的普遍认可、尊敬，这助其完成了自卑与优越之间的心理转化。因此，梅尧臣虽然在诗歌中总流露出明显的自卑情绪，却并非绝对意义上的"穷"入绝境，他已摸索到以诗歌创作获取社会声望进而寻求优越、超越自卑的特殊方式，并能通过补偿行为进行自我心理调节。

四 作为文化资本的诗歌

"文化资本"是法国社会学家皮埃尔·布尔迪厄文化社会学中的关

---

① 朱东润编年校注《梅尧臣集编年校注》，上海古籍出版社，2006，第1085~1086页。
② 朱谦之撰《老子校释》，中华书局，1984，第235页。

键概念，他将资本分为社会资本、文化资本、经济资本三种类型，指出文化包含资本属性，有其隐秘的利益逻辑，是可以像经济资本那样做交易的个人资产，是标志社会身份的价值积累。文化资本关键在于掌握某些特殊能力，梅尧臣掌握了诗歌创作的特殊能力，因此占有了相对稀缺的文化资本。这种资本被不断转化为经济资本、社会资本，为其带来丰厚的经济、社会效益。文化资本之所以能转化为经济资本、社会资本，与北宋精英群体的艺术趣味息息相关，艺术趣味是区隔不同阶层、群体的标志，特定文化资本是特定审美活动、娱乐活动的前提条件。诗歌作品作为文化资本的储存方式，可以被具有同样文化修养的知识分子快速解码，使其从中获得智性满足和审美愉悦。故梅尧臣虽然职级较低，却因拥有精英群体共赏的文化资本而成为北宋上层社会的宠儿。嘉祐年间，欧阳修、韩绛这类达官贵人寻访位置偏僻的梅尧臣家并阅其新近诗篇，这个文人群体在"邀以新诗出古律，霜髯屡颔摇寒松"（《高车再过谢永叔内翰》）、"索以新诗章，遍览日欲暮"（《韩子华内翰见过》）的文化活动中拥有了其他阶层难以享有的审美愉悦。嘉祐二年（1057）锁院期间试官们还以梅尧臣必有诗歌作品打赌饮酒，以至梅尧臣呼喊出"冻吟谁料我，相与赌流霞"（《二月五日雪》）的不平诗句。

根据布尔迪厄的理论，文化资本能有限制地转化为经济资本。实际上，梅尧臣通过诗歌创作收获了不少物质财富。欧阳修《归田录》记载：

> 圣俞在时，家甚贫，余或至其家，饮酒甚醇，非常人家所有。问其所得，云皇亲有好学者，宛转致之。余又闻皇亲有以钱数千购梅诗一篇者，其名重于时如此。[①]

皇亲国戚向梅尧臣请教诗艺时会给予他丰厚馈赠，购其一篇诗歌可出价至数千钱。由此可见，梅尧臣在诗歌领域的文化资本已能转化为金钱、美酒等经济资本。下层社会具有仿效上层社会品位的普遍趋势，因此，梅尧臣的诗歌作品不仅在上层社会观赏流传，还被应用到了北宋社会的商品买卖、流通等商业领域。欧阳修《六一诗话》记录了西南夷人所卖

---

① 李逸安点校《欧阳修全集》第 5 册，中华书局，2001，第 1931 页。

蛮布弓衣绣织梅尧臣《春雪》诗的故事。

> 苏子瞻学士，蜀人也。尝于渽井监得西南夷人所卖蛮布弓衣，其文织成梅圣俞《春雪》诗。此诗在圣俞集中，未为绝唱。盖其名重天下，一篇一咏，传落夷狄，而异域之人贵重之如此耳。①

西南夷人所售蛮布弓衣绣织梅尧臣《春雪》诗，蛮布弓衣便成为储存文化资本的物质载体，且因凝聚文化资本而更为增价、畅销。尽管在知识产权观念薄弱的时代，梅尧臣未必能从中直接受益，但亦可见其诗歌已具有良好的商业价值。梅尧臣的书法作品在北宋时期并不算出色，"我不善书心每愧，君又何此百幅遗。重增吾赧不敢拒，且置缣箱何所为"（《答宋学士次道寄澄心堂纸百幅》）就是对自己书法造诣不甚高超的诗歌表述。然而，我们从现存材料中能够看到梅尧臣书写篆盖的历史信息，如图1-1：

图1-1 王府君墓志铭

---

① 李逸安点校《欧阳修全集》第5册，中华书局，2001，第1950页。

尽管现已无法找到梅尧臣所书篆盖作品，但从这块刻石可推知梅尧臣的诗歌知名度很可能已能为其带来润笔收入。

文化资本还能有限制地转化为社会资本。所谓社会资本，大致可理解为俗称的关系、人脉，能够实际或潜在地帮助文化资本拥有者获得经济、地位成就。梅尧臣因诗歌创作获得的社会资本极多，尤其是担任幕职和京官时期所获上级、朋友帮助最大。天圣年间，梅尧臣就曾因诗歌创作获得长官王曙倾心欣赏，曾敏行《独醒杂志》云：

> 王文康公晦叔，性严毅，见僚属未尝解颜。知河南日，梅圣俞时为县主簿，一日，袖所为诗文呈公。公览毕，次日，对坐客谓圣俞曰："子之诗，有晋、宋遗风，自杜子美没后，二百余年不见此作。"由是礼貌有加，不以寻常待圣俞矣。①

由于出众的诗歌才华，梅尧臣获得了王曙"礼貌有加，不以寻常待"的特殊礼遇。又如湖州监税任上受胡宿礼遇、陈州镇安军节度判官任前及任上获晏殊厚待，此皆其将文化资本转化为社会资本的典型表现。尤其是晏殊见识梅尧臣诗歌才华后，邀请其出任陈州镇安军节度判官，这无疑是以文化资本直接换来了政治前程。更不用提杜衍多次写诗推举、扬誉梅尧臣，手抄梅尧臣诗卷使其展览流传，成为储存于具体物件中的客体化的文化资本。欧阳修及其同僚多次举荐梅尧臣担任各种职位，如《与韩忠献王四十五通》其十九云，"今窃见国子监直讲梅尧臣，以文行知名。以梅之名，而公之乐善，宜不待某言固已知之久矣。其人穷困于时，亦不待某言而可知也。中外士大夫之议，皆愿公荐之馆阁。梅得出公之门，一美事也；公之荐梅，一美事也；朝廷得此举，一美事也"②，为梅尧臣的政治前途多方周旋、谋划，梅尧臣获赐出身、进馆修书皆有赖朋友以其诗歌才华为名的大力举荐。

由此可见，诗歌创作虽耗费了梅尧臣许多精力，使其疏于科举考试、取得政绩，带给他"空望旆旌飘"的卑微政治地位，却又赋予他日渐隆

---

① （宋）曾敏行著，朱杰人标校《独醒杂志》，上海古籍出版社，1986，第7页。
② 李逸安点校《欧阳修全集》第2册，中华书局，2001，第2339~2340页。

盛的诗坛声名和文化资本，并悄然转化为其他资本，为其带来丰厚的经济、社会收益，弥补了门荫进身升迁缓慢的仕途局限，成为其立足士林、平交王侯的独特方式。

梅尧臣的"穷"是一种社会比较下的相对剥夺体验，当陷入无望、无力的社会处境时，他选择退回"游戏"这个中间地带，诗歌成为其不必直面外在世界的过渡性空间。从心理状态来说，这是一种不够健康的回避、退行状态。同时，诗歌创作又成为其寻求心理补偿的突破口，是其超越自卑、获得优越感的有效途径，是其转化为经济、社会资本的文化资本。当梅尧臣能以诗歌作品获取经济、社会效益时，门荫进身导致的经济、抱负"穷"境皆有所松动和化解。经此循环，我们既能看到梅尧臣身上既有的认知局限，也能看到其寻找出路、调适自己的生的动力。"穷而后工"是中国古典文学史上的重要文化现象，梅尧臣可以看成中国古代某类穷困文士的集体缩影，从中可窥见文人心理与诗歌创作的底层联通与交互影响。

第三节　失乐园：梅尧臣诗歌中的他者凝视与自我建构

前两节分析了梅尧臣面临仕宦困境时退回想象世界、诗歌世界的心理转向，本节从梅尧臣与周围他人的社交互动考察其面对他者凝视时的心理状态及他是如何确立、建构自我价值的。宋代"举世重交游"，文人集会和交游唱和较魏晋南北朝、隋唐时期远为兴盛，缘此，宋代诗人将许多他者涵摄进了诗歌作品。梅尧臣近3000首诗歌翔实记录了他的社交生活，成为管窥宋代士人社会交际、他者书写与自我认识、情感体验的绝佳样本。本节试图以文本细读方式辨析他者对梅尧臣自我意识的多层影响以及梅诗的他者书写蕴含的多重情感与隐微心态，从梅尧臣与周围他人的社交互动考察其面对他者凝视时的心理状态及他是如何确立、建构自我价值的。

一　宋前诗歌的他者书写类型与书写范式

先秦文学典籍的"他人"书写用例已屡见不鲜，《诗经》文本所见颇多，集中体现于如下几首诗歌：

山有枢，隰有榆。子有衣裳，弗曳弗娄。子有车马，弗驰弗驱。宛其死矣，他人是愉。山有栲，隰有杻。子有廷内，弗洒弗扫。子有钟鼓，弗鼓弗考。宛其死矣，他人是保。山有漆，隰有栗。子有酒食，何不日鼓瑟？且以喜乐，且以永日。宛其死矣，他人入室。（《唐风·山有枢》）

子惠思我，褰裳涉溱。子不我思，岂无他人，狂童之狂也且。子惠思我，褰裳涉洧。子不我思，岂无他士，狂童之狂也且。（《郑风·褰裳》）

绵绵葛藟，在河之浒。终远兄弟，谓他人父。谓他人父，亦莫我顾。绵绵葛藟，在河之涘。终远兄弟，谓他人母。谓他人母，亦莫我有。绵绵葛藟，在河之漘。终远兄弟，谓他人昆。谓他人昆，亦莫我闻。（《王风·葛藟》）

《唐风·山有枢》描写富有衣裳、车马、庭院、钟鼓、酒食而吝于享乐之人假如离开人世，这些东西就会被他人愉快占有、享用。此处，"他人"作为幸运者、掠夺者没有特定所指，却因站在"子"的对立面，颇能引起"子"的心理紧张感、失去感，从而带给读者深刻的理性思考。《郑风·褰裳》写一位女子告诉情人尽早提衣渡河来找她并引入"他人"作为情人的竞争对象，意在激起情人内心的紧张和醋意。此处的"他人"虽无具体形象，却真切凸显了女子在爱情中的狡黠与泼辣。《王风·葛藟》所写为乱世流离失所的百姓"谓他人父""谓他人母""谓他人昆"而"亦莫我顾""亦莫我有""亦莫我闻"的沉痛哀歌。这首诗中的"他人"与上两首不同，并非遥远、疏离的空洞他者，而是以其冷漠无情造就、衬托诗中流荡的"乞儿声，孤儿泪"（牛运震《诗志》），给诗中的"我"带来了深深的情感创伤。再如"独行踽踽，岂无他人，不如我同父""独行睘睘，岂无他人，不如我同姓"（《唐风·杕杜》）、"岂无他人，维子之故""岂无他人，维子之好"（《唐风·羔裘》）、"他人有心，予忖度之"（《小雅·巧言》），皆以"他人"与"我"

"子"进行比较，在人际关系对照中凸显"我"的主体选择、意向偏好。

魏晋南北朝诗歌中亦出现了"他人"的身影，如阮瑀《琴歌》："奕奕天门开，大魏应期运。青盖巡九州，在东西人怨。士为知己死，女为悦者玩。恩义苟敷畅，他人焉能乱。"① 此诗歌颂了魏主曹操的文武功绩与黎民百姓对他的爱戴拥护，以他人不能乱"我"心突出了"我"对魏主的效忠意愿。又如东晋陶渊明《拟挽歌辞三首》其三："荒草何茫茫，白杨亦萧萧。严霜九月中，送我出远郊。四面无人居，高坟正嶕峣。马为仰天鸣，风为自萧条。幽室一已闭，千年不复朝。千年不复朝，贤达无奈何。向来相送人，各自还其家。亲戚或余悲，他人亦已歌。死去何所道，托体同山阿。"② 写"我"死后发驾幽山的沿途、坟地景象，以及送行者回家后的情感状态。"他人"的抽离、淡忘乃至歌唱欢笑本是世人常态，却被陶渊明捕捉入诗，以死亡、歌笑的对比衬托人活在世上的微渺意义。

唐人诗歌的主体性、抒情性较于唐前、唐后诗歌皆更为强烈，秉持"天地生我尚如此，陌上他人何足论"（戎昱《苦辛行》）的主体精神，唐代诗歌着力抒发一己感情，对"他人"的关注程度并不甚高，"他"的身影不再如《王风·葛藟》《拟挽歌辞三首》那样带给读者强烈的情感扰动与理性思考。唐诗出现"他"的词语多为"他乡""他方""他国""他州""他邦""他处""他日""他岁""他年""他夕""他时""他山""他事""他生"等富于诗意的词组。具体到"他人"而言，多承袭《诗经·唐风·山有枢》吝啬财物而为他人所享的诗意，创作了"世人世人不要贪，留富他人有何益"（伏牛上人《三伤颂》其三）、"田园何用问，强半属他人"（白居易《埇桥旧业》）、"涕泪虽多无哭处，永宁门馆属他人"（白居易《重到城七绝句·高相宅》）等诗句。唐代诗人还从占有财物扩展开来，创作了占有风物、女人等诗句，如"同向洛阳闲度日，莫教风景属他人"（刘禹锡《秋斋独坐寄乐天兼呈吴方之大夫》）、"我今焚却旧房物，免使他人登尔床"（王建《赠离曲》），从而创造了一种类型化、规劝式的书写传统。唐诗中的"他

---

① 逯钦立辑校《先秦汉魏晋南北朝诗》，中华书局，1983，第379页。
② 袁行霈撰《陶渊明集笺注》，中华书局，2011，第292页。

人"总与"我""君"等人物并论，如"他人纵以疏，君意宜独亲"（李白《陈情赠友人》）、"不寄他人先寄我，应缘我是别茶人"（白居易《谢李六郎中寄新蜀茶》）、"他人骑骦马，而我薜萝心"（李颀《题少府监李丞山池》），这种对照写法意在突出"我""君"异于他人的举动行为、性情品质，进而塑造诗歌主题。但唐诗中的"他人"更多的是无关痛痒的存在者，如"公才群吏感，葬事他人助"（高适《哭裴少府》）、"何如投水中，流落他人开"（李白《感兴六首》其三）、"以色事他人，能得几时好"（李白《杂曲歌辞·妾薄命》），这些"他人"并不参与诗歌主体的抒情建构，是可有可无、边缘化的诗歌对象。

仅陈子昂、李白、杜甫的少数诗歌如"骨肉且相薄，他人安得忠"（陈子昂《感遇三十八首》其四）、"兄弟尚路人，吾心安所从。他人方寸间，山海几千重"（李白《杂歌谣辞·箜篌谣》）、"昔如水上鸥，今如罝中兔。性命由他人，悲辛但狂顾"（杜甫《有怀台州郑十八司户》），从"他人"险薄、算计行为出发，抒发存在世间的"我"面对"他人"的辛酸与悲凉。这种悲苦与《王风·葛藟》一脉相承，是"我"对"他人"希望落空的郁愤伤怀，是对"他人"侵犯"我"生存空间的郁郁寡欢，是"他人"造成的"我"心境的波澜起伏，是人在社会关系中产生的情感悲苦。

二 他者凝视中的对象化自我

文人集会与诗歌酬唱给宋代士人创造了相聚机缘，缔造了颇为深厚的朋友交谊。梅尧臣对朋友交情尤为珍重，所谓"得朋如得宝，何恨相知晚"（《重送》）。但因门荫进身导致的仕途塞碍，晚年的梅尧臣与进士出身的友人社会地位差距日渐增大，在"旧友贵来疏"（《重送》）的时代风气里，梅尧臣不能不多揣了些试探、猜疑的心思。他与欧阳修情谊最为深笃，对其情感需求亦超越众人。随着与欧阳修社会地位的日益悬殊，梅尧臣晚年诗歌映现的心态、情感亦愈加复杂微妙，如《高车再过谢永叔内翰》：

世人重贵不重旧，重旧今见欧阳公。昨朝喜我都门入，高车临岸进船篷。俯躬拜我礼愈下，驺徒窃语音微通："我公声名压朝右，何厚于此瘦老翁。"笑言哑哑似平昔，妻子信说如梁鸿。自兹连雨泥没胫，未得谒帝明光宫。冒阴履湿就卑地，亲宾未过知巷穷。复闻传呼公又至，黄金络马声珑珑。紫袍宝带照屋屋，饮水啜茗当清风。邀以新诗出古律，霜髯屡颔摇寒松。因嗟近代贵莫比，官为司空仍侍中。今成冢丘已寂寞，文字岂得留无穷。以此易彼可勿愧，浮荣有若送雨虹。须臾断灭不复见，唯有明月常当空。况我学不为买禄，直欲到死攀轲雄。一饭足以饱我腹，一衣足以饰我躬。老虽得职不足显，愿与公去欢乐同。欢乐同，治园田，颍水东。①

开篇点出世人热衷攀附权贵、疏远旧交，唯有欧阳修仍厚待旧友。接着记叙欧阳修相访的两段记录：前者是"我"还朝时，欧阳修乘着高车大马前来船篷迎接，神情谦和、礼数周到，引得驺人窃窃私语、议论纷纷，不知眼前瘦老翁何以得到声名显赫、权倾朝野的欧公款待；后者是欧阳修穿着华服，乘着豪马，冒着雨水泥泞来到门可罗雀的卑湿穷巷，醉心品读"我"近段时间创作的新诗古律。最后写欧阳修对现世荣华富贵如雨后彩虹般易逝的慨叹，缘此，二人提出回归颍州治办田园、相伴养老的美好心愿。此诗存在两个他者，一是欧阳修，二是驺人。梅尧臣对欧阳修的期待是他仕途显达后不因自己微贱而疏远自己，对驺人的期待则是在高下悬殊间不因自己低贱而鄙视自己。仕途劣势使梅尧臣在参照群体中产生了相对剥夺感，故他既明显感到自我价值受损，又固执地保护着自我价值。欧阳修数次礼数周到的相访意在扶立梅尧臣的自信心，提升其自我价值。通过欧阳修和驺人的外在表现，梅尧臣终于在这面他者之镜中品读、体会到他人眼中尚可称道的自我形象，通过他者迂回认可了自我价值，矫正了原本拧巴、别扭的内在自我。

韩绛、吴奎等高官友人也是梅尧臣重要的他者之镜。《韩子华内翰见过》云：

但见公轩过，未见我马去。我懒宜我嫌，公曾不我恶。秋雨天

---

① 朱东润编年校注《梅尧臣集编年校注》，上海古籍出版社，2006，第877页。

街凉，萧萧绿槐树。遥听高车声，驺导门前驻。仆夫惊入扉，遽曰能来顾。度量何其宏，始终不改遇。索以新诗章，遍览日欲暮。诚惭兜离音，唐突韶与濩。明朝当负荆，人莫讥贵附。①

前四句写"我"生性懒惰，不曾主动寻访韩绛，韩绛却不见恶而多次前来寻访"我"，这实际上意味着身份卑微的"我"十分在乎韩绛的他者凝视与评判。接下来八句写凉秋时节韩绛的高车大盖停驻"我"家门前，仆夫对权贵人士遽然来访异常惊骇，惊跳入门报告主人，"我"感念韩绛富贵不改旧交的宽宏度量。末六句写韩绛索要新诗章阅读至暮的行为等。"仆夫惊入扉，遽曰能来顾"不仅绘写了仆夫见到乘坐高车大马的达官显贵来访时的惊跳情状，还记叙了仆夫仓皇、惊讶中说出的"能来顾"之议论语言，是另一种他者之镜。"明朝当负荆，人莫讥贵附"则又指向社会大众的目光之镜。这首诗寓含韩绛、仆夫、社会大众的三重他者之镜，从中可见梅尧臣在他者注视下胆小谨慎、敏感忸怩的处世心态。《吴长文紫微见过》云：

岂敢以贫贱，而辄傲贤贵。但恨门阙遥，赫日去可畏。瘦马汗常流，寸步出无谓。是以逾十旬，景慕肠欲沸。近因秋雨来，纤纤有凉气。九陌可以行，轻服可以衣。方将事请见，疮足痛若刲。忽枉驺骑过，颜厚言莫既。尚期新醪熟，还往袭经纬。乃知君子德，曩分替则未。②

开篇以反问语气表明自己不拜访吴奎并非因傲视公卿，而是出于夏日炎热、路途遥远。接下来写秋雨降临、天气凉爽时分正欲请见却足脚生疮、痛苦异常，忽逢吴奎屈尊枉驾来访陋巷。最后感念吴奎秉守君子德行，对故人依旧情分深厚。梅尧臣惧怕权贵他者对自我价值的贬低，就开启回避权贵的自我防御机制，吴奎不曾疏远微末旧交的君子德行实际上是以社会支持破解梅尧臣的防御机制，保护他的自我价值，给予他平交公

---

① 朱东润编年校注《梅尧臣集编年校注》，上海古籍出版社，2006，第1022页。
② 朱东润编年校注《梅尧臣集编年校注》，上海古籍出版社，2006，第1025页。

卿的自信与勇气。

对他者之镜的书写成为梅尧臣后期诗歌的重要内容，通过观察、揣摩他人面部神情、议论语言，梅尧臣将自我对象化，将自我价值系于他者之镜。如《十一月二十三日欧阳永叔刘原甫范景仁何圣徒见访之什》：

> 夷门魏公子，来过抱关人。车马立市中，贵义不耻贫。市人无不惊，此老面鬓皱。岂将流俗眼，能辨玉与珉。尔后几千载，此贤埋埃尘。谁谓四君子，蹈古犹比辰。上马后苑门，访我东城闉。为公开蓬户，沽酒焚紫鳞。银杯青石盘，共饮不计巡。薄暮各已醉，欢笑颓冠巾。来既无猜嫌，去亦无疏亲。曷若世上士，惟顾势力均。①

开篇八句櫽栝《史记·魏公子列传》信陵君屈尊降贵访问隐士侯嬴的历史故实，原文为："市人皆观公子执辔。从骑皆窃骂侯生。侯生视公子色终不变，乃谢客就车。至家，公子引侯生坐上坐，遍赞宾客，宾客皆惊。酒酣，公子起，为寿侯生前。侯生因谓公子曰：'今日嬴之为公子亦足矣。嬴乃夷门抱关者也，而公子亲枉车骑，自迎嬴于众人广坐之中，不宜有所过，今公子故过之。然嬴欲就公子之名，故久立公子车骑市中，过客以观公子，公子愈恭。市人皆以嬴为小人，而以公子为长者能下士也。'"②这段话并无侯嬴"面鬓皱"的面貌描述，市人态度亦非"无不惊"而是"从骑皆窃骂侯生""市人皆以嬴为小人"，梅尧臣诗的描述刻写实际上是自己"瘦老翁"的具体隐喻与形象投射，隐含着自我的对象化及他者对自我的客位审视。"薄暮各已醉，欢笑颓冠巾。来既无猜嫌，去亦无疏亲。曷若世上士，惟顾势力均"，通过不辨贵贱、放浪形骸的饮酒描绘呈现了彼此不存亲疏嫌猜的纯洁友谊，并以隐约的优越姿态批判了以社会阶层划分交际圈子的浇薄世风。再如《永叔内翰见过》"我居城东隅，地僻车马少。忽闻大尹来，僮仆若惊鸟"③，童仆见到"大尹"时"若惊鸟"的慌张表现，《永叔内翰见访》"内相能来顾，为郎乐有

---

① 朱东润编年校注《梅尧臣集编年校注》，上海古籍出版社，2006，第1125页。
② 《史记·魏公子列传》，中华书局，1959，第2378页。
③ 朱东润编年校注《梅尧臣集编年校注》，上海古籍出版社，2006，第1022页。

余。儿童争拂榻,门巷劣容车"①,儿童争相为"内相"扫拂坐榻的热情举动,诸多对欧阳修相访时节的场景摄取皆寓含"我"对他者行为、态度的揣摩猜测,以及自己因达官显贵来访而得到童夫仆妇尊重敬畏的满足心理。尽管欧阳修的来访内容只是"问我餐若何,依旧抱糜麨。问我诗若何,亦未离缠绕""掩扇知秋意,窥墙省旧书"之类日常询问、阅诗读书的休闲活动,"经年三枉驾,未与故人疏"这样细数欧阳修相访频率以确认亲疏关系的测度行为多少显得有些卑微,却让敏感、细腻的诗人品味出欧阳修这面他者之镜映照的自我价值以及洛阳旧友不减分毫的深切情意。

拉康镜像理论提出自我异化本体论,即真实个人自我在基始性上便是空缺的,自我不过是一个以误认的叠加建立起来的想象中的伪自我。个人主体的成长不过是用镜像(想象)之无、社会(象征)之无贴在那个原本空无一物的缺位上。②从上文可知,梅尧臣的主体自我非常虚弱,其自我意识需通过频繁观察、揣摩社会交际中的他者之镜确立,通过"想象他的自我——他专有的所有意识——是如何出现在他人意识中的"③感受自我的价值定位。在女性受教育程度远远落后于男性的时代,他者之镜只能从男性朋友身上寻找。对于梅尧臣而言,欧阳修、韩绛、吴奎等他者之镜对自我价值建构具有重要意义,如波斯诗人鲁米《擦镜子的人》所云:"恋人和挚友,是同一个生命,/也是分开的两个人,/就像擦镜子的人/融化于镜子之中。"④梅尧臣从他者身上品读、辨认自我形象,又与他者融合为整体画像。

三 儒家思想的先行影响

依据拉康哲学理论,"我"原本空无一物,自我是以误认的叠加建立起来的想象中的伪自我。那么,上引诗歌中梅尧臣的强烈自尊、自爱心理到底源自何处呢?或者说,在至交好友、仆夫驺人、社会大众的他

---

① 朱东润编年校注《梅尧臣集编年校注》,上海古籍出版社,2006,第966页。
② 张一兵:《不可能的存在之真——拉康哲学映像》,上海人民出版社,2020,第7页。
③ 〔美〕查尔斯·霍顿·库利:《人类本性与社会秩序》,包凡一、王源译,华夏出版社,1999,第131页。
④ 〔波斯〕鲁米:《万物生而有翼》,〔美〕巴克斯英译,万源一汉译,湖南文艺出版社,2016,第123页。

者之镜以前,什么镜像先行影响了梅尧臣的观念心理,成为其他镜像叠加的底层基座,以致其精神如此冲突、别扭呢?毫无疑问,这个先行的他者之镜就是儒家思想。儒家本有固穷守节的道德提倡,《论语·卫灵公》:"子曰:'君子固穷,小人穷斯滥矣。'"[1] 梅尧臣深受儒家思想影响,许多诗歌流露着"固穷""慎独"的思想观念,如《依韵答李晋卿结交篇》:

上交执正道,下交守奇节。当为兰死香,勿作竹枯裂。试看温玉坚,何似春冰折。贵贱事乃见,古今情不别。平生相与亲,晏岁谁可决。君能持此意,足以表风烈。[2]

儒家典籍对身份地位不同的人士交往存在伦理规约,《周易·系辞下》云"君子上交不谄,下交不渎"[3],扬雄《法言·修身》云"上交不谄,下交不骄,则可以有为矣"[4],对"君子"与"有为"之人有对上不谄媚、对下不轻慢的道德期许。此诗首句"上交执正道,下交守奇节"直接阐述这种儒家思想,"执正道""守奇节"皆偏义于"上交",即"上交"应当"执正道""守奇节"。接下来以"兰""竹"和"玉""冰"对比说明士人应抱香枝头而不能如竹枯裂,应坚定如玉而不能折节如冰,如此才是儒家士人应有的操守与风烈。又如《寄汝上》:

大第未尝身一至,人猜巧宦我应非。弹冠不读先贤传,说剑休更短后衣。瘦马青袍三十载,故人朱毂几多违。功名富贵无能取,乱石清泉自忆归。[5]

首句点明自己未曾趋附权贵所在高门大第,不是人们猜测的钻营、谄媚之徒,"人猜巧宦"即涵括了他者凝视和评判。随后提及自己多年来"瘦马

---

[1] (宋)朱熹撰《四书章句集注》,中华书局,1983,第161页。
[2] 朱东润编年校注《梅尧臣集编年校注》,上海古籍出版社,2006,第161页。
[3] (魏)王弼注,(唐)孔颖达疏《周易正义》,北京大学出版社,2000,第362页。
[4] 汪荣宝撰,陈仲夫点校《法言义疏》,中华书局,1987,第90页。
[5] 朱东润编年校注《梅尧臣集编年校注》,上海古籍出版社,2006,第274页。

青袍"的清贫生活,而故人早已青云直上、飞黄腾达。"功名富贵无能取"叙述仕途淹蹇乃出于"无能",即没能考取进士而只能依靠门荫进身,故而向往远离朝廷、回归故里。再如"况于世上诸般厌,不作人间一例贪。陋巷自知当退缩,拥门谁解更趋参"(《依韵和春日偶书》),以儒家圣人颜回陋巷自乐自喻,解释自己不趋参权贵、豪门的思想动因。

　　基于儒家思想教育,游于权贵豪门唤起的是梅尧臣背弃操守的羞耻感,如"耻游公相门,甘自守恬淡"(《正仲见赠依韵和答》)、"耻随波上下,难免鬼蜮歘"(《贫》)、"耻趋捷径身已老,惩羹何用频吹齑"(《依韵和永叔见寄》)、"我才不及三二子,摧藏自愧趋权阍"(《杜挺之新得和州将出京遗予薪刍豆》)。羞耻感是一种很复杂的、负面的情感体验,是人际互动情境中自我价值被贬低、凌蔑而产生的令人心碎的痛楚感觉,自我意识过强的人易在社会交往中体验到他人评判伤害自身价值的羞耻感。在这些诗句中,游于公相豪贵之门的捷径与恬淡、退守的道德操守形成了尖锐的两极对立,趋附权贵就意味着背离儒家先贤的道德教诲。但现实是生存资源掌握于权贵手中,疏离权贵的行径不免将梅尧臣推向"蛟龙失水等蚯蚓,鳞角虽有辱在泥。困居废井谁引手,岂得更望青云梯"(《依韵和永叔见寄》)的仕宦困境。儒家思想的先行影响使梅尧臣心里悬着很高的道德准绳,举凡现实生活实践都要先经儒家思想的尺度衡量,由此,其思想就具有脱实向虚的明显倾向,加剧了"等蚯蚓""辱在泥"的现实困境。

　　受此影响,梅尧臣对趋附权贵、谋取利益的社会人士充满厌恶鄙视,亦在与欧阳修、韩绛、吴奎等高官显宦交往时时常担心被讥刺为趋炎附势,故采取被动回避的交往策略,还将这种被动心态归结为"我懒宜我嫌,公曾不我恶"(《韩子华内翰见过》)、"固非傲不往,心实厌扰扰"(《永叔内翰见过》)、"但恨门阑遥,赫日去可畏"(《吴长文紫微见过》),即自己生性疏懒,厌恶喧嚣的社会生活或夏日炎热可畏、外出不便。生存本能与道德桎梏严重冲突使梅尧臣充满精神苦恼、矛盾。《陆子履见过》写道:"论情论旧弹冠少,多病多愁饮酒稀。犹喜醉翁时一见,攀炎附热莫相讥。"[①]"弹冠"典出晋葛洪《抱朴子外篇自叙》,"内

[①] 朱东润编年校注《梅尧臣集编年校注》,上海古籍出版社,2006,第881页。

无金张之援,外乏弹冠之友"①,比喻相友善者援引出仕。"论情论旧弹冠少"实际上颇含缺乏朋友援引的满腹牢骚,"多病多愁饮酒稀"则描述愁病相仍、无可奈何的现实处境。在此潦倒情境下,不时相访的欧阳修给诗人的索寞生活增添了一丝喜悦与亮色,使其在深挚友谊中感受到生命的熨帖与满足,唯希望他人不要讥讽自己"攀炎附热",此与"明朝当负荆,人莫讥贵附"(《韩子华内翰见过》)皆出于忧畏他人辞色的共同心理。这里的"我"已被对象化为"攀炎附热""贵附"的自我,他人则成为品评"我"道德品质的他者,"我"在这种他者凝视下感到被看、被评判的不自在,盼望他人释放对"我"道德品质的善意评判。

可悲的是,梅尧臣不仅受到"巧宦""攀炎附热""贵附"的他者审判,当他因不解趋参而沉沦下僚时,其仕途蹭蹬依旧要受到世人凝视与审判,"世间忘坦途,尽欲求密径。哂我是迂疏,宜乎今蹭蹬"(《依韵和丁元珍见寄》),不论趋附权贵还是退缩守道,其"自我"永远处于他者凝视下,被他者形塑自我价值。

四 他者扩张下的自我失陷

如果说梅尧臣与欧阳修、韩绛等人交往因旧友关照、探访而基本能取得心理平衡的话,那么面对社会人士訾议、诽谤时,梅尧臣的社会自我就常常处于退缩、失陷状态,与自我失陷相伴随的是更高强度的自我价值确认、标榜与反弹。《前以诗答韩三子华后得其简因叙下情》记载了自己被人诽谤的经过:

> 前者报君诗,妄说良有以。昔予在京师,多为人所诋。短章然无工,实未甘艺比。因君有过褒,聊且发愤悱。何言敢为师,乃是贵不赀。平常遭口语,攒集犹毒矢。此论苟一出,是非必蜂起。偶尔道暗韪,多疑已窃指。虽恃不欺衷,恨未致速死。安得二顷田,归耕岂为耻。谁能事州郡,鸡狗徒聒耳。②

---

① 王明:《抱朴子内篇校释》(增订本),中华书局,1985,第379页。
② 朱东润编年校注《梅尧臣集编年校注》,上海古籍出版社,2006,第337页。

此诗是京师期间被人嘲笑诗歌水平低劣的"发愤悱"之作。诗中表明他已遭到如毒矢般密集的诽谤、訾毁,希望归耕田园而不愿在州郡城市受人诽谤,愤恨至极时甚至骂诽谤者为"鸡狗"。"前者报君诗"所指为《答韩三子华韩五持国韩六玉汝见赠述诗》,该诗陈述"迩来道颇丧,有作皆言空。烟云写形象,葩卉咏青红。人事极谀谄,引古称辨雄。经营唯切偶,荣利因被蒙。遂使世上人,只曰一艺充。以巧比戏弈,以声喻鸣桐"[①] 的诗坛现象,提出复归诗骚的艺术主张,发出了"予言与时辈,难用犹笃癃。虽唱谁能听,所遇辄喑聋"的愤恨情绪。这种情绪源出他人诋毁其诗,我们从现存材料中亦可见出端倪。《临汉隐居诗话》载:"舜钦尝自叹曰:'平生作诗被人比梅尧臣,写字被人比周越,良可笑也。'"[②] 可见苏舜钦自我主体的扩张程度以及对他人价值的否定程度。又如《依韵解中道如晦调》:

　　二君嗜学者,不啻食饮贪。所得才半语,已实犹双南。推予当独步,幸勿辞再三。可因愤悱发,莫为顽鄙谈。大雅固自到,建安殊未甘。哀哉彼屈宋,徒尔死湘潭。险句孰敢抗,似入虎穴探。辛勤不盈襜,况又剧采蓝。诽诃猬毛起,度量牛鼎函。人情何多嫉,机巧久已谙。莫问冠冕贵,自将诗书耽。兴来聊咏怀,字密如排蚕。曹刘为我驾,颜鲍为我骖。爰视二子才,并驱应亦堪。[③]

宋敏修、裴煜是梅尧臣的至交好友,二人的社会支持扶立了梅尧臣的自我价值,获得朋友力挺的梅尧臣始能大胆抒发其愤悱。诗中阐明其以大雅为诗歌宗旨,以寻觅险句为诗歌任务,然而他人诽谤多似猬毛,纵以宽容度量涵容,也已深谙人情嫉妒、他人机巧。此类诋毁以他人的自我扩张、梅尧臣的自我退缩为暂时解决方式,但其自我因密友支持而获得力量,遂有此篇发露,从中亦可见梅尧臣的自我始终存在,遇到合适时机就剧烈反弹,并重新确立、建构自我。

---

① 朱东润编年校注《梅尧臣集编年校注》,上海古籍出版社,2006,第336页。
② (宋)魏泰:《临汉隐居诗话》,(清)何文焕辑《历代诗话》,中华书局,1981,第327页。
③ 朱东润编年校注《梅尧臣集编年校注》,上海古籍出版社,2006,第568页。

在诗歌艺术和创作理念的自我受损之外，梅尧臣还遭逢了政治仕途上他者自我扩张带来的沉重打击，《次韵答黄介夫七十韵》记录他人排挤、攻击自己：

>……鄙性实朴钝，曾非傲公卿。昔随众一往，或值谤议腾。曰我非亲旧，曰我非门生。又固非贤豪，安得知尔名。是时闻此言，舌直目且瞠。俄然我有答：贤相持权衡。喜士同周公，其德莫与京。我去岂不送，我往岂不迎。自为筋力寡，路远艰于行。未若归教子，遗金徒满簏。岁月苦易得，颜貌日可惊。身虽厌役役，心亦远硁硁。归思吴洲橘，梦忆楚江萍。试看两围棋，白黑何所争。朝脱泥涂困，暮失云衢亨。物理既难常，达生重飞鸢。曾以文豹章，远喻子怀能。曩者忤贵势，悔说乌鸟灵。乌灵反见怒，终恨屈此诚。当时语颇错，盍呼为大鹏。于兹傥遇之，应解颈频赪。韵尽意未尽，且用此报琼。①

这首诗记载了梅尧臣与高官显宦交际往来的两段挫折经历。第一段是梅尧臣曾随众人前往高官府邸，却受到了同侪"非亲旧""非门生""非贤豪"的无限谤议，如此顽固、排他的壁垒观念让梅尧臣瞠目结舌，转而感到心灰意懒，产生"未若归教子"的退缩念头。第二段是梅尧臣写作《灵乌赋》规谏范仲淹钳口结舌、保全自身，反而遭到范仲淹责怪，心里升腾起自我价值受损的羞耻感。其实，从现有文献看，范仲淹未必挂怀此事，但这是梅尧臣真实的心理感受，对其仕宦观念产生了巨大影响。从心理上看，两段挫折经历都让梅尧臣体验到他者在高处、自我在低处，他者对自我价值的逼退与贬损。心理学观点认为，挫折总会导致某种形式的攻击行为。梅尧臣《灵乌后赋》对范仲淹的含沙射影就是这种攻击行为的外化形式。但梅尧臣更多的是将这种挫折经历融合进内心情感，为保护自我价值而产生对高官显宦的疏离行为，即从"曾非傲公卿"转变为后来的"傲公卿"，甚至连亲密旧交成为公卿显宦后，亲密友情亦随彼此身份转变而潜藏别扭、矫情。又如《醉中留别永叔子履》"谈兵究弊又何益，万口不谓儒者知。酒酣耳热试发泄，二子尚乃惊我为。露

---

① 朱东润编年校注《梅尧臣集编年校注》，上海古籍出版社，2006，第1017~1018页。

才扬己古来恶,卷舌噤口南方驰"①,亦记载了士林对梅尧臣谈论兵法的否定性评价以及梅尧臣"酒酣耳热"之际的愤懑发泄、至交好友的惊讶不已。从"露才扬己古来恶,卷舌噤口南方驰"可见日常生活中梅尧臣以压抑自我价值为主,但自我压抑并不等于自我消除,其自我价值、自恋需求始终存在,在获得社会支持的安全环境里就开始露出端倪。

福原泰平在评论拉康"镜像阶段"时说道:"镜像阶段中欢喜的瞬间,就像偷吃禁果的亚当和夏娃被逐出伊甸园一样,也是踏上去往失乐园的踏板的一瞬。"②当亚当、夏娃偷吃禁果后,他们意识到自己赤身裸体正处于他者目光之下,从中感受到了被审视、打量的羞愧情绪。在他者凝视之下,自我的存在本体已不再在其身上而是处在身心之外。梅尧臣诗歌充满诸多映照自我的他者之镜,他详细记录了自我认识的主要成分:"对别人眼里我们的形象的想象;对他对这一形象的判断的想象;某种自我感觉,如骄傲或耻辱等。"③从这类诗歌书写中可见其自我意识与悲忧欢笑皆与他者凝视密切相关。一个人将自我对象化,将自我审视、评判的权力交给外在他者时,亦是去往了丧失主体的失乐园。波斯诗人鲁米在《乐师》中写道:"我们是镜子,也是镜中之脸。/我们此刻正品尝着永恒的瞬间。/我们是痛苦,也是/止痛药。/我们是甘甜的凉水,也是/倒水的坛子。"④这种自我是他者凝视下的自我,而非主体意识膨胀、伸展出来的自我。主体精神的萎缩、他者意志的凸显使梅尧臣诗歌逐渐远离了自信舒畅、激情澎湃的盛唐气象,更接近多思多虑、沉潜内转的宋型人格。

以上从仕宦心态、"穷而后工"的心理机制、他者凝视与自我建构出发探讨了梅尧臣的心理状态与人格转向之关系。不论是退回想象世界、诗歌世界,还是观察、品读他者之镜,皆是向内收缩心灵的方式,与汉

---

① 朱东润编年校注《梅尧臣集编年校注》,上海古籍出版社,2006,第186页。
② 〔日〕福原泰平:《拉康——镜像阶段》,王小峰、李濯凡译,河北教育出版社,2002,第45页。
③ 〔美〕查尔斯·霍顿·库利:《人类本性与社会秩序》,包凡一、王源译,华夏出版社,1999,第131页。
④ 〔波斯〕鲁米:《在春天走进果园》,〔美〕科尔曼·巴克斯英译,梁永安汉译,湖南文艺出版社,2021,第169页。

唐盛世的向外开拓、自信风范相去甚远,这是宋型人格的典型表现。其中,儒家思想与诗歌创作占据了梅尧臣心灵的重要位置。儒家文化形成道德方面的桎梏,使其不敢正大光明追求功名利禄,又成为其从现实退避、寻求安慰的虚拟场所,这是中国传统文化影响下的特殊士人心态。诗歌成为他从外部世界退避的过渡性空间,成为其超越自卑、寻求优越的心理补偿,成为其获取经济、社会资本的文化资本。钱锺书《谈艺录》云:"夫人禀性,各有偏至。发为声诗,高明者近唐,沉潜者近宋。""一集之内,一生之中,少年才气发扬,遂为唐体,晚节思虑深沉,乃染宋调。"[①] 考察梅尧臣心理状态可知其绝非近于"高明""才气发扬"的唐型人格,而显露着"沉潜""思虑深沉"的宋型人格特质。

[①] 钱锺书:《谈艺录》,生活·读书·新知三联书店,2001,第5、6页。

第二章　举世交游：梅尧臣诗歌中的角色转换与文学交际

宋代坊市制的打破使宋人社会交游、彼此寻访变得便利，促进了文人群体的嬉游与集会。在这个"举世重交游"的世俗社会里，文人群体间的诗歌唱和、往来较以往更为繁盛，不同群体间的社会交游又影响、形塑着诗人们的创作风格，使其诗歌呈现出多变风格。诗歌作品承载他们的社会角色与交往功能，承载社会交际中的各种情感样态。因此，考察梅尧臣诗歌中的社会关系与社会交往，对深入解读梅尧臣诗歌具有重要意义。本章设计了四节，从梅尧臣诗歌中的角色转换与自我呈现、文人群体交游唱和与梅尧臣诗风变化、僧人群体交游与梅尧臣诗歌创作、梅范交恶这桩千年公案的重新释读入手，考察梅尧臣的社会交际与诗歌创作之间的关系。

第一节　梅尧臣诗歌中的角色转换与自我呈现

角色是个体在社会关系中的身份以及由此规定的行为规范、行为模式的总和。每个人皆处于特定社会关系中，难免需要按角色规范为人处世。角色扮演需要一个表演场所，戈夫曼在其剧场理论中引入"前台"概念，认为前台是"个体在表演期间有意无意使用的、标准的表达性装备"[①]，个人前台的表达性装备"能使我们与表演者产生内在认同"，"会随着表演者的移动而移动"，主要包括"外表"和"举止"。诗歌创作是一种面向读者的言谈方式，酬唱诗、赠别诗更是充当了社会交际的文字工具。因此，诗歌也是一种具有特色的个人前台，它既是载录诗人社会活动的文学标本，也是大众理解诗人的文字窗口。诗人便在这个前台展

[①] 〔美〕欧文·戈夫曼：《日常生活中的自我呈现》，冯钢译，北京大学出版社，2008，第19页。

开他的自我呈现、表演他的社会角色。宋人诗歌区别于唐人诗歌的特点在于注重表现日常生活，梅尧臣、苏轼等人皆是以文字记录各自人生经历的代表，日记体般的诗歌文本更让梅尧臣诗歌成为自我呈现的绝佳案例。梅尧臣在诗歌前台表现着理想化、社会化的自我，塑造了众多群体期望的理想形象。本节试图通过梅尧臣诗歌的文本细读察看其角色意识与自我呈现方式，进而考察宋型文化背景下梅诗的新内容、新特色。

一 模范的朋友

明道元年（1032），风华正茂的欧阳修、尹洙等人参照白居易"香山九老会"成立"八老"团体，分别为尹洙辩老、杨愈俊老、王顾慧老、王复循老、张汝士晦老、张先默老、梅尧臣懿老、欧阳修逸老。欧阳修对此名号由来释曰：

> 师鲁之"辩"，亦仲尼、孟子之功也。子聪之"俊"，《诗》所谓"誉髦之士"乎。公慥之"慧"，亦《大雅》之明哲。几道之"循"，有颜子之中庸。尧夫之"晦"、子野之"默"，得《易》之君子晦明、语默之道。圣俞之"懿"，是尤为全德之称矣。必欲不遗"达"字，敢不闻命？①

虽以儒家典籍诠解名号寓意，却也是各自性情特征的真实写照。尹洙之"辩"、张先之"默"皆是典型人格特征，欧阳修之"逸"亦是据其"平日脱冠散发，傲卧笑谈"② 形象而来。梅尧臣温文尔雅，欧阳修曾赞他"为人仁厚乐易，未尝忤于物"③ "志高而行洁，气秀而色和，崭然独出于众人中"④，苏轼亦称颂"其容色温然而不怒，其文章宽厚敦朴而无

---

① 《与梅圣俞四十六通》（第三通），李逸安点校《欧阳修全集》第 6 册，中华书局，2001，第 2445 页。
② 《与梅圣俞四十六通》（第三通），李逸安点校《欧阳修全集》第 6 册，中华书局，2001，第 2445 页。
③ 《梅圣俞墓志铭》，洪本健校笺《欧阳修诗文集校笺》，上海古籍出版社，2009，第 881 页。
④ 《送梅圣俞归河阳序》，洪本健校笺《欧阳修诗文集校笺》，上海古籍出版社，2009，第 1715 页。

怨言，此必有所乐乎斯道也"①，故获得洛阳文人集团推加的"全德之称"的"懿老"名号。"懿老"在私德层面表现为"君子固穷"的道德操守，在社会关系层面则表现为朋友往来的嘉行。

首先，梅尧臣有执诗坛牛耳之心，其"孟郊身份认同"却迁就了欧阳修欲为诗坛盟主的心愿。梅尧臣"于唐人诸家，不名一体，惟造平淡"②，以遍学前人、自抒机杼为诗学志趣。早在欧阳修倡议学韩愈之前，梅尧臣《黄河》等诗就曾追摩韩诗技巧，欧阳修并非没有识力，其《读蟠桃诗寄子美》却云：

> 韩孟于文词，两雄力相当。篇章缀谈笑，雷电击幽荒。众鸟谁敢和，鸣凤呼其皇。孟穷苦累累，韩富浩穰穰。……郊死不为岛，圣俞发其藏。患世愈不出，孤吟夜号霜。霜寒入毛骨，清响哀愈长。玉山禾难熟，终岁苦饥肠。我不能饱之，更欲不自量。引吭和其音，力尽犹勉强。诚知非所敌，但欲继前芳。③

在社会地位上，韩愈位高权重而孟郊卑微穷苦；在诗歌艺术上，韩愈才气豪迈、篇章纵横而孟郊诗意内敛、才窄思精。无论社会地位还是诗歌艺术，韩愈皆对孟郊具有碾压优势。梅尧臣的穷困处境、苦吟方式与孟郊有相似之处，但诗歌内容远比孟郊宽阔，诗歌风格亦远比孟郊丰富。欧阳修、梅尧臣的社会地位有似韩愈、孟郊，诗歌艺术却不全然如此。欧阳修却着眼孟郊、梅尧臣共同的穷困处境与苦吟方式，给梅尧臣派发了"孟郊的社会角色"而以"文坛盟主韩愈"自居，实际上透露了欧阳修相对梅尧臣的社会优越感及与其在诗歌艺术上角逐争胜的竞争意识。

天圣、明道年间，与洛阳文人群体相比，梅尧臣的诗歌艺术出乎其类，拔乎其萃，欧阳修曾向梅尧臣请教诗艺，如今欧阳修却欲凭借优越的社会地位超越梅尧臣而以文坛盟主自居。梅尧臣对其诗坛地位被翻覆

---

① 《上梅直讲书》，张志烈、马德富、周裕锴主编《苏轼全集校注》第16册，河北人民出版社，2010，5216页。
② （清）鲁九皋：《诗学源流考》，郭绍虞编选，富寿荪校点《清诗话续编》第3册，上海古籍出版社，1983，第1356页。
③ 洪本健校笺《欧阳修诗文集校笺》，上海古籍出版社，2009，第59页。

第二章 举世交游：梅尧臣诗歌中的角色转换与文学交际

流露过不满情绪，"欧阳永叔他自要做韩退之，却将我来比孟郊"①，但这样的牢骚话语仅偶尔一见，实际上梅尧臣还是对欧阳修多有迁就，如欧阳修所云"君恶予所非，我许子云可"②。

孟郊是欧阳修派给梅尧臣的诗坛角色，角色规范长久沉积于心会使人形成自觉的角色心理与身份认同。梅尧臣很快认同了欧阳修给自己的诗坛定位，随后转而吟咏家境的贫寒状况，创作了大量自伤卑微、哀叹穷苦的诗歌，实现了从模仿韩愈到模仿孟郊的身份认同。梅尧臣为诗歌创作倾注毕生心血，亦极为在乎他人对其诗歌艺术的评价，却因顾全、迁就欧阳修而放弃对诗坛地位的角逐争胜，将诗坛盟主的耀眼冠冕拱手让人，可见其恬退不争、仁厚乐易的性格闪光处。

其次，梅尧臣虽然物质贫乏，却有倾尽所有招待朋友的古道热肠。刘敞《过圣俞饮》：

> 积雨不出门，局促如井蛙。初晴强人意，今日来君家。下马笑握手，扫阶去尘沙。银瓶拨醅酒，紫碗双井茶。黄雀随素鲂，安榴杂木瓜。举非一方物，远或万里遐。不知王侯宅，此味何以加。扶疏庭下槐，灿烂盘中花。春事岂不多，游览何必赊。与公平生亲，总角见发华。饮当外形骸，语当恣喧哗。纵心倒所诣，相对白日斜。江韩亦我徒，但恨宿约差。愿使公多财，此乐宁有涯。③

"醅酒"指未过滤的重酿酒，以其经多次重复发酵，酒体丰满、酒味醇厚而成为黄酒珍品。"双井茶"是北宋兴起的江西名茶，欧阳修《归田录》载："腊茶出于剑、建，草茶盛于两浙。两浙之品，日注为第一。自景祐已后，洪州双井白芽渐盛，近岁制作尤精。"④ 酒、茶皆为一时珍品，更兼盛放以银瓶、紫碗之类的华美容器。黄雀酢以盐和米粉腌渍麻雀加工而成，以其稀有难得成为盛行北宋上层社会的美味佳肴。鲂鱼指

---

① （宋）黎靖德编，王星贤点校《朱子语类》第8册，中华书局，1986，第3256页。
② 《依韵和圣俞见寄》，洪本健校笺《欧阳修诗文集校笺》，上海古籍出版社，2009，第1334页。
③ （宋）刘敞：《过圣俞饮》，《全宋诗》第9册，北京大学出版社，1998，第5717页。
④ 李逸安点校《欧阳修全集》第5册，中华书局，2001，第1915页。

黄河鲤鱼，《诗经·横门》有"岂其食鱼，必河之鲂"之句，亦是富丽奢华生活的食物代表。安榴即石榴，以产自古安息国故称，在宋代亦是水果珍品。这些"举非一方物，远或万里遐"的珍馐美味皆被梅尧臣尽心捧出、大方宴飨，是其珍视友谊、慷慨厚道的外在表现，以至刘敞发出"愿使公多财"的衷心祝愿，盖缘于其深解梅尧臣富有钱财后必招揽、宴请朋友，使朋友欢会"此乐宁有涯"。

除主动做东宴飨朋友外，梅尧臣还有被江休复索食的经历。鱼脍被视为北宋"南馔未通"时的"珍味"，汴京唯有梅尧臣家婢女能斫脍，当江休复唱起《战国策》里冯谖"长铗归来乎！食无鱼"的歌谣时，梅尧臣便心领神会买鱼酌酒相与饮醉。刘敞将此事播于诗歌："长安贫客食无鱼，浩歌弹铗归来乎。主人聆歌知客意，酌酒买鱼相与醉。一鱼百金不可偿，操刀作鲙挥雪霜。"① 尽管梅家并不富裕，却未无视江休复食鱼索求，而是知心会意备好昂贵食材斫脍招待，这份体贴朋友的古道热肠足以博得众人尊敬，当得起"懿老"称号。

最后，梅尧臣善用赠别诗表达规谏友人的道德责任。赠别诗是梅尧臣诗歌的重要题材，刘守宜说，"当时之贤士大夫与其游从者，皆北宋政坛伟人，每有馈遗，悉系以诗，江亭饯别，旅途寄意，圣俞均能一往情深，缠绵悱恻"②，除缠绵悱恻的情感外，梅尧臣赠别诗还多包含规劝友人的良苦用心，如《送吴照邻都官通判成都》：

> 君家妇何贤，舍舟具车毂。五年梦在梁，三年行向蜀。迢递今日同，辛勤昔时独。看花久莫留，买锦慰不足。归来儿女大，婚嫁应相续。③

吴畿复长年任职外地，所谓"五年梦在梁，三年行向蜀"，独留妻子在家操持家务、孤独度日。"看花久莫留"的"花"一方面指蜀地气候优越，繁花盛开；另一方面指吴畿复在外沾惹的女人。这首诗不像常规送

---

① （宋）刘敞：《听江十诵食鲙诗戏简圣俞》，《全宋诗》第 9 册，北京大学出版社，1998，第 5760 页。
② 刘守宜：《梅尧臣诗之研究及其年谱》，（台北）文史哲出版社，1980，第 51 页。
③ 朱东润编年校注《梅尧臣集编年校注》，上海古籍出版社，2006，第 1056 页。

别诗那样着眼离愁别绪，而是提醒对方务必体谅妻子的辛劳，不要长久逗留外地，早日归来承担儿女婚嫁的责任。这首质朴无华的诗就像一个蔼如长者在耳提面命、谆谆告诫，没有类型化的离别情绪，没有抽象的空洞说理，而是浅显、质实的提醒与关切，彰显了梅尧臣作为朋友的道德责任。葛立方《韵语阳秋》载：

> 梅圣俞《送方干下第》云："竭泽古所戒，但饱腹中书。风雷变有时，且复归孟潴。"《送蔡驿下第》诗云："尔持金错刀，不入鹅眼贯。怀之归河朔，慎勿辄镕锻。"盖人士切于得失，一不得意，则必变所学，以求媚于有司，此学者之大病也，故圣俞以是戒之。①

一者安慰友人"风雷变有时"，一者告诫友人"慎勿辄镕锻"，这类诗歌充满鼓励、砥砺话语，对被送者的处世心态有良好引导作用。"懿老"之称亦与梅尧臣谆谆嘱托、循循善诱后进之士密不可分。

二 深情的丈夫

古代女性地位卑微，其存在意义往往是为男权社会居主导地位的男性提供内务服务。有的男性汲汲于功名，便对妻子写下"不须化作山头石，待我堂前折桂枝"（彭伉《寄妻》）的语句；有的嗜酒，就写下"三百六十日，日日醉如泥。虽为李白妇，何异太常妻"（李白《赠内》）的诗句。梅尧臣诗歌却不见这类书写，而是下笔表达对妻子的珍惜爱恋，享受与家人温暖团聚的家庭生活。

梅尧臣经历过两次婚姻。天圣五年（1027）与谢涛时年二十岁的女儿成婚，谢氏生于盛族，治家有法，"其饮食器皿虽不及丰侈而必精以旨，其衣无故新而浣濯缝纫必洁以完，所至官舍虽庳陋而庭宇洒扫必肃以严，其平居语言容止必怡以和"②，在"十日九食齑，一日馐有脯"（《怀悲》）的贫窭生活里与梅尧臣恩爱融洽、相濡以沫。谢氏殁后梅尧臣所作悼亡诗已成经典之作，如《悼亡三首》：

---

① （宋）葛立方：《韵语阳秋》，（清）何文焕辑《历代诗话》，中华书局，1981，第634页。
② （元）张师曾编《宛陵先生年谱》，《北京图书馆藏珍本年谱丛刊》第13册，北京图书馆出版社，1999，第330页。

结发为夫妇，于今十七年。相看犹不足，何况是长捐。我鬓已多白，此身宁久全。终当与同穴，未死泪涟涟。

　　每出身如梦，逢人强意多。归来仍寂寞，欲语向谁何。窗冷孤萤入，宵长一雁过。世间无最苦，精爽此销磨。

　　从来有修短，岂敢问苍天。见尽人间妇，无如美且贤。譬令愚者寿，何不假其年？忍此连城宝，沉埋向九泉。①

婚后十七年，梅尧臣仍感到"相看犹不足"，情深意挚溢于诗外。"每出身如梦，逢人强意多。归来仍寂寞，欲语向谁何"，着意提炼出行、逢人、归来、欲语四个场景，刻画了诗人丧妻后恍惚迷离、孤独寂寞的精神意态。"窗冷孤萤入，宵长一雁过"表面写冷窗长宵飞翔着寂寞孤独的萤、雁，但这何尝不是丧偶诗人的心理投射呢？正因诗人心里失去温暖，才觉得窗棂十分寒冷；正因诗人夜不成眠，才感到时间流逝异常缓慢；正因诗人孤独寂寞，才发觉萤、雁原来也形单影只。"从来有修短，岂敢问苍天"引入哲学思考，人在命运面前那么渺小无助，怎敢质问上天不公？诗人仿佛一个惯经世事、饱经风霜之人，默默隐忍降临己身的天灾人祸而失去反抗能力，呈现一种无悲无喜的木僵状态。"譬令愚者寿，何不假其年"却又明明是对上苍的质问，这种欲问又不敢问，不敢问又忍不住问的矛盾，实是诗人对无可抗拒的命运的悲哀、无奈，是对美丽贤惠的妻子香消玉殒、沉埋九泉的愤懑、怆痛。

　　经历妻子亡逝、稚子夭折的梅尧臣失去了往日的人事兴致，"平生眼中血，日夜自涓涓。泻出愁肠苦，深于浸沸泉"（《泪》）、"两眼虽未枯，片心将欲死"（《书哀》）抒发了浓郁的哀戚之情，悲伤至极就成了"憔悴鉴中鬼"（《书哀》），就发出"人生苦情累，安得木石为"（《新冬伤逝呈李殿丞》）的痛苦感慨。木石无情故无痛苦，人因有情才受情感摧磨，潜于"安得木石为"发问下的是攒聚梅尧臣心头无法排遣、如刮逆鳞的深哀剧痛。这种巨大痛苦超出诗人言诠能力，故梅尧臣悼亡诗的结尾便有了以眼前物事中断、转移悲哀的书写模式，如：

---

① 朱东润编年校注《梅尧臣集编年校注》，上海古籍出版社，2006，第245～246页。

不出只愁感，出游将自宽。贵贱依侪匹，心复殊不欢。渐老情易厌，欲之意先阑。却还见儿女，不语鼻辛酸。去年与母出，学母施朱丹。今母归下泉，垢面衣少完。念尔各尚幼，藏泪不忍看。推灯向壁卧，肺腑百忧攒。(《正月十五夜出回》)①

双裾来此室，恸哭拜灵床。魂衣想仿佛，薄酒湛甚觞。含凄抚孤稚，拭泪问平常。我生都无如，仰看燕在梁。(《师厚与胥氏妇来奠其姑》)②

去年此夕肝肠绝，岁月凄凉百事非。一逝九泉无处问，又看牛女渡河归。(《七夕有感》)③

风叶相追逐，庭响如人行。独宿不成寐，起坐心屏营。哀哉齐体人，魂气今何征。曾不若陨箨，绕树犹有声。涕泪不能止，月落鸡号鸣。(《秋夜感怀》)④

"推灯向壁卧"是以睡觉终止悲伤回忆，"仰看燕在梁""又看牛女渡河归"是以看燕子、牛女渡河中断哀愁情感，"月落鸡号鸣"是以鸡叫转移凄怆之情，这些诗句展示了梅尧臣试图以理性控制悲伤、转移情感却无法成功的过程，这种书写模式让诗人的悲伤更加悲伤，诗人的煎熬更为煎熬。虽不是以乐景写哀情，却也倍增其哀。

如果说悼亡诗是清醒时分的痛苦，那么数量众多的梦见亡妻之诗则是诗人相会愿望的理想在梦中的达成。如《来梦》：

忽来梦我，于水之左，不语而坐。忽来梦余，于山之隅，不语而居。水果水乎，不见其逝。山果山乎，不见其途。尔果尔乎，不

---

① 朱东润编年校注《梅尧臣集编年校注》，上海古籍出版社，2006，第268页。
② 朱东润编年校注《梅尧臣集编年校注》，上海古籍出版社，2006，第290页。
③ 朱东润编年校注《梅尧臣集编年校注》，上海古籍出版社，2006，第307页。
④ 朱东润编年校注《梅尧臣集编年校注》，上海古籍出版社，2006，第309页。

见其徂。觉而无物,泣涕涟如,是欤非欤。①

梦中妻子时而静坐水左,时而默居山隅,仿佛真实存在,却是水不流动、山无途径、人无来去。"是欤非欤"袭自《李夫人歌》"是邪,非邪?立而望之,偏何姗姗其来迟"②,诗人醒来发现身边空无一物,只能泣涕涟涟,沉浸梦中景象,如同汉武帝在李夫人逝世后遥望帷幔影像,产生了真实与虚假之间的错离感、恍惚感。重章叠唱、委婉道来的四言句式,凄美迷离的诗歌意境传达了诗人对妻子念念不忘的脉脉深情。

谢氏殁后,庆历六年(1046)春,梅尧臣自许州入汴就婚刁渭之女,面对这位年始逾笄的年轻妻子,梅尧臣十分珍爱,写下许多记录夫妻恩爱的诗歌,如《代书寄王道粹学士》:

已具扁舟访使君,忽逢春雨起淮濆。花寒蛱蝶犹相守,水冷鸳鸯不暂分。况约他时来寄迹,何须今日去论文。解装无复山阴兴,且对荆钗与布裙。③

绵绵春雨将原本出访王纯臣的计划打乱,春寒料峭,连蛱蝶、鸳鸯都相偎相依、不愿分离,自己当然可以理直气壮地与妻子厮守在家。再如《依韵和戏题》:

杨州太守重交情,我欲西归未得行。寒食尚赊花水近,妻孥煎去到天明。④

梅尧臣在刘敞的苦留下未能及时西归,他心里想到妻孥因思念自己日夜煎熬,就愈加想尽早归去,而不愿耽搁在外地。半是戏言,半是陈情,在朋友面前袒露思念、爱护妻子之情,毫不顾及"儿女情长"的讥诮,这在醉心朝政、社交而鲜少以家庭生活为重的庆历士人群体中颇显特别,

---

① 朱东润编年校注《梅尧臣集编年校注》,上海古籍出版社,2006,第278页。
② 《汉书·外戚传上·孝武李夫人》,中华书局,1962,第3952页。
③ 朱东润编年校注《梅尧臣集编年校注》,上海古籍出版社,2006,第841页。
④ 朱东润编年校注《梅尧臣集编年校注》,上海古籍出版社,2006,第842页。

展现了作为丈夫的梅尧臣对家庭生活的精心经营、维护。

三 诱掖的诗翁

由于诗歌创作经验丰富、成绩斐然，梅尧臣向来被视为北宋诗坛耆宿。欧阳修"为问诗老来何稽"（《寄圣俞》）、"人皆喜诗翁"（《答圣俞》）、"昔逢诗老伊水头"（《哭圣俞》），刘敞"诗老最前辈，名声三十秋"（《和圣俞十二韵》）皆以"诗老""诗翁"指代梅尧臣。卓尔不群的诗艺引来许多后辈请教，梅尧臣往往对他们不吝赞词、赏识有加。曾敏行《独醒杂志》载：

> 梅圣俞送欧阳辟晦夫诗有曰："我家无梧桐，安可久栖凤？凤巢在桂林，乌哺不得共。"晦夫，桂林人，尝从圣俞学，及其南归，故以是诗赠之。苏明允初至京师，时东坡与子由年甚少，人鲜有知者。圣俞独奇之，故赠明允诗有云："岁月不知老，家有雏凤凰。百鸟戢羽翼，不敢呈文章。"后东坡谪海南，过合浦，始识晦夫，谈论累日。晦夫因出圣俞赠行之诗，东坡读毕，执晦夫手笑曰："君年六十六，余虽少一，而白发苍颜大略相似，困穷亦不甚相远，圣俞所谓凤例如此。天下皆言圣俞以诗穷，吾二人又穷于圣俞之诗，可不大笑乎！"[①]

苏轼、苏辙兄弟年幼时已被梅尧臣誉为雏凤凰，后苏轼贬谪海南遇见欧阳辟，二人对谈发现欧阳辟也曾被梅尧臣誉为凤凰。凤凰原该展翅高飞，二人却皆落至白发苍颜、困穷不堪的境地。虽然苏轼以谐谑嬉笑、令人发噱的语句消解所得誉词的严肃性，我们却可从中看出梅尧臣"善诱掖"[②]的品性行为。

梅尧臣的答卷诗是其"善诱掖"的另一表现。葛立方《韵语阳秋》载："梅圣俞早有诗名，故士能诗者，往往写卷投掷，以质其是非。"[③]据笔者统计，梅尧臣题为答某人诗卷、诗编之诗共计20余首，如此大规模向一人请教诗艺是庆历诗坛绝无仅有的现象，昭示了梅尧臣卓著的诗

[①] （宋）曾敏行著，朱杰人标校《独醒杂志》，上海古籍出版社，1986，第22页。
[②] （宋）韩维：《饮圣俞西轩》，《南阳集》，文渊阁《四库全书》本。
[③] （宋）葛立方：《韵语阳秋》，（清）何文焕辑《历代诗话》，中华书局，1981，第488页。

坛地位。梅尧臣答卷诗多为奖掖之辞，郭祥正称其"篇篇被许可，当友不当师"①。这种奖掖往往通过特殊方式达成。

其一，开篇用同姓人典故抬高对方地位。清人赵翼《瓯北诗话》云："宋人诗，与人赠答，多有切其人之姓，驱使典故，为本地风光者。"② 梅尧臣答卷诗的同姓人用典方式尤为明显，如《淮南转运李学士君锡示卷》：

　　李氏世能诗，落落为时豪。汉陵唐太白，始竞二雅高。益端正封贺，才各倾吴涛。于今几代孙，手持切玉刀。功利既及民，又将薄风骚。③

诗先称誉李氏世代擅长诗歌创作，进而列举汉代李陵、唐代李白，将其奉为可与二《雅》争高的李氏诗人，又举出李益、李端、李正封、李贺四位诗人才思如江海波涛。连续铺垫六位李姓诗人只为最后推举李中师诗艺高超。又如《读毛秘校新诗》：

　　毛公明于诗，其系宜善续。前示五长篇，大须倾几曲。岂特元和间，咳唾成珠玉。④

诗以毛苌、毛亨明于解诗推测毛氏后人理应富于诗歌才华，从而转入对毛秘校新诗的描写。《回陈郎中诗集》"尝观陈伯玉，感遇三十篇。矫矫追古道，粲尔日星悬"⑤，称赞陈子昂《感遇》力追古道、粲如日星，后以"今公岂其后，佳咏久已传"转入对陈郎中佳篇秀句的揄扬。

其二，善用比喻修辞将对方诗歌喻为珠玉、蛟龙等尊贵意象。比喻修辞开拓了梅尧臣答卷诗的描写空间，给陈陈相因、老套俗气的应酬诗注入了新鲜活力。梅尧臣答卷诗的喻体可分三类。第一类将对方诗歌喻成珠玉、冰月等明莹意象，如"所得六十章，小大珠落盘。光彩若明月，

---

① （宋）郭祥正：《哭梅直讲圣俞》，《青山集》卷30，文渊阁《四库全书》本。
② （清）赵翼：《瓯北诗话》，郭绍虞编选，富寿荪校点《清诗话续编》，上海古籍出版社，1983，第1342页。
③ 朱东润编年校注《梅尧臣集编年校注》，上海古籍出版社，2006，第849页。
④ 朱东润编年校注《梅尧臣集编年校注》，上海古籍出版社，2006，第754页。
⑤ 朱东润编年校注《梅尧臣集编年校注》，上海古籍出版社，2006，第222页。

射我枕席寒"(《读邵不疑学士诗卷杜挺之忽来因出示之且伏高致辄书一时之语以奉呈》)、"示我照乘珠,光彩生褐袍"(《淮南转运李学士君锡示卷》)、"今又读君诗,寒冰彻人骨。时时探古趣,往往到月窟"(《刘弟示诗一轴走笔答之》),冰月、珠玉等意象喻指对方诗歌明丽皎洁、清新净爽。第二类将对方诗歌喻成蛟龙,如"家贫敢怀宝,况近骊龙渊。又畏风雨作,神物不得全"(《回陈郎中诗集》)、"我初见韩子,蜿蜒喷雷雹。子复蛟龙文,气象不可捉"(《吴冲卿示和韩持国诗一卷辄以为谢》)、"神物必难秘,恐随风雨逃"(《淮南转运李学士君锡示卷》)。第三类将对方诗歌喻为河水、刀剑、黄金等意象,如"清济流不休,终期至溟渤"(《刘弟示诗一轴走笔答之》)将对方诗歌喻成清流不休、奔腾向海的济水;"古溪蛮铁刀,出冢土花涩"(《读裴如晦万里集书其后》)将对方诗歌喻成地下出土的蛮铁刀;"神还气王读高咏,六十五篇金出沙"(《晏成绩太祝遗双井茶五品茶具四枚近诗六十篇因以为谢》)将对方经推敲锻炼的高明诗歌喻成沙里淘出的黄金;"铜铁锦罽各有用,高下安得与等科"(《答萧渊少府卷》)、"古意得河源,新声变春鸟"(《答张令卷》)、"赭白西北来,本是天马种"(《周仲章都官示卷因以赠之》)等诗句又将他人诗歌喻成铜铁锦罽、河源、春鸟、天马等意象。

就比喻使用频密程度来看,单个比喻者有之,通篇比喻者亦不少,如《刘弟示诗一轴走笔答之》:

> 昔与伯氏吟,青铜照人发。今又读君诗,寒冰彻人骨。时时探古趣,往往到月窟。清济流不休,终期至溟渤。①

此诗句句设喻,青铜镜、寒冰、月窟、清济、溟渤等丰富多样的喻体使整首诗宛曲层折、摇曳多姿。又如《还吴长文舍人诗卷》:

> 松液化茯苓,又因为琥珀。遇物必得形,毛发曾不隔。君子亦豹变,其文蔚可观。今者逢吴侯,满腹贮经籍。喷吐五色霓,自堪

---

① 朱东润编年校注《梅尧臣集编年校注》,上海古籍出版社,2006,第127页。

垂典册。诗教始二南，皆著贤圣迹。后世竟翦裁，破碎随刀尺。我辈强追仿，画龙成蜥蜴。有唐文最盛，韩伏甫与白。甫白无不包，甄陶咸所索。侯初守二郡，山水多助益。升高觞嘉宾，赋笔速鹰翮。茸书成大轴，许我观琮璧。……①

开篇以松液化茯苓、琥珀比兴，引入"君子亦豹变，其文蔚可觌"的主题，豹变出自《周易·革卦》"君子豹变，其文蔚也"②，谓幼豹长大后毛发始疏朗散焕、光鲜亮泽。"喷吐五色霓，自堪垂典册""我辈强追仿，画龙成蜥蜴""升高觞嘉宾，赋笔速鹰翮。茸书成大轴，许我观琮璧"等诗句以龙、蜥蜴、鹰、琮璧等丰富意象比喻吴奎和自己的诗歌，突出吴奎文采出众、敏思过人。

其三，以战喻诗，着力渲染对方诗艺高强、自己缴械投降之态。自杜甫"词源倒流三峡水，笔阵独扫千人军"（《醉歌行》）、"气劘屈贾垒，目短曹刘墙"（《壮游》）、"破的由来事，先锋孰敢争"（《敬赠郑谏议十韵》）等诗战意象流传以来，梅尧臣答卷诗以其倾力实践继承诗战的诗歌传统，为宋人"进一步将以战喻诗建构成一个全方位的战争意象系统"③做出了贡献。如《还吴长文舍人诗卷》"苦吟三十年，所获唯巾帼。岂比夸受降，甲齐熊耳积"④连用两个历史典故。第一个典故出自《晋书·宣帝纪》，"亮数挑战，帝不出，因遗帝巾帼妇人之饰"⑤，诸葛亮用激将法，以巾帼妇人之饰遗司马懿，羞辱其懦弱无能；第二个典故出自《后汉书·刘盆子传》，"樊崇乃将盆子及丞相徐宣以下三十余人肉袒降……积兵甲宜阳城西，与熊耳山齐"⑥，将自己和吴奎喻为敌对双方战将，一个懦弱不敢出兵，一个受降兵甲堆积如山，勇怯高下的鲜明对比突出了吴奎诗艺之卓越高妙。又如《读邵不疑学士诗卷杜挺之忽来因出示之且伏高致辄书一时之语以奉呈》先写邵必诗卷如珠玉、明月，后写杜

---

① 朱东润编年校注《梅尧臣集编年校注》，上海古籍出版社，2006，第909页。
② （魏）王弼注，（唐）孔颖达疏《周易正义》，中华书局，2000，第240页。
③ 周裕锴：《以战喻诗：略论宋诗中的"诗战"之喻及其创作心理》，《文学遗产》2012年第3期。
④ 朱东润编年校注《梅尧臣集编年校注》，上海古籍出版社，2006，第909页。
⑤ 《晋书·宣帝纪》，中华书局，1974，第8页。
⑥ 《后汉书·刘盆子传》，中华书局，1965，第485页。

第二章 举世交游：梅尧臣诗歌中的角色转换与文学交际

且感叹追想，最后表达"愿执戈与戟，生死事将坛"① 的诗战愿望。

"以战喻诗"表明对方诗艺强于自己，但这种他人、自己诗艺高下的对比却不限于"以战喻诗"，"自同培塿最浅狭，安得与子论丘山"（《答王太祝卷》）、"自惟平昔所得者，何异瓦砾空盈车"（《晏成续太祝遗双井茶五品茶具四枚近诗六十篇因以为谢》）、"暂增光价千金重，终觉枯陈一芥微。已屈至珍来弹雀，恩蛇衔报此能希"（《依韵王司封宝臣答卷》）之类诗句分别将自己喻为培塿、瓦砾、芥、雀、蛇，将对方喻为丘山、黄金、明月、黄金丸、隋侯，以高下悬殊、对比强烈的意象突出对方之高、自己之卑，夸张表达"颜忸怩""便欲焚笔砚"（《还柳瑾秘丞诗编》）的羞赧心情。

不论是用同姓人典故，以珠玉、蛟龙为喻，还是以战喻诗，目的皆在抬高对方诗作水平，诱掖对方创作诗歌，展示了一个深孚众望的诗坛耆宿对他人创作的鼓励、期待。

四 仁爱的官员

知识分子多受儒家思想影响，富有仁民爱物之心，面对雪景的王禹偁想到边民输税"羸蹄冻不行，死辙冰难曳。夜来何处宿，阒寂荒陂里"和边塞士兵"弓劲添气力，甲寒侵骨髓"②，惭愧于自己偷安享乐、尸位素餐。饮用醇酒的欧阳修想到田家釜无糜粥的贫苦生活，发出"上不能宽国之利，下不能饱尔之饥。我饮酒，尔食糟，尔虽不我责，我责何由逃"③ 的喟叹、自责。

梅尧臣担任过多任地方州县官员，对天灾、兵役、赋税给农民造成的艰辛困苦多有共情。故其诗忧心百姓、反躬自省的内容较以往诸人更为丰富，如《汝坟贫女》：

> 汝坟贫家女，行哭音凄怆。自言有老父，孤独无丁壮。郡吏来何暴，县官不敢抗。督遣勿稽留，龙钟去携杖。勤勤嘱四邻，幸愿相依傍。适闻闾里归，问讯疑犹强。果然寒雨中，僵死壤河上。弱

---

① 朱东润编年校注《梅尧臣集编年校注》，上海古籍出版社，2006，第845页。
② （宋）王禹偁：《对雪》，《全宋诗》第2册，北京大学出版社，1998，第668页。
③ 《食糟民》，洪本健校笺《欧阳修诗文集校笺》，上海古籍出版社，2009，第120页。

质无以托,横尸无以葬。生女不如男,虽存何所当。拊膺呼苍天,生死将奈向。①

诗歌开篇描写汝坟贫女行走惨哭之景,接以其孤苦无依的凄凉自述:年老体迈的父亲因无丁男被县官督遣服兵役,临行前贫女嘱咐邻居多照看父亲,却不料邻人归来捎回父亲僵死壤河的消息,剩下自己孤苦无助,连安葬父亲的钱财也无从筹措,只能号乎苍天、悲痛不已。笔笔写贫女却笔笔抒己情,灌注着诗人悲悯恻怛的沉痛心境。

如果说《汝坟贫女》是对准贫家女极具震撼力的一个特写镜头,那么《田家语》则是一群籍伍服役的农民悲惨流离的群体画像。小序先交代这次民间惨祸缘于庚辰诏书招募农民服兵役,主司欲以多媚上致使郡吏"互搜民口,虽老幼不得免",诗称:

……州符今又严,老吏持鞭朴。搜索稚与艾,唯存跛无目。田间敢怨嗟,父子各悲哭。南亩焉可事,买箭卖牛犊。愁气变久雨,铛缶空无粥。盲跛不能耕,死亡在迟速。……②

凶恶的持鞭老吏、吞声悲哭的田间父子、贫穷饥饿的盲跛之人形象皆非常生动,诗人以悲惨横陈的画面揭示了朝廷政策、主司酷虐带给民间的惨怛疾苦。

农耕生活看天吃饭,自然灾害对农作物收成影响极大,容易造成老百姓颗粒无收、流离失所。《伤桑》:

柔条初变绿,春野忽飞霜。田妇搔蓬首,冰蚕绝茧肠。名鵹依麦雏,戴胜绕枝翔。不见罗敷骑,金钩自挂墙。③

此诗描写霜灾袭击农村之景,春天桑条刚开始发芽染绿,眼看就能采摘养蚕,却被突如其来的飞霜袭击,以致田妇无计可施、愁肠满怀。又如

---

① 朱东润编年校注《梅尧臣集编年校注》,上海古籍出版社,2006,第165页。
② 朱东润编年校注《梅尧臣集编年校注》,上海古籍出版社,2006,第164页。
③ 朱东润编年校注《梅尧臣集编年校注》,上海古籍出版社,2006,第13页。

第二章　举世交游：梅尧臣诗歌中的角色转换与文学交际

《田家》：

南山尝种豆，碎荚落风雨。空收一束萁，无物充煎釜。①

诗写风雨打落豆荚、颗粒无存的天灾现象，看似冷静的描述隐含着诗人的满怀同情。农村手艺人艰辛程度不亚于田家农民，"陶尽门前土，屋上无片瓦"（《陶者》）的陶者、似折脚雁"湿毛染泥滓，缩颈无鸣声"（《牵船人》）的牵船人皆见于梅尧臣笔下，刻抉入里、透筋透骨的写法展现了作为官员的梅尧臣对子民的关心、同情。

不仅怜惜农民的情感内容较以往官员为多，梅尧臣诗歌还呈现一种前所鲜见的现象，即赠别诗不仅表达远别不舍、祝福思念之情，还常寓含对朋友为官清廉、宽刑薄赋的深切期望，如送鄞宰王殿丞时说"愿言宽赋刑，越俗久疲惫"（《送鄞宰王殿丞》），送王纯臣知亳州时说"必期宽赋敛，无乃息疲羸"（《送王道粹学士知亳州》），送刘敞赴婺源时诫其"案头龙尾砚，切莫苦求精"（《送刘敞秘校赴婺源》），皆是对官员宽刑薄赋的诚心规谏。他尤其留意所送官员的性格特点和职责范围，提醒其改善当地事务，同是出知或通判邓州，梅尧臣对孙甫的期望是"更张固所重，下令未宜数"（《孙司谏知邓州》），对韩宗彦的期待则是修缮邓州陂堰等隳坏残破的水利工程。这类诗歌多寄寓厚生爱民的政治愿景，皆缘于官员身份的梅尧臣对黎元黔首的关心爱护。

角色表演并非虚伪成性，而是人的"第二天性"，因为"这种面具代表了我们自己已经形成的自我概念"，"是我们更加真实的自我，也就是我们想要成为的自我"。②梅尧臣以其仁慈乐易、宽厚隐忍的性格恰当扮演了社会赋予他的多重角色并于诗歌前台充分呈现，这符合普罗大众对朋友、丈夫、诗翁、官员的社会想象系统。欧阳修对梅诗曾有"其应于人者多，故辞非一体"③的评价，朱东润指出"辞非一体"意为"不易指出

---

① 朱东润编年校注《梅尧臣集编年校注》，上海古籍出版社，2006，第93页。
② 〔美〕罗伯特·E. 帕克：《种族与文化》，转引自〔美〕欧文·戈夫曼《日常生活中的自我呈现》，冯钢译，北京大学出版社，2008，第17页。
③ 《梅圣俞墓志铭》，洪本健校笺《欧阳修诗文集校笺》，上海古籍出版社，2009，第881页。

尧臣特有的诗体"①，然而成熟诗人大多各体诗歌皆有涉猎，此处的"体"似应指口吻、模式、风格，"辞非一体"寓含着梅尧臣在社会关系中承担多重角色，以及对这些角色的身份认同并适应各个角色要求的行为模式的文学痕迹。程千帆认为在文学史上留下显赫地位的诗人大多具有这样的成长过程："他无休止地和忠实地观察生活、体验生活，与此同时，也不倦怠地和巧妙地反映生活、表现生活。"②梅尧臣并非不能以同一种风格成名成家，但日常生活的多姿多彩给了他不间断的观察机会和表现空间，各个角色的适应要求赋予他丰富多样的诗歌题材、内容风格。这种"辞非一体""不名一体"的诗歌创作特色，正展示了功力深厚的老诗人摹写精刻、随物赋形的语言驾驭能力。

第二节 文人群体交游唱和与梅尧臣诗风变化

王水照曾指出宋代知识分子崇尚"统序"的文化思潮使北宋文人文学结盟思想自觉而强烈，在钩稽搜罗文人集团参与人员、诗歌交往基础上，分析了天圣钱惟演洛阳幕府僚佐集团、嘉祐欧阳修汴京礼部举子集团、元祐苏轼汴京学士集团的文学交往和诗歌互动形成的群体风格及文学集团之文化意义。受文人群体研究思路启发，本节试图探明文人群体交游唱和究竟在哪些方面影响了宋诗"开山祖师"梅尧臣的诗歌艺术，梅尧臣个体创作风格又为文人集团总体风格带来了何种影响。由于洛阳文人集团群体风格多有学者触及，此处暂将重心放在学者们鲜少关注的梅尧臣幕职州县官、汴京官员任上的唱和活动，并力图揭橥嘉祐二年（1057）礼部唱和与梅尧臣诗歌风格的互动影响。

一 幕职州县官时期交游唱和对梅尧臣诗歌的影响

除早年担任桐城县、河南县、河阳县三任主簿，建德县、襄城县两任县官之外，庆历元年（1041）后，梅尧臣先后担任湖州监税、许昌签

---

① 朱东润：《梅尧臣诗的评价》，朱东润编年校注《梅尧臣集编年校注》，上海古籍出版社，2006，第18页。
② 程千帆：《一个醒的和八个醉的——读杜甫〈饮中八仙歌〉札记》，程千帆、莫砺锋、张宏生：《被开拓的诗世界》，凤凰出版社，2020，第102页。

第二章　举世交游：梅尧臣诗歌中的角色转换与文学交际

书判官、陈州镇安军节度判官三任地方幕职州县官，正是在地方幕职州县官任上，梅尧臣开始了颇为广泛的社会交游，留下了较以往更为丰富的酬唱作品。如果按照巩本栋《唱和诗词研究——以唐宋为中心》的区分归类，此种唱和多归于府主与幕僚的"同处之唱和"。① 地方府主与幕僚的上下级关系决定了梅尧臣诗歌题材、风格势必向地方府主靠近，也决定了梅尧臣唱和诗的悦人姿态与谦卑格调。这一时期文人群体交游与梅尧臣诗歌的关系主要体现为地方府主对梅尧臣诗歌的渗透影响。

庆历二年（1042）梅尧臣在汴京得不到任用后，举棹前往湖州，湖州山水风景极佳，又离梅尧臣家乡宣城较近，如其所云："眷恋此江湖，亲年当喜惧。既获庭闱近，又多山水趣。"② 湖州知州胡宿善于作诗且与欧阳修相交甚欢，因此，梅尧臣任湖州监税期间与胡宿登山临水、寻宫访寺，留下不少写景细腻、风格清润的诗歌，度过了一段快乐时光。如：

> 东吴临海若，看月上青冥。河汉微分练，星辰淡布萤。细烟沉远水，重露裛空庭。孤坐饶清兴，惟将影对形。（《依韵和武平九月十五日夜北楼望太湖》）③

> 晚爱池上清，群峰对檐隙。常恐云气生，坐令苍翠隔。复绕曲塘阴，映实孤花拆。谁知禅者居，来伴使君适。（《陪武平游雅上人房下峰亭》）④

前一首写胡宿独自夜望太湖所见之景，"河汉微分练，星辰淡布萤"写天宇星河的疏淡和若隐若现，"细烟沉远水，重露裛空庭"则将描写视角转向细烟迷蒙的遥远湖面与被露水沾湿的空旷庭院，极为幽细静谧。后一首写陪胡宿游禅居所见之景，池水清凉、群峰苍翠，曲塘之阴孤花开放，一切是那么清净和谐、寂静宁谧。可以说，胡宿登山临水的爱好

---

① 巩本栋：《唱和诗词研究——以唐宋为中心》，中华书局，2013，第58页。
② 《依韵和胡武平怀京下游好》，朱东润编年校注《梅尧臣集编年校注》，上海古籍出版社，2006，第205页。
③ 朱东润编年校注《梅尧臣集编年校注》，上海古籍出版社，2006，第205页。
④ 朱东润编年校注《梅尧臣集编年校注》，上海古籍出版社，2006，第220页。

促成了梅尧臣登临类诗歌的集中书写，而如此绘写湖州山水景色正是梅尧臣湖州诗的主要特色。

如果说梅尧臣与胡宿的交游因共同好友欧阳修而染上忘却等级的同声气唱和色彩的话，那么梅尧臣与晏殊的交游则因仕宦等级的巨大差别而给梅诗留下了浓厚的上下级色彩，晏殊对梅诗主题、风格的影响亦远甚于胡宿。庆历六年（1046），梅尧臣在许昌签书判官任上，春间自许州入汴就婚刁氏后乘舟取道颍州回许，其时晏殊已罢相并以工部尚书知颍州，梅尧臣参与晏殊组织的重阳会饮并写下《八日就湖上会饮呈晏相公》《九日撷芳园会呈晏相公》，晏殊于梅尧臣离开颍州返许途中还寄去新诗、酒水之物，对梅尧臣格外垂青。庆历八年，梅尧臣秋后应晏殊辟赴陈州镇安军节度判官任，成为晏殊僚属并与晏殊有了更多唱和往来。从梅尧臣唱和晏殊之诗来看，晏殊对梅尧臣诗歌创作存在鲜明影响。

一是颍州初识晏殊时虽获青睐，但身份差异却让梅尧臣颇感自卑，诗中流露着诚惶诚恐、自伤自怜的敏感情绪。如"今惭此微贱，重辱相君怜"[①]"微生守贱贫，文字出肝胆。……兹继周南篇，短桡宁及舰。试知不自量，感涕屡挥掺"[②]"平生独以文字乐，曾未敢耻贫贱为。官虽寸进实过分，名姓已被贤者知。疏愚生不谒豪贵，守此退缩行将衰"[③]，反复诉说自己卑贱低微的身份地位、清高介独的德行操守，反映了梅尧臣在面对这位官高位重的前宰相时惶恐难安、不够自信的内心世界。

二是作为僚属的梅尧臣受晏殊诗影响颇深，主要表现为咏物诗、拟古诗题材增加，诗风颇有细密清润化倾向。梅尧臣此间先后创作《拟李益竹窗闻风寄苗发司空曙》《拟宋之问春日蒵彩花应制》《拟张九龄咏燕》等8首拟古诗，分别模拟李益、宋之问、张九龄、王维、陶渊明、杜甫、韦应物、韩愈等人之诗。梅尧臣为何突然大量模拟前人诗作呢？

---

① 《谢晏相公》，朱东润编年校注《梅尧臣集编年校注》，上海古籍出版社，2006，第367页。

② 《依韵和晏相公》，朱东润编年校注《梅尧臣集编年校注》，上海古籍出版社，2006，第368页。

③ 《途中寄上尚书晏相公二十韵》，朱东润编年校注《梅尧臣集编年校注》，上海古籍出版社，2006，第369页。

第二章 举世交游：梅尧臣诗歌中的角色转换与文学交际

从《拟王维观猎》题下小注"晏相公坐中探赋"[1]可推测此乃晏殊筵席所探之题，这8首拟古诗很可能皆是晏殊酒筵之作，是诗酒文会竞技助兴的产物。此外，梅尧臣还有《题腊药》《腊酒》《腊脯》《腊笋》。《题腊药》题下小注云"尚书晏相公腊日投壶，输诗七首，便以腊日所用物赋，先成四首上呈"[2]，随后《啄木二首》《语鸠》题后分别注云"十二月十二日陪步后园所闻见"[3]"此以下三首补前投壶所输七首"[4]，然夏敬观指出后者"此小注疑不当在语鸠题下"[5]，笔者推测这两个小注很可能原合并置于《啄木二首》之下，3首诗正好补足腊日所输之诗，且应是梅尧臣陪晏殊游园时被催促诗债之作。咏物诗是除节令诗之外晏殊最重要的诗歌题材，现存《鹿葱花》《牡丹》《迎春花》等10多首咏物诗，梅尧臣任职陈州时期咏物诗亦陡然增加，《十月三日相公花下小饮赋四题》分别题写拒霜、牡丹、菊三种花卉，还有《寒菜》《和晚花》《梅花》等咏物诗，表明此时梅诗视角多转向自然界的花草树木、风雪晴雨，这种题材转向无疑与迎合、酬唱晏殊息息相关。晏殊是西昆体后期诗人，诗歌音节舒徐不迫，用字风格细腻清新、密丽婉润，如《赋得秋雨》"点滴行云覆苑墙，飘萧微影度回塘。秦声未觉朱弦润，楚梦先知薤叶凉。野水有波增澹碧，霜林无韵湿疏黄。萤稀燕寂高窗暮，正是西风玉漏长"[6]，此诗很注重音节安排，双声"点滴"造成一种雨点稀疏落下的声调感，叠韵"飘萧"以两个平声字造成一种轻渺飘摇的移动感，"秦声""朱弦""楚梦""薤叶""野水""霜林""高窗""玉漏"等意象不仅极富装饰性，且善用虚实搭配造成邈远梦幻的心理感觉，朱、碧、黄等色彩鲜明的颜色字又给人迁想绵延的视觉空间。梅尧臣这一时期所写诗歌亦极尽细微描画之能事，如《和小雨》：

蛟龙噀白雾，天外细蒙蒙。沾土曾无迹，昏林似有风。卷旗妨

---

[1] 朱东润编年校注《梅尧臣集编年校注》，上海古籍出版社，2006，第497页。
[2] 朱东润编年校注《梅尧臣集编年校注》，上海古籍出版社，2006，第502页。
[3] 朱东润编年校注《梅尧臣集编年校注》，上海古籍出版社，2006，第504页。
[4] 朱东润编年校注《梅尧臣集编年校注》，上海古籍出版社，2006，第505页。
[5] 朱东润编年校注《梅尧臣集编年校注》，上海古籍出版社，2006，第505页。
[6] （宋）晏殊：《赋得秋雨》，《全宋诗》第3册，北京大学出版社，1998，第1961页。

酒舍，湿翅下洲鸿。稍见斜阳透，西云一半红。①

首联将小雨想象成蛟龙所喷白雾，颔联、颈联细致刻写小雨落下的四幅剪影，落入土壤后瞬间不见踪迹，浮在林中似有风吹拂，卷起酒家斜挑的酒旗，沾湿俯下洲头的飞鸿翅膀，尾联描写傍晚斜阳透过西边云彩照得云彩红了一半，以"红"字的鲜明色彩收束诗歌，将整首诗的苍白灰蒙色彩骤然提亮很多，引领读者进入一个鲜艳明亮的世界。再如写梅花"艳薄自将同鹄羽，粉寒曾不逐蜂须"（《梅花》）、"薄薄远香来涧谷，疏疏寒影近房栊""坠萼谁将呵在鬓，蕊残金粟上眉虫"（《梅花》）、"团枝密密都如雪，野雀飞来翅合香"（《和梅花》）等诗句，以精工出色的笔墨将梅花的姿态、气味、颜色等写得柔婉清艳、香气袭人，此皆梅尧臣受晏殊诗影响处。

二 汴京友朋唱和与梅尧臣诗歌艺术风貌

如果说梅尧臣幕职州县官任上所作唱和诗因身份顾虑而显拘谨惶恐，那么汴京友朋的同声气唱和则因彼此的亲密关系而颇为戏谑取闹、放纵恣肆。梅尧臣数次解职地方官员、待阙京师期间结识了不少好友，如庆历五年春夏间与宋敏求、宋敏修、胥元衡相识于汴京，与江休复结识也在庆历年间。梅尧臣皇祐三年（1051）后长住汴京，跟王存、刘敞、韩氏兄弟、朱处仁、邵必、司马光、蔡襄、吴开、王畴、范镇、吴奎等京师好友酬唱频仍。他很重视这些中年时期结交的友人，正是这些友人填补了洛阳旧交离散后的内心空白，带给他沉湎诗酒文会的欢快生活。梅尧臣的汴京交游对其诗歌创作产生了重要影响，主要有以下表现。

第一，梅尧臣与汴京友人交往诗歌体现了深厚、真挚的彼此情谊，亦多流露其最深切、真实的内心想法，其诗歌风格亦随之变得质朴、深沉。梅尧臣与宋敏修、裴煜尤其交好，"唯影与月光，举止无猜毁。吾交有裴宋，心意月影比"②将裴煜、宋敏修喻成月影以形容彼此投契、毫

---

① 朱东润编年校注《梅尧臣集编年校注》，上海古籍出版社，2006，第499页。
② 《月下怀裴如晦宋中道》，朱东润编年校注《梅尧臣集编年校注》，上海古籍出版社，2006，第588页。

无猜毁,"晚得二友生,胸霓吐五色"① 中的"二友"亦指宋敏修、裴煜。庆历六年,梅尧臣《宿安上门外裴如晦胥平叔来访》记录自许入汴与友人相会之事,"胥裴喜我至,冒雨夜出城。灯前相对语,怪我面骨生。为言憔悴志,因意多不平。亦见子颔须,长黑已可惊。知子有所立,毛发随世情。子心且如旧,后辈苦前轻"②,裴煜、胥元衡欣喜梅尧臣到来而冒雨出城,灯前互相端详,惊讶老友面貌变迁,极似杜甫《赠卫八处士》"访旧半为鬼,惊呼热中肠。焉知二十载,重上君子堂。昔别君未婚,儿女忽成行"的描写,老友相聚蕴含百感交集的复杂情绪,平实质朴的语言背后是相知相惜的深厚感情。宋敏修失去小女后埋怨上天不公,梅尧臣写道,"宋子失汝婴,苦将造物怪。造物本无恶,尔责亦已隘。且如工作器,宁复保存坏。收泪切勿悲,他时多婿拜"③,宽慰他世间之事皆有存有坏,劝他收泪看开,并说将来定会有很多女婿堂前来拜,此诗记录友人间劝勉宽慰的日常往来,富有浓厚的生活气息。梅尧臣愿在宋敏修、裴煜面前袒露内心情感,如其难为人知的诗歌追求、自负自许的真实情绪、受到诽谤的内心愤懑皆毫不掩饰地流露于诗,如《依韵解中道如晦调》:

> 大雅固自到,建安殊未甘。哀哉彼屈宋,徒尔死湘潭。险句孰敢抗,似入虎穴探。辛勤不盈襜,况又剧采蓝。诽诃猬毛起,度量牛鼎函。人情何多嫉,机巧久已谙。莫问冠冕贵,自将诗书耽。兴来聊咏怀,字密如排蚕。曹刘为我驾,颜鲍为我骖。④

明确指出大雅才是其诗歌追求,而建安、屈宋皆不在列,曹刘颜鲍亦仅为骖乘,如此自负之语只可能见于密友唱和,而绝不可能见于与地方府主的唱和诗中。梅尧臣的消极颓废、自暴自弃也会向宋敏修、裴煜倾诉,如"时不用兵皆乐乡,念我贫居天子庠。抱经临案空循行,貌垢

---

① 《送宋中道太博倅广平》,朱东润编年校注《梅尧臣集编年校注》,上海古籍出版社,2006,第897页。
② 朱东润编年校注《梅尧臣集编年校注》,上海古籍出版社,2006,第360页。
③ 《宋中道失小女戏宽之》,朱东润编年校注《梅尧臣集编年校注》,上海古籍出版社,2006,第361页。
④ 朱东润编年校注《梅尧臣集编年校注》,上海古籍出版社,2006,第568页。

不洗颜苍苍。得时少壮相揄扬，独行无侣心泙浪。肠如辘轳转井床，内饥外寒肤粟芒，若此煎炒何心肠。王都浩浩多球琅，怀珉安可争煜煌。旧朋升腾皆俊良，殁不发语生括囊。……仲尼生世尚偟偟，岂能强聒争跄跄"①，这些诗歌暴露了梅尧臣内心自负、脆弱的一面，有助于解读其不为人知的真实情绪和内心世界。

第二，梅尧臣与京师友人的交游酬唱给其诗歌带来许多饮酒聚会、嬉笑打闹的日常生活题材。皇祐四年（1052）十二月二十一日，梅尧臣先在李寿朋家聚会饮酒，"少年气若虹，屡起鄱阳谑。壮语土胆开，狂诃僮指愕。间或美笑言，又或跪酬酢。或如猿狙跳，或类虎豹攫。或庾秦客辞，或纵灌夫恶。杯盂或迁掷，履舄或搀错"，描写众人意气风发、胆力开张、狂浪戏谑、跳跃颠倒之景，活画出一幅纵情饮酒的欢宴图，当天回家后又被刘敞招去饮酒，"往往奏清歌，时时更大噱。江翁唱渭城，嘹唳华亭鹤"②，这次宴会较前会稍雅致，然仍谑闹不已。他与友人沉湎饮酒宴会有其思想依据：

  天地不争行，日月不争明。昼夜自显晦，冬春自枯荣。夸父逐日死，共工触天倾。二子不量力，空有千古名。寄语贤与愚，何尝见长生。我愿会良友，醉颜日常赪。东海为酒樽，五湖为杯罍。海罄湖且竭，尽倒为解酲。苟死不复知，苟生徒牵情。③

人寿何其短暂，又被情感牵缠而难得欢乐，正因如此，才需宴会饮酒忘却现实、获得快乐啊！"生平多交友，常恨会遇稀。每念相笑语，昨是今或非。重惜向时游，出处苦乖违。从今傥有酒，莫问梨栗微"④，朋友会遇在交通不发达的古代那么难得，怎能不珍惜见面时间，不一醉方休呢？

---

① 《依韵和宋中道见寄》，朱东润编年校注《梅尧臣集编年校注》，上海古籍出版社，2006，第1045页。
② 《二十一日同韩持国陈和叔骐骥院遇雪往李廷老家饮予暮又赴刘原甫招与江邻几谢公仪饮》，朱东润编年校注《梅尧臣集编年校注》，上海古籍出版社，2006，第647页。
③ 《饮酒呈邻几原甫》，朱东润编年校注《梅尧臣集编年校注》，上海古籍出版社，2006，第655页。
④ 《答刘原甫》，朱东润编年校注《梅尧臣集编年校注》，上海古籍出版社，2006，第658页。

除饮酒宴会之外，梅尧臣与至交好友以戏为诗者甚多，再现了朋友间轻松愉悦的日常往来，如《寄宋中道》：

> 尔书我不答，尔怒从尔骂。天马新羁时，气横未可驾。傥我一日死，尔岂无悲咤。唯知道义深，小失不足谢。①

宋敏修性情褊狭焦躁，常犯脾气，梅尧臣惹恼他后写下此诗表明他们间的深情厚谊不会因小小过失而改变，诙谐幽默的语言将梅尧臣之憨朴、宋敏修之焦躁刻画得如在目前。庆历七年（1047），裴煜从河阳回到汴京，梅尧臣同韩缜前去拜访他：

> 朝闻单骑归，径走至其第。扣门童仆顽，拒我色甚庆。不顾遂登堂，有马堂下系。辨诈大呼卿，稍应西屋际。逡巡冠带出，青绶何曳曳。有似缩壳龟，藏头非得计。况与二三子，交分久已缔。恕尔避客尤，新婚复新婿。②

裴煜沉浸于新婚之喜悦，不愿见客，梅尧臣、韩缜却无赖般登堂大呼并嘲笑裴煜似缩头乌龟，如此过分谑闹之举也是因"交分久已缔"的朋友情深之故。这种谑闹还表现于他人对梅尧臣的取笑，"昨日会饮我后至，谁欲比我为王戎。笑知卿辈意易败，起销便与俗物同。似过黄公酒垆下，嵇阮不见修竹中。杳尔山河隔千里，此心正有古人风"③，前四句写自己因会饮迟至而被人喻为王戎，后四句则颇为自恋地将自己比拟为高风古致的嵇康、阮籍，回应他人、自我比况皆颇具喜感。

当然，与友人频繁酬唱亦给梅诗带来滑熟俚俗、率易平浅之弊，如"正月东都雪，多于旧腊时"（《二十一日雪中赴宿怀邻几原甫》）、"泥鳅鱼之下，曾不享佳宾。又嫌太健滑，治洗烦庖人。煎炙亦苦腥，未尝

---

① 朱东润编年校注《梅尧臣集编年校注》，上海古籍出版社，2006，第358页。
② 《裴如晦自河阳至同韩玉汝谒之》，朱东润编年校注《梅尧臣集编年校注》，上海古籍出版社，2006，第411页。
③ 《正月二十七日江邻几杜挺之刘原甫贡甫韩持国邀饮于定力院》，朱东润编年校注《梅尧臣集编年校注》，上海古籍出版社，2006，第596页。

辄向唇"(江邻几馔鲰),皆采用日常语言的逻辑顺序,完全丧失诗化语言该有的跳跃性、精练性,致使诗歌表达颇为率易平浅,此类诗歌艺术成就多不够高。

三 嘉祐二年礼部唱和与梅尧臣诗歌的双向互动

嘉祐二年正月初六,翰林学士欧阳修知贡举,翰林学士王珪、龙图阁直学士梅挚、知制诰韩绛、集贤殿修撰范镇并权同知贡举,欧阳修又荐梅尧臣为礼部参详官,六人从正月初七入闱至二月底出闱,凡五十日,共作古律歌诗173篇,集为三卷《礼部唱和诗》,欧阳修作《礼部唱和诗序》并称其为"一时盛事,前此未之有也"①。据笔者统计,现存礼部唱和诗90余首,其中欧阳修32首,梅尧臣36首,王珪23首,范镇存断句一联。②少数几首应是出闱后所作,如梅挚送白鹇给欧阳修的那组唱和诗就颇值得怀疑。从梅挚《偶书小诗寄永叔内翰》题注"知滑州时作"③可知嘉祐二年梅挚曾任职滑州。王珪《和公仪送白鹇于永叔》题注"公仪自滑州归"④表明这只白鹇应是梅挚从滑州带给欧阳修的,或因涉及闱中白鹤、白兔酬唱主题,故欧阳修请闱中诸公酬唱后收入《礼部唱和诗》。嘉祐二年礼部唱和聚集了声同气应的文坛名流,相较幕职州县官任上梅尧臣诗歌的被动影响,从贡举酬唱诗中能看到更多试官们与梅尧臣诗歌艺术的双向互动。

首先,礼部唱和对梅尧臣诗歌最明显的影响是七律体裁显著增加。胡传志、汪婉婷《论梅尧臣诗歌的体裁选择》统计梅尧臣一生写作七律231首,仅占全部诗歌的8%⑤,可见七律并非梅诗重点体裁。嘉祐二年却是例外,七律数量多达42首,占其七律创作总量的18%,是梅尧臣历

---

① 《归田录》,李逸安点校《欧阳修全集》第5册,中华书局,2001,第1938页。
② 王水照统计为欧阳修32首、梅尧臣36首、王珪18首,另范镇有诗一首及断句一联,见《嘉祐二年贡举事件的文学史意义》,《王水照自选集》,上海教育出版社,2000,第227页。
③ (宋)梅挚:《偶书小诗寄永叔内翰》,《全宋诗》第3册,北京大学出版社,1998,第2042页。
④ (宋)王珪:《和公仪送白鹇于永叔》,《全宋诗》第9册,北京大学出版社,1998,第5982页。
⑤ 胡传志、汪婉婷:《论梅尧臣诗歌的体裁选择》,《安徽师范大学学报》(人文社会科学版)2015年第5期。

年七律创作数量的最高峰。年初不到两个月的锁院时间所作七律多达17首，占锁院诗歌创作总量的47%和全年七律创作总量的40%。可见礼部唱和对梅尧臣七律体裁选择具有重要影响，反映了梅尧臣自觉融入试官群体并向群体文学靠近的创作倾向。

梅挚虽无锁院诗歌存世，但锁院期间至少发起过九次酬唱，应是最活跃的酬唱发起者，故王珪在"诗似神仙并姓梅"下自注道"公仪、圣俞赓唱最多"[①]。从梅尧臣、欧阳修、王珪等人唱和诗可知梅挚写过《戏勉》《忆鹤》《小桃》《琴高鱼》《尝茶》《谢鹇》《上马》等诗歌，其中，《忆鹤》《尝茶》《上马》等诗为七律，《戏勉》《小桃》《琴高鱼》为绝句，只有《谢鹇》为叙述梦中故事情节而采用纵横铺展、收放自由的古体形式。王珪亦是群体酬唱的重要发起者，《呈永叔书事》《校艺书事》《校艺将毕呈诸公》皆是七律，还有一首五排《喜定号》。韩绛发起的《书事》、范镇发起的《明经试大义多不通有感》分别为七绝、五律形式。可知梅挚、王珪、韩绛、范镇皆偏爱近体尤其是七律形式。但梅尧臣、欧阳修发起的诗歌酬唱却多古体形式，梅尧臣《莫登楼》《莫饮酒》《感李花》皆为古体诗，它们最先很可能是独吟诗歌，故多抒发锁院无聊、时节逝去的伤感情绪，但经众人酬唱后就成为酬唱诗歌，酬唱作品延续了梅尧臣诗歌低沉萧瑟的情感基调。欧阳修《折刑部海棠戏赠圣俞二首》《刑部看竹效孟郊体》之所以采用古体形式，亦与赠送梅尧臣及梅诗风格类似孟郊有关。然而，欧、梅的这类感情萧瑟的古体作品毕竟不适合群体酬唱、诗酒文会的轻松氛围，故梅尧臣《上元从主人登尚书省东楼》《春雨呈主文》等涉及群体往来的诗歌就采用最适合酬唱往来的七律形式，这就降低了唱和诗的写作难度，迎合了梅挚、王珪、韩绛、范镇等擅写近体诗的试官们。梅尧臣选择七律形式，一方面有利于更好地融入试官群体，更适合诗酒文会的酬唱往来；另一方面在平淡闲雅、枯寒苦硬风格之外添入几许雍容华贵、音节款款之风，使其诗歌呈现多层次、多样化风貌。

其次，戏谑主题冲淡了梅尧臣独吟诗歌的抑郁愁苦风貌，呈现了文学群体集体狂欢下诗歌主题、诗人心态的双重变迁。王珪大概是一位性

---

① （宋）王珪：《和公仪上马》，《全宋诗》第9册，北京大学出版社，1998，第5982页。

格古板、工作认真的试官,现存《仁字卷子》《信字卷子》《较艺将毕呈诸公》等诗歌皆与科举考试密切相关,除被欧阳修逼着写下《和永叔思白兔戏答公仪忆鹤杂言》之外,所存20余首礼部唱和诗几乎没有谐谑之作。梅挚、梅尧臣、欧阳修等人则更为戏谑取闹,致力于在文字游戏、诗歌往还中获致群体欢愉。欧阳修曾提及此次锁院诗歌创作,"余六人者,欢然相得,群居终日,长篇险韵,众制交作,笔吏疲于写录,僮史奔走往来。间以滑稽嘲谑,形于风刺,更相酬酢,往往烘堂绝倒。自谓一时盛事,前此未之有也"①,所谓"欢然相得""滑稽嘲谑""烘堂绝倒"正是对试官们以诗为戏的"一时盛事"之渲染描述。

梅尧臣以其数十年诗歌创作经验被推为"诗老",亦成为众人嘲笑戏弄的对象,如其《和公仪龙图戏勉》"五公雄笔厕其间,愧似丘陵拟泰山。岂意来嘲饭颗句,忙中唯此是偷闲"②,"岂意来嘲饭颗句"出自李白《戏赠杜甫》"饭颗山头逢杜甫,顶戴笠子日卓午。借问别来太瘦生,总为从前作诗苦",梅挚之诗意在嘲弄梅尧臣作诗之苦,梅尧臣则解说锁院繁忙之中唯以作诗消遣偷闲罢了。欧阳修《答圣俞莫饮酒》"子谓莫饮酒,我谓莫作诗。花开木落虫鸟悲,四时百物乱我思。朝吟摇头暮蹙眉,雕肝琢肾闻退之。……但饮酒,莫作诗,子其听我言非痴"③,刻画梅尧臣吟咏雕琢的苦思光景,面对众人的善意嘲笑,梅尧臣不惜托出"甑空釜冷不俯眉,妻孥冻饥数恚之。但自吟醉与世违,此外万事皆莫知"的生活实景,描画出一幅终日吟醉、拙于生计的日常图景。梅尧臣之日常苦吟甚至成为试官们的打赌对象,《二月五日雪》原注云:"闻永叔谓子华曰:'明日圣俞若无诗,修输一杯酒。'"梅尧臣"冻吟谁料我,相与赌流霞"④ 即是对这些不够厚道的朋友行为的委屈与抗议。梅尧臣也逼试官们作诗,如《春雨呈主文》"何郎夜听应逢句,谢朓朝观必有诗"敦促试官们为春雨赋诗,"老大莫将文字困,为公牵强不胜疲"则是对众人哄聚促其作诗的假意告饶。

再如,梅挚忆念小鹤引起欧阳修思念家中白兔并写下《思白兔杂言

---

① 《归田录》,李逸安点校《欧阳修全集》第5册,中华书局,2001,第1938页。
② 朱东润编年校注《梅尧臣集编年校注》,上海古籍出版社,2006,第923页。
③ 洪本健校笺《欧阳修诗文集校笺》,上海古籍出版社,2009,第173~174页。
④ 朱东润编年校注《梅尧臣集编年校注》,上海古籍出版社,2006,第928页。

戏答公仪忆鹤之作》，王珪诗描写众人聚会唱和之景云"两翁相顾悦有思，便索粉笺挥笔写。有客月底吟影动，猝继新章亦奇雅。大都吟苦不无牵，遂约东家看娅姹。醉翁良愤诋高怀，却挥醉墨几欲骂"①，梅挚、欧阳修因思念家中白鹤、白兔而索笔写诗，梅尧臣迅速吟哦写完唱和诗，其余人诗思蹇滞、苦吟难成遂弃笔约观舞女，欧阳修心急至几欲开骂。梅尧臣和诗"我虽老矣无物惑，欲去东家看舞姝"对梅挚、欧阳修心系鹤、兔不以为然的态度也惹来欧阳修"须防舞姝见客笑，白发苍颜君自照"②的嘲笑，梅尧臣答道：

  从他舞姝笑我老，笑终是喜不是恶，固胜兔子固胜鹤，四蹄扑握长啄啄。任看色与月光混，只欲走飞情意薄，拘之以笼縻以索，必不似纤腰夸绰约。主人既贤豪，能使宾客乐，便归膏面染髭须，从今宴会应频数。③

欧阳修预言舞姝见到梅尧臣将笑话他白发苍颜、年老体衰，梅尧臣却自我开解为"笑终是喜不是恶"，鹤、兔虽有雪羽白毛却是情意浅薄、只欲走飞的禽兽，又怎如舞姝美妙绰约的动人风姿呢？还是回去膏面染须、装扮年轻些参加宴会吧。叹老嗟卑是梅诗经常流露的情绪，嘉祐元年（1056）尚有《自感》其二：

  我不嫌髭白，白髭何自落。虽然失丑衰，将恐日疏薄。有生无不老，岁事看秋箨。一身忧已大，毫发谁能度。④

由白髭之落而恐惧髭须日以疏薄、年事日老，满怀忧虑之情。但锁院期间面对欧阳修的嘲笑，梅尧臣反不叹老嗟卑而是幽默达观地自我开解，一方面固有与友人争闲气的心理，另一方面也是由于群居相欢的集体氛

---

① （宋）王珪：《和永叔思白兔戏答公仪忆鹤杂言》，《全宋诗》第9册，北京大学出版社，1998，第5950页。
② 《戏答圣俞》，洪本健校笺《欧阳修诗文集校笺》，上海古籍出版社，2009，第176页。
③ 《和永叔内翰戏答》，朱东润编年校注《梅尧臣集编年校注》，上海古籍出版社，2006，第928页。
④ 朱东润编年校注《梅尧臣集编年校注》，上海古籍出版社，2006，第838页。

围冲淡了梅尧臣独处思虑的抑郁心境，使其不再专意向内苦思而是向外融入文学群体的欢乐戏谑，这呈现了群体文学对梅尧臣诗歌主题、诗人心态的双重影响。

最后，梅尧臣锁院诗亦不忘对表现形态、内容题材的创新与探索。这集中表现于诗体、诗韵的尝试，经过酬唱的诗歌作品又部分构成礼部唱和诗的风格特征。首先，《莫登楼》《莫饮酒》的诗歌体制很值得关注，采用"莫登楼""莫饮酒，酒岂仇"三字句开头，主体部分是七言，算是一首七言古诗。如果抛开开头的三字句和五字句，近乎每句押韵、一韵到底的柏梁体。仔细思考，就会发现这种诗歌体制应是综合酒令、柏梁体而成。梅尧臣、谢绛曾在宴席上玩酒令：

> 金凿落，留赠行人须满酌。银瓶况有宜城醪，及取春风花照灼。
> 小屏风，座隔流尘素影融。方床六尺偃清昼，惭无玉枕名通中。
> 玉蟾蜍，厕君笔砚诚有诸。可爱亭亭寒月照，莹然四座凝冰壶。
> 金错刀，连环交刃吹风毛。美人赠我万钱贵，何必蒯犀夸孟劳。
> 青云梯，尺木为阶行勿迷。勤修道业生羽翼，天门九袭须攀跻。
> 凤于飞，差差粹羽今逢时。桐花正美霭雪乱，家庭玉树须来仪。①

其中，"金凿落""玉蟾蜍""凤于飞"皆是谢绛问梅尧臣，"小屏风""金错刀""青云梯"是梅尧臣问谢绛，随后三个七言句皆是被问者的回答。从这些酒令三言、七言形式搭配来看，梅尧臣《莫登楼》《莫饮酒》很可能受酒令影响，是酒令、柏梁体的拼接组合。欧阳修、王珪《莫登楼》亦采用相同手法，表明他们对梅尧臣所创诗歌体制之体认、模仿。其次，生僻韵字、险韵、短章转韵是梅尧臣锁院诗对诗韵的大胆探索。如《二月五日雪》用下平声六麻韵，这个韵部常用字多，算是一个容易写诗的韵部，但梅尧臣"有梦皆蝴蝶，逢袍只纻麻"的"麻"字却是极难组词的生僻韵字，《苕溪渔隐丛话》记载：

> 王直方《诗话》云："圣俞在礼部考校时，《和欧公春雪诗》

---

① 《问答》，朱东润编年校注《梅尧臣集编年校注》，上海古籍出版社，2006，第49~50页。

云：'有梦皆蝴蝶，逢袍只纻麻。'诸人不复措手，盖韵恶而能用事如此可贵也。"苕溪渔隐曰："余阅《宛陵集》，圣俞此《雪诗》，即非和欧公韵，乃是唱首，此诗圣俞自注云：'闻永叔谓子华曰："明日圣俞若无诗，修输一杯酒。"'欧公集中亦有《和圣俞春雪诗》，皆在礼部时唱和，以此可见矣。王直方不切审细，遂妄有韵恶而能用事之语，盖其《诗话》中似此者甚众，吾故辨证之。"①

虽然胡仔认为王直方称其韵恶而能用事颇有错谬，但考察欧阳修、王珪唱和诗就会发现他们并非次韵此诗，仅用其韵部而已，这无疑是为规避"麻"这个不好措手的韵字。梅尧臣唱和诗多采用比依韵、用韵更严格的次韵形式，如《依韵和永叔劝饮酒莫吟诗杂言》《刑部厅海棠见赠依韵答永叔二首》《定号依韵和禹玉》《送白鹇与永叔依韵和公仪》实皆为次韵诗，较欧阳修、王珪次韵数量多，反映了其对诗歌语言的熟练驾驭能力。再如《感李花》"重门虽锁春风入，先坼桃花后李花。赤白斗妍思旧曲，旧声传在五王家。五王不见留华萼，华萼坏来碑缺落。当时李白欲骑鲸，醉向江南曾不错"②，此诗韵脚"花""家"属下平声六麻韵部，"落""错"属入声十药韵部，如此短小形同七律的古体诗却转了一次韵，亦是对诗歌形式的大胆探索。欧阳修、王珪《和圣俞感李花》所用韵字亦在平声、仄声间转换，极尽诗韵变化之能事，亦是对梅尧臣诗韵探索之附和，这无疑部分构成了礼部唱和诗的体制与风格。

作为一个诗歌才华卓著的文人，梅尧臣成为北宋文人群体竞相邀请、往来的极佳对象，他融入那个声同气应的文人群体，创作了众多唱和往来的诗歌作品。文人群体间的交游唱和反过来又对梅尧臣诗歌产生重要影响。幕职州县官与地方府主的身份差距让其诗歌主题、风格皆向胡宿、晏殊靠拢，具有诗以悦人的明显特征；他在汴京与宋敏修、裴煜等人诗歌往来展露难为人知的隐晦心曲，也为其诗歌带来许多饮酒聚会、取笑打闹的日常生活题材；嘉祐二年礼部唱和呈现了试官们与梅尧臣诗歌艺术的双向互动，不仅使梅尧臣七律诗歌大为增加，而且唱和诗的戏谑主

---

① （宋）胡仔纂集，廖德明校点《苕溪渔隐丛话·前集》卷31，人民文学出版社，1962，第216页。
② 朱东润编年校注《梅尧臣集编年校注》，上海古籍出版社，2006，第929页。

题冲淡了其独吟诗歌的抑郁愁苦风貌，呈现文学群体集体狂欢下诗歌主题、诗人心态的双重变迁，梅尧臣对诗体、诗韵之探索、尝试经由酬唱而部分构成了礼部唱和诗的风格特征。

第三节　僧人群体交游与梅尧臣诗歌创作

梅尧臣不仅与文人群体有广泛往来，还是宋仁宗朝与僧人交游最为频繁的诗人，交往僧人数量多至七八十人，集中涉及寺院游览、僧人往还诗歌多至200余首。目前仅刘守宜《梅尧臣诗之研究及其年谱》、陈利娟《梅尧臣与禅宗》、梁珍明《梅尧臣与佛教》对这部分诗歌有所涉及。但不论是爬梳梅尧臣与僧人交游的基本情况，分析僧人交游对梅尧臣诗歌的渗透影响，还是透视梅尧臣僧人交游与时代思潮的关联互动，都存在一定的发掘空间。

一　梅尧臣游览寺院、交游僧人概况

梅尧臣游览佛寺、交游僧人主要在三个地区，亦即北宋佛教极兴盛的洛阳、汴京、江浙皖一带。洛阳在魏晋南北朝时期就成为佛教兴盛之地，龙门、嵩山等地的庙宇更是"古殿藏竹间，香庵遍岩曲"，充满浓郁的佛教氛围。天圣、明道年间，谢绛作为洛阳钱幕文人集团的实际主盟者，对寻游佛寺兴趣浓厚，"曾为谢公客，遍入梵王家"[1] 就是欧阳修对谢绛带领洛阳文人寻游寺庙、交游僧人等活动的真实写照。梅尧臣此时游历的寺庙主要有大字院（普明院）、宝应精舍、龙门山寺、妙觉寺、上林院、香山寺、少林寺、会善寺、峻极院等。梅尧臣诗集中与昙颖交往的最早记录是明道二年（1033）所作《客郑遇昙颖自洛中东归》，但庆历元年（1041）欧阳修《送昙颖归庐山》就曾提及"昙颖十年旧，风尘客京都"，以欧诗逆推，梅尧臣与昙颖的交往最早应在天圣九年（1031）。庆历元年梅尧臣在湖州遇到天台梵才长吉上人，根据"契阔十五年，尚谓卧岩庵"（《淮南遇梵才吉上人因悼谢南阳畴昔之游》）、"淮

---

[1]　《独至香山忆谢学士》，洪本健校笺《欧阳修诗文集校笺》，上海古籍出版社，2009，第284页。

上一相遇，忆在京都时"（《次韵和长吉上人淮甸相遇》）可推知梅尧臣与长吉初次相识应在天圣四年。但庆历三年《送梵才吉上人归天台》却称"顷余游巩洛，值子入天台。当时群卿士，共羡出氛埃。荏苒逾一纪，却向人间来"，可知梅尧臣与长吉相识应在天圣九年为宦洛阳期间，"荏苒逾一纪"之语言表述相对准确而"契阔十五年"应为举其成数之说法。朱东润将《送蟾上人游南岳》系于景祐元年（1034），但欧阳修《智蟾上人游南岳》却注"天圣九年作"，再观欧阳修庆历元年《送智蟾上人游天台》"昔年在伊洛，林壑每相从"①，可知梅尧臣与智蟾之交往亦在天圣年间。通过以上考证可知，梅尧臣在洛期间交往僧人主要有昙颖、长吉、智蟾等人。总之，天圣、明道年间梅尧臣开始游览佛寺、交接僧人，但仔细考察就会发现，昙颖、长吉、智蟾等僧人皆是游方至洛而非长期住锡，梅尧臣的洛阳交游对象还是以钱幕文人群体为主，鲜少涉及洛阳僧人，佛寺主要是文人群体活动的发生场域。

事实上，梅尧臣交往最密切的僧人皆在江浙皖地区。随着经济重心逐渐南移，江浙一带亦成为佛教兴盛之处，欧阳修"越俗僭宫室，倾资事雕墙。佛屋尤其侈，耽耽拟侯王。文彩莹丹漆，四壁金煌煌。上悬百宝盖，宴坐以方床"②就描写了江浙地区事佛盛况。梅尧臣数次往返汴京、江浙之间，又曾多次丁忧居家，游览过的江浙皖寺庙主要有颍州女郎台寺，润州金山寺、甘露寺，湖州报本寺、西余精舍、明心堂，宣城隐静寺、乾明院、广教寺、古石盆寺、会胜院、松林院、永庆院、山门寺等。梅尧臣与临济宗僧人达观昙颖禅师往来最密切，二人虽缔交于洛阳，但昙颖主要活动于江浙地区的润州金山寺、宣城隐静寺、四明雪窦资圣寺。皇祐年间，梅尧臣丁忧宣城，昙颖正好住锡宣城隐静寺，这就给他们的频密往来创造了条件。据《建中靖国续灯录》可知，昙颖为襄州石门慈照蕴聪禅师法嗣，法系为南岳下十一世（《联灯会要》亦载其为南岳下十一世，《嘉泰普灯录》《五灯会元》则载其为南岳下十世），昙颖嗣法弟子如润州金山怀贤圆通禅师、宣州广教院继真文鉴禅师、太平州瑞竹仲和禅师、越州新昌石佛显忠祖印禅师、常州承天了素禅师、杭州净住

---

① 洪本健校笺《欧阳修诗文集校笺》，上海古籍出版社，2009，第1332页。
② 《送慧勤归余杭》，洪本健校笺《欧阳修诗文集校笺》，上海古籍出版社，2009，第37页。

院居说真净禅师等皆与梅尧臣有所往来。此外，梅尧臣还有与可及、守贤、悦躬、文曜、茂芝、端式、松林长老、乾明山主、可真、若讷、智普、法聪、志来、冲雅、允从、省符、绍元、智洪等僧人的往来记录。

汴京是梅尧臣僧人交游活动的另一个重要地区，宝元元年（1038）梅尧臣与文雅在京城有书籍往还，宝元二年还曾寄诗给衡山福严长老。此后在京与惠勤、可教、俨上人、用文、绍岩、文惠、端式、圆觉、惠思、在己、叔昭、微上人、志来等僧人先后有所往来，其活动的京城寺庙主要为普净院、相国寺、慈氏院、定力院、景德寺、开宝塔院。

与梅尧臣交往的僧人多半颇负文学、艺术才华，如昙颖"有文采，名人多与之游"，《全宋诗》录其诗13首、断句8个，从梅尧臣《和颖上人南徐十咏》还可推测昙颖曾有《南徐十咏》之作，《建中靖国续灯录》"偈颂门"又载其《宗门五派》《佛教》《经》《律》《论》9首偈颂。昙颖之诗虽说不上造诣精深，却也能紧扣诗题写景状物，《小溪》《四明十题》皆清丽可喜，《游上雪窦》"如趋仙府经三岛，似入天门彻九重。无日不飞丹洞鹤，有时忽起隐潭龙"[①]则毫无衲子诗歌的蔬笋气而颇具气势，置之士大夫诗中亦不可辨。又如天台长吉上人，契嵩称其"少以诗鸣于京师"[②]，杨偘称其"尘世宜深遁，诗名畏远闻"（《送梵才上人归天台》），可见长吉诗歌已取得一定的社会名声。梅尧臣亦称"自言东越来，箧中多好诗。文字皆妥帖，业术无倾欹。前辈尝有言，清气散人脾。语妙见情性，说之聊解颐"（《次韵和长吉上人淮甸相遇》）、"诗兴犹不忘，禅心讵云著"（《寄题梵才大士台州安隐堂》）、"城霞与琪树，璨璨助诗才。嘉辞遍人口，幸足息岩隈"（《送梵才吉上人归天台》），长吉似乎特别喜欢写作长篇古诗，梅尧臣次韵其淮甸相遇之诗即多达六十四句，由此可见原诗篇幅之长。宋祁《答天台梵才吉公寄茶并长句》亦称长吉所寄为"长句""清句"，表明长吉驾驭诗歌语言的功力相当深厚。除昙颖、长吉之外，能诗善艺的禅僧还有不少，如文雅、惠勤、显忠、用文、慈济、瑞竹、瑞新、新长老等僧人。梅尧臣《答新长老诗编》：

---

① （宋）释昙颖：《游上雪窦》，《全宋诗》第3册，北京大学出版社，1998，第1923页。
② （宋）契嵩：《送梵才吉师还天台歌叙》，钟东、江晖点校《镡津文集》，上海古籍出版社，2016，第236页。

江东释子多能诗,窗前树下如蝉嘶。朝风暮月只自老,建安旧体谁攀跻。唯师独慕陶彭泽,奇迹仍收王会稽。此焉趣尚已不浅,更在措意摩云霓。①

此诗指出新长老向慕陶渊明诗艺、王羲之书法,"江东释子多能诗"则是概述江浙地区僧人普遍吟诗情况。显忠、智普过汴京拜访梅尧臣并请教诗歌创作,梅尧臣表扬二人诗歌大有进步时亦提醒他们"更当富于学,兹言聊以补"(《答楚僧智普始与吴僧显忠来过今见二人诗进于旧矣》)。用文特别欣赏梅诗以至梅尧臣谦逊地说"师名学佛者,何乃爱吾诗"②,《宋诗纪事》所载宋高僧诗还选入用文诗二首。梅尧臣还曾表扬中上人之诗如吹笙学凤而"颇已臻妙弄"(《答中上人卷》),指点子思入门要正、多读诗书,亦曾称赞惠勤"三岁与之别,其学已增前"(《依韵答惠勤上人》)。除谙熟诗歌之外,这些僧人还颇有弹琴、绘画等艺术才华。如梅尧臣曾称天台宗僧人知白所奏琴曲"上堂弄金徽,深得太古意。清风萧萧生,修竹摇晚翠。声妙非可传,弹罢不复记"③;月上人不仅擅长弹琴,而且气质出众、风姿动人,梅尧臣写其"人闲溪上横刳木,素琴寒倚一枝玉"(《赠月上人弹琴》)。此外,与梅尧臣交往的琴僧还有若讷上人等。

二 梅尧臣的儒佛思想立场

如果我们以为频繁游历寺庙、交往僧人之举就意味着梅尧臣拥有坚定佛教信仰的话,那就不可避免要感到失望了。事实上,从梅尧臣200多首涉佛诗中竟看不到归心佛教的任何影子。就以最明显的参加宗教活动来说,梅尧臣参与的宗教活动仅见皇祐年间两次至乾明院供斋饭僧,"余喘不苟尽,顺俗来饭僧"(《登乾明院碧藓亭》)、"自余衔哀归,不

---

① 朱东润编年校注《梅尧臣集编年校注》,上海古籍出版社,2006,第216页。
② 《与用文师》,朱东润编年校注《梅尧臣集编年校注》,上海古籍出版社,2006,第446页。
③ 《赠琴僧知白》,朱东润编年校注《梅尧臣集编年校注》,上海古籍出版社,2006,第150页。

与人事接。两至此饭僧，华宇何晔晔"（《留别乾明山主》），可见其供斋饭僧之举乃出于随顺宣城风俗而非内心信仰。此外，至和二年（1055）梅尧臣丁母忧期满将离开宣城前，在友人资助下于双羊山祖茔附近建会庆堂以供奉其父梅让、叔梅询的灵位，僧人澄展因报梅询之恩而于堂前置佛岁时供奉香火。两次事佛活动皆因父母丧亡随顺风俗而做，并无特别宗教意义。

从梅诗来看，他对佛教的理解不见得多么深刻，其诗歌没有王维、白居易那么浓厚的宗教色彩，也无贾岛"自嫌双泪下，不是解空人"[1]般的自我反省，佛教缘起性空思想并未成为他观照世事的理论依据，儒家的中庸思想、现实伦理反倒是其向来奉行的处世准则。梅尧臣很重视人间情感，对父母、妻儿、朋友皆充满温情，故其比照对象不是佛教典籍中离尘绝俗的释迦菩萨，而是不离世间的仁厚乐易、淡泊自足的儒家君子。《送梵才吉上人归天台》很能说明他对佛教的态度：

> 顷余游巩洛，值子入天台。当时群卿士，共美出氛埃。荏苒逾一纪，却向人间来。问子何为尔，言兴般若台。虽将发愚暗，般若安在哉。此教久已炽，增海非一杯。我言亦爝火，岂使万木灰。盖欲守中道，焉能力损裁。子勿疑我言，遂以为嫌猜。忽闻携锡杖，思向石桥回。城霞与琪树，璨璨助诗才。嘉辞遍人口，幸足息岩隈。[2]

长吉从天台往俗世化缘以兴建般若台，梅尧臣却对此不以为然，"虽将发愚暗，般若安在哉。此教久已炽，增海非一杯。我言亦爝火，岂使万木灰。盖欲守中道，焉能力损裁"表明他对般若实在性的深刻怀疑、对佛教炽盛的心怀不满，此皆源于其始终奉行不偏不倚、不走极端的中道原则。

马克思曾说："宗教里的苦难，一方面是现实苦难的表现，另一方面也是对于现实苦难的抗议。宗教是被压迫众生的叹息，是无情世界的感情，同样也是精神丧失状态中的精神。它是人民的鸦片。"[3] 梅尧臣虽然

---

[1] 《哭柏岩禅师》，齐文榜校注《贾岛集校注》，人民文学出版社，2001，第89页。
[2] 朱东润编年校注《梅尧臣集编年校注》，上海古籍出版社，2006，第219页。
[3] 〔德〕卡尔·马克思：《黑格尔法律哲学批判导言》，费青译，人民出版社，1955，第4页。

沉沦下僚，生活却相对平顺、波澜不惊，他没有承受过欧阳修、苏舜钦那样的政治风波，感受不到沉重的压迫与苦难，因此无须寻找宗教来抗议现实苦难、叹息坎坷命运，他的世界是一个处处皆爱的有情世界，更无须寻找"无情世界的感情"。可以说，俗世温情决定了梅尧臣始终无法发起出离心，出离心却是走向佛教的第一步，梅尧臣与佛教世界观、人生观的根本分歧决定了他不可能真正契合、欣赏佛教思想。

梅尧臣不契佛教还与宋学兴起的时代思潮密切相关。漆侠将宋学发展、演变分为三个阶段，指出"宋仁宗统治期间（庆历前后）为宋学的形成阶段，其代表人物为宋初三先生的胡瑗、孙复、石介和李觏、欧阳修，而以范仲淹为核心人物"①，并认为"宋学的建立与庆历新政有着内在的、本质的联系"②。石介《怪说》从儒家文化本位出发，体现出反对佛老的鲜明立场，欧阳修"初未有是意，而守道力论其然，遂相与协力"③，但其重心旨在指出佛老带给社会经济的巨大危害。李觏排斥佛老态度亦极激烈，"今也释老用事，率吾民而事之，为缁焉，为黄焉，籍而未度者，民之为役者，无虑几百万。广占良田利宅，媆衣饱食，坐谈空虚，以诳曜愚俗，此不在四民之列者也"④，主张废除缁黄，变十害为十利，以实现"民人乐业，国家富强"。作为庆历新政的支持者、宋学思潮的拥护者，梅尧臣面对佛教势力摆出一副"盖欲守中道，焉能力损裁"的儒家立场也就很可理解了。

既然梅尧臣恪守儒家中庸之道，那佛教到底又如何吸引他以至其涉佛诗多至200余首呢？窃以为这需要从梅尧臣的文化性格中寻找答案，是自由疏懒的性情使其常感人事束缚，转而羡慕方外之士潇洒自在的闲散生活。换句话说，佛教不是作为通透深刻的思想资源而是作为诗意闲散的生活方式吸引着他。早在天圣、明道年间洛阳文人寻游寺庙时，梅尧臣就流露过对寺庙幽静、清闲生活的倾心向往。大字院"晚雨竹间霁，春禽花上飞"（《寒食前一日陪希深远游大字院》）般的春日美景、"焚

---

① 漆侠：《宋学的发展和演变》，人民出版社，2011，第6页。
② 漆侠：《宋学的发展和演变》，人民出版社，2011，第14页。
③ （宋）叶梦得撰《避暑录话》卷上，文渊阁《四库全书》本。
④ （宋）李觏撰《直讲李先生文集》卷16，《宋集珍本丛刊》第7册，线装书局，2004，第106页。

香露莲泣,闻磬霜鸥迈。……软草当熊茵,低篁挂缨带"(《依韵和希深游大字院》)般的旖旎风光、"先生醉复吟,长老言不坏。信与赏心符,宁同俗士爱"(《依韵和希深游大字院》)般的高士雅谈皆深深吸引着梅尧臣,使他拥有"禅庭清溜满,幽兴自忘归"(《寒食前一日陪希深远游大字院》)、"不觉月明归,候门僮仆怪"(《依韵和希深游大字院》)的流连忘返经历。西禅院青葱郁翠的万竿修竹亦使他赏心悦目乃至"解带欲忘归,壶觞欢自足"(《西禅院竹》)。梅尧臣心底始终向往着"老僧忘岁月,石上看江云"《金山寺》的悠闲适意生活,这从其部分深感官事拘束、向往山林佛寺的诗歌中可窥一斑,如:

> 自从到官来,尘事便拘束。尝闻此山寺,法宇深云木。无由一来过,梦想向岩谷。(《检覆叶县鲁山田李晋卿饯于首山寺留别》)

> 我今滞孤宦,空美瓶锡轻。(《说上人游庐山》)

> 何时居岩下,都把尘事抛。(《文曜师之南徐》)

> 系累向尘世,更住殊未能。(《登乾明院碧藓亭》)

反复诉说对尘世宦旅生涯的厌倦和对岩下林麓生活的歆羡,但"一闻流水曲,归思在溪阴"(《若讷上人弹琴》)的美好向往终究只是一个隐藏心底的梦,梅尧臣肩负的养家责任使其无法拥有踏入仕途外的其他选择。

三 晚唐体格:梅尧臣涉佛诗的风格特色

分析完梅尧臣的基本立场后,我们再回到诗歌文本探讨其 200 余首涉佛诗是否拥有比较一致的艺术风格,是否呈现与其他类型诗歌不同的艺术面貌。答案是比较肯定的。虽然梅尧臣前后期诗歌风格变化较大,从早期的清丽细润转为后期的刻厉苦辞、瘦劲健利,但其涉佛诗始终呈现鲜明的晚唐体特色,有较一致的风格倾向。有学者指出:"宋代文学史叙述此'晚唐体'大致局于北宋初期和南宋后期两个时

第二章 举世交游：梅尧臣诗歌中的角色转换与文学交际

段，如果把全部禅僧诗考虑在内，则也可以说'晚唐体'在两宋三百年间从未绝迹。"① 从大的方面观之，晚唐体在两宋三百年间并未绝迹，因为禅僧诗总有大致趋同的艺术风格；从小的方面观之，晚唐体在个别诗人身上也从未绝迹，以梅尧臣为例，不管前期还是后期诗歌，其涉佛诗的总体风格还是晚唐体。

梅尧臣涉佛诗多为五言，尤以五言律诗居多，五言律诗又是晚唐体诗人最喜欢写作的诗歌体裁。宋初晚唐体代表诗人九僧之诗绝大部分是五律，其作诗方式往往是苦心经营、刻意雕琢中间两联，再给诗歌安上首尾，故易导致生气不全、有句无篇的碎裂后果，中间两联却拟制得十分精美，如：

茶烟逢石断，棋响入花深。（希昼《寄题武当郡守吏隐亭》）

虫迹穿幽穴，苔痕接断棱。（保暹《秋径》）

宵晴吟洞月，日晓饭溪蔬。（文兆《送惟凤师之终南》）

云去竹堂空，鹭下秋池静。（行肇《送希昼之九华》）

松斋秋掩月，石窦醉眠云。（简长《李氏山庄留别》）

磬断危杉月，灯残古塔霜。（惟凤《与行肇师宿庐山栖贤寺》）

照水千寻迥，栖烟一点明。（惠崇《池上鹭分赋得明字》）

岛雾沉晴树，汀烟入夜舟。（宇昭《送曹商之宿州兼简骆偓》）

乱蛩鸣古堑，残日照荒台。（怀古《原居早秋》）

---

① 朱刚、陈珏：《宋代禅僧诗辑考》，复旦大学出版社，2012，"前言"第 8 页。

九僧诗中间两联惯于使用残日、荒台、寒蛩、苔痕、虫迹等凄冷衰败意象，营造寂寞衰冷的诗歌氛围。梅尧臣涉佛诗亦着力锻造中间两联，部分诗歌如同九僧诗般清苦寒冷，如"柏殿秋阴冷，莲堂暮色空"（《山光寺》）、"松悲隔溪路，月照旧山门"（《吊矿坑惠灯上人》），这种风格贯穿其前后期诗歌，后期诗歌还常见晚唐体风格之诗，如《题松林院》：

  静邃无尘地，青荧续焰灯。木鱼传饭鼓，山衲见归僧。野色寒多雾，溪痕夜阁冰。吾非谢康乐，独往亦何能。①

松林院是那么寂静无尘，灯火青荧闪烁，声声木鱼传递着用饭消息，山路上归来的僧人衲衣飘飘，野地如此寒冷多雾，溪水透出夜晚结冰之景，此诗将松林院的宁静幽邃写得如冰透肤，意象风格皆神似九僧诗。但梅诗绝大多数并不像九僧诗那么苦寒荒凉，即便早期诗歌也已透出清润静丽的温和光辉，呈现简单纯净中的丰富变化，如"清谈停玉麈，雅曲弄金徽"（《中伏日陪二通判妙觉寺避暑》）颇有些清亮之声，"花影平波上，经声小坞东"（《与诸友普明院亭纳凉分题》）则稍微带些旖旎，"春梢长旧林，夏雨湿新绿"《西禅院竹》满是勃勃生机，"常闻兰气蒸，谁奠椒香液"（《少姨庙》）则充满艳冶之气。再如：

  阴壑泉初动，春岩气欲浮。竹藏深崦寺，人渡晚川舟。（《春日游龙门山寺》）

  门对几千岩，花开第一祖。禅庭松色寒，石室苔痕古。（《少林寺》）

  琉璃开净界，薜荔启禅关。（《会善寺》）

  高树秋声早，长廊暑气微。（《中伏日陪二通判妙觉寺避暑》）

---

① 朱东润编年校注《梅尧臣集编年校注》，上海古籍出版社，2006，第546~547页。

山形无地接，寺界与波分。(《金山寺》)

从这些诗句中可看出梅诗与九僧诗一样雕琢刻镂，却比九僧诗温润静丽许多。梅尧臣更接近晚唐体诗人中诗意捕捉、美感提炼程度最高的林逋，而梅尧臣早年曾雪中寻访林逋，表明其可能受过林逋影响。但梅尧臣毕竟不同于晚唐体诗人，其后期诗风变化亦渗透于涉佛诗，使其涉佛诗在晚唐体风格基础上有了更多突破，正是这些突破使梅尧臣涉佛诗变得内涵丰富、风格多样。从变之小者观之，如《与正仲屯田游广教寺》：

春滩尚可涉，不惜溅衣裾。古寺入深树，野泉鸣暗渠。酒杯参茗具，山蕨间盘蔬。落日还城郭，人方带月锄。①

此诗中间两联对仗精工，纯粹白描，颇类晚唐体诗歌，但"春滩尚可涉，不惜溅衣裾"起得很平，"春滩"是经过锤炼的组合意象却显得毫无斧凿痕迹，首联意脉完整，为后面颔联、颈联之对仗蓄势，给后面的对偶精工留下了空间。再从整首诗来看，此诗描写与友人游览广教寺的所见所闻，首联写涉滩前往广教寺，中间两联写广教寺的优美风光、杯酒相对的欢乐光景，尾联写黄昏时分返回城郭居处之景。整首诗构成一个自然完整的行程描写，通过有放有收、松紧自如的语言显出自然清邃、平淡丰腴的诗美特征。从变之大者观之，如《吕缙叔云永嘉僧希用隐居能谈史汉书讲说邀余寄之》：

奈苑谈经者，兰台著作称。吾儒不兼习，尔学若多能。每爱前峰好，闲穿弊屣登。定将修史笔，添传入高僧。②

此诗最精彩的绝非中间两联，而是尾联，诗歌构思应是先撰成尾联，再安排前三联。希用善于谈论两汉历史，《高僧传》近于佛教史籍，梅尧臣将希用的僧人身份与撰写《高僧传》之类佛教史籍联系起来，以"定

---

① 朱东润编年校注《梅尧臣集编年校注》，上海古籍出版社，2006，第724页。
② 朱东润编年校注《梅尧臣集编年校注》，上海古籍出版社，2006，第957页。

将修史笔，添传入高僧"寄托对他的期望。若将"高僧传"直接置入诗中则几乎不能成诗，而将"高僧""传"分开搁置，则其语言更带跳跃性、更诗化。这也导致诗歌韵脚必须选择下平声十蒸韵，蒸韵比较窄，韵字不多且较生僻，因此前三联尤其是首联、颈联就有些凑韵的意思，颈联颇为生撰乃至离题。不论如何，以五言律诗书写这种并非描绘山林景色而是颇有实用目的的诗歌是有难度的，为流畅完整地表达主旨，梅尧臣在颔联、颈联使用了流水对，"吾儒不兼习，尔学若多能"以事代景、以枯济华，褪去浮华色泽而显出刚健之力，使梅尧臣后期诗歌摆脱了纤细窄仄的狭小途径，迈入笔力开阔、丰富多彩的广大天地。

四　梅尧臣涉佛诗的证史意义

陈寅恪指出："中国诗与外国诗不同之点——与历史之关系：中国诗虽短，却包括时间、人事、地理三点。如唐诗三百首中有的诗短短二十余字耳，但……外国诗则不然，空洞不着人、地、时，为宗教或自然而作。"基于中国诗的这种特点，他认为："把所有分散的诗集合在一起，于时代人物之关系、地域之所在，按照一个观点去研究，连贯起来可以有以下作用：说明一个时代之关系。纠正一件事之发生及经过。可以补充和纠正历史记载之不足。"[①] 梅尧臣数量众多的涉佛诗不仅可作为梅诗研究重要资料，探寻其游览佛寺、交往僧人的基本状况，见出其靠近晚唐体进而突破晚唐体的诗歌风格，还可经由诗歌文本记载的"时间、人事、地理"窥觇北宋前中期的佛教文化生态，还原佛教史籍记载缺失的历史事实。

其中最重要的是，梅尧臣涉佛诗提供了佛教典籍缺乏记载的佛教僧人生平活动记录。例如，昙颖是北宋影响深远的高僧，《宗鉴法林》《建中靖国续灯录》《嘉泰普灯录》《联灯会要》《五灯会元》《禅宗正脉》等佛教典籍皆注重记录其法语开示而缺乏其生平活动的历史记载。关于昙颖住持寺庙的记录唯有《建中靖国续灯录》所云"三十余年，五迁大刹"，据《嘉泰普灯录》又可知其所迁寺庙为"初住舒之炉峰，次迁因圣、隐静，暨雪窦、金山"，具体迁寺时间却不得而知。梅尧臣与昙颖的

---

① 《陈寅恪集·讲义及杂稿》，生活·读书·新知三联书店，2015，第484页。

诗歌往来使我们能大致推测昙颖的迁寺时间。皇祐元年（1049）梅尧臣有《达观禅师昙颖住隐静兰若或言自此猕猴散走不来颖尝哂曰吾知是山枇杷为多始至也未实故其去将实也必群集后果然颖恶乎俗之好异恐传以为人惑欲予咏而播之》，这个字数极多的诗题记述了昙颖到隐静寺后猕猴因枇杷未熟而散走、枇杷将熟而群集之事，表明昙颖至少当年就已入住隐静寺。皇祐四年昙颖接到住持雪窦资圣寺的邀请，梅尧臣《送雪窦长老昙颖》云："朝从雪窦请，暮卷云衲轻。莫问居士病，自从他方行。吴霜点髭根，海鸟随众迎。安隐彼道场，万事都忘情。"[①] 号称"云门宗中兴之祖"的雪窦重显也在此年示寂，可见昙颖是在重显入灭后接到住持雪窦资圣寺请求的，直到嘉祐二年（1057）梅尧臣还写过《雪窦达观禅师见寄依韵答》。嘉祐四年冬梅尧臣写给昙颖之诗就发生了称呼变化，《送刁经臣归润州兼寄昙师》《寄金山昙颖师呈永叔内翰》两个诗题提示我们此时昙颖已移住润州金山寺。《佛祖纲目》载昙颖于嘉祐五年正月初一在金山寺入灭，可见昙颖于嘉祐二年至嘉祐四年之间从雪窦资圣寺移住润州金山寺并最终于金山寺入灭。借由梅尧臣诗歌记录可知昙颖迁寺的大致时间，对佛教史研究不无助益。

综上，我们从梅尧臣寺院游览、僧人往还的200余首诗歌中可看到梅尧臣游览佛寺、交往僧人主要在北宋佛教极为兴盛的洛阳、汴京、江浙皖一带，其交往僧人多富文学、艺术才华，彼此之间颇多文学切磋往来。梅尧臣与佛教世界观、人生观的根本分歧决定了他不可能真正契合、欣赏佛教思想，佛教不是作为通透深刻的思想资源而是作为诗意闲散的生活方式吸引着他。梅尧臣200余首涉佛诗始终拥有较为一致的晚唐体风格倾向，又隐约呈现凌越晚唐体之势。梅尧臣涉佛诗还具有证史意义，我们从这类诗歌中可以窥觇北宋前中期的佛教文化生态，还原佛教史籍记载缺失的历史事实。

第四节　梅范交恶：一桩千年公案的重新释读

梅尧臣、范仲淹交恶是北宋以来聚讼纷纭、争论不休的历史事件，

[①] 朱东润编年校注《梅尧臣集编年校注》，上海古籍出版社，2006，第641页。

这件事情缘起于梅尧臣《灵乌赋》。景祐三年（1036）范仲淹上《百官图》指斥吕夷简任用私人，落职知饶州。梅尧臣为此写下著名的《灵乌赋》，赋中将范仲淹比作灵乌，劝诫范仲淹不要进言献忠、报人吉凶，应该三缄其口、自晦其身。范仲淹作了一篇同题赋回答梅尧臣，指出灵乌"长慈母之危巢，托主人之佳树"，故不愿做丰食而肥的太仓之鼠、深穴而威的荒城之狐，而是"我乌也勤于母兮自天，爱于主兮自天，人有言兮是然，人无言兮是然"①，表明自己矢志不渝、鞠躬尽瘁的效忠决心。梅尧臣、范仲淹《灵乌赋》仅展现两人迥异的思想倾向而未发展成针锋相对的人身攻击，但到庆历五年（1045）梅尧臣撰《谕乌》《灵乌后赋》时，其笔锋就带着对范仲淹的鲜明讽刺意味，"乌时来佐凤，署置且非良，咸用所附己，欲同助翱翔。以燕代鸿雁，传书识暄凉；鹖鸠代鹦鹉，剥舌说语详；秃鸧代老鹤，乘轩事昂藏；野鹑代雄鸡，爪觜称擅场；雀豹代雕鹗，搏击肃秋霜；蝙蝠尝入幕，捕蚊夜何忙；老鸥啄臭腐，盘飞使游扬；䴗鹬与枭鵩，待以为非常"② "尔于此时，徒能纵苍鹰，逐狡兔，不能啄叛臣之目。伺贼垒之去，而复憎鸿鹄之不亲，爱燕雀之来附"③，两篇诗赋皆延续《灵乌赋》将范仲淹喻为乌的写作方式，尖锐讥刺其主政期间用人唯私的恶劣行径。这些带着愤慨情绪的诗赋如檄文一般正式宣告梅尧臣、范仲淹友谊小舟的彻底覆灭。

相比梅尧臣的声色俱厉、口诛笔伐，范仲淹的情绪似乎更为平和。范仲淹传世文献与梅尧臣相关者仅有《灵乌赋》《答梅圣俞灵乌赋》《鄱阳酬泉州曹使君见寄》《贺梅龟儿生诗》④，他并未对梅尧臣《灵乌后赋》做过任何回应，此事在其心底似未激起一丝波澜。基于范仲淹的轻描淡写、梅尧臣的耿耿于怀，不少学者纷纷站在范仲淹立场阵营，认为梅尧臣颇有些心胸狭隘。但是，简单地、不经考察地站在此方立场指责彼方过失，实际上是一种有失公平的语言暴力。缘此，我们就需要探寻梅范交恶如何缘起、演化，如何成为一桩千年的历史公案。

---

① （清）范能濬编集，薛正兴校点《范仲淹全集》，凤凰出版社，2004，第12~13页。
② 朱东润编年校注《梅尧臣集编年校注》，上海古籍出版社，2006，第291页。
③ 朱东润编年校注《梅尧臣集编年校注》，上海古籍出版社，2006，第322页。
④ 这些存世文献中，《贺梅龟儿生诗》的真伪很有问题，这首诗录自元人张师曾所撰《宛陵先生年谱》，梅龟儿诞于嘉祐三年（1058），而范仲淹已于皇祐四年（1052）离世，《贺梅龟儿生诗》大抵属伪作。

一 坐失良机：梅范交恶事件的问题症结

《灵乌后赋》作为梅尧臣、范仲淹矛盾演变的高潮，并不是没有前奏、突如其来的。根据时间顺序，我们可以梳理出其矛盾积聚过程。

景祐三年（1036），范仲淹《灵乌赋》序言"梅君圣俞作是赋，曾不我鄙，而寄以为好。因勉而和之，庶几感物之意同归而殊途矣"①，《鄱阳酬泉州曹使君见寄》"卓有梅圣俞，作邑郡之旁。矫首赋灵乌，拟彼歌沧浪。因成答客戏，移以赠名郎"②，以"卓"称梅尧臣并唱和其《灵乌赋》，可见二人观点虽有不同，相互关系却依旧亲密友善。景祐四年梅尧臣尚有《读范桐庐述严先生祠堂碑》《范饶州夫人挽词二首》，亦可证此时双方关系良好。

宝元元年（1038），继《灵乌赋》唱和之后，梅尧臣、范仲淹有了第二次重要交集。此年，梅尧臣赴饶州并于范仲淹席上作《范饶州坐中客语食河豚鱼》，诗云：

> 春洲生荻芽，春岸飞杨花。河豚当是时，贵不数鱼虾。其状已可怪，其毒亦莫加。忿腹若封豕，怒目犹吴蛙。庖煎苟失所，入喉为镆铘。若此丧躯体，何须资齿牙。持问南方人，党护复矜夸。皆言美无度，谁谓死如麻。我语不能屈，自思空咄嗟。退之来潮阳，始惮餐笼蛇。子厚居柳州，而甘食虾蟆。二物虽可憎，性命无舛差。斯味曾不比，中藏祸无涯。甚美恶亦称，此言诚可嘉。③

欧阳修《六一诗话》载："此诗作于樽俎之间，笔力雄赡，顷刻而成，遂为绝唱。"④朱熹却指出："如《河豚诗》，当时诸公说道恁地好，据某看来，只似个上门骂人底诗；只似脱了衣裳，上人门骂人父一般，初无深远底意思。"⑤然梅尧臣"党护复矜夸"的"党护"仅是袒护之意而非

---

① （清）范能濬编集，薛正兴校点《范仲淹全集》，凤凰出版社，2004，第12页。
② （清）范能濬编集，薛正兴校点《范仲淹全集》，凤凰出版社，2004，第47~48页。
③ 朱东润编年校注《梅尧臣集编年校注》，上海古籍出版社，2006，第117页。
④ （宋）欧阳修：《六一诗话》，（清）何文焕辑《历代诗话》，中华书局，1981，第265页。
⑤ （宋）黎靖德编，王星贤点校《朱子语类》第8册，中华书局，1986，第3334页。

暗指范仲淹结党。景祐元年欧阳修《与王几道复》云"圣俞得诗大喜，自谓党助渐炽，又得一豪者，然微有饥态"①，所谓"自谓党助渐炽"亦指袒护、帮助之意。至和年间欧阳修《书梅圣俞河豚鱼诗后》云，"予友梅圣俞于范饶州席上赋此《河豚鱼》诗，余每体中不康，诵之数过辄佳，亦屡书以示人为奇赠"②，如果梅尧臣河豚诗确含隐射之意并曾引起范仲淹不快，那么欧阳修不会无所顾忌地四处传写此诗。故而朱熹对此诗是存在误解的。

然而，宝元元年河豚诗后，梅尧臣、范仲淹确实鲜有来往。考梅尧臣宝元元年解建德县任赴汴京，直到宝元二年四月出京赴邓州、襄城，而范仲淹景祐四年（1037）十二月调知润州，宝元二年调任越州，二人仕宦地点未有太多交集，似可判断梅尧臣、范仲淹河豚诗后再无继响，并非由于饶州宴席不欢而散，实乃双方履职地理空间相距太远的缘故。

这种地理空间疏隔导致的人情往来疏远，在康定元年（1040）西夏元昊叛乱、范仲淹经略西事时被打破了。在朝廷亟须用人之际，梅尧臣曾经诗文唱和的朋友范仲淹恰恰手握重权，这无疑给了门荫出身的梅尧臣加速升迁、积极仕进的绝佳机会。③叶梦得云"及公（范仲淹）秉政，圣俞久困，意公必援己，而漠然无意，所荐乃孙明复、李泰伯。圣俞有违言，遂作《灵乌后赋》以责之"④，孙云清指出梅范交恶原因在于范仲淹没有推荐仕途蹭蹬、渴望得到权贵朋友提拔的梅尧臣⑤，王瑞来也认为"他（梅尧臣）跟范仲淹交往，包括写诗作赋，都多少有些投机成分在。当范仲淹成为相当于副宰相的参知政事之后，梅尧臣满以为范仲淹会荐引他这个朋友，没想到范仲淹提拔了许多人，就是没有提拔梅尧臣"⑥，这种解释在梅范交恶事件的众多原因中无疑最具说服力。但需要辨明的是，范仲淹从经略西事起便举荐过许多人才，梅尧臣对范仲淹寄

---

① 李逸安点校《欧阳修全集》第6册，中华书局，2001，第2483页。
② 洪本健校笺《欧阳修诗文集校笺》，上海古籍出版社，2009，第1923页。
③ 宝元元年，梅尧臣曾于圜丘大礼举行时献诗三首，未果。宝元二年左右，又希图通过进献《孙子注》获得重用，未果。由此可见，门荫出身的梅尧臣并不甘心一直担任微官末职，而是努力寻求超越磨勘之上的加速升迁。
④ （宋）叶梦得撰，字文绍奕考异，侯忠义点校《石林燕语》卷9，中华书局，1984，第135~136页。
⑤ 孙云清：《〈碧云騢〉新考》，《宋史研究集刊》，浙江古籍出版社，1986，第349页。
⑥ 王瑞来：《天地间气——范仲淹研究》，山西教育出版社，2015，第63页。

寓希望并非始于"及公秉政"而是从经略西事开始。从康定元年（1040）到庆历四年（1044），翘首盼望的梅尧臣始终等不来范仲淹的提携，他心里积蓄许久的失望、怨愤终于化为投枪匕首般的诗篇。

历来关于梅范交恶原因还存在不少见解。如认为范仲淹是因梅尧臣门荫出身而不愿举荐梅尧臣，这种说法颇可疑，因为王益柔也是门荫出身，却因庆历三年范仲淹的举荐而除集贤校理，张讽"未升科进"，却因"文学懿善，履行纯雅""的有才称"① 而得范仲淹举荐，由此可见门荫出身并不妨碍范仲淹举荐拔擢人才。再如，有学者认为梅尧臣因叔父梅询乃吕夷简党羽而不受范仲淹重用，此种见解亦流于主观想象，因为王拱辰是欧阳修的连襟，范仲淹却未因王拱辰多次站在对立面而疏远欧阳修，宋代士人的聚合营党更多的是因政见差异而非血缘关系。由此可见，范仲淹的冷漠无意给满怀希望的梅尧臣兜头浇了一盆凉水，这种希望破灭带来的心理落差才是梅尧臣语带讽刺并造成梅范交恶的真实原因。

二 纸上谈兵：论兵潮流下的梅尧臣《孙子注》

既然找到了梅范交恶的问题症结，我们就可以进一步发问，范仲淹若果然如梅尧臣所指责的那样培植党羽、任用私人，为什么偏偏不举荐曾与他觥筹交错、诗赋往来的友人梅尧臣呢？难道是因为他与梅尧臣交情浅而与李觏、孙复等人交情深吗？或许，只有深入剖析范仲淹的用人标准，才能合理解释这个问题。

范仲淹为官始终将选拔人才视作头等大事，认为"臣之至忠，莫先于举士；君之盛德，莫大于求贤"②，通过举荐人才能够"竭（明王）知人之明，副（明王）待旦之意"③。《推委臣下论》指出帝王的主要职责是"常精意于求贤，不劳虑于临事"，认为帝王需要精求熟观四种人才："其深于正道，有忧天下之心，可备辅相者记之。其精于经术，通圣人之旨，可备顾问者记之。其敢言正色，有端士之操，可备谏诤者记之。其能言方略，有烈士之风，可备将帅者记之。"④ 实际上，范仲淹荐举之人

---

① （清）范能濬编集，薛正兴校点《范仲淹全集》，凤凰出版社，2004，第397页。
② （清）范能濬编集，薛正兴校点《范仲淹全集》，凤凰出版社，2004，第557页。
③ （清）范能濬编集，薛正兴校点《范仲淹全集》，凤凰出版社，2004，第398页。
④ （清）范能濬编集，薛正兴校点《范仲淹全集》，凤凰出版社，2004，第135页。

多半深于儒学经术、谙练边事，若从梅尧臣经术、军事才能看，显然皆无法称合范仲淹心意。

梅尧臣喜欢谈论兵事有名于士林，刘敞称其"论兵自负纵横略"①，欧阳修称其"诗工镵刻露天骨，将论纵横轻玉钤。遗编最爱孙武说，往往曹杜遭夷芟"②。梅尧臣诗"方与旧将饮，谈兵灯烛前。闻有故交至，心喜辄论边"③"赖有故时交，举杯聊岸帻。谈兵与论文，曾不涉陈迹"④皆记录了与友人谈兵光景。但从其牢骚"谈兵究弊又何益，万口不谓儒者知"可知时人仅视之为儒生难以实践的纸上谈兵。考察梅尧臣相关文献，便知时人看法并非没有道理。梅诗很少涉及军事思想，直接展现其军事思想的是《孙子注》，然而，这部书却难以看出梅尧臣具备多少实际军事才能。

首先，梅尧臣《孙子注》较少援引战例进行诠释，显示出文人论兵的局限性。唐代李筌、杜牧、陈暤开始援引战例注释《孙子》，宋代《孙子》注的战例援引更臻鼎盛，尤以张预、施子美最为突出。在《孙子》注中援引战例可见注家对史上战事的熟稔程度及理论、实践的融贯程度，梅尧臣《孙子注》却几乎没有引用战例，暴露出文人纸上谈兵的性质。实际上，梅尧臣《孙子注》的突出特色是魏鸿总结的"文字简练、讲究对仗"⑤，亦即语言成就，这也无怪朱熹说："欧公大段推许梅圣俞所注《孙子》，看得来如何得似杜牧注底好？以此见欧公有不公处。"⑥

其次，梅尧臣《孙子注》于宋代言边篇翰中也算不上优秀。宋廷对西北军事问题于康定元年三川口战役后真正紧张起来，二月"诏京朝官选人，三班使臣有文武器干者，并许经所属官司自陈，当量材试用，诸路转运使、提点刑狱，其察访习知边事者以名闻"⑦，四月"诏陕西安

---

① （宋）刘敞：《伤梅圣俞直讲都官》，《全宋诗》第11册，北京大学出版社，1998，第7230页。
② 洪本健校笺《欧阳修诗文集校笺》，上海古籍出版社，2009，第25页。
③ 朱东润编年校注《梅尧臣集编年校注》，上海古籍出版社，2006，第318页。
④ 朱东润编年校注《梅尧臣集编年校注》，上海古籍出版社，2006，第372页。
⑤ 魏鸿：《宋代孙子兵学研究》，军事科学出版社，2011，第113页。
⑥ （宋）黎靖德编，王星贤点校《朱子语类》第8册，中华书局，1986，第3313页。
⑦ 《续资治通鉴长编》卷126，中华书局，2004，第2975页。

抚、部署、钤辖、转运使、提点刑狱、知州、通判,各察访所部吏民习知边事及有武干者,令安抚或转运司召问其能否以闻"①,直到庆历二年五月因上书献方略者"率多市文于人,或削取前后臣僚章奏,以冀恩赏",从而下诏"无得更陈边事"②。短短两三年里,朝廷获得了很多优秀的军事人才,如景泰"上《边臣要略》二十卷,平戎策十五篇"③,邵亢"献《康定兵说》"④,赵珣"上《五阵图》、《兵事》十余篇"⑤,赵宇撰"《大衍阵图》及《系说》七篇"⑥。据笔者统计,《续资治通鉴长编》所载康定元年通过献策而进者多至四五十人,刘敞则说"宝元康定之间,元昊畔。诏书求材谋之士,于是言事自荐者甚众,辄下近臣问状,高者除郡从事,其次补掾史,且数百人"⑦,这些人多能自撰兵书阵图,对军事的熟稔程度远远超过作《孙子注》的梅尧臣,梅尧臣的光芒被众人所掩而未能脱颖而出。

再次,强调军威是梅尧臣《孙子注》较富特色之处,但这实际上是宋代士人的集体呼声。《孙子兵法·谋攻篇》"上兵伐谋,其次伐交,其次伐兵,其下攻城"⑧,梅注"其次伐交"云:"以威胜。""伐交"显然不是"以威胜"之意,曹操注"交"为"将合也",杜牧补充云"非止将合而已,合之者,皆可伐也",其实就是通过外交手段达到解散敌人外交的目的。"《军政》曰:'言不相闻,故为金鼓;视不相见,故为旌旗。'"梅注云:"以威耳也。耳威于声,不可不清。""以威目也。目威于色,不得不明。"⑨金鼓、旌旗都是为了便于指挥军队,梅尧臣偏要解释为"威耳""威目"。这种有意诠释颇具深意,寓含梅尧臣强调军威的军事思想,可算梅尧臣《孙子注》在十一家注中颇富特色之处。然若将

---

① 《续资治通鉴长编》卷127,中华书局,2004,第3004页。
② 《续资治通鉴长编》卷136,中华书局,2004,第3260页。
③ 《续资治通鉴长编》卷128,中华书局,2004,第3039页。
④ 《续资治通鉴长编》卷131,中华书局,2004,第3094页。
⑤ 《续资治通鉴长编》卷132,中华书局,2004,第3123页。
⑥ 《续资治通鉴长编》卷133,中华书局,2004,第3175页。
⑦ (宋)刘敞:《公是集》卷48,文渊阁《四库全书》本。
⑧ (春秋)孙武撰,(三国)曹操等注,杨丙安校理《十一家注孙子校理》,中华书局,1999,第46~48页。
⑨ (春秋)孙武撰,(三国)曹操等注,杨丙安校理《十一家注孙子校理》,中华书局,1999,第146页。

其置于北宋士人言兵的时代背景下就会发现其实这是西夏叛乱以来士人的军事共识，是毫无新意的老生常谈。宋初重文抑武国策导致边防武备颇为弛坏，尤其是澶渊之盟后，北宋朝廷笼罩于歌舞升平而无以边患为忧者。元昊叛宋，战争在即，士人普遍提出整顿军队要求，如宝元二年吴育言"若政令修、纪纲肃、财用富、恩信洽、赏罚明、士卒精、将帅练，则四夷望风，自无异志"①，梅尧臣的军威思想亦只是这股整顿军队潮流的细小浪花，是时代呼声于其著作打下的鲜明印记。

最后，梅尧臣《孙子注》深受儒家思想影响而显得较为疏阔。一方面，梅尧臣曾自述撰写《孙子注》的缘由，"我世本儒术，所谈圣人篇。圣篇辟乎道，信谓天地根。众贤发蕴奥，授业称专门。传笺与注解，璨璨今犹存。始欲沿其学，陈迹不可言。唯余兵家说，自昔罕所论"②，这段话称自己乃圣贤之徒，注《孙子》只因儒家典籍传笺、注解繁多而难有发明，唯独兵家之说尚存阐释空间，接着谈及自己注释目的是"将为文者备，岂必握武贲。终资仁义师，焉愧道德藩"。康定元年欧阳修《〈孙子〉后序》亦提及梅尧臣对《孙子兵法》的总体定位是"战国相倾之说"，认为孙武兵法不及"三代王者之师，司马九伐之法"。③可见梅尧臣心底并不认可《孙子兵法》，注释时亦始终将《孙子注》拘定于儒家阈域而远离兵家樊篱。另一方面，从梅注衍生发挥处多援儒释兵亦可见梅尧臣思想的疏阔。如孙子云"兵者，诡道也"④，曹操释为"兵无常形，以诡诈为道"，李筌释为"军不厌诈"，曹操、李筌的解释都紧切孙子原意，即用兵打仗要靠诡诈计谋取胜。梅尧臣却释为"非谲不可以行权，非权不可以制敌"，要达到制敌目的就要根据实际情况进行权衡，诡诈是行权所需。梅尧臣引入儒家"权"的思想来解决儒家仁义思想与兵家诡诈策略的冲突，将兵家诡诈之说纳入儒家思想体系无非是为强调本体的仁义。

《孙子兵法·虚实篇》"夫兵形象水，水之形，避高而趋下，兵之

---

① 《续资治通鉴长编》卷 123，中华书局，2004，第 2897 页。
② 朱东润编年校注《梅尧臣集编年校注》，上海古籍出版社，2006，第 159~160 页。
③ 洪本健校笺《欧阳修诗文集校笺》，上海古籍出版社，2009，第 1090 页。
④ （春秋）孙武撰，（三国）曹操等注，杨丙安校理《十一家注孙子校理》，中华书局，1999，第 12 页。

形,避实而击虚",梅尧臣注"水之形,避高而趋下"云"性也",注"兵之形,避实而击虚"云"利也"①,简单的"性""利"二字却有其儒学背景。《孟子·告子》:"告子曰:'性犹湍水也,决诸东方则东流,决诸西方则西流。人性之无分于善不善也,犹水之无分于东西也。'孟子曰:'水信无分于东西。无分于上下乎?人性之善也,犹水之就下也。人无有不善,水无有不下。'"②梅尧臣解释避高趋下为水性,实则暗指性善为人性,与利害驱使用兵避实击虚对举,契合了儒家义利之辨。梅尧臣注"合于利而动,不合于利而止"云"兵以义动,无以怒兴;战以利胜,无以愠败"③,直接以"义"置换"利",完全是对儒家思想的忠实维护。

用兵不可不言利,当实在无法回避"利"时,梅尧臣就尽力将用兵之利与百姓联系起来,如《孙子兵法·火攻篇》"非利不动"④,李筌释云"明主贤将,非见利不起兵",杜牧释云"先见起兵之利,然后兵起",梅尧臣却释云"凡兵非利于民,不兴也",梅尧臣所谓的"利"不是攻城略地、征服天下,而是有利于民才可起兵。再如《孙子兵法·用间篇》"昔殷之兴也,伊挚在夏;周之兴也,吕牙在殷"⑤,曹操所释不过人名而已,梅尧臣却注云"伊尹、吕牙,非叛于国也,夏不能任而殷任之,殷不能用而周用之,其成大功者,为民也",梅尧臣旨在揭示伊尹、吕牙并非背叛宗主国,其成就功业的出发点是为天下百姓。

魏鸿曾指出:"兵家与儒家有明显的分野,兵家主张在战争问题上以利益为出发点,以趋利避害、追求胜利为最终目的……但是,这些思想却与儒家所强调的'重义轻利'、'守信'、'尚和'迥然有别。"⑥梅尧臣的儒家本位立场决定了他援儒释兵的阐释路径,亦以此被军事实践者

---

① (春秋)孙武撰,(三国)曹操等注,杨丙安校理《十一家注孙子校理》,中华书局,1999,第124页。
② (宋)朱熹撰《四书章句集注》,中华书局,1983,第325页。
③ (春秋)孙武撰,(三国)曹操等注,杨丙安校理《十一家注孙子校理》,中华书局,1999,第284页。
④ (春秋)孙武撰,(三国)曹操等注,杨丙安校理《十一家注孙子校理》,中华书局,1999,第283页。
⑤ (春秋)孙武撰,(三国)曹操等注,杨丙安校理《十一家注孙子校理》,中华书局,1999,第300~301页。
⑥ 魏鸿:《宋代孙子兵学研究》,军事科学出版社,2011,第21页。

轻视排斥，所谓"万口不谓儒者知"。

相反，范仲淹虽自称"世专儒素，靡学孙吴之法，耻道桓文之事"①，又曾劝张载"儒者自有名教，何事于兵"②，但一直很关注军事问题。针对宋廷禁兵书和边防乏人现象，范仲淹于天圣五年《上执政书》提出"备戎狄者，在乎育将材、实边郡，使夷不乱华也"，指出育将才就应解禁兵书，授英杰以孙吴之书。范仲淹还在宝元二年（1039）兵书解禁之前私习兵书，《言行拾遗事录》记载"公尹京日，有内侍怙势作威，倾动中外，公抗疏列其罪。疏上，家所藏书有言兵者悉焚之……"③，范仲淹知开封府在景祐年间，家藏兵书意味着他已注意研习军事。康定元年五月，范仲淹被起用为陕西都转运使后曾上书云：

> 兵家之用，先观虚实之势，实则避之，虚则攻之。今缘边城寨有五七分之备，而关中之备无二三分。若昊贼知我虚实，必先胁边城。不出战，则深入乘关中之虚，小城可破，大城可围，或东沮潼关，隔两川贡赋，缘边懦将，不能坚守，则朝廷不得高枕矣。为今之计，莫若且严边城，使持久可守；实关内，使无虚可乘。……若寇至，使边城清野，不与大战，关中稍实，岂敢深入？……待其众心离叛，自有闲隙，则行天讨。④

甫一被起用，范仲淹便根据兵法虚实之说提出严边城、实关内、坚壁清野、伺机反攻的成熟御夏策略。若非熟读兵法、留心边事，是很难在如此短暂的时间内提出一套完备军事方案的。这也难怪三川口大败之后，韩琦冒着朋比之嫌也要举荐范仲淹代替范雍。随后范仲淹兼知延州，量敌多寡而出战，使西夏人皆谓"无以延州为意，今小范老子腹中自有数万兵甲，不比大范老子可欺也"⑤，可见范仲淹卓越出群的军事实践能力。

---

① （清）范能濬编集，薛正兴校点《范仲淹全集》，凤凰出版社，2004，第347页。
② （宋）吕大临：《横渠先生行状》，章锡琛点校《张载集》，中华书局，1978，第381页。
③ （清）范能濬编集，薛正兴校点《范仲淹全集》，凤凰出版社，2004，第799页。
④ 《续资治通鉴长编》卷127，中华书局，2004，第3012页。
⑤ 《续资治通鉴长编》卷128，中华书局，2004，第3036页。

第二章 举世交游：梅尧臣诗歌中的角色转换与文学交际

范仲淹选育将才的标准集中展现于《奏边上得力材武将佐等第姓名事》。他最注重将领的果敢勇武，如推荐王信称"忠勇敢战，身先士卒"，范全"武力过人，临战有勇"，葛宗古"弓马精强，复有胆勇"；其次则注重将领是否谙练边情，懂得机变，如他推荐狄青称"能识机变"，种世衡"足机略，善抚驭，得蕃汉人情"，周美"谙练边情"；再次则是将领是否精于训练，如推荐任守信称"能训练，有机智"，许迁"训练严整，能得众情"，张宗武"精于训练"。① 梅尧臣《孙子注》看不出多少军事才能，他本人又无弓马之强、训练之精，更谈不上权谋机变，自然不符合范仲淹选擢军事人才的标准。

三 儒道殊途："不默而生"与顺中蹈常

如果说梅尧臣的军事才干不足以担任边境将佐职务，故宝元年间无法得到范仲淹提拔照顾，那么，庆历年间范仲淹出任参知政事，具备更广泛的用人权利，为何也不举荐梅尧臣呢？

就才能而言，这涉及文学之士、儒学之士的分歧。范仲淹在枢密院曾"举文行有名之士十人"，举张问、孙复、张讽等人时亦称"素负词业""文学懿善"，但从他"乞指挥学士院各试文论二首，足以观其才识；不令更试诗赋，恐词艺小巧，无补大猷"②的进言可知诗赋在范仲淹眼里只是无补政事的雕虫小技。事实上，他荐举如上诸人时，文学仅是作为宋代士人必备修养顺带提及，实际重心则落在士人是否深通儒学、履行端正，如称孙复"深明经术""心通圣奥，迹在穷谷"③，张讽"履行纯雅，未升科进，的有才称"，李厚"涉道且深"④，再如称李觏"善讲论六经，辩博明达，释然见圣人之旨。著书立言，有孟轲、杨雄之风义，实无愧于天下之士""经术文章，实能兼富"⑤，朱采"服膺儒术，研精道训，务究本源"⑥，胡瑗"志穷坟典，力行礼义"⑦。范仲淹尽力拔

---

① （清）范能濬编集，薛正兴校点《范仲淹全集》，凤凰出版社，2004，第557~559页。
② （清）范能濬编集，薛正兴校点《范仲淹全集》，凤凰出版社，2004，第562~563页。
③ （清）范能濬编集，薛正兴校点《范仲淹全集》，凤凰出版社，2004，第386页。
④ （清）范能濬编集，薛正兴校点《范仲淹全集》，凤凰出版社，2004，第397页。
⑤ （清）范能濬编集，薛正兴校点《范仲淹全集》，凤凰出版社，2004，第398~399页。
⑥ （清）范能濬编集，薛正兴校点《范仲淹全集》，凤凰出版社，2004，第399页。
⑦ （清）范能濬编集，薛正兴校点《范仲淹全集》，凤凰出版社，2004，第557页。

擢这些讲贯六经的硕学鸿儒，实际上是天圣三年（1025）《奏上实务书》建议皇帝"敦谕词臣，兴复古道，更延博雅之士，布于台阁，以救斯文之薄，而厚其风化也"[①]的具体实践。但是，梅尧臣毕生精力却在范仲淹鄙薄轻视的诗歌创作，以助推"斯文之薄"的诗歌才华谋求欲"厚其风化"的范仲淹赏识，又何异缘木求鱼呢？

就思想而言，这涉及道、儒思想根柢的深刻分歧，或许，这才是双方无法投契的根本原因。梅尧臣《灵乌赋》反映出他受庄子影响的深刻痕迹。《庄子·达生》记载，孙休请教扁庆为何自己品行修洁却遭人摒弃，扁庆认为问题在于"饰知以惊愚，修身以明污，昭昭乎若揭日月而行也"[②]。《庄子·山木》记载，太公任对被困陈蔡之间的孔子说："直木先伐，甘井先竭。子其意者饰知以惊愚，修身以明污，昭昭乎如揭日月而行，故不免也。"[③] 这两段话是庄子学派人员分别托扁庆、太公任之口为品行修洁却四处碰壁之人开解为何他们会陷入困境。"饰知以惊愚，修身以明污，昭昭乎如（若）揭日月而行"的反复出现正是庄子学派人员对这类人生存困境的准确揭示。正因自居智慧、德行的高地，凸显他人的愚昧、污秽，这必然引起众人排斥而终不免于祸患。《庄子·至乐》"忠谏不听，蹲循勿争"[④]，《庄子·人间世》孔子告诫颜回"入则鸣，不入则止"，成玄英疏解曰："若己道狎卫侯，则可鸣声匡救；如其谏不入耳，则宜缄口忘言。强显忠贞，必遭祸害。"[⑤]"入则鸣，不入则止"是庄子假托孔子之口说出的道家处世策略，梅尧臣《灵乌赋》"乌兮尔灵，吾今语汝，庶或汝听。结尔舌兮钤尔喙，尔饮啄兮尔自遂，同翱翔兮八九子，勿噪啼兮勿睥睨，往来城头无尔累"[⑥]，即是认同"入则鸣，不入则止"的生存之道，善意规谏范仲淹不要强显忠贞以罹祸害。这种顺中蹈常思想于梅诗中多有体现，如《送李逢原》：

祢衡负其才，沉没鹦鹉洲。李白负其才，飘落沧江头。后亦多

[①]（清）范能濬编集，薛正兴校点《范仲淹全集》，凤凰出版社，2004，第173页。
[②]（清）郭庆藩撰，王孝鱼点校《庄子集释》，中华书局，2012，第662页。
[③]（清）郭庆藩撰，王孝鱼点校《庄子集释》，中华书局，2012，第678页。
[④]（清）郭庆藩撰，王孝鱼点校《庄子集释》，中华书局，2012，第608~609页。
[⑤]（清）郭庆藩撰，王孝鱼点校《庄子集释》，中华书局，2012，第154页。
[⑥] 朱东润编年校注《梅尧臣集编年校注》，上海古籍出版社，2006，第97页。

第二章 举世交游：梅尧臣诗歌中的角色转换与文学交际

效此，才薄空羁囚。文章本济时，反不能自周。吾尝戒吾曹，慎勿异尔流。臧仓毁孟轲，桓魋迫圣丘。虽云推之天，未免皇皇求。吾今重子学，无力荐公侯。行当思吾言，非教子佞柔。①

此诗列举祢衡、李白等人负才零落及孟子、孔子遭攻毁之典告诫李逢原不要迥异时流以免遭遇困境，可见蹈常同俗是梅尧臣一以贯之的思想而非只针对范仲淹。但范仲淹不肯"不入则止"而坚持"宁鸣而死，不默而生"，这是与道家晦迹全身思想格格不入的儒家用世精神，是对"为善无近名，为恶无近刑，缘督以为经，可以保身，可以全生，可以养亲，可以尽年"②的顺中养生之道之抛弃，是"忧以天下，乐以天下"的孟子精神之反映。

《灵乌赋》反映出二人不同的思想倾向。范仲淹自信刚毅、百折不挠，有坚定的理想追求和担当天下的责任心，他需要的人才是同样敢于变革现实、承担责任的仁人志士。即便这些仁人志士存在各种各样的缺点，只要有能力、有才干就能获得范仲淹赏识。如他认为富于才力机略的滕宗谅是"急难可用之人"，即便使过公使钱，也为他连递奏折百般辩护，希望朝廷不因轻微小过而深加斥责；他举荐葛宗古也是因为"弓马精强，复有胆勇，在鄜延路中最为骁果"的葛宗古是朝廷选将之际极为难得的帅佐人才；庆历七年杨安国言及的"三虎""四瞪"也有三人为范仲淹所擢用。叶梦得《石林燕语》云："范文正公用人，多取气节，阔略细故，如孙威敏、腾达道之徒，皆深所厚者。"③ 所谓"多取气节，阔略细故"比较准确地总结了范仲淹的用人准则，正因"多取气节"，故所举之人多半精强能干、颇有作为；正因"阔略细故"，故所荐之人亦有违法乱纪、扰民害政之举。范仲淹擢拔人才只重才干、忽视细节的政治作风引来许多不满，梅尧臣为此写下讽刺诗赋《谕乌》《灵乌后赋》，以燕雀、鸲鹆、秃鹙、野鹑、雀豹、蝙蝠、老鸹、鸺鹠、枭鹏等丑恶鸟类喻指其党羽，讥刺范仲淹举荐小人占据要津、横行非法的事实。

---

① 朱东润编年校注《梅尧臣集编年校注》，上海古籍出版社，2006，第749页。
② （清）郭庆藩撰，王孝鱼点校《庄子集释》，中华书局，2012，第121页。
③ （宋）叶梦得撰，宇文绍奕考异，侯忠义点校《石林燕语》卷10，中华书局，1984，第151页。

梅尧臣践履着其所奉行的道家思想，从中可见政绩能力的若干不足。他对治下子民怀有深厚感情，亦曾做过惠及百姓的善政良行，但问题在于：一方面，他治民贵简静，常耽溺自然风光以养情自适，春日芟斫榛秽、迎着朝阳游玩水帘岩时写"莫遣吏人来，方歌白云曲"[1]的诗句，青冥雪色中宿酒醒来之后又吟唱"公堂何寂寞，横案对玄经"[2]的诗歌，这种逍遥容与的山水爱好与治政态度自然很难将其爱民之心真正落到实处；另一方面，他的政治才干明显不足以支撑其仁爱之情，道家主张的无为而治并不能应对紧急情况，一旦朝廷征发兵役或天灾降临，他就陷入进退维谷、忧心如焚的境地，他无法解决问题，只能选择逃避。试看如下两首诗：

> 不如无道国，而水冒城郭。岂敢问天灾，但惭为政恶。湍回万瓦裂，槎向千林阁。独此怀百忧，思归卧云壑。（《大水后城中坏庐舍千余作诗自咎》）[3]

> 谁道田家乐，春税秋未足。里胥扣我门，日夕苦煎促。盛夏流潦多，白水高于屋。水既害我菽，蝗又食我粟。前月诏书来，生齿复板录。三丁籍一壮，恶使操弓韣。州符今又严，老吏持鞭朴。搜索稚与艾，唯存跛无目。田间敢怨嗟，父子各悲哭。南亩焉可事，买箭卖牛犊。愁气变久雨，铛缶空无粥。盲跛不能耕，死亡在迟速。我闻诚所惭，徒尔叨君禄。却咏归去来，刈薪向深谷。（《田家语》）[4]

面对主司的严搜民口、百姓的怨声载道，他根本想不出解决问题的有效办法，最终只能"独此怀百忧，思归卧云壑""却咏归去来，刈薪向深谷"，通过避开县令这个直接管理百姓的职位来缓解道德良知与无能为力的紧张冲突，从而获得眼不见心不烦的麻醉效果。皇祐二年（1050）范仲淹在杭州任上遇到饥荒时，却做出了与梅尧臣截然不同的举动，他号

---

[1] 朱东润编年校注《梅尧臣集编年校注》，上海古籍出版社，2006，第90页。
[2] 朱东润编年校注《梅尧臣集编年校注》，上海古籍出版社，2006，第92页。
[3] 朱东润编年校注《梅尧臣集编年校注》，上海古籍出版社，2006，第159页。
[4] 朱东润编年校注《梅尧臣集编年校注》，上海古籍出版社，2006，第164页。

召寺庙以低贱的饥岁工价大兴土木，以工代赈修建粮仓吏舍，调节粮价，促进粮食流通，以至大灾之年"杭州晏然，民不流徙"①。由此可窥见梅尧臣、范仲淹处理政事的能力差异。梅尧臣无能为力只能逃避现实的政治作为与和光同尘、顺中养生的人生哲学自然无法令范仲淹满意，范仲淹选擢人才时不考虑梅尧臣也在情理之中。

范仲淹治政如昭氏之鼓琴，有成有亏，他挺立了宋代士大夫气节，治政御夏皆做出了一定功绩。平心而论，梅尧臣是支持庆历新政并衷心拥护范仲淹的，但梅范道儒殊途的治政方式、处世策略造成二人无法弥缝的分歧鸿沟。应该说，梅尧臣只是一个正直、天真而又自尊、敏感的诗人。他的军事思想有些迂阔陈腐，没有提出实际可行的军事策略而流于纸上谈兵；他的性格仁厚宽慈乃至有些庸懦畏事，也没有多少实际政治才干。由于梅尧臣军事、吏治能力不尽如人意，不符合范仲淹选人、用人要求，故范仲淹经略西事、主持朝政期间皆不曾荐举故交梅尧臣。这让久沉下僚、渴望外援的梅尧臣心生不满，遂对范仲淹发起文学攻击并引来二人交恶的历史结局。

梅范交恶事件对梅尧臣诗歌风格具有重要影响，社交挫折给梅尧臣带来了希望落空后的郁愤不平，带来了不受待见的内心羞耻感。他在这种心理影响下创作出许多激切、讽刺的诗歌，如《谕乌》中对"以燕代鸿雁，传书识暄凉。鹍鸠代鹦鹉，剥舌说语详。秃鸧代老鹤，乘轩事昂藏。野鹈代雄鸡，爪觜称擅场。雀豹代雕鹗，搏击肃秋霜。蝙蝠尝入幕，捕蚊夜何忙。老鸥啄臭腐，盘飞使游扬。鸺鹠与枭鹏，待以为非常"等"咸用所附己"颠倒行径的愤怒指斥，《次韵答黄介夫七十韵》中"曩者忤贵势，悔说乌鸟灵。乌灵反见怒，终恨屈此诚。当时语颇错，盍呼为大鹏。于兹傥遇之，应解颈颊赪"的含沙射影与羞愧愤悱。这类诗歌丰富、充实了梅尧臣多样化的诗歌风格。

以上四节分别探讨了梅尧臣与不同群体的社会交游与诗歌创作情况。从梅尧臣诗歌前台可见其扮演着模范的朋友、深情的丈夫、诱掖的诗翁、仁爱的官员等社会角色，符合普罗大众的社会想象系统，亦造成"辞非

---

① （宋）沈括撰，胡道静校注《新校正梦溪笔谈》，中华书局，1957，第419页。

一体"的总体诗歌面貌。文人群体间的交游唱和使其在担任幕职州县官、在汴京与宋敏修等人交往、嘉祐二年礼部唱和期间皆有不同写作特点，呈现多样化的艺术探索。梅尧臣与僧人群体交游主要在北宋佛教极为兴盛的洛阳、汴京、江浙皖一带，佛教不是作为通透深刻的思想资源而是作为诗意闲散的生活方式吸引着他，与僧人群体的唱和往来使梅尧臣200多首涉佛诗总体呈现晚唐体特色而又有凌越晚唐体之势。最后通过分析梅尧臣、范仲淹作品深入梳理了梅范交恶事件的具体原因，即梅尧臣军事、政治才干达不到范仲淹用人要求，其顺中蹈常的处世策略与范仲淹"不黙而生"的孟子精神格格不入。社交挫折刺激梅尧臣写出了不少激切、愤悱之作。梅尧臣的社会交游与诗歌创作相互关涉、互为表里，承载、见证了北宋中期文人群体的精神面貌。

第三章 题材开拓：梅尧臣诗歌的文人化与日常化

在唐诗艺术高峰面前，宋人在诗歌题材方面进行了大力开拓，这是他们超越唐诗的一条艺术进路。在宋人诗歌作品里，举凡能入诗、不能入诗的细碎材料悉数纳入采集视野，而梅尧臣承担了导夫先路的重要作用，为宋诗涵纳更广泛、多样的诗歌题材付出了艰辛努力，这种先锋实验为苏轼、黄庭坚等人诗歌创作提供了艺术借鉴。那么，梅尧臣究竟是如何开拓、书写这些题材的？对前人不曾写过的诗歌题材，他又如何运用语言文字进行诗意提升？为解决这些疑问，本章设计了四节，从题画诗、金石文玩诗、饮食诗、动物诗等角度考察梅尧臣诗歌书写的题材开拓与艺术表现。

第一节 梅尧臣题画诗的书写内容与艺术新变

题画诗指以绘画为创作对象的诗歌作品，不仅包括题写于画上的，也包括题写于画外的。题画诗始创于六朝庾信《咏画屏风诗》，唐代题画诗存近300首，宋代题画诗则存5000余首。唐宋题画诗出现了不同书写倾向，这种转变大约肇自北宋中期诗歌创作。作为北宋中期的代表性诗人，梅尧臣以45题60首的诗歌数量成为北宋中期创作题画诗数量最多、质量最高的诗人，对题画文学的发展功不可没。

梅尧臣早期的艺术熏陶可能来自叔父梅询，梅询富于藏书、趣味高雅，家藏徐熙《鹤竹图》等名家绘画，梅尧臣长期追随叔父宦游他方，可能从中颇受影响。梅尧臣中晚期的艺术熏陶多来自同辈友人，其诗集记录了谢绛赠画鹭二轴、孙仲芳赠美人一轴、王君石赠包虎二轴、保之太傅赠水墨扇、王安国赠水卧屏、叔治赠居宁草虫枕屏等获赠书画经历。但这类获赠书画多为画技普通、不太知名之作，真正阅览到高质量画作主要在洛阳、汴京文人聚会的观画雅集上。

一是洛阳文人雅集。钱惟演组织的文人雅集对梅尧臣艺术影响很大，钱氏乃吴越王钱俶之子，文雅富贵、皮藏丰赡，《春明退朝录》载其家"书画最多，有《大令黄庭经》、李邕《杂迹》"[①]，梅尧臣诗"往在河南佐王宰，王收书画盈数车。我于是时多所阅，如今过目无遁差"（《赋石昌言家五题·怀素草书》）即记述钱家书画车载斗量的收藏情况及受惠于河南为宦期间饱览钱家书画的过往经历。

二是汴京文人雅集。据学者考证，梅尧臣参加大型诗画雅集活动约8次，他们以曝书画会、写真会、观画会、游历会等各种集会形式观赏绘画。[②] 尤其是皇祐、嘉祐年间，梅尧臣与宋敏修、何君宝、杨褎、邵必、江休复、朱处仁等人参与的文人雅集成为此间梅尧臣寓目书画的主要途径。从梅诗中可知，宋敏修家所藏书画有数轴江吴种稻图、顾恺之《列女图》；何君宝家藏戴嵩牛、阎立本释道画；杨褎家藏阎立本释道画、吴道子画、李成山水、黄筌花鸟、韩干马、盘车图等；邵必家藏韩干马，徐熙花鸟，王羲之写真，荆浩、关仝、巨然、李成山水及其他为数不少的绘画。江休复还曾利用职务之便邀请梅尧臣观赏三馆书画，使其获阅二王墨迹、戴嵩牛、李成寒林图、黄筌白兔图等名画。汴京文人所藏书画多为名家名画，质量较其获赠书画明显提高。对于"野性好书画，无力能自致"（《观邵不疑学士所藏名书古画》）的梅尧臣来说，文人雅集上的观书赏画活动扩大、提升了他的艺术视野和审美趣味，是其题画诗创作的主要源泉。

一　题画诗书写内容的画科转移

山水画、花鸟走兽画、人物画是唐代题画诗的主要内容，尤以山水画题咏为多，占唐代题画诗总数的一半。梅尧臣题画诗主要以隋唐、五代、宋初绘画为对象，诗歌内容较唐代题画诗发生了一定程度的变化，花鸟画兴起、墨竹出现、界画独立、番族画成形、壁画衰落、释道人物画减少等艺术史现象皆于梅尧臣诗歌中有丰富呈现。因此，梅尧臣题画诗反映了五代、宋初绘画思潮的移易变迁，成为《宣和画谱》书写绘画

[①]　（宋）宋敏求撰，诚刚点校《春明退朝录》，中华书局，1980，第34页。
[②]　吴瑞侠、吴怀东：《梅尧臣题画诗考论》，《山东师范大学学报》（人文社会科学版）2018年第4期。

史的佐证资料。

(一) 花鸟画

花鸟画泛指绘写各类动植物如花卉、蔬果、翎毛、草虫等类别的绘画。中晚唐时期花鸟画逐渐独立，唐代边鸾花鸟画造诣已高，五代黄筌、徐熙更是拓开"黄家富贵，徐熙野逸"近于山水画北宗、南宗二途。入宋后，花鸟画日渐鼎盛、蔚为大观。梅尧臣题画诗对黄筌、徐熙花鸟画皆有绘写，如写徐熙画作的《和杨直讲夹竹花图》：

> 桃花夭红竹净绿，春风相间连溪谷。花留蜂蝶竹有禽，三月江南看不足。徐熙下笔能逼真，茧素画成才六幅。萼繁叶密有向背，枝瘦节疏有直曲。年深粉剥见墨纵，描写工夫始惊俗。①

此诗前四句先从三月江南风景写起，在春风吹拂下，江南夭艳鲜红又净洁碧绿的夹竹桃成片生长于溪谷间，花间蜂蝶、禽鸟上下飞舞、流连忘返，展现了江南春日融和骀荡的勃勃生机。接下来六句写徐熙画笔形象逼真，花萼、枝叶疏密得法、向背有致，枝节瘦劲稀疏、直曲有态，年代久远彩粉剥落、独余墨迹后方显出超逸常画、惊世骇俗的描写功夫，点出了徐熙画不同于以往花鸟画的艺术特质。继王维"破墨"山水画后，徐熙在花鸟画领域尝试从丹青过渡到水墨，其绘画特征是"落墨为格，杂彩副之"，亦即刘道醇所评"必先以墨定其枝、叶、蕊、萼等，而后傅之以色"，故异于边鸾、黄筌的工笔花鸟而着重发挥墨的功能，以水墨写气骨，气格前就、态度弥茂，与造化之功相去不远。"年深粉剥见墨纵，描写工夫始惊俗"紧紧抓住了徐熙"以墨为主，以色为辅""墨不掩笔，色用丹青，亦不淹墨"的绘画特质。

墨竹源于五代时期，元霭、唐希雅、董羽已有墨竹画作。在文同以"富潇洒之姿，逼檀栾之秀"（郭若虚《图画见闻志》）的墨竹艺术"绽放"画苑之前，已有不少画家图绘墨竹。梅尧臣题画诗反映了时人绘写墨竹的情况，如许地卢娘画竹"重抹细拖神且速。如将石上萧萧枝，

---

① 朱东润编年校注《梅尧臣集编年校注》，上海古籍出版社，2006，第 976 页。

生向笔间天意足。战叶斜尖点映间，透势虚黏断还续"①，着重描绘卢娘画竹笔法及竹叶、竹尖点画映带、似断实续的艺术观感。又如雷殿直画竹"节瘦已似蛟龙孙，叶暗曾无凤皇宿。江翁得之尤爱怜，作诗写意酬双轴。挂在空堂坐卧看，如玩萧萧岩畔绿。莫疑昏黑眼生花，松煤浓色切寒鸦"②，注重描绘竹子节瘦似蛟的外形姿态、叶暗墨浓的视觉色彩。此外还有一个竹枝扇面，虽未明确提及是否墨竹，但从"石上老瘦竹"之描写似可推断所画应为墨竹而非双钩敷彩的绿竹。

草虫是宋代进入花鸟大类的题材分类，梅尧臣对居宁草虫的题咏讴歌给宋代画苑制造了文化热点，参与了此画科独立的画史建构。"世传毗陵画，妙绝僧居宁"（《叔治遗草虫枕屏》）似表明居宁草虫已颇有名声，但其进入画史还多赖于梅尧臣诗歌的大肆渲染。郭若虚《图画见闻志》记载：

  僧居宁，毗陵人。妙工草虫，其名藉甚。尝见《水墨草虫》，有长四五寸者，题云：居宁醉笔。虽伤大而失真，然则笔力劲俊，可谓稀奇。梅圣俞赠诗云："草根有纤意，醉墨得已熟。"好事者每得一扇，自为珍物。③

郭若虚举梅尧臣诗后接以好事者争相收藏之举，实际寓含梅诗是促成居宁画作声名远播的原因。《宣和画谱》载，"梅尧臣一见赏咏其超绝，因赠以诗，其略云：'草根有纤意，醉墨得已熟。'于是居宁之名籍甚，好事者得之，遂为珍玩耳"④，以"于是"连接词将二者的因果关系明朗化。被两部画史反复提及的"草根有纤意，醉墨得已熟"出自梅尧臣《观居宁画草虫》：

  古人画虎鹄，尚类狗与鹜。今看画羽虫，形意两俱足。行者势

---

① 《墨竹》，朱东润编年校注《梅尧臣集编年校注》，上海古籍出版社，2006，第315页。
② 《和江邻几学士得雷殿直墨竹二轴》，朱东润编年校注《梅尧臣集编年校注》，上海古籍出版社，2006，第1021页。
③ （宋）郭若虚：《图画见闻志》，于安澜编《画史丛书》第1册，上海人民美术出版社，1963，第61页。
④ 《宣和画谱》，于安澜编《画史丛书》第2册，上海人民美术出版社，1963，第258页。

若去,飞者翻若逐。拒者如举臂,鸣者如动腹。跃者趯其股,顾者注其目。乃知造物灵,未抵毫端速。毗陵多画工,图写空盈幅。宁公实神授,坐使群辈伏。草根有纤意,醉墨得已熟。权豪不可致,节行今仍独。①

居宁所画草虫姿态万千、各富特色,"行者势若去,飞者翻若逐。拒者如举臂,鸣者如动腹。跃者趯其股,顾者注其目",敏锐捕捉到所画草虫行、飞、拒、鸣、跃、顾等动作样态,十分传神。又如"忽为双飞蜂,忽就一蜻蜓。螳螂相拒立,促织如可听。蚣蝑与蝼蝈,行跃势未停。竹蝉及鬼蝶,飘飘翻翅翮。蚊虻亦具体,纤悉皆可名"(《叔治遗草虫枕屏》),不仅写出居宁画草虫的迅捷利落,也写出所画草虫的具体生动、栩栩如生。居宁草虫经梅诗传播而广为人知,从而进入画史成为花鸟画的题材分类。

(二) 界画

所谓界画,即以界尺引线作画,以工整写实、造型准确为绘画宗旨,主要用来描绘亭台楼阁、屋宇宫阙、车船器物,要求对表现对象的外在形态、空间结构做严谨守法、细密精工的描绘,比例、透视皆需准确无差。隋唐五代时期界画开始萌芽,宋代郭忠恕《雪霁江行图》、张择端《清明上河图》等名作将界画推向顶峰。《观杨之美盘车图》是梅尧臣观赏杨褒家所藏《盘车图》后写于卷尾的题画诗,诗云:

谷口长松叶老瘦,涧畔古树身枯高。土山惨憺远复远,坡路曲折盘车劳。二车回正辕接軨,继下三车来嶾嶙。过桥已有一乘歇,解牛离轭童可哂。黄衫乌巾驱举鞭,经险就易将及前。毂轮傍侧辐可数,蹄角挽错卷箱联。古丝昏晦三尺绢,画此当是展子虔。坐中识别有公子,意思往往疑魏贤。子虔与贤皆妙笔,观玩磨灭穷岁年。涂丹抹青尚欺俗,旱龙雨日犹卖钱。是亦可以秘,疑亦不可捐。为君题卷尾,愿君世世传。②

---

① 朱东润编年校注《梅尧臣集编年校注》,上海古籍出版社,2006,第241页。
② 朱东润编年校注《梅尧臣集编年校注》,上海古籍出版社,2006,第901页。

该诗先描写画面内容，山谷口老瘦挺拔的松树、涧溪边苍枯的古树、重重叠叠低矮绵延的土山，几辆盘车在坡路上颠簸前进。二车衔接而行，坡上又下来三车，还有一车早已过桥正在歇息，戴着黑巾的少年举着鞭子希望加紧努力一把就能走过艰难路程。从"毂轮傍侧辐可数，蹄角搀错卷箱联"可知画上毂轮辐条清晰可数，箱子又是具有立体感的物事，因此，这幅画中车子、箱子等物很可能运用了界画技法。另一指向此画运用界画技法的标志是梅尧臣与座中公子的辩论。隋代展子虔、董伯仁并称，"展于董之台阁则不及，董于展之车马则乏所长"①，《宣和画谱》所载展子虔人物车马画有《人马图》《人骑图》《挟弹游骑图》等，展子虔又擅长界画技法，《游春图》右上、左下山水树石间安排的桥梁、屋宇皆采用结构严谨、比例恰当的界画手法，故梅尧臣怀疑《盘车图》是展子虔的作品。座中公子则指为魏贤所作，"魏贤"应是"卫贤"之误，卫贤乃五代界画名家，《闸口盘车图》（现藏上海博物馆）是其代表作，这幅画绘制一座水磨坊的建筑结构，磨坊的屋宇建筑、车船桥梁皆极为精细工谨，展现了水磨坊里船队运粮、磨坊加工、装袋运走的过程，生动地再现了当时水磨坊的工作状况，透视、比例皆极合理，是界画发展到成熟阶段的标志性作品。卫贤《高士图》所画台阁亦采用工细规整的界画手法，立体空间感极强。《图画见闻志》载其有《盘车》《水磨》等图传世，《宣和画谱》载御府收藏卫贤《雪冈盘车图》一幅、《盘车图》二幅，可见卫贤常画盘车图题材，因此，座中公子说法亦颇有依据。故梅尧臣心中疑虑难以蠲释，只能将这段本末题于卷尾。

（三）番族画

胡瓌生活于五代后唐时期，擅长图绘契丹民族游牧生活的题材作品，在北宋士人群体中颇为知名。成书于嘉祐年间的刘道醇《五代名画补遗》将胡瓌作品列为"神品"，言其作品"能曲尽塞外不毛之景趣"，既是"当时之神巧"，又是"绝代之精技"。② 皇祐四年（1052），梅尧臣《观史氏画马图》由史氏家藏胡人胡马图联想到胡瓌画作："往闻胡瓌能

---

① 《宣和画谱》，于安澜编《画史丛书》第2册，上海人民美术出版社，1963，第7页。
② （宋）刘道醇：《五代名画补遗》，宋刻本。

画马,阴山七骑皆戎奚。或牵或立或仰视,闲暇意思如鸣嘶。风吹裘带旗脚展,沙草一向寒凄迷。风瓶挈酒鞍挂获,毡庐毳帐半隐堤。"① 这些诗句想象了胡瑰作品中牵、立、仰视、闲暇等各种姿态的马匹以及塞外风旗、沙草、风瓶、毡庐等游牧民族生活景物。尽管梅尧臣未曾寓目《阴山七骑图》,但其神骏精妙已流传于士人之口,以至梅尧臣最后不惜直言"君之二图诚亦好,若比瑰笔犹云泥",如此推崇一幅不曾寓目的番族绘画,可见胡瑰画作在北宋士人阶层的影响力。

嘉祐元年(1056),梅尧臣终于得遇良机从刘瑾处获阅胡瑰《胡人下程图》,随后写下一首诗:

> 单于猎罢卧锦红,解鞍休骑荒碛中。苍驹骆骆六十匹,隐谷映坡分尾鬃。九驼五牛羊颇倍,沙草晚牧生寒风。贵贱小大指五百,执作意态皆不同。二鹰在臂二鹰架,骏犬当对宁争功。毡庐鼎列帐幕拥,鼓角未吹惊塞鸿。土山高高置烽燧,毛囊贮获闲刀弓。水泉在侧把其上,长河杳杳流无穷。素纨六幅笔何巧,胡瑰尽妙谁能通。今日都城有别识,别识共许刘元忠。②

单于猎队解鞍休息于荒碛之间,苍驹、骆骆、骆驼、牛、羊、鹰、犬等动物散布其间,五十番人各有各的动作意态,毡庐鼎列、帐幕拥围、弓刀贮囊、长河杳杳,一幅绘写游牧民族生活的异域风情画呈现在读者眼帘。《图画见闻志》称誉胡瑰云"工画蕃马,虽繁富细巧,而用笔清劲。至于穹庐什器,射猎生死物,靡不精奇。凡画驼马鬃尾,人衣毛毳,以狼毫缚笔疏渲之,取其纤健也"③,胡瑰用笔的清劲精奇、纤细健利正是梅尧臣称其"尽妙"的原因。

《宣和画谱》将"番族"作为十门之一,共收录胡瑰、胡虔、李赞华、王仁寿、房从真五人,其《番族叙论》存在浓厚中土意识,指出番

---

① 朱东润编年校注《梅尧臣集编年校注》,上海古籍出版社,2006,第609页。
② 《元忠示胡人下程图》,朱东润编年校注《梅尧臣集编年校注》,上海古籍出版社,2006,第907页。
③ (宋)郭若虚:《图画见闻志》,于安澜编《画史丛书》第1册,上海人民美术出版社,1963,第19页。

族见于丹青主要是由于古先哲王不弃，画者多取弓刀、弧矢、狗马之玩也是因为"陋蛮夷之风，而有以尊华夏化原之信厚也"①。该书对胡瓌的介绍文字主要录自《图画见闻志》，但增添了梅尧臣诗赞胡瓌的一段话：

> 梅尧臣尝题瓌画《胡人下马图》，其略云："毡庐鼎列帐幕围，鼓角未吹惊塞鸿。"又云："素纨六幅笔何巧？胡瓌妙画谁能通。"则尧臣之所与，故知瓌定非浅浅人也。②

通过梅尧臣赞誉胡瓌进而推测胡瓌定非浅人，亦即认同胡瓌并未沾染中朝鄙夷不屑的"蛮夷之风"。《宣和画谱》著录"番族"门或许亦应归功于梅尧臣诗歌，因为其作者颇为推崇梅尧臣诗歌对画作的品评定位，共有五处征引梅诗来论证画家作品之工，居所引诗人首位。

以上从花鸟画、界画、番族画等画科类别出发说明梅尧臣题画诗与五代、宋初以后绘画艺术思潮相表里，随着画史演变呈现内容变化。由于梅尧臣题画诗的广泛播扬，其诗句又被《图画见闻志》《宣和画谱》等画史著作采录，进而为绘画艺术的画科分类与画家名家的遴选甄别做出了一定贡献。

二 题画诗的风格特征与审美趣味

以唐代题画诗尤其是杜甫题画诗为参照对象，梅尧臣题画诗在结构特征、诗歌内容、表现方式、艺术风格、审美趣味等方面皆发生了若干变化，主要表现为以下几个方面。

首先，梅尧臣题画诗具有平实的风格特质。这种平实风格主要表现为以下几点。第一，梅尧臣题画诗较少采用特殊句式吸引读者。杜甫题画诗爱用反问、惊叹等句式起到先声夺人的艺术效果。如"堂上不合生枫树，怪底江山起烟雾"（《奉先刘少府新画山水障歌》）、"吾闻天子之马走千里，今之画图无乃是"（《天育骠图歌》）、"天下几人画古松？毕宏已老韦偃少"（《戏为韦偃双松图歌》），突兀劈空的惊叹、问句很能

---

① 《宣和画谱》，于安澜编《画史丛书》第2册，上海人民美术出版社，1963，第85页。
② 《宣和画谱》，于安澜编《画史丛书》第2册，上海人民美术出版社，1963，第86页。

第三章 题材开拓：梅尧臣诗歌的文人化与日常化

攫住读者眼球，显得十分奇崛、浪漫。杜甫诗歌正文也多用问句，如"得非玄圃裂？无乃潇湘翻"（《奉先刘少府新画山水障歌》）、"初惊无拘挛，何得立突兀"（《画鹘行》）、"冥冥任所往，脱略谁能驯"（《通泉县署壁后薛少保画鹤》），通过各种问句使诗歌曲折变幻、摇曳生姿。梅尧臣题画诗则基本平铺直叙，很少采用特殊句式来起到引人入胜的艺术效果。唐代题画诗多有"全诗无一字明写画"[①]者，梅尧臣题画诗则常将画作予以坐实，且较少运用虚实、动静、通感、想象等艺术技巧对绘画作品进行诗意提升，因此迥异于唐代题画诗拟真、曲折、精练的艺术风格。第二，梅尧臣题画诗偏爱交代前因后果、转折连接，呈现平叙无跳转的时间、因果顺序。如"五月秘府始暴书，一日江君来约予。世间难有古画笔，可往共观临石渠"（《二十四日江邻几邀观三馆书画录其所见》），交代江休复邀"我"前观三馆书画的事件经过；"猛雨迫好鸟，止我屋室隅。是时有刘薛，亦既此焉俱。我厩秣尔马，我厨饭尔奴。二人乃可语，因观尔马图"（《刘薛二君过予遇雨》），叙述友人与"我"遇雨观画的偶然机缘；"而今几百岁，乃有胡公疏。买石遂留刻，渍墨许传模"（《咏王右丞所画阮步兵醉图》），从王维咏阮步兵醉图过渡到胡公疏勒石传写。第三，梅尧臣题画诗偏爱以铺陈手法将寓目图画逐次写来。唐代题画诗多是针对单幅绘画作品，全篇皆围绕此幅画作展开，故显得主题集中、运笔精练。梅尧臣题画诗则存在一首诗歌题咏多幅画作现象，如《同蔡君谟江邻几观宋中道书画》《观何君宝画》《观杨之美画》，主题内容的分散性促使其采用几句诗描写一幅作品，逐次描写过去的书写策略，描写时又采用铺陈详尽的艺术手法，更凸显了梅尧臣题画诗的平实特征。

其次，梅尧臣题画诗富含戏谑性，这是北宋社会风气与文士情趣的文学表现。如《同蔡君谟江邻几观宋中道书画》：

……坐中邻几素近视，最辨纤悉时惊吁。逡巡蔡侯得所得，索研铺纸才须臾。一扫一幅太快健，檀溪跃过瘦的顱。……[②]

[①] 孔寿山编著《唐朝题画诗注》，四川美术出版社，1988，第16页。
[②] 朱东润编年校注《梅尧臣集编年校注》，上海古籍出版社，2006，第590页。

遇到宋敏修家展示书画的品赏机会，江休复素日近视的眼睛此时却能辨析毫厘，对比鲜明地描绘其逮住良机深入观赏的人物情状。蔡襄观摩书法适有心得便泼墨挥毫，下笔快健如刘备之的卢马"一跃三丈"飞过檀溪，以夸张手法烘托蔡襄观赏书法的人物神态。通过夸张、比喻手法，梅尧臣敏锐捕捉、刻画了北宋士人群体嗜爱艺术的观摩状态。梅尧臣观赏杨褒家藏绘画时写道，"日高腹枵眼眦眵，邂逅获见何言疲"（《观杨之美画》），至雅的绘画鉴赏、至俗的眼屎堆积，放在一处平添了戏谑感、滑稽感。又如《得孙仲方画美人一轴》：

  骏驹少驯良，美女少贤德。尝闻败君驾，亦以倾人国。因观壁间画，笔妙仍奇色。持归非夺好，来者恐为惑。①

诗歌以骏马桀骜不驯起兴引入美女放佚不贤以致倾覆江山，振振有词地指出画中美女魅惑观者，为自己赏爱此画并巧夺妙取编织借口，读来颇富戏谑性。

  再次，梅尧臣题画诗富于知识性，关于绘画作品的真假评定拓展了唐代题画诗的诗歌内容。如《观韩玉汝胡人贡奉图》：

  时世重古不重新，破图谁画四胡人。臂鹰捧盘犀利水，铁锁师子同麒麟。翘翘雉尾插头上，深目巨鼻青搭巾。涂朱点绿笔画大，筋骨怒露蛮祠神。茜袍白马韩公子，从何得此来秘珍。定应海客远为赠，中国未睹难拟伦。公子自言吴生笔，吴笔精劲瘦且匀。我恐非是不敢赞，退归书此任从嗔。②

这首诗先描绘图画信息，随即转入对图画作者的探讨，韩缜认为笔迹似出自吴道子，梅尧臣指出吴道子笔画精细瘦劲、轻重均匀，这很可能并非吴道子真迹，即便可能招致韩缜嗔怒，依旧不改己见并将此谱入诗歌。这种观摩切磋、鉴定真伪的诗歌书写是唐代题画诗不具备的

---

① 朱东润编年校注《梅尧臣集编年校注》，上海古籍出版社，2006，第239页。
② 朱东润编年校注《梅尧臣集编年校注》，上海古籍出版社，2006，第979页。

内容特质，体现了宋代文人的知识追求。对于真伪难辨的图画作品，梅尧臣亦将内心困惑如实记录于诗，如他推测《观杨之美盘车图》出自展子虔之手，座中公子却指为五代界画名家卫贤作品，最后梅尧臣只得将"疑亦不可捐"的困惑书于卷尾。又如《刘原甫观相国寺净土杨惠之塑像吴道子画又越僧鼓琴闽僧写真予解其诧》："吾侪来都下，将逾三十春。不闻此画塑，想子得亦新。兹寺临大道，常多车马尘。设如前日手，晦昧已惑人。"① 似对该画塑真伪颇有怀疑，却也未给出有力证据，只以"曷分今与古，曷辩伪与真"将笔调宕开转入对越僧鼓琴、闽僧写真的书写。

最后，梅尧臣题画诗富于文人化的审美趣味。文人画由文同、苏轼、米芾等人倡导实践而日渐兴盛，至明清居于画坛主流地位，成为异于宫廷、民间绘画的重要画派。文人化的审美趣味却不始于文同、苏轼、米芾等人，梅尧臣题画诗极少论及画作笔法线条、皴擦技巧，更关注绘画是否传达画家的文人情趣，以及能否使人披图入情、联想翩翩，折射着浓厚的文人审美趣味。如他写谢绛所赠画鹭的逍遥姿态令人生出隐处江湖、秋崖垂钓之情，这是画家富含幽趣之笔引发的心理联想。居宁草虫"形意两俱足"是其游戏醉墨、放浪情怀的人格外化，卢娘、雷殿直的墨竹皆天意具足，使人披图如睹"石上萧萧枝"、如玩"萧萧岩畔绿"，从这类描写皆可看出文人化的审美趣味。

明人薛岗《天爵堂笔余》云："画中惟山水义理深远，而意趣无穷，故文人之笔，山水常多，若人物、禽虫、花草，多出画工，虽至精妙，一览易尽。"② 由于山水画能带给诗人更多的迁想妙得、更丰富的审美感受，文人化的审美趣味更多体现在观摩山水画上。山水画经唐、五代而渐趋兴盛，荆浩、范宽、关仝、李成等人的山水画于北宋流传甚多，梅尧臣题山水画诗亦为数不少，如《正阳驿舍梦郑并州寄书开之即三山图也》描写梦中展卷把玩三山图情景。三山多指《山海经》中充满神仙异草、珍禽怪兽的蓬莱、瀛洲、方丈三座仙山，这是画史经久不衰的固定主题与源远流长的绘画传统，直到清人袁江《海上三山图》、袁耀《蓬

---

① 朱东润编年校注《梅尧臣集编年校注》，上海古籍出版社，2006，第567页。
② （清）王原祁等：《佩文斋书画谱》卷16，文渊阁《四库全书》本。

莱仙境图》，民国黄秋园《蓬莱仙境》等依旧图绘三山。"山形雄且邃，笔画简而疏。纸幅不盈尺，万仞势有余"①，梅尧臣以"雄""邃"刻画三山的巍峨壮观、深远幽邃，又以"简""疏"点出绘画笔墨的清疏简逸、阔笔写意，以狭小尺幅构画万仞摩天、溢出纸素的雄奇气势。再如《和和之南斋画壁歌》以长安附近的终南山、洛阳附近的嵩山比兴，转入书写大梁地形平广、不见云峰，故高趣之人招呼画工于南斋墙壁画上岩壑山林，使人产生"暗雨轻烟满室中，尘事如脂一朝洗"②的心理特征；壁上枝叶倾斜、节老根狞的数茎修竹依稀带人进入苍翠孤高的竹林雅境，使人体会到竹林七贤般自由无碍、潇洒放旷的不羁情怀。再如《王平甫惠画水卧屏》所写水卧屏风如同千重万叠、席卷而来的滔滔惊飙，尽管秦桥难渡、织女难邀，却激起诗人心底的乘桴之意，"终当五湖上，归去学渔樵"③就是他淡泊隐逸的文人趣味与这幅山水画连通共振的抒怀写趣。

三 思理的融入：梅尧臣题画诗的艺术新变

唐代题画诗多以拟真、白描手法描写画面内容，较少附加作者情感。少数诗句能借题发挥，以绘物媒材寄托情绪，颇为婉曲含蓄，如"能言终见弃，还向陇西飞"（李白《初出金门寻王侍御不遇咏壁上鹦鹉》）、"幸亲方便力，犹畏毒龙欺"（刘长卿《狱中见壁画佛》）、"斜阳千万树，无处避螳螂"（戴叔伦《画蝉》）。入宋后的梅尧臣另辟蹊径，开拓了题画诗融入思理的艺术路径。这主要表现在如下方面。

首先，梅尧臣题画诗流露出绘画作品具有凝定时间的价值。绘画作品来源于自然美，将瞬间流逝的东西定格于纸绢等物质载体，使观画者超越时间、空间距离而如睹真态，是对自然美的捕捉、凝定。梅尧臣对绘画凝定时间的特殊功能颇具深识，如《当世家观画》：

冰蚕吐丝织纤纨，妙娥貌玉轻邯郸。曲眉浅脸鸦发盘，白角莹

---

① 《正阳驿舍梦郑并州寄书开之即三山图也》，朱东润编年校注《梅尧臣集编年校注》，上海古籍出版社，2006，第364页。
② 朱东润编年校注《梅尧臣集编年校注》，上海古籍出版社，2006，第668页。
③ 朱东润编年校注《梅尧臣集编年校注》，上海古籍出版社，2006，第1015页。

薄垂肩冠。铜青罗衫日月团，红裙撮晕朝霞干。手中把笔书小字，字以通情形以观。形随画去能长好，岁岁年年应不老。相逢熟识眼生春，重伴忘忧作萱草。①

此画所绘者为一个正值妙龄的美貌女子，她拥有弯弯的双眉、乌黑亮丽的盘发，穿着如云似霞的罗衫红裙。然而，青春易逝，女子婀娜曼妙的身姿、如粉似玉的脸庞终究抵不过时间淘洗，梅尧臣面对画作迁想着"形随画去能长好，岁岁年年应不老"，丹青图画将女子花容玉貌凝定于永恒的青春岁月，哪怕岁岁年年、日日夜夜的时间流逝，画上美人依旧光鲜美丽，永不老去，足以与诗人相伴忘忧。"玉骨化为土，丹青终不渝"（《咏王右丞所画阮步兵醉图》）亦类于此，正因王维以通妙之笔将阮籍倒冠乘驴的潇洒风姿刻画出来，才使化为历史烟尘的阮籍逾越时间鸿沟呈现经久不衰的人格魅力。再如"真花既不能长艳，画在霜纨更好看"（《依韵和公仪龙图招诸公观舞及画三首》其三）、"竹真似竹桃似桃，不待生春长在目"（《和杨直讲夹竹花图》）为绘画存留春花之美，超越不能"长艳""生春"的季候限制而倍感欣慰。

其次，梅尧臣题画诗着意揭示绘画作品具有相当程度的鉴戒意义。中国古代绘画尤其是人物画具有较强的鉴戒意义和教育功能，从夏代铸鼎象物使民知神奸到图绘君臣贤圣功烈使民识礼乐，再到吴道子作《地狱变相图》使人迁善远罪，绘画"明劝诫、著升沉"的功能可谓大矣。张彦远甚至说："夫画者：成教化，助人伦，穷神变，测幽微，与六籍同功，四时并运，发于天然，非由述作。……以忠以孝，尽在于云台；有烈有勋，皆登于麟阁。见善足以戒恶，见恶足以思贤。留乎形容，式昭盛德之事；具其成败，以传既往之踪。记传所以叙其事，不能载其容，赞颂有以咏其美，不能备其象，图画之制，所以兼之也。……图画者，有国之鸿宝，理乱之纪纲。"② 将绘画的戒恶扬善功能推崇到了极致。

梅尧臣《观何君宝画》记述他于何君宝家阅览戴嵩牛、阎立本释道画等多幅画作，其中有商纣王画，"复观鹿台独夫受，妲己不笑何由娱。

---

① 朱东润编年校注《梅尧臣集编年校注》，上海古籍出版社，2006，第894页。
② （唐）张彦远：《历代名画记》，于安澜编《画史丛书》第1册，上海人民美术出版社，1963，第1~2页。

酒池肉林骑行炙，剖心斫胫堪悲吁"，还有吴王宴西子图，"数幅吴王宴西子，彩舟张乐当姑苏。宫娥数百簇高下，鬓髻一一红芙蕖。黛峰细浪得平远，前对洞庭傍太湖"，结尾抒发感慨："商纣夫差可垂诫，历世传玩参盘盂。雕鹰草木不足记，特咏此事心何如。"① 商纣王为取悦妲己而酒池肉林、残暴无道，夫差为取悦西施而张乐姑苏、不理朝政，最后皆招致众叛亲离、江山易主的悲惨结局。梅尧臣认为雕鹰草木只是自然物事，即便图绘神奇亦不含多少文化内蕴，唯有这两幅画能激起诗人心中涟漪，引发无限感慨和深沉思考。

再次，梅尧臣题画诗致力于表现绘画作品流转折射的家族兴衰。绘画作品价值不菲，购买图画往往需要雄厚财力，故一个家族常在兴盛时购入图画，衰落后图画则被子孙变卖。每一件流传有序的画作背后皆有无数故事，图画收藏、流传往往反映一个家族的兴衰史。梅尧臣目睹朱处仁所收韩干病马"古绢蠹已尽，彩色无精明"（《表臣斋中阅画而饮》）时，忍不住"叹惜传至此，几人金帛轻"，久远时间使古绢彩色不再鲜艳，其背后是太多收藏者湮没无迹的巨资耗费。他又以"黄君买画都城中，不惜满贯穿青铜"（《观黄介夫寺丞所收丘潜画牛》）绘写黄通千金买画的情景，接以"卖从谁家不肖子，传自几世贤卿翁"，感慨画作流传、变卖背后的家族兴衰故事。以"尚书国初人，爱画收几厨。买时不惜金与帛，帛载牛车钱载驴"（《观何君宝画》）极言陶尚书爱画轻财，又以"后世儿孙不能保，卖入穷市无须臾"叹息画作被后世子孙须臾卖尽的流传经历。家族先辈购入书画，不肖子孙转手折卖，这是画作流传的常态规律，但其折射的文化中断、家族衰落现象则令人扼腕。

最后，梅尧臣题画诗寓含绘画作品带给他的人生哲理领悟。如"山林与城阙，事物不相对。唯闻秉道义，所处无内外。趋烦而毁静，此理乃俗辈。昔有天下贤，喜得名笔会。买粉涂南墙，松石生屋内"（《依韵和原甫省中松石画壁》）指明山林、城阙原非截然对立，秉守道义就能超越内外分界，俗辈不守道义、趋烦毁静，贤人则于官府墙壁画上松石，身处城阙而坐享山林美景。这既是对刘敞打破山林、城阙壁垒隔阂的赞赏，亦是其混迹世间的内心领悟。《二十四日江邻几邀观三馆书画录其所

---

① 朱东润编年校注《梅尧臣集编年校注》，上海古籍出版社，2006，第614页。

见》写一幅以绕床屏风为题材内容的绘画作品，屏风上画着似有似无的山川，梅尧臣由此感叹："画中见画三重铺，此幅巧甚意殊。孰真孰假丹青模，世事若此还可吁。"① 对梅尧臣来说，画中人、屏风山川俱是图画假象，但对画中人来说，他们真实存在而屏风山川才是虚假幻象。此刻的梅尧臣恍若画中人，深感难以分辨自己、屏风山川的真假虚实，世间事多半如此，只不过身在画中、无所觉知罢了。梅尧臣颇受老庄思想影响，再加门荫进身、仕途淹蹇，心中常存虚无感、幻灭感，这幅作品画中有画的巧妙构思再次勾起其人生如梦的虚无感。

北宋中期文人雅集为梅尧臣提供了观赏绘画的众多机会，促使其创作了数量众多的题画诗。梅尧臣题画诗主要以隋唐、五代、宋初绘画为表现对象，花鸟画兴起、墨竹出现、界画独立、番族画成形、壁画衰落、释道人物画减少等艺术史现象皆于梅尧臣诗歌中有丰富呈现，反映了五代、宋初以后绘画艺术思潮的移易变迁。梅尧臣题画诗在结构特征、诗歌内容、表现方式、艺术风格、审美趣味等方面皆较唐代发生若干变化，表现为平实的诗歌风格，富含戏谑性、知识性，以及文人化的审美趣味。其题画诗还别具一格融入思理，阐释绘画作品的凝定时间价值、绘画作品的鉴戒意义、绘画作品流转体现的家族兴衰，以及绘画作品带给他的人生哲理领悟。可以说，梅尧臣是北宋中期对绘画艺术表现最丰富、最广泛的诗人，促进了诗、画两种艺术形式的联姻结盟，为北宋后期题画诗高潮到来留下了极其宝贵的艺术经验。

第二节 梅尧臣金石文玩诗的文人意趣与情感寄寓

高度繁荣的北宋物质文化引领宋人进入细致、精美的物之世界，文人生活不再如宋前那样充满美酒佳肴、歌儿舞女，而是触及金石文物的知识鉴赏、文房雅玩的搜罗把玩等精神享受。这种富于精神性的文人意趣进入宋诗领域表现为人文题材的广泛开拓、文人情趣的诗意散发，而这成为宋诗迥别于唐诗的重要特征。关于宋人文玩类诗歌书写，吕肖奂、宁雯、解爽、姚华等人相继就砚屏、澄心堂纸、茶磨、仇池石等文人赏

---

① 朱东润编年校注《梅尧臣集编年校注》，上海古籍出版社，2006，第677页。

玩之物撰制文章。① 梅尧臣笔下描写过多种金石器物与书斋雅玩，如纸类的澄心堂纸、蜀笺、粉纸，笔类的鼠须笔、鼠尾笔、松管笔、沉水管笔，砚台类的歙砚、端砚、澄泥砚、瓦砚，此外还有古琴、砚屏、新罗墨、香炉等书斋文玩，尤以澄心堂纸、诸葛笔、铜雀瓦砚为梅尧臣留意最深、下笔最多者。梅尧臣金石器物、书斋雅玩类诗歌折射着北宋士人颇具共性的审美倾向与书斋意趣，是探析宋诗别于唐诗的重要切口。本节以梅尧臣这类诗歌文本为考察对象，着手探析其蕴含的主题内容、情感心态与艺术表现。

一 兴味：金石文物的审美鉴赏

虽然南北朝已有梁元帝萧绎《碑英》、谢庄《碑集》、陶弘景《古今刀剑录》等金石学著作问世，宋真宗时朝廷亦对乾州出土的《史信父甗》进行铭文考释，然前者缺少深入研究，后者略显规模狭小，皆未对金石学产生轰动影响。金石学应以北宋刘敞《先秦古器记》、欧阳修《集古录》撰集成书为高潮表现，蔡绦《铁围山丛谈》云：

> 初，原父号博雅，有盛名，曩时出守长安。长安号多古簋、敦、镜、甗、尊、彝之属，因自著一书，号《先秦古器记》。而文忠公喜集往古石刻，遂又著书名《集古录》，咸载原父所得古器铭款。由是学士大夫雅多好之，此风遂一煽矣。②

刘敞庋藏先秦古器观玩赏摩，欧阳修集录金石文字证经补史、赏书观文，直接引领了杨南仲、章友直、蔡襄、苏轼等人对金石学的浓厚兴趣，为赵明诚、吕大临、王黼等人著作开创了体例范式。由此，北宋金石学日

---

① 参见吕肖奂《创新与引领：宋代诗人对器物文化的贡献——以砚屏的产生及风行为例》[《四川大学学报》（哲学社会科学版）2009 年第 3 期]、宁雯《物之审美与情志寄寓——北宋士大夫关于澄心堂纸的酬赠与文学书写》[《安徽大学学报》（哲学社会科学版）2017 年第 1 期]、解爽《论宋代文人对古旧器物的鉴赏与弘扬——以澄心堂纸为考据》（《求索》2012 年第 11 期）和《论宋代茶磨与器物文化》（《宁夏社会科学》2013 年第 2 期）、姚华《苏轼诗歌的"仇池石"意象探析》（《文学遗产》2016 年第 3 期）。

② （宋）蔡绦撰，冯惠民、沈锡麟点校《铁围山丛谈》，中华书局，1983，第 79 页。

渐兴盛、蔚为潮流。

　　北宋中期士人发掘了金石文献的多重价值，刘敞概括为"礼家明其制度，小学正其文字，谱牒次其世谥"（《先秦古器记》）的文献价值；欧阳修则通过具体器物阐述金石文物的特殊价值，如叔高父煮簋可正礼器形制之谬，后汉孙叔敖碑著其"名饶"可补史缺，魏碑"字画多异"可备广览而唐碑"字画多妙"足资赏玩，唐元结《浯尊铭》可见元结喜名求异的汲汲之态，《唐盐宗神祠记》足窥唐世盐制而"可为朝廷决疑议"，唐欧阳琟碑可"续家谱之阙"而使欧阳氏家谱遂为定本。刘敞《先秦古器记》、欧阳修《集古录》肆力搜集、传拓、著录、考订金石文献，偏重学术研究，然正如王国维所云宋人"对古金石之兴味，亦如其对书画之兴味，一面鉴赏的，一面研究的也"①，这种汉唐元明清人皆所不及的鉴赏兴味必得考察宋人赏玩古器的宴饮聚会与诗歌创作才能理解。

　　捉襟见肘、入不敷出的经济状况限制了梅尧臣从事耗资不菲的金石收藏，幕职州县官、下层京朝官的政治背景亦难提供庋藏金石的下属支持，故梅尧臣不像刘敞、欧阳修、蔡襄等人那样富于藏品。但广泛交游使其拥有观赏金石的诸多机会，欧阳修《集古录跋尾》提及《晋乐毅论》"后有'甚妙'二字，吾亡友圣俞书也"，《赛阳山文》记嘉祐四年（1059）吴奎、刘敞、江休复、祖无择、梅尧臣等编修院同观并题跋文，司马光记访梅家"一室静萧然，昏碑帖古壁"②，可见梅尧臣切身参与了北宋士人的金石盛会。梅集今存鉴赏金石诗歌约13首，乃当时此类题材创作数量最多者，远超欧阳修、刘敞同类题材的诗歌数量。他详细记录了文人群体赏古、玩古之风，丰富呈现了宋代士人意趣盎然的金石兴味，具体表现为如下几个方面。

　　首先，梅尧臣诗歌具有实录性质，记录了欧阳修、刘敞的收藏过程与藏品内容，对理解欧阳修、刘敞的金石收藏颇有裨益。如《观永叔集古录》：

　　　　古碑手集一千卷，河北关西得最多。莫怕他时费人力，他时自

---

① 王国维：《宋代之金石学》，《王国维文集》第4卷，中国文史出版社，1997，第124页。
② （宋）司马光：《同君倚过圣俞》，《全宋诗》第9册，北京大学出版社，1998，第6038页。

有锦蒙驼。①

"古碑手集一千卷"记录欧阳修《集古录》的规模形制,"河北关西得最多"叙述欧阳修所藏铭文碑帖主要源自河北、陕西地区,"莫怕他时费人力,他时自有锦蒙驼"生动再现欧阳修担心拖累后人、文物散佚的忧愁心理与梅尧臣耐心劝导、温情宽慰欧阳修的历史场景。又如"周宣石鼓文已缺,秦政峄山字苦瘝。西汉都无半画在,黄初而上犹得窥。下及隋唐莫可数,奇言伟迹恐所遗"(《读永叔集古录目》)记录欧阳修历代藏品概况,接着写跋尾次第厘为十卷并于跋文"随目证讹甲癸推,青编是非皆究知",言其校证典籍、益于补史、堪为前鉴的文献功绩,最后以"天灰地烬乃终毕,信都信都名愈出"揄扬欧阳修搜集金石的不朽意义。

庆历五年(1045),欧阳修、苏舜钦、梅尧臣皆为李阳冰石篆写过诗歌。通过比较可见梅尧臣金石诗歌鲜明的实录性质。是年欧阳修贬谪滁州,实地观摩李阳冰《庶子泉铭》并于铭石侧发现世所罕传的阳冰别篆十余字,遂写下《石篆诗》并将拓本分赠苏舜钦、梅尧臣、刘敞等人,诗先交代山僧惠觉担忧石泐碑残而模拓碑文赠予友人,接着描述"我"见到拓本的丰富联想:

> 我疑此字非笔画,又疑人力非能为。始从天地胚浑判,元气结此高崖嵬。当时野鸟踏山石,万古遗迹于苍崖。山祇不欲人屡见,每吐云雾深藏埋。群仙飞空欲下读,常借海月清光来。②

仿佛天地鸿蒙初判时的元气凝结于此,状类鸟迹的篆文铭刻苍崖之上,山神吞吐云雾将其深藏,只有那凌空而行的群仙才能借着海月清光款款下来读识。这段想落天外的文字赋予李阳冰篆文神奇浪漫的瑰丽色彩,以形象多姿的语言描写了篆文的奇古幽秘以及带给诗人的惊喜之情。苏舜钦是颇孚声名的书法家,故其《和永叔琅邪山庶子泉阳冰石篆诗》注

---

① 朱东润编年校注《梅尧臣集编年校注》,上海古籍出版社,2006,第467页。朱东润将《观永叔集古录》系于庆历八年(1048),然此时欧阳修所藏碑帖绝未达"古碑手集一千卷"之规模形制,故此诗更可能作于嘉祐年间。
② 洪本健校笺《欧阳修诗文集校笺》,上海古籍出版社,2009,第1348页。

重描写篆文书法，以"一气破散万事起，独有篆籀含其真"称誉篆文的真古气质，以"铁锁关连玉钩壮，曲处力可挂万钧。复疑蛟虬植爪角，隐入翠壁蟠未伸"① 的夸张、比喻方式书写篆文的笔画形态及劲健力度。梅尧臣《欧阳永叔寄琅琊山李阳冰篆十八字并永叔诗一首欲予继作因成十四韵奉答》则与欧、苏大异其趣，诗先写其接到欧阳修数纸诗书及篆字，接下来简略描写篆字"字形矫矫龙蛇起"的书法形态、"其文乃只题姓名，大历六年春气尾"的篆文内容，却用大量笔墨描写欧阳修发现篆文及模拓、写诗之事，"报云此篆无人知，野僧好事为公指。公留岩下久徘徊，公剔莓苔汲泉洗。点画虽然未苦讹，霜侵风剥多皴理。公疑鸟迹踏苍崖，山祇爱惜将有以。云藏至今不近俗，月伴古源清且沘"② 将欧阳修诗、书进行檃栝，最后以"公与前人定知己"称赞欧阳修发现、赏玩之功。如果说欧阳修、苏舜钦诗想象丰富、才气发扬，那么梅尧臣诗未免有些平铺直叙、淡乎寡味。但正是这种平铺直叙清楚交代了欧、苏诗不曾提及的篆文内容、发现经过、篆文状况。这些信息即便《集古录跋尾》亦无提及，欧阳修跋尾仅抒发庶子泉由"寒岩飞流落青苔"变成"山僧填为平地，起屋于其上"的物是人非感，正是梅诗保留了石刻文字原始信息，是了解欧阳修、刘敞等人藏品内容、收藏经过的辅助文本。

其次，梅尧臣金石诗凝聚着浓厚历史兴亡感，寄寓了诗人睹今思昔的深邃幽情。嘉祐年间，欧阳修、梅尧臣、韩绛、王畴等人围绕唐崇徽公主手痕诗作过同题唱和，梅尧臣《景彝率和唐崇徽公主手痕诗》云：

> 两壁美人虹已收，苍崖纤手藓痕秋。和亲只道能稽古，沉略从来不解羞。汉月明明掌中照，胡尘漠漠指间留。昭君殁后更多恨，弹作琵琶曲未休。③

所谓"和亲"指大历四年（769）唐朝封仆固怀恩幼女为崇徽公主远嫁回纥。此诗前四句触景起情，由壁上美人被风雨剥蚀唯剩苍崖字迹任苔

---

① 傅平骧、胡问陶校注《苏舜钦集编年校注》，巴蜀书社，1990，第232页。
② 朱东润编年校注《梅尧臣集编年校注》，上海古籍出版社，2006，第332页。
③ 朱东润编年校注《梅尧臣集编年校注》，上海古籍出版社，2006，第1052页。

薛侵袭覆灭，联想到唐朝一而再，再而三以和亲换取和平，朝堂决策者却从不为此行径感到羞耻。后四句宕开笔调，思绪重回旷野苍崖石壁，想象石壁就像崇徽公主手掌，竖向排列的墨迹如同纤纤玉指，女人之手原该宝惜深藏，如今却任明明汉月、漠漠胡尘在指尖来来去去，旷远、苍凉的汉月、胡尘衬托着身处蛮荒的崇徽公主心底的凄凉无助，月之动态、尘之动静折射出时间流逝无情，让人似乎看到崇徽公主在回纥挨日度月、欲归不能的无穷愁恨，这种旷远与渺小、动态与静态的对比凸显了一个女子难以言诠的悲凉苦恨。这首运思精巧、融情于景、引人深思的佳作启迪了欧阳修，欧阳修次年所作《唐崇徽公主手痕和韩内翰》"玉颜自古为身累，肉食何人与国谋"即受梅尧臣"和亲只道能稽古，沉略从来不解羞"启发，欧诗以反问语气增强愤恨情绪，给予读者更多情感冲击，梅诗语言、情绪则更为沉稳平缓，似乎饱经风霜而不易喜形于色，内心深情经反复含茹而出以平淡、内敛语气。这类金石拓本承载的历史记忆呼应了北宋士人的生存体验、世间情思，历史、现实交融不分，赋予金石诗歌深沉的厚重历史感。

最后，梅尧臣金石诗生动再现了北宋中期士人宴饮聚会、赏玩文物的生活场景，是金石学多方兴味的诗歌表现。欧阳修庋藏的钟鼎彝器铭文墨本大多获自刘敞，刘敞才是名副其实的实物收藏家，故赏玩金石器物的宴饮聚会常于刘敞家举行。皇祐四年（1052），刘敞设宴出示太公大刀、王莽错刀两枚古钱币，其诗歌《与圣俞君章枢言持国饮因以太公大刀王莽错刀示之》题注交代二者形制规模及来历出处，抒发"愚智共尽令人悲，兴废相寻空史笔"①的历史虚无感与及时行乐的享乐思想。梅尧臣诗则将笔墨聚焦于宴饮场景，先写刘敞劝客饮酒时"欲出古时物，先请射以年"（《饮刘原甫家原甫怀二古钱劝酒其一齐之大刀长五寸半其一王莽时金错刀长二寸半》），接以客人猜测多回不中、欢笑饮酒的场景描写，谑闹过后刘敞探怀发宝，分别是"太公新室钱。独行齐大刀，镰形末环连。文存半辨齐，背有模法圆""次观金错刀，一刀平五千。精铜不蠹蚀，肉好钩婉全"，细致摹写两枚钱币的形制规模，赋予其强烈

---

① （宋）刘敞：《与圣俞君章枢言持国饮因以太公大刀王莽错刀示之》，《全宋诗》第 9 册，1998，第 5785 页。

的诗化美感,较刘敞题注的数字描述更富有想象空间且将聚会宴饮写得热闹非凡。

嘉祐三年(1058),刘敞再次邀请梅尧臣、江休复、陈绎等人宴饮于家,资以佐酒者有白鹇、孔雀、凫鼎、周亚夫印、钿玉宝、赫连勃勃龙雀刀等物。梅尧臣唱首,"大夸凫柄鼎,不比龙头杓。玉印传条侯,字辩亚与恶。钿剑刻辟邪,符宝殊制作。末观赫连刀,龙雀铸镮锷"(《饮刘原甫舍人家同江邻几陈和叔学士观白鹇孔雀凫鼎周亚夫印钿玉宝赫连勃勃龙雀刀》),分别以两句吟咏凫鼎、周亚夫印、钿玉宝、赫连勃勃龙雀刀。刘敞似乎很喜欢卖关子,不是将众器全部呈列在座而是依次捧出,每出一物辄劝一巡酒,以古器助酒兴,所得阅古之乐亦迥异于世俗之欢。只是古器承载的历史沧桑不免勾起士人追忆遐想,从而生出"圣贤泯泯去,安有不死药"的生命慨叹。人生如梦,开眼即今、转目成昨,一切皆是历史过客,又怎能束缚自己、不及时行乐呢?刘敞和诗承续梅诗主旨,"扰扰不自适,会为后世嗤。促节无窄袖,缓歌逐鸣丝。自美亦自恶,贵贱吾不知。纵谈剧虚舟,快饮若漏卮。人生但如此,为乐自一时。谁言冬夜长,俯仰星汉移。念无千金寿,愧子勤称诗"[①]。庆历士人处于社会渐盛的上升阶段,却有汉末文人"人生寄一世,奄忽若飙尘""人生非金石,岂能长寿考""人生忽如寄,寿无金石固"的生命飘忽感,以及"不如饮美酒,被服纨与素""为乐当及时,何能待来兹"的及时行乐思想,这皆源于他们因深厚的历史底蕴、文化积累而易被古器的兴亡沧桑触发历史记忆和人生感悟。由乐而忧,由忧而乐,忧乐交缠如衔尾之蛇,最终归为及时行乐思想,这是北宋中期赏古宴会的情感基调,反映了北宋士人面对短暂生命、历史变迁的复杂情绪。

二 敬畏:澄心堂纸的分外宝惜

澄心堂纸是南唐后主李煜宫中御用故纸,南唐灭亡后落入北宋朝廷并被束之高阁,随后流落于外。澄心堂纸以其"肤卵如膜,坚洁如玉,细薄光润,冠于一时"的卓越品质赢得北宋文人雅士的倾心追捧,梅尧

[①] (宋)刘敞:《招邻几圣俞和叔于东斋饮观孔雀白鹇及周亚夫玉印赫连勃勃龙雀刀辟邪宫玺数物又使女奴奏伎行酒圣俞首示长篇因而报之》,《全宋诗》第9册,1998,第5718页。

臣是以诗歌形式传播澄心堂纸最力者，以至今人提及澄心堂纸历史风采时总要引用其诗。解爽曾发掘澄心堂纸有欧阳修、梅尧臣相知相惜的物质载体与刘敞、韩维追述历史的兴叹契机之双重意义。① 宁雯着重指明澄心堂纸是北宋士大夫情感与人际关系的交流场域，成为南唐与北宋的双重指代，反映了北宋士大夫好尚文雅的审美旨趣和自我认识。②

宁雯虽提及北宋士人面对澄心堂纸感到不小压力，论述却还有待加强之处。对澄心堂纸的敬畏之情首先通过澄心堂纸与其他纸类对比得以凸显。蜀笺因其制作精美被列为"纸之妙者"，石扬休、朱处仁、李宣叔皆将之作为馈赠佳品送给梅尧臣；剡纸以其光滑白韧被历代文人广为称赞，所谓"剡纸光于月"（皮日休《二游诗》）、"剡藤莹滑如玻璃"（欧阳修《再和圣俞见答》）。然而，蜀笺、剡纸的珍稀名贵似乎再难拨动庆历士人心弦，反被梅尧臣挑剔"蜀笺蠹脆不禁久，剡楮薄慢还可咍"（《永叔寄澄心堂纸二幅》），又被韩维苛称"剡溪藤骨不足数，蜀江玉屑谁复怜"（《奉同原甫赋澄心堂纸》）。如此贬低蜀笺、剡纸的出发点只为反衬冠于一时的纸类极品——澄心堂纸的珍稀可贵，烘托澄心堂纸的绝高地位。

对澄心堂纸的敬畏之情还表现在梅尧臣受赠澄心堂纸所写诗歌中。康定元年（1040），欧阳修首次寄给梅尧臣两幅澄心堂纸并嘱其爱护宝惜、勿乱剪裁，梅尧臣写下《永叔寄澄心堂纸二幅》记叙此事，盛赞澄心堂纸"滑如春冰密如茧"，接下来叙述澄心堂纸的历史渊源：

> 江南李氏有国日，百金不许市一枚。澄心堂中唯此物，静几铺写无尘埃。当时国破何所有，帑藏空竭生莓苔。但存图书及此纸，辇大都府非珍瑰。于今已逾六十载，弃置大屋墙角堆。幅狭不堪作诏命，聊备粗使供鸾台。鸾台天官或好事，持归秘惜何嫌猜。③

---

① 解爽：《论宋代文人对古旧器物的鉴赏与弘扬——以澄心堂纸为考据》，《求索》2012年第11期。
② 宁雯：《物之审美与情志寄寓——北宋士大夫关于澄心堂纸的酬赠与文学书写》，《安徽大学学报》（哲学社会科学版）2017年第1期。
③ 朱东润编年校注《梅尧臣集编年校注》，上海古籍出版社，2006，第156页。

这段话描述了南唐澄心堂纸"百金不许市一枚"的珍稀难得与国破收入北宋府库却被弃置墙角、聊供粗使,后被官员持归秘惜、流入民间的历史命运。最后抒发"无君笔札无君才"却受赠珍品的惭愧感与"日畏扯裂防婴孩""不忍挥毫徒有思"的宝惜之情。面对珍稀贵重的澄心堂纸,梅尧臣心底涌起的不是大展诗才的畅快淋漓,而是诗文书法配不上澄心堂纸的敬畏感、惭愧感。这种心态于北宋士人群体颇具共性,他们得到澄心堂纸后一面欣喜若狂、视如拱璧,一面却不忍挥毫、不敢动用,充满既喜且畏的双重心理。庆历六年(1046),宋敏求赠给梅尧臣一百幅澄心堂纸,梅尧臣写下"我不善书心每愧,君又何此百幅遗。重增吾赧不敢拒,且置缣箱何所为"(《答宋学士次道寄澄心堂纸百幅》)的诗句,浪得珍品的愧疚赧颜与空置缣箱、不敢动用的慎畏无奈溢于楮墨。庆历七年,梅尧臣获韩缜馈赠澄心堂纸二幅,所写"堪入右军迹,惭无幼妇辞"(《韩玉汝遗澄心纸二轴初得此物欧阳永叔又得于宋次道又得于君伯氏子华今则四矣》)亦表明自己并无与澄心堂纸匹配的绝妙好辞。至和年间,刘敞获澄心堂纸一百幅并赠予欧阳修十幅,考虑到"秘藏箧笥自矜玩,亦恐岁久空成灰。后人闻名宁复得,就令得之当不识"①,取出一幅请欧阳修、韩维等人题诗以"写示千秋永无极"。欧阳修《和刘原父澄心纸》先由澄心堂纸思忆擅长书法的石延年、苏舜钦,二人亡殁使"山川气象皆低摧",世间亦再难觅足配书写此纸之人,所谓"君家虽有澄心纸,有敢下笔知谁哉"。他接着写道:

  宣州诗翁饿欲死,黄鹄折翼鸣声哀。有时得饱好言语,似听高唱倾金罍。二子虽死此翁在,老手尚能工翦裁。奈何不寄反示我,如弃正论求俳诙。②

推举梅尧臣诗歌为工于剪裁的老手"高唱",认为他足配使用澄心堂纸。梅尧臣和诗"自惭把笔粗成字,安可远与钟王陪。文墨高妙公第一,宜用此纸传将来"(《依韵和永叔澄心堂纸答刘原甫》),自惭书法拙劣不

---

① (宋)刘敞:《去年得澄心堂纸甚惜之辄为一轴邀永叔诸君各赋一篇仍各自书藏以为玩故先以七言题其首》,《全宋诗》第9册,北京大学出版社,1998,第5774页。
② 李逸安点校《欧阳修全集》第1册,中华书局,2001,第89~90页。

堪，又将皮球踢回给"文墨高妙"的欧阳修。梅尧臣多称己不擅书乃与蔡襄、苏舜钦等书法名家比较的谦辞，周紫芝称"仆少年时，尝阅家所藏前辈书尺，得圣俞先生数帖及《姑苏园亭记》，爱其楷法甚谨"[①]，刘克庄云"圣俞不以书名，而结字妍华，在欧、蔡之间"[②]，张与材云"其笔意潇散，有高人逸士风度"[③]，皆高度称赞梅尧臣的书法。梅尧臣称己不擅书的诗句多出现于澄心堂纸相关的诗，与其说其书法造诣不甚高明，毋宁说是面对颇具传奇色彩的澄心堂纸时内心敬畏情绪的流露。

三 游戏：鼠须笔的靡然成风

唐宋时期诸葛氏制笔享名藉甚，梅尧臣诗云"笔工诸葛高，海内称第一。频年值我来，我愧不堪七"（《次韵永叔试诸葛高笔戏书》），诸葛高与梅尧臣同为宣城文化名人，交谊深厚、互有馈赠，"诸葛高世工制笔，最称颂于荐绅间，每获一束，辄什袭藏之"[④]，这种地位与梅尧臣于士人群体的延誉密不可分，其中以鼠须笔风靡北宋最为典型。

相传王羲之所作《笔经》记载："世传张芝、钟繇用鼠须笔，笔锋强劲有锋芒。"至和二年（1055），梅尧臣"吾乡素夸紫毫笔，因我又加苍鼠须。最先赏爱杜丞相，中间喜用蔡君谟。尔后仿传无限数，州符县板仍抹涂"（《送杜君懿屯田通判宣州》）对北宋时期鼠须笔的流传过程做过详细说明。紫毫笔乃取野山兔背脊毛制成，向来是宣城诸葛氏名扬四海的招牌笔类。梅尧臣先后将鼠须笔送给杜衍、蔡襄并获其赏爱，引起士人竞相访求以致仿品泛滥成灾，鼠须笔随即在士人群体间流传开来，成为与紫毫笔一样风靡北宋的宣城名笔。[⑤] 皇祐四年（1052），梅尧臣《依韵和石昌言学士求鼠须笔之什鼠须鼠尾者前遗君谟今以松管代赠》云："江南飞鼠拔长尾，劲健颇胜中山毫。其间又有苍鼠须，人用不数南

[①] （宋）周紫芝：《书梅师赞家梅圣俞书后》，《太仓稊米集》卷66，文渊阁《四库全书》本。

[②] （宋）刘克庄撰《后村集》卷104，文渊阁《四库全书》本。

[③] （宋）梅尧臣：《宛陵先生文集·附录》（明正统四年刻本），《宋集珍本丛刊》第4册，线装书局，2004，第157页。

[④] 朱东润编年校注《梅尧臣集编年校注》，上海古籍出版社，2006，第1094页。

[⑤] 朱友舟认为"因我又加苍鼠须"意为制笔时于兔毫中添入少量鼠须，可备一说。见朱友舟《〈兰亭序〉与鼠须笔考辨》，《荣宝斋》2012年第8期。

鸡毛。"① 这种以飞鼠尾毛制成的鼠须笔因梅尧臣推崇、馈赠而风头大盛。"江南飞鼠拔长尾"的写作手法以游戏笔墨突出了江南飞鼠的顽皮可爱以及诸葛高制作鼠须笔的取材新奇。至和二年（1055），梅尧臣丁忧期间写下《宣州杂诗》，其十云：

> 诸葛久精妙，已能闻国都。紫毫搜老兔，苍鼠拔长须。露管何明净，烟丸事染濡。班超投此去，死作玉关夫。②

将紫毫笔、鼠须笔并提且引用班超投笔从戎故实说明诸葛高制笔之高妙。班超投笔从戎后长期驻扎边地并为汉朝平定西域做出杰出贡献，年迈时回到内地并死于洛阳。熟读史书的梅尧臣并非不知班超生平经历，却以"死作玉关夫"渲染投笔从戎的悲惨结局以歌颂美化诸葛高制笔功绩。苏轼曾称"予撰《宝月塔铭》，使澄心堂纸，鼠须笔，李庭珪墨，皆一代之选也"③，鼠须笔能作为"一代之选"正赖于梅尧臣肆力宣扬之功。

梅尧臣对诸葛高其他笔类亦曾大力揄扬，如他曾将诸葛高所制紫毫笔送与欧阳修，欧氏获得赠笔后称"紧心缚长毫，三副颇精密。硬软适人手，百管不差一"（《圣俞惠宣州笔戏书》），极力称赞紫毫笔制作精密、软硬得当；又如他得到诸葛高所制沉水管笔后写道："沉香细干天通中，束毫为呼诸葛翁。"（《汤琪秘校遗沉水管笔一枝》）总之，梅尧臣以游戏笔墨拟写了诸葛高拔毛飞鼠的制笔经过，掀起了收藏宣城诸葛笔的文化风潮，引领着北宋中期书斋雅玩的时代风尚。

四　悲伤：铜雀瓦砚的思古幽情

砚台是文人写诗作文的案头之物，端砚、歙砚、澄泥砚等名砚多被文人熟悉搜罗。梅尧臣曾有多诗咏及砚台，如《得李殿丞端州砚》《杜挺之赠端溪圆砚》写李殿丞、杜且馈赠端砚之事，端砚产于被古人视为南方蛮陌之地的广东端州（今肇庆），故其每称"鲛龙所窟处，其石美

---

① 朱东润编年校注《梅尧臣集编年校注》，上海古籍出版社，2006，第623页。
② 朱东润编年校注《梅尧臣集编年校注》，上海古籍出版社，2006，第769~770页。
③ 《题所书宝月塔铭》，张志烈、马德富、周裕锴主编《苏轼全集校注》第19册，河北人民出版社，2010，第7876页。

且坚。蛮匠斫为砚，汉官求费钱"（《得李殿丞端州砚》）、"案头蛮溪砚"（《杜挺之赠端溪圆砚》），对端砚的关注点在于地理空间上的遥远距离。歙砚别称龙尾砚，产于离宣城不远的安徽歙州，宋时名声大振，梅尧臣多诗反复咏叹歙砚"深洞镌斫黑蛟尾。当心隐隐骨节圆，暗淡又若帖寒朒"（《正月二十二日江淮发运马察院督河事于国门之外予访之蔡君谟亦来蔡为真草数幅马以所用歙砚赠予》）、"罗纹细砚镌龙尾"（《潘歙州寄纸三百番石砚一枚》）的形制特点。

在各式各样的砚台中，最触发梅尧臣情感的是日渐流行于士人间的古瓦砚，他为古瓦砚所作诗歌最多、寄情最深。庆历四年（1044），《忠上人携王生古砚夸余云是定州汉祖庙上瓦为之因作诗以答》云：

  砚取汉庙瓦，谁恤汉庙隳。重古一如此，吾今对之悲。既宝若圭璧，未知为用时。①

诗写工匠取汉庙古瓦制砚而不恤汉庙隳坏，时人重视古物，诗人心底却涌起沉重历史兴亡感。这种历史感是梅尧臣古瓦砚诗的感情基调，与金石诗有同样的思古幽情。嘉祐元年（1056），梅尧臣《铜雀砚》云：

  歌舞人已死，台殿栋已倾。旧基生黑棘。古瓦埋深耕。玉质先骨朽，松栋为埃轻。……②

载歌载舞的美人早已香消玉殒，雕梁画栋的台阁殿宇已倾圮为尘，黑棘等荒草漫布旧基故址，古瓦深深埋进地底，一幅衰颓苍凉的画面展现在眼前。接着写匠人在古瓦上雕花刻字、磨去瓦表制成足以放置于几席的铜雀瓦砚，这款砚台"入用固为贵，论古莫与并"，极佳的使用效果能使端砚相形见绌，年岁之古老亦应使韩愈称赞的陶泓奉为兄长。嘉祐二年，"初从故人来，来自邯郸下。物因人以重，谬当好事者"（《王几道罢磁州遗澄泥古瓦二砚》）所咏亦是以邺宫古瓦制成的铜雀瓦砚，诗中

---

① 朱东润编年校注《梅尧臣集编年校注》，上海古籍出版社，2006，第256页。
② 朱东润编年校注《梅尧臣集编年校注》，上海古籍出版社，2006，第906页。

表明其珍视的是故人情谊，王复却追随潮流馈赠铜雀瓦砚给他，白白充当了好事者。"更留瓦砚赠我看，邺宫鸳鸯谁刻剜"（《送建州通判沈太博》）、"知君邺城去，历览古时迹。峨峨铜雀台，其下遗瓦砾。不化鸳鸯飞，多近蟾蜍滴"（《送曹测崇班驻泊相州》）① 皆表明北宋中期搜罗古瓦雕刻砚台已靡然成风。梅尧臣对铜雀瓦砚收藏热潮却有些无动于衷，他联想到的是"曾何百年间，事往如霹雳。空余几仞土，阴峭古薜碧"（《送曹测崇班驻泊相州》），牧羊人赶着群与甕在寒风枯草的宫殿故址上来来去去。铜雀瓦砚承载的历史感始终将其心绪压抑在古今兴衰、王朝更替里，使其难以唱出高亢、响亮音调，或许这就是历史文化带给士人的深沉悲哀。

以上从金石器物、澄心堂纸、诸葛鼠须笔、铜雀瓦砚等北宋物质文化角度考察了梅诗题咏对物之赏玩与情感寄寓。北宋精美的物质世界为梅尧臣诗歌贡献了新的表现题材，提供了新的主题内容、情感心态与艺术表现。梅尧臣此类诗歌有助于了解欧阳修、刘敞等北宋中期金石收藏家的收藏过程、藏品内容，生动再现了当时宴饮聚会、礼物馈赠等文人生活场景，引领了北宋中期文人搜罗文房雅玩的时代风尚，反映了北宋士人审美情趣的嬗替变迁。这些文人层面独有的精神享受折射着北宋士人颇具共性的审美倾向与书斋意趣，促进了人文题材的普泛书写、文人情趣的诗意散发，成为宋诗迥别于唐诗的重要特征。

第三节 梅尧臣饮食诗的书写内容与情感记忆

宋代是饮食文化极为发达的历史时代，东京汴梁的饮食文化更为繁荣兴盛，所谓"集四海之珍奇，皆归市易；会寰区之异味，悉在庖厨"②。宋人生唐后，探索诗歌领域的努力使其视野转向日常化、生活化，饮食题材于宋代诗歌中获得广泛、出色的文学表现。梅尧臣可谓开启宋代饮食诗风尚的诗人，其饮食诗所涉范围极为广泛，除种类繁多、消遣怡情的茶酒饮品，还有鳜鱼、河豚、鲫鱼、糟鲍、蛤蜊、达头鱼、

---

① 朱东润编年校注《梅尧臣集编年校注》，上海古籍出版社，2006，第1124页。
② （宋）孟元老撰，伊永文笺注《东京梦华录笺注》，中华书局，2006，"序"第1页。

咸豉、山药、蒸鹅、洛笋、黄雀鲊、兔、羊耙等各式食物，柑、橙、梨、枇杷、橄榄、荔枝、枣、榅桲、椰子、林檎、樱桃、花木瓜、鸭脚等南北果品。如此丰富的饮食书写，一方面与梅尧臣日常化、世俗化的审美观照有关，是其寻觅诗材、打磨诗艺的重要方式；另一方面有"一咀肥甘酬短句，定应无复谤言兴"（《宣司理饷蒸鹅》）的答谢、交际目的。本节以茶饮、南食两种饮食书写为考察中心，探讨梅尧臣饮食诗的内容新变及其沉淀的情感、记忆。

一 文化变迁与茶诗新变

饮茶、斗茶习尚在中晚唐后"殆成风俗"，亦在仁宗朝文人群体间翕然成风。受时风影响颇深的梅尧臣日常饮茶已然成瘾，"北归唯此急，药臼不须挤"（《茶磨二首》其一）就是他对自己茶瘾的诗歌述说，方回云："仕宦而携茶磨，其石不轻，亦一癖也。宁不携药臼而携此物，可谓嗜茶之至者。"① 茶喝多了就成了茶叶品鉴行家，"谬为识别人，予生固无恨"（《王仲仪寄斗茶》）即为其深识鉴别茶叶的夫子自道。

嗜茶、品茶的日常行为进入诗歌创作，促使梅尧臣写作了远迈前代的茶诗作品，成为中晚唐后茶诗数量最多的诗人。在中晚唐煎茶道转为北宋点茶道，陆羽、皎然茶文化日渐萌始到苏轼、黄庭坚、宋徽宗将其推向顶峰，唐代咏茶诗一枝独秀到宋代咏茶诗、词、赋、散文等文学体式全面开花过程中，梅尧臣以诗歌形式记录了唐宋茶道变迁的演变痕迹，构成其茶诗书写的新变之处。

首先，梅尧臣茶诗呈现了北宋建茶兴起的文化现象。五代、北宋后气候渐趋寒冷，阳羡贡茶常因春季寒潮不能按时送交朝廷。943年，北宋朝廷罢阳羡贡茶而改贡建州北苑茶，丁谓、蔡襄等人先后赴建州监制大、小龙团，建茶由此兴起。除龙凤茶外，建州贡茶还有石乳、的乳、京挺、白乳、蜡面、头骨、次骨等品种。贡茶赏赐有严格等级之分，"龙茶以供乘舆，及赐执政、亲王、长主，余皇族、学士、将帅皆凤茶，舍人、近臣赐京挺、的乳，馆阁赐白乳"（胡仔《苕溪渔隐丛话·后集》）。官卑

---

① （元）方回选评，李庆甲集评校点《瀛奎律髓汇评》，上海古籍出版社，2005，第716页。

第三章 题材开拓：梅尧臣诗歌的文人化与日常化

职微的梅尧臣自然难以受赐建州贡茶，士大夫们的热心馈赠却让其有了品味建茶的良好机会。康定元年（1040），梅尧臣获友人所寄凤茶：

> 春雷未出地，南土物尚冻。呼噪助发生，萌颖强抽蕨。团为苍玉璧，隐起双飞凤。独应近臣颁，岂得常寮共。顾兹实贱贫，何以叨赠贡。石碾破微绿，山泉贮寒洞。味余喉舌甘，色薄牛马湩。陆氏经不经，周公梦不梦。云脚俗所珍，鸟嘴夸仍众。常常滥杯瓯，草草盈罂瓮。宁知有奇品，圭角百金中。秘惜谁可邀，虚斋对禽哢。①

诗歌主要描写早春茶叶抽蕨和用榷模制造茶饼的过程，以及品赏建茶的滋味、色泽和饮后心理感受。庆历二年（1042），梅尧臣获刘成伯所遗的乳茶十枚，"玉斧裁云片，形如阿井胶。春溪斗新色，寒箨见重包"（《刘成伯遗建州小片的乳茶十枚因以为答》）书写的乳茶色泽形状、包装形态。皇祐二年（1050），李仲求所寄建溪洪井茶也属建州贡茶，只是洪井茶是按采制地点命名的。此外，《建溪新茗》《依韵和杜相公谢蔡君谟寄茶》《吴正仲遗新茶》等大量诗歌所吟咏者皆建州贡茶。

叶家白、王家白是建州名茶，这种饼茶以罕见的白叶茶树芽叶制成，产量稀少、格外珍贵，常被民间茶户用作斗茶。庆历六年梅尧臣所作《王仲仪寄斗茶》"白乳叶家春，铢两直钱万。资之石泉味，特以阳芽嫩"②，嘉祐二年（1057）所作《吕晋叔著作遗新茶》"四叶及王游，共家原坂岭。岁摘建溪春，争先取晴景。大窠有壮液，所发必奇颖。一朝团焙成，价与黄金逞。……每饼包青箬，红签缠素苘。屑之云雪轻，啜已神魄惺。会待嘉客来，侑谈当昼永"③，皆以夸张笔法描写叶家白、王家白的珍贵稀奇以及茶饮冲点的极佳口感。总之，梅尧臣对建茶的丰富描写及时呈现了北宋建茶兴起的文化现象。

其次，梅尧臣茶诗反映了唐宋时期煎茶道向点茶道的嬗替变迁。唐代盛行煎茶，宋代则以点茶为主流。点茶以茶汤颜色、汤花持久度为鉴

---

① 《宋著作寄凤茶》，朱东润编年校注《梅尧臣集编年校注》，上海古籍出版社，2006，第158页。
② 朱东润编年校注《梅尧臣集编年校注》，上海古籍出版社，2006，第374页。
③ 朱东润编年校注《梅尧臣集编年校注》，上海古籍出版社，2006，第944页。

别茶粉优劣、冲点技术的标准。汤色纯白表明茶叶采摘及时、制作精良，故梅诗着意凸显汤色之白，如"色薄牛马湩"（《宋著作寄凤茶》）将汤色喻为牛马的雪白乳汁；"玉斧裁云片"（《刘成伯遗建州小片的乳茶十枚因以为答》）、"碾破云团北焙香"（《尝茶和公仪》）、"碾月一罂初寄来"（《谢人惠茶》）等诗句以云、月等素白物为喻体。点茶时先将碾磨好的茶粉投入杯盏，以少许沸水调成膏状，一边注水一边以茶筅、银勺、茶筅等器具击拂茶汤，直到茶面形成持久不散的汤花。汤花持久度反映茶叶加工、冲点水平，故梅尧臣热衷于描写汤花沫饽，如《李仲求寄建溪洪井茶七品云愈少愈佳未知尝何如耳因条而答之》：

> 忽有西山使，始遗七品茶。末品无水晕，六品无沉柤。五品散云脚，四品浮粟花。三品若琼乳，二品罕所加。绝品不可议，甘香焉等差。①

诗对七品茶的描写几乎全以汤花为中心，末品已无昏黄混浊颜色，六品没有沉落水底的茶渣，五品汤花如云脚四散，四品汤花更稳定密集，三品汤色如琼乳洁白、汤花更细腻稳定。此外如"北焙花如粟"（《金山芷芝二僧携茗见访》）、"将云比脚味甘回"（《谢人惠茶》）、"汤嫩水轻花不散"（《尝茶和公仪》）等诗句皆对如花似粟、如云似乳的汤花做过形象描写。宋代兴起的点茶赋予了梅尧臣茶诗新的关注点，汤色、汤花的诗歌描摹日渐发扬开来。

最后，梅尧臣茶诗对饮茶效果的书写深化了中晚唐后诗歌、茶道的结合因缘。这种书写可分为三类。一是饮茶带来的味觉享受。宋代饼茶制作工艺的榨茶步骤去掉了苦汁，只留下甘爽滋味。"味余喉舌甘"（《宋著作寄凤茶》）、"口甘神爽味偏长"（《尝茶和公仪》）、"香新舌甘永"（《得雷太简自制蒙顶茶》）等诗句皆注重描写茶饮持久的甘爽滋味。二是饮茶带来的精神感受。饮茶能祛除昏寐、清爽神气，"荡昏寐，饮之以茶"（陆羽《茶经》）、"一饮涤昏寐，情来朗爽满天地。再饮清我神，忽如飞雨洒轻尘"（皎然《饮茶歌诮崔石使君》）皆是唐人对茶

---

① 朱东润编年校注《梅尧臣集编年校注》，上海古籍出版社，2006，第536页。

饮提神效果的描写。梅尧臣茶诗亦大量描写茶饮醒神效果，如"灵味一啜驱昏邪"(《晏成续太祝遗双井茶五品茶具四枚近诗六十篇因以为谢》)、"亭午一啜驱昏慵"(《得福州蔡君谟密学书并茶》)、"饮啜气觉清，赏重叹复嗟"(《答宣城张主簿遗鸦山茶次其韵》) 皆称述茶饮祛除昏邪、爽神清气的振奋功用。他还步随卢仝《走笔谢孟谏议寄新茶》"唯觉两腋习习清风生，蓬莱山，在何处？玉川子，乘此清风欲归去"①的写作后尘，抒写饮茶后"亦欲清风生两腋，从教吹去月轮傍"(《尝茶和公仪》) 般飘飘欲仙的精神幻觉。三是在历史长流里浮想联翩、对比凸显茶饮的美味绝伦，如的乳茶唤起诗人进行茶酒比较，生出"桓公不知味，空问楚人茅"(《刘成伯遗建州小片的乳茶十枚因以为答》) 的感悟慨叹，引用《左传》齐国以"尔贡苞茅不入，王祭不共，无以缩酒，寡人是征"② 的冠冕借口攻打楚国的历史故实，意指齐桓公不识茶的美妙滋味，出人意料地将旧典翻出新意。此外，"过兹安得比，顾渚不须夸"(《建溪新茗》)、"吴中内史才多少，从此莼羹不足夸"(《依韵和杜相公谢蔡君谟寄茶》)、"莫夸李白仙人掌，且作卢仝走笔章"(《尝茶和公仪》) 等诗句分别与顾渚茶、莼羹、仙人掌茶横向对比，称颂所饮之茶的绝妙味道。茶饮还能带给诗人超越现实、上追古贤的心理满足，所谓"颜生枕肱饮瓢水，韩子饭齑居辟雍。虽穷且老不愧昔，远荷好事纾情悰"(《得福州蔡君谟密学书并茶》)，在如颜回、韩愈那样的穷居生活里，梅尧臣为拥有疏解苦闷的茶饮而倍觉宽慰。

要之，梅尧臣诗歌及时呈现了北宋时期建茶异军突起、煎茶道向点茶道嬗替变迁的文化现象，饮茶效果的大力书写又是中晚唐后诗歌、茶道结缘的深化显现。然而，梅尧臣茶诗的交际性质、平铺直叙的表现方式限制了其个体生命与茶文化的交融渗透，触及其生命深处的情感与记忆更多表现于南食诗歌。

二 江南故味与宦游乡愁

一方物产养一方人，"东南之人食水产，西北之人食陆畜"③ 是对中

---

① 《全唐诗》第 12 册，中华书局，1960，第 4379 页。
② (晋) 杜预集解《春秋经传集解·僖公四年》，上海古籍出版社，1988，第 244 页。
③ (晋) 张华撰，范宁校证《博物志校证》，中华书局，1980，第 12 页。

国南、北饮食文化的大致概括。宋代饮食情况如蔡崇禧所云,"北宋以前,北方重羊肉而轻水产","及至北宋,北方仍然是以羊肉为重,然而国都汴京的水产食品种类日益丰富,而且食用量庞大"。① 由于江浙、江西、福建等南方地区经济开发,大批南方士人科举入仕,宦游汴京、洛阳等北方地区,这批士人从小养成的饮食习惯难以改迁,产生了巨大的南食需求,促使宋代商人将南方食材源源不断地运往北方,饮食文化亦出现显著的南食北渐进程,南北饮食文化逐渐融合。

梅尧臣对江南故味的热切追求、下笔讴歌引领了北宋士大夫阶层的饮食风尚,记录了北宋中期南北饮食文化交流的历史进程,逐渐改变了唐代"南食终未能夺北食之席"②的历史风貌。欧阳修《初食车螯》曾对五代至北宋的饮食史做过简要概括:

> 五代昔乖隔,九州如剖瓜。东南限淮海,邈不通夷华。于时北州人,饮食陋莫加。鸡豚为异味,贵贱无等差。自从圣人出,天下为一家。南产错交广,西珍富邛巴。水载每连舳,陆输动盈车。溪潜细毛发,海怪雄须牙。岂惟贵公侯,闾巷饱鱼虾。③

五代时期,地方割据政权阻断区域交通,北州之人饮食简陋到以鸡猪为珍馐佳肴而不涉海鲜。宋太祖平定天下后,南至闽广、西至巴蜀的丰富物产交相运往北方,公侯、平民皆得饱饫鱼虾。但"闾巷饱鱼虾"实际上带着欧阳修式的虚饰夸张。何以知之?梅尧臣诗歌就忠实保存了南人努力寻求故乡海味的真实记录,出卖了欧阳修为突出车螯姗姗来迟所作的文学夸张。

梅尧臣生于安徽东南部的宣城地区,与渔业资源丰富的江浙地区距离较近。青少年时期熟悉的水产滋味是江南文化赋予梅尧臣味蕾的原始印记,故其宦游北方后依旧保持南方饮食习惯,鱼鲙就是梅尧臣家有名于士林的特色饮食。鱼鲙即生鱼片,唐代《膳夫经》有记载与品第研究,"鲙莫先于鲫鱼,鳊、鲂、鲷、鲈次之,鯸、鲀、鲚、黄、竹五种为

---

① 蔡崇禧:《缘何嗜腥:北宋汴京食用水产的风尚》,《中国饮食文化》2015年第1期。
② 王永平:《从土贡看唐代的宫廷饮食(下)》,《饮食文化研究》2004年第4期。
③ 洪本健校笺《欧阳修诗文集校笺》,上海古籍出版社,2009,第168页。

下,其他皆强为之尔,不足数也"①。宋初鱼脍尚属稀少,"公(丁谓)作相时,凿池养鱼,覆以板。每客至,去板钓鲜鱼作脍"②,作为宰相的丁谓只能靠凿池养鱼才能吃到南方鱼脍,彼时汴京水产匮乏程度可想而知。梅尧臣家蓄有能斫脍的婢女,使其家成为南方士人思念鱼脍时的集体去处。叶梦得云:

> 往时南馔未通,京师无有能斫鲙者,以为珍味。梅圣俞家有老婢,独能为之。欧阳文忠公、刘原甫诸人,每思食鲙,必提鱼往过圣俞。圣俞得鲙材,必储以速诸人。③

由此可见,保持南方饮食习惯的梅尧臣家已成为聚集南方士人群体品尝江南故味的中心力量,鱼脍成为他们倾心向往、忆念的主要饮食。庆历八年(1048),梅尧臣写下《颍上得鲤鱼为脍怀余姚谢师厚》:

> 青菱潭上老,赪尾网中鱼。买作秋盘脍,还思远客书。越斋橙熟久,楚饭稻舂初。虽去故乡远,不嫌为馔疏。④

此诗先写渔人用网捕获赪尾鲤鱼,被诗人买回家斫作鱼脍,随即想起远在余姚的谢景初,想起吴越地区正值橙子黄熟、新稻飘香时节,虽然宦游他乡,但能品味到带有故乡印记的江南鱼脍,倒也不算特别遗憾。皇祐三年(1051),梅尧臣《设脍示坐客》生动描绘了宦游北方的南人群体斫脍宴饮的欢快场面:

> 汴河西引黄河枝,黄流未冻鲤鱼肥。随钩出水卖都市,不惜百金持与归。我家少妇磨宝刀,破鳞奋鲊如欲飞。萧萧云叶落盘面,粟粟霜卜为缕衣。楚橙作齑香出屋,宾朋竞至排入扉。呼儿便索沃

---

① (唐)杨晔:《膳夫经》,清初毛氏汲古阁抄本。
② (宋)邵伯温撰,李剑雄、刘德权点校《邵氏闻见录》,中华书局,1983,第63页。
③ (宋)叶梦得撰《避暑录话》卷下,文渊阁《四库全书》本。
④ 朱东润编年校注《梅尧臣集编年校注》,上海古籍出版社,2006,第483页。

腥酒，倒肠饫腹无相讥。逡巡瓶竭上马去，意气不说西山薇。①

前四句写汴河鲤鱼丰肥，诗人不惜百金从市场买归，用笔精练而诗意盎然。后几句写家中少妇磨刀斫脍，洁白鱼片如萧萧云叶、粟粟霜卜般落于盘面，橙齑飘香屋外，宾朋竞至排入门扉，呼唤童仆索酒斟酌，吃饱喝足后跨马翩翩而去。橙子和海鲜搭配具有解腥提鲜效果，所以东南沿海制作海鲜多以橙齑为配料，如蟹类菜品的持螯供、蟹酿橙、蟹齑等皆以橙子为配料，江南鱼脍亦是以橙捣齑蘸着生吃，故梅尧臣每次写及鱼脍总不免联想到楚越橙熟，"越齑橙熟久"（《颍上得鲤鱼为脍怀余姚谢师厚》）、"玉白捣齑怜鲙美"（《食橙寄谢舍人》）、"楚橙作齑香出屋"（《设脍示坐客》）皆描摹、联想生鱼片蘸着橙齑的诱人美味。经由梅尧臣这位文化名人的设席款待与诗歌传播，鱼脍这道江南故味在北宋中后期渐臻极盛，直至明清时期才销声匿迹。②

北宋汴京的淡水鱼类既有来自京师护龙河、金明池等地的渔业水产，又有来自齐州、济州、沧州、雄州、邢州、颍州等渔业发达的北方州县的调度运送。③梅尧臣汴京所买鱼货多是产自北方河流湖泊的淡水鱼类，受赠之鱼则多源于吴越地区任职返京的朋友馈赠，连接着他对江南故味的向往追求与对江淮故乡的淡淡乡愁。庆历六年（1046），《病痁在告韩仲文赠乌贼鮝生醋酱蛤蜊酱因笔戏答》云：

  我尝为吴客，家亦有吴婢。忽惊韩夫子，来遗越乡味。与官官不识，问侬侬不记。虽然苦病痁，馋吻未能忌。④

痁病会出现畏寒、食欲不振等躯体症状，原不宜食用寒凉性质的水产品，但面对韩综馈赠的吴越家乡水产，梅尧臣已将疾病忌口抛诸脑后，馋嘴贪吃不停不歇。又如《和杨秘校得糟鲌》：

---

① 朱东润编年校注《梅尧臣集编年校注》，上海古籍出版社，2006，第577页。
② 蔡崇禧亦曾提及"文学大家描写水产食品的诗文，进一步推动食用水产的风气"，见蔡崇禧《缘何嗜腥：北宋汴京食用水产的风尚》，《中国饮食文化》2015年第1期。
③ 蔡崇禧：《缘何嗜腥：北宋汴京食用水产的风尚》，《中国饮食文化》2015年第1期。
④ 朱东润编年校注《梅尧臣集编年校注》，上海古籍出版社，2006，第352页。

第三章 题材开拓：梅尧臣诗歌的文人化与日常化

食鱼何必食河鲂，自有诗人比兴长。淮浦霜鳞更腴美，谁怜按酒敌庖羊。①

前两句出自《诗经·衡门》："衡门之下，可以栖迟。泌之洋洋，可以乐饥。岂其食鱼，必河之鲂？岂其取妻，必齐之姜？"原诗以黄河鲂鱼、鲤鱼和齐国、宋国美女比兴，意在表明甘于淡泊、安贫乐道之心，梅尧臣却将河鲂、淮鱼进行对比，突出鲜嫩肥美的淮鱼味美赛过庖羊。吴开是馈赠分享梅尧臣鱼货次数最多者，至和元年（1054）多次馈赠毛鱼、鲎酱、蟹子、早蟹、蛤蜊，还曾邀其前往家中享用白蚶、海月等海产品。至和二年又馈赠活蟹，以至梅尧臣写出"幸与陆机还往熟，每分吴味不嫌猜"（《二月十日吴正仲遗活蟹》）的感激诗句。范仲淹、刁约、江休复等人亦曾与梅尧臣分享过河豚、鱼鲊、泥鳅等鱼食，韩维、韩绛、邵考功、黄国博、吕大监、黄马二君、王学士、杜且、王安之、欧阳修等人先后馈送梅尧臣鲅鱼皮鲊、玉版鲊、鳖鱼、鳖酱、银鱼干、乌贼、车鳌、蛤蜊、鳅鱼干、达头鱼等多种鱼货。梅尧臣还主动向沿海州县官员索要海味，从"前欲淮南求海物，缄书未发报还台。陆机黄耳何时至，翳品分传事按杯"（《昨于发运马御史求海味马已归阙吴正仲忽分饷黄鱼鳖酱蟹子因成短韵》）可知梅尧臣曾想写信给马御史求其捎带海鲜，只因其已还京而作罢。可见梅尧臣对江南故味的广泛搜求得到了许多朋友的热心帮助，其南馔嗜好连接着南方士人群体的彼此情谊与宦游北方的淡淡乡愁。

"唐代饮食文化深受游牧民族和异域风情的影响，具有鲜明的'胡化'色彩，而宋代饮食文化的'胡化'色彩则大大减弱"②，正是由于梅尧臣这类宦游他乡的南人群体将他们朝思暮想的江南故味传播开来，北宋时期上流社会的饮食风尚逐渐形成，遂改变了东京士民渐成风俗的食羊习惯，减弱了北宋中期居民饮食的"胡化"色彩。北宋中后期宦游北方的南方士人日益增加，加剧了中原士人对南方食材的需求力度，"商人

---

① 朱东润编年校注《梅尧臣集编年校注》，上海古籍出版社，2006，第509页。
② 刘朴兵：《唐宋饮食文化比较研究——以中原地区为考察中心》，博士学位论文，华中师范大学，2007。

便把淮甸的虾米，南方近海的蛤蜊，蔡河流域的蚬蛤，山东、河北沿海的鲐、鲎、鲫、鲍、鳜，以及黄河沿岸的淡水鱼，运来京师货卖"①，南北饮食文化交融日益加深，苏轼"病妻起斫银丝鲙"（《杜介送鱼》）、金明池边游客"临水斫脍，以荐芳樽"②等材料表明斫脍技术已不再为少数人拥有而成为北宋后期的社会普及技艺。

三　鱼食分享与洛阳记忆

梅尧臣的鱼食体验不仅伴随着淡淡的吴越乡愁，亦凝结着与欧阳修等南方友人共同的过往记忆。天圣、明道年间，梅尧臣襄城获鲫鱼、洛阳获鳜鱼后与欧阳修分食，此后每当再获鲫鱼、鳜鱼，梅尧臣总忍不住一次次触物起情、回忆过往，洛阳诗酒风流的美好时光又浮现脑海心田。陈素贞已注意到欧、梅间的鱼食分享③，却将鲫鱼、鳜鱼事件夹混叙述，此处将两次事件予以分别梳理。

一是襄城获鲫鱼。梅尧臣襄城获鲫鱼待友人共食原诗已亡佚，从叶梦得《避暑录话》可知宋本《宛陵集》所载诗题为《买鲫鱼八九尾尚鲜活永叔许相过留以给膳》。庆历四年（1044），梅尧臣《蔡仲谋遗鲫鱼十六尾余忆在襄城时获此鱼留以迟欧阳永叔》提及此事：

> 昔尝得圆鲫，留待故人食。今君远赠之，故人大河北。欲脍无庖人，欲寄无鸟翼。放之已不活，烹煮费薪棘。④

蔡仲谋赠予梅尧臣十六条鲫鱼，使其顷刻想起与鲫鱼有关的故人往事，往年获得鲫鱼还可留享欧阳修，而今故人已在遥远河北，欲脍不能、欲寄不能，放之不活，烹之费薪，这种踌躇莫展、进退两难的满怀愁绪传达了对远方友人的深切忆念。庆历六年，水丘氏友人赠送梅尧臣西湖鲫鱼三尾，于是有了关于鲫鱼的第三首诗：

---

① 吴涛：《北宋东京的饮食生活》，《史学月刊》1994年第2期。
② （宋）孟元老撰，伊永文笺注《东京梦华录笺注》，中华书局，2006，第644页。
③ 陈素贞：《对话与分享——北宋饮食诗歌情调与意趣的转变》，《中国饮食文化》2007年第1期。
④ 朱东润编年校注《梅尧臣集编年校注》，上海古籍出版社，2006，第257页。

第三章 题材开拓：梅尧臣诗歌的文人化与日常化

> 襄城得圆鲫，留以待吾友。大梁又得之，始忆终按酒。今君复持赠，重念滁阳守。滁阳石濑中，此物岂无有。三得实嘉遗，我敢自私口。口且不争甘，事亦难利诱。①

前六句简略描写得鱼忆友的不同场景，接着将视角转向身为滁州太守的欧阳修，想象其所在滁州石濑中亦能获得鲫鱼。只是每次获得鲫鱼，自己皆不愿独自下口而想留待欧阳修，体现了梅尧臣对共经往事的欧阳修之深厚情谊。庆历八年，《斫脍怀永叔》亦因鲫鱼念及欧阳修，"但欠平生欢，共此中路食"②抒发了缺少挚友分烹共食的内心遗憾。襄城共食鲫鱼凝聚了二人初识洛阳的真挚友情，这段青年时代的欢畅记忆被梅尧臣永久珍藏于心，每次遇到相似情景总能瞬间勾起他对洛阳友人的深情追忆，反复再三吟咏不绝，以至世间流传"欧阳文忠嗜鲫鱼"③的酒筵笑话。

二是洛阳获鳜鱼。相似记忆场景还有天圣九年（1031）洛阳午桥石濑中收获一双鳜鱼之事，"修禊洛之滨，湍流得素鳞。多惭折腰吏，来作食鱼人。水发黏篙绿，溪毛映渚春。风沙暂时远，紫线忆江莼"④，此诗仅描写修禊洛水滨获得鳜鱼共食之事，并未提及事件始末及参与者姓名。皇祐元年（1049），《涡口得双鳜鱼怀永叔》对当初获鱼之事添补了更多细节：

> 春风午桥上，始迎欧阳公。我仆跪双鳜，言得石濑中。持归奉慈媪，欣咏殊未工。是时四三友，推尚以为雄。于兹十九载，存没复西东。我今淮上去，沙屿逢钓翁。因之获二尾，其色与昔同。钱将青丝绳，羹芼春畦菘。公乎广陵来，值我号苍穹。何为号苍穹，失怙哀无穷。烹煎不暇饷，泣血语孤衷。生平四海内，有始鲜能终。唯公一荣悴，不愧古人风。⑤

---

① 《水丘于西湖得活鲫鱼三尾见遗余顷在襄城获数尾时欧阳永叔方自乾德移滑台留待其至且有诗后居京师蔡仲谋者亦有以赠乃思襄时所留复有诗于今三得三咏之矣》，朱东润编年校注《梅尧臣集编年校注》，上海古籍出版社，2006，第344页。
② 朱东润编年校注《梅尧臣集编年校注》，上海古籍出版社，2006，第488页。
③ （宋）叶梦得撰《避暑录话》卷下，文渊阁《四库全书》本。
④ 《上巳日午桥石濑中得双鳜鱼》，朱东润编年校注《梅尧臣集编年校注》，上海古籍出版社，2006，第4页。
⑤ 朱东润编年校注《梅尧臣集编年校注》，上海古籍出版社，2006，第512页。

春风习习的上巳日在午桥迎来欧阳修，自家仆人从石濑中捕获两条鳜鱼，持此与慈亲、友人分享共食并各自吟咏、比竞诗艺。而今，当年意气风发的友人已或存或没，或东或西，适逢奔丧路上再获两条鳜鱼，却是伤心泣血、无暇馈饷了。嘉祐元年（1056），《许待制遗双鳜鱼因怀顷在西京于午桥石濑中得此鱼二尾是时以分饷留台谢秘监遂作诗与留守推欧阳永叔酬和今感而成篇辄以录上》云：

  昔时三月在西洛，始得午桥双鳜鱼。墨薜点衣鳞细细，红盘铺藻尾舒舒。麟台老监分烹去，莲幕佳宾唱和初。今日杨州使君赠，重思二十九年余。①

再次补充了天圣九年与谢秘监分烹的具体细节，指明参与唱和者皆是洛阳钱幕文人集团成员。一次次触景起情，一次次补充细节，让人不仅对当初共食鳜鱼之事有更鲜明、清晰的深入了解，也在时光推移中感受到梅尧臣对洛阳往事的珍惜缅怀及对世事变迁的沉重心境。

  梅尧臣丰富多彩的饮食诗开启了宋诗描写饮食题材的诗坛风尚，其茶诗丰富、及时呈现了北宋时期建茶异军突起、煎茶道向点茶道变迁的文化现象，构成茶诗书写的新变内容。其南食诗映现着为官中原的南方士人对江南故味的向往追求，以及宦游作客人生旅程中对江淮故乡的往事忆念与淡淡乡愁。天圣、明道年间梅尧臣襄城获鲫鱼、洛阳获鳜鱼且分享给欧阳修的往事被其日后诗歌反复书写，寄寓着他对那段酣畅淋漓的青春年华的深切回忆以及对欧阳修这位故交的深厚情谊。饮食诗的大量书写使梅尧臣诗歌题材扩大到了日常生活的细碎角落，促使宋诗向日常化、生活化方向前进。

第四节 梅尧臣动物诗的风雅复归与艺术开拓

  从《诗经》"关关雎鸠""交交黄鸟"起始，历代诗人就向周围动物投去注视目光，以六朝、初唐诗为代表的诗歌作品热衷于吟咏动物的悦

---

① 朱东润编年校注《梅尧臣集编年校注》，上海古籍出版社，2006，第834页。

耳声音、美丽外表，有较固定的书写主题与写作模式。及至宋代，宋人扩充题材的努力使动物诗表现范围扩大到美丑并举、巨细无遗的地步，动物诗的艺术手法、表现技巧亦随之发生明显变化。梅尧臣动物诗是唐宋动物诗题咏的转折点，集中体现了宋人动物题材的开拓创新。本节试从鸟兽虫鱼的风雅复归、丑怪动物的诗歌观照、悼鹤传统的艺术开拓、禽言诗的典范确立与隐喻体系等角度分析梅尧臣动物诗的新变之处。

一 鸟兽虫鱼的风雅复归

惯用"山川、溪谷、禽兽、草木、牝牡、雌雄"起兴的《诗经》文本蕴含动物、植物、器物等上千条名物，既能让读者"多识于鸟兽草木之名"（《论语·阳货》），亦使后世辟开名物研究之途。朱熹云："解《诗》，如抱桥柱浴水一般，终是离脱不得鸟兽草木。"① 徐鼎云："诗人比兴，类取其义，如关雎之淑女，鹿鸣之嘉宾，常棣之兄弟，茑萝之亲戚，螽斯之子孙，嘉鱼之燕乐，不辨其象，何由知物？不审其名，何由知义？"② 因此，《诗经》名物学研究历来颇为兴盛，出现了陆玑《毛诗草木鸟兽虫鱼疏》、毛晋《毛诗草木鸟兽虫鱼疏广要》、焦循《陆氏草木鸟兽虫鱼疏》等名物著作。

梅尧臣对《诗经》篇目语句的拈举化用触目皆是，对《诗经》广涉鸟兽虫鱼的创作经验亦颇多汲取。经检点，梅尧臣动物主题诗有130余首，所咏动物品种较宋前诗歌远为广泛。在创作手法上，梅尧臣诗歌多由自然界鸟兽虫鱼感发起兴、比类连通，注重发掘人、物间的连类感应并予以诗意呈现。天圣九年（1031），欧阳修已举出梅诗这种艺术特色，《七交七首·梅主簿》云：

圣俞翘楚才，乃是东南秀。玉山高岑岑，映我觉形陋。离骚喻草香，诗人识鸟兽。城中争拥鼻，欲学不能就。平日礼文贤，宁久滞奔走。③

---

① （宋）黎靖德编，王星贤点校《朱子语类》第6册，中华书局，1986，第2096页。
② （清）徐鼎：《毛诗名物图说》，清乾隆辛卯年（1771）刊本影印本，"序"第1页。
③ 李逸安点校《欧阳修全集》第3册，中华书局，2001，第716页。

此处将梅尧臣诗歌艺术特征概括为"离骚喻草香，诗人识鸟兽"，言其继承《诗经》鸟兽虫鱼、《离骚》香草美人两大象征性诗学传统，这正是对其多用鸟兽草木之名入诗、多写鸟兽虫鱼题材的艺术烛照。梅尧臣《答韩三子华韩五持国韩六玉汝见赠述诗》云：

圣人于诗言，曾不专其中。因事有所激，因物兴以通。自下而磨上，是之谓国风。雅章及颂篇，刺美亦道同。不独识鸟兽，而为文字工。屈原作离骚，自哀其志穷。愤世嫉邪意，寄在草木虫。迩来道颇丧，有作皆言空。烟云写形象，葩卉咏青红。人事极谀谄，引古称辨雄。经营唯切偶，荣利因被蒙。遂使世上人，只曰一艺充。以巧比戏弈，以声喻鸣桐。嗟嗟一何陋，甘用无言终。然古有登歌，缘辞合徽宫。辞由士大夫，不出于瞽矇。予言与时辈，难用犹笃癃。虽唱谁能听，所遇辄喑聋。诸君前有赠，爱我言过丰。君家好兄弟，响合如笙丛。虽欲一一报，强说恐非衷。聊书类顽石，不敢事磨礲。①

这首诗乃针对"烟云写形象，葩卉咏青红。人事极谀谄，引古称辨雄。经营唯切偶，荣利因被蒙"的诗坛现象而作，指出《诗经》乃"因事有所激，因物兴以通"，蕴含创作主体的刺美精神。因此，梅尧臣动物主题诗不仅描写了种类繁多的动物，亦往往在动物吟咏中寓含寄托、刺美精神。

《诗经》的鸟兽虫鱼描写主要见于十五国风，国风究竟出于民间还是文人之手历来众说纷纭。梅尧臣认为国风源于下层民间文学，经士大夫润色而成，所谓"自下而磨上，是之谓国风""然古有登歌，缘辞合徽宫。辞由士大夫，不出于瞽矇"，我们从《诗经·鸱鸮》和早期民间俗赋对鸟雀打斗题材的相似描写中亦可见十五国风的民间文学渊源。《诗经·鸱鸮》书写鸱鸮夺走弱鸟雏子后，弱鸟一边辛苦营巢，一边愤怒怨诉之事，反映了底层人民对强暴势力的满心怨恨与反抗斗争。以鸟类争斗反映社会欺凌现象也是民间俗赋书写主题，尹湾 6 号西汉晚期墓葬出

---

① 朱东润编年校注《梅尧臣集编年校注》，上海古籍出版社，2006，第 336 页。

第三章　题材开拓：梅尧臣诗歌的文人化与日常化　　155

土的《神乌赋》是一篇迥别于汉赋的早期民间俗赋，生动描写了雌乌、盗乌殊死搏斗的故事；敦煌研究者从两篇《燕子赋》表现相同主题出发推断"雀夺燕巢"是当时流传广泛、影响深远的民间传说。可见，鸟类争斗是民间文学重要题材。梅尧臣动物主题诗有许多类似描写，如《乌毁燕巢》：

　　堂间两胡燕，哺雏衔百虫。老鸦亦养子，偷雏燕巢中。燕巢忽堕地，六七皆命穷。赤身无羽翼，肠断彼雌雄。来往徒鸣声，安得置室宫。我闵楼篓藪，俄已强雨风。从今更生卵，不若受女娀。①

开篇描写一双燕子衔虫哺雏的美好生活，然而，老鸦不自筑巢却偷偷将雏儿养于燕巢，致使巢穴堕地、燕雏死亡，那双燕子只能往来鸣呼、悲伤欲绝，"从今更生卵，不若受女娀"，借典故传达对燕子命运的深切叹息。又如《雀夺燕巢生四雏》书写雀夺燕巢生下四雏之事，《普净院佛阁上孤鹘》描写普净院苍鹘残忍袭击鸦、鹊、鸲鹆等鸟类，《春鹘谣》写苍鹘窥伺巢穴致使众鸟不敢离巢觅食。这类诗歌采择与国风、俗赋类似的鸟类争斗题材，是梅尧臣力图复归风雅、比兴寄托的文学表现。

二　丑怪动物的诗歌观照

宋前诗人笔底大多描写身形美丽、富于诗意的动物，如鹤、鹿、蝉、莺、燕、雁等，创作了"蝉噪林逾静，鸟鸣山更幽"（王籍《入若邪溪诗》）、"留连戏蝶时时舞，自在娇莺恰恰啼"（杜甫《江畔独步寻花七绝句》其六）、"几处早莺争暖树，谁家新燕啄春泥"（白居易《钱唐湖春行》）等优美诗句。宋初诗坛蹈袭风气盛行，白体诗人仅王禹偁存《竹䆉》《花鹿》《青猿》等10首动物主题诗，西昆体诗人仅杨亿、刘筠、钱惟演存《馆中新蝉》《鹤》《萤》等几首动物主题诗。晚唐体诗人取材细碎狭小，对动物关注度更高，今存留者亦仅惠崇《池上鹭分赋得明字》、怀古《闻蛩》、潘阆《题思归鸟》、寇准《新蝉》《闻杜宇》《江上闻鹧鸪》等二三十首动物主题诗。从诗歌标题可知宋初诗人动物题咏

---

① 朱东润编年校注《梅尧臣集编年校注》，上海古籍出版社，2006，第792页。

亦指向少数美好动物，并未脱离六朝、唐代诗歌创作轨辙。

梅尧臣所咏动物品种较宋初诗歌远为广泛，吟咏范围不仅涉及古典诗歌经常书写的审美对象，就连蚊子、鹞子、鹘、妖鸟、蜘蛛、老鼠、虱子、乌鸦、蚯蚓、蝙蝠、跳蚤、训狐、橐驼、鹿角鱼、哭笑鸟、壁虎、乌贼、苍蝇、猪、车螯等丑怪、凶猛动物亦纳入写作视野，极大拓宽了咏物诗的表现范围，形成了梅尧臣诗歌审丑的艺术特色。他对丑怪动物的艺术观照或许源自文字技巧的刻意锻炼。邵博《邵氏闻见后录》载，"梅圣俞学诗日，欲极赋象之工，作《挑灯杖子诗》尚数十首"①，表明咏物诗是梅尧臣刻写外物、锻炼诗艺的有效途径。景祐元年（1034），梅尧臣《聚蚊》云：

日落月复昏，飞蚊稍离隙。聚空雷殷殷，舞庭烟幂幂。蛛网徒尔施，螗斧讵能磔。猛蝎亦助恶，腹毒将肆螫。不能有两翅，索索缘暗壁。贵人居大第，蛟绡围枕席。嗟尔于其中，宁夸觜如戟。忍哉傍穷困，曾未哀癃瘵。利吻竞相侵，饮血自求益。蝙蝠空翱翔，何尝为屏获。鸣蝉饱风露，亦不惭喙息。薨薨勿久恃，会有东方白。②

描摹傍晚飞蚊聚集空中雷鸣不绝，不入高门大宅叮咬贵人，却竞相侵袭穷人饮血自益，蛛网、螗斧、蝙蝠、鸣蝉皆对此束手无策，诗人只能恨恨诅咒"薨薨勿久恃，会有东方白"，期待猖獗肆虐的恶势力终被光明战胜。诗歌对蚊子穷形尽相的艺术描写借鉴了赋文的写作手法，愈加衬托出飞蚊的猖獗程度。飞蚊象征人世间邪恶势力，从而引出诗歌结尾对东方光明的殷切期待。

梅尧臣许多动物诗以前人鲜少涉及的题材为吟咏对象，体现了锻炼精工、追求新意的艺术理想，如写蝇"怒剑休追逐，疑屏漫指弹。与蚊更昼夜，共蜜上杯盘"（《蝇》），写蛙"自得君王揖，能为鼓吹声""谁解缘明月，徒夸两股轻"（《蛙》），写蚊"夜色遍容蔽，雷音亦感听。犹矜负山力，血食也沾醒"（《蚊》），准确状绘了苍蝇围绕杯盘飞

---

① （宋）邵博撰，刘德权、李剑雄点校《邵氏闻见后录》，中华书局，1983，第145页。
② 朱东润编年校注《梅尧臣集编年校注》，上海古籍出版社，2006，第61~62页。

鸣不绝、青蛙呱呱鼓吹与形状独特的两股、蚊子夜晚轰隆雷鸣与循食而入的物性特征。他还在炎夏苦热时写道："三伏已过二，炎赫应渐残。试看蜣螂虫，辛勤方转丸。"(《次韵和永叔夜闻风声有感》)，将屎壳郎推运粪球写得如此清新脱俗。描摹固原战地时写道："野獾穿废灶，妖鹏啸空营。"(《故原有战卒死而复苏来说当时事》) 想象野獾、妖鹏等丑怪动物出没战场。监永济仓时写道："貔虎肥于豢，麒麟老向槽。中州无浮饿，南土竭脂膏。黄鼠群何畏，青鸠啄且嚎。古梁生菌耳，朽堵出蛴螬。树腹悬蛇蜕，丝窠挂鸟毛。"(《永济仓书事》) 体现出观察仔细、琢物精刻的艺术特质。尽管钱锺书对这类丑怪诗歌有所批评，却不能否认其拓展诗歌题材、锻炼诗歌艺术的不懈努力。

三 悼鹤传统的艺术开拓

唐人构园风气盛行，园林豢养白鹤亦成时代风气，仙姿雪态的白鹤一朝逝去，文人雅士就以所擅诗文祭悼它们，形成较为稳定、持久的写作传统。原刻镇江焦山西麓石壁的《瘗鹤铭》就是一篇葬鹤铭文。皮日休亦写下多首悼鹤诗歌，如《华亭鹤闻之旧矣及来吴中以钱半千得一只养之殆经岁不幸为饮啄所误经夕而卒悼之不已遂继以诗南阳润卿博士浙东德师侍御毗陵魏不琢处士东吴陆鲁望秀才及厚于予者悉寄之请垂见和》：

> 池上低摧病不行，谁教仙魄反层城。阴苔尚有前朝迹，皎月新无昨夜声。菰米正残三日料，筠笼休碍九霄程。不知此恨何时尽，遇著云泉即怆情。①

前六句写仙鹤生病、逝去带给诗人空虚失落感，尾联抒发敏感多情、触物伤怀的低沉心绪。又如《悼鹤》，"莫怪朝来泪满衣，坠毛犹傍水花飞。辽东旧事今千古，却向人间葬令威"②，也是满腹伤心、饱含泪水的悼鹤作品。入宋后，悼鹤题材为少数诗人所继承，如魏野《悼鹤》抒发了"恨使我难穷"③的伤心感慨，王禹偁《罗思纯鹤毙为四韵吊之》带

---

① 《全唐诗》第 18 册，中华书局，1960，第 7089 页。
② 《全唐诗》第 18 册，中华书局，1960，第 7098 页。
③ （宋）魏野：《悼鹤》，《全宋诗》第 2 册，北京大学出版社，1998，第 929 页。

着"应得羽人尸解术,夜来何处啄灵芝"①的劝勉宽解。鹤是一种冰清玉洁、仙姿雪态的园林动物,其逝去触发诗人伤心情感亦情有可原,家畜凡禽并不具诗意美感,梅尧臣却为其逝去下笔作诗,述其死亡缘由、追其平生功绩、抒己眷恋之意,将悼鹤传统延伸至家畜凡禽,扩大了伤悼动物诗的吟咏范围。天圣九年(1031),梅尧臣《伤白鸡》叙写所养白鸡被孽狸叼伤致死之事:

> 我庭有素鸡,翎羽白如脂。日所虑狂犬,未尝忧孽狸。暝栖向檐隙,朝啄循阶基。每先乌乌鸣,不失风雨时。唯吾囷廪薄,尚汝稻粱遗。昨宵天气黑,阴物恣所窥。潜来衔搏去,但觉声音悲。开门俾驰救,已过墙东陲。呵叱不敢食,夺然留在兹。涌血被其颈,嗋呷气甚危。皓臆变丹赤,霜翅两离披。悯心欲之活,碎脑安能治。委瘗从尔命,孰忍姜桂为。犹看零落毛,荡漾随风吹。……②

前十句叙写白鸡在梅家平静的日常生活,从"昨宵天气黑"开始气氛变得紧张诡异,接着以"阴物"代替孽狸,以"窥""潜""衔""搏"等动词描写其窥伺、猎获经过,诗人闻其悲声后出门驰救,孽狸因受呵斥丢下白鸡仓皇逃跑,但此时白鸡已是涌血被颈、双翅离披、脑碎难救了。白鸡之死对常人而言不过换成一顿丰盛肉食,对诗人而言却因情感卷入倍感悯伤,最终将那只白鸡瘗葬入土。嘉祐元年(1056)梅尧臣为家猫死亡写下一首祭悼诗:

> 自有五白猫,鼠不侵我书。今朝五白死,祭与饭与鱼。送之于中河,咒尔非尔疏。昔尔啮一鼠,衔鸣绕庭除。欲使众鼠惊,意将清我庐。一从登舟来,舟中同屋居。糗粮虽其薄,免食漏窃余。此实尔有勤,有勤胜鸡猪。世人重驱驾,谓不如马驴。已矣莫复论,为尔聊郁歔。③

---

① (宋)王禹偁:《罗思纯鹤毙为四韵吊之》,《全宋诗》第2册,北京大学出版社,1998,第693页。
② 朱东润编年校注《梅尧臣集编年校注》,上海古籍出版社,2006,第5~6页。
③ 《祭猫》,朱东润编年校注《梅尧臣集编年校注》,上海古籍出版社,2006,第874页。

前六句概写五白猫使"我"远离鼠害以及"我"以饭、鱼祭悼五白猫不幸逝世，接下来回顾其居家衔鼠清庐、登舟勤劳捕鼠的平生功绩，发掘其带给人类生活的方便、恩惠。最后四句写世人只重可供驱驾的马驴而忽视家猫辛勤劳苦，从诗人的唏嘘感叹中可见其物我平等的观念与慈怀。《伤马》《哀马》是为两匹马逝去所作伤悼诗，前者述其丧马后的惆怅之情，后者述其马的来由及饲养、衰亡经过，寄寓着对两匹马的深厚感情。梅尧臣动物伤悼诗往往借具体事件引申开来，注重抒发对历史事件、人间世情的思考感叹，颇具思想深度与哲理色彩。总之，种类繁多的动物伤悼诗表明梅尧臣物我平等、仁慈爱物观念遍及家畜凡禽，亦是对唐代悼鹤诗表现内容的拓展、突破。

四 禽言诗的典范确立与隐喻体系

禽言诗是想象禽鸟鸣叫如说人类话语，具有特定人事含义、表达人类思想感情的新型诗类，它体现了"宋诗追求深广新变之特色"，"蔚为宋诗传承与开拓之典型"[①]。中晚唐、宋初诗歌已透露禽言诗诞生信号。如"唤起窗全曙，催归日未西"（韩愈《游城南十六首·赠同游》）稳妥嵌入"唤起""催归"两种具有人语意义的鸟叫声，"厌听秋猿催下泪，喜闻春鸟劝提壶"（白居易《早春闻提壶鸟因题邻家》）以提壶鸟鸣寓意人间提壶沽酒、纵情享乐之事。再如"高枝枝上鸟，终日叫思归"（潘阆《题思归鸟》）、"迁客由来长合醉，不烦幽鸟道提壶"（王禹偁《初入山闻提壶鸟》）、"提壶催我醉，戴胜劝人耕"（王禹偁《春游南静川》）皆是散见诸集的宋代禽言诗。这类诗句仅简笔提及禽鸟鸣声而未做深入文学想象与语言描写，唯元稹《思归乐》、白居易《和思归乐》题咏稍详尽。元稹《思归乐》云："山中思归乐，尽作思归鸣。尔是此山鸟，安得失乡名。应缘此山路，自古离人征。阴愁感和气，俾尔从此生。"[②] 诗人听到山鸟鸣声，疑惑其未曾远行何故啼叫"思归"，随即忖度应是离人经过山路时忧愁所感。白居易《和思归乐》云："我

[①] 张高评：《宋诗之传承与开拓——以翻案诗、禽言诗、诗中有画为例》，（台北）文史哲出版社，1990，第3页。

[②] 冀勤点校《元稹集》，中华书局，2010，第1页。

谓此山鸟，本不因人生。人心自怀土，想作思归鸣。"① 指出山鸟鸣叫"思归"乃人心怀归移情鸟类，道出了禽言诗借禽鸟鸣声表达人类感情的本质特征。这类诗歌已是名副其实的禽言诗，但直到梅尧臣才将其作为诗歌类型正式定名，《禽言四首》亦成为后世禽言诗的写作范型。

  不如归去，春山云暮。万木分参云，蜀天分何处。人言有翼可归飞，安用空啼向高树。（《子规》）
  提壶芦，沽美酒。风为宾，树为友。山花缭乱目前开，劝尔今朝千万寿。（《提壶》）
  婆饼焦，儿不食。尔父向何之，尔母山头化为石。山头化石可奈何，遂作微禽啼不息。（《山鸟》）
  泥滑滑，苦竹冈。雨萧萧，马上郎。马蹄凌兢雨又急，此鸟为君应断肠。（《竹鸡》）②

四诗开篇皆以禽言起兴，接着运用拟人、赋比兴手法对禽言含义展开联想、构思情节。为思归鸟营设春山云暮、万木参天、蜀地遥远，人言有翼可归飞而不必空啼向树的诗歌情境；为提壶鸟创造以风为宾、以树为友，山花烂漫、沽酒劝寿的诗歌氛围；为婆饼焦添设儿母望夫化为山头石，儿变微禽啼声不息的凄凉故事；为泥滑滑构设郎骑马于风雨潇潇的苦竹冈凌兢前行的诗歌意境。诗歌语言具有口语化倾向，兼具生活性、浪漫性和趣味性，"鸟语—人言"结构模式基本成形。

  从景祐四年（1037）梅尧臣创作禽言诗开始，该题材写作迅速进入高潮，禽言诗在宋代多至二三百首，历经元、明、清至近代兴盛不衰。考察历代作品可知梅尧臣为后世禽言诗树立了基本隐喻体系。

  一是提壶鸟与沽酒祝寿、及时行乐构成比较固定的隐喻关系，自梅尧臣将提壶鸟与沽酒联系起来并想象其沽酒是为"劝尔今朝千万寿"始，后世诗人将提壶、劝寿联系之诗多有，如朱熹咏提壶鸟云"提壶芦，沽美酒，春风浩荡吹花柳。不用沙头双玉瓶，鸟歌蝶舞为君寿"③，戴昺

---

① 谢思炜撰《白居易诗集校注》，中华书局，2006，第 214 页。
② 朱东润编年校注《梅尧臣集编年校注》，上海古籍出版社，2006，第 103 页。
③ 《五禽言和王仲衡尚书》，郭齐笺注《朱熹诗词编年笺注》，巴蜀书社，2000，第 736 页。

"提葫芦，沽美酒，人世光阴春电走。一日得醉一日闲，绿鬓几曾俱白首。沽酒沽酒有酒沽，生前不饮真愚夫"①、黎廷瑞"提壶卢，沽美酒，烹肥羜，剪新韭。琵琶胡姬玉纤手，清歌袅袅莺啭柳，尊前劝我千万寿"②等诗皆表达沽酒祝寿、及时行乐思想，体现了对梅诗语言、主旨的双重模袭。

二是泥滑滑与行旅艰难构成相对固定的隐喻关系，《泥滑滑》（《竹鸡》）是梅尧臣禽言诗经典作品，他曾述欧阳修欣赏此诗，"我昔曾有禽言诗，粗究一二啼嚎情。苦竹冈头泥滑滑，君时最赏趣向精"（《和欧阳永叔啼鸟十八韵》），胡仔称"梅圣俞《禽言诗》，如'泥滑滑''苦竹岗'之句，皆善造语者也"③，翁方纲称其"神韵佳"④，神韵佳处正在该诗描绘风雨泥泞中马上情郎去见心上人场景，道边禽鸟叫声侧面烘托出情郎内心的焦虑不堪。此后，姚勉"黄梅蒸雨已几时，路泥活活没马蹄。前山咫尺似千里，十步九跌行人疲"⑤、薛季宣"泥滑滑，山冈路。一步一踌躇，行前复回顾。如膏兮小雨，胶胶兮薄土。失足无多来往人，扑落洪崖不堪数。战兢驱驴行不前，苦是昏黄无逆旅"⑥等诗皆致力于表达道路泥泞、不堪行走之景，虽承袭梅尧臣禽言诗道路艰难的创作主旨，却因失落爱情元素而显情韵不足。

后世禽言诗内容、艺术方面也有变化，主要表现在以下几个方面。

首先，梅尧臣禽言诗偏重风神情韵的艺术表现，后世禽言诗多偏离艺术特质而关注实际内容，注重展现底层农民的艰辛生活、官府赋税的沉重压力。杨维桢云："禽言无出梅都官之作，予犹惜其句律佳而无风劝之意。故予制《五禽言》，言若拙而意颇关风劝焉。"⑦苏轼禽言诗的风劝之旨已很明显，如《五禽言五首并叙》其二：

---

① （宋）戴昺：《五禽言》，《全宋诗》第59册，北京大学出版社，1999，第36973页。
② （宋）黎廷瑞：《禽言四首》，《鄱阳五家集》卷3，文渊阁《四库全书》本。
③ （宋）胡仔纂集，廖德明校点《苕溪渔隐丛话·前集》卷27，人民文学出版社，1962，第188页。
④ （清）翁方纲著，陈迩冬校点《石洲诗话》，人民文学出版社，1981，第178页。
⑤ （宋）姚勉：《禽言十咏》，《全宋诗》第64册，北京大学出版社，1998，第40519页。
⑥ （宋）薛季宣：《九禽言》，《全宋诗》第46册，北京大学出版社，1998，第28724页。
⑦ （元）杨维桢：《五禽言》，《全元诗》第39册，中华书局，2013，第59页。

昨夜南山雨，西溪不可渡。溪边布谷儿，劝我脱破裤。不辞脱裤溪水寒，水中照见催租瘢。

布谷鸟鸣极像"脱却破裤"，苏轼由其鸣啼构想一个夜雨涨溪、不可渡河场景，溪边布谷声声啼劝行人脱却破裤，脱却破裤固可渡过寒溪，溪水却如镜子照见催租留在农人身上的瘢痕，巧妙表达了对底层农民饱受压迫的同情。后世诗人常对"脱却破裤"作催租引申，如戴昺《五禽言》其四、刘克庄《禽言九首·脱布裤》、薛季宣《九禽言》其三等诗皆是对农民贫穷到骨生活的精刻描述，反映了底层人民艰辛困难、备受摧磨的日常生活。

其次，后世禽言诗增添议论、说理成分，更富理趣。梅尧臣"人言有翼可归飞，安用空啼向高树"已寓含对空喊口号而无实际行动之人的辛辣讽刺，但这类禽言诗比较稀少，后世禽言诗增添更多议论、哲理成分，如刘克庄《禽言九首·杜鹃》，"门前客劝不如住，树头鸟劝不如去。廷尉重来客又集，丞相欲去门人泣。客误主人固不少，哀哉人有不如鸟"①，通过客人、鸟儿劝主人"不如住""不如去"的对比，突出客人以人情留主而耽误主人，传达被客人缠缚掣肘、难以摆脱的无奈心情。又如姚勉《禽言十咏·郭公》，"郭公古时亡国余，姓名尚挂春秋书。问其故国何丘墟，知善不用恶不除。今人皆知笑亡郭，胸中亦自镜善恶。不知山高正呼君，身是郭公犹未觉"②，《春秋》记载郭公"知善不用恶不除"而招来亡国之祸的故事，后世徒知笑话郭公却如郭公一样处理善恶问题，寓含着"不识庐山真面目，只缘身在此山中"般的人间哲理。此外，姚勉"多能不如止一得，多言不如止一默"（《禽言十咏·百舌》）、赵孟坚"笃笃笃，此声尚且聒人耳，人之多言宁不渎"（《二禽言戏赠难弟·笃笃笃》）等诗皆表达了对口舌是非的深深厌倦。

最后，宋人推陈出新的创造个性增扩了禽言诗题材范围。梅尧臣禽言诗仅涉及子规、提壶鸟、婆饼焦、泥滑滑等几种鸟类，算是一种小范围尝试。后世题材范围有所扩大。其一，吟咏、表现新型鸟类，以苏轼、

---

① 辛更儒校注《刘克庄集笺校》第4册，中华书局，2011，第1363页。
② （宋）姚勉：《禽言十咏》，《全宋诗》第64册，北京大学出版社，1998，第40519页。

陆游禽言诗创作最突出。苏轼《五禽言五首并叙》分咏蕲州鬼、布谷、麦饭熟、力作、姑恶，陆游《禽言四首》分咏架犁、拔笋、打麦作饭、堂前捉绩子，此皆梅尧臣禽言诗未涉及的全新鸟类，反映了苏轼、陆游刻意突破禽言诗创作范围的主观意图。其二，禽言组诗规模扩大乃至出现九首、十首组诗形制。刘克庄《禽言九首》、姚勉《禽言十咏》、薛季宣《九禽言》等皆是较大规模的禽言组诗，反映了后代诗人试图容纳更多鸟类的创作意图，是对梅尧臣禽言诗歌题材范围的突破尝试。

  以上从鸟兽虫鱼的风雅复归、丑怪动物的诗歌观照、悼鹤传统的艺术开拓、禽言诗的典范确立与隐喻体系等角度分析了梅尧臣动物诗新变之处。鸟兽虫鱼成为梅尧臣诗歌的书写对象，所咏动物品种较宋前诗歌远为丰富，比兴寄托、引譬连类亦多效仿《诗经》。宋前诗人描写的动物皆身形优美、富于诗意，梅尧臣则将丑怪、凶猛动物纳入写作视野，极大地开拓了咏物诗表现范围。梅尧臣种类繁多的动物伤悼诗是对唐代以降悼鹤传统的题材突破，表明其物我平等、仁慈爱物观念遍及家畜凡禽。梅尧臣《禽言四首》奠定了禽言诗写作的基本范型，为后世创作树立了基本隐喻体系。

  宋代文人通常都是多面一体的复合型人才，他们养成了足以区隔社会阶层的文人趣味。当他们写作诗歌时，平日谙熟、把玩的文人物件不可避免进入笔底，成为诗歌书写的内容对象，使其诗歌沾染上文人化、雅致化的艺术趣味。宋代是华夏文明"造极"的时代，饮食文化、宠物文化等世俗文明日渐兴起，宋代诗人在享受物质文明的同时，也对这类新兴题材予以歌咏书写，又使其诗歌沾满俗世烟火气，呈现日常化的写作趋势。梅尧臣题画诗、金石文玩诗、饮食诗、动物诗在题材方面的开拓分别展现了文人化、日常化两重宋诗进路，接续了中唐后发展趋势并向前迈进了一大步，为北宋后期苏轼、黄庭坚等人诗歌所继承、发扬，逐渐生发出不同于唐诗的宋诗审美范式。

第四章　何以开山：梅尧臣诗歌的艺术特色

宋诗"开山祖师"是世人对梅尧臣的共同评价，刘克庄云"本朝诗，惟宛陵为开山祖师。宛陵出，然后桑濮之淫哇稍息，风雅之气脉复续"①，龚啸称其"去浮靡之习，超然于昆体极弊之际；存古淡之道，卓然于诸大家未起之先"②。从唐宋诗歌嬗变视角来看，梅尧臣处于宋诗从唐诗嬗变、分化出来的转变节点，其诗歌艺术较唐代、宋初诗歌发生了明显变化，主要表现为叙事性的增强、哲理性的开拓、学问化的凸显、老境美的总体风格，这种异于唐诗审美趣味的艺术表现具有拓开宋诗新路、初奠宋诗乾坤的艺术功绩，逐渐被苏轼、黄庭坚等代表性宋诗创作者吸收、发扬，演化为独具一格的宋调风貌。本章主要从以上四个角度出发，从文学本体层面深入阐释梅尧臣作为宋诗"开山祖师"的开山之功。

第一节　梅尧臣诗歌的叙事性色彩

在中国古典诗歌史上，抒情传统几乎成为人们的普遍共识，"诗缘情"（陆机《文赋》）、"诗言志"（《尚书·舜典》）就是他们对诗歌本质、功能的认知和述说，即认为诗歌主要用来表达内心情感和志趣意向，这实际上是一种"表现"而非"再现"的观点。然而，在诗坛主流话语之下，也从来不乏对诗歌叙事功能的指认声音。清人毛先舒云，"诗言情写景叙事，收拢拓开，点题掉尾，俱是要格"③，方东树云，"大约不过叙耳、议耳、写耳"④，即认为言情、写景、叙事、议论皆为诗歌重要表

---

① （宋）刘克庄撰，王秀梅点校《后村诗话·前集》，中华书局，1983，第 22 页。
② （宋）梅尧臣：《宛陵先生文集·附录》（明正统四年刻本），《宋集珍本丛刊》第 4 册，线装书局，2004，第 157 页。
③ （清）毛先舒：《诗辨坻》，郭绍虞编选，富寿荪校点《清诗话续编》第 1 册，上海古籍出版社，1983，第 74 页。
④ （清）方东树著，汪绍楹校点《昭昧詹言》，人民文学出版社，1961，第 234 页。

现手法。相较而言，梅尧臣诗歌侧重点在于再现客观真实的现实生活而不是浪漫恣意地改造客观对象、抒发内在情感，因此，其诗歌往往着意刻写、记叙外在种种事件，其叙事性特征在唐宋诗歌中都是非常突出的。前人对梅尧臣诗歌叙事性亦有涉及，周剑之《宋诗叙事性研究》指出梅尧臣传奇志异诗尤为突出地体现了叙事性，深入分析了《花娘歌》《一日曲》《桓妒妻》《寪寐谣》等传奇志异色彩浓厚的诗歌的叙事性特征。① 韩维娜《梅尧臣叙事诗研究》归纳梅尧臣叙事诗的叙事体制为寓言体叙事诗、纪梦体叙事诗、日记体叙事诗，总结出全知视角、旁观者视角、回顾性视角等多重叙事视角。② 杜佳悦《梅尧臣叙事诗研究》从梅尧臣叙事诗中提炼出政治民生、交游往来、宴饮娱乐、纪游纪行、日常琐事等叙事内容，探讨了梅尧臣诗歌制题方式的转变、"事"的中心地位凸显、起承转合的艺术安排、叙事"笔法"的巧妙运用等叙事艺术。③ 综合来看，周剑之对梅尧臣叙事诗的选择视野较为狭窄，韩维娜、杜佳悦的论述缺乏对梅尧臣诗歌如何运用艺术技巧展现叙事性的深入烛照。因此，本节试图从长题、序言的外在形态，对话、引语的内容穿插，代书诗体裁的选择取用，今昔对比的谋篇布局方式等研究视角切入，详细分析梅尧臣诗歌何以具有如此明显的叙事性特色。

一 长题与序言：叙事性的外在形态

诗题和序言作为诗歌外在形态，在不同文学阶段呈现各异样态和时代风格，反映了古典文学不同时期的审美意识。严羽称"唐人命题，言语亦自不同。杂古人之集而观之，不必见诗，望其题引而知其为唐人今人矣"④，王士禛云"予尝谓古人诗，且未论时代，但开卷看其题目，即可望而知之；今人诗且未论雅俗，但开卷看其题目，即可望而辩之"⑤，即是对古今诗人不同制题言语、风格的印象式体察。关于诗歌制题的美学要求，元代辛文房指出："立题乃诗家切要，贵在卓绝清新，言简而意

---

① 周剑之：《宋诗叙事性研究》，中国社会科学出版社，2013，第171~175页。
② 韩维娜：《梅尧臣叙事诗研究》，硕士学位论文，辽宁师范大学，2016。
③ 杜佳悦《梅尧臣叙事诗研究》，硕士学位论文，沈阳师范大学，2017。
④ （宋）严羽著，郭绍虞校释《沧浪诗话校释》，人民文学出版社，1983，第146页。
⑤ （清）王士禛著，张宗柟纂集，夏闳校点《带经堂诗话》，人民文学出版社，1963，第761页。

足，句之所到，题必尽之，中无失节，外无余语。"① 提出关于制题"卓绝清新，言简而意足"的艺术规范和审美标准。这类审美范式大体指向"奇崛精当，冠绝古今"的沈、谢诸公与"熟思之皆有意味"②的唐人。然而，"诗到元和体变新"③，诗题制作在元和时期也不再"卓绝清新，言简而意足"，体兼诗序、貌类散文的诗序化长题在元稹、白居易等人诗集中喷涌呈现，白居易诗题超过 100 字者多达 4 首，最长诗题竟达 254 字。降及宋代，长题制作成为文学创作的普遍现象，宋诗"开山祖师"梅尧臣更是长题制作的代表。据笔者统计，梅诗 10 字以上长题多达 353 首，40~50 字长题 9 首，50~70 字长题 7 首，还有 2 首 70 字以上长题。这类长题大多采用叙事方式阐释创作宗旨、创作背景、创作缘由、诗歌主题、歌咏对象、诗歌体制和形态特点，以及标明作诗场合、对象，对读者了解诗意、迅速进入诗歌情境起着类似导言、引语、序言的作用。

　　梅尧臣诗题往往以叙事笔法交代该诗创作缘由、创作背景，如《达观禅师昙颖住隐静兰若或言自此猕猴散走不来颖尝晒曰吾知是山枇杷为多始至也未实故其去将实也必群集后果然颖恶乎俗之好异恐传以为人惑欲予咏而播之》，长达 69 字的标题清晰呈现了昙颖受到周围议论及为此做出的解释，以及邀请梅尧臣题诗传颂以正视听的诗歌本事。诗歌正文为："隐静山中寺，猕猴往往过。导师归以去，卢橘熟还多。禅地宁求悌，居人切莫讹。未尝嫌此物，任挂古松柯。"④ 其中，"导师归以去，卢橘熟还多"是对昙颖解释话语的诗性概括，但这联压缩性极强、跳跃性极大的诗句难免使读者疑窦丛生、不得要领，因此，梅尧臣便安排了一段长度足够、叙事分明的诗题为读者释疑解惑，让读者清楚此诗背后的写作缘由和传播目的，避免了将其植入诗歌正文带来的繁芜、累赘。又如《汝南江邻几云郾南并淮浮光山有张隐居种松桧于其上养母甚孝时有猛兽驯庭中又郡西麻田山土沃泉美久不垦有刘叟者辟而居之近董氏黄

---

① 傅璇琮主编《唐才子传校笺》，中华书局，1987，第 586 页。
② （清）陈仅：《竹林答问》，郭绍虞编选，富寿荪校点《清诗话续编》第 4 册，上海古籍出版社，1983，第 2263 页。
③ （唐）白居易：《余思未尽加为六韵重寄微之》，谢思炜撰《白居易诗集校注》，中华书局，2006，第 1801 页。
④ 朱东润编年校注《梅尧臣集编年校注》，上海古籍出版社，2006，第 520 页。

氏欲买土为邻故江有慕之之作予辄次其韵》①诗歌正文"峨峨淮山上""麻田异麻源"所记淮山、麻田于诗题皆有准确地理定位，分别是淮浮光山、郡西，这就明确点出了两位隐士的居所。诗歌正文并未提及两位隐士姓名与诗人从何处得知其事，皆赖诗题详细清晰的补充叙述。正因诗题写明江休复有羡慕隐士之作，才引出正文"愿君且勉职，圣世未易暌"的殷殷劝勉。如果没有标题详尽叙述此事本末，仅从诗歌文本阅读所得则难免令人无从得知末句劝勉之由。

梅尧臣诗题的叙事性在纪梦诗中表现最突出。纪梦诗具有传奇记异的文学特质，倘若不加阐释径直书写，读者可能无法理解其荒幻离奇、怪诞不经的诗歌内容。但若将阐释任务交给诗歌正文，则会内容枝蔓杂多、游离主旨。因此，交代诗歌内容源于梦境、部分诗句得自梦中就成为纪梦诗诗题的重要内容。梅尧臣"一生憔悴为诗忙"②，创作了数量颇多的纪梦诗。如《河阳秋夕梦与永叔游嵩避雨于峻极院赋诗及觉犹能忆记俄而仆夫自洛来云永叔诸君陪希深祠岳因足成短韵》：

夕寝北窗下，青山梦与寻。相欢不异昔，胜事却疑今。风雨幽林静，云烟古寺深。揽衣方有感，还喜问来音。③

"风雨幽林静，云烟古寺深"是梦中所觅之句，此联决定了只能采取五言形式结构全篇。诗人最终采用形制短小的五律体式，40字的短小篇幅当然难以具体交代叙事缘起。"青山梦与寻"虽告知读者这是做梦，但梦见哪座"青山"，与寻同人是谁，诗歌本身皆未告及，这就有待诗题叙述创作缘由、过程。此诗标题清楚叙述梦见与欧阳修游玩嵩山、避雨峻极院事件始末，带领读者迅速进入诗歌创作情境。类似纪梦诗还有：

丙戌五月二十二日昼寝，梦亡妻谢氏同在江上早行，忽逢岸次大山，遂往游陟。予赋百余言述所睹物状。及寤，尚记句有"共登

---

① 朱东润编年校注《梅尧臣集编年校注》，上海古籍出版社，2006，第353页。
② 《依韵和春日见示》，朱东润编年校注《梅尧臣集编年校注》，上海古籍出版社，2006，第843页。
③ 朱东润编年校注《梅尧臣集编年校注》，上海古籍出版社，2006，第36页。

云母山，不得同宫处"，仿像梦中意，续以成篇。①

　　至和元年四月二十日夜，梦蔡紫微君谟同在阁下食樱桃。蔡云："与君及此再食矣。"梦中感而有赋，觉而录之。②

　　五月十七日四鼓，梦与孺人在宫庭谢恩。至尊令小黄门宣谕曰："今日社，与卿喜此佳辰，便可作诗进来。"枕上口占。③

第一首诗以"昼梦与予行，早发江上渚"开篇，并未交代"与予行"者为谁，看过诗题才知此梦所记乃与亡妻谢氏同游之事。诗题仿佛一篇言简意赅的小品文，记叙了"早行—逢山—游陟—作诗—睡醒—足篇"的成诗过程。第二、三首诗诗题皆记叙了梦中出现的人物行为、对话，使梦中场景显得真实动人，如在目前。总之，梅尧臣以这类叙事性诗题记录梦中情境，凸显诗歌创作的灵感来源、成诗经过，读者通过阅读诗题亦可知诗歌源于梦境而不会误指为真实之事。现实、梦境于此各自退让，彼此皆获得适当驰骋空间，不至混杂不清、枝蔓盘绕。这类纪梦诗大多标有"丙戌五月二十二日昼寝""至和元年四月二十日夜""五月十七日四鼓"等记载具体时间、昼寝还是夜寝的特定词语，亦反映了梅尧臣以诗存史以备他日检阅、读者阅读的自觉意识。

　　长题之外，部分诗序、自注也充分发挥了叙事功能。据笔者统计，附有诗序的梅诗篇目共14篇（组），分别为《庙子湾辞》《观水》《田家语》《望仙亭》《金山寺》《任廷平归京》《龙箕一首》《放鹊》《冯子都诗》《逢羊》《重送杨明叔》《登泰山日观峰》《桃花源诗》《和永叔六篇》。除《和永叔六篇》诗序为组诗诗序之外，其余均为单篇诗歌诗序。细绎可知，这类诗序多用于替代诗歌长题具体交代本事始末，对读者理解诗意帮助良多，又无长题不适他人称引、不便读者阅读的形式弊端。如《放鹊》序云："乌鹊啄豆于槽，圉夫患之，以机得鹊，其群噪如救，

---

① 朱东润编年校注《梅尧臣集编年校注》，上海古籍出版社，2006，第349页。
② 朱东润编年校注《梅尧臣集编年校注》，上海古籍出版社，2006，第730页。
③ 朱东润编年校注《梅尧臣集编年校注》，上海古籍出版社，2006，第790页。

第四章 何以开山：梅尧臣诗歌的艺术特色

为下上突掠甚急，知不可脱，声盖哀。予闵之，命释缚放去，因为之辞。"①这则小序记叙"乌鹊啄豆—圈夫捕鹊—鹊群噪救—予闵释缚"的故事，言辞简约而叙事完整，为诗歌正文抒情、议论做了事实材料的铺垫准备，使读者清晰获知诗歌内容而不至云里雾里。又如《逢羊》写"予"晨过北郭，遇老羝"卬然""伟腯"而为群羊所趋，及至屠宰时，群羊皆死而老羝岿然独存的故事，为后文抒发"狡诱以全躯，角尾徒为老"的议论提供事实依据。②再如《登泰山日观峰》小序记叙梦中吟诵韦应物《日观峰诗》，醒觉之后检阅韦集发现无此题，遂续补梦中首句衍成诗篇。③这篇小序与纪梦诗诗题作用近似，创作缘起在小序中交代得很明白。有些小序近似一篇优美散文，如《金山寺》序云：

> 昔尝闻谢紫微言金山之胜，峰壑攒水上，秀拔殊众山，环以台殿，高下随势，向使善工摹画，不能尽其美。初恨未游，赴官吴兴，船次瓜洲，值海汐冬落，孤港未通，独行江际，始见故所闻金山者，与谢公之说无异也。因借小舟以往，乃陟回阁，上上方，历绝顶以问山阿，危亭曲轩，穷极山水之趣，一草一木，虽未萼发，而或青或凋，皆森植可爱。东小峰谓之鹘山，有海鹘雄雌栖其上，每岁生雏，羽翮既成，与之纵飞，迷而后返，有年矣。恶禽猛鸷不敢来兹以搏鱼鸟，其亦不取近山之物以为食，可义也夫。薄暮返舟，寺僧乞诗，强为之句以应其请，偶然而来，不得仿佛，敢与前贤名迹耶。④

这段200余字的散文记叙往日从谢绛处听闻"金山之胜"，此次赴官途中停船瓜洲时借小舟前往金山寺所见风景，以及黄昏返舟前被寺僧乞诗、遂为此诗的游览经历。序文中两段风景描写极为出色，先简后繁地书写金山寺秀拔绝美的山水之趣，完全可视为一篇颇具艺术性的山水游记。这首五律序文分量反在正文之上，艺术性亦可平分秋色。总之，梅尧臣这类诗序以散文化语言记叙诗歌创作缘起，给诗歌正文议论、抒情提供

---

① 朱东润编年校注《梅尧臣集编年校注》，上海古籍出版社，2006，第525页。
② 朱东润编年校注《梅尧臣集编年校注》，上海古籍出版社，2006，第678页。
③ 朱东润编年校注《梅尧臣集编年校注》，上海古籍出版社，2006，第707页。
④ 朱东润编年校注《梅尧臣集编年校注》，上海古籍出版社，2006，第191页。

了清晰明确的背景材料，有助于读者深入理解诗歌内容和意义。

二　引语与对话：叙事性的内容穿插

如果说长题、序言是梅尧臣诗歌叙事性的外在表征，从外形轮廓给人叙事性很强的视觉印象，那么，引语、对话的大量运用则以叙述方式穿插、填充了梅尧臣诗歌内容。在这方面，梅尧臣诗歌应当借鉴了叙事艺术发达的汉乐府、杜甫、白居易诗歌的写作经验。

《古诗为焦仲卿妻作》是通篇运用对话的叙事诗佳作，先是刘兰芝对焦仲卿诉说焦母苛刻挑剔，"妾不堪驱使，徒留无所施，便可白公姥，及时相遣归"，随即焦仲卿上堂启母"女行无偏斜，何意致不厚"，接着是焦母对刘兰芝"此妇无礼节，举动自专由"的气愤指责。随后的故事情节如焦仲卿母子冲突、夫妻离别，刘兰芝母女会面、兄妹对答皆充满人物对话。[①] 可以说，《古诗为焦仲卿妻作》正是通过人物对话展现各自性格、推动故事情节发展的，"淋淋漓漓，反反覆覆，杂述十数人口中语，而各肖其声音面目，岂非化工之笔"[②]。此外如《上山采蘼芜》《陌上桑》等汉乐府皆是运用对话的叙事诗佳例。

杜甫创作了大量"即事名篇，无复倚傍"[③] 的乐府歌行，如"三吏"、"三别"[④]、《兵车行》、《丽人行》、《哀江头》、《悲陈陶》，"中唐的新乐府运动，正是由杜甫直接开导的"[⑤]。"借问新安吏，县小更无丁。府帖昨夜下，次选中男行。中男绝短小，何以守王城"[⑥] "听妇前致词，三男邺城戍。一男附书至，二男新战死。存者且偷生，死者长已矣。室中更无人，惟有乳下孙"[⑦]，分别以"问""致词"等标志词将叙述视角从第三人称的客位视角切换到叙述者的主体视角，领起下文对话和引语。

---

① 参见逯钦立辑校《先秦汉魏晋南北朝诗》，中华书局，1983，第283~286页。
② （清）沈德潜撰《古诗源》，中华书局，1963，第87页。
③ （唐）元稹：《乐府古题序》，冀勤点校《元稹集》，中华书局，2010，第292页。
④ 对于杜甫的"三吏""三别"是否算作新题乐府，学界存在争议。此处将"三吏""三别"归入新题乐府，所依据的是葛晓音《论杜甫的新题乐府》（《社会科学战线》1996年第1期）。
⑤ 游国恩等主编《中国文学史》(2)，人民文学出版社，2004，第117页。
⑥ （唐）杜甫：《新安吏》，（清）仇兆鳌注《杜诗详注》，中华书局，1979，第523页。
⑦ （唐）杜甫：《石壕吏》，（清）仇兆鳌注《杜诗详注》，中华书局，1979，第529页。

第四章 何以开山：梅尧臣诗歌的艺术特色

这类"自立新题，自创己格，自叙时事"①"用新题纪时事"② 的新题乐府普遍善于运用对话、引语，以叙述者的自我陈述凸显社会现实的悲惨和残酷。白居易乐府歌行也善用引语、对话形式，如《琵琶引》"自言本是京城女，家在虾蟆陵下住。十三学得琵琶成，名属教坊第一部。……去来江口守空船，绕船月明江水寒。夜深忽梦少年事，梦啼妆泪红阑干"③，这段话大量引述琵琶女自诉当年貌美如花、欢笑度日，如今年老色衰、独守空船之事，这些诉说不仅是其弹奏声"弦弦掩抑声声思，似诉平生不得志"的现实缘由，亦是白居易"同是天涯沦落人，相逢何必曾相识"的感触机缘。通过这段引语，诗人将琵琶女与自己关联起来，共同置放于"枫叶荻花秋瑟瑟"的浔阳江头月夜下，使整首诗充满浓浓的忧郁、凄伤。

乐府歌行之外，杜甫、白居易古体诗歌亦偶有运用引语、对话形式者，如"问我来何方……主称会面难"④"因思赠时语，特用结终始。永愿如履綦，双行复双止"⑤，这类诗歌多用"问""称""言""致词""语"等标志词将叙事视角进行转换，并引领后面对话、引语等叙事话语。但注重营造意象、情景交融的唐诗尤其是近体诗鲜少大规模采用对话形式，故贾岛写下"松下问童子，言师采药去。只在此山中，云深不知处"（《寻隐者不遇》），尽管后三句字面皆是童子对诗人的回答，学者们却认为是贾岛为描写山林幽深的虚设对话，"设为童子之言，以状山居之幽"⑥"设为童子之言，以答寻问之意，不必实有此事"⑦，从中亦可见引语、对话并非唐诗的主流表现形式。

乐府诗具有"感于哀乐，缘事而发"⑧ 的优良传统和现实精神，故其结撰篇幅多以"事"或"人"为中心，注重故事情节、人物形象的摹

---

① （明）许学夷著，杜维沫校点《诗源辨体》，人民文学出版社，1987，第209页。
② （清）施润章：《蠖斋诗话》，（清）王夫之等撰《清诗话》，上海古籍出版社，1978，第406页。
③ 谢思炜撰《白居易诗集校注》，中华书局，2006，第961页。
④ （唐）杜甫：《赠卫八处士》，（清）仇兆鳌注《杜诗详注》，中华书局，1979，第512~513页。
⑤ （唐）白居易：《感情》，谢思炜撰《白居易诗集校注》，中华书局，2006，第831页。
⑥ 陈伯海主编《唐诗汇评》，上海古籍出版社，2015，第3946页。
⑦ 陈伯海主编《唐诗汇评》，上海古籍出版社，2015，第3947页。
⑧ 《汉书·艺文志》，中华书局，1962，第1756页。

勒勾画，往往叙事完整、故事性强。运用对话、引语可以生动、鲜明地突出人物性格、形象，推动故事情节起伏变动，起到更加引人入胜的阅读效果。因此，对话、引语的运用亦可称为乐府诗叙事艺术的"当行本色"，以至徐祯卿云"乐府往往叙事，故与诗殊"①。

梅尧臣《花娘歌》《寤寐谣》《秋雨篇》等自拟题目的乐府歌行叙事性极强，运用了很多对话、引语形式。《花娘歌》前六句写花娘能歌善舞、美丽动人，中间写前岁、去春以来与花娘逐渐接触、亲近、欢娱，后来由于诗人别寻"芳卉"，花娘心中怨念，所谓"爱极情专易得猜"。官私人员乘衅逼迫诗人离开湖州，正当乘舸离去之际，"忽逢小史向城来"，却是花娘寄信过来："愿郎日日致青云，妾已长甘在泥滓。更悲恩意不得终，世事难凭何若此。"② 这段话是花娘衷心泣诉，但愿心爱之人离去后青云直上、步步高升，身在贱籍的自己已无脱籍希望，所悲的是，世事难凭难料，此前深厚的恩情欢娱却未有美好结局。以花娘口吻将此事推向故事高潮，带给诗人和读者"天地无穷恨无已"的无限遗憾。《秋雨篇》写由于秋雨连昏接晨淋漓不休，满地泥潦，梅尧臣夜梦神官并向他发问："后稷今在帝所不？从前后稷知稼穑，曾以筋力亲田畴。盍不告帝且辍泣，九谷正熟容其收。早时不泣此时泣，忧民欲活反扼喉。""神官发怒髭奋虬：'下士小臣安预谋！'"③ 这段话先写梅尧臣希望神官禀告天帝停止为百姓啜泣，正值九谷收获时节，这场连绵不绝的秋雨像是扼住了百姓咽喉。继写神官发怒斥骂梅尧臣这等"下士小臣"怎敢妄下雌黄干涉上天谋划。这段人、神问答情节突出展现了各自不同形象、性格。按照新题乐府的特征和定义，《汝坟贫女》也算是一首新题乐府：

汝坟贫家女，行哭音凄怆。自言有老父，孤独无丁壮。郡吏来何暴，县官不敢抗。督遣勿稽留，龙钟去携杖。勤勤嘱四邻，幸愿相依傍。适闻闾里归，问讯疑犹强。果然寒雨中，僵死壤河上。弱质无以托，横尸无以葬。生女不如男，虽存何所当。拊膺呼苍天，

---

① （明）徐祯卿：《谈艺录》，何文焕辑《历代诗话》，中华书局，1981，第769页。
② 朱东润编年校注《梅尧臣集编年校注》，上海古籍出版社，2006，第236页。
③ 朱东润编年校注《梅尧臣集编年校注》，上海古籍出版社，2006，第732页。

生死将奈向。①

诗第一句写汝坟贫女边走边哭,声音凄恻。她为何哭泣呢?接着诗人以"自言"两字将叙述视角交给贫女,让其自诉哭泣缘由。原来是因官府抽抓壮丁服兵役,自家没有壮丁而只有年迈老父,老父在官府督责下携杖远行。父亲临行前,贫女嘱咐邻居多加照顾父亲,但邻居归来却带回父亲僵死壤河的消息。贫女不仅失去依靠,连父亲尸体也无法埋葬,只能悲痛得呼天抢地、流泪哭泣。此诗虽未明确涉及梅尧臣的主观情思,却通过贫女的大段自述控诉了官府抽丁带给人民的灾难,抒发了自己对黎民百姓的深切同情。

梅尧臣古体诗歌亦多运用对话、引语尤其是间接引语等叙事手法,这种方式汲取了杜甫、白居易等前人诗歌叙事经验。如《和杨子聪会董尉家》:

董生方好雅,兹日为扫扉。森尔延嘉宾,欢然去尘机。有客振双袂,敢言阳春晖。聊停玉麈尾,为歌金缕衣。古辞何稠叠,无乃惜芳菲。三闾不餔糟,二子自采薇。虽留千载清,未免当时饥。吾爱曹公诗,古来不敢非。人生若朝露,舍醉当何归。四座惊此语,未厌翠觞飞。胡能后天地,何可恃轻肥。沉酣且长咏,白首空歔欷。②

此诗前四句叙写董生宴请宾客和众人欢愉忘尘之事,接着将笔墨聚焦于"客",引述"客"于宴席发表人生苦短、舍醉何归的言论,这段议论使宾客先为之震惊,继而为之感染而沉酣长咏、宾主尽欢。"客"的言论是整首诗精彩之处,他旁征博引地将历史人物、文学辞章采来论证人生应及时行乐,如果没有叙写"客"的这段话,整首诗将会是平平道来的宴饮之欢,正是"客"之陈述才使诗歌波澜起伏、姿态万千并富于哲理深度,诗歌末尾宾主尽欢也就有其思想根据而颇具理趣。又如《读司马季主传赠何山人》:

---

① 朱东润编年校注《梅尧臣集编年校注》,上海古籍出版社,2006,第165页。
② 朱东润编年校注《梅尧臣集编年校注》,上海古籍出版社,2006,第8页。

长安新雨后，九陌少行人。同舆有宋贾，游市怀隐沦。日闻古贤哲，必与医卜邻。来过季主室，再拜语逡巡。矍然悟辞貌，何为居埃尘。捧腹乃大笑，吾道非尔臻。骥惭罢驴驹，凤岂燕雀亲。筮占聊助上，功利傥及民。大夫与博士，登车若丧神。今我见何遹，始验太史真。顺性诲善恶，不离义与仁。言孝谕为子，言忠谕为臣。又得蜀严比，宁将日者均。京都盛龟筮，坐肆如鱼鳞。喋口不正言，唯能辨冬春。鸿冥复何慕，安得鸡鹜驯。①

此诗檃栝《史记·日者列传》故事，前八句写宋忠、贾谊前往长安卜肆寻访司马季主，《史记》原文描述二人与司马季主的问答如下：

宋忠、贾谊瞿然而悟，猎缨正襟危坐，曰："吾望先生之状，听先生之辞，小子窃观于世，未尝见也。今何居之卑，何行之污？"

司马季主捧腹大笑曰："观大夫类有道术者，今何言之陋也，何辞之野也！今夫子所贤者何也？所高者谁也？今何以卑污长者？"②

梅尧臣将其檃栝为"矍然悟辞貌，何为居埃尘。捧腹乃大笑，吾道非尔臻"，接着将司马季主答语尤其是最后那段话檃栝成"骥惭罢驴驹，凤岂燕雀亲。筮占聊助上，功利傥及民"。此诗引语将宋忠、贾谊与司马季主问答之事描写得如在目前，凸显司马季主之贤达智慧与借司马季主之口表现出的价值观，为后文转写何遹议论做了铺垫，有力地表达了何遹高蹈离俗的高洁品行。又如《尹师鲁治第伐樗》先写尹师鲁"思欲新其居"却被高樗阻碍，接以"且云忍不伐，何以成吾庐。人言此树古，百怪所凭依"③，这四句诗将尹师鲁坚定意志、旁人可惜之情以人物对话和间接引语形式凸显出来，使其叙述予人现场实录的真实感觉。再如"曰臣岂身谋，而邀陛下眷"（《闻尹师鲁赴泾州幕》）、"曰我见犹怜，何况是老奴"（《桓妒妻》）、"自言东越来，箧中多好诗"（《次韵和长吉上

---

① 朱东润编年校注《梅尧臣集编年校注》，上海古籍出版社，2006，第134页。
② 《史记·日者列传》，中华书局，1959，第3216页。
③ 朱东润编年校注《梅尧臣集编年校注》，上海古籍出版社，2006，第7页。

人淮甸相遇》)①等，皆以对话、引语形式引述他人之语，丰富、填充了诗歌内容，推动了情节发展，塑造了典型人物形象，是梅尧臣诗歌叙事性的重要特征。

三 代书诗：诗文同构的叙事性

书札的存在，缘于通信双方存在空间距离，却有互通音讯、陈述心曲的沟通需要。当创作主体是具有诗歌修养的文人时，出于艺术技巧的刻意磨炼，也可能出于日常练就的写作惯性，以诗歌代替书信就应运而生。这种代替出现得很早，几乎与文人五言诗的诞生同时。东汉秦嘉赴洛阳时，未能与因病还家的妻子徐淑面别，追写的《留郡赠妇诗三首》被明人陆时雍评为"诗可代札，情款具存"②。沈佺期、宋之问、张说等人最早使用"以诗代书""代书""代意"作为诗歌标题③，盛唐时期李白、杜甫、高适等人皆创作过代书诗，白居易、元稹的往来代书诗多至百韵，极大地扩充了代书诗容量。总体来看，代书诗内容可归纳为几方面：寄赠、邀约、求物、回应、问询、建议等。寄赠如"秋山僧冷病，聊寄三五杯"④，以诗歌伴随物品寄送并言明寄赠原因；邀约如"晚来天欲雪，能饮一杯无"⑤，招邀友人前来共饮新醅以祛严寒；求物如"江上舍前无此物，幸分苍翠拂波涛"⑥，以诗向友人求取绵竹栽于家舍屋前；回应如"寄语杨员外，山寒少茯苓。归来稍暄暖，当为斫青冥"⑦，以诗

---

① 朱东润编年校注《梅尧臣集编年校注》，上海古籍出版社，2006，第157、180、193页。
② (明)陆时雍选评，任文京、赵东岚点校《诗镜·古诗镜》卷3，河北大学出版社，2010，第25页。
③ 现今能检索到的最早代书诗是南朝梁陆倕《以诗代书别后赠》，有学者考证，此诗最早见于《艺文类聚》卷21，题为《赠京邑僚友诗》，李昉等人修撰《文苑英华》时可能存在二度制题，改为《以诗代书别后寄赠》(陈冠明：《论代书诗的流变》，《杜甫研究学刊》2017年第3期)。
④ (唐)韦应物：《寄释子良史酒》，孙望编著《韦应物诗集系年校笺》，中华书局，2002，第365页。
⑤ (唐)白居易：《问刘十九》，谢思炜撰《白居易诗集校注》，中华书局，2006，第1358页。
⑥ (唐)杜甫：《从韦二明府续处觅绵竹》，(清)仇兆鳌注《杜诗详注》，中华书局，1979，第732页。
⑦ (唐)杜甫：《路逢襄阳杨少府入城戏呈杨四员外绾》，(清)仇兆鳌注《杜诗详注》，中华书局，1979，第499页。

回应友人现今寒冷无处寻找茯苓，等天气暖和再践行当初许诺；问询如"为问彭州牧，何时救急难"①，以诗询问友人何时拯救自己于饥寒贫困；建议如"劝君买取东邻宅，与我衡门相并开"②，劝杨汝士买下东邻宅第，与己为邻。

梅尧臣诗歌中存在不少代书诗，诗题标明"代书"字眼者如《代书寄欧阳永叔四十韵》：

……我解归尧阙，君移近汉渊。问途曾未远，命驾亦何缘。衰野今行矣，隆中有待焉。乡亭瓜接轸，风化蚁同膻。即欲朋簪盍，翻为俗事牵。爱婴娇哑哑，嗜寝复便便。鸡黍烦为具，轮辕岂得前。寄声勤以谢，幸子恕而怜。来贶诚为望，论情恐未捐。……③

此诗前二十八句写欧阳修往年贬谪夷陵时，"白醴封画榼，素鲤养泓泉。戒吏收山栗，呼童惜沼莲"，精心准备美酒佳肴期盼诗人前去把酒言欢，但船夫贪于顺风挂席不肯回船，两人遂至书信杳隔、音尘莫传。随即欧阳修调职近移，诗人又因爱婴娇笑、嗜寝贪睡难以赴约，遂以诗代书，"寄声勤以谢，幸子恕而怜"，表达深挚歉意和希望对方宽恕之意。全诗概括了欧阳修谪居夷陵、调职近移时多次盼望与己相聚，自己却因各种缘由错过见面时机，最后只能以诗代书聊表歉意、通达音讯。又如《代书寄王道粹学士》："已具扁舟访使君，忽逢春雨起淮濆。花寒蛱蝶犹相守，水冷鸳鸯不暂分。况约他时来寄迹，何须今日去论文。解装无复山阴兴，且对荆钗与布裙。"④此诗描写了整件事情具体经过和自己对此事的所思所想，诗人原与王纯臣相约造访他家，已具扁舟却忽然飘起春雨，面对料峭春寒，诗人顿感意兴阑珊，还是居家陪妻吧，何必今天谈诗论文呢？故写此诗代替书信解释失约原因。整首诗因果分明、衔接紧密、脉络完整，构成"出访—下雨—别约—居家"的故事链条。再如《代书

---

① （唐）杜甫：《因崔五侍御寄高彭州一绝》，（清）仇兆鳌注《杜诗详注》，中华书局，1979，第762页。
② （唐）白居易：《以诗代书寄户部杨侍郎劝买东邻王家宅》，谢思炜撰《白居易诗集校注》，中华书局，2006，第2515页。
③ 朱东润编年校注《梅尧臣集编年校注》，上海古籍出版社，2006，第143页。
④ 朱东润编年校注《梅尧臣集编年校注》，上海古籍出版社，2006，第841页。

寄鸭脚子于都下亲友》："予指老无力，不能苦多书。书苟过百字，便觉筋挛拘。京都多豪英，往往处石渠。作书未可周，寄声亦已疏。后园有嘉果，远赠当鲤鱼。中虽闻尺素，加餐意何如。"① 前四句写由于手指痉挛的病理原因不能书写烦冗书信；中四句写自己与京都亲友书信往来稀少；后四句讲自家后院果子成熟，将之赠予亲友，聊表关怀劝慰之意。蔡邕有"客从远方来，遗我双鲤鱼。呼儿烹鲤鱼，中有尺素书"② 诗句，后世因以"鲤鱼"代称书信。以"嘉果"当"鲤鱼"即以果品、诗歌代替书信，呼应了首四句中的"予指老无力，不能苦多书"。整首诗交代不写书信原因、亲友往来稀少、以嘉果馈赠慰问，前因后果，脉络分明。

梅尧臣代书诗更多的是实质充当书信功能而未标明"代书"的诗歌，其诗制题凡带"寄""答""走笔""呈"等字眼者几乎皆属代书诗。此类诗歌数量众多，随梅尧臣社交密度而呈现变化，以庆历、嘉祐时期所作诗歌尤为多见。如《九月二日梦后寄裴如晦》："裴生安健否，试问雁经过。处士赋鹦鹉，将军养骆驼。食鱼今饱未，索米奈贫何。昨夜分明梦，持书认篆窠。"③ 诗的开头"裴生安健否"正是普通书信开篇寒暄之语，"试问雁经过"扣紧鱼雁传书，表明这首诗其实就是一封书信。颈联"食鱼今饱未，索米奈贫何"询问裴煜生活情况并向他提出借米请求，这首诗将书信问询、求物等内容都糅合进来，篇幅简短而富于实用功能。又如《刁经臣将归南徐许予寻隐居之所及亡室坟地因走笔奉呈》："欲居江上江，试与问京岘。尝观鲍家诗，心慕已不浅。行当卜结庐，依农事清畎。傍葬吾先妻，同穴晚未免。买谷勿险深，求冈要平显。松竹应所宜，蒿莱预教剪。我志决不移，君言幸须践。"④ 南徐即今江苏省镇江市，该市东南部有京岘山。刁纺将回南徐，答应替梅尧臣寻找隐居之地和亡妻墓地，是以梅尧臣首句提醒刁纺可去寻访京岘山。鲍照《代蒿里行》描写死后辞别亲友、发驾幽山，人间斗酒、尺书皆无法再倾酌、传达，随着年岁湮远更不复被人记忆，最后发出"人生良自剧，

---

① 朱东润编年校注《梅尧臣集编年校注》，上海古籍出版社，2006，第744页。
② （汉）蔡邕：《饮马长城窟行》，逯钦立辑校《先秦汉魏晋南北朝诗》，中华书局，1983，第192页。
③ 朱东润编年校注《梅尧臣集编年校注》，上海古籍出版社，2006，第474页。
④ 朱东润编年校注《梅尧臣集编年校注》，上海古籍出版社，2006，第361页。

天道与何人。赍我长恨意，归为狐兔尘"① 的唱叹。该诗情辞俱佳，乃挽歌名篇，李贺"秋坟鬼唱鲍家诗，恨血千年土中碧"② 亦指此篇。梅尧臣诗第三至八句写自己向慕鲍照《代蒿里行》的情感辞采，想将亡妻葬于幽山，自己结庐山上从事畎亩耕作，与之为伴，死后合葬同眠。第九至十二句告知刁纺"买谷勿险深，求冈要平显。松竹应所宜，蒿莱预教翦"等诸多采买墓地注意事项，最后两句表明自己意愿坚定不移，叮嘱他务必践履承诺。整首诗分为两层意思：一是自己向往鲍照诗歌意境而愿卜居幽山与亡妻为伴，希望刁纺践履承诺；二是指点刁纺去京岘山寻找墓地，指出采买墓地的诸多原则。全诗以意为主，以意串联具体事件和所思所感，将书信文字概括成诗歌语句，发挥了诗歌叙事功能。再如《寄李献甫》："何言自我去，眼前一似空。城中岂无人，过目犹飞虫。又厌尘事多，枳棘生胸中。安知秋江水，净碧如磨铜。尚恨有世累，不及垂钓翁。望望当速来，止琴视孤鸿。"③ 首句由"何言"领起，表明此诗写作缘于李琮的一些言论。这些言论大约有"眼前一似空""枳棘生胸中""不及垂钓翁"等方面内容。梅尧臣着眼于李琮的抱怨，一一予以揶揄地反驳，最后还是请他速来此处，诗歌便又具有邀约的书信功能。再如《感春之际以病止酒水丘有简云时雨乍晴物景鲜丽疑其未是止酒时因成短章奉答》，仅从标题就知写诗缘故是友人来信劝其不要止酒，梅尧臣写作此诗回复他。《王德言自后圃来问疾且曰圃甚芜何不治因答》乃回答王德言询问为何不治园圃之作。这两首诗皆具有回复书信的功能。

总之，梅尧臣的代书诗继承了杜甫、白居易开始的写作传统，以诗歌代替书简承担传递信息、交流感情的功能，发挥了代书诗寄赠、求物、回应、问询等方面的作用，以叙事笔法呈现了一个个因果清楚、脉络分明的故事，这是梅尧臣诗歌叙事性的重要表现。

四 昔日与今朝：叙事性的时空转换

过去、现在、未来是时间流程的三个尺度，历代诗人多剪取其中两

---

① 黄节撰《鲍参军诗注》，中华书局，2008，第195页。
② （唐）李贺：《秋来》，（清）王琦等注《李贺诗歌集注》，上海古籍出版社，1978，第74页。
③ 朱东润编年校注《梅尧臣集编年校注》，上海古籍出版社，2006，第815~816页。

个时间点做对比映照,将过去、现在对比旨在突出时移事改、物是人非引发的唏嘘,将现在、未来并举则旨在突出对未来不确定性的疑惑与思考、对命运走向何方的忧愁和无奈,亦即吴世昌论词体叙事时谈到的"人面桃花型""西窗剪烛型"两种类型①。今昔对比方式应追溯到《诗经·采薇》"昔我往矣,杨柳依依。今我来思,雨雪霏霏",以今昔对比的叙事、描写抒发戍卫边疆、远离家乡的伤悲之情。这种时间变迁、空间转换的写作方式为后世诗人所继承,尤以挽诗表现得最为突出,挽诗的性质决定它有回忆过去的潜在需要,故较其他诗歌更集中包蕴了过去、现在、未来三个时刻的可能性。

这种时间转变在梅尧臣诗歌里有丰富呈现。梅诗喜将过去、现在场景做对比,如《清池》:

泠泠清水池,藻荇何参差。美人留采撷,玉鲔自扬鳍。波澜日已浅,龟鳖日复滋。虾蟆纵跳梁,得以缘其涯。竞此长科斗,凌乱满澄漪。空有文字质,非无简策施。仙鲤勿苦羡,宁将鸬蛤卑。徒剖腹中书,悠悠谁尔知。聊保性命理,远潜江海湄。泚泚曷足道,任彼蛙黾为。②

此诗开头四句描写了一幅清水泠泠、藻荇参差、美人采撷、玉鲔扬鳍的美好画面,然而好景不长,清池之水日渐枯浅,龟鳖、蛤蟆、蝌蚪滋长,暗喻政治环境随时间变化渐趋恶劣。又如《凝碧堂》:"始至荷芰生,田田湖上密。复当花竞时,艳色凌朝日。今来莲已枯,碧水堕秋实。更待雪中过,群峰应互出。樽有绿蚁醅,俎有赪壶橘。可以持蟹螯,逍遥此居室。"③通过"始至""复当""今来""更待"的时间转换带出莲生、花盛、莲枯的莲株生长过程,从而描摹出凝碧堂四时变化之景。

时间转换的同时往往伴随空间转换,或者说时间率领空间共同完成诗歌叙事转变,如《八月十五夜有怀》:

---

① 吴世昌著,吴令华编《诗词论丛》,北京出版社,2000,第86~89页。
② 朱东润编年校注《梅尧臣集编年校注》,上海古籍出版社,2006,第62~63页。
③ 朱东润编年校注《梅尧臣集编年校注》,上海古籍出版社,2006,第206页。

天为水苍玉，月拖潭面冰。万里绝瑕玷，百文已澄凝。山河了然在，星斗光莫增。借问九州内，岂无阴云兴。缅怀去年秋，是夜客广陵。太守欧阳公，预邀三四朋。乃值连连雨，共饮陈华灯。既醉公有咏，属和予未能。强赋石屏物，固惭无所称。今来宛溪上，聊以故岁征。晶明正若此，霢霂且何曾。美景信难并，康乐语足凭。①

前六句描写中秋夜月色澄明、山河了然之景，接着诗人思绪倒流至去年此夜客居广陵，欧阳修邀请三四友人共饮酬唱，友朋氛围绝佳而遇雨水连连。今夜宛陵月色晶明可爱，可惜再无友人饮酒唱和。世间美景难以同时存在，总是有些缺憾啊！此诗于去年、今年时间流变中掺杂广陵、宛陵地域转变，在时空双重切换中叙写了两个中秋节情境，寄寓着诗人从中得出的人生感慨。《永叔内翰见索谢公游嵩书感叹希深师鲁子聪几道皆为异物独公与余二人在因作五言以叙之》更深入地表达了时空转换与情感体悟，诗云：

　　昔在洛阳时，共游铜驼陌。寻花不见人，前代公侯宅。……又忆游嵩山，胜趣无不索。各具一壶酒，各蜡一双屐。……明年移河阳，簿书日堆积。忽得谢公书，大夸游览剧。……凡今三十年，累冢拱松柏。唯与公非才，同在不同昔。昔日同少壮，今且异肥瘠。昔日同微禄，今且异烜赫。昔同骑破鞯，今控银辔革。昔同自讴歌，今执乐指百。死者诚可悲，存者独穷厄。但比死者优，贫存何所益。②

此诗先回忆在洛阳游历铜驼陌时遇见一座前代公侯宅子并游历其中之事，又回忆洛阳友人各自准备美酒、蜡好鞋子共游嵩山，接着回忆第二年自己移河阳县为公务所苦缺席游览而得谢绛书信描绘游览之事，当年可谓文采风流、赏心乐事。三十年后，朋友相继凋零成土，只余欧阳修与自己苟存于世，却也是肥瘠显卑悬殊，与少壮时期的平等境遇大为不同。昔日的年少快活与今日的饱经风霜形成鲜明对比，隐含梅尧臣从青年到

---

① 朱东润编年校注《梅尧臣集编年校注》，上海古籍出版社，2006，第 517 页。
② 朱东润编年校注《梅尧臣集编年校注》，上海古籍出版社，2006，第 1018 页。

老年的情感、心态变化。再如《许待制遗双鳜鱼因怀顷在西京于午桥石濑中得此鱼二尾是时以分饷留台谢秘监遂作诗与留守推欧阳永叔酬和今感而成篇辄以录上》:"昔时三月在西洛,始得午桥双鳜鱼。墨薛点衣鳞细细,红盘铺藻尾舒舒。麟台老监分烹去,莲幕佳宾唱和初。今日杨州使君赠,重思二十九年余。"① 当年梅尧臣在洛阳午桥石濑获得一双鳜鱼,二十九年后路过扬州又得到许待制的鳜鱼馈送,睹今思昔,不同时空发生过的事情历历呈现于这段文字中。

这种时空转换用在挽诗、悼亡诗等诗歌中令人倍觉哀感顽艳。如《吊石曼卿》:

前时京师来,对马尝相揖。埃尘正满衢,笑语曾未及。虽然恨莫亲,往往闻风什。星斗交垂光,昭昭不可挹。独哦秋露中,岂顾衣裳湿。酒杯轻宇宙,天马难羁絷。今朝我还都,但见交朋泣。借问泣者谁,曼卿魂已蛰。堂堂豪杰姿,遂尔一棺戢。君生寒月明,君没寒月入。月入还复升,精魄宁未集。孤坟细草遍,翠碣嗟新立。②

前时与石延年骑马相逢,梅尧臣虽未与之深交却常听闻其诗作、想象其性情,如今再回京师,只见友朋为石延年亡逝哭泣,一具棺木收殓了当年那个英姿飒爽的豪杰。昔日石延年有多风光优秀,今日死亡就有多令人惋惜伤感。通过今昔对比方式,梅尧臣以极其冷静的笔触写出对豪杰死亡的痛惜之情。又如《正月十五夜出回》:

不出只愁感,出游将自宽。贵贱依俦匹,心复殊不欢。渐老情易厌,欲之意先阑。却还见儿女,不语鼻辛酸。去年与母出,学母施朱丹。今母归下泉,垢面衣少完。念尔各尚幼,藏泪不忍看。推灯向壁卧,肺腑百忧攒。③

谢氏亡逝后,梅尧臣心绪低落,乃至"渐老情易厌,欲之意先阑",对

---

① 朱东润编年校注《梅尧臣集编年校注》,上海古籍出版社,2006,第834页。
② 朱东润编年校注《梅尧臣集编年校注》,上海古籍出版社,2006,第185~186页。
③ 朱东润编年校注《梅尧臣集编年校注》,上海古籍出版社,2006,第268页。

万事万物都提不起兴趣。上元节出游本为宽解自己，然而，街上无论贵贱都是成双成对的景象又刺痛了伤逝的神经。索寞归来，又想起去年妻子尚在时儿女效仿母亲点蔻施朱出门游玩，如今却因无人照料头面不整、衣物少完。妻子离世使去年、今年的家庭生活形成鲜明对比，字里行间皆寄寓着对妻子离世的伤心与对妻子的思念。再如《开封古城阻浅闻永叔丧女》："去年我丧子与妻，君闻我悲尝俯眉。今年我闻若丧女，野岸孤坐还增思。思君平昔怜此女，戏弄膝下无不宜。昨来稍长应慧黠，想能学母粉黛施。几多恩爱付涕泪，洒作秋雨随风吹。"[1] 这首诗蕴含两重昔、今时间转换。去年我丧妻儿，欧阳修为此凄怆俯眉；今年欧阳修丧女，我孤坐野岸思绪不断。这是第一重今昔转换，以自己和欧阳修皆丧失亲人为联结点。接下来以"平昔""昨来"引领，分写过去欧阳修怜爱女儿及女儿慧黠之景，如今女儿夭折，"几多恩爱付涕泪，洒作秋雨随风吹"，在时间转换中叙写欧阳修爱怜女儿、失去女儿的过程。通过两重时间转换，梅尧臣不仅叙写欧阳修丧女，更将其与自己丧女联系起来，两人情感共鸣互通，体现了中年男人面对生离死别的情感与心境。

　　梅尧臣诗歌今昔对比的时空转换，往往是按照线性时间发展流程展开不同时空的叙事流转，将物理时空发生的事情转换为作者的心理时空、审美时空，这种叙事方式有助于表现作者对外界事象时移境迁的敏感以及伤怀之情，有助于读者明白事情的来龙去脉。但倒叙、插叙等叙事手法的匮乏，也容易使诗歌流于平铺直叙，欠缺曲折、跳跃、精警和亮色，带来寡淡、平凡、乏味的阅读体验。要之，以时间率领空间，以过去、现在、未来三个时间点的对比与切换来完成诗歌场景的时空转换，这样的章法安排在梅尧臣诗歌中不胜枚举，体现了梅尧臣布局谋篇时的叙记意识。

　　中唐以后诗歌叙事性大增，这种现象缘于诗人多以逻辑思维构造诗篇。诗歌艺术本以形象思维为主，逻辑思维的侵入、渗透产生了所叙事件始末的完整化、内在因果的清晰化倾向，进而造成了叙事艺术发达、抒情意味不足的艺术效果。梅尧臣作为"中唐—北宋"诗歌时段的重要

---

[1] 朱东润编年校注《梅尧臣集编年校注》，上海古籍出版社，2006，第302页。

诗人，其创作实践涂上了鲜明叙记色彩。从长题、序言的外在形态，对话、引语的内容穿插，代书诗体裁的选择取用，今昔对比的谋篇布局方式等方面皆可见梅尧臣诗歌的叙事性特色。他的诗歌张扬着抒情传统之外的叙事理路，记录着形象思维之外的逻辑演绎，接续中唐以来的文学创作倾向，汇合成盛唐之音后的异响别调，是宋诗叙事性的重要表现，具有拓开宋诗美学范型的文学史意义。

第二节　玄言诗的蜕变：宋代哲理诗的艺术实验

相较唐诗的"风神情韵"而言，宋代诗歌呈现出哲理性强的典型特色。历代诗论家皆有言及此，严羽称"本朝人尚理"[1]，杨慎云"宋人诗主理"[2]，钱锺书云"宋诗多以筋骨思理见胜"[3]。细察可知，宋初诗歌哲理性并不强，直到宋诗"开山祖师"梅尧臣才对以诗歌阐发哲理表现出浓厚兴趣。从第一首哲理诗《伤白鸡》起，梅尧臣的哲理诗创作就持续未断，先后写下70余篇主题、体裁各异的作品。那么，当他面对前代哲理诗的文学遗产时，究竟如何采撷、汲取宋前哲理诗写作传统，在诗歌中进行艺术实验，在前代哲理诗创作基础上推陈出新，进而形成自己的哲理诗创作经验呢？

一　哲理诗与绝句的天然联结

哲理诗创作与诗歌体裁类型并无特定关联，古、近体皆存在数量众多的哲理诗。然而，以近体律绝尤其是五、七绝创作的哲理诗最为世人熟知。杜荀鹤可谓唐人哲理绝句的代表。

> 大海波涛浅，小人方寸深。海枯终见底，人死不知心。（杜荀鹤《感寓》）
>
> 泾溪石险人兢慎，终岁不闻倾覆人。却是平流无石处，时时闻说有沉沦。（杜荀鹤《泾溪》）

---

[1]　（宋）严羽著，郭绍虞校释《沧浪诗话校释》，人民文学出版社，1983，第148页。
[2]　（明）杨慎：《升庵诗话》，丁福保辑《历代诗话续编》，中华书局，1983，第799页。
[3]　钱锺书：《谈艺录》，生活·读书·新知三联书店，2001，第3页。

三伏闭门披一衲，兼无松竹荫房廊。安禅不必须山水，灭得心中火自凉。（杜荀鹤《夏日题悟空上人院》）

　　自小刺头深草里，而今渐觉出蓬蒿。时人不识凌云木，直待凌云始道高。（杜荀鹤《小松》）①

　　第一首诗以大海与小人对比，凸显出小人城府心机之深沉可怕。第二首诗以泾溪险处、平流对比，得出人们在险境中谨小慎微反能安然度过，面对顺境却因放松警惕而颠倒倾覆的社会教训。第三首诗写心静自然凉的生活道理。第四首诗运用前后对比的方式，先写松树幼小时不被人识察，直到耸入云霄后才被人称道，看似写小松，实则指人生，寓含着对社会人事的深刻认识。这类诗歌大多从自然景物、生活小事入手，通过对比的艺术手法突出社会人生的某些道理。虞世南《蝉》、王之涣《登鹳雀楼》也是唐代哲理绝句的代表作。宋代的哲理绝句更是大放异彩，出现了欧阳修《画眉鸟》、苏轼《题西林壁》《琴诗》、王安石《登飞来峰》、曾巩《咏柳》、朱熹《观书有感二首》、杨万里《晓行望云山》等脍炙人口的名篇佳构。这类绝句的艺术结构大多是先写景赋物，然后从中引出哲理，以景物为铺垫，以哲理作升华。

　　有趣的是，以小诗表达哲理似乎是古今中外诗人们共同探索过的艺术路径，且取得了相当不错的成绩。20世纪的中国曾掀起一股小诗创作浪潮，冰心《繁星》《春水》、宗白华《流云》、梁宗岱《晚祷》等都是颇具影响的小诗集，这些诗人并非承自古典诗歌传统，而是受到日本短歌、俳句和印度泰戈尔小诗的影响。这类小诗普遍善于截取小草、流萤、落叶、飞鸟、一朵花、一颗星、一个雨滴等自然景物的细微切片，以短小篇幅捕捉刹那间的自我感受与哲理思考，变外部世界的客观描绘为自己内部的心灵颤动。不论是中国古代诗人，还是日本短歌、俳句的作者和印度泰戈尔，都选择了以小诗表达哲理。这似乎在告诉我们，短小篇幅、哲理思考拥有天然的艺术联结，他们则通过各自的创作实验探索、扪摸到了这个艺术规律。究其原因，可能是篇幅短小的诗歌更富生机、灵气，包蕴哲理的时候更易消融哲理痕迹，更易做到"不涉理路，不落

---

① 《全唐诗》第20册，中华书局，1960，第7977、7981、7983页。

言筌"①"体匿性存，无痕有味"②。篇幅较长的古体诗则易铺叙道尽、略无余韵，整体风格显得庄重、板滞，说理时容易油浮于水、割截灭裂，乃至丧失情趣、诗意。

虽然哲理诗中的近体诗尤其是绝句更脍炙人口、易于传播，但文学史上哲理诗辉煌的时代却盛行以五古为主要体裁的玄言诗。尽管钟嵘对其有"理过其辞，淡乎寡味"，"皆平典似《道德论》，建安风力尽矣"③的过低评价，但玄言诗存在近百年的历史事实已彰显了它的强大生命力。玄言诗作为最初的哲理诗文学模板与诗歌样式可能对宋代哲理诗产生了辐射影响，后人亦能从此吸取合理成分铸进个人诗歌创作。事实上，宋诗"开山祖师"梅尧臣的哲理诗确曾取径玄言诗。观察其哲理诗与玄言诗的离合，可以窥觇梅诗究竟是如何完成玄言诗的蜕变，继承哲理诗的不同传统并为宋代哲理诗创作提供新的艺术经验的。

二 推理与三玄：玄言诗思维、主旨的宋代回响

玄学的逻辑在于"略于具体事物而究心抽象原理"④，在于通过现象的"末有"体会真实的"本无"，从"末有"到"本无"之间就需要架设一座"推理"的桥梁。当然，由于魏晋士人对玄学经典谙熟于胸，他们心中往往先有一个"理"，进而由之推及现象界。魏晋士人的玄言诗鲜明体现了这两种玄学思维的逻辑过程。

桓玄《登荆山诗》对"理"的普遍存在性做了诗歌表述："理不孤湛，影比有津。曾是名岳，明秀超邻。器栖荒外，命契响神。我之怀矣，巾驾飞轮。"⑤ 所谓"理不孤湛，影比有津"，即指抽象本质皆有其具象表现形式，而荆山虽在荒野之外，其本质却契合老庄玄理。正因"理"普遍存在于万事万物之中，魏晋士人常于诗中抒发理感人心时的所思所想，玄言诗之写作过程亦基本不出由事推理、以理推事两种思维方式。慧远及其同游僧人的两首诗集中展现了这两种玄学逻辑思维，《庐山东林

---

① （宋）严羽著，郭绍虞校释《沧浪诗话校释》，人民文学出版社，1983，第26页。
② 钱锺书：《谈艺录》，生活·读书·新知三联书店，2001，第660页。
③ （南朝梁）钟嵘撰，陈延杰注《诗品注》，人民文学出版社，1961，第1~2页。
④ 汤用彤：《言意之辨》，《汤用彤学术论文集》，中华书局，1983，第214页。
⑤ 逯钦立辑校《先秦汉魏晋南北朝诗》，中华书局，1983，第933页。

杂诗》先描摹庐山幽岫之清气、群籁静谧中的山溜声，进而写及"流心叩玄扃，感至理弗隔。孰是腾九霄，不奋冲天翮。妙同趣自均，一悟超三益"①，展现了由自然界美丽山水体道、悟道的过程。《游石门诗》开篇"超兴非有本，理感兴自生"②则展现了以理兴感、由理推事的玄学路径，从抽象玄理进入具体的石门之游，接下来描写的皆是游览石门之所见所感。这两种致思方式中，由事推理相对较为含蓄蕴藉，在中国诗史上具有较为持久的生命力，对梅尧臣诗歌之影响亦最为深远。考察这种思维方式，还得回顾东晋王羲之《兰亭诗》，这首诗最后抒发了一段引人深思的玄理：

    合散固其常，修短定无始。造新不暂停，一往不再起。于今为神奇，信宿同尘滓。谁能无此慨，散之在推理。言立同不朽，河清非所俟。③

兰亭集会即将结束，诗人不免心生世事无常、万物变迁的伤感慨叹，随即又意识到自己心里已升起对现象界的执着，故而想通过推演本无末有的玄理来遣散悲情。再如王康琚《反招隐诗》"推分得天和，矫性失至理。归来安所期，与物齐终始"④，所谓"推分得天和"即随时而行、推求道理而契合于天地之德。早期玄言诗已有借山水悟道之途，晋宋之际山水诗创作更臻兴盛，所谓"宋初文咏，体有因革，庄老告退，而山水方滋"⑤，此期的代表诗人谢灵运亦被评为带着一条"玄言的尾巴"，《石壁精舍还湖中作》是他通过山水悟道的代表作。

    昏旦变气候，山水含清晖。清晖能娱人，游子憺忘归。出谷日尚早，入舟阳已微。林壑敛暝色，云霞收夕霏。芰荷迭映蔚，蒲稗相因依。披拂趋南径，愉悦偃东扉。虑澹物自轻，意惬理无违。寄

---

① 逯钦立辑校《先秦汉魏晋南北朝诗》，中华书局，1983，第1085页。
② 逯钦立辑校《先秦汉魏晋南北朝诗》，中华书局，1983，第1086页。
③ 逯钦立辑校《先秦汉魏晋南北朝诗》，中华书局，1983，第896页。
④ 逯钦立辑校《先秦汉魏晋南北朝诗》，中华书局，1983，第953页。
⑤ （梁）刘勰著，范文澜注《文心雕龙注》，人民文学出版社，1958，第67页。

第四章 何以开山：梅尧臣诗歌的艺术特色

言摄生客，试用此道推。①

昏旦的山水美景使谢灵运产生安然忘归的闲适心境，让他感受到澄心静虑后外物皆轻，心意舒惬自然切合虚无玄理。摄生者正是要令自己长久处于虚静无为状态，从静对山水中进行推理、获得启示。

梅尧臣第一首哲理诗《伤白鸡》深受这种推理的玄学思维方式影响，诗歌通过白鸡被孼狸叼伤致死之事发出对社会人生的深沉感慨：

念始托兹地，蒙幸信可知。充庖岂云患，度日无苦饥。如何遇凶兽，毒汝曾不疑。斯事义虽小，得以深理推：邓生赐山铸，未免终馁而。人道尚乃尔，怆焉聊俯眉。②

这只白鸡受梅尧臣悉心照顾、百般善待，只有稻粱之遗而无充庖之患，奈何命运不济终遭摧杀，诗人由此联想到邓通曾受君王宠爱以至赐山铸钱，最终却不免饥饿而死。主人或君王的尽心善待终究敌不过命运对个体的残酷虐害，福气与祸害真如老子所云那么反复无常，令人唏嘘不已。又如《八月九日晨兴如厕有鸦啄蛆》：

飞乌先日出，谁知彼雌雄。岂无腐鼠食，来啄秽厕虫。饱腹上高树，跋觜噪西风。吉凶非予闻，臭恶在尔躬。物灵必自洁，可以推始终。③

乌鸦不食腐鼠却啄食秽厕蛆虫，饱腹之后飞上高树鸣叫不已，传言中乌鸦能告人吉凶祸福，然而，梅尧臣所见场景瓦解了他对乌鸦告人吉凶之信念，因为灵异之物必当自身洁净，乌鸦若真是灵异之物，怎么可能啄食秽厕之蛆呢？这个逻辑推理将具体事件上升到哲理高度，以其深刻思考瓦解了世俗社会愚昧盲目的偏见。再如《依韵和不疑寄杜挺之以病雨止冷淘会》通过邵必因下雨取消冷淘会感叹"口腹尚乖期，荣华可推

---

① 黄节撰《谢康乐诗注》，中华书局，2008，第98页。
② 朱东润编年校注《梅尧臣集编年校注》，上海古籍出版社，2006，第6页。
③ 朱东润编年校注《梅尧臣集编年校注》，上海古籍出版社，2006，第517页。

类。嗟嗟勿复问,安恬固无愧"①,口腹享受是个人能操控的浅近欲望,这点享受尚不能得到满足,更何况人人觊觎、难以把控的荣华富贵呢?由口腹乖期推理荣华不至,亦是一种玄学式的思维方式,只是梅诗所涉之事、之理更质实浅近罢了。梅尧臣的第一首哲理诗采用推理方式,这种思维方式又贯穿其一生的哲理诗创作,使其诗歌从事的层面进入理的层面,带着由表及里、由现象到本质的纵深观察,带着对个体生命、世俗社会的深刻思考,带着冷峻沉着、思理透辟的成熟气质。

玄言诗表现主旨除本无末有的虚无思想,还有祸福相倚、见素抱朴、心斋坐忘、悠游山水等丰富层面,但基本不出《老子》《庄子》《周易》这三种玄学经典的主旨,故朱自清讥其"抄袭《老》、《庄》文句,专一歌咏人生义理"②。略举其例,如阮籍《咏怀诗》其七十,"有悲则有情,无悲亦无思。苟非婴网罟,何必万里畿。翔风拂重霄,庆云招所晞。灰心寄枯宅,曷顾人间姿。始得忘我难,焉知嘿自遗"③,表现主旨是庄子的心斋、坐忘。又如"哀哉世俗徇荣,驰骛竭力丧精。得失相纷忧惊,自贪勤苦不宁"(嵇康《六言诗·名与身孰亲》),展现的是老子"名与身孰亲"的玄学道理。再如"爰造异论,肝胆楚越。惟同大观,万涂一辙。死生既齐,荣辱奚别。处其玄根,廓焉靡结"(卢谌《赠刘琨诗》其十八),传达的是齐一生死、荣辱的齐物思想。总之,玄言诗所表现的"理"基本不出"三玄"尤其是老庄哲学之樊篱。

老庄哲学是梅尧臣哲理诗的重要主旨,其中最主要的又有如下几类。

一是祸福无常、美恶相即。《老子》云:"祸,福之所倚;福,祸之所伏。"④ 又云:"持而盈之,不若其以。揣而锐之,不可长保。金玉满堂,莫之能守。富贵而骄,自遗其咎。"⑤ 这种祸福相倚、相互转化的思想成为梅尧臣接受的主要对象。如《西施》描写西施离开浣纱友伴前往吴宫楼台,越兵攻灭吴国后重台荒凉、朱颜成土,最后再与昔日浣纱友伴对照,"水边同时伴,贫贱犹摘梅。食梅莫厌酸,祸福不我猜"⑥,昔

---

① 朱东润编年校注《梅尧臣集编年校注》,上海古籍出版社,2006,第847页。
② 《朱自清古典文学论文集》(上),上海古籍出版社,1981,第223页。
③ 陈伯君校注《阮籍集校注》,中华书局,2012,第382~383页。
④ 朱谦之撰《老子校释》,中华书局,1984,第235页。
⑤ 朱谦之撰《老子校释》,中华书局,1984,第33~35页。
⑥ 朱东润编年校注《梅尧臣集编年校注》,上海古籍出版社,2006,第709页。

日友伴虽然依旧贫贱、采摘酸梅，生命却得以存续，总比香消玉殒、福变为祸的西施强多了。以这般祸福转化眼光看待、思考事物，梅尧臣诗歌即展现出一种福祸不定、美恶相即的思辨色彩。《范饶州坐中客语食河豚鱼》描写河豚之美味与毒性之强烈，最后感叹"甚美恶亦称，此言诚可嘉"①，相较其他宾客沉浸于河豚的绝世美味而言，梅诗因深入一层见到事物对立面而呈现理性色彩。又如《和瘿杯》，"物以美好称，或以丑恶用。美恶固无然，逢时乃亦共。弃则为所轻，用则为所重"②，美恶本无固定标准，其衡量准则依据时代审美趣味、弃取好恶而定，故丑恶险怪的瘿杯亦能得时人爱赏歌颂。再如《咏刘仲更泽州园中丑石》所描写的太湖石因奇特丑恶而见称于友人，使梅尧臣发出"以丑世为恶，兹以丑为德。事固无丑好，丑好贵不惑"③的哲理思考，即丑恶、美好并非固定不变的事物属性，而是取决于人是否能够明辨不疑。

二是运动不停、世事变迁。《周易·系辞上》云"日新之谓盛德，生生之谓易"④，意即阴阳、万物时刻处于新陈代谢、生生不已的运动状态，《周易·丰》"日中则昃，月盈则食"⑤指明事物的变化盈亏是永恒不变的自然规律。玄言诗中阮籍四言诗"日月东迁，景曜西幽。寒往暑来，四节代周。繁华茂春，密叶殒秋。盛年衰迈，忽焉若浮"⑥，亦以日月推迁、生命变化为表现对象。梅尧臣亦有多首诗歌阐明这一道理，如《妾薄命》将夫妇恩爱时的女子比喻成河底混着金屑的沙子，将夫妇感情破裂时的女子比喻为飘扬追逐路人的陌上之尘，不同婚姻境遇引发诗人"悠悠万物难自保，朝看秾华暮衰老。须知铅黛不足论，何必芳心竞春草。草有再三荣，颜无一定好，曩恩宁重持，徒能乱怀抱"⑦的生命感慨。《韩钦圣问西洛牡丹之盛》乃回复韩宗彦探听洛阳牡丹情况的诗歌，洛阳牡丹以争新较旧、争奇斗艳为风尚，梅尧臣由此联想到人类亦天地之间的一种物类，"天意无私任自然，损益推迁宁有彼。彼盛此衰皆

---

① 朱东润编年校注《梅尧臣集编年校注》，上海古籍出版社，2006，第117页。
② 朱东润编年校注《梅尧臣集编年校注》，上海古籍出版社，2006，第566页。
③ 朱东润编年校注《梅尧臣集编年校注》，上海古籍出版社，2006，第1137页。
④ （魏）王弼注，（唐）孔颖达疏《周易正义》，北京大学出版社，2000，第319页。
⑤ （魏）王弼注，（唐）孔颖达疏《周易正义》，北京大学出版社，2000，第263页。
⑥ 陈伯君校注《阮籍集校注》，中华书局，2012，第439页。
⑦ 朱东润编年校注《梅尧臣集编年校注》，上海古籍出版社，2006，第10页。

一时，岂关覆焘为偏委"①，损益推迁、彼盛此衰皆是自然之道，亦是瞬息变化、生灭无常之事，诗歌由无情之花推及有情之人，从而使诗意主旨远为深化、更感人心。再如《俨上人粹隐堂》，"心远迹非远，岁月速轮舆。寓目暂为实，过者即为虚。譬若开是室，终日于此居。欲问昨日事，已觉今日疏。明朝却视今，复与前何如。聊悟此中乐，犹观濠上鱼"②，这种表现方式与生命感悟极像王羲之《兰亭诗》"代谢鳞次，忽焉以周""悠悠大象运，轮转无停际""造新不暂停，一往不再起。于今为神奇，信宿同尘滓"及《兰亭集序》"后之视今，亦犹今之视昔"的思维方式与表现主旨，这就将万事万物运动不息、变迁运化与庄子适性逍遥思想结合起来，走出一条理性应对现实社会、安放生命的人生道路。

三是知足保和、安贫乐道。《老子》云："知足不辱，知止不殆，可以长久。"③ 这种知足保和、安贫乐道思想亦多被梅尧臣哲理诗着力表现，《赠袁大监》"人以禄为荣，当知身所重。禄荣身且劳，岂要权衡用。达人唯止足，曷顾百钟俸"④，就是老子"名与身孰亲？身与货孰多"之类哲理思问的诗歌演绎；又如《依韵和孙秀才朱长官见寄》"古来富贵蹈危机，乐性安贫莫谓非。未及功名苍鬓改，欲从疏懒五湖归"，旨在表明荣华富贵会带来危机，如同蜜蜂"造甘为利"而被主人毒害一样，知足保和、安贫乐道才能真正持久。世间事物一旦有补时用就会命在朝夕、身罹不测，赤豹因为尾巴有用而遭猎人捕杀，猛虎以眼睛有用而丧生毙命，正确做法应该如同深夏柰树最后存留的那颗果实般因深隐林叶下而不被山鸟窥知，从而得以晦迹隐身、存性保命，"物亦以晦存，悟兹身世为"（《深夏忽见柰树上犹存一颗实》）、"淡泊全精神，老氏吾将师"（《依韵和邵不疑以雨止烹茶观画听琴之会》）就是梅尧臣晦迹隐身、知足保和思想之流露。利令智昏、轻用智力是老庄思想的重要维度，孙绰《答许询诗》"机过患生，吉凶相拂。智以利昏，识由情屈"⑤ 即表达了此类思想，梅尧臣诗歌中不论是"筋力不可恃，游子当念归"（《老

---

① 朱东润编年校注《梅尧臣集编年校注》，上海古籍出版社，2006，第312页。
② 朱东润编年校注《梅尧臣集编年校注》，上海古籍出版社，2006，第298页。
③ 朱谦之撰《老子校释》，中华书局，1984，第180页。
④ 朱东润编年校注《梅尧臣集编年校注》，上海古籍出版社，2006，第557页。
⑤ 逯钦立辑校《先秦汉魏晋南北朝诗》，中华书局，1983，第899页。

牛陂》）、"古来遁世士，轻彼用智力"（《古意》）这类直接外露的思想主张，还是"物败谁可必，钝老而狡夭。穴蚁不啮人，其命常自保"（《扪虱得蚤》）这类虱子、跳蚤近人被灭而穴蚁远人保命的寓言暗示，皆传递出清静无为、轻用智力的老庄思想。

此外，和光同尘、齐物论等老庄思想亦多为梅尧臣哲理诗所表现。《送李逢原》以祢衡、李白负才使气而沉沦飘落之事比兴，告诫李逢原"慎勿异尔流"①，以免遭遇"臧仓毁孟轲，桓魋迫圣丘"般落魄仓皇的历史境遇。《次韵和原甫陪永叔景仁圣徒饮余家题庭中枯菊之什》先写庭中枯菊衰败而萝蔓旺盛，接着写"一朝风雪厉，零落向暮年。至此事乃等，高低复何言。公休夸松柏，彭祖与颜渊。各不相健羡，焉能论柔坚"，以想象中的风雪摧残萝蔓齐一枯菊、萝蔓之旺衰高卑，提出休要夸赞松柏常青、彭祖高寿而叹息颜渊短命，这些早有前人"莫大于殇子，彭聃犹为夭"②"死生既齐，荣辱奚别"③ 等诗句做过齐同万物的阐明。

三 近情与切事：梅尧臣哲理诗对玄言诗的更革

玄言诗处于离文学自觉时代相去不远的诗歌阶段，艺术经验还不够丰富，尚存单调、片面的模式化特征，王澍将其分为直言玄理、游仙体道、山水悟道三类，④ 直言玄理类以孙绰、许询、支遁等人为代表，游仙体道类以郭璞为代表，山水悟道类则从正始时期的嵇康、阮籍持续到晋宋时期的陶渊明、谢灵运。直言玄理类如支遁《咏怀诗》其二：

> 廓矣千载事，消液归空无。无矣复何伤，万殊归一涂。道会贵冥想，罔象掇玄珠。怅怏浊水际，几忘映清渠。反鉴归澄漠，容与含道符。心与理理密，形与物物疏。萧索人事去，独与神明居。⑤

---

① 朱东润编年校注《梅尧臣集编年校注》，上海古籍出版社，2006，第749页。
② （西晋）孙楚：《征西官属送于陟阳候作诗》，逯钦立辑校《先秦汉魏晋南北朝诗》，中华书局，1983，第599页。
③ （东晋）卢谌：《赠刘琨诗》，逯钦立辑校《先秦汉魏晋南北朝诗》，中华书局，1983，第882页。
④ 王澍：《代序——论魏晋玄言诗的定义与分类》，王澍编著《魏晋玄言诗注析》，群言出版社，2011，第14~26页。
⑤ 逯钦立辑校《先秦汉魏晋南北朝诗》，中华书局，1983，第1080页。

千载之事、万殊之物最终皆消液为空无，无意于道、冥想默会才能与道相遇，内心与玄理在冥寂中融合无间，形体与外物在冥寂中疏隔不亲，这是支遁体会虚无玄理的真实写照，几乎句句说理，并不具备太多生动形象、优美动人的文学质素。游仙体道类如郭璞《游仙诗》其三描写冥寂士静啸抚弦、游玩仙界的逍遥生活，寄托对自由美好的体悟与追求。山水悟道类诗歌以谢灵运带着"玄言尾巴"的山水诗最为杰出，《登池上楼》描写登楼所见春光明媚、芳草暗生、禽虫鸣叫的生机勃勃之景，最后以"索居易永久，离群难处心。持操岂独古，无闷征在今"① 的哲理话语结束全篇，此处引用《周易·乾》"不成乎名，遁世无闷"② 意指自己离群索居、保持操守、逃避世俗而意有所适、心无烦闷，是一种体玄得道的表现。谢灵运山水诗总在游览完后发出"荣悴迭去来，穷通成休戚。未若长疏散，万事恒抱朴"(《过白岸亭》)、"始信安期术，得尽养生年"(《登江中孤屿》)、"人生谁云乐，贵不屈所志"(《游岭门山》) 等玄理感悟，又或以理释情、以理遣情从而达到"感往虑有复，理来情无存"(《石门新营所住四面高山回溪石濑茂林修竹》)、"观此遗物虑，一悟得所遣"(《从斤竹涧越岭溪行》) 的遣散俗情、冥契玄理境界。类型化、雷同化的表达方式促成玄言诗千篇一律的文字面孔，现实生活的介入不足使其思想主旨呈现刻板、僵化的外在特征。

　　东晋以后，陶渊明的诗歌始渐摆脱玄言诗的明显痕迹，将理语融注在形象化的诗歌中，以至南宋李涂云："《选》诗惟陶渊明，唐文惟韩退之，自理趣中流出，故浑然天成，无斧凿痕。"③ 唐初张九龄《感遇》其一："兰叶春葳蕤，桂华秋皎洁。欣欣此生意，自尔为佳节。谁知林栖者，闻风坐相悦。草木有本心，何求美人折。"④ 其七："江南有丹橘，经冬犹绿林。岂伊地气暖，自有岁寒心。可以荐嘉客，奈何阻重深。运命惟所遇，循环不可寻。徒言树桃李，此木岂无阴。"⑤ 以兰叶、桂花、丹橘为描写对象，突出这些草木不求人用亦不凭借外在条件的坚贞之心

---

① 黄节撰《谢康乐诗注》，中华书局，2008，第62页。
② (魏) 王弼注，(唐) 孔颖达疏《周易正义》，北京大学出版社，2000，第17页。
③ (宋) 李涂著，刘明晖校点《文章精义》，人民文学出版社，1960，第79页。
④ 熊飞校注《张九龄集校注》，中华书局，2008，第171页。
⑤ 熊飞校注《张九龄集校注》，中华书局，2008，第178页。

第四章 何以开山：梅尧臣诗歌的艺术特色

和凛凛风操。

中唐以后，"广大教化主"白居易不介意将日常私生活播于诗歌，喜用文字言说人生道理，其讽喻诗、闲适诗是日常化与哲理性结合的典型例证，透露着日常化与哲理性合流之势，表现出接近人情与贴合世事的艺术倾向。他尤其善于从自然事物推至世事人情，如通过紫藤外表袅袅娇柔而所缠之树化为枯株的现象，联想到谀佞之徒、妖冶之妇惑上蛊夫，先示柔媚而后成害类，告诫邦国、家庭之主谨慎于初；观看放鹰时总结出"取其向背性，制在饥饱时"（《放鹰》）的养鹰之术，进而联想到英明君主驾驭英雄亦应如此；通过陵上老柏因多奇文被加工成床的事，说明"方知自残者，为有好文章"（《文柏床》）的晦迹隐身道理。此外，日常生活经验如宦旅、睡眠、居家生活也常引发白居易的哲理联想。如由太行山险峻无比的羊肠小道联想到世路之艰更在太行之上（《初入太行路》）；从自己据鞍睡着的形神分离、迟速相异，体验到"诚哉达人语，百龄同一寐"（自望秦赴五松驿马上偶睡睡觉成吟）的道理；抚弄稚子时又发出"酒美竟须坏，月圆终有亏。亦如恩爱缘，乃是忧恼资"（《弄龟罗》）的辩证观点。

晚唐五代、宋初诗歌对白居易哲理诗继承不多，梅尧臣却承续了白居易的艺术经验，将日常生活与哲理性结合得更加紧密。精细、敏锐的心灵使梅尧臣善于品味细碎、丰富的日常生活，吉川幸次郎指出，"最能构成他的诗歌特征的，是扩充题材、扩充方法的愿望，使他那敏锐的诗的目光向着日常的家庭生活、友情生活，并深入进去一直渗透到以往诗人的视线未曾到达的细部"[①]，他的诗歌总是力图发现、表现日常生活中遇到的一切或美或丑的普通事物。不管是否具有诗意、是否值得表现，万事万物皆能被梅尧臣捕捉并提炼深刻精微的人生哲理。如《晚泊观斗鸡》：

> 舟子抱鸡来，雄雄跱高岸。侧行初取势，俯啄示无惮。先鸣气益振，奋击心非懦。勇颈毛逆张，怒目眦裂肝。血流何所争，死斗欲充玩。应当激猛毅，岂独专晨旦。胜酒人自私，粒食谁尔唤。缅

---

① 〔日〕吉川幸次郎：《宋元明诗概说》，李庆、骆玉明等译，复旦大学出版社，2012，第54页。

怀彼兴魏，傍睨当衰汉。徒然驱国众，曾靡救时难。群雄自苦战，九锡邀平乱。宝玉归大奸，干戈托奇算。从来小资大，聊用一长叹。①

这首诗对斗鸡侧行、俯啄、鸣叫、奋击、毛张、怒目做了精细刻写，描绘出奋勇死斗、血流不休的激战场面，然而赌胜之酒归于主人，斗鸡却无粒食可吃，仅是充当主人玩好而已。诗人由此联想到汉魏之际群雄混战，最终却以"宝玉归大奸"收场，不免令人感叹"从来小资大"，弱小民众终究只是被群雄驱驰、为群雄奉献力量罢了。由斗鸡小事联想到汉末群雄征战，是从具体到抽象、从现实到历史的过程，这种迁移、推想得出的历史感悟具有极为深厚的引人深思的力量。又如通过冬天粪土煦育的韭黄蓼甲先于百物萌芽之事联想到"柔美已先荐，阳和非不均。芹根守天性，憔悴涧之滨"（《闻卖韭黄蓼甲》），虽然表面是写韭黄蓼甲、芹根的不同遭际，实际上重点落在韭黄蓼甲、芹根各自遵循的处世原则即"柔美""守天性"上，寄寓着诗人对韭黄蓼甲般便佞柔美之人的厌恶、对芹根般护持品行节操之人的欣赏，以及对社会上小人得势的无奈叹息。此外，《朝日》由日色出海照耀天地联想到君子德行的普照弥漫，《灯花》针对灯芯结瓣占验远方信至、行人归来的民间传说指明灯花燃灭原本无情，《寒草》从冬季寒草变枯、陈根含绿推知天地造化之仁爱慈善，《鸭雏》从鸭蛋寄托鸡窠孵化成雏后泛然水中不顾母鸡呼叫之事得出"人之苟异怀，负义不足算。有志在养毓，勿论报德限"②的人生哲理。

  以上所举梅尧臣哲理诗皆即目取材，注重从日常生活中感悟、提炼哲理思想，突破了玄言诗注重体悟"三玄"的表现主旨，使其哲理诗具备更丰富的内容层次、更刚健的思理气息。相比玄言诗、白居易哲理诗来说，梅尧臣哲理诗的个性特征还表现在他常以不动声色、冷静客观的语言文字引导读者体悟其中蕴含的深刻哲理，这比诗人主动现身介入说理更加委婉、冷峻。如《古意》，"故人留雅曲，今与新人弹。新人听不足，复使后人欢"③，所写看似为女子弹琴雅事，揭露的却是古代女子被

---

① 朱东润编年校注《梅尧臣集编年校注》，上海古籍出版社，2006，第122页。
② 朱东润编年校注《梅尧臣集编年校注》，上海古籍出版社，2006，第413页。
③ 朱东润编年校注《梅尧臣集编年校注》，上海古籍出版社，2006，第53页。

第四章 何以开山：梅尧臣诗歌的艺术特色

始乱终弃、殊途同归的残酷命运。再对照《倡妪叹》《对花有感》，就更能清晰理解梅尧臣这种鞭辟入里的语言风格，前者云"万钱买尔身，千钱买尔笑。老笑空媚人，笑死人不要"[1]，后者云"新花朝竟妍，故花色憔悴。明日花更开，新花何以异"[2]，以老妓、花朵颜色褪去而遭抛弃暗示女性红颜逝去后的共同命运，平静冷峻的叙说掩藏着残忍的社会现实。再如《龙女祠祈顺风》透过在龙女祠祈求顺风而果得其请的经历发出"竹根杯珓不欺人，世间然诺空当面"[3]的人生慨叹，竹根杯珓乃无情之物，却比世间然诺这类有情之语更值得信赖，冷峻的对比突出了世人圆滑世故、不讲信用的丑陋现象。这类小诗似乎吸收了杜荀鹤《感寓》的诗歌艺术，往往以全知视角冷峻表达作者的社会认识和批判态度，对阴暗面表现得非常直接。

苏轼、黄庭坚才大思雄，使宋诗的哲理性有了进一步拓展，哲理诗取材与日常化结合得更紧密，但议论说理也更直白浅露。"近别不改容，远别涕沾胸。咫尺不相见，实与千里同。人生无离别，谁知恩爱重"（苏轼《颍州初别子由二首》其二），从兄弟相别之情推导人生正因离别才懂得珍惜相亲相爱的时光。苏轼又从祈祷灵塔联想到"至人无心何厚薄，我自怀私欣所便。耕田欲雨刈欲晴，去得顺风来者怨。若使人人祷辄遂，造物应须日千变"（《泗州僧伽塔》），指出普罗大众皆希望造物偏袒自己，但大众愿望常互相抵牾，真正的至人无心于事而无所厚薄、无所偏私的道理。黄庭坚直陈道理类诗歌比苏轼为多，如其概括人生经验为养生四印："百战百胜，不如一忍。万言万当，不如一默。无可简择眼界平，不藏秋毫心地直。"[4] 又如"道常无一物，学要反三隅。喜与嗔同本，嗔时喜自俱。心随物作宰，人谓我非夫。利用兼精义，还成到岸桴"（《次韵杨明叔四首》其二），只是以诗歌语言讨论道本虚无，切勿为物所转的人生经验。这类诗歌思想性过强，摧伤了诗歌的形象性、韵律美，"失去了作为诗的和谐"[5]。

---

[1] 朱东润编年校注《梅尧臣集编年校注》，上海古籍出版社，2006，第866页。
[2] 朱东润编年校注《梅尧臣集编年校注》，上海古籍出版社，2006，第114页。
[3] 朱东润编年校注《梅尧臣集编年校注》，上海古籍出版社，2006，第709页。
[4] （宋）黄庭坚：《赠送张叔和》，（宋）黄庭坚著，（宋）任渊、史容、史季温注，黄宝华点校《山谷诗集注》，上海古籍出版社，2003，第109页。
[5] 〔日〕吉川幸次郎：《中国诗史》，章培恒等译，安徽文艺出版社，1986，第208页。

梅尧臣在面对哲理诗文学传统时,以小诗承继晚唐诗人杜荀鹤等人讥刺传统,以五言古诗接续玄言诗"推理"的创作思维和"三玄"的表现主旨,又融合中唐白居易等人日常化的写作经验,扩大了哲理诗的内容层次,将日常生活与哲理性结合得更加紧密。如此种种统绪不同、内容驳杂的创作实践实际上反映了梅尧臣试图千般幻化、遍试可能的实验心理,从而形成了一个相当丰富的哲理诗艺术宝库,启迪着后世文人的哲理诗创作。

第三节　典故使用与风格形塑:梅尧臣的"以学为诗"及其文学史意义

"以学为诗"是宋诗迥别于唐诗的艺术特色,清代诗学批评话语对此进行了系统、深入阐述,将学问化、书卷气浓厚的诗歌概括为"学人之诗",与之对立的是"诗人之诗""才人之诗"[1]。"学人之诗"具体所指为何,各人理解却不一致,"杭世骏、陈文述等人认为这类诗歌的特点是关注时事、有益政教;孙原湘、朱一新等人认为是采用赋的写作手法;全祖望、翁方纲等人则认为是以学问知识为素材"[2]。今人魏中林等亦将用典、咏史、用韵、对仗、议论、言理、论学、论诗等能体现学问化的诗学元素悉数纳入研究范畴。[3] 总体来看,诗歌用典能充分展示诗人的素养学识,无疑是"以学为诗"的重要标志,亦是"学人之诗"的典型特征。此处即从典故使用的文学线索考察梅尧臣的"以学为诗"及其文学史意义。

---

[1] 清人这方面的诗学探讨有以下几种。翁方纲《谢蕴山〈咏史诗〉序》云:"有才人之诗,有学人之诗,二者不能兼也。"(翁方纲:《复初斋集外文》,《清代诗文集汇编》第382册,上海古籍出版社,2010,第635页)程晋芳《望溪集后》云:"夫诗有诗人之诗,有学人之诗,有才人之诗。"(程晋芳:《勉行堂文集》,《续修四库全书》第1433册,上海古籍出版社,2002,第332页)杭世骏《沈沃田诗序》云:"《三百篇》之中,有诗人之诗,有学人之诗。"(杭世骏:《道古堂文集》,《续修四库全书》第1426册,上海古籍出版社,2002,第296页)陈文述《顾竹峤诗叙》云:"有诗人之诗,有才人之诗,有学人之诗。"(陈文述:《颐道堂文钞》,《续修四库全书》第1505册,上海古籍出版社,2002,第553页)
[2] 王宏林:《论清代"学人之诗"的多重内涵与诗学意义》,《苏州大学学报》(哲学社会科学版)2020年第1期。
[3] 参见魏中林等《古典诗歌学问化研究》,中国社会科学出版社,2012。

第四章 何以开山：梅尧臣诗歌的艺术特色

用典，又称用事、使事、隶事，是古典诗歌创作的一种常用艺术技巧。明人胡应麟云："诗自模景述情外，则有用事而已。用事非诗正体，然景物有限，格调易穷，一律千篇，只供厌饫。欲观人笔力材诣，全在阿堵中。且古体小诗，姑置可也，大篇长律，非此何以成章！"① 指出诗歌用典是"模景述情"之外的重要内容，通过用典能"观人笔力材诣"，"大篇长律"更是非此不可。实际上，典故使用能扩大诗歌语言载体的层次、含量，包蕴更开阔、纵深的知识，增加诗歌的凝重幽深感与婉曲含蓄度，映现诗人的知识结构、写作心境、艺术追求，是诗人比拼才力、竞赛学养的重要方式。典故使用过多也会带来"隔"的艺术弊病，中断象、意、节奏带来的视镜流动与心理快感。② 宋诗饱受批评亦与宋人喜爱用典密切相关。那么，从唐诗到宋诗，用典情况究竟发生了怎样的变化？梅尧臣是如何冲破宋初三体进而拓出"以学为诗"的艺术路径的？其诗歌创作在"以学为诗"的演进脉络中又具有怎样的文学史意义？

一 宋初诗人的典故使用与风格特征

宋初诗坛以白体、晚唐体、西昆体并存嬗替为主流，前二者皆不喜使事用典。白体诗人李昉、李至等人效法对象为"为君、为臣、为民、为物、为事而作，不为文而作也"（《新乐府序》）的白居易，故诗歌呈现通俗易懂、平白如话的艺术风貌。晚唐体诗人继承贾岛"两句三年得，一吟双泪流"（《题诗后》）的创作方式，作诗"忌用事，谓之'点鬼簿'，惟搜眼前景而深刻思之"③，"不外江山、月露、草木、虫鸟及偈禅语录字句而已"④，以至"当时有进士许洞者，善为词章，俊逸之士也。因会诸诗僧分题，出一纸，约曰：'不得犯此一字。'其字乃山、水、风、云、竹、石、花、草、雪、霜、星、月、禽、鸟之类，于是诸僧皆阁笔"⑤，可见晚唐体诗人创作堂庑的窄小、仄狭程度。

西昆体创作群体为以李商隐为取法对象的北宋馆阁文人，从细碎之

---

① （明）胡应麟撰《诗薮·内编》，上海古籍出版社，1979，第 64 页。
② 葛兆光：《汉字的魔方：中国古典诗歌语言学札记》，复旦大学出版社，2016，第 126 页。
③ （明）杨慎：《升庵诗话》，丁福保辑《历代诗话续编》，中华书局，1983，第 851 页。
④ （清）叶矫然：《龙性堂诗话·初集》，郭绍虞编选，富寿荪校点《清诗话续编》第 2 册，上海古籍出版社，1983，第 947 页。
⑤ （宋）欧阳修：《六一诗话》，（清）何文焕辑《历代诗话》，中华书局，1981，第 266 页。

景转向高文典册，呈现雍容典雅、富丽精工的台阁气象，被文学史定性为"晚唐五代诗风的沿袭"或"晚唐诗风的又一次复归"。近年来，学者们指出西昆体"以学为诗"为唐音向宋调转变做出了历史贡献。[①] 但我们亦需追问：同样热衷于"以学为诗"，为什么苏、黄诗能成为宋诗典范而西昆体却无法成为宋诗仪型呢？将关注视线投向西昆体诗人的类书编纂有助于回答这个问题。景德二年（1005）九月，王钦若、杨亿受命编修《历代君臣事迹》，至大中祥符六年（1013）完成，书成后真宗赐名《册府元龟》。《西昆酬唱集》所收诗歌创作时段即为景德二年秋至大中祥符元年，其作者杨亿、刘筠、钱惟演、陈越、利瓦伊、刁衎等人皆曾参与修书。慈波认为，宋代类书编纂推动了"以学为诗"的宋诗特色生成，所据为郑再时注《受诏修书述怀感事三十韵》引用文献多达64种。[②] 但郑再时、王仲荦等人注释《西昆酬唱集》往往旁征博引，远超原诗真实用典情形，如《南朝》基本引自《南齐书·武穆裴皇后传》《南齐书·东昏侯纪》《陈书·世祖纪》《陈书·皇后列传》《南史·齐废帝东昏侯纪》《南史·陈后主纪》《哀江南赋》等典籍，《汉武》基本引自《史记·封禅书》《汉书·郊祀志》《汉书·礼乐志》《汉书·武帝纪》《汉武故事》《汉武帝内传》等典籍，而《册府元龟》相关部类所引条目几乎皆源于这些典籍，可见馆阁文人捃拾类书为诗的明显倾向。部分诗人唱和篇目所引典故多见重复，如李宗谔"仙华玉寿夜沉沉""麝壁飘香未称心"（《南朝》）皆引自《南齐书·东昏侯纪》"更起仙华、神仙、玉寿诸殿……麝香涂壁"，而刘筠早有"青漆楼高未称情""麝壁灯回偏照昼"之句，反而显得酬唱者水平参差，使事用典左支右绌。李宗谔诗尾联"惆怅雷塘都几日，吟魂醉魄已相寻"将笔锋转至隋炀帝，更游离了"南朝"主题。西昆体主唱者杨亿、刘筠、钱惟演诗艺高超，熔裁典故精准恰切，鲜见此类重复用典、偏离主题现象，其余唱和者却因难以驾轻就熟而颇多纰漏之处。

六朝、初唐、晚唐写作公牍奏章使用骈文，骈文写作常需征引典故，故催生了大批类书的纂集编修。闻一多认为唐初诗人所热衷的"与其说

---

① 相关研究有杨旭辉《西昆体的形成及其对宋代诗风的开创意义》、方智范《杨亿及西昆体再认识》、慈波《〈西昆酬唱集〉与宋诗演进》等论文。
② 参见慈波《宋诗与类书之关系》，《涪陵师范学院学报》2005年第6期。

第四章 何以开山：梅尧臣诗歌的艺术特色

是诗，毋宁说是学术"，呈现诗歌"被学术同化"的美学风貌。[①] 李商隐私修类书《金钥》，陈振孙称其"分四部，曰《帝室》、《职官》、《岁时》、《州府》。大略为笺启应用之备"[②]。杨亿称"商隐为文，多检阅书册，左右鳞次，号'獭祭鱼'"[③]，王士禛称"獭祭曾惊博奥殚，一篇《锦瑟》解人难。千秋毛郑功臣在，尚有弥天释道安"（《戏效元遗山论诗绝句》之十一），皆指李商隐拾掇类书、堆砌典故的诗文特征。北宋西昆体诗人以典丽精工、绮密瑰妍如"百宝流苏，千丝铁网"的李商隐诗为效仿对象，不免同样留心拾掇、铢积典故，沾染类书气、骈文气、宫廷气，如刘守宜所称"西昆体之致命伤，与西汉之赋，六朝之骈文、宫体诗，一脉相承，同其缺失焉"[④]。

北宋西昆体诗人还创作《槿花》《鹤》《赤日》《荷花》《梨》《泪》《柳絮》《樱桃》《萤》等李商隐同题咏物诗，这类诗歌与"粤自正统，至于闰位，君臣善迹，邦家美政，礼乐沿革，法令宽猛，官师议论，多士名行，靡不具载"[⑤] 的《册府元龟》截然无关，而与馆阁所藏《太平御览》《文苑英华》等类书关联密切。在典雅、沉重的咏史诗之外，风花雪月类咏物诗成为馆阁文人修书之余放松身心的方式。资类书为诗的创作方式与咏物题材结合即近似六朝、初唐类书编修与咏物诗的互渗模式。因此，北宋西昆体的用典机制与六朝、初唐、晚唐如出一辙而与以苏、黄为代表的宋诗范式尚存差别。

西昆体诗人从类书撷拾典故妆点富贵华美、典丽精工的艺术风貌，拯救了晚唐体、白体诗歌细碎狭小、略无余韵的艺术困境，自是一种审美品位的因革嬗代。欧阳修称赞西昆体"雄文博学，笔力有余，故无施而不可，非如前世号诗人者，区区于风云草木之类，为许洞所困者也"[⑥]，通过与晚唐体的对照揭示了西昆体的文学史意义。但西昆体弊病

---

① 闻一多：《唐诗杂论》，中华书局，2015，第4、7页。
② （宋）陈振孙撰，徐小蛮、顾美华点校《直斋书录解题》，上海古籍出版社，2015，第424页。
③ （宋）马端临：《文献通考》第10册，中华书局，2011，第6364页。
④ 刘守宜：《梅尧臣诗之研究及其年谱》，（台北）文史哲出版社，1980，第29页。
⑤ 《册府元龟序》，《全宋文》第13册，上海辞书出版社、安徽教育出版社，2006，第139页。
⑥ （宋）欧阳修：《六一诗话》，（清）何文焕辑《历代诗话》，中华书局，1981，第270页。

在于"以学为诗"多源自类书编修而非自身学养,与士人的生命感受暌隔不接,无法展现宋代士人胸中所蕴、腹中所学与诗歌艺术的深层互动、精神关联。陈衍《石遗室诗话》云:"不先为诗人之诗,而径为学人之诗,往往终于学人,不到真诗人境界。盖学问有余,性情不足也。"[①] 西昆体诗人资类书为诗的创作实践近于先为"学人之诗"而不为"诗人之诗",缺乏"诗人"的性情、体验,故整体艺术成就不够高超。实现宋代士人学问、性情的融合、平衡,从注重兴象风神的唐音转向"以学为诗"的宋调,就成为庆历诗坛的历史任务。

二 梅尧臣诗歌的典故运用与古淡诗风

北宋中期诗坛涌现了欧阳修、梅尧臣、苏舜钦等著名诗人,欧阳修、苏舜钦诗歌直白浅显,不太注重使事用典,而梅尧臣诗歌的典故使用颇为富赡,具有阐释北宋中期诗坛"以学为诗"的典型意义。梅尧臣娴熟《诗经》、兼宗六经,故其使事用典以儒家典籍为采撷重点。《诗经》是梅尧臣创制诗歌的文学典范、征引典故的文本渊薮,其征引条目多至70余处,这类用典可分为两方面。

一是袭用《诗经》语言辞藻。如"薨薨勿久恃"的"薨薨"源自《诗经·周南·螽斯》"螽斯羽,薨薨兮"、《诗经·齐风·鸡鸣》"虫飞薨薨,甘与子同梦";"殄瘁感周诗"的"殄瘁"出自《诗经·大雅·瞻卬》"人之云亡,邦国殄瘁";"江上潧凄凄"的"潧凄凄"源自《诗经·小雅·大田》"有渰凄凄";"围城几匝如重鋂"的"重鋂"出自《诗经·齐风·卢令》"卢重鋂";"幸免成贝锦"的"贝锦"源于《诗经·小雅·巷伯》"萋兮斐兮,成是贝锦";"佗僚愿噬朱颜妻"的"愿噬"出自《诗经·邶风·终风》"寤言不寐,愿言则嚏";"禽鸟啼睍睆"的"睍睆"源于《诗经·邶风·凯风》"睍睆黄鸟,载好其音";等等。此类语言辞藻于宋前诗歌鲜少出现,梅尧臣化用征引扩大了诗歌语言的状写范围,提高了诗歌语言的表现能力。

二是袭用《诗经》思想主旨。如《巧妇》:

[①] 陈衍:《石遗室诗话》,《民国诗话丛编》第1册,上海书店出版社,2002,第200页。

> 巧妇口流血，辛勤非一朝。莩荼时补缀，风雨畏漂摇。所托树枝弱，而嗟巢室翘。周公诚自感，聊复赋鸱鸮。

《诗经·豳风·鸱鸮》以寓言形式叙写被鸱鸮抓走幼鸟后的母鸟艰辛营巢故事，最后写"予羽谯谯，予尾翛翛，予室翘翘。风雨所漂摇，予维音哓哓"，以羽毛枯敝无泽、巢室飘摇不稳、鸣声惊恐仓皇突出母鸟在强暴力量下的弱势无助。此诗吟咏"巧妇"因畏惧风雨飘摇而辛勤补缀巢室，明显有承袭《鸱鸮》诗意的艺术痕迹。又如《送郑太保瀛州都监》：

> 秋气入关河，匈奴久已和。雕弓聊可试，宝剑不须磨。草木将摇落，牛羊自寝讹。能知塞垣景，持以赠吾歌。

"牛羊自寝讹"出自《诗经·小雅·无羊》"尔羊来思，其角濈濈；尔牛来思，其耳湿湿。或降于阿，或饮于池，或寝或讹"，此诗为客人盛赞主人家牛羊众多，绘写了草地上牛羊的诸多姿态，梅尧臣借此形容以放牧为主的瀛州塞垣风景，颇为新颖，工整切题。再如"南箕成簸扬，寺孟咏侈哆"源自《诗经·小雅·大东》"维南有箕，不可以簸扬"和《诗经·小雅·巷伯》"哆兮侈兮，成是南箕"；"还思溱洧上，士与女相谑"源自《诗经·郑风·溱洧》"溱与洧，方涣涣兮。士与女，方秉蕳兮。女曰：'观乎？'士曰：'既且。''且往观乎！洧之外，洵訏且乐。'维士与女，伊其相谑，赠之以勺药"；"风俗已如此，憩棠无讼争"源自《诗经·召南·甘棠》"蔽芾甘棠，勿翦勿败，召伯所憩"；"今朝钟鼓登歌祀，何日熊罴作梦祥"源自《诗经·小雅·斯干》"大人占之，维熊维罴，男子之祥"。这些诗句皆非仅借用相应篇目的语言辞藻，而是承袭思想主旨、诗歌句意。读者面对这类使事用典案例，必须理解典源诗歌的句意主旨才能破译梅诗密码。

梅尧臣诗歌援引史籍多取材《史记》《汉书》《后汉书》《晋书》，笔者统计其约征引《史记》23处、《汉书》21处、《后汉书》29处、《晋书》19处。这种援引特色与北宋书籍刊刻状况密切相关，叶梦得《石林燕语》载：

唐以前，凡书籍皆写本，未有模印之法，人以藏书为贵。人不多有，而藏者精于雠对，故往往皆有善本。学者以传录之艰，故其诵读亦精详。五代时，冯道始奏请官镂六经板印行。国朝淳化中，复以《史记》、《前》、《后汉》付有司摹印，自是书籍刊镂者益多……①

从这段材料可知，五代已有六经官刻本镂版印行，宋太宗淳化年间又刻印《史记》《汉书》《后汉书》。宋真宗景德年间刻书业更臻兴盛，"国初不及四千，今十余万，经史正义皆具"②。大中祥符三年（1010），向敏中还谈及"今三史、《三国志》、《晋书》皆镂版"③。诸多史料表明，宋太宗、真宗朝书籍刊刻已从写本过渡到印本，日渐繁盛的刻书事业为知识阶层提供了丰富的经史读本，极大地扩充了宋代士人的知识储备和诗歌容量。

梅尧臣颇重视《史记》《汉书》《后汉书》《晋书》人物传记篇目。征引《史记》典故如"当营负郭田"源于《史记·苏秦列传》苏秦感叹"使我有雒阳负郭田二顷，吾岂能佩六国相印乎"；"摩笄自杀向山窟"出自《史记·赵世家》代王夫人"摩笄自杀"；"黄犬悲东门"源自《史记·李斯列传》李斯临刑前对其子云"吾欲与若复牵黄犬俱出上蔡东门逐狡兔，岂可得乎"；等等。征引《汉书》典故如"固乏横草功"出自《汉书·终军传》"军无横草之功，得列宿卫，食禄五年"；"始信带经锄""不惭贫贱带经锄"源自《汉书·兒宽传》"带经而锄，休息辄读诵"；"飞刍始得人"出自《汉书·主父偃传》"又使天下飞刍挽粟"；等等。征引《后汉书》典故如"吾家依旧甑生尘""我家无火甑生尘"源自《后汉书·范冉传》"所止单陋，有时粮粒尽，穷居自若，言貌无改，闾里歌之曰'甑中生尘范史云，釜中生鱼范莱芜'"；"吾惭辽东豕"出自《后汉书·朱浮传》"往时辽东有豕，生子白头，异而献之，行至河东，见群豕皆白，怀惭而还。若以子之功论于朝廷，则为辽东豕

---

① （宋）叶梦得撰，宇文绍奕考异，侯忠义点校《石林燕语》卷8，中华书局，1984，第116页。
② 《续资治通鉴长编》，中华书局，2004，第1333页。
③ 《续资治通鉴长编》，中华书局，2004，第1694页。

也";"鲜车怒马一日程"源于《后汉书·第五伦传》"蜀地肥饶,人吏富贵,掾史家资多至千万,皆鲜车怒马,以财货自达";等等。征引《晋书》典故如"罢市见遗思""罢市知遗爱"出于《晋书·羊祜传》"南州人征市日闻祜丧,莫不号恸,罢市";"目前况有宁馨儿"源于《晋书·王衍传》"涛嗟叹良久,既去,目而送之曰:'何物老妪,生宁馨儿!'";"犹持杖头钱"源于《晋书·阮修传》"常步行,以百钱挂杖头,至酒店,便独酣畅";等等。这些诗句多取自故事性强、情节曲折的人物传记,梅尧臣善于剪接具有文学性、意象性的典故词语入诗,善于取用富有画面感、达到造象水平的历史典故,与文学融合得水乳无间,甚为贴切妥当。读者从字面意义已得象趣,以其"认知能力系统"破译典故密码后更能体会诗中意趣。援引史籍传记赋予梅尧臣诗歌深厚、宽广的文化底蕴,拓展了梅诗的历史含量与文本层次,使其诗歌耐人寻味、意味深长,可以启迪读者的广泛联想与丰富想象。

典故援引形塑了梅尧臣高古、平淡如橄榄回甘的艺术风格,挚友欧阳修热衷于阅读、品赏梅诗,曾写过《水谷夜行寄子美圣俞》论其诗歌艺术。

> 梅翁事清切,石齿漱寒濑。作诗三十年,视我犹后辈。文词愈清新,心意虽老大。譬如妖韶女,老自有余态。近诗尤古硬,咀嚼苦难嘬。初如食橄榄,真味久愈在。苏豪以气轹,举世徒惊骇。梅穷独我知,古货今难卖。

一称"近诗尤古硬",一称"古货今难卖",连用两个"古"字紧紧抓住梅诗高古、老硬的风格特色。"惟思得君诗,古健写奇秀"(欧阳修《忆山示圣俞》)、"子言古淡有真味,大羹岂须调以齑"(欧阳修《再和圣俞见答》)亦阐明了梅尧臣诗歌古健、古淡的艺术风格。曾季狸《艇斋诗话》称"大抵圣俞之词高古"[①]。赵与时《宾退录》载:"张芸叟评本朝名公诗:'梅圣俞如深山道人,草衣木食,王公大人见之,不觉屈

---

① (宋)曾季狸:《艇斋诗话》,丁福保辑《历代诗话续编》,中华书局,1983,第295页。

膝。'"① 所谓"深山道人"指梅尧臣诗歌的自然、森秀清气,亦即语句、文辞的高古、逸气。陆游对这种高古风貌的知识渊源颇有解索,其《读宛陵先生诗》云:

> 欧尹追还六籍醇,先生诗律擅雄浑。导河积石源流正,维岳松高气象尊。玉磬潺潺非俗好,霜松郁郁有春温。向来不导无讥评,敢保诸人未及门。

"导河积石源流正"暗指"积石导渊源,沄沄泻昆阆。龙门自吞险,鲸海终涵量"(梅尧臣《黄河》)源于《尚书·禹贡》"导河积石,至于龙门"②。《尚书·禹贡》是我国第一篇地理学著作,语言文字艰涩古奥,《史记·夏本纪》《汉书·地理志》皆源于《尚书·禹贡》,但二书皆作"道河积石,至于龙门"。"积石导渊源"并未采用《史记·夏本纪》《汉书·地理志》等后出文献的"道"字,而极力溯源至《尚书·禹贡》的"导"字,可见梅尧臣刻意追求高风古调、典雅淳正的艺术风貌。陆游又称其"岂惟凡骨换,要是顶门开。锻炼无遗力,渊源有自来","凡骨换""顶门开"意谓梅诗高超卓绝、越尘离俗,此缘于其"锻炼无遗力,渊源有自来"的艰辛锤炼、援引典籍。可见陆游极为欣赏梅尧臣的文学涵养、经史造诣,极为推崇梅尧臣醇于儒典、高古雄浑的美学风格。

塑造高古、淳正的诗歌风貌尤其得益于《尚书》《周易》等艰涩典籍的征实援引。《尚书》在中国古代典籍中最称深奥艰涩、佶屈聱牙,除"导"字外,梅尧臣还多吸收其他文字融进诗歌创作,如《尚书·禹贡》常有"厥土惟白壤""厥田惟上中"等"厥"字用例,《史记·夏本纪》中已用"其"代替,梅尧臣"吾因考厥事""不须大厥声""厥貌虽美好"等诗歌用例却多达13次,明显有意追寻《尚书》高古、晦涩的文辞风格。再如"日见阳雁度"源自《尚书·禹贡》"彭蠡既猪,阳鸟攸居";"幸出洗昏昏"源于《尚书·益稷》"下民昏垫";"伐桑人阻饥""正值民阻饥"出自《尚书·舜典》"帝曰'弃,黎民阻饥。汝后稷,播时百谷'";等等。

---

① (宋)赵与时著,齐治平校点《宾退录》,上海古籍出版社,1983,第21页。
② (汉)孔安国传,(唐)孔颖达正义,黄怀信整理《尚书正义》,上海古籍出版社,2007,第231页。

《周易》亦为梅尧臣诗歌增添新颖、高古风格，梅尧臣许多诗歌辞藻援引、化用自《周易》，如"执手笑哑哑""羡君赴约笑哑哑"以"哑哑"形容笑声乃受《周易·震》"震来虩虩，笑言哑哑"启发；"东市憧憧西市喧"以"憧憧"摩状人来人往之景源自《周易·咸》"憧憧往来，朋从尔思"；"松露助涟如"以"涟如"形容哭泣貌语本《周易·屯》"乘马班如，泣血涟如"。《周易》还为梅尧臣诗歌增添了许多新颖内容，如"揭鸡肆赦，雷动乾坤"出自《周易·说卦》"雷以动之"；"上交执正道，下交守奇节"语本《周易·系辞下》"君子上交不谄，下交不渎"；"囊罄厌外役，进退类藩羝"源自《周易·大壮》"羝羊触藩，不能退，不能遂，无攸利"。这些古雅渊奥、新颖拔类的文辞语言适切润饰了客体对象而很难见到用典痕迹，亦让梅诗规避了因循守旧的陈词滥调而别具新鲜感、陌生感。

《尚书》《周易》催生梅尧臣高深、古雅的诗歌风貌，逸出经典、联合征引的用典技巧则促生了平淡朴实、波澜不惊的风格特征。如《田家》"南山尝种豆，碎荚落风雨。空收一束萁，无物充煎釜"，钱锺书指出，这四句看似平白如话、通俗易懂的诗句却借用了"汉代杨恽《报孙会宗书》的'田彼南山，芜秽不治；种一顷豆，落而为萁！'和三国时曹植《七步诗》的'萁向釜下燃，豆在釜中泣；本自同根生，相煎何太急！'"，称扬梅尧臣将两个典故糅合并写，"仿佛移花接木似的，产生了一个新的形象"①，不仅指明梅诗逸出经史典籍的语典来源，还指明其善于熔裁典故出以新意的用典特征。读者从《田家》明白浅切、直截平易的外在语言中还可体悟其苦心经营、博用典故，最终形迹俱泯、深心浅貌的诗歌风貌。

与西昆体诗人翻检类书、堆砌典故迥然相别，梅尧臣善于以性情统领学问，以经史典籍为使事依托、用典来源，精心剪裁与内心真情契合的经史典籍，给诗歌注入生命体验、情感深度，融化为"羚羊挂角，无迹可寻"的诗歌语言，呈现出学问修养与典故运用的良性相生，使梅尧臣诗歌逐渐冲破唐体而显露宋诗面貌，亦奠定了其在庆历诗坛和唐宋诗史上的挺秀地位。

---

① 钱锺书：《宋诗选注》，生活·读书·新知三联书店，2002，第24页。

三 苏、黄诗歌的典故使用与风格新质

苏轼、黄庭坚诗歌的典故征引在梅尧臣诗歌基础上变本加厉、无所不窥，愈加背离以风神情韵见长的唐诗典范，更彰显了宋诗富于书卷气、学问性的创作特色。

苏轼才气纵横、学问广博，诗中用典甚为丰富、浩瀚，所谓"自经史四库，旁及山经、地志、释典、道藏、方言、小说，以至嬉笑怒骂、里媪灶妇之常谈，一入诗中遂成典故"（邵长蘅《注苏例言》），几乎达到"包罗万象，鄙谚小说，无不可用"[①]的广泛程度。他不仅善于搜罗、抽取典故，也很善于熔裁、驾驭典故，能做到"纵横恣肆，隶事精切，如不著力"[②]，"铜铁铅锡，一经其陶铸，皆成精金"（叶燮《原诗》）。《贺陈述古弟章生子》一诗堪称典范：

> 郁葱佳气夜充闾，始见徐卿第二雏。甚欲去为汤饼客，惟愁错写弄獐书。参军新妇贤相敌，阿大中郎喜有余。我亦从来识英物，试教啼看定何如。

首联"郁葱佳气"出自《后汉书·光武帝纪》新莽时期方士苏伯阿"遥望见春陵郭，唶曰'气佳哉！郁郁葱葱然'"。"充闾"典出《晋书·贾充传》："贾充字公闾，……（父逵）晚始生充，言后当有充闾之庆，故以为名字焉。""始见徐卿第二雏"源自杜甫《徐卿二子歌》。旧俗生男谓"弄璋之喜"，男孩出生三日、满月或周年设筵招待亲友，谓之"汤饼筵"或"汤饼会"。"惟愁错写弄獐书"典出《旧唐书·李林甫传》："太常少卿姜度，林甫舅子，度妻诞子，林甫手书庆之曰：'闻有弄獐之庆。'客视之掩口。""璋"为玉而"獐"为兽，后人遂以"弄獐之庆"讽刺浅学之辈。颈联"参军新妇贤相敌"典出《世说新语·排调》王浑妻子"若使新妇得配参军，生儿故可不啻如此"之语，"阿大中郎喜有

[①]（清）叶燮：《原诗》，（清）王夫之等撰《清诗话》，上海古籍出版社，1978，第596~597页。

[②]（清）张道：《苏亭诗话》，曾枣庄主编《苏诗汇评》（上），四川文艺出版社，2000，第376页。

余"典出《世说新语·贤媛》王凝之妻子谢夫人语:"一门叔父,则有阿大、中郎;群从兄弟,则有封、胡、遏、末。不意天壤之中,乃有王郎!"此处借用"阿大、中郎"指称陈述古其余兄弟,谓陈章生儿对同族兄弟来说亦为喜事。尾联"我亦从来识英物,试教啼看定何如"典出《晋书·桓温传》:"(桓温)生未期,而太原温峤见之,曰:'此儿有奇骨,可试使啼。'及闻其声,曰:'真英物也!'"苏轼以"英物"称赞陈章之子。此诗围绕陈章生子事,用典颇为繁密、精切,足以窥觇苏轼的博学程度。从《张子野买妾》《戏徐孟不饮》等诗亦能见其天纵笔力与深厚学养的紧密结合,这些诗都是苏轼博通典籍、熔裁典故的极佳案例。

  江西诗派的代表人物黄庭坚以"读书破万卷,下笔如有神"的杜甫为取法对象,对诗歌创作的学问性要求很高,指出"词义高胜,要从学问中来",故其诗"书卷比坡更多数倍,几于无一字无来历"①,"一字一句有历古人六七作者"②。黄庭坚比苏轼更喜搜猎奇书、穿穴异闻,诗歌用典更为僻涩、深密,任渊称"其学该通乎儒、释、老庄之奥,下至于医、卜、百家之说,莫不尽摘其英华以发之于诗"③,魏泰称其"专求古人未使之事,又一二奇字,缀葺而成诗"④,许尹称其"用事深密,杂以儒、佛。虞初稗官之说,《隽永》《鸿宝》之书,牢笼渔猎,取诸左右。后生晚学,此秘未睹者,往往苦其难知"⑤。作为典章制度文本的儒家礼学著作向称专门、僻涩,读者群体历来比较稀少,《礼记》尚包含诸多政治、伦理内容,《周礼》《仪礼》则更多记录礼仪制度,适合当工具书使用而缺乏阅读价值。梅尧臣诗歌征引"三礼"仅十余处且限于《礼记》《周礼》而不涉及《仪礼》,黄庭坚却将"三礼"作为重要语典来源,集中涉及者比比皆是,如"桐帽棕鞋称老夫"出自《礼记·曲礼》"大夫七十而

---

① (清)赵翼:《瓯北诗话》,郭绍虞编选,富寿荪校点《清诗话续编》第2册,上海古籍出版社,1983,第1331页。
② 《黄陈诗集注序》,(宋)任渊等注,刘尚荣校点《黄庭坚诗集注》,中华书局,2003,第1页。
③ 《黄陈诗集注序》,(宋)任渊等注,刘尚荣校点《黄庭坚诗集注》,中华书局,2003,第1页。
④ (宋)魏泰:《临汉隐居诗话》,(清)何文焕辑《历代诗话》,中华书局,1981,第327页。
⑤ 《黄陈诗集注序》,(宋)任渊等注,刘尚荣校点《黄庭坚诗集注》,中华书局,2003,第2页。

致事。若不得谢，则必赐之几杖，行役以妇人，适四方，乘安车。自称曰'老夫'"；"敢与好赐云龙同"典出《周礼·天官·玉府》"凡王之好赐，共其货贿"；等等。小说、子书、前四史及其他史书、佛道典籍皆是黄庭坚的取典对象，如"万钉围腰莫爱渠，富贵安能润黄垆"引用《隋书·杨素传》《列子》《淮南子》等史、子典籍；"无异虫蠹木"源自《智论》"佛言善说，无失无过；佛语诸外道中，设有好语，如虫蚀木，偶然成文"；"龙蛇起陆雷破柱"源自《阴符经》"地发杀机，龙蛇起陆"；"九疑山中萼绿华"出自《真诰》"萼绿华降羊权家，云是九疑山得道女罗郁也"；等等。他尤其擅长将旧典翻出新意，给其诗歌增添精警、劲健力度。

　　明末清初的文学批评家王夫之云："人讥'西昆体'为獭祭鱼，苏子瞻、黄鲁直亦獭耳！彼所祭者，肥油江豚；此所祭者，吹沙跳浪之鲦鲨也。除却书本子，则更无诗。"[1]痛彻批评苏、黄诗歌如西昆体般"獭祭鱼"式的使事用典。但若仔细分辨，可发现苏、黄与西昆体使事用典有本质区别。西昆体堆砌典故依赖骈文、类书的有力帮助，苏、黄的典故使用却是宋代士人饱读诗书、创新求变的文学产物。[2]黄庭坚曾称"闲居当熟读《左传》《国语》《楚词》《庄周》《韩非》。欲下笔，略体古人致意曲折处，久之乃能自铸伟词，虽屈、宋亦不能超此步骤也"[3]，

---

[1] （清）王夫之：《姜斋诗话》，（清）王夫之等撰《清诗话》，上海古籍出版社，1978，第17页。

[2] 关于黄庭坚是否编纂过类书，学术界有不同意见。翁方纲《跋山谷手录杂事墨迹》云："黄文节公手录杂事墨迹凡一百六十五题，皆汉晋间事，中间用红笔涂乙点识，又云某条见前帙，又记其题下云'千若干'者，盖此其中间半册耳……山谷际欧苏蔚起时，独以精力沉蓄囊括今古，其取材非一处，而其用功非一日也。尝于《永乐大典》中见山谷所为《建章录》者，散见数十条，正与此册相类。然后知古人一字一句皆有来处。"[（清）翁方纲《复初斋文集》第2册，（台北）文海出版社，1969，第1185~1187页]但这其实是古代诗人作诗的必要举动，日本和尚遍照金刚《文镜秘府论》南卷《论文意》云，"凡作诗之人，皆自抄古今诗语精妙之处，名为随身卷子，以防苦思"，其书末尾亦有开列各种古帝王名号及歌颂古帝王典故的《帝德录》（《文镜秘府论》，人民文学出版社，1975，第132、237~262页），黄庭坚手录杂事墨迹当属此类，与类书性质不同。且已有学者对苏轼、黄庭坚是否编纂类书予以考察并得出"苏轼似乎未有编纂类书之事，而且他也不屑为之，但他渊深的学养，充分表明其胸中是有'无书'之类书存在的"之结论（慈波：《宋诗与类书之关系》，《涪陵师范学院学报》2005年第6期），钱锺书则据《丞相魏公谭训》辨正考订《建章录》乃黄庶所为而非出自黄庭坚之手。

[3] 《书枯木道士赋后》，刘琳、李勇先、王蓉贵校点《黄庭坚全集》，四川大学出版社，2001，第2287页。

又云"其佳句善字，皆当经心，略知某处可用，则下笔时，源源而来矣"①，指点世人学习诗文创作时不能师心自用而应熟读古人文辞，用心体察古人命意布局、佳字善句的精微曲折，留意可用于诗文创作的典故材料，由此可见黄庭坚极为重视平日的学养积累，如其所云"胸多卷轴，蕴成真气，偶有所作，自然臭味不同"②。赵翼《瓯北诗话》对苏轼援引典故属于提取记忆还是"临时检书"亦有辨明："坡公熟于《庄》《列》诸子及汉、魏、晋、唐诸史，故随所遇，辄有典故以供其援引，此非临时检书者所能办也。如《送郑户曹诗》……以上数条，安得有如许切合典故，供其引证？自非博极群书，足供驱使，岂能左右逢源若是？想见坡公读书，真有过目不忘之资，安得不叹为天人也。"③可见苏、黄征引典故不同于西昆体拟好题目再从类书撺拾典故捏编成诗，而是胸中卷轴积聚真气后偶作便能点铁成金、别开生面。

苏、黄不择出处搜求典故使其诗歌风貌呈现驳杂陆离之象，一方面扩大了采择典故的学问基础，形成广收杂取、波澜浩富的宋诗特色；另一方面亦稀释了梅尧臣纯正不俗、高风古调的古淡特色。如果说梅尧臣诗歌的典正、古雅风貌还接近晋宋诗歌的话，那么苏、黄则以博赡繁富、不囿范围的典故驱驾成为宋诗典故运用的文学巅峰。元代盛如梓《庶斋老学丛谈》载："有以诗集呈南轩先生（张栻）。先生曰：'诗人之诗也，可惜不禁咀嚼。'或问其故，曰：'非学者之诗。学者诗读着似质，却有无限滋味，涵泳愈久，愈觉深长。'"④典故使用让诗歌拥有了由表及里的多种层次，拥有了质朴表层下的无限滋味，远非那种专注语言、格律等形式技巧而内容浅薄、含量不足的"诗人之诗"所能比拟，经梅尧臣、苏轼、黄庭坚等人"以学为诗"的艺术实践，宋诗别于唐诗的"橄榄"余韵越发凸显。

历来批评家对"文人之诗""学者之诗"颇有反对声音，刘克庄云："以情性礼义为本，以鸟兽草木为料，风人之诗也；以书为本，以事为

---

① 刘琳、李勇先、王蓉贵校点《黄庭坚全集》，四川大学出版社，2001，第495页。
② （清）李重华：《贞一斋诗说》，（清）王夫之等撰《清诗话》，上海古籍出版社，1978，第934页。
③ （清）赵翼：《瓯北诗话》，郭绍虞编选，富寿荪校点《清诗话续编》第2册，上海古籍出版社，1983，第1198~1199页。
④ （元）盛如梓：《庶斋老学丛谈》，中华书局，1985，第178页。

料，文人之诗也。"① 宋人的用典实践给宋诗带来浓厚书卷气息，也给宋诗带来"学者之诗""以学为诗"的批评声音。王世懋云："病不在故事，顾所以用之何如耳。"黄宗羲云："诗之为道，从性情而出，性情之中，海涵地负，古人不能尽其变化，学者无从窥其隅辙。"② 宋初西昆体用典弊病正在于未"从性情而出"，未达到"如水中着盐，但知盐味，不见盐质"③ 的艺术效果，未做到"化腐朽为神奇""以故为新，以俗为雅"般翻转故实、推陈出新的巧妙效果。梅尧臣诗歌用典多源自五经四史却几乎不会给读者带来"隔"的阅读印象，反而促成了高深、古淡的艺术风貌。在梅尧臣之后，苏、黄诗歌基于自身精深学养的广征博引更促成宋诗广收杂取、波澜浩富的风格特质。从唐宋诗歌艺术经验看，诗歌用典的终极旨趣不在于炫耀腹内学识的精深宏博，而是做到学问、性情的水乳融合，以性情统领学问，以学养驾驭典故，达到"意用事"而非"语用事"④ 的艺术效果。

第四节　老境美：梅尧臣诗歌的美学风格

钱锺书云，"一集之内，一生之中，少年才气发扬，遂为唐体，晚节思虑深沉，乃染宋调"⑤，将唐音、宋调美学风貌与人生阶段的心态特征关联起来，区划为"少年"的唐诗、"晚节"的宋调两种诗美类型。唐诗洋溢着"蓬勃的朝气，青春的旋律"⑥，是中国诗史上最具少年气象的诗歌艺术。宋诗则呈现一种老境美，艺术表现上是一种绚烂之极归于平淡的美，情感表达上为一种人世沧桑的凄凉和强歌无欢的沉郁。⑦ 其中，以梅尧臣、黄庭坚诗歌最能体现宋诗的成熟感和老境美。学界对黄庭坚诗歌论述已多，举凡提及宋诗的诸多特征，必以黄诗为典型，认为其失

---

① （宋）刘克庄：《跋何谦诗》，《全宋文》第 329 册，上海辞书出版社、安徽教育出版社，2006，第 365 页。
② （清）黄宗羲：《寒邨诗稿序》，陈乃乾编《黄梨洲文集》，中华书局，1959，第 351 页。
③ （清）袁枚著，王英志校点《随园诗话》，江苏古籍出版社，2000，第 177 页。
④ （宋）魏庆之著，王仲闻点校《诗人玉屑》，中华书局，2007，第 208 页。
⑤ 钱锺书：《谈艺录》，生活·读书·新知三联书店，2001，第 6 页。
⑥ 林庚：《盛唐气象》，《林庚文选》，北京大学出版社，2010，第 75 页。
⑦ 张毅：《宋代文学思想史》，中华书局，2006，第 116、121 页。

去了"童稚的天真、少年的纯情、青春的华美流畅"①，对梅尧臣诗歌却关注甚少，更缺乏对其如何运用文字手段创造老境美的具体阐述。本节着眼于此，试图探寻梅尧臣在敷彩设色、意象选择、情感处理方面究竟如何呈现宋诗老境美。

一 色彩的处理

北方地区辽阔而浩远，四季变化远较南方显著，春冬风沙与常年干旱造成旷远苍凉的山河朔漠，这种景观最易激起绵历世事的诗人心底的复杂情绪，从而创造慷慨悲凉、雄浑劲健的老境。曹操"如幽燕老将，气韵沉雄"的诗歌风格正是以北方苍凉景物为依托的，庾信由南入北的经历亦造就了他的"凌云健笔"。姹紫嫣红、细雨微风的南方景观似乎先天与老境美隔着一段遥远距离，但在梅尧臣笔底，南方景物也被赋予了创造老境的任务，这正是通过对景物有技巧、有目的地敷彩设色实现的。

色彩是一种富于表现力的无声语言，主要用来传达诗人心绪、情感。通过敷彩设色，诗人的生命体验、心态情感、艺术趣味得以彰显外化。在色彩学里，红、橙、黄为暖色，蓝、绿、紫为冷色，不同的冷暖色调会带给读者不同的心理感受。梅尧臣偏爱择取冷色调进入诗歌，尤其是表示翠绿色的颜色字所见尤多。据笔者统计，梅诗中"青"字用例多达334处，如"古壁挂青苍""青郊谁驻马""履齿石苔青""青山遍马头""青峰来合沓"；"绿"字用例多达165处，如"水发黏篙绿""草树含新绿""税驾绿岩前""古岸绿蒲老""宿雨洗新绿"；"翠"字用例多达140处，如"翠色浓复淡""石礐云根翠""幰缕作翠柳""山晴翠光入""汀洲翠带空"；"碧"字用例多达94处，如"碧瓦寒铺玉""极目千山碧""潇湘竹枝碧""碧树斜通市""水明摇碧玉"。每四首诗就有一个"青""绿""翠""碧"之类颜色字，频密程度为其他颜色字所罕见。梅尧臣诗歌较少采用暖色调，红色已是其诗中用例最多的暖色调，依旧远少于青、绿等颜色字的使用频率，凡见"红"字171处、"丹"字73处、"赤"字71处、"彤"字4处。由此可知，青、绿、翠、碧等冷色

---

① 张海鸥：《步入老境——北宋诗的发展趋势》，《广州大学学报》1990年第2期。

系在梅尧臣诗歌中占据主导地位,构成以冷色为主的诗歌色彩系统。

梅尧臣对冷色调的偏爱不仅表现为诗中频繁使用冷色字,而且表现为同一首诗中反复使用冷色字,构成冷色的自衬关系,如"寒溪翠拖碧玉带""山寺碧溪头,幽人绿岩畔""离宫分碧瓦,太液俯青槐""寒生绿樽上,影入翠屏中""湿翠连涧阴,净绿绕岩坎"等诗句,碧、绿、青、翠类冷色字的叠加频用凸显了所写景色的翠绿宁静,加强了色彩的表现能力,所造诗境更为幽深邈远。

除了构建诗歌冷色系统之外,梅尧臣还有意通过各种方式降低诗歌语言彩度。明度、色相、彩度是色彩的三种属性。彩度越高,色彩越鲜艳;彩度越低,色彩越涩浊。灰色是低彩度乃至无彩度的颜色,梅尧臣诗歌中表示灰色的"苍"字用例却多达150处,如"石栏苍藓涩""苍石不知年""山木暮苍苍""急雨射苍壁""苍山插晴檐"等诗句,苔藓、石头、山木、石壁、大山皆以"苍"字形容,这不仅是外在客体的真实颜色,也是梅尧臣的有意选择,带给读者沉稳安静、遥远幽深的心理感受。整体来看,梅尧臣诗歌的彩度不高,故其诗总显得不够亮丽、开阔,而是带着灰蒙、暗淡、昏沉之感。梅尧臣还对原属暖色调的"红"字予以涩浊化处理,如"残红堕夕烟""余红犹满庭"等诗句,以"残""余"修饰"红"字,降低了红色的彩度。他还通过冷暖色夹杂方式冲抵单一暖色带来的视觉温度,如"紫红相低偎""红紫叶繁矜色美""青红摘林枝"等诗句,以"紫""红"或"青""红"相配,这种处理方式难以唤起读者强烈的视觉体验,往往使读者产生平淡、乏味乃至沉闷、寂寞的心理感受。也正因此,朱熹称其诗"不是平淡,乃是枯槁"[①],申靖夏称其诗"过苦寒不可学"[②]。这种"枯槁""苦寒"的阅读印象实与梅尧臣诗歌的敷彩设色关系密切。

如果单纯分析梅诗还不足以阐明其冷色特征的话,那么,通过与他人诗歌的色彩比较,大致可见梅诗设色冷淡的色彩特征。不用提"时花美女,不足为其色也"[③]的李贺诗歌,也不用提"不作枯瘠语"[④]"百宝

---

① (宋)黎靖德编,王星贤点校《朱子语类》第8册,中华书局,1986,第3313页。
② 周义敢、周雷编《梅尧臣资料汇编》,中华书局,2007,第204页。
③ (宋)尤袤:《全唐诗话》,(清)何文焕辑《历代诗话》,中华书局,1981,第141页。
④ (宋)葛立方:《韵语阳秋》,(清)何文焕辑《历代诗话》,中华书局,1981,第499页。

流苏，千丝铁网，绮密瑰妍"①的李商隐诗歌，就是将梅诗与文同、陈与义等人的诗歌相比，亦显得梅诗色泽暗淡、沉闷。如同样写两个物象相互映照，梅诗是"白水照茅屋"，清冷的白水、简陋的茅屋烘托出一片萧瑟清凉之感，文同诗却是"红霞照地清香起""为爱香苞照地红"，陈与义诗是"飞花两岸照船红"。艳冶的红色配合弥漫的香气、清香的花苞、荡漾的船篷，使文同、陈与义的整首诗都显得流香生色、艳丽动人。

欧阳修将梅尧臣的诗歌风格比拟为中唐诗人孟郊之风格，孟郊诗设色亦偏清冷，如"青山白屋有仁人，赠炭价重双乌银"（《答友人赠炭》）、"舟行素冰折，声作青瑶嘶。绿水结绿玉，白波生白珪"（《寒溪九首》其二），皆以多种冷色自衬传达淡雅、素净的心理感受，构成清高、静洁的诗歌意境。但梅尧臣比孟郊心境平和，故梅诗刻厉而有和气，不像孟郊诗般营设"剜""剪""杀""残""切""割"等尖刻峭硬的狠词，致力于疏泄苦、思、哀、痛等极端情感。孟郊偏爱冷色"是其坎坷的人生道路与中唐日渐危殆的政治形势的折射"，"也是中唐士人消极心理的反映"。②梅尧臣偏爱冷色则与其向往自然、渴望回归山林殊不可分，"我昔爱青苍，无时常徙倚。今朝羡君游，胜事空耸企。徒嗟黄绶身，莫接青霞轨。安得凭羽翰，幽怀寄如此"③，对山林美景的关注、向往使他偏爱描绘景色的幽翠静谧，他以一抹翠绿寄托归隐山林的终极理想。

如果说梅尧臣偏择冷色调是有意淡化诗歌的色彩美，那么后期梅诗减少对颜色字的依赖则是力图实现色彩的突围。色彩突围伴随着梅尧臣诗风转变，庆历四年左右是梅尧臣诗风变化的转折点，从早期偏爱山水田园诗转向后期以人间世事为歌咏对象，从前期以情为胜转向后期以意为主。梅诗色彩突围有其创作理念指导，这种创作理念也在庆历年间得以集中表达。庆历五年（1045）"安取唐季二三子，区区物象磨穷年"

---

① （宋）魏庆之著，王仲闻点校《诗人玉屑》，中华书局，2007，第25页。
② 舒红霞：《论孟郊诗歌意境的审美结构》，《延安大学学报》（社会科学版）1995年第2期。
③ 《子聪惠书备言行路及游王屋物趣因以答》，朱东润编年校注《梅尧臣集编年校注》，上海古籍出版社，2006，第22页。

(《答裴送序意》)、庆历六年"迩来道颇丧,有作皆言空。烟云写形象,葩卉咏青红"(《答韩三子华韩五持国韩六玉汝见赠述诗》)皆通过批评北宋诗坛琢磨物象、秾丽空疏的流行风尚,提出诗应有为而作、有所兴寄的观点。色彩突围的创作实践主要表现为如下方面。一是庆历四年后梅诗颜色字使用频率大为减少。天圣九年(1031)所作58首诗中涉及颜色字者37首,约占64%,还多见霜、雪、虹等富于颜色性的自然意象。庆历七年所作111首诗中涉及颜色字者53首,约占48%。嘉祐五年(1060)所作37首诗中带颜色字者17首,占比约46%。可见颜色字在梅尧臣诗中比重呈持续下降趋势。二是梅尧臣以宽对形式稀释颜色字密度,突破唐诗腴丽色泽而转向以意为主的宋诗之途。如《春寒》:

> 春昼自阴阴,云容薄更深。蝶寒方敛翅,花冷不开心。亚树青帘动,依山片雨临。未尝辜景物,多病不能寻。①

此诗作于庆历六年,很能代表此时梅诗的风格特质。五律对颔联、颈联的对仗要求非常严格,除了偷春格以外,一般如果上句使用颜色字,下句也应用颜色字对仗。此诗颈联使用颜色字"青",对句却以"片"相对,这种灵活的宽对形式稀释了色彩占诗歌的比重,冲淡了两个颜色字堆砌带来的板滞效果,促使读者的注意力更多转向诗歌语言的内在意义而非视觉形象。梅尧臣其他诗歌如"白玉笛声亲府席,六幺花拍动衣香""兼沙水黄浊,穿垄岸高低""细笼芳草踏青后,欲打梨花寒食时"等皆是善用宽对手法稀释颜色字使用频率的典型例证。此外,"面实贤愚混,心惟白黑分"之类诗句甚至运用颜色字的引申义而非本义,此类颜色字并不参与诗歌意象的色泽建构,这就在很大程度上稀释了诗歌的色泽美。

二 意象的苍老

诗歌创作缘于诗人主体的情感疏泄,故所绘之景、所写之物难免投射诗人情感、心态,所谓"以我观物,故物皆著我之色彩"。由于自我

---

① 朱东润编年校注《梅尧臣集编年校注》,上海古籍出版社,2006,第336页。

心态的成熟老化，梅尧臣的诗歌文本呈现数量众多、老迈衰朽的自然、人文意象。这类意象多采用"老"字作为修饰词，构筑了一个寓目龙钟、触处苍老的诗歌世界。

自然界生长的木、竹、萍、藓等水陆植物在梅尧臣诗歌中皆呈现苍老之态，这是对自然意象的老化书写。根据物种属性，具体可分为以下几类。

一是乔木类。梅尧臣喜爱以"老树""老木"等词语书写高大乔木的苍老姿态，如"树老垂缨乱""老树着花无丑枝""老木苍苍兮蝉噪啾啾""老木高童童""木老识秋气""淮南木老霜欲飞"，分别描写老树枝叶的杂乱垂挂，老树开花的美丑相形，老树的颜色苍苍、冠盖高大、秋节感应等典型特征。尤其是"树老垂缨乱""老树着花无丑枝"等诗句紧扣老树外形，富于画面感，可谓道前人所未道。以上诗句是以"树""木"植物类别笼统书写所遇乔木的龙钟老态，梅尧臣还有许多具体书写松树、槐树、柏树等乔木老态的诗句，如写松树有"海上老松苑""老松唯霜知""松未龙鳞老""谷口长松叶老瘦"，写槐树有"古驿依依老槐绿""只见寒樗与老槐""老槐三四株"，写柏树有"古寺老柏下""老柏麋不食"。这类诗句皆有特殊种类树木的具体指向，书写了松树、槐树等树木坚韧劲拔、老瘦清冷、苍翠耐寒等物性特征。树叶摇落是乔木变老的直接征象，"见一叶落而知岁之将暮"（《淮南子·说山训》）、"袅袅兮秋风，洞庭波兮木叶下"（《九歌·湘夫人》）皆将木叶飘落与秋日岁暮关联起来。梅尧臣"老叶已足蠹，风振犹在柯"等诗句敏锐捕捉到秋风吹振乔木，木叶饱经蠹蚀、将落未落的凋零状态并以简练精确的诗歌语言描写出来，令人感觉到岁晚木叶的衰残老态如在目前。

二是禾本类。竹子是禾本类植物，以青翠瘦硬、傲霜凌雪、挺拔有节的高洁品质赢得文人雅士的普遍赏爱。梅尧臣对竹子的书写亦偏重老化特征，如"石上老瘦竹""老竹生扶疏""不作湘竹老""节老根狞生意足""磔髯露老节"等诗句，着重描绘老竹迸裂石间、枝叶扶疏、骨节苍劲、根须狞厉的形象特征，展示了竹子苍老清瘦的坚劲风姿。

三是地表类。苔藓、蕨类等地表植物被梅尧臣摄入笔底时更被摹绘得无限苍老。南北朝时，苔藓已进入诗歌书写。灵一、皎然、方干、皮日休等中晚唐诗人尤为偏爱幽细的苔藓意象。皮日休是写苔藓的诗家作手,诗中以"藓"修饰的偏正词语有"藓地""藓垣""藓缝""藓岩"等,以"藓"为修饰对象的偏正词语有"画藓""夏藓""乳藓""阴藓"等,形容苔藓状态者有"藓厚""藓古""藓深"等,却从未以"老"字修饰苔藓。整个唐代诗歌亦未曾将苔藓与"老"字搭配使用。梅尧臣诗歌却写苔藓"老藓密于毯""叠叠老苔痕",创造性地将"老"与"苔""藓"组合成词,瞬间使苔藓意象充满成熟、苍老感。再如写蕨类"紫蕨老堪食""石上老蕨拳紫茸",亦赋予蜷曲的紫蕨老态特征。

四是水生类及无生命物质。梅尧臣描绘过众多漂浮水面的蘋、菱等水生植物,如"再看蘋叶老"的蘋、"古岸绿蒲老"的蒲、"渡江莼已老"的莼菜、"荷叶半黄莲子老"的莲、"古陂菱叶老"的菱等。这些植物的苍苍老态皆投射着诗人饱经沧桑的内心世界。梅尧臣还从有生命的植物写到无生命的物质,如石头"秋水刷土骨,峭瘦如老石",甚至连菜圃亦可老去,"夏畦人所病,老圃方可窥""老圃夺天时,马通为煦妪"。如此众多老态毕现的自然意象折射着梅尧臣青春逝去、少年不返的老化心态。

梅尧臣诗歌书写过许多有生命特征的动物意象,如老马、老羝、老鱼、老蟹、老鸦、老鹤、老狐、老兔等。自李贺创造出"老鱼跳波"的丑怪意象后,世人多对"老鱼"不陌生,梅尧臣诗歌以"老鱼无守随上下,阁向沧洲空怨泣"写海潮退去后老鱼搁浅沧洲的哀泣,以"老鱼跳舞龟出泥""老鱼吹浪不肯休"极拟老鱼跳跃舞动之貌,以"日对顺流思疾置,老鱼奸怯潜鳞鳍"故意责怪老鱼奸怯潜遁,不给自己捎寄书信,句意生新,谐谑可笑。"老鱼"源自李贺诗歌的意象创造,"老蟹""老蛤""老蜃"却是梅尧臣诗歌的独创词语。"老蟹饱经霜,紫螯青石壳""淮南到时何所逢,秋叶萧萧蟹应老",描绘了老蟹的饱经春秋、铁硬坚劲;"鲤鱼相随不知数,老蛤衔泥在深处",状写了老蛤沙下衔泥的举动;"水底老蜃倚以怪,树头挂纸吹作钱",状出老蜃潜伏水底兴风作浪。这些诗歌皆描绘了水族动物的生活习性与苍苍老态。"老鸦"是梅尧臣诗歌中的一个高频意象,"老鸦少斟酌""老鸦衔肉上树飞""老鸦亦养子""老鸦衔茶子"等诗句多角度描绘了老鸦衔肉、衔茶子、哺雏子等生活样态。此外,叼衔腐鼠的老鸱、病卧旧埒的老马、空余瘦腔的老羊、晴空唳鸣的老鹤、孤洲秃顶的老鸱、号叫秋风的络纬、穴居丛祠的老狐、卧于苇箔的老蚕、体被紫毫的老兔等皆参与构筑了梅尧臣诗歌中触目苍坚、老病衰迈的动物世界。

梅尧臣诗歌中以"老"字修饰人类生存状态的词语更为丰富，所组词语如"老父""野老""老僧""老农""老叟""老吏""老翁""遗老""老母""老媪""老夫""老卒""老奴""老空人""故老"，相关词语还有"老泪""老大""老癯""老年""樵老""老病""老去""穷老""衰老""老成""催老""老旧""老钝""老死""老丑""归老""老病""投老"等。这类词语大体指向两种生活状况。其一，前期诗歌多指向农村野老、方外人士的闲适生活，如"落日老僧闲，支颐古松下""独携幽客步，闲阅老农耕""秋山豁晴翠，野老亲时稼""老叟扶童望，羸牛带犊归"等，这些悠闲自适的老僧、老农形象既是梅尧臣诗笔敏锐捕捉的对象客体，亦是其自身形象、悠闲心境的外在投射。其二，庆历以后诗歌多指向因老羸无用、年华不再产生的沉重心境。庆历二年（1042），梅尧臣四十岁即写出"推年增渐老，永怀殊鲜欢""而今犹老翁，鬓发但未华"之类时光易逝、郁郁寡欢的老年慨叹。随后老年之吟触目皆是，如庆历三年"如今老大都无兴，独坐晴轩看落霞"，庆历四年"嗟余老大无所用，白发冉冉将侵颠""恶老今逼衰，孤寂仍足悲""送君悲渐老，空忆钓伊鲂"，庆历五年"渐老情易厌，欲之意先阑""老厌行涂路，因歌送子还""梨花半残意思少，客子渐老寻游非"，庆历六年"咀橘齿病酸，目已惊老态""短发虽然黑，心如一老翁""阴仍老易觉，体质预辛楚""老嫌冰熨齿，渴爱蜜过喉"等，从这些诗歌可明显看出梅尧臣心态在庆历年间发生了极大转变，吟咏对象由自然风光转向人间世事，由无忧无虑的青年迈向忧思沉郁的中老年。

三 悲哀的扬弃

吉川幸次郎指出："唐人的诗是燃烧着的。诗的诞生，是在匆忙走向死亡的人生中的贵重的瞬间。凝视着这一瞬间，并倾注入感情。感情凝集、喷泻、爆发。所注视的只是对象的顶点。在这里就产生了唐诗的激烈性。"[①] 唐诗的"激烈性"在孟郊、李贺等人诗歌中表现得很明显。

[①] 〔日〕吉川幸次郎：《宋元明诗概说》，李庆等译，中州古籍出版社，1987，第28~29页。

孟郊是一个名利心极重的人，80余首名场诗淋漓尽致地展现了他对功名富贵的期盼和对仕途失意的怅恨。他科举下第后写道："一夕九起嗟，梦短不到家。两度长安陌，空将泪见花。"（《再下第》）"江蓠伴我泣，海月投人惊。失意容貌改，畏涂性命轻。时闻丧侣猿，一叫千愁并。"（《下第东南行》）直截地抒发悲哀失望、愁苦抑郁的心绪，诗歌意象、语言充满强烈的主观色彩。进士登第后写道："昔日龌龊不足夸，今朝放荡思无涯。春风得意马蹄疾，一日看尽长安花。"① 从中可见其精神状态的高昂亢进、极度振奋。孟郊的诗歌如同任性不羁的野马、席卷地面的狂风、呼啸而来的怒涛，喜怒哀乐、怨恨悲愁皆被无限放大，所谓"言愁则柔肠寸断，情如刃伤；言欢则喜形于色，溢于言表"。

李贺因父名"晋肃"与"进士"同音而不得参与进士科考试，因此胸怀抑郁、苦闷难遣，"僻性高才，拗肠盱眼"的性格特征造成李贺诗歌充满"怨恨悲愁"的艺术特色。如《秋来》：

桐风惊心壮士苦，衰灯络纬啼寒素。谁看青简一编书，不遣花虫粉空蠹？思牵今夜肠应直，雨冷香魂吊书客。秋坟鬼唱鲍家诗，恨血千年土中碧。②

风为桐风，魂是香魂，血是恨血，若干类别不同、天差地别的字词意象被组合成凄冷香艳、情感浓烈的词语，"衰灯""络纬""花虫""秋坟""鬼"等衰冷颓败的名词意象和"惊""啼""蠹""牵""吊"等阴森摄魄的动词则给整首诗营造了极为诡异的情感氛围，传达出李贺自许壮士、抱负远大却赍志不售、郁勃焦躁的内心悲苦。又如《长平箭头歌》：

漆灰骨末丹水砂，凄凄古血生铜花。白翎金簳雨中尽，直余三脊残狼牙。我寻平原乘两马，驿东石田蒿坞下。风长日短星萧萧，黑旗云湿悬空夜。左魂右魄啼肌瘦，酪瓶倒尽将羊炙。虫栖雁病芦笋红，回风送客吹阴火。访古汍澜收断镞，折锋赤璺曾刳肉。南陌

---

① 《登科后》，华忱之、喻学才校注《孟郊诗集校注》，人民文学出版社，1995，第154页。
② （清）王琦等注《李贺诗歌集注》，上海古籍出版社，1978，第74页。

东城马上儿，劝我将金换箓竹。①

诗从长平故城沾满古血而色彩斑驳的铜簇谈起，接着描绘古战场饥魂满野、虫栖雁病、鬼火明灭的萧条冷落之景，亦极幽峭阴冷。李贺其他诗句如"脉脉辞金鱼，羁臣守迍贱""何须问牛马，抛掷任枭卢"言其困踬、惨怛的内心情愫；"提出西方白帝惊，嗷嗷鬼母秋郊哭""惊石坠猿哀，竹云愁半岭""壮年抱羁恨，梦泣生白头""云根苔藓山上石，冷红泣露娇啼色""咽咽学楚吟，病骨伤幽素。秋姿白发生，木叶啼风雨"则借助鲜明凄艳、荒寒苦闷的意象和逸出常轨的想象、通感等修辞手法传达内心压抑的多种情感力量之绞结冲撞。李贺之诗诚如袁行霈所云"一言以蔽之就是抒写内心的苦闷"②，陈允吉所云"是苦闷的象征，也是畸零者人格不和谐的外化和投射，在诗人所刻意摩划渲染的直观事物形象背后，总是隐藏着极其浓烈的感情"③。李贺对诗歌意象、字词语言的倾力打磨、苦心雕镂也是为"寻求他所需要的刺激，借助于眩人的艺术形象来发泄一下幽闭在他内心中的力量"。

尽管梅尧臣与李贺、孟郊皆爱用"老"字修饰名词，李贺诗如"老鱼""老兔""老猿""老鸮""老竹""老桃""老桂""老柏"等，孟郊诗如"老客""老骨""老病""老人""老力""老虫"等，皆致力于营造荒寒苍老的诗境，但梅尧臣不会像李贺那样营设"剪""斫""死""瘦""狞""泪""血""凝""泣""啼"等尖锐硬峭、刺激狠透的字词，暴露其"怨恨悲愁"的精神世界，也不会像孟郊那样营构"孤骨""吟虫""老泣""秋露""秋月""老客""冷露""峭风"等衰飒寒苦意象，"难卧""唧唧""涕洟""滴沥""滴梦破""梳骨寒""哀弹"等标志外在声响、内心感觉的词语，展示满腹孤寂哀苦、悲凄愁闷的内在情绪。孟郊、李贺的诗歌皆沉溺于悲愁一往不复，从中看不见丝毫微弱的亮光与希望。梅尧臣诗在艺术手法、穷苦之言等方面与孟郊、李贺

---

① （清）王琦等注《李贺诗歌集注》，上海古籍出版社，1978，第299页。
② 袁行霈：《苦闷的诗歌与诗歌的苦闷——论李贺的创作》，《中国诗歌艺术研究》（增订本），北京大学出版社，1996，第266页。
③ 陈允吉：《李贺：诗歌天才与病态畸零儿的结合》，《复旦学报》（社会科学版）1988年第6期。

诗颇有近似之处，但他不论为人处世还是诗歌表述皆较孟郊、李贺儒雅平和，绝无孟郊"偶不遂意，至于屡泣"的褊狭焦躁、"春风得意马蹄疾，一日看尽长安花"的骄傲猖狂，李贺"壮年抱羁恨，梦泣生白头"的忧愁怨恨、"秋坟鬼唱鲍家诗，恨血千年土中碧"的阴森恐怖。唐诗抒情极致的激烈性特色在梅尧臣诗中得以抑制。这可从如下三方面予以说明。一是面对科举失意的不同反应。梅尧臣多次下第后并未写过直接露骨的名场诗，孟郊下第后的懊恼不平却屡屡形诸笔端。二是面对他人诽谤、猜毁的不同态度。"唯影与月光，举止无猜毁。吾交有裴宋，心意月影比"（《月下怀裴如晦宋中道》）表明此时梅尧臣已受困于外界的猜毁议论，悲观到认为世间唯有影子、月光不会诽谤自己，但裴煜、宋敏修等朋友忠实信笃的社会支持又如影子、月光般冲散了他人猜毁带来的忧郁愤怒，梅尧臣的消极情绪瞬间收住，随即拉回正常轨道。诚如欧阳修所云，"圣俞为人仁厚乐易，未尝忤于物，至其穷愁感愤，有所骂讥笑谑，一发于诗，然用以为欢，而不怨怼，可谓君子者也"①，可见其哀而不伤的人生态度。孟郊《秋怀十五首》其十五也是一首书写他人诽谤的诗歌：

  詈言不见血，杀人何纷纷！声如穷家犬，吠窦何喧喧！詈痛幽鬼哭，詈侵黄金贫。言词岂用多，憔悴在一闻。古詈舌不死，至今书云云。今人咏古书，善恶宜自分。秦火不蓺舌，秦火空蓺文。所以詈更生，至今横絪缊。②

此诗以幽鬼哭、黄金贫的夸张手法极称詈言杀人不见血的伤害力量，恨不得秦火将他人舌头蓺毁以使詈言不复再生，句句皆传达出孟郊承受舆论压力时愤恨不平、咬牙切齿的激烈情绪。梅尧臣、孟郊各自不同的品格修养、个人性情从中可见一斑。三是幽峭与现实的结合。尽管梅诗亦有少数幽森峭寒诗句，如"崖竹出石壁，根瘦悬青蛇。磔髯露老节，斫骨点寒花"（《和端式上人十咏·垂崖鞭》），所用"青蛇""老节"

---

① 《梅圣俞墓志铭》，洪本健校笺《欧阳修诗文集校笺》，上海古籍出版社，2009，第881页。

② 华忱之、喻学才校注《孟郊诗集校注》，人民文学出版社，1995，第162页。

"寒花"意象颇为清冷幽森,"悬""磔""斫""点"等动词亦类李贺诗而极见骨力,但随即接以"少年莫蓟去,骑杀白鼻騧",从刻写自然景物返归书写人间世事并出以幽默调笑口吻,瞬间化解前几句诗营造的幽寒意境而归于中正平和。李贺咏马诗云,"饥卧骨查牙,粗毛刺破花。鬣焦朱色落,发断锯长麻",可谓"困顿摧挫,极不堪言者矣"①。

总体来看,孟郊、李贺的诗歌情感总是往一个方向拼命倾注,因此波涛汹涌、激情澎湃而富于刺激性力量。他们着重描绘、表达内心情感而缺乏深度内省与自我反思,整体沉浸于内在情绪的黑色海洋而看不见一丝一毫的温柔亮光。孟郊、李贺的诗是情感压倒理性,梅尧臣的诗却是理性压倒情感;孟郊、李贺的诗奔涌洋溢着畸变过剩的情感,梅尧臣的诗却冷静叙述他的人生思考、展现以理节情的动态过程。

吉川幸次郎认为唐宋诗最大差别在于唐诗富于悲哀、宋诗扬弃悲哀。② 梅尧臣诗歌是扬弃悲哀的宋诗的开端。悲哀的扬弃,一方面源自梅尧臣的情感心态比穷愁苦闷的孟郊、畸零病态的李贺远为温厚平和,另一方面源自梅尧臣懂得万事万物相反相成后的成熟、理性使他以平淡静穆的诗歌语言书写美丑力量的交杂、平衡。美丑交杂于先秦典籍中多有展现,《周易·大过》"枯杨生稊,老夫得其女妻,无不利""枯杨生华,老妇得其士夫,无咎无誉",以枯萎的杨树生出新枝或开出花朵寓意男女年龄悬殊的老少婚配;《庄子》塑造了哀骀它、支离疏、王骀、申徒嘉、叔山无趾、瞽叟、痀偻丈人等貌丑德充的人,亦构成美丑交杂的复合现象。梅尧臣深明此义,其诗虽设色暗淡、苍老沉重,却并不狞厉狂怪、阴森恐怖,也从不将老丑、美丽夸张至极而呈示"老树着花"般美丑相形状态,辩证保持着美丽、老丑的相对平衡。

张毅指出:"(梅诗)往往蕴含着'忧思感愤之郁积',给人以曾经沧海的成熟感。仿佛进入饱经沧桑的中年,感情已不易激动,更不会大起大落,但也更深沉更幽微更复杂。诗里反映的是一种经过沉淀的情感,除去了一时的表面的冲动,将经过思考的深一层的心理感受用一种冷静

---

① 《马诗二十三首》其六,(清)王琦等注《李贺诗歌集注》,上海古籍出版社,1978,第101页。
② 〔日〕吉川幸次郎:《宋元明诗概说》,李庆等译,中州古籍出版社,1987,第27页。

客观不动声色的平淡风格表现出来。"① 梅尧臣的"老"如老树着花般于苦淡中放出一丝明亮,是饱经世事磨炼的中庸平和性情,是温和淡静而略带苦涩的生活态度。梅尧臣诗的美学特质无疑是宋诗老境美的代表,彰显出宋诗扬弃悲哀、理性自持、淡泊平和的整体风貌。他没有李贺、孟郊那些尖锐不平的内心冲突、无法调解的苦闷心理,故超越二人秾辞苦语而归于平淡诗风,这是其成熟苍老的内心世界之语言折射。这种成熟苍老如同陈洪绶《钟馗簪花图》,奇丑无比的钟馗鬓边却簪上鲜花一朵,传达出画家面对艰难困苦时自珍自重、潇洒不群的深切情怀,美丑的对立在此消解,化为看淡得失的冷静从容、潇洒飘举心态。这传达出扬弃悲哀、理性自持的人生态度,宋诗不温不火、平淡有味的诗歌风貌亦于此彰显。

库利指出:"在想象交流的生动性上,人们的差异很大。思维习惯越是简单、具体、富有戏剧性,他们的思维就越是容易在有声有形的对话者参加的实际对话中进行。在这方面妇女惯常比男人做得更生动,没有文化的人比受过抽象思维训练的人更生动,我们称之为情感型的人比那些冷静型的人更生动。"② 唐诗、宋诗的艺术分野亦缘于思维习惯的分殊。宋人的知识学问、品行修养普遍较唐人精深、醇厚,这使他们的诗歌艺术不再如唐诗那样富于戏剧性、生动性,而是呈现艺术处理上的冷静化、老境美趋势。宋诗不再如唐诗一样飞流直下、宣泄无余,而是笔底有千钧"忍"力,将深厚情感收蓄凝结于心,不愿发泄出来,读者反复再读才能品味出"橄榄"般的无穷滋味。虽然胡应麟曾称"宋人专用意而废词,若枯梽槁梧,虽根干屈盘,而绝无畅茂之象"③,这却造就了异于唐人的诗歌老境美。

以上四节分别从叙事性、哲理性、学问化、老境美等四个角度论述了梅尧臣诗歌的宋诗艺术特质,认为梅尧臣诗歌制题、诗序、引语、代书诗、章法结构皆具有极强的叙事性特征;他汲取了玄言诗的思维方式

---

① 张毅:《宋代文学思想史》,中华书局,2006,第79~80页。
② 〔美〕查尔斯·霍顿·库利:《人类本性与社会秩序》,包凡一、王源译,华夏出版社,1999,第69页。
③ (明)胡应麟撰《诗薮·外编》,上海古籍出版社,1979,第206页。

和表现主旨，承袭了中唐白居易等人将日常化与哲理性绾合的言说趋势，以及晚唐杜荀鹤等人哲理诗对社会阴暗面的讥刺传统；其使事用典以典籍阅读为依托、来源，善于剪裁那些与内心情感契合的经史典籍，使宋诗用典植根于阅读体验带来的生命感悟而远离采撷类书、堆砌杂凑之弊，催生了梅诗高深、古雅、平淡的美学风貌；梅尧臣诗歌的老境美与设色上淡化色彩美、意象上无比苍老、情感上收蓄于心等方面的艺术处理密不可分。上述诸多方面的艺术开拓，使梅尧臣诗歌具有拓开宋诗美学范型的重要意义。

第五章　判分唐宋：梅尧臣诗歌的传播历程与文学定位

以上四章从梅尧臣诗歌本体层面分析了梅诗的宋诗艺术特征，有趣的是，当梅尧臣诗歌进入文学传播环节后，后人对其诗歌艺术的探讨焦点亦是其诗究竟为唐音还是宋调。经由选诗、评论等操作方式，梅尧臣诗歌不断被诗论家们进行唐宋判分和界定，其诗歌精微处亦因此得到阐扬、揭示。本章试图从诗名沉浮、再度发现、选本批评等视角切入，将众多纷乱无绪的品评材料有效组织起来，着眼唐宋判分，厘清后世对梅尧臣诗歌的认知与判定，阐发其在江西诗派兴起后渐归湮沉的多重原因，梳理清末民初宋诗派诗人对梅诗的重新发现，探讨梅尧臣诗歌在传播过程中如何被后世选本、诗论家进行唐宋判分和文学定位。

第一节　谁为知音：梅尧臣的诗名沉浮及其现象考察

中国文学史上大多数诗人的文学风格比较清晰明朗，如我们常以豪放飘逸形容李白诗风，以沉郁顿挫形容杜甫诗风，以生新瘦硬形容黄庭坚诗风。有些诗人一生创作轨迹可能伴随诗风转变，但这种转变往往有迹可循，如陈与义早期学韦柳一派，晚期学杜甫诗歌皆形迹俱显。与此相较，梅尧臣诗歌风格不太明晰，其传播史亦存在一些突出现象，如生前盛名远播而身后渐趋沉寂；誉之者揭为宋诗第一，毁之者亦在所多有；言其诗近晋宋、近唐、近宋者皆有之。种种迹象表明梅诗似乎面貌驳杂、难寻规律，故有众多复杂的矛盾评议。这不免令人深思：梅尧臣诗歌风格究竟近唐还是近宋？为何拥有悬殊的地位沉浮与莫衷一是的文学评论？王秀云《梅尧臣未为宋诗典范探论》归纳了主体条件、客观因素等使梅尧臣诗歌未为宋诗典范的原因[1]，初步展现了对其诗名沉浮的学理思考，

---

[1] 王秀云：《梅尧臣未为宋诗典范探论》，《中国诗学研究》2018年第1辑。

但还有待探索之处。本节从上述疑问出发，试图厘清文学史上梅尧臣诗歌的得名情况与转变节点，探寻其诗毁誉参半、风格指陈迥异的切实原因。

一 梅尧臣的诗坛盛名与转变节点

依据宋人文字记载，梅尧臣诗名始盛于天圣、明道年间。欧阳修称"圣俞久在洛中，其诗亦往往人皆有之"[1]，可见洛阳时期梅尧臣诗歌已流播众口。刘敞诗亦旁证了梅尧臣寓居洛阳时的诗坛地位，其《赠梅圣俞》云，"耳闻梅圣俞，及此将十载。洛下聚英豪，文华富如海。声名动冠剑，久合参朝寀"，《圣俞挽词》云，"孤宦众人后，空名三十年"，从嘉祐五年（1060）逆推三十年，正是天圣、明道年间。经过三十年苦心创作，梅尧臣诗坛声名突越洛下文人圈层，形成了全国性的辐射影响。"翁主诗盟世少可，一见旗鼓欣相逢"（刘挚《还郭祥正诗卷》）、"突过元和作，巍然独主盟"（陆游《书宛陵集后》）[2] 皆记录了梅尧臣主盟诗坛的文学地位；"城中争拥鼻，欲学不能就"（欧阳修《七交七首·梅主簿》）则描绘了世人争学梅诗的时代风尚。这种学习热度亦反映在众多答卷诗中，葛立方《韵语阳秋》载："梅圣俞早有诗名，故士能诗者，往往写卷投掷，以质其是非。"[3] 据笔者统计，梅尧臣题为答某人诗卷、诗编之诗共计20余首，如此规模集中向一人请教诗艺是庆历诗坛的稀有现象，昭示了梅尧臣的诗坛地位。从答卷诗毛秘校、陈郎中、萧渊少府等称呼可知向梅尧臣请教诗艺者多为文人士大夫，但其诗名不仅显赫于士大夫之间，而且渗透到了整个社会层面，所谓"自武夫、贵戚、童儿、野叟，皆能道其名字，虽妄愚人不能知诗义者，直曰：'此世所贵也，吾能得之。'用以自矜"[4]。这可从如下两方面加以证明。

一是皇族宫禁知其名。邵博《邵氏闻见后录》载：

---

[1] 《书梅圣俞稿后》，洪本健校笺《欧阳修诗文集校笺》，上海古籍出版社，2009，第1907页。

[2] （宋）陆游著，钱仲联校注《剑南诗稿校注》，上海古籍出版社，1985，第3209页。

[3] （宋）葛立方：《韵语阳秋》，（清）何文焕辑《历代诗话》，中华书局，1981，第488页。

[4] 《梅圣俞墓志铭》，洪本健校笺《欧阳修诗文集校笺》，上海古籍出版社，2009，第881页。

> 嘉祐中，侍从官列荐国子博士梅尧臣宜在馆阁，仁皇帝曰："能赋'一见天颜万人喜，却回宫路乐声长'者也。"盖帝幸景灵宫，尧臣有诗，或传入禁中，帝爱此二语。召试赐等，竟不登馆阁以死。①

可见宋仁宗能记诵梅尧臣"一见天颜万人喜，却回宫路乐声长"之句，这首诗又是他人好事传入禁中。又欧阳修《归田录》载：

> 王副枢畴之夫人，梅鼎臣之女也。景彝初除枢密副使，梅夫人入谢慈寿宫，太后问夫人谁家子，对曰梅鼎臣女也。太后笑曰："是梅圣俞家乎？"由是始知圣俞名闻于宫禁也。圣俞在时，家甚贫，余或至其家，饮酒甚醇，非常人家所有。问其所得，云皇亲有好学者，宛转致之。余又闻皇亲有以钱数千购梅诗一篇者，其名重于时如此。②

深居宫闱的太后因梅鼎臣询及梅尧臣，可知宫禁女流亦闻知梅尧臣当世诗名。皇亲国戚更是向梅尧臣馈赠美酒、请教诗艺，甚至出价数千钱购其一首诗，可知梅尧臣诗名已上达皇族宫禁等权力阶层。

二是远方夷人知其名。欧阳修《六一诗话》记录了西南夷人所卖蛮布弓衣绣织梅尧臣《春雪》诗的故事：

> 苏子瞻学士，蜀人也。尝于淯井监得西南夷人所卖蛮布弓衣，其文织成梅圣俞《春雪》诗。此诗在圣俞集中，未为绝唱。盖其名重天下，一篇一咏，传落夷狄，而异域之人贵重之如此耳。③

淯井监属四川泸州，北宋改淯井镇置，为盐监。由于川南边陲与少数民族往来频繁，苏轼能获得西南夷人所卖蛮布弓衣。西南地区文教落后，与梅尧臣活动的中原地区相隔千里，这篇不甚知名的《春雪》诗尚能织入弓衣，足窥其"诗笔四方传"（刘敞《圣俞挽词》）的高知名度。

宋初白体、晚唐体、西昆体诗人代起而梅尧臣诗坛地位凌越诸人之

---

① （宋）邵博撰，刘德权、李剑雄点校《邵氏闻见后录》，中华书局，1983，第131~132页。
② 李逸安点校《欧阳修全集》第5册，中华书局，2001，第1931页。
③ 李逸安点校《欧阳修全集》第5册，中华书局，2001，第1950页。

上，《宋史·梅尧臣传》载，"宋兴，以诗名家为世所传如尧臣者，盖少也"①，宋绩臣亦云，"名诗者未有先于圣俞"②，表明梅尧臣乃第一个获得巨大声誉的宋代诗人。然而，这种影响力并未持续太久，在一个转变节点后，梅尧臣的诗坛声名渐渐凌替。陈振孙云：

> 圣俞为诗，古澹深远，有盛名于一时。近世少有喜者，或加毁誉，惟陆务观重之，此可为知者道也。自世竞宗江西，已看不入眼，况晚唐卑格方锢之时乎？杜少陵犹有窃议妄论者，其于宛陵何有？③

这段材料表明，江西诗派兴起后，世人已不再看得起梅诗，至南宋更少有喜者，甚至加以訾毁。袁桷云，"昆体之变，至公而大成，变于江西，律吕失而浑厚乖"④，称江西诗派变替梅诗。黄庭坚亦云："元祐己巳、庚午，乃见欧阳君于京师，其人长髯，眉目深沉，宜在丘壑中也。用圣俞之律作诗数千篇，今世虽已不尚，而晦夫自信确然。"⑤ 可见元祐诗坛确已不尚梅尧臣诗风。陈天麟云"圣俞以诗鸣庆历、嘉祐间"⑥，亦仅指庆历、嘉祐年间盛行梅尧臣诗歌。

明代诗坛尚唐诗而薄宋诗，程敏政《宿宛陵书院》云，"千载宛陵翁，惟我独歆羡。翁词最古雅，翁才亦丰赡。一代吟坛中，张主力不倦。遂使天地间，留此中兴卷。如何近代子，落落寡称善。纷纭较唐宋，甄取失良贱"⑦，从"如何近代子，落落寡称善"可知明代诗坛已鲜少称善梅诗，梅诗影响已烟消云散，仅少数诗话略有谈及。这种状态持续至晚清同光体诗人才有改观，陈衍《石遗室诗话》云：

---

① 《宋史·梅尧臣传》，中华书局，1977，第13091页。
② （宋）宋绩臣：《梅圣俞外集序》，《梅圣俞外集》，清道光十年夜吟楼本。
③ （宋）陈振孙撰，徐小蛮、顾美华点校《直斋书录解题》，上海古籍出版社，2015，第494页。
④ （元）袁桷：《书梅圣俞诗后》，《清容居士集》第3册，上海书店出版社，1989，第14页。
⑤ （宋）黄庭坚：《跋梅圣俞赠欧阳晦夫诗》，《山谷别集》卷12，文渊阁《四库全书》本。
⑥ （宋）陈天麟：《太仓稊米集序》，（宋）周紫芝撰《太仓稊米集》，文渊阁《四库全书》本。
⑦ （明）程敏政：《篁墩集》卷67，明正德二年刻本。

初梅宛陵诗无人道及。沈乙盦言诗凤喜山谷，余偶举宛陵，君乃借余宛陵诗亟读之，余并举残本为赠。时苏堪居汉上，余一日和其诗，有"著花老树初无几，试听从容长丑枝"句，苏堪曰："此本宛陵诗。"乃知苏堪亦喜宛陵。因赠余诗，有云："临川不易到，宛陵何可追？凭君嘲老丑，终觉爱花枝。"自是始有言宛陵者。后数年入都，则旧板《宛陵集》，厂肆售价至十八金。于是上海书肆有《宛陵集》出售，每部价银元六枚，乙盦、苏堪，闻皆有出资提倡。①

从"初梅宛陵诗无人道及"可知梅诗在清代诗坛的受冷落程度，随后，陈衍、郑孝胥、沈曾植等人始倡，至夏敬观极推崇梅诗，为之校注、选诗而宛陵诗始彰于今。

从北宋中期遐迩播扬到北宋后期晦暗湮沉，梅尧臣诗歌的不同际遇反映了世人审美趣味的嬗替变迁，是大众审美疲劳、追逐新风的必然结果。戴表元《洪潜甫诗序》云：

始时汴梁诸公言诗，绝无唐风。其博赡者谓之义山，豁达者谓之乐天而已矣。宣城梅圣俞出，一变而为冲淡。冲淡之至者可唐，而天下之诗于是非圣俞不为。然及其久也，人知为圣俞，而不知为唐。豫章黄鲁直出，又一变而为雄厚。雄厚之至者尤可唐，而天下之诗于是非鲁直不发。然及其久也，人又知为鲁直，而不知为唐。非圣俞、鲁直之不使人为唐也，安于圣俞、鲁直而不自暇为唐也。迩来百年间，圣俞、鲁直之学皆厌。永嘉叶正则，倡四灵之目，一变而为清圆。②

从梅尧臣以冲淡变革汴梁诸公诗，到黄庭坚以雄厚替代梅尧臣冲淡诗风，再到永嘉四灵以清圆替换黄庭坚雄厚诗风，宋代诗风始终处于嬗替过程中，反映了世界运动不停、变动不居的客观规律。

---

① 陈衍：《石遗室诗话》，《民国诗话丛编》第1册，上海书店出版社，2002，第139页。
② （元）戴表元：《剡源集》卷9序，《四部丛刊》影明本。

二 诗歌风格的多样化

在追求新变的文学规律之外,有些因素深刻影响着梅诗传播进程。梅尧臣有"日课一诗"的创作习惯,毕生精力皆用于锻炼诗艺,其诗却因风格多样而难被理解。晏殊很欣赏梅尧臣诗歌,曾招邀其为节度判官,欧阳修《六一诗话》载:

> 晏元献公文章擅天下,尤善为诗,而多称引后进,一时名士往往出其门。圣俞平生所作诗多矣,然公独爱其两联,云"寒鱼犹著底,白鹭已飞前",又"絮暖鲨鱼繁,豉添莼菜紫"。余尝于圣俞家见公自书手简,再三称赏此二联。余疑而问之,圣俞曰:"此非我之极致,岂公偶自得意于其间乎?"乃知自古文士,不独知己难得,而知人亦难也。[①]

晏殊对梅诗"寒鱼犹著底,白鹭已飞前""絮暖鲨鱼繁,豉添莼菜紫"两联颇为称赏,却得到梅尧臣"此非我之极致"的意外反馈,可见晏殊不能知其诗心。刘攽《中山诗话》亦载:

> 欧阳永叔、江邻几论韩《雪诗》,以"随车翻缟带,逐马散银杯"为不工,谓"坳中初盖底,凸处遂成堆"为胜,未知真得韩意否也?永叔云:"知圣俞诗者莫如某,然圣俞平生所自负者,皆某所不好;圣俞所卑下者,皆某所称赏。"知心赏音之难如是,其评古人之诗,得毋似之乎![②]

在历代诗论中,欧阳修对梅尧臣诗歌的品评赏断最中肯綮,仍道其所称赏、独爱者皆非梅尧臣得意篇章,甚至达到"圣俞平生所自负者,皆某所不好;圣俞所卑下者,皆某所称赏"的离谱程度。梅尧臣性情仁厚乐易,绝非自命清高、以奇自矜之人,然亲如晏殊、欧阳修者亦难探其诗

[①] 李逸安点校《欧阳修全集》第5册,中华书局,2001,第1955页。
[②] (宋)刘攽:《中山诗话》,(清)何文焕辑《历代诗话》,中华书局,1981,第285~286页。

心，可见欣赏其诗的困难程度。

对梅诗宗尚的不同指陈亦反映出鉴赏梅诗的难度。曾敏行《独醒杂志》云：

> 王文康公晦叔，性严毅，见僚属未尝解颜。知河南日，梅圣俞时为县主簿，一日，袖所为诗文呈公。公览毕，次日，对坐客谓圣俞曰："子之诗，有晋、宋遗风，自杜子美没后，二百余年不见此作。"由是礼貌有加，不以寻常待圣俞矣。①

王曙称梅诗"有晋、宋遗风"，指出梅诗的晋、宋文学渊源并因其高古诗风而礼待其人。更多诗论家则指梅诗所学为唐人。其一，朱弁、晁说之认为梅诗宗韦应物，"圣俞少时，专学韦苏州"②，"梅圣俞则法韦苏州者也"③，称其有"大历诸公之骚雅"④。其二，文同、刘熙载指其学孟郊、贾岛，"子乃不自高，尚尔尊圣俞。为我诵佳句，实亦郊岛徒"⑤，"欧阳永叔出于昌黎，梅圣俞出于东野"⑥，皆谓其近晚唐诗人。其三，还有认为其学李白、王维、韩愈、白居易者，如"欧、梅得体于太白、昌黎"⑦，"宛陵用意命笔，多本香山；异在白以五言，梅变化以七言"⑧，"梅多得右丞意，陈多得工部句""学王右丞者，梅圣俞"⑨，可谓众说纷纭，莫衷一是。其四，严羽、鲁九皋等人则称其学唐人而未专学某家，如"梅圣俞学唐人平淡处"⑩"梅则于唐人诸家，不名一体，惟造平淡"⑪，言其综唐人长处、

---

① （宋）曾敏行著，朱杰人标校《独醒杂志》，上海古籍出版社，1986，第7页。
② （宋）朱弁：《风月堂诗话》，中华书局，1991，第106页。
③ 《成州同谷县杜工部祠堂记》，（宋）晁说之：《嵩山文集》卷16，《四部丛刊续编》影旧抄本。
④ （宋）张嵲：《紫微集》卷33，文渊阁《四库全书》本。
⑤ （宋）文同：《问景逊借梅圣俞诗卷》，《丹渊集》卷18，《四部丛刊》影明汲古阁刊本。
⑥ （清）刘熙载：《艺概》，上海古籍出版社，1978，第66页。
⑦ （清）黄宗羲：《南雷文定》（三），商务印书馆，1936，第7页。
⑧ 陈衍：《石遗室诗话》，《民国诗话丛编》第1册，上海书店出版社，2002，第201页。
⑨ （明）胡应麟撰《诗薮·外编》，上海古籍出版社，1979，第214、215页。
⑩ （宋）严羽著，郭绍虞校释《沧浪诗话校释》，人民文学出版社，1983，第26页。
⑪ （清）鲁九皋：《诗学源流考》，郭绍虞编选，富寿荪校点《清诗话续编》第3册，上海古籍出版社，1983，第1356页。

以平淡为鹄的。

在唐音、宋调方面，指其近唐、近宋者在所多有，可谓南辕北辙极矣。方回认为梅诗纯为盛唐诗，"宋诗孰第一，吾赏梅圣俞。绰有盛唐风，晚唐其劣诸"①，"变西昆体诗为盛唐诗，自梅都官圣俞始"②。叶矫然亦云："梅宛陵诗无一字宋习，直是六朝、三唐好手，使杨用修录以射覆，何信阳乌能辨为孰唐孰宋耶？"③ 皆将梅诗视为唐音而与宋调对立。申涵光却云，"唐之诗自在也，宋贤自眉山、放翁而外，如永叔、山谷、圣俞、子美，非不峥嵘一代。然而唐法荡然"④，指出梅尧臣是唐法荡然的诗坛助力。可见诗论家们的诗学意见截然异趣、无法统一。

诗论家们如盲人摸象般各据读诗体验发表印象感言，形成扞格不通的诸多评论，折射出梅尧臣诗风的多样化、驳杂性，充满不易认识、难以定评的艺术特质，此亦晏殊、欧阳修对梅诗评价与其自负诗篇乖离错位的真正原因。有学者曾提及梅诗的多元程度，许学夷云："圣俞五言律，前十余卷格颇近正，入录为多。五言古，短篇及仄韵尚有可采。其他恣为奇变。长篇平韵，体既支离，意复浅近，十卷以后虽有可观，而晦僻怪恶鄙俗者甚多。欧公所称赏，正以五言律、五言古短篇及仄韵诸作也。"⑤ 吴乔云："宛陵虽尚平淡，其始犹有秀气，中岁后始不堪耳。苟非群儿推奉，不敢毅然自恣，大伤雅道，岂非永叔使之然哉！"⑥ 皆将梅诗风格演变视为一个动态过程，早年诗风清温秀润，中岁后恣肆浅近、怪恶不堪，揭明不同阶段的梅诗呈现不同风格。或许可理解为梅尧臣诗歌处于唐诗向宋诗演变过程中，亦是由量变向质变的演变过程中，故唐、宋诗风于其诗集兼容并显，表现出"虽时有宋气，而多近唐人"⑦ 的艺术特点，造出了"清丽、英华、雅正、真切、闲肆、平淡、深远、怪

---

① （元）方回：《学诗吟十首》其七，《桐江续集》卷28，文渊阁《四库全书》本。
② （元）方回：《送倪耕道之官历阳序》，《桐江续集》卷33，文渊阁《四库全书》本。
③ （清）叶矫然：《龙性堂诗话·续集》，郭绍虞编选，富寿荪校点《清诗话续编》第2册，上海古籍出版社，1983，第1054页。
④ （清）申涵光：《青箱堂近诗序》，《聪山集》，中华书局，1985，第10页。
⑤ （明）许学夷著，杜维沫校点《诗源辩体》，人民文学出版社，1987，第378页。
⑥ （清）吴乔：《围炉诗话》，郭绍虞编选，富寿荪校点《清诗话续编》第1册，上海古籍出版社，1983，第626页。
⑦ （明）胡应麟撰《诗薮·外编》，上海古籍出版社，1979，第209页。

巧"① 等多种境界，至苏轼、黄庭坚诗歌才产生彻底质变，所谓"至坡老、涪翁，乃大坏不复可理"②。

值得追问的是，从现有材料能窥觇梅尧臣私心自负、得意者究竟为何类诗歌吗？黄庭坚《跋雷太简梅圣俞诗》提供了一些探寻线索。

> 梅圣俞与余妇家有连，尝悉见其平生诗，如此篇是得意处，其用字稳实，句法刻厉而有和气，它人无此功也。③

这条材料虽未指明所跋为何诗，无法据此按图索骥进解诗篇，但可知梅尧臣此得意之作具有"用字稳实，句法刻厉而有和气"的精深功力。又《王直方诗话》云："山谷尝称圣俞'声喧釜且裂，点疾盎茧立'之句，谓追古作者。"这是一首描写江上雷雨之诗，暴雨声音喧腾、落点疾促，犹如釜豆之裂、盎茧跳立。语言精练，描写精刻，诗中比喻源自日常生活而为常人所未道，扫却"葩卉咏青红"的柔靡风气而颇富劲健之力。这种炼字精工、比喻新奇、刚方劲健的艺术特点正是梅尧臣晚期的追求旨趣，引领了一条通向谢景初、黄庭坚诗歌的宋诗路径。但这种注重筋骨思理的"骨相美"与唐诗的"皮相美"截然异趣，提高了读者的欣赏品位要求，造成了"圣俞平生所自负者，皆某所不好；圣俞所卑下者，皆某所称赏"的鉴赏差异，亦是众人批评梅诗时南辕北辙的重要原因。

由于梅尧臣诗歌风格的多样性，其诗不易给大众留下刻板印象，反而不如风格单调、统一的诗人那样易被铭记。但是，高阶思维的读者不会停留于简单认知，复杂、深刻的人生阅历呼唤丰富、繁复的阅读体验，梅尧臣诗歌提供的多样化书写内容与艺术风格往往能被这类人欣赏、推崇。陆游、夏敬观等人不局限于梅诗创造的单种风格而从其精思广采、陶铸万物的笔底功力入手，称赞其为诗歌创作付出的艰辛努力与丰厚成绩，广泛接纳梅尧臣用心创造的各种风格，这类读者或许才算梅尧臣的异代知音。

---

① 夏敬观选注《梅尧臣诗》，商务印书馆，1940，"导言"第3页。
② （明）胡应麟撰《诗薮·外编》，上海古籍出版社，1979，第209页。
③ （宋）黄庭坚：《豫章黄先生文集》卷26，《四部丛刊》影宋乾道刊本。

三 不求人爱的"古货"性

炼字、炼句、炼意是梅尧臣持之以恒的创作态度，诗论家早已注意到梅诗锻炼精工，许顗称"梅圣俞诗，句句精炼，如'焚香露莲泣，闻磬清鸥迈'之类，宜乎为欧阳文忠公所称"[1]，陆游云"岂惟凡骨换，要是顶门开。锻炼无遗力，渊源有自来"[2]，翁方纲称"都官思笔皆从刻苦中逼极而出"[3]，夏敬观总结其"熟意炼生，生意炼熟""熟辞炼生，生辞炼熟""熟调炼生，生调炼熟"[4] 的锻炼功夫。这种锻炼精工来自梅尧臣孜孜矻矻的日常积累，《孙公谈圃》载：

> 公昔与杜挺之、梅圣俞同舟溯汴，见圣俞吟诗，日成一篇，众莫能和。因密伺圣俞如何作诗，盖寝食游观，未尝不吟讽思索也。时时于坐上忽引去，奋笔书一小纸，内算袋中。同舟窃取而观，皆诗句也，或半联，或一字。他日作诗，有可用者入之。有云"作诗无古今，惟造平淡难"，乃算袋中所书也。[5]

"日成一篇，众莫能和"的创作特点与苏轼总结的"日课一诗"颇为吻合。诗歌作品的高产量与其"寝食游观，未尝不吟讽思索"的勤奋创作密不可分，这些作品是及时采撷字、联、句等文字材料的艺术结晶。

梅尧臣用了精深的锻炼功力却不欲使人看出斧凿痕迹而出以高古、平淡外观，具有外表平淡实则山高水深的艺术特点。方回云："梅圣俞陶粹冶和，春融天靓，欧阳永叔敬之、畏之……有一斡万钧之势而不见其为用力，有一贯万古之胸而不觉其为用事，此予所以深许之也"[6]，

---

[1] （宋）许顗：《彦周诗话》，（清）何文焕辑《历代诗话》，中华书局，1981，第384页。
[2] （宋）陆游：《读宛陵先生诗》，钱仲联校注《剑南诗稿校注》，上海古籍出版社，1985，第3464页。
[3] （清）翁方纲：《石洲诗话》，郭绍虞编选，富寿荪校点《清诗话续编》第3册，上海古籍出版社，1983，第1406页。
[4] 夏敬观选注《梅尧臣诗》，商务印书馆，1940，"导言"第3~4页。
[5] （宋）孙升：《孙公谈圃》，中华书局，1991，第24页。
[6] （元）方回：《桐江集》卷1，清嘉庆《宛委别藏》本。

"一斡万钧之势而不见其为用力"言其锻炼精工而表现得风轻云淡,"一贯万古之胸而不觉其为用事"言其胸富卷轴而了无痕迹,这种不求人爱、不悦俗目的艺术追求富于"绚烂之极归于平淡"的诗学意味。"梅圣俞如关河放溜,瞬息无声"①"梅诗和平简远,淡而不枯,丽而有则,实为宋人之冠"②,皆表达了类似文学观点。相较平淡而言,古淡或许更能描述梅诗风格,揭示其熔裁经典、复归风雅的文学意蕴。"大抵圣俞之词高古"③"子言古淡有真味,大羹岂须调以齑"④"圣俞诗多古淡"⑤,皆指梅尧臣诗歌具有"古"意。这种"古"意源于对先唐诗歌的汲取吸纳,源于儒家经典、史书典籍的熔裁用典,源于诗歌体裁、修辞、风格方面的有意追求。古与今是对立的,梅尧臣诗歌既追求古质,自然就难以取悦今目。王曙称其诗"有晋、宋遗风,自杜子美没后,二百余年不见此作"⑥,刘熙载称"孟东野诗好处,黄山谷得之,无一软熟句;梅圣俞得之,无一热俗句"⑦。自觉与热俗保持距离而复归晋宋诗风,返归二百余年前的创作实践,这种选择取径本就意味着与现实世界的疏离。

梅尧臣对艺术的苦心孤诣又使其专注自我超越、突破,不太重视他人阅读感受、品评论断。不求人爱的创作旨趣使其诗呈现与时人异趣的风格特质,张舜民评其诗"如深山道人,草衣木食,王公大人见之,不觉屈膝"⑧,这种如"深山道人"的诗歌风格无疑突越于众人审美趣味。邵博《邵氏闻见后录》载:"晁以道问予:'梅二诗何如黄九?'予曰:'鲁直诗到人爱处,圣俞诗到人不爱处。'以道为一笑。"⑨这是梅尧臣诗歌"土形木质""不求人爱"⑩的极端表现。因与热俗保持距离,梅尧臣

---

① (南宋)敖陶孙:《诗评》,《江湖小集》卷45,清文渊阁《四库全书》补配文津阁《四库全书》本。
② (明)胡应麟撰《诗薮·外编》,上海古籍出版社,1979,第213页。
③ (宋)曾季狸:《艇斋诗话》,丁福保辑《历代诗话续编》,中华书局,1983,第295页。
④ 《再和圣俞见答》,洪本健校笺《欧阳修诗文集校笺》,上海古籍出版社,2009,第139页。
⑤ (宋)陈岩肖:《庚溪诗话》,丁福保辑《历代诗话续编》,中华书局,1983,第181页。
⑥ (宋)曾敏行著,朱杰人标校《独醒杂志》,上海古籍出版社,1986,第7页。
⑦ (清)刘熙载:《艺概》,上海古籍出版社,1978,第64页。
⑧ (宋)赵与时著,齐治平校点《宾退录》,上海古籍出版社,1983,第21页。
⑨ (宋)邵博撰,刘德权、李剑雄点校《邵氏闻见后录》,中华书局,1983,第149页。
⑩ 夏敬观选注《梅尧臣诗》,商务印书馆,1940,"导言"第3页。

诗歌本身是不被人爱、很难欣赏的。陆游言其诗"玉磬潆潆非俗好，霜松郁郁有春温"①，欧阳修云"梅穷独我知，古货今难卖"②，王士禛云"圣俞之诗，譬如雅琴，古澹不谐里耳"③，皆言梅尧臣诗风古淡，如玉磬、霜松、雅琴般高洁、静好，读者很难有与之匹配的欣赏水平，从而导致"至宝识之希，未必谐众目"④的传播结果。平淡、古淡与激烈相对，追求古淡使其诗失去了炫人耳目的华丽外表与强烈动人的艺术感染力，使其诗在传播过程中不谐里耳、难以鬻卖，是其诗在北宋诗坛昙花一现、嗣音稀少的重要原因。

由于梅诗的"古货"特质，诗论家提及梅诗时常用"咀嚼"一词。这意味着梅诗不是一见钟情式的腴美亮丽，而是需要反刍、回味的。欧阳修云，"譬如妖韶女，老自有余态。近诗尤古硬，咀嚼苦难嘬。初如食橄榄，真味久愈在"⑤，朱弁云"世人咀嚼不入，唯欧公独爱玩之"⑥，韩国诗人李奎报云，"余昔读梅圣俞诗，私心窃薄之，未识古人所以号诗翁者。及今阅之，外若荼弱，中含骨鲠，真诗中之精隽也。知梅诗，然后可谓知诗者也"⑦，均表明读梅诗有一个反复咏读、递进的过程。若只作大致、粗疏的浅层阅读，缺乏长久、深入的咀嚼与涵泳，可能会产生一些偏见，如翁方纲称"愚观宋诗之枯淡者，惟梅圣俞可以当之"⑧，朱熹称其诗"不是平淡，乃是枯槁"⑨，皆只看到梅诗的枯淡面。申靖夏称

---

① （宋）陆游：《读宛陵先生诗》，钱仲联校注《剑南诗稿校注》，上海古籍出版社，1985，第1451页。
② 《水谷夜行寄子美圣俞》，洪本健校笺《欧阳修诗文集校笺》，上海古籍出版社，2009，第46页。
③ （清）王士禛：《梅氏诗略序》，《带经堂集》，《清代诗文集汇编》第134册，上海古籍出版社，2011，第605页。
④ 《投圣俞》，（宋）司马光撰，李之亮笺注《司马温公集编年笺注》，巴蜀书社，2009，第147页。
⑤ 《水谷夜行寄子美圣俞》，洪本健校笺《欧阳修诗文集校笺》，上海古籍出版社，2009，第46页。
⑥ （宋）朱弁：《风月堂诗话》卷上，中华书局，1991，第106页。
⑦ 〔韩〕李奎报：《白云小说》，邝健行等选编《韩国诗话中论中国诗资料选粹》，中华书局，2002，第5~6页。
⑧ （清）翁方纲：《石洲诗话》，郭绍虞编选，富寿荪校点《清诗话续编》第3册，上海古籍出版社，1983，第1428页。
⑨ （宋）黎靖德编，王星贤点校《朱子语类》第8册，中华书局，1986，第3313页。

"其诗过苦寒不可学"①，只看到梅诗苦寒处。陈声聪称其诗"形如槁木，声亦若击木之音""语苦枯燥，意多未尽，读之每觉戛然而止，无余味可寻"②，则从形、声、语、意方面全面否定梅诗。

正因识货者稀少，梅尧臣诗歌的声名远扬特别倚重欧阳修等人揄扬、推介，以至王安石云"贵人怜公青两眸，吹嘘可使高岑楼"③，葛立方云"圣俞诗佳处固多，然非欧公标榜之重，诗名亦安能至如此之重哉"④，认为梅尧臣的卓著诗名有赖于欧阳修的大力标榜、吹嘘。这种倚重他人的传播路径具有相当程度的反噬作用，当欧阳修在梅尧臣殁后不再热衷于宣传其诗，梅诗就不免露出古淡寡合、不谐众目的本来特质，很快就在文学洪流中趋于沉寂。

四 诗集刊刻的粗糙性、地域性

梅尧臣身后沉寂与诗集编纂亦颇有关联。其诗集粗疏、混乱程度与其生前诗名极不相称，主要表现在两方面。一是梅尧臣诗歌未经编年、分体整理，排列次序极其混乱。宋代文人别集不少经过诗人亲手整理，具有编年、分体等排列规律，如欧阳修亲定《居士集》，这部别集采取分体编排形式，《四库提要》云："《文献通考》引叶梦得之言曰：'欧阳文忠公晚年取平生所为文，自为编次。今所谓《居士集》者，往往一篇阅至数十过，有累日去取未决者。则其选择为最审矣。'"⑤可知欧阳修对作品流传的审慎态度。再如黄庭坚生前将诗文分为内篇、外篇，后来洪炎离断删削其作品，李彤、黄𥲕分别编其外集、别集，整个过程可谓流传有序、脉络分明。黄庭坚诗集原为分体形式，任渊《山谷内集诗注》、史容《山谷外集诗注》将分体改为编年，此皆证明了黄庭坚本人、后人对其诗集的整理功夫。梅尧臣诗集却从未经本人整理，既无分体，亦无编年，呈现混乱不堪的文献面貌。二是梅尧臣诗歌没有注本。宋代诗人热衷于为前朝、本朝诗集作注，出现了"千家注杜""百家注韩"

---

① 申靖夏：《恕庵诗评》，邝健行等选编《韩国诗话中论中国诗资料选粹》，中华书局，2002，第164页。
② 陈声聪：《兼于阁诗话》，上海古籍出版社，1985，第363页。
③ 《哭梅圣俞》，王水照主编《王安石全集》第5册，复旦大学出版社，2016，第264页。
④ （宋）葛立方：《韵语阳秋》，（清）何文焕辑《历代诗话》，中华书局，1981，第491页。
⑤ （清）永瑢等撰《四库全书总目》，中华书局，1965，第1536页。

"百家注苏"等诗坛现象。据学者考证，宋人注宋诗多达 54 种①，较重要者如赵次公注苏轼诗，任渊、史容、史季温注黄庭坚诗，李壁注王安石诗，陈师道、陈与义的诗集亦获宋人注释。梅尧臣诗歌却始终未有注本，到夏敬观、朱东润整理梅集时亦仅少数出注，注释方面还是有所匮乏、不够详细。

那么，梅尧臣诗集为何如此粗糙、混乱呢？或许可归结为如下几个原因。一是梅尧臣自身性格原因。历代文人多注重"立言"，如白居易将其诗集抄写多部，分藏各处以便后世传播。欧阳修却指出："圣俞诗既多，不自收拾。其妻之兄子谢景初惧其多而易失也，取其自洛阳至于吴兴已来所作，次为十卷。"② 可见梅尧臣对其诗不甚在意、"不自收拾"的态度。若非谢景初、欧阳修等人编纂、择汰，梅尧臣诗集甚至很难流传下来。二是嘉祐五年（1060）的流行疫病太过突然，使梅尧臣尚未来得及整理诗集便去世了。在此之前，梅尧臣身体非常健康，《次韵永叔乞药有感》云：

> 子厚论钟乳，要若鹅翎筒。安取啖枣栗，谓相出山东。所产有所美，慎勿凭村僮。公问我饵药，石臼将使舂。我饵乃藤根，得方非仓公。曾闻李习之，其品今颇同。此物俗为贱，不入贵品中。吾妻希孟光，自舂供梁鸿。荏苒岁月久，颜丹听益聪。虽能气血盛，不疗贫病攻。何如面黧黑，腰金明光宫。……③

可知梅尧臣有春藤根服食养生的生活习惯，也收到"荏苒岁月久，颜丹听益聪。虽能气血盛，不疗贫病攻"的显著药效，以至欧阳修心生羡慕、向其乞药。司马光《温公续诗话》载："梅圣俞之卒也，余与宋子才选、韩钦圣宗彦、沈文通遘，俱为三司僚属，共痛惜之。子才曰：'比见圣俞面光泽特甚，意为充盛，不知乃为不祥也。'"④ 梅尧臣殁前面色尚光泽

---

① 谭杰丹：《宋代诗注家多蜀士考论》，《内蒙古大学学报》（哲学社会科学版）2017 年第 1 期。
② 《梅圣俞诗集序》，洪本健校笺《欧阳修诗文集校注》，上海古籍出版社，2009，第 1093 页。
③ 朱东润编年校注《梅尧臣集编年校注》，上海古籍出版社，2006，第 1133 页。
④ （宋）司马光：《温公续诗话》，（清）何文焕辑《历代诗话》，中华书局，1981，第 274 页。

充盛，完全不像行将过世的人。故其染疫过世具有突发性，未给其留下充足时间整理诗集。

北宋时期的梅尧臣诗歌刊本除欧阳修所刊四十卷本外，还有宋哲宗元符二年（1099）宋绩臣所刊《梅圣俞外集》十卷本，宋绩臣序云，"予游宣城，得全集于圣俞家，藏且数年矣，欲广其传而未暇。今参考前集所不载者，古律歌诗共四百余篇"①，指明此集乃其"游宣城"获全集补录"前集所不载者"。北宋后期还有一个钱塘刊本，邹浩《跋漳浦李大忠微叔所藏书画尾》"钱塘方镂圣俞诗为新集"即指此本。可见北宋时期梅尧臣诗集的编纂者并非皆为宣城地方官和梅氏后人，其雕镂刻板亦分散全国各处，并不局限于安徽地区。南宋后这种情况发生了极大改变，南宋绍兴十年（1140）《宛陵集》刊本为宛陵郡守汪伯彦所刻，嘉定十七年（1224）重修本亦刻于安徽境内，明代正统四年（1439）袁旭刊本为知宁国府袁旭所刻，万历四年（1576）姜奇方刊本乃宣城令姜奇方所刻，清康熙二十六年（1687）梅枝凤本乃宣城梅氏家族后裔所刻，道光十年（1830）夜吟楼本为知宣城事山右梁中孚所刻。以上诸种刻集皆与宣城地方官、梅氏宗亲有关，很难看到安徽地域之外的梅集刊刻，反映了南宋后梅尧臣诗歌的社会流播、影响范围越发收窄为安徽地区。梅尧臣几乎成为一个地方文人，其诗集刊刻成了地方官员、梅氏后人宣传地方及家族文化的诗歌名片。不同于欧阳修、苏轼、黄庭坚等人刊本、注本不限地域的广泛流播，南宋后梅尧臣诗歌影响因其诗集刊刻的粗糙性、地域性而较北宋时期远为减弱。

《文心雕龙·知音》篇云："知音其难哉！音实难知，知实难逢；逢其知音，千载其一乎！"②梅尧臣诗歌传播过程的赏评现象足以证明知音难寻难觅。作为"负一代诗名"③"以诗自名，为众所服"④ 的北宋中期诗人，梅尧臣诗歌具有古淡、充美的文学内质，绝非纯靠欧阳修"吹嘘""标榜"浪得虚名。但由于梅尧臣诗歌处于唐诗向宋诗转变过程中，

---

① （宋）宋绩臣：《梅圣俞外集序》，朱东润编年校注《梅尧臣集编年校注》，上海古籍出版社，2006，第1163页。
② （梁）刘勰著，范文澜注《文心雕龙注·知音》，人民文学出版社，1958，第713页。
③ （元）元明善：《宛陵集跋》，《清河集》卷七，清光绪刻藕香零拾本。
④ 《赐屯田员外郎国子监直讲梅尧臣奖谕敕书》，李逸安点校《欧阳修全集》第4册，中华书局，2001，第1291页。

唐、宋诗风于其诗集中兼容并显，表现出"虽时有宋气，而多近唐人"的艺术特点，造出了多种境界，这种多样化的风格特征使其诗充满不易认识、难以定评的艺术特质。梅尧臣诗歌本身不求人爱，明明用了精深锻炼功力却不欲使人看出斧凿痕迹而出以高古、平淡外观。古与今是对立的，追求古质本就意味着与大众热俗的疏离。梅尧臣那些如玉磬、霜松、雅琴的冰雪文章，"橄榄回味，久方觉永"① 的艺术层次，因读者很难拥有与之匹配的欣赏水平，最终导致难谐今目、识货者稀的传播结局。梅尧臣诗集编类极其粗糙，未经编年、分体整理，排列次序十分混乱，在宋代热衷于作注的诗坛现象下亦未出现注本，此皆限制了其诗的后世传播。

第二节　宛陵诗的再发现：同光体诗人的阅读体验与梅诗阐扬

清人虽崇尚宋诗却非全然"黜唐而尊宋"，不同阶段的崇尚程度各不一样。清初形成宗唐、宗宋两大流派，顾炎武倡学人之诗，钱谦益尊中晚唐、宋元诗，王士禛崇盛唐之音，查慎行、翁方纲始开宋诗运动先声。道光以后，宋诗愈发受到崇尚，钱基博云，"道光而后，何绍基、祁寯藻、魏源、曾国藩之徒出，益盛倡宋诗"②，尤以同光体诗人对宋诗运动发扬最力。同光体重要诗人有陈三立、陈衍、郑孝胥、陈宝琛、沈曾植、李宣龚、俞明震、夏敬观等，他们又被划分为不同派别、群体，如陈衍的"一派为清苍幽峭""一派生涩奥衍"、汪辟疆的"闽赣派"、钱仲联的"闽派、赣派、浙派"。总之，同光体诗人作者最多、声势最众，是晚清以来形成的最大诗歌流派，谱写了古典诗歌最后的辉煌。

随着清代宋诗派的宣扬、推尚，梅尧臣的诗歌地位亦水涨船高。清代前中期，虽有王士禛、全祖望等人赏识梅尧臣，但梅尧臣的诗歌声名并不显著，连诗歌注本都未曾出现，章斗航《梅宛陵诗评注序》对此有所论及："顾宛陵诗虽在宋已显，然元明至清，转趋沉寂。宋诗若半山、东坡、山谷、后山、简斋，莫不有为之诠注者，几于家诵户籀，独于宛

---

① （宋）黄庭坚著，（宋）任渊、史容、史季温注，黄宝华点校《山谷诗集注》，上海古籍出版社，2003，第57页。
② 钱基博：《现代中国文学史》，上海书店出版社，2004，第31页。

陵诗，未尝有探索蕴积，阐其宗风，以告当世学人者。岂脍炙羊枣，口之于味，嗜有不同，至太羹不和，大音希声，则喻者难之耶？"指出宛陵诗在清代未被"诠注"的诗坛情状。随着宋诗运动的深入开展，同光体诗人逐渐发现了梅尧臣诗歌的艺术价值，广泛汲取宛陵诗的艺术技巧，相继融进他们的诗歌风格之中。陈衍指出，陈三立诗歌"辛亥乱后，则诗体一变，参错于杜、梅、黄、陈间矣"①，沈曾植"晚出入杜、韩、梅、王、苏、黄间"②，郑孝胥"三十以后，乃肆力于七言，自谓为吴融、韩偓、唐彦谦、梅圣俞、王荆公，而多与荆公相近，亦怀抱使然"③。龙榆生云："晚清诗坛，鲜不受陈、郑影响，俨然江西、福建二派；江西主山谷、宛陵，福建则尚后山、简斋、放翁诸家。"④ 钱仲联云："近代江西诗家，陈散原后，最负盛名者，推夏剑丞。其诗并不学山谷，而为宛陵之清苦。"⑤ 不仅诗学宛陵，夏敬观亦借受聘涵芬楼承校雠撰述之机，"引证群书，笺注题下"，使梅诗拥有了王安石、苏轼、黄庭坚诗那样的诠注本。可以说，在北宋庆历、嘉祐年间的短暂辉煌之后，直到同光体诗人才将梅尧臣诗歌艺术阐扬开来。

一 同光体诗人的选本阅读与宛陵诗再发现

郑孝胥作为同光体重要诗人，留下了长达57年的完整日记。在这部日记中，他详细记录了早年读书情况。从《郑孝胥日记》足以披寻个体阅读史，进而窥觇同光体诗人阅读、发现梅尧臣诗歌的大致过程。郑孝胥这部日记有不少阅读宋代笔记、诗歌的文字记录。部分阅读记录如下：

（光绪十一年二月）十六日（4月1日）晴暖。向恪公借《百三家集》二十本。……
....
二十四日（4月9日）借筱元《唐赋钞》以课柽弟。

---

① 陈衍：《石遗室诗话》，《民国诗话丛编》第1册，上海书店出版社，2002，第204页。
② 陈衍：《沈乙盦诗序》，钱仲联校注《沈曾植集校注》，中华书局，2001，第12页。
③ 陈衍：《石遗室诗话》，《民国诗话丛编》第1册，上海书店出版社，2002，第21页。
④ 龙榆生：《中国韵文史》，上海古籍出版社，2002，第68页。
⑤ 钱仲联：《梦苕盦诗话》，《民国诗话丛编》第6册，上海书店出版社，2002，第178页。

第五章　判分唐宋：梅尧臣诗歌的传播历程与文学定位　241

……

廿八日（4月13日）晴暖异常。不便趋步，坐阅《慎盦文钞》终卷，湘阴左宗植所著也。①

（光绪十一年十月）初四日（11月10日）……夜，礼卿来，遗余《唐三家集》，仿宋本，甚精。②

（光绪十七年四月）廿一日（5月28日）……托苇杭买《四库提要》、《朔方备乘》，托小樵买蓝竹布，托滋卿买《宋诗钞》。作宁信，并交苇杭寄之。夜，出买《日知录》、苏诗、《啸亭杂录》。入华众会小坐。《宋诗钞》不全，书贾伪写卷数而去其目，装订颠倒，又取四家诗序羼入。斥还之。③

（光绪十七年九月）十二日（10月14日）……秋樵邀同至上野观雕工会，遂过琳琅阁书坊，余买得《资治通鉴》一部，《宋诗钞》一部，《刘后村诗》一部，《物茂卿集》一部，共洋十六元，为书二百本。④

（光绪十八年正月）初四日（2月2日）晨，出拜客，过子朋，留饭，谈至加申。步返，子朋走送三里许乃别，携《湘绮楼诗》及《桦湖诗钞》归。⑤

（宣统三年八月）初五日（9月26日）……午后，至隆福寺街观书店，有《粤雅堂丛书》、《宋诗钞》，议价未就；以一元买《剑南诗钞》而返。⑥

---

① 劳祖德整理《郑孝胥日记》，中华书局，1993，第52~53页。
② 劳祖德整理《郑孝胥日记》，中华书局，1993，第78页。
③ 劳祖德整理《郑孝胥日记》，中华书局，1993，第201页。
④ 劳祖德整理《郑孝胥日记》，中华书局，1993，第239页。
⑤ 劳祖德整理《郑孝胥日记》，中华书局，1993，第263页。
⑥ 劳祖德整理《郑孝胥日记》，中华书局，1993，第1346~1347页。

从以上几条买书、借书、阅书记录来看，郑孝胥买过的诗集只有苏轼、刘克庄、物茂卿、陆游诗集和《宋诗钞》，却读过《百三家集》《唐赋钞》《慎盦文钞》《唐三家集》《湘绮楼诗》《桦湖诗钞》等大量诗文选本，可见郑孝胥了解前代诗人大体依靠同时代书商的选本刊刻。

在日记中，郑孝胥记录了采购《宋诗钞》的三番经过，"托滋卿买《宋诗钞》""余买得《资治通鉴》一部，《宋诗钞》一部""有《粤雅堂丛书》、《宋诗钞》，议价未就"，可见其始终心系《宋诗钞》。他阅读《宋诗钞》的读书记录亦甚详细：

> （光绪十五年十二月）初九日（12月30日）……午后，取《宋诗钞》一函置座隅，观《小畜集》，抵暮而毕。仲弢来。①

> （光绪十六年六月）初二日（7月18日）雨不止，坐案头竟日。阅《宋诗钞》陈唐卿、三沈及徐仲车。……
> …………
> 初五日（7月21日）……晚，阅唐子西、孙觌、张元干等诗。雨声少息。
> …………
> 初八日（7月24日）……午后，背书。复遣取《宋诗钞》及《粤雅堂丛书》各一函。录《十七史蒙求》。②

> （光绪十六年七月）初三日（8月18日）……晚，阅《范石湖诗钞》。
> …………
> 初五日（8月20日）……午后，阅《吴志》。怡书来。遣王镛往打电报，文白："久无信，速复。"灯下阅《石湖诗钞》。③

以上材料记录了其阅读过《宋诗钞》中王禹偁、陈唐卿、三沈、徐积、

---

① 劳祖德整理《郑孝胥日记》，中华书局，1993，第151页。
② 劳祖德整理《郑孝胥日记》，中华书局，1993，第184~186页。
③ 劳祖德整理《郑孝胥日记》，中华书局，1993，第189页。

唐庚、孙觌、张元干、范成大等人诗集。

正是在批阅《宋诗钞》过程中，郑孝胥第一次发现宛陵诗并记录下他的阅读初体验："（光绪十八年七月）廿九日（9月19日）雨寒。入署。发与旭庄信。阅宛陵诗，古淡精简，旷世少匹。"① 郑孝胥日记大多简单记录其阅读痕迹，甚少评价某位诗人，此处却道出他对宛陵诗"古淡精简，旷世少匹"的极高评价，可见初次阅读宛陵诗时，他的内心受到了意想不到的极大冲击，亦可见他对宛陵诗的深心服膺。

郑孝胥以选本阅读为触媒机缘发现宛陵诗，应该是清末民初同光体诗人发现宛陵诗的集体缩影。为何如此推断呢？

第一，《宋诗钞》在清末民国时期的广泛流行使众人获得了阅读宛陵诗的方便途径。吴之振等人所编《宋诗钞》是清代刊行的第一部大型宋诗选本，也是流传最广、影响最大的宋诗选本。《宋诗钞》刊行后即广为流布，宋荦《漫堂说诗》云，"近二十年来，乃专尚宋诗。至余友吴孟举《宋诗钞》出，几于家有其书矣"②，从"几于家有其书"的描述可见《宋诗钞》的普及程度。至清末民初《宋诗钞》依旧流行不衰，郑孝胥民国二年（1913）日记载："廿二日（9月22日）……菊生欲印易售之诗，询之于余；余曰，莫若《宋诗钞》及王阮亭、姚惜抱二选本。"③ 可见《宋诗钞》在民国时期仍属"易售"之书，刊印《宋诗钞》能够给出版社带来丰厚利润。郑孝胥还称清代宋诗总集"惟吴之振之《宋诗钞》、曹庭栋之《宋百家诗存》为两宋诗人菁华之所在。治宋诗者孰能舍此？"④ 总之，《宋诗钞》在清代宋诗文献中具有核心地位，如申屠青松所言："它是清代大部分宋诗选本最重要的文献来源，也是清人理解和接受宋诗最主要的媒介。"⑤ 这种媒介地位决定了众人阅读《宛陵集》往往是通过宋诗选本《宋诗钞》。

第二，《宛陵集》在清末民初不易购得，这使时人难以通过阅读别集了解宛陵诗。天津图书馆藏朱栝之跋万历四年姜奇方刻本《宛陵先生

---

① 劳祖德整理《郑孝胥日记》，中华书局，1993，第321页。
② （清）宋荦：《漫堂说诗》，（清）王夫之等撰《清诗话》，上海古籍出版社，1999，第416页。
③ 劳祖德整理《郑孝胥日记》，中华书局，1993，第1484页。
④ 吕留良等选《宋诗钞·序言》，商务印书馆，1914。
⑤ 申屠青松：《〈宋诗钞〉与清代诗学》，《暨南学报》（哲学社会科学版）2010年第5期。

集》云："《宛陵集》，明刻本，甚难购。一为正统己未宁国府袁旭刻，一即此本。甲寅春，厂友寄至，因收之。玖珊记。"甲寅年应为民国三年（1914），此时明刻本《宛陵集》已"甚难购"，需要托付厂友帮忙寻觅、购买。《郑孝胥日记》载："（光绪三十一年十二月）廿八日（12月24日）……在薛颐记书坊觅得《梅宛陵诗集》，乃梅歧（枝）凤曾（会）庆堂本，有印云'曾存李方山处'。"① 此本为清康熙二十六年（1687）梅枝凤会庆堂本。《张元济日记》载："厂西门路北第一家或第二家，有明黑口本《宛陵集》四十一至五十。"② 此黑口本《宛陵集》应为明正统袁旭刊本，然仅存残卷。《宛陵集》已如此难以寻觅，而距离民国最近的《宛陵集》版本——清道光十年（1830）夜吟楼本竟未有人提及，其原因恐怕可归于太平天国起义。道光本《宛陵集》不见踪迹，文人寓目、购买的《宛陵集》多为明正统本、清康熙梅枝凤本，这两个版本早已因时代久远而日渐珍贵、稀少，《宛陵集》在清末民初难以购得，使其诗歌通过别集传播受到了严重限制。

因此，郑孝胥的宛陵诗再发现可作为清末民初同光体诗人发现宛陵诗的集体缩影，通过《宋诗钞》的选本刊刻与普及印行，同光体诗人阅读、欣赏到了独具特色而寥落寡合的宛陵诗，从中感受到了宛陵诗带来的艺术冲击，为其进一步推扬、刊印宛陵诗奠定了阅读基础。

二 商务印书馆与宛陵诗的再刊刻

1897年商务印书馆创办于上海，这是中国近现代文化出版事业中举足轻重的出版机构，其创立标志着中国近代出版业的开始。以张元济、夏瑞芳为首的出版家艰苦创业、网罗人才，为商务印书馆的发展打下了坚实基础。商务印书馆的出版经营涉及编写教科书和工具书、译介西方学术名著、出版现当代作家作品、整理古籍、出版杂志、创办图书馆和学校等诸多方面。

在出版杂志方面，商务印书馆对助推宋诗运动最力的是创办了《东方杂志》。《东方杂志》创刊于1904年3月11日，是中国近代报刊中影

---

① 劳祖德整理《郑孝胥日记》，中华书局，1993，第1021页。
② 《张元济日记》，商务印书馆，2018，第760页。

响最大、刊期最长的一份综合性期刊，出版了45年，共计44卷。由于商务印书馆招来的旧式文人与同光体诗人地缘、学缘关系密切，《东方杂志》的传统诗歌栏目成为同光体诗人的主要发表阵地。据杨萌芽博士统计，1915～1920年，在《东方杂志》诗文栏内发表的1700首诗中，70%属于宋诗派诗人的创作①，这就在很大程度上助推了宋诗运动的开展与宛陵诗的传播。

在古籍整理方面，商务印书馆陆续编印了《四部丛刊》《续古逸丛书》《百衲本二十四史》等高质量古籍。同光体诗人郑孝胥、李宣龚、夏敬观等人皆供职于商务印书馆编译所，这批诗人对梅尧臣诗歌的偏嗜推动了上海各书局尤其是商务印书馆的梅集刊刻。文献载录的清末民初上海《宛陵集》刊刻至少有三次。

一是宣统二年（1910）刊本。郑孝胥宣统三年日记载："初六日（6月2日）阴，鉴泉来，饭毕赴苏州，余送至车站。归过何擎一，座中遇王拚沙，交《宛陵集》印费一百元与何，取集四部，所认三百元已交足。"② 民国三年日记载："廿一日（10月10日）晨，过张菊生，以《宋百家诗存》还之。徐仲可来。何澄一来言：前合资所印《宛陵集》售出甚少，当以二百五十部见还。"③ 从这两条材料可见宣统二年《宛陵集》刊本属于私人合资刊刻，总印费三百元，郑孝胥自出一百元经费，其余合资刊刻者不知为谁。擎一、澄一皆为清末民初上海广智书局经理何天柱之字，该书应为广智书局承印，三函十二册，内页牌记有"宣统二年庚戌十二月印于沪上"。该书销量不佳，"售出甚少"，何天柱遂将二百五十部《宛陵集》还给了郑孝胥。郑孝胥记载了其搬运这二百五十部书的情形："廿四日（10月13日）……至广智书局询《宛陵集》有无箱装，云无箱，但纸包耳。"④ "廿六日（12月12日）晴。过沈子培，遇徐惺初、王叔用。搬回《宛陵集》二百五十部。"⑤ 后来，这批《宛陵集》成为其馈赠朋友的随手礼。民国三年日记载："三十日（3月26日）

---

① 杨萌芽：《清末民初宋诗派文人群体研究——以1895—1921年为中心》，博士学位论文，复旦大学，2007。
② 劳祖德整理《郑孝胥日记》，中华书局，1993，第1323页。
③ 劳祖德整理《郑孝胥日记》，中华书局，1993，第1534页。
④ 劳祖德整理《郑孝胥日记》，中华书局，1993，第1534页。
⑤ 劳祖德整理《郑孝胥日记》，中华书局，1993，第1542页。

晴。过丁衡甫，不遇，以《宛陵集》遗之。"① 直到民国十九年，这批《宛陵集》还未被送完，"初四日（5月2日）雨，作字。吕季操来。王芸芳来。叶曼多来，以《宛陵集》遗之"②。可见，虽然同光体诗人极力提倡梅尧臣诗，但梅尧臣诗还是不太被社会认可、接受，以致郑孝胥等人合资刊印的《宛陵集》难以销售出去。

二是《四部丛刊》本。该本以万历四年（1576）姜奇方刊本为影印底本，万历本《宛陵集》是梅尧臣诗集影响最大的版本，万历四十三年邓良知序刊本、清顺治十四年（1657）迟日豫刊本、清康熙梅枝凤本皆据万历本而来。万历本亦被许多藏书家收藏过，如缪荃孙《艺风藏书记》、沈德寿《抱经楼藏书志》、丁丙《善本书室藏书志》所载皆为万历姜奇方刊本。民国十年，张元济主持商务印书馆期间出版了《四部丛刊》，《宛陵集》被列入《四部丛刊》集部初编。该本《宛陵集》线装十二册。有牌记"上海涵芬楼藏明万历间梅氏祠堂刊本，原书板高营造尺六寸一分，宽四寸六分"。后又有重印本、缩印本。

三是1931年涵芬楼影残宋本。残宋本《宛陵集》是嘉定十六年至嘉定十七年重修绍兴十年汪伯彦刊本，原为六十卷，今仅余残本，存卷十三至卷十八、卷三十七至卷六十，共三十卷。这是今存最古《宛陵集》版本，原件为日本内野皎亭家藏。傅增湘根据藏印皆为"皎亭收藏""岛田重礼""岛田翰读书记"等日本人印记判定"此书亦宋代求法僧徒所携归，故卷中绝无吾国名家藏印，真海外之佚籍矣"③。张元济访书日本期间得见此本，摄得胶卷回国，1931年商务印书馆《宛陵先生文集》据以影印，该书同时以正统本、万历本、梅枝凤本、宋荦本为校本，有牌记"上海涵芬楼据中华学艺社照存残宋本影印。原阙卷一至十二，卷十九至三十六"，卷末有《宛陵先生文集校勘记》、张元济跋。张跋云："余得此影本已逾十稔，叠经兵燹，屡濒于险，恐复亡失，爰付印行。先是剑丞借观，为加校订。费君范九、胡君文楷复略有增益，合制《校记》，并附于后。"可知负责校勘者为夏敬观、费师洪、胡文楷诸人。

以上三种《宛陵集》刊刻皆与商务印书馆密切相关，或由商务印书

---

① 劳祖德整理《郑孝胥日记》，中华书局，1993，第1510页。
② 劳祖德整理《郑孝胥日记》，中华书局，1993，第2281页。
③ 傅增湘：《藏园群书题记》，上海古籍出版社，2022，第764页。

馆职员自费刊刻，或作为《四部丛刊》大型丛书的组成部分，或将海外佚籍带归国内影印出版，皆有赖张元济、郑孝胥等人的文化保存之功。纵观清末民初的《宛陵集》出版事业，其刊刻主要集中于同光体诗人聚集的上海地区，其余城市基本未见宛陵诗刊刻。正由于同光体诗人对宛陵诗的助推、宣扬，并借助商务印书馆的影响力将《宛陵集》刊刻出版，宛陵诗才日渐被世人阅读、欣赏。

三 同光体诗人及其周边诗人的梅集批校与评注

清末民初同光体诗人的梅诗阐扬还体现在梅集批校、评注上，亦牵涉与同光体诗人往来交涉的周边诗人群体，这类校注主要有如下成果。

一是夏敬观的宛陵诗校注。夏敬观诗学东野、宛陵，亦获得时人的广泛认同。《夏敬观年谱》载："（1913年12月15日）在都中喜逢久别三年的胡朝梁（梓方，号诗庐），时胡为教育部秘书。赋诗云'誉我为圣俞，老树着妍花。我心比枯木，虽春不萌芽。何当约子去，还我江海涯'。"[①]《郑孝胥日记》载，1918年2月，"夏剑丞作五古一首遗余，颇似梅圣俞"[②]。夏敬观对宛陵诗作过三次批注。①1909～1912年夜吟楼批注本，原稿现藏于国家图书馆，该本以夜吟楼本为底本，以梅枝凤本、宋荦本为校本。朱批数量至少有700条，可分为校、注两类，校勘异字时往往于字旁朱笔注出宋本异文，天头多注家刊本、明本异文。②民国三年开始"间为引证群书，笺注题下"所得校注本，亦即曾克耑、朱东润所录夏敬观注本。该注本的校勘底本为宋荦本，校本为正统本、万历本、梅枝凤本、残宋本。在校勘条目方面，该注本基本包含了国图注本的注释条目，并增加了注释、校勘条目，对注释部分加以扩充。这个注本在引证群籍方面较国图注本远为浩瀚、富赡，且广泛运用了《广群芳谱》《宋诗纪事》《古今诗话》《扪虱新话》《临汉隐居诗话》《王直方诗话》《韵语阳秋》《苕溪渔隐丛话》《侯鲭录》等类书、诗话资料，注释字词时充分运用了《扬州府志》《太平府志》《太平寰宇记》《池州府志》《南陵小志》《德兴县志》《台州府志》《婺源县志》《宣城县志》《河南

---

① 陈谊：《夏敬观年谱》，黄山书社，2007，第72页。
② 劳祖德整理《郑孝胥日记》，中华书局，1993，第1714页。

通志》《南昌府志》《咸淳临安志》等方志资料，《欧阳文忠公集》《公是集》《王荆公集》《司马温公集》《邵氏闻见后录》《疑年录》《困学纪闻》《老学庵笔记》等宋人文集、笔记资料。此外还十分注重宛陵诗前后卷人名相同时互相引证，宛陵诗见于他集时亦提示重出，校注功力远在国图注本之上。③1936年夏敬观主编的《艺文》杂志创刊，他在该刊创刊号上发表了《梅宛陵集校注》卷一，又于《艺文》第1卷第2、3期陆续发表《梅宛陵集校注》卷二。《艺文》所载宛陵诗校注接近夏敬观第二个注本，但仍与之有出入。其差异主要集中于地名注释，《艺文》本注释相对更详细，校注本注释相对更简略，这表明夏敬观发表卷一、卷二时对校注稿本进行了大幅增改。

二是李宣龚及友人徐益藩的《宛陵集》《宋诗钞》对校。李宣龚是清末民初同光体闽派的重要人物，诗效郑孝胥而学王安石。徐益藩跋商务印书馆影印残宋本《宛陵集》云："墨巢文校补《宋诗钞》别据一明初刊本，较之四本各早二三百年。不审当时借之谁氏，诸家校残宋本时何以不能得也。"墨巢即李宣龚，这条跋语称李宣龚校补《宋诗钞》所据为明初刊本，较明正统本、万历本、梅枝凤本、宋荦本皆早二三百年。但夏敬观等人校残宋本时未使用明初刊本，目前各地图书馆所藏《宛陵集》亦不存明初刊本。明初刊本《宛陵集》文献踪迹仅见邵懿辰撰，邵章续录《增订四库简明目录标注》："王君九藏明初本，十行十九字，有阮葵生藏印。卷一及八至十五各卷钞补，校万历祠堂本少拾遗三首，诗二文一。万历本尚有后序四首，此无。次第字句，与万历祠堂本同。"①王季烈（1873~1952），字晋余，号君九，又号螾庐，江苏省长洲县（今苏州市）人。王季烈、李宣龚皆供职于商务印书馆，"不审当时借之谁氏"很可能有一个确切答案——借自王季烈家。继李宣龚以残宋本《宛陵集》校《宋诗钞》后，民国三十二年徐益藩再次以《宛陵集》校《宋诗钞》，只是李宣龚校《宋诗钞》所用《宛陵集》为明初刊本，而徐益藩校《宋诗钞》所用《宛陵集》为借自李宣龚的商务印书馆影印残宋本。其跋云"借自墨巢，为校读《宋诗钞》之用。遇有异者，辄补志之"，将影印残宋本《宛陵集》与《宋诗钞》有异者六条录于《宛陵集》末后附纸上，

---

① 邵懿辰撰，邵章续录《增订四库简明目录标注》，上海古籍出版社，1979，第693页。

从其借书关系可见徐益藩与李宣龚有所来往。

三是赵熙的宛陵诗校注。汪辟疆《近代诗派与地域》将近代诗家按地域分为六派，即湖湘派、闽赣派、河北派、江左派、岭南派、西蜀派，指出"湖湘夙重保守，有旧派之称，然领袖诗坛，庶几无愧。闽赣则瓣香元祐，夺帜湖湘，同光命体，俨居正宗，抑其次也。……岭南振雄奇之逸响，西蜀泻清碧之灵芬，并能本其风土，播诸声诗，驰骋骚坛，允无愧怍"[①]。西蜀派以赵熙为首，赵熙（1867~1948），字尧生，号香宋，蜀中"五老七贤"之一，清末任监察御史，民国后退居四川故里，"以抗直敢言，著称清季。工诗，善书，间亦作画。诗篇援笔立就，风调冠绝一时"[②]，诗歌风格清切苍秀，师从者众多。赵熙虽为西蜀派诗人，却与许多同光体诗人有所往来，他与同光体诗人在京创办了"春社"。《石遗室诗话》卷十二载：

> 庚戌春在都下，与赵尧生、胡瘦唐、江叔海、江逸云、曾刚甫、罗掞东、胡铁华诸人创为诗社，遇人日、花朝、寒食、上巳之类世所号为良辰者，择一目前名胜之地，挈茶果饼饵集焉，晚则饮于寓斋若酒楼，分纸为即事诗，五七言古近体听之。次集则必易一地，汇缴前集之诗，互相评品为笑乐。其主人轮流为之。辛亥则益以陈弢庵、郑苏堪、冒鹤亭、林畏庐、梁仲毅、林山腴，而无江氏父子。[③]

《赵熙年谱》还记载了他前往上海的一段经历：

> 民国元年壬子四十五岁。时南北和议成，孙中山让总统位于袁世凯。袁邀请流亡日本之梁启超回国参政。梁书商周善培，周以此事告赵熙。赵因于五月与周东渡，极力劝阻。梁自信非袁能制，康有为亦赞其行，故复出。赵、周遂与别，游历三岛而归。是时陈三立、郑孝胥、杨增荦、王乃徵等人，皆同寓上海，周善培、胡宪兄

---

① 汪辟疆：《近代诗派与地域》，《汪辟疆文集》，上海古籍出版社，1988，第291页。
② 龙榆生编选《近三百年名家词选》，上海古籍出版社，1979，第194页。
③ 陈衍：《石遗室诗话》，《民国诗话丛编》第1册，上海书店出版社，2002，第183页。

弟亦同行到沪，颇极文筵之乐。赵秋末返蜀。①

可见赵熙与陈三立、郑孝胥等人皆有所往来，他不仅与同光体诗人在京组织诗会相互酬唱，还留居上海数月之久，与上海文人"颇极文筵之乐"。《夏敬观年谱》亦载："暮春，偕朱祖谋、李惜诵访赵熙、杨增荦徐汇寓所不遇。次日，走赵、杨与胡铁华约游龙华寺，先生因雨不赴。"② 可见夏敬观、朱祖谋亦与之有所往来。赵熙的宛陵诗评注稿本被曾克耑于香港旅次觅得，与夏敬观校注合并刊刻为《梅宛陵诗评注》。他对宛陵诗的评注主要表现为校勘、圈点、注释，评注数量繁多，可见其对宛陵诗着实下过一番心血。其批注条目不仅注重对诗中所涉人物予以提示，更注重从艺术层面对部分诗句进行评点，对诗歌风格近似前人者亦有揭明。其梅诗评语既有"新异""佳句""善接""对妙""戛戛独造"等肯定之辞，亦不乏"晦塞""突兀""稍松""习语""刻削"等批评之声。尤见特色的是赵熙尝试对梅尧臣部分诗句进行改动，如将《送蔡侍禁赴长沙》"水经菱浦晚"改为"人辞蓬莱远"，将《襄城对雪》"登城望密雪"改为"登城一望白"、"饥兽啮陈根"改为"居人静远村"，将《舟次朱家曲寄许下故人》"晚云连雨黑"改为"晚云含雨黑"、"稍听邻船语"改为"稍习邻船语"、"初分异土言"改为"初操异土言"，体现了作为诗人的赵熙亲自操刀的代入心理。国家图书馆、上海图书馆等处皆藏有宛陵诗评点本，但其评点数量往往只有几条、十几条，可以说，赵熙评注本是评点数量最多的梅诗批注本，堪与夏敬观的校注数量比肩，亦彰显了极高质量的评点价值。

黄孝平《清诗汇叙》云："道咸以后，湘乡低首西江，湘绮导源汉魏，广雅衮然，振奇郁起，宏开幕府，奄有众长。季世说诗，桃唐宗宋，初慕后山，嗣重宛陵，浸远苏黄，稍张杨陆。"③ 在这种诗坛取法对象的流动态势中，宛陵诗作为一种诗歌范式进入了晚清宋诗派的汲取范围，融入了宋诗派寻求新的表现道路的取择轨迹。梅尧臣作为"以诗鸣庆历、嘉祐间"的宋诗大家，却在江西诗派兴起后日渐沉落于众人视线，在中

---

① 转引自陈诒《夏敬观年谱》，黄山书社，2007，第64页。
② 陈诒：《夏敬观年谱》，黄山书社，2007，第64~65页。
③ 汪辟疆：《光宣以来诗坛旁记》，辽宁教育出版社，1998，第60页。

国诗史上趋于黯淡、湮沉。直到同光体诗人标榜、推崇宋诗，在选本阅读、范式寻觅中发现了梅尧臣诗歌的独特价值，经由商务印书馆多次刊刻《宛陵集》，夏敬观、李宣龚、赵熙等人对梅诗做的大量批校、评点工作，遂改变了梅诗传播过程"至宝识之希"的冷清面貌，间接启迪了以朱东润等人为代表的新时期梅诗研究。

第三节　梅尧臣诗歌的选本批评

——以《瀛奎律髓》《宋诗钞》《宋诗精华录》为考察中心

上两节我们从后世评论材料方面梳理了梅尧臣诗歌在江西诗派兴起后渐趋湮沉的多重原因，认为梅尧臣诗歌本身具有唐、宋诗风兼容并显的风格多样性；从宋诗派代表作家同光体诗人的梅诗阅读、发现、批校、评注与商务印书馆的三次梅集刊刻，见出清末民初宋诗派作家对梅尧臣诗歌的传播、阐扬力度。本节我们从选本角度考察梅尧臣诗歌如何被后世选家进行唐宋判分和文学定位。选本是后人接受梅尧臣诗歌的重要方式和途径，鲁迅说："凡是对于文术，自有主张的作家，他所赖以发表和流布自己的主张的手段，倒并不在作文心，文则，诗品，诗话，而在出选本。"[①] 选本之重要性不言而喻。历代选家对梅尧臣诗歌多有关注，对其诗歌风格究竟近唐还是近宋皆含潜在寓意和判分。但目前学界论及梅诗时很少从选本角度考察，本节以宋末元初方回《瀛奎律髓》、清初吴之振等人《宋诗钞》、晚清陈衍《宋诗精华录》为考察中心，以夏敬观《梅尧臣诗》、朱东润《梅尧臣诗选》为参照对象，探寻历代选家对梅尧臣诗歌的品评、接受。

一　以句律之学诠释梅诗的《瀛奎律髓》

方回《瀛奎律髓》是一部影响深远的大型唐、宋律诗选集，共选诗49卷3014首。方回选诗依据的是其所谓"正法眼藏"：

老杜诗为唐诗之冠。黄、陈诗为宋诗之冠。黄、陈学老杜者也。

[①]《鲁迅全集》第7卷，人民文学出版社，1981，第136页。

> 嗣黄、陈而恢张悲壮者，陈简斋也。流动圆活者，吕居仁也。清劲洁雅者，曾茶山也。七言律，他人皆不敢望此六公矣。若五言律诗，则唐人之工者无数。宋人当以梅圣俞为第一，平淡而丰腴。舍是，则又有陈后山耳。此余选诗之条例，所谓正法眼藏也。①

这段话构成他"一祖三宗"理论的一部分，是方回论诗推尊江西诗派的重要材料。学者们却往往忽视方回"发语或唐或宋，不成一家"②的选诗复杂性，忽视方回对宋代梅尧臣五言律诗的推崇，以及唐人、梅尧臣等人五律所代表的异于江西诗派的另一个诗歌系统。

据学者统计，梅尧臣现存2878首诗歌中，五律为793首，五排为108首，七律为231首，七排为16首，律诗共计1148首。③钱锺书评梅诗"古体优于近体"④，但钱锺书认为不甚出色的近体诗却是方回《瀛奎律髓》极力推崇的对象，这固然由于《瀛奎律髓》所选皆为近体律诗，但也意味着方回对梅尧臣诗歌的别具只眼。《瀛奎律髓》按题材类型分为49卷，其中26卷选及梅尧臣诗歌126首（五律93首、七律33首），选诗范围可谓相当广泛。仔细考察方回选录品评梅诗情况可知以下几点。

其一，方回的梅诗评点侧重字法、句法等格律句法批评，这是方回汲取江西诗派诗法而形成的诗歌评点模式。其评语特别关注梅尧臣律诗对联之妙，如《秋日家居》：

> 移榻爱晴晖，翛然世虑微。悬虫低复上，斗雀堕还飞。相趁入寒竹，自收当晚闻。无人知静景，苔色照人衣。⑤

这首诗被方回归入"秋日类"，描写秋日闲居家中所见之景，传达了安闲静谧的内在情怀。若按律诗常规性的起承转合创作方法，颔联、颈联往往各自为对，又因处于承、转处而关联不甚密切。方回发现此诗有异

---

① （元）方回选评，李庆甲集评校点《瀛奎律髓汇评》，上海古籍出版社，2005，第42页。
② （明）谢榛：《四溟诗话》，人民文学出版社，1961，第58页。
③ 胡传志、汪婉婷：《论梅尧臣诗歌的体裁选择》，《安徽师范大学学报》（人文社会科学版）2015年第5期。
④ 钱锺书：《谈艺录》，中华书局，1984，第167页。
⑤ 朱东润编年校注《梅尧臣集编年校注》，上海古籍出版社，2006，第745页。

于寻常律诗之处,他评点道:

"相趁入寒竹",以应"斗雀堕还飞"。"自收当晚闱",以应"悬虫低复上"。又是一体。首尾翛然出尘,可谓"着题"诗也。①

方回看到这首律诗颔联、颈联的错位承续关系,其结构不是层级分明的起承转合而是旧题白居易《文苑诗格》所总结的隔句相解的"联环文藻"②。这种结构在南北朝诗人那里已有显现,如谢灵运《石室山诗》"石室冠林陬,飞泉发山椒。虚泛径千载,峥嵘非一朝"③,鲍照《行药至城东桥》"扰扰游宦子,营营市井人。怀金近从利,抚剑远辞亲"④,唐代白居易诗歌中此类章法结构尤多,如《见萧侍御忆旧山草堂诗因以继和》"玉架绊野鹤,珠笼锁冥鸿。鸿思云外天,鹤忆松上风"⑤,《归田三首》其一"中人爱富贵,高士慕神仙。神仙须有籍,富贵亦在天"⑥,以上诸例皆以第四句解第一句,第三句解第二句。梅尧臣《秋日家居》作为一首律诗却借鉴了这种古诗的章法结构,故方回称其"又是一体"。再如《送祖择之赴陕府》:

古来分陕重,犹有召公棠。此树且能久,后人宜不忘。君从金马去,郡在铁牛旁。山色临关险,河声出地长。樽无空美酒,鱼必荐嘉鲂。天子忧民切,行当务劝桑。⑦

金马门是汉代宫门名称,以金马对铁牛是借对手法,极为新颖灵活。方回评此诗云,"'金马'、'铁牛',人皆可对。必如此穿成句,则见活法。'山色'、'河声'一联,不减盛唐。'美酒''嘉鲂'一联,句

---

① (元)方回选评,李庆甲集评校点《瀛奎律髓汇评》,上海古籍出版社,2005,第444页。
② 张伯伟:《全唐五代诗格汇考》,江苏古籍出版社,2002,第364~365页。
③ 黄节撰《谢康乐诗注》,中华书局,2008,第119页。
④ 黄节撰《鲍参军诗注》,中华书局,2008,第364页。
⑤ 谢思炜撰《白居易诗集校注》,中华书局,2006,第461页。
⑥ 谢思炜撰《白居易诗集校注》,中华书局,2006,第536页。
⑦ 朱东润编年校注《梅尧臣集编年校注》,上海古籍出版社,2006,第1097页。

法亦新"①，分别拈出、称美诗中对仗工整新颖之句。此外，方回还经常评点梅诗各联佳处，如：

> 三、四绝妙，尾句自然有味。（《金山寺》评语）

> 五、六平淡之中有滋味，亦工致。三、四亦无不工。（《夏日陪提刑彭学士登周襄王故城》评语）

> 起句爽，三、四工，"井泉石"事新。（《送晁质夫太丞知深州》评语）

> 圣俞此诗尾句自然，"熊"、"鹿"一联，人皆称其工，然前联尤幽而有味。（《鲁山山行》评语）

> 第五遒劲，第六宏壮，亦如灯之烂花、斗之移柄云。（《送高判官和唐店夜饮》评语）

> 第一句六字仄声，第二句五字平声，愈觉其健。"梨花""客子"一联，深劲有味。惟陈简斋妙得其法焉。（《依韵和李舍人旅中寒食感事》评语）

> 三、四言大风，五、六言雨、言雷，皆工而新。（《韩子华约游园上马后雨作遂归》评语）

以上评点皆注重指出梅诗诗句精彩工新之处，除对诗句的整体观照之外，方回还常细察梅诗用字、对仗等微观层面，如《送王待制知陕府》：

> 东周尊夹辅，西汉重行春。风化本从召，河山来自秦。选良出

---

① （元）方回选评，李庆甲集评校点《瀛奎律髓汇评》，上海古籍出版社，2005，第1055页。

第五章 判分唐宋：梅尧臣诗歌的传播历程与文学定位

旧诏，出守必名臣。导从驰千骑，朱丹照两轮。宴杯深畏卯，湖水净连申。重见甘棠咏，争传乐府新。①

召公辅佐周成王使国家政通人和、百姓安居乐业，《诗经·召南·甘棠》即美颂其政，召公采邑召地在陕西，故有次联"风化本从召，河山来自秦"之对偶。卯时为清晨官员开始办公之时，古有"点卯"之制，彻夜达旦的筵席至卯时亦近尾声，故有第五联"宴杯深畏卯，湖水净连申"之对偶。方回着重点出此诗以地名、时名为对的特殊情况，评云："'召'、'秦'、'卯'、'申'四句工。"② 方回指点梅诗字法、对仗者还有：

"辛壬"、"甲子"亦奇甚。（《涂山》评语）

以"双"对"品"甚工，异世之所鲜。（《和张民朝谒建隆寺二次用写望试笔韵》评语）

"野杏堪同舍"，此"堪"字乃是不堪也。善诗者多如此用虚字。（《红梅》评语）

前首下"先及"、"屡催"、"拟闻"、"将见"，又继以"龙沙几日来"，皆欲雪未雪之辞。（《和欲雪二首》评语）

五、六错综自相为对，此一体。（《与正仲屯田游广教寺》评语）

诸如天干、地支纪年相对，"堪"意为不堪，欲雪未雪时用词特殊，"酒杯参茗具，山蕨间盘蔬"当句错综为对，梅诗下字、用词精微处皆赖方回细心、敏锐的文学体察才被指出，不能不说方回是梅尧臣诗歌接受史上首个观照细致、体察入微之人。

其二，方回最推崇梅尧臣近似唐音的诗歌，将其视为唐音典型，是

---

① 朱东润编年校注《梅尧臣集编年校注》，上海古籍出版社，2006，第607页。
② （元）方回选评，李庆甲集评校点《瀛奎律髓汇评》，上海古籍出版社，2005，第1056页。

异于江西诗派体系的另一系统。方回评梅诗云,"宋诗与唐不异者,梅都官尧臣为最"[1],"圣俞诗一扫'昆体',与盛唐杜审言、王维、岑参诸人合"[2],"圣俞此诗全不似宋人诗,张籍、刘长卿不能及也"[3],这些言论皆指梅尧臣虽生活于宋,诗歌风貌却与杜审言、王维、岑参等人极为近似,中唐张籍、刘长卿等人皆不如他。具体而言,方回认为梅诗近唐之处在于以下特点。

梅诗似唐而不装不绘,自然风韵,又当细咀。(《宣州二首》其二评语)

圣俞诗淡而有味。此亦信手拈来,自然圆熟。起句似孟郊。(《晓》评语)

此篇独佳,淡泊中有酞醇味。(《春社》评语)

圣俞诗不见着力之迹,而风韵自然不同。(《九月见梅花》评语)

这些评语皆指出梅尧臣诗歌不装不绘又风韵天成,其平淡自然、不见着力的语言背后是咀之弥甘、酞醇永久的滋味。且如《宣州二首》其二:

斫漆高崖畔,千筒不一盈。野粮收橡子,山屋照松明。只见树堪种,曾无田可耕。儿孙何所乐,向此是平生。

诗写宣州山中百姓种树谋生民俗,山民无地可耕,只能艰难割斫、攒积崖边漆树汁,捡拾橡树果实充当粮食,点着松脂照亮山屋,此类诗句皆如实描写山民生活,没有过多浮华辞藻的修饰点染,却将宣州民俗描画得

---

[1] (元)方回选评,李庆甲集评校点《瀛奎律髓汇评》,上海古籍出版社,2005,第169页。
[2] (元)方回选评,李庆甲集评校点《瀛奎律髓汇评》,上海古籍出版社,2005,第170页。
[3] (元)方回选评,李庆甲集评校点《瀛奎律髓汇评》,上海古籍出版社,2005,第171页。

充满美感、如在目前,故方回称其"似唐而不装不绘,自然风韵,又当细咀"。方回对梅诗评价高到了"圣俞诗似唐人而浑厚过之"①"宋人诗善学盛唐而或过之,当以梅圣俞为第一"② 的百般推崇地步。故他说,"若论宋人诗,除陈、黄绝高,以格律独鸣外,须还梅老五言律第一可也"③,"梅公之诗为宋第一,欧公之文为宋第一,诗不减梅。苏子美不早卒,其诗入老杜之域矣。一传而苏长公之门得四学士,黄、陈特以诗格高为宋第一"④,虽然纪昀指摘后条材料云"有三第一矣",但若综合两条材料来看,方回正是将黄庭坚、陈师道、梅尧臣并列为宋诗第一,梅诗乃五律第一,黄、陈诗则以格高为七律第一。他是将梅尧臣作为学唐诗人中的第一,黄、陈作为宋诗自身面貌的第一,这两个系统平行并进、互不影响。

正因方回侧重选取、品赏梅诗似唐的那一面,因此相对忽视梅诗峭硬生新之作,许印芳称梅诗:

> 七律于排比之中,每寓拗峭以避平熟,起一句多不用韵,亦每用拗峭之笔以取势,如《送乐职方》云:"长堤冻柳不堪折,穷腊使君单骑行。"《送张少卿》云:"朱旗画舸一百尺,五月长江水拍天。"皆妙。集中此体多苍老遒劲之作,送行作尤多。虚谷但选五首,而可取者又止二首,由于选择不精也。⑤

许印芳看到了梅诗七律拗峭劲健、苍老遒劲的一面,这是与方回推崇的"一祖三宗"诗歌风貌相去不远的诗歌风格,但由于方回注意力皆被梅尧臣风韵天成、平淡自然之诗所吸引,反而对此类诗歌失去了烛照之力。

---

① (元)方回选评,李庆甲集评校点《瀛奎律髓汇评》,上海古籍出版社,2005,第1076页。
② (元)方回选评,李庆甲集评校点《瀛奎律髓汇评》,上海古籍出版社,2005,第1060页。
③ (元)方回选评,李庆甲集评校点《瀛奎律髓汇评》,上海古籍出版社,2005,第970页。
④ (元)方回选评,李庆甲集评校点《瀛奎律髓汇评》,上海古籍出版社,2005,第925页。
⑤ (元)方回选评,李庆甲集评校点《瀛奎律髓汇评》,上海古籍出版社,2005,第1076页。

也正因此，方回《瀛奎律髓》是一部将梅诗诠释为唐音的代表性选本，与后来《宋诗钞》《宋诗精华录》选诗旨趣迥不相侔，构成了极富张力的两种梅诗审美模式。

二 侧重人文题材、枯淡老硬风格的《宋诗钞》

明代是崇唐复古诗学独盛时代，前后七子打着"诗必盛唐"旗号将宋诗挤进幽暗的历史角落，他们的选诗链条基本没有宋诗环节。明代宋诗选本仅十余种，即便是这少量宋诗选本如《宋艺圃集》《石仓历代诗选》亦存在较严重的"以唐衡宋"现象，所选宋诗基本接近唐诗风格。随着明代诗坛复古派推尊汉魏、盛唐导致的冠裳土偶、株守太过的弊端显露，康熙初年革除积弊的宗宋诗风应运而生。吴之振、吕留良、吴自牧编选的《宋诗钞》就是开风气之先的宋诗选本，该选本编选始于康熙二年（1663），至康熙十年梓板行世。作为康熙十年以前唯一的清代宋诗选本，《宋诗钞》在近 30 种唐诗选本对比下是那么形单影只，但它终于钻破明代唐诗独尊茧缚而劈开宋诗青天，"使学者得见两宋诗人之崖略，不可谓之无功"①，清代宋诗学的燎原之势亦由此点燃。

《宋诗钞》收录诗人 84 家，诗歌 12000 余首，是清代最重要的大型宋诗选本，基本能反映宋诗全貌的选诗规模使《宋诗钞》成为众多中小型宋诗选本的选诗底本。《宋诗钞》选录各家诗人诗歌数量不均，多者上千首，少者仅几首。据笔者统计，选诗数量进入前十位者见表 5-1。

表 5-1 《宋诗钞》选诗数量前十位诗人

诗人名字	杨万里	陆游	范成大	刘克庄	苏轼	张耒	陈与义	梅尧臣	黄庭坚	王安石
选诗数量	1471	980	573	490	463	394	350	336	283	249

从表 5-1 可知，《宋诗钞》最推崇杨万里"诚斋体"，其次是陆游，二人选诗数量之和约占《宋诗钞》总选诗量的 1/5。《宋诗钞》选诗量前四名皆为南宋诗人，北宋诗人选诗量相对较少，似有明显的偏重南宋倾向。梅尧臣选诗量排在第八位，高于黄庭坚、王安石、欧阳修（196 首）等人，可见梅尧臣在吴之振等人心中地位较高。考察《宋诗钞》所选梅

---

① （清）纪昀等：《钦定四库全书总目》，中华书局，1997，第 2663 页。

诗可发现如下特征。

其一，《宋诗钞》注重编选梅诗人文题材如茶、书画、金石文玩类诗歌，展现出较为浓烈的人文气息。茶诗收录《答宣城张主簿遗鸦山茶次其韵》《颍公遗碧霄峰茗》等8首，约占梅尧臣全部茶诗的1/3。文房物品类诗歌收录《永叔寄澄心堂纸二幅》《答宋学士次道寄澄心堂纸百幅》《杜挺之赠端溪圆砚》等5首，尤其是关于澄心堂纸的诗几乎全部囊括。书画类诗歌收录《孙主簿惠上党寺壁胡需然书墨迹一匣》《观居宁画草虫》《同蔡君谟江邻几观宋中道书画》等9首，约占梅尧臣书画类诗歌的1/4。较重要的书画诗歌如《同蔡君谟江邻几观宋中道书画》《观何君宝画》《观杨之美画》《二十四日江邻几邀观三馆书画录其所见》《观邵不疑学士所藏名书古画》等全部收录。金石文物类诗歌收录《蔡君谟示古大弩牙》《吴冲卿出古饮鼎》《古鉴》《陆子履示秦篆宝》等8首，接近梅尧臣金石诗歌总数，而《饮刘原甫家原甫怀二古钱劝酒其一齐之大刀长五寸半其一王莽时金错刀长二寸半》《饮刘原甫舍人家同江邻几陈和叔学士观白鹇孔雀凫鼎周亚夫印钿玉宝赫连勃勃龙雀刀》的收录将梅尧臣诗歌摹画金石文物的笔调功力予以较好展示，充分再现了北宋金石学兴起带给宋代文人的品赏风会。

在这些诗歌中，《永叔寄澄心堂纸二幅》《杜挺之赠端溪圆砚》《古鉴》《颍公遗碧霄峰茗》《观邵不疑学士所藏名书古画》等12首诗为《宋诗钞》所独选。夏敬观对梅尧臣人文题材作品亦颇多采录，然《宋诗钞》所选人文题材诗歌同为夏敬观收录者仅《同蔡君谟江邻几观宋中道书画》《观何君宝画》《陆子履示秦篆宝》《得雷太简自制蒙顶茶》等11首，同为朱东润收录者仅《观杨之美画》《蔡君谟示古大弩牙》等4首，同为陈衍收录者仅《吴冲卿出古饮鼎》1首。正因《宋诗钞》对梅诗人文题材的偏好，其所抄《宛陵集》充满浓郁人文气息。

其二，《宋诗钞》所录梅诗多老硬枯淡风格而少清丽敷腴之作。翁方纲《石洲诗话》云：

> 《宋诗钞》之选，意在别裁众说，独存真际，而实有过于偏枯处，转失古人之真。如论苏诗，以使事富缛为嫌。夫苏之妙处，固不在多使事，而使事亦即其妙处。奈何转欲汰之？而必如梅宛陵之

枯淡、苏子美之松肤者，乃为真诗乎？①

这里主要批评《宋诗钞》选苏轼诗歌时芟汰使事富缛之作，所择诗歌近于梅尧臣之枯淡、苏舜钦之松肤。实际上，《宋诗钞》选录梅诗亦摒除其色泽敷腴、清丽可喜作品而多取老态枯硬之作。这可从两方面得以证明。第一，梅尧臣早年诗歌如欧阳修所云"喜为清丽闲肆平淡"，此时梅诗去以风神情韵见长的唐音尚未太远，然而，《宋诗钞》所选梅尧臣宝元元年（1038）前诗歌极少，七年内总共才选录 21 首，所录诗如《和才叔岸傍古庙》《陶者》《彼鴷吟》皆色调灰暗、感情沉重之作。第二，如翁方纲所云"梅公之笔，殊于鱼鸟洲渚有情"②，梅尧臣于几次京城、宣城间的水路旅程写下大量清丽可人之作，《宋诗钞》却很少选及这类诗歌。以庆历八年（1048）为例，该年夏间梅尧臣率刁氏返归宣城，秋后应晏殊辟赴陈州镇安军节度判官任，两次旅程皆走水路，沿途写下不少诗歌。如：

　　　　吴鸡鸣隔山，江月半在水，喈喈出岸潮，雪雪入蒲苇。解絣泛明镜，接天知几里。我家今不遥，正住句溪尾。（《早发》）

　　　　默默日脚云，断续如破滩。忽舒金翠尾，始识秦女鸾。又改为连牛，缀燧怀齐单。伺黑密不嚣，额额城未刓。风吹了无物，犹立船头看。（《晚云》）

　　　　出舟晓日升曈曨，波上烂烂黄金镕。冪历紫烟生镜中，钓船似画分横纵。风莫从虎云从龙，变作霏霞重复重。（《晓日》）

　　三诗选用意象鲜明动人，色彩艳丽明亮，情感轻快愉悦。"喈喈""雪雪""默默""额额""烂烂"等叠字与"曈曨""冪历"等叠韵词形成朗朗上口、金声玉振的声调效果。"吴鸡""江月""蒲苇""明镜""金

---

① （清）翁方纲著，陈迩冬校点《石洲诗话》，人民文学出版社，1981，第 110~111 页。
② （清）翁方纲著，陈迩冬校点《石洲诗话》，人民文学出版社，1981，第 88 页。

翠尾""秦女鸾""晓日""黄金""紫烟"等意象富丽鲜明,传达出诗人乘舟旅行的愉悦轻松心情。以上三诗皆被夏敬观、朱东润选录却不见于《宋诗钞》,体现了朱自清所云《宋诗钞》偏重选取"沉着痛快"类诗歌的审美旨趣。

三 以情感、艺术为去取标准的《宋诗精华录》

《宋诗精华录》是光、宣诗坛巨子陈衍生前最后刊行的作品,亦是同光体诗人的代表性宋诗选本。这部体小而精的诗歌选本共分4卷,选录诗人129家,作品691首,每家皆附小传,诗多评语圈点。从选诗数量来看,该选最推崇苏轼,选录其诗多达92首,其次为杨万里、陆游,各选55首、53首。梅尧臣选诗数量为24首,居第八位(见表5-2)。在陈与义之后,司马光、范成大并列第十,皆选录12首诗,其余诗人选诗量则多以个位数计。

表 5-2 《宋诗精华录》选诗前九位诗人一览

诗人名字	苏轼	杨万里	陆游	王安石	黄庭坚	刘克庄	陈师道	梅尧臣	陈与义
选诗数量	92	55	53	34	39	27	26	24	21

仔细核查就会发现《宋诗精华录》所选24首梅诗全部出自《宋诗钞》,这或许可说明《宋诗精华录》的选诗底本极可能是《宋诗钞》。程千帆论述过《宋诗精华录》的唐宋正闰、精华界义、宋诗分期等选诗大旨[①],笔者通过考察该选本收录情况得出陈衍的梅诗接受大略有如下特征。

其一,陈衍特别注重选录梅尧臣发自肺腑、感情深厚之作。该选收入庆历四年(1044)谢氏亡殁后所作《书哀》《悼亡三首》、庆历八年女儿称称夭折后所作《戊子三月二十一日殇小女称称三首》(录二首)。朱东润选本仅录《悼亡三首》而不录《书哀》,夏敬观选本仅收录《书哀》而不录《悼亡三首》。陈衍《宋诗精华录》以24首诗歌的狭小容量却收录6首伤悼之作,占据全选1/4,这种别裁去取可见陈衍极为赏爱梅尧臣发自肺腑的深情佳作。从陈衍的评点话语亦可见其选录原因,如《悼亡

---

① 程千帆:《古诗考索》,商务印书馆,2014,第511~516页。

三首》其三：

> 从来有修短，岂敢问苍天。见尽人间妇，无如美且贤。譬令愚者寿，何不假其年？忍此连城宝，沉埋向九泉。①

陈衍评此诗云："情之所钟，不免质言。虽过，当无伤也。"此外又加按语："潘安仁诗，以《悼亡三首》为最。然除'望庐'二句、'流芳'二句、'长簟'二句外，无沉痛语。盖熏心富贵，朝命刻不去怀，人品不可与都官同日语也。"② 此诗没有华丽绚烂的辞藻，亦没有娓娓道来的比兴修辞，却像是被悲伤笼罩得不顾打磨诗艺，直截沉痛地将脑中所思所想写下道来。乔亿曾对此提出质疑："独怪梅圣俞名高而诗不称，如'见尽人间妇，无如美且贤'，成何语也？"③ 古代妇女深藏闺阁，梅尧臣当然不可能"见尽人间妇"，但他此刻心里所怀念的都是谢氏的美丽贤惠，仿佛人世间所有女子皆不及她。陈衍"虽过，当无伤也"的评语可能就是针对乔亿质疑而为梅尧臣"情之所钟"做出的辩护。陈衍还将潘岳《悼亡三首》与梅诗对比，指出潘岳利欲熏心，故诗无沉痛语，其与梅尧臣情感深度、人品德行不能同日而语。他又评点《书哀》云"此首与前二首'精爽'十字，最为沉痛"，可见梅尧臣悼亡诗的沉痛感情引起陈衍对其人品德行的景仰肯定，真挚、热烈的情感深度大概也是陈衍品赏诗歌的重要维度。

其二，陈衍对政治性强的诗歌一律不入选。《宋诗精华录》所录24首诗歌没有一首政治性诗歌，反映了陈衍注重艺术维度的审美标准。《宋诗钞》对梅尧臣政治类诗歌入选较多，这是因为吕留良等明代遗民将其政治寄托附着于选诗活动。比较《宋诗钞》《宋诗精华录》《梅尧臣诗》《梅尧臣诗选》可明显发现《宋诗精华录》政治维度的缺席。《彼驾吟》《陶者》《田家语》《汝坟贫女》《桓妒妻》《谕乌》《岸贫》《村豪》《书南事》《淘渠》《送王介甫知毗陵》等极具政治性的诗歌被《宋诗钞》

---

① 朱东润编年校注《梅尧臣集编年校注》，上海古籍出版社，2006，第245页。
② 陈衍评点，曹中孚校注《宋诗精华录》，巴蜀书社，1992，第66页。
③ 乔亿：《剑溪说诗·又编》，《续修四库全书》第1701册，上海古籍出版社，2002，第245页。

《梅尧臣诗》《梅尧臣诗选》全部收录，《宋诗钞》还选录议论时政的《十一日垂拱殿起居闻南捷》《汴渠》等诗，但这些诗却被《宋诗精华录》悉数摒弃。写于景祐三年（1036）的《彼鴷吟》是为范仲淹政治斗争失败、贬谪饶州而作，诗以啄木鸟比喻范仲淹，以广庭之木比喻北宋王朝，啄木鸟见广庭之木徒有臃肿外表而内质虚弱，遂尽心尽力以猛嘴啄去木中坏蝎，却招来主人怒斥并弹射出穷山。啄木鸟离去后群鸟欢欣不已，丝毫不顾广庭之木已陷入濒死之境。诗以比喻方式寄托了诗人对范仲淹鞠躬尽瘁、尽心职事却饱受排挤的感叹、哀怜。《田家语》《汝坟贫女》书写康定元年（1040）朝廷征发兵役带给百姓的痛苦灾难，《陶者》《岸贫》《村豪》则描写农村百姓的贫苦及村豪富庶奢逸的生活，如：

　　无能事耕获，亦不有鸡豚。烧蚌晒槎沫，织蓑依树根。野芦编作室，青蔓与为门。稚子将荷叶，还充犊鼻裈。（《岸贫》）

　　日击收田鼓，时称大有年。烂倾新酿酒，饱载下江船。女髻银钗满，童袍毳毨鲜。里胥休借问，不信有官权。（《村豪》）

《岸贫》描写淮水两岸农民无禾稼可收、无牲畜可养的赤贫生活，色彩基调十分灰暗，他们为烧蚌而晾晒槎木，坐在树根旁编织蓑衣，用野芦编成室屋，以青蔓造成门楣，稚子童儿缺衣少裤，就将荷叶围于腰间充作犊鼻裤遮羞。用语平淡却真实可感，不加感慨议论却将深邃情感灌注其间。《村豪》描绘富民奢侈淫逸的日常生活，丰收的粮食酿成多得数不完的酒，装满下江运输的船只，妇女鬓梢插满银钗，童子穿着光鲜亮丽的毛布衣袍。他们骄奢豪横、为非作歹，不信世间还有王法官权。《岸贫》《村豪》二诗前后相继，一贫一富的差异如此鲜明，可谓极尽对比之能事。陈衍《宋诗精华录》完全无视这类仁民爱物的诗歌，表明其选诗不太注重天下国家的书写表达而较关注个人情感，并将艺术维度作为考察诗歌的主要标准。

　　上文从具有代表性的历代诗歌选本入手，探讨了梅尧臣诗歌被后世选家评点、接受的具体情况。其中，方回《瀛奎律髓》诠释了梅诗近于唐音的艺术特征，在此基础上建立了梅诗为宋人五律第一的诗歌地位。

吴之振等人《宋诗钞》、陈衍《宋诗精华录》则注重选取梅尧臣诗歌近于宋诗的作品，多选录峭硬枯淡、沉着苍老之作。相较而言，《宋诗钞》更注重选取梅诗人文题材作品，具有浓郁文化气息；《宋诗精华录》注重取录梅诗情感深厚、艺术精纯之作，具有深厚情感力量。方回《瀛奎律髓》与吴之振等人《宋诗钞》、陈衍《宋诗精华录》构成梅尧臣诗歌的两个诠释系统，各从唐音、宋调角度揭示梅诗风格特征，反映了梅尧臣诗歌立体、丰富的风格内涵。

  以上三节分别从历代诗论家的梅诗评论材料入手梳理了梅尧臣诗歌的得名情况与转变节点，探寻了其诗歌毁誉参半、风格指陈迥异的切实原因；从同光体诗人的梅诗阅读、发现、批校、评注和商务印书馆的三次梅集刊刻入手梳理了清末民初宛陵诗的再发现过程；从宋末元初方回《瀛奎律髓》、清初吴之振等人《宋诗钞》、晚清陈衍《宋诗精华录》的选本批评入手，考察历代选家对梅尧臣诗歌风格究竟近唐音、近宋调的唐宋判分与文学定位。我们认为，梅尧臣诗歌处于唐诗向宋诗的转变过程中，故唐、宋诗风于其诗集兼容并显，表现出"虽时有宋气，而多近唐人"的艺术特点，造出了"清丽、英华、雅正"等多种境界，这正是梅尧臣诗歌风格难以判定的主要原因。梅尧臣诗歌的发现、阐扬伴随着宋诗运动的波荡起伏，其诗名亦因宋诗派的宣传、推行而广为人知。

附录一 《宛陵集》版本考

梅尧臣是安徽宣城人氏，宣城古称宛陵，故人称其为宛陵先生，历代刊刻其诗文集时题为《宛陵先生文集》《宛陵集》《宛陵诗集》。先后有部分学者述及《宛陵集》的版本信息，如朱东润《梅尧臣集的版本》专文梳理《宛陵集》的几个版本，重点比较了正统本、万历本、宋荦本的异同优劣；四川大学古籍整理研究所编《现存宋人别集版本目录》清点了存世《宛陵集》版本情况；王岚《宋人文集编刻流传丛考·梅尧臣集》重点梳理了今尚可见的残宋本、两个明刊本、六个清刊本等版本信息。以上诸人多未注意北宋抄本、元刻本等亡佚版本情况，清点存世版本时亦有失录现象。本文在广泛搜集相关资料、阅读爬梳历代目录学著作、考察各地图书馆所藏版本基础上，深入考证了《宛陵集》历代抄本、刊本、印本形态，以期对宋代文献学和学术史研究有所推进。

一 宋代抄本

宋代以前书籍传播以抄写为主，入宋后抄本传播依旧是宋人文集传播的重要方式，北宋文人热衷于抄书，时有"手抄书千卷"[①]"手抄经史至数十万言"[②]"抄书连椟累笥不能容"[③] 者。潘明福将北宋时期文集抄写传播分为"抄写'进献集'""抄写'干谒集'""抄写'赏读集'""抄写'求序集'"等四种主要类型。[④] 今所传《宛陵先生文集》抄本形式已不复存在，但通过钩稽书目文献与文集记载，尚可推考《宛陵集》几个宋代抄本形式并厘析其抄写目的和抄写性质。

[①] （宋）柳开：《宋故中大夫左补阙致仕高公墓志铭（并序）》，《全宋文》第6册，上海辞书出版社、安徽教育出版社，2006，第421页。
[②] （宋）许景衡：《送韩用可序》，《全宋文》第144册，上海辞书出版社、安徽教育出版社，2006，第76页。
[③] （宋）曾巩：《亡弟湘潭县主簿子翊墓志铭》，《全宋文》第58册，上海辞书出版社、安徽教育出版社，2006，第281页。
[④] 潘明福：《北宋时期文集的抄写传播》，《赣南师范大学学报》2017年第4期。

1. 梅尧臣自编诗稿

具体时间不可考,仅知其为梅尧臣在世之日自编,编纂动机乃以此集进贽公卿,或为谋求科举进路,或为寻求仕途荐举,近似"行卷",当属"干谒集"性质。宋人邹浩《跋漳浦李大忠微叔所藏书画尾》云:"钱塘方镂圣俞诗为新集,远方得之,犹知贵重,况圣俞所自编以贽当时公卿者乎?微叔不宝珠玉,而宝此编,固其宜也。"① 邹浩为北宋后期人,与梅尧臣所处北宋中期相去不远,此跋明确提及所题诗稿乃"圣俞所自编以贽当时公卿者",可见其非家藏诗稿而是辗转流徙北宋士人间,至北宋后期尚存于世。此稿当为梅尧臣亲自遴选、誊抄优秀作品的手写抄本,很可能是梅尧臣诗集最早抄本。

2. 杜衍手抄本

梅尧臣《太师杜公挽词五首》其五云:"见录寻常咏,亲装复手题。言从永嘉后,重与建安齐。自古难知己,孤生每择栖。春风寄黄鸟,为向墓间啼。"② 其后自注云:"去岁同在植郎中谒公,公出手装仆诗一轴。"杜衍卒于嘉祐二年(1057),所谓"去岁"当在嘉祐元年,即杜衍手抄《宛陵集》当在嘉祐元年或之前。杜衍极其欣赏梅尧臣诗歌,其集有《乡有好事者出君谟行草八分书数幅中有梅圣俞诗一首用成拙句以识二分》:"莆田笔健与文豪,尤爱南山县咏高。欲使英辞长润石,每逢佳句即挥毫。清如韶濩谐音律,逸似鸾皇振羽毛。羲献有灵应怅望,当时不见此风骚。"③ 称梅诗为"英辞""清如韶濩谐音律"。又有《圣俞诗名闻固久矣加有好事者时传新什至此每一讽诵益使人忻慕故书五十六字以记》:"李杜诗垂不朽名,君能刻意继芳馨。清才绰绰臻神妙,逸韵飘飘入杳冥。动与四方明得失,时教万物被丹青。斯文期主宜推毂,无使沉吟向外庭。"④ 称梅尧臣清才逸韵足以绍继李白、杜甫。杜衍如此欣赏其才,多次赋诗赞咏,至有手抄、亲装梅诗卷轴之举,此本当属抄录、欣赏梅诗的"赏读集"。

---

① (宋)邹浩:《道乡集》卷32,明成化六年刻本。
② 朱东润编年校注《梅尧臣集编年校注》,上海古籍出版社,2006,第938页。
③ (宋)杜衍:《乡有好事者出君谟行草八分书数幅中有梅圣俞诗一首用成拙句以识二分》,《全宋诗》第3册,北京大学出版社,1998,第1597页。
④ (宋)杜衍:《圣俞诗名闻固久矣加有好事者时传新什至此每一讽诵益使人忻慕故书五十六字以记》,《全宋诗》第3册,北京大学出版社,1998,第1599页。

3. 《梅圣俞诗稿》，欧阳修手抄本

欧阳修作《书梅圣俞稿后》云："圣俞久在洛中，其诗亦往往人皆有之，今将告归，余因求其稿而写之。"① 欧集此文题明道元年（1032）。"今将告归"可作两种理解：一指明道元年梅尧臣在河阳县主簿任上，常因事往来河阳、洛阳间，从洛阳返河阳称为"告归"；二指景祐元年梅尧臣应进士举下第，以德兴县令知建德县事，八月南归宣城，返回宣城家乡称为"告归"，洛中则泛指其在河南县主簿、河阳县主簿任上，如此则欧阳修《书梅圣俞稿后》当系于景祐元年。综合推考，第一种可能性较大。此稿所收为天圣、明道年间作品，乃欧阳修求其诗稿抄录成集，亦属欣赏、阅读梅诗的"赏读集"。欧、梅之间的诗歌赏读活动持续未断，"邀以新诗出古律，霜髯屡颔摇寒松"（《高车再过谢永叔内翰》）、"问我诗若何，亦未离缠绕"（《永叔内翰见过》）就是嘉祐年间欧阳修赏读梅尧臣诗歌的文字记录。

4. 《梅圣俞诗集》十卷本，谢景初编

庆历六年（1046），欧阳修《梅圣俞诗集序》云："圣俞诗既多，不自收拾。其妻之兄子谢景初惧其多而易失也，取其自洛阳至于吴兴已来所作，次为十卷。予尝嗜圣俞诗，而患不能尽得之，遽喜谢氏之能类次也，辄序而藏之。"② 吴兴，指浙江湖州，庆历年间梅尧臣曾任湖州监税。从"自洛阳至于吴兴已来所作"可知此抄本所收应为天圣九年（1031）至庆历四年间作品。谢景初将诗稿整理好后，梅尧臣随即将其寄给欧阳修观赏并请他作序，故庆历六年欧阳修《与梅圣俞书》云："诗序谨如命附去，盖述大手作者之美，难为言，不知称意否？"③ 序尾所云"其后十五年，圣俞以疾卒于京师"略有疑义，从庆历六年算起，十五年后恰为梅尧臣卒年，是知序中"年今五十"是为约数，否则梅尧臣享年应为六十五岁，欧序又当作于皇祐三年（1051）。

5. 《梅圣俞诗集》十五卷本，欧阳修编

欧阳修《梅圣俞诗集序》云："其后十五年，圣俞以疾卒于京师。余既哭而铭之，因索于其家，得其遗稿千余篇，并旧所藏，掇其尤者六

---

① 李逸安点校《欧阳修全集》第3册，中华书局，2001，第1049页。
② 洪本健校笺《欧阳修诗文集校注》，上海古籍出版社，2009，第1093页。
③ （宋）欧阳修：《欧阳文忠公集》，《四部丛刊》本。

百七十七篇，为一十五卷。"① 梅尧臣卒于嘉祐五年，故此十五卷本应编纂于嘉祐五年后。欧序主体部分即庆历六年为谢景初十卷本所作序言，因该文已叙梅尧臣诗歌，故移用旧文而仅附加末段。至于"掇其尤者"是如何个掇法，历来学者理解不同。一种观点认为前十卷为谢景初编全录本，第十一卷到第十五卷为欧阳修从"遗稿千余篇"中掇选。一种观点认为前十卷为欧阳修对谢景初十卷本的掇选本，后五卷为欧阳修对梅尧臣遗稿的掇选本。

二 宋元刊本

1. 四十卷本

已佚。见欧阳修《梅圣俞墓志铭》"其文集四十卷"。王岚称"这个四十卷本是家藏稿本，还是社会上流行之本，不得而知"，并认为"到了哲宗元符时，社会上有梅尧臣集的刻本流传，想必它不是谢景初编的十卷本，便是欧阳修编的十五卷本"②，将宋哲宗时梅尧臣诗歌行世刊本确定为谢景初十卷本、欧阳修十五卷本而非四十卷本。这种看法颇值得探讨，宋绩臣云"今其镂传者十无四五"③，既云"镂传"，表明宋哲宗元符二年（1099）前确有刊本流传且该本缺漏很多，但如果宋绩臣外集是以谢景初十卷本、欧阳修十五卷本为补录对象，那他不可能仅辑录十卷四五百篇诗歌。所以，宋哲宗时期行世刊本应为四十卷本，宋绩臣外集应是以四十卷本为补辑对象，至于"十无四五"显然属于夸张写法。《宋史·梅尧臣传》采录梅集"四十卷"说法，张元济《涉园序跋集录》云："余又疑元脱脱修《宋史》时，必尝见一四十卷本，故据以为言。"④实际上，修史者并不一定亲眼见过四十卷本，因《宋史·梅尧臣传》采纳了欧阳修《梅圣俞墓志铭》现成字句，故诗集卷数仍沿其旧。有趣的是，《宋史·艺文志》记载梅集为"《梅尧臣集》六十卷，又《后集》二卷"⑤，与《宋史·梅尧臣传》不尽一致，可见两处文字并非出于一人

---

① 洪本健校笺《欧阳修诗文集校注》，上海古籍出版社，2009，第1093页。
② 王岚：《宋人文集编刻流传丛考》，江苏古籍出版社，2003，第61页。
③ （元）宋绩臣：《梅圣俞外集序》，周义敢、周雷编《梅尧臣资料汇编》，中华书局，2007，第61页。
④ 张元济著，顾廷龙编《涉园序跋集录》，古典文学出版社，1957，第214页。
⑤ 《宋史·艺文志》，中华书局，1977，第5363页。

之手。王岚云"《宋史·艺文七》还著录《后集》二卷,不知何人所编"①,仔细推考,元代史官修纂《宋史·艺文志》时所见《宛陵集》绝非四十卷本而是六十卷本,"《后集》二卷"亦非独立刊本而很可能为拾遗、附录二卷。元前《宛陵集》并无拾遗、附录部分,但文献所载元刊本《宛陵集》已为六十卷并有拾遗、附录二卷,与《宋史·艺文志》所载吻合。

2. 《梅圣俞外集》十卷本,宋绩臣编

宋哲宗元符二年,宋绩臣《梅圣俞外集序》云:"今其镂传者十无四五,而遗编余稿,泯没无闻。予游宣城,得全集于圣俞家,藏且数年矣,欲广其传而未暇。今参考前集所不载者,古律歌诗共400余篇。旧稿以为门类而不分古律二体,此更不复诠次,总为十卷。有志于诗者得之,可共喜也。"②此处所指"前集"应为欧阳修所云四十卷本,故称其"镂传者十无四五"。宋绩臣以梅氏家藏全集复核而多出400余篇,编为外集十卷。据此亦可推测绍兴十年前已有略具规模的《宛陵集》行世。宋序虽提及谢景初所编十卷本,但"前集"不可能指此十卷本,因其属于"在前日"而非"今其镂传者"。至称欧阳修"乃因其妻之兄子谢景初,取自洛阳至吴兴以来所作,既已为之序矣,而又书其诗稿之后,褒尚推与,反复无已"③乃被《宛陵集》文献形态所误导。《书梅圣俞稿后》《梅圣俞诗集序》分别为谢景初编十卷本跋尾、欧阳修编十五卷本序言而非皆为十卷本所作,从中反映出四十卷本很可能已将欧阳修两篇序跋尽皆移录,故呈现"既已为之序矣,而又书其诗稿之后"的文献形态。这种情况在《宛陵集》刊刻过程中并不鲜见,欧阳修《梅圣俞诗集序》在明刊本中还出现了径自删改现象。

3. 北宋后期钱塘刊本

已佚。未知卷次,唯知刻于杭州,然王国维《两浙古刊本考》、张千卫《〈两浙古刊本考〉补》皆不载。版本信息见于宋人邹浩《道乡集》卷32《跋漳浦李大忠微叔所藏书画尾》:"钱塘方镂圣俞诗为新集,远方

---

① 王岚:《宋人文集编刻流传丛考》,江苏古籍出版社,2003,第62页。
② 周义敢、周雷编《梅尧臣资料汇编》,中华书局,2007,第61页。
③ 周义敢、周雷编《梅尧臣资料汇编》,中华书局,2007,第60~61页。

得之，犹知贵重，况圣俞所自编以贽当时公卿者乎？"① 邹浩生于宋仁宗嘉祐五年（1060），卒于宋徽宗政和元年（1111），可知《宛陵集》大致刻于北宋后期。杭州为北宋刻书重地，王国维称："国子监刊书，若《七经正义》，若《史》、《汉》三史，若南北朝七史，若《唐书》，若《资治通鉴》，若诸医书，皆下杭州镂板。北宋监本刊于杭者，殆居泰半。"② 浙本刊刻质量极佳，故"远方得之，犹知贵重"。邹浩称此诗集为"新集"，似与欧阳修所云四十卷本"旧集"相对而言。

4. 南宋绍兴十年（1140）刊本，汪伯彦刊

已佚。汪伯彦，祁门人，检校少傅，保信军节度使，知宣州军事兼管劝农营田使，新安郡开国公。此本为其绍兴十年宛陵郡守任上应下属之请，命郡学依郡教官所藏善本刊刻。嘉定十六年（1223）至十七年重修《宛陵集》曾用到此本旧板，故汪伯彦序言和此本基本面貌保存于嘉定十六年至十七年重修本《宛陵先生文集》。

5. 嘉定十六年至十七年重修本

上海图书馆藏，该本为南宋嘉定年间据绍兴本补板重印，亦是今存最古《宛陵集》版本。原为六十卷，今仅余残本，存卷十三至卷十八、卷三十七至卷六十，共三十卷。傅增湘记其版式："半叶十行，每行十九字，白口，左右双阑。版心上方记字数，下记刊工姓名，有王悦、金大受、金言、金明、颜友亨、唐思恭、唐彦、唐彬、刘青、刘中、侯琦、潘晖、张成、陈革、昌茂、盛彦诸人。每卷目录接连正文，末叶记重修岁月衔名。"③ 根据藏印皆为"皎亭收藏""岛田重礼""岛田翰读书记"等日本人印记，傅增湘判定"此书亦宋代求法僧徒所携归，故卷中绝无吾国名家藏印，真海外之佚籍矣"④。原件为日本内野皎亭家藏，王岚据严绍璗《日本藏宋人文集善本钩沉》著录怀疑该本"仍为日本内野家所世守，故上海图书馆所藏当系复制品"⑤。实际上，该原件于1936年被文求堂主人田中庆太郎所获，40年代陈澄中从文求堂购入此书，《祁阳

---

① （宋）邹浩：《道乡集》卷32，明成化六年刻本。
② 王国维：《〈两浙古刊本考〉序》，彭林编《中国近代思想家文库·王国维卷》，中国人民大学出版社，2014，第194页。
③ 傅增湘：《藏园群书经眼录》，中华书局，1983，第1142页。
④ 傅增湘：《藏园群书题记》，上海古籍出版社，2022，第764页。
⑤ 王岚：《宋人文集编刻流传丛考》，江苏古籍出版社，2003，第63页。

陈澄中旧藏善本古籍图录》有载①，其后人将此书捐给上海图书馆，并入选第一批国家珍贵古籍名录。绍兴本移录欧阳修《梅圣俞诗集序》时，径自将欧文"次为十卷"删改为"次为六十卷"，且删掉嘉祐五年后为十五卷本另写的那段话。夏敬观、朱东润皆提及此处系后人妄改。汪伯彦序云"梅圣俞诗集自遭兵火，残编断简，靡有全者，幸郡教官有善本"，可侧面证实北宋已有梅尧臣全集行世，但因北宋末年南渡毁于兵火，此本为南渡后据宛陵郡教官所藏北宋善本刊刻，保留了北宋本《宛陵集》的基本内容。1940年商务印书馆《宛陵先生文集》据以影印，同时以正统本、万历本、梅枝凤本、宋荦本为校本，有牌记"上海涵芬楼据中华学艺社照存残宋本影印。原阙卷一至十二，卷十九至三十六"，六十卷后附嘉定重修衔名页、汪伯彦后序、《宛陵先生文集校勘记》、张元济跋。《中华再造善本工程》亦据以影印。

6. 南宋《梅圣俞别集》本

已佚。见陆游嘉泰三年（1203）正月己卯所作《梅圣俞别集序》。该本所录为梅尧臣遗诗及文若干篇，未知卷次情况，南宋嘉泰三年前李兼所编，陆游作序。李兼，字孟达，安徽宣城人。宁宗开禧三年（1207）知台州，嘉定元年（1208）除宗正丞，未行而卒。

7.《宛陵集》六十卷、《外集》十卷本

已佚。见于南宋私家目录学著作，晁公武《郡斋读书志》载"宛陵集六十卷外集十卷"②。陈振孙《直斋书录解题》卷十七载："都官员外郎国子监直讲宣城梅尧臣圣俞撰。凡五十九卷为诗，他文赋才一卷而已。谢景初所集，欧公为之序。《外集》者，吴郡宋绩臣所序，谓皆前集所不载。今考之首卷诸赋，已载前集，不可晓也。"③ 马端临《文献通考》亦载此。宋绩臣《外集》原是补四十卷本所缺篇目，至迟到南宋绍兴年间六十卷本就已整合四十卷和《外集》篇目，此本却将六十卷本、《外集》合刊，当然会出现"首卷诸赋，已载前集"的重复现象。

---

① 《祁阳陈澄中旧藏善本古籍图录》，上海古籍出版社，2006，第18页。
② （宋）晁公武撰，孙猛校证《郡斋读书志校证》，上海古籍出版社，1990，第987页。
③ （宋）陈振孙撰，徐小蛮、顾美华点校《直斋书录解题》，上海古籍出版社，2015，第494页。

8. 元刊本

已佚。多位目录学家载录过元刊本。一是莫友芝《宋元旧本书经眼录》载："宛陵先生文集六十卷（元本）：宋梅尧臣撰。每半叶十行，行十九字。有'叶氏蒙竹堂藏书'、'九华山人'、'绣佛堂'诸印。"① 二是吴焯《绣谷亭薰习录》载"宛陵集六十卷目录一卷拾遗附录一卷"："宋尚书都官员外郎宣城梅尧臣圣俞著。庆历六年知滁州欧阳修序。绍兴十年重刊于宣城。知宣州汪伯彦后序。诗五十九卷，文赋一卷，拾遗仅诗二篇、文一篇而已。《通考》有外集十卷，今佚。张师鲁所辑《宛陵先生年谱》亦不存。惟至元二年庐陵刘性题年谱序并宋元人题跋并载附录中。圣俞诗字字莹洁，学者宜细心玩味。明宁国本既潦率，而传钞终有鱼鲁之憾，不若此元刻之精且当也。"② 三是邵懿辰撰，邵章续录《增订四库简明目录标注》载"元刊本，十行十九字"③。四是岛田翰跋残宋本："壬子之春，予奉井井竹添夫子命，将校书于野庠。路迂回川越，而到于大宫。川越有新井政毅先生者，受业于渔村海保翁，好古通敏，家多藏古文旧书。中有元翠岩精舍覆绍兴刻《宛陵集》，纸质净致，墨光焕发，凛然于行墨之间，真希世之宝也。予恳请欲必获之，而先生以其书出于先师旧收，不许之。既而先生归于道山，其书不知归于何人之手。"④ 五是现藏于南京图书馆的樊镇《宛陵先生文集校勘记》使用的是元刊本与涵芬楼印旧藏明万历梅氏祠堂刊本进行对校。六是《诒庄楼书目》载"《宛陵先生文集》六十卷，元刻本。上下黑口，匡周双边线，每半叶十行，行二十一字"⑤，此本行款与诸本皆不同，似为另一刊本。傅增湘《藏园群书题记》曾对元刊本提出质疑，认为"凡世之号为元本者，皆正统刻之初印者也"⑥。但他后来访书日本，于内野皎亭家看到残宋本，又加按语："此帙有岛田翰跋，谓其家旧有元翠岩精舍本《宛陵

---

① （清）莫友芝撰，邱丽玟、李淑燕点校，杜泽逊审定《宋元旧本书经眼录》，上海古籍出版社，2018，第 62 页。
② （清）吴焯：《绣谷亭薰习录》，《清人书目题跋丛刊》第 10 册，中华书局，1995，第 568 页。
③ 邵懿辰撰，邵章续录《增订四库简明目录标注》，上海古籍出版社，1979，第 693 页。
④ 残宋本《宛陵先生文集》。
⑤ 王修编《诒庄楼书目》，民国十九年（1930）年铅印本。
⑥ 傅增湘：《藏园群书题记》，上海古籍出版社，2022，第 763 页。

集》，乃覆此绍兴刻者。翠严本亦中土所不传，何宛陵遗编彼国乃获二妙耶？噫！异矣。"其《藏园订补邵亭知见传本书目》云："此书日本岛田翰言新平正毅有元翠岩精舍翻宋嘉定本，惜未获寓目。邵目载有元刊本十行十九字，不知即翠岩本抑误认袁旭本。记以俟考。"[1] 通过如上六种记载，可见大概率存在一个覆绍兴十年刊本的所谓元刊本，十行十九字的行格亦与绍兴本同，相比正统本的鲁鱼亥豕，元刊本显得更为精当。但元刊本似将目录单独厘析成卷，并有附录、拾遗。从吴焯《绣谷亭薰习录》记载可知元刊本已将拾遗删改成"诗二篇、文一篇"，并收"至元二年庐陵刘性题年谱序并宋元人题跋"为附录一卷。此后的正统四年袁旭刊本、万历四年姜奇方刊本、万历四十三年邓良知序刊本、顺治十四年迟日豫刊本皆延续了拾遗一卷、附录一卷的基本体式。

不少学者注意到残宋本和明正统本之间存在较大差异，如傅增湘称其曾以残宋本校过正统四年袁旭刊本，"余尝取宋本略校数卷，诗亦有佚去者，知其非宋刊嫡子也"[2]，朱东润指出"在用字方面，宋荦本和正统本、万历本有很大的不同"[3]，故推测宋荦本之前亡佚了一个母本，这个母本与正统本有一个共同祖本。巧合的是，元刊本、宋荦本皆将目录单独厘析成卷，这表明宋荦本的母本极可能是元刊本。南宋时期流行的《宛陵集》比较混乱，既有六十卷本，又有正集六十卷加外集十卷本，元刊本是《宛陵集》流传史上变动较大、渐趋定形的一个本子，外集十卷在元刊本时期变为拾遗三篇，又增添附录一卷。很可能亦是元刊本时期分化出正统本、宋荦本两个版本系统。

三 明清与近代刊、印本

1. 明初本

已佚。邵懿辰撰，邵章续录《增订四库简明目录标注》云："王君九藏明初本，十行十九字，有阮葵生藏印。卷一及八至十五各卷钞补，

---

[1] （清）莫友芝撰，傅增湘订补，傅熹年整理《藏园订补邵亭知见传本书目》，中华书局，2009，第1110页。
[2] （清）莫友芝撰，傅增湘订补，傅熹年整理《藏园订补邵亭知见传本书目》，中华书局，2009，第1111页。
[3] 朱东润：《梅尧臣集的版本》，朱东润编年校注《梅尧臣集编年校注》，上海古籍出版社，2006，第51页。

校万历祠堂本少拾遗三首,诗二文一。万历本尚有后序四首,此无。次第字句,与万历祠堂本同。"① 王君九即王季烈,谓王季烈家藏有明初本。徐益藩跋1931年涵芬楼影印残宋本云,"墨巢文校补《宋诗钞》别据一明初刊本,较之四本各早二三百年",提及李宣龚校补《宋诗钞》所据为明初刊本。由于王季烈、李宣龚生卒年颇为相近,又皆供职于商务印书馆,李宣龚所据明刊本很可能借自王季烈家。

2. 正统四年(1439)袁旭刊本

国家图书馆藏多种袁旭刊本,索书号08445者为傅增湘《藏园群书经眼录》所录。傅增湘记其版式:"十行十九字,大黑口,四周双阑,版心题卷几。首庆历六年欧阳修序。绍兴十年汪伯彦重刊板序。(在卷六十《灵乌后赋》后。)藏印有:'鹤侪'(朱方)、'鹤侪读过'(白方)、'鹤口'(朱方)、'乔松年印'(白方)、'孙从添印'(白方)、'蓉镜珍藏'(朱方)、'芙初女士姚畹真印'。"② 此本为知宁国府袁旭所刻,卷前有欧阳修序,卷后有汪伯彦后序、杨士奇跋。杨士奇跋称袁旭任上"修都官之坟,率学诸生行展谒之礼,而询求其文,盖郡人莫或知者。乃访都官之后,始得此编,遂刻以传",表明此书版刻源自梅氏家族后人所藏。清陆心源《皕宋楼藏书志》、瞿镛《铁琴铜剑楼藏书目录》皆载有袁旭刊本,《宋集珍本丛刊》据以影印。

3. 万历四年(1576)姜奇方刊本

国家图书馆藏本一函十册,半页九行,行十八字,白口,左右双边,板框高19.2厘米、宽14.5厘米,版心上方书"梅诗",下方记刻工姓名、字数。卷前有宋仪望《重刻宛陵梅圣俞诗集序》、欧阳修《宛陵先生诗集序》,六十卷内有汪伯彦《重刊板序》,六十卷后为拾遗、附录、欧阳修《书梅圣俞诗稿后》、杨士奇后序。上海图书馆藏本卷后还有陈俊《刻宛陵集后序》、姜奇方《刻宛陵先生集后序》。由汪伯彦、杨士奇序言可知万历本据正统本而来。宋仪望《重刻宛陵梅圣俞诗集序》云:"予所善大参梅君纯甫氏守德,都官族裔也。万历乙亥冬再巡宣州,相与谈及,良久大参君曰:'先都官集版久讹缺,明公倘有意焉,幸甚。'遂

---

① 邵懿辰撰,邵章续录《增订四库简明目录标注》,上海古籍出版社,1979,第693页。
② 傅增湘:《藏园群书经眼录》,中华书局,1983,第1143页。

以家藏缮本令都裔孙乡进士一科来呈。予乃命宣城令姜子奇方刻焉。"落款为丙子年。缪荃孙《艺风藏书记》、沈德寿《抱经楼藏书志》、丁丙《善本书室藏书志》所载皆为姜奇方刊本。万历本影印本有民国十年（1921）《四部丛刊》本，线装十二册。有牌记"上海涵芬楼藏明万历间梅氏祠堂刊本，原书板高营造尺六寸一分，宽四寸六分"。后又有重印本、缩印本。卷前序言有宋仪望《重刻宛陵梅圣俞诗集序》、欧阳修《宛陵先生诗集序》，每卷皆有卷目。六十卷内最后有汪伯彦《重刊板序》。六十卷后有拾遗一卷、附录一卷。接以欧阳修《书梅圣俞诗稿后》、杨士奇后序、陈俊《刻宛陵集后序》、姜奇方《刻宛陵先生集后序》。

4. 万历四十三年（1615）邓良知序刊本

一函十册，半页九行，行十八字，单鱼尾，白口，左右双边，板框高18.8厘米、宽14.1厘米，题名"宛陵诗集"，版心上方题"梅诗"，现藏于南开大学图书馆。此本从万历本而来，卷前有宋仪望《重刻宛陵梅圣俞诗集序》、欧阳修《宛陵先生诗集序》、邓良知《记宛陵先生诗集》。卷后有拾遗三篇、附录一卷，并欧阳修《书梅圣俞诗稿后》、杨士奇后序、陈俊《刻宛陵集后序》、姜奇方《刻宛陵先生集后序》。杨士奇后序背面有"宣城尤迁弼刻"字样。钤印有"星溪生人看过""长林□氏藏书图记""李书勋印""南开大学图书馆藏书"。

5. 清顺治十四年（1657）迟日豫刊本

四函二十册，半页九行，行十八字，单鱼尾，白口，左右双边，板框高18.5厘米、宽14.2厘米，版心记刻工、字数，有黄尚松、黄瑚、尤科、尤、君、胡、夏、王、忠、宪、中、公、松、台、瑚、冯、文、贤、合、思、夅、元、本、方、弼、正、镑、安、光、华、士、耿等，现藏于南开大学图书馆。此本为覆明万历本，卷前有迟日豫《重修梅宛陵先生全集序》、李士琪《重修梅诗后序》、宋仪望《重刻宛陵梅圣俞诗集序》、欧阳修《宛陵先生诗集序》《书梅圣俞诗稿后》、杨士奇序、陈俊《刻宛陵集后序》、姜奇方《刻宛陵先生集后序》。迟序落款为"中宪大夫宁国府知府医巫闾迟日豫顺之撰"，可知迟日豫时为宁国府知府。该序后有小字"宛上李日华刻"，李士琪序后亦有小字"宛上梅士玢隶古时年七十有三"。序后接以拾遗、附录，六十卷后有汪伯彦《重刊板序》，除"南开大学图书馆藏书"外无其他藏印。清人耿文光《万卷精华楼藏书记》所载为迟日豫刊本。王岚认为"此本今已失传"①，误。

6. 康熙八年（1669）柯煜刊本

十六册，半页九行，行二十字，单鱼尾，白口，四周单边，板框高20.8厘米、宽13.5厘米，现藏于上海图书馆。有欧阳修、柯煜、金俊明序。该本目录将赋十九首归为卷一，从第二卷起为诗歌，目录每卷下标出古诗、近体诗的具体数量，如"卷之二，古诗二十七首，近体诗三十二首"，正文仍按原顺序体例，并未将古诗、近体诗归类编排。附录一卷记欧阳修至张斯立所作诗文，与诸本附录记载皆不相同。王岚亦注意到此本较诸本皆为特殊，称"核袁本卷一至五九为诗，且有'西京诗'、'池州后诗'等标题，卷六〇为记、序、赋；而此本卷一所收赋19首的次序与袁本有异，且不收记、序，其余各卷诗则分作古今体；另外袁本卷末有汪伯彦《重刊板序》和《拾遗》，《附录》一卷在16篇后尚多《跋前二诗》、《跋会庆堂记后》等8篇。所以柯煜此本当是有袁本为文字依据，但又经过了重新编校，对六十卷的旧次稍作调整，并非完全按照袁本翻刻。而后出的各种刻本，都没有沿袭柯煜这种做法"②。

7. 康熙二十六年梅枝凤本

或称会庆堂本、梅氏祠堂本、家刻本。会庆堂，至和二年（1055）梅尧臣为供奉父亲、叔父牌位与画像而营建于宣城城南双羊山，后成为宣城梅氏的共同祖祠。南开大学图书馆所藏梅枝凤本二函二十册，半页九行，行十八字，单鱼尾，白口，左右双边，板框高19.4厘米、宽14.4厘米。此本较历代各本皆更为翔实，补充了许多此前未有的新材料，亦新增二卷附录，将附录扩充为三卷模式。卷前有欧阳修《宛陵先生诗集序》《书梅圣俞诗稿后》、汪伯彦《重刻宛陵先生诗集后序》、杨士奇《重刻梅宛陵先生集后序》、吴肃公《梅都官诗集序》，还有梅枝凤《重刻先都官诗集纪略》《历代修辑姓氏》、梅岂和梅历《搜刻先都官遗集目录》、梅枝凤重订《梅宛陵先生全集总目新编》，卷内有目次，六十卷后附录补遗二卷、拾遗一卷、梅枝凤《重刻先都官诗集纪略》。此本为万历四年姜奇方刊本的重修本，版心多有"兆颐补""补"字样，应为补

---

① 王岚：《宋人文集编刻流传丛考》，江苏古籍出版社，2003，第66页。
② 王岚：《宋人文集编刻流传丛考》，江苏古籍出版社，2003，第67页。

版；又有少数页面版心记刻工姓名"贤、台、思"及字数，疑为迟日豫本故版。梅枝凤序详细记载了修书经过："《宛陵诗集》迭为郡守重镌，故版藏府治正心楼。本朝顺治间楼圮版折，移之府库，其损坏者十之四，朽滥者十之三，颠倒重复者十之一。将数百年遗书，听其若存若亡已耶！盖版藏府治，旋修旋缺，曷若归诸先公会庆堂之为得耶。乡邦之信徒，不若子孙之世守；府库之珍藏，不若祠庙之奉为宗器也。将请于执事不果，丙寅秋，幸阁学李文江先生视学江南，搜集文献，檄征《宛陵诗集》，而刷印无版，但以家藏古本遗儿（历）赍献皖江。丁卯春，檄府行学颁族重修世守，诚盛典也。"上海图书馆所藏梅枝凤本与此本稍有不同，附有宛陵先生年谱。

8. 康熙四十一年宋荦本

因有宋荦序而称宋荦本，亦称徐惇复白华书屋本。国家图书馆藏本一函十册，半页十一行，行二十一字，单鱼尾，白口，左右双边，板框高19.2厘米、宽14.2厘米，内有朱笔圈点并少许批语，如卷二十四《读蟠桃诗寄子美永叔》旁有批语"此即所谓蟠桃诗也"，题下双行小字"按此系欧阳诗误入梅集者，题当作寄圣俞兼示子美"，卷三十一《新息重修孔子庙记》下有批注"此当入文类，不宜入诗"，《雨赋》下有批注"入赋类"。卷前有宋荦序、欧阳修《梅圣俞诗集序》、拾遗，卷后有汪伯彦、杨士奇序。卷前单列总目，每卷不再列卷目，直接接以诗题、诗歌。版心记刻工姓名，有张淑达、曾耀先、淑达。钤印有"饮冰室藏""饮冰室""松嵩堂""竹泉山房""张氏藏书""檀□藏本""丰府藏书"。国图另有藏本亦为十册，内页题"震泽徐七来重订《梅圣俞全集》，白华书屋藏板"，钤印有"双鉴楼珍藏印""兔床""曾为忻虞卿所藏"，有清吴嗣广批点并跋、吴骞跋。还有一函六册藏本，钤印有"家住黄弯岭北□□邨""德寿堂印""京师图书馆藏书记""光绪戊子湖州陆心源捐送国子监之书匿藏南学""前分巡广东高廉道归安陆心源捐送国子监书籍"，从藏印可知原为陆心源藏书。该书行款、序跋皆与上书同，独拾遗附于卷后。南京图书馆另有一藏本内页为"宋大中丞鉴定《梅圣俞全集》，养素堂藏板"，版式、内容皆与白华书屋本相同，唯册数不同而已。清人马国翰《玉函山房藏书簿录》所载为宋荦本。

9.《四库全书》本

文渊阁、文津阁、文澜阁四库提要有所不同，文渊阁提要较为简略，文津阁、文澜阁提要更为详尽，但文津阁提要凡涉附录、补遗等文字皆予删除，《四库全书总目》所收为文澜阁提要。文渊阁本正文前有诗文总目、四库馆臣提要、欧阳修《梅圣俞诗集序》，后有附录、拾遗、汪伯彦序、杨士奇序。文澜阁本少欧阳修、杨士奇序。文津阁本仅有提要，无序言、拾遗、附录。四库提要云："此本为明姜奇芳所刊，卷数与《通考》合，惟无外集。只有补遗三篇，及赠答诗文、墓志一卷，亦不知何人所附。陈振孙谓外集多与正集复出，或后人删汰重复，故所录者止此耶。"① 对拾遗部分只有三篇诗文做出猜测、解释。王岚《宋人文集编刻流传丛考》认为四库本"卷首有《宛陵集目录》，乃六十卷总目，各卷所注收诗首数同清康熙徐惇复本而不同于梅枝凤本；前有欧阳修《原序》，卷末有《附录》、《拾遗》，以及汪伯彦、杨士奇后序，皆同明正统本。颇疑四库本出自明袁旭正统本或清康熙徐惇复本，而非明姜奇方万历本"②，指出四库本底本非如馆臣所言为姜奇方刊本而是明袁旭正统本或清康熙徐惇复本。经笔者核校，四库本《宛陵集》所用底本实为徐惇复本（宋荦本）而非万历姜奇方本。四库本衍生、影印本有二：一是摛藻堂《四库全书荟要》本，该本提要袭自文渊阁本，仅有欧阳修序而无附录、拾遗、后序；二是日本内阁文库本，仅有宋仪望序言，且将原序最后官衔人名提到开头。

10. 嘉庆二十年（1815）梅瑛递修本

现藏于湖南省图书馆。十二册，该本为残本，存卷五至卷十八、卷二十四至卷六十，共五十一卷。半叶九行，行十八字，单鱼尾，白口，左右双边，板框高 18.8 厘米、宽 14.5 厘米，此本从梅枝凤本而来，内容与梅枝凤本基本相同。每卷内有卷目，六十卷后有梅瑛后序。

11. 清道光十年（1830）夜吟楼本

知宣城事山右梁中孚刻，国家图书馆藏有此书五种。

藏本一（索书号 82168）。一函八册，半页十行，行二十二字，单鱼

---

① （清）永瑢等：《四库全书总目》，中华书局，1965，第 1320 页。
② 王岚：《宋人文集编刻流传丛考》，江苏古籍出版社，2003，第 69 页。

尾，白口，左右双边，板框宽13.5厘米、高18厘米，内页有"宋梅圣俞先生著《宛陵诗集》，夜吟楼开雕"。书前有欧阳修二序及宋绩臣、杨士奇、宋仪望、姜奇方、陈俊、迟日豫、李士琪、吴肃公序，梅枝凤《重刻先都官诗集纪略》、张师曾《编宛陵先生年谱引》及所编年谱、《历代修辑姓氏》、梁中孚序。六十卷后有宋祁《都官梅圣俞先生传》、拾遗、《续金针诗格》、附录、附录补遗。此本天头、地脚有大量正楷朱笔批校，诗旁大量圈点。目录卷一下小字双行批注为"会庆堂本康熙丁卯先生裔孙枝凤重修兹据校，此本当为此本所从出""又宋荦写刊本前有康熙壬午荦序，与此本字间有异，亦并校之"，表明其校勘所用版本。天头、地脚批校如"宋刊本此作兹""尹洙字师鲁河南人""永叔有送余姚陈寺丞最诗"。钤印有"国立北平图书馆珍藏""北京图书馆藏"。

藏本二（索书号：XD6584）。封页有"道光庚寅刻本，宛陵诗集六十卷，凡十二册，并四原册。辛酉正月十日得之厂甸。湖楼题"，并钤有"湖上藏书"印章，知其为曾习经藏书。内有少许圈点，无批注。钤印有"刚庵审定""长乐郑振铎西谛藏书""长乐郑氏藏书之印""北京图书馆藏"。其余诸本内容大致相同。夜吟楼本较梅枝凤本更翔实，祖袭梅氏刊本三卷附录，又新增《续金针诗格》，是搜集资料最丰富的《宛陵集》版本。傅增湘称其"从康熙二十六年梅氏刊本出"①，诚然。

12. 清宣统二年（1910）本

国家图书馆藏本三函十二册，半页十一行，行二十一字，单鱼尾，白口，左右双边，板框高18.5厘米、宽13.5厘米。题为《宛陵集》，有牌记"宣统二年庚戌十二月印于沪上"。该本承宋荦本而来，前有宋荦、欧阳修序，接以《宛陵先生文集总目》，每卷前不再列卷目，六十卷后有杨士奇、汪伯彦序。钤印有"北京图书馆藏""商务印书馆编审部藏书"。检《郑孝胥日记》，宣统三年五月六日（1911年6月2日）日记云："阴，鉴泉来，饭毕赴苏州，余送至车站。归过何擎一，座中遇王抟沙，交《宛陵集》印费一百元与何，取集四部，所认三百元已交足。"② 1914年10月10日日记云："晨，过张菊生，以《宋百家诗存》还之。

---

① （清）莫友芝撰，傅增湘订补，傅熹年整理《藏园订补郘亭知见传本书目》，中华书局，2009，第1111页。
② 劳祖德整理《郑孝胥日记》，中华书局，1993，第1323页。

徐仲可来。何澄一来言：前合资所印《宛陵集》售出甚少，当以二百五十部见还。"① 擎一、澄一皆为清末民初上海广智书局经理何天柱之字，从这几条材料可见宣统二年《宛陵集》刊本应为郑孝胥等人自费集资刊刻。

13. 民国元年（1912）《四部备要》本

六册，半页十三行，行三十字，单鱼尾，小黑口，四周单边，版心上方题"宛陵集"，下方有"中华书局聚珍仿宋版印"。上海中华书局据翻宋本校刊，陆费逵总勘，高时显、吴汝霖辑校，丁辅之监造。书前有宋荦序、欧阳修《梅圣俞诗集序》、《宛陵先生文集总目》，每卷后不再列目录，六十卷后有汪伯彦、杨士奇序。国图藏本封页有"己卯长至得之于北平东安市中书肆唯留题于藏书阁时盆梅初放气暖如春"，钤印有"忍默""终不忍斋""语山楼""国立北平图书馆珍藏"，遍查不知何人之印。第六册有少许圈点、批注，如《送李载之殿丞赴海州榷务》"飞梭句佳"，《铜雀砚》"畎音狷"，《送张待制知越州》"秦山堆翠"，《送王正卿寺丞赴睢阳幕》"孝王国"。

依照上文版本梳理，笔者将《宛陵集》主要版本流变情况制成下图。

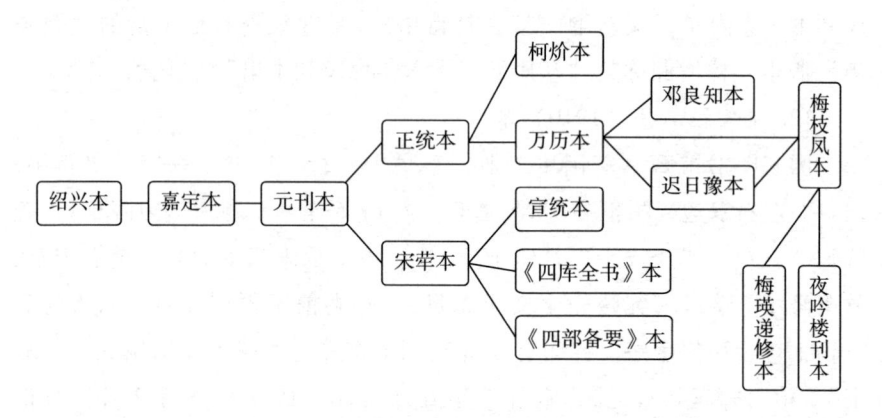

绍兴本 → 嘉定本 → 元刊本 → 正统本 → 柯炌本
                           → 万历本 → 邓良知本 → 梅枝凤本
                                    → 迟日豫本
                  → 宋荦本 → 宣统本
                         → 《四库全书》本 → 梅瑛递修本
                         → 《四部备要》本   夜吟楼刊本

---

① 劳祖德整理《郑孝胥日记》，中华书局，1993，第 1534 页。

附录二　国图藏《宛陵集》夜吟楼本批注考论

《宛陵集》有残宋本、正统本、万历本、宋荦本、梅枝凤本、夜吟楼本等主要版本。其中，清道光十年（1830）《宛陵集》由知宣城事山右梁中孚所刊，夜吟楼开雕，故称夜吟楼本。该本"从康熙二十六年梅氏刊本出"[①]，新增《续金针诗格》，较梅枝凤本《宛陵集》更为翔实，是搜集资料最丰富的《宛陵集》版本。笔者在搜集《宛陵集》文献资料时，发现国家图书馆所藏《宛陵集》夜吟楼本批注对梅尧臣诗予以极其丰富的朱笔校注，然其文献介绍并未澄明批注作者身份，国图亦仅将之归为普通古籍。其实，通过分析批注内容，是能够探明作者身份的，此处即拟对该批注本进行文献考述。

一　国图藏《宛陵集》批注本的基本情况

国图今藏五种《宛陵集》夜吟楼本，索书号分别为 XD6584、121399、89822、82168、82169，其中，XD6584、121399、82169 无圈点批注；89822 有朱、墨二色圈点，无批注；82168 为本文所述《宛陵集》批注本。该本一函八册，半页十行，行二十二字，单鱼尾，白口，左右双边，板框宽13.5厘米、高18厘米，内页有"宋梅圣俞先生著《宛陵诗集》，夜吟楼开雕"字样。

此本《宛陵集》诗旁圈点密集，天头、地脚大量正楷朱批，题下亦偶有批注。其所用校本见目录卷一下小字双行批注"会庆堂本康熙丁卯先生裔孙枝凤重修兹据校，此本当为此本所从出""又宋荦写刊本前有康熙壬午荦序，与此本字间有异，亦并校之"，表明其用以校勘夜吟楼本《宛陵集》的校本为梅枝凤本、宋荦本。该本朱批数量至少700条，可分

---

① （清）莫友芝撰，傅增湘订补，傅熹年整理《藏园订补郘亭知见传本书目》，中华书局，2009，第1111页。

为校、注两类，每类数目皆不少。其校勘异字时往往于字旁朱笔注出宋本异文，天头多注家刊本、明本异文。细核该批注本的批注内容，不少条目与夏敬观批注内容相似却又较夏注明显简略。夏敬观评注见于朱东润《梅尧臣集编年校注》和夏敬观、赵熙原著，曾克耑纂集《梅宛陵诗评注》，限于篇幅，今仅录出国图批注本《宛陵集》与夏敬观《梅宛陵诗评注》前半卷的十首诗批注差异（见表附2-1）。

表附2-1　国图批注本与夏敬观《梅宛陵诗评注》前半卷批注差异

诗名	国图批注本	夏敬观评注本
和谢希深会圣宫		［注］谢希深；会圣宫；容卫
右丞李相公自洛移镇河阳		［注］右丞李相公；河阳
上巳日午桥石濑中得双鳜鱼	［校］篙：宋牧仲刊本篙作膏，明本篙，会庆堂本同。	［校］篙：姜本、家刻本、明本均作膏，当从改。［注］午桥：在河南县南五里。
依韵和希深游大字院	［注］绸：《汉书·霍光传》"加画绣绸"，如淳注："绸亦茵也。"	［校］霜鸥：彦周诗话作清鸥。［注］绸：《前汉书·霍光传》"加画绣绸"，如淳注："绸亦茵也。"
伤白鸡		［校］粱：明本作粮，家刻本作糧，姜本同。
尹师鲁治第伐樗	［校］此：宋刊本此作兹。［注］尹师鲁：尹洙字师鲁，河南人。	［校］得以：《广群芳谱》作后以。［注］尹师鲁：尹洙字师鲁，河南人，时为河南府户曹参军。
尹阳尉耿传惠新栗	［校］尹阳尉耿传：《宋史》耿传字公弼，曾为伊阳县尉，恐此尹阳耿传即伊阳耿传之讹。忆：宋刊本忆作亿，明本、会庆堂本并作忆。	［校］尹阳尉耿传：尹阳当作伊阳，耿传当作耿傅。伊阳县属河南府。考《宋史》，耿傅字公弼，曾为伊阳县尉，《任福传》引作耿傅，《尹洙传》引作耿传，《宋史》已互异，当系《尹洙传》引作传者之误。忆：明本、家刻本均作亿，当从改，《广群芳谱》亦作忆。
和杨子聪会董尉家	［注］欧阳永叔《七交》诗有《杨户曹》诗云："子聪江山禀，弱岁擅奇誉。"又有《送杨子聪户曹序》云："子聪南人，乐其土风，今秩满，调于吏部，必吏于南也。"	［注］欧阳修《七交》诗赠杨户曹云："子聪江山禀，弱岁擅奇遇。"又《送杨户曹序》云："子聪南人，乐其土风，今秩满，调于吏部，必吏于南也。"
和赵员外良佐赵韩王故宅	［注］赵韩王故宅：赵普追封韩王。	［注］赵韩王故宅：赵普追封韩王，本幽州人，占籍洛阳。

续表

诗名	国图批注本	夏敬观评注本
缑山子晋祠	[注]钱相公：西京留守钱惟演，谥文僖，字希圣。	[注]钱相公：钱惟演字希圣，天圣八年为西京留守，《宋史》圣俞本传称钱惟演留守西京，特嗟赏之，为忘年交，引兴酬倡，一府尽倾。

从表附2-1可以看出，国图批注本较简略而夏敬观评注本较详细，国图批注本的批注条目基本包含于夏敬观评注本。夏敬观评注本较国图批注本详细之处在于以下几个方面。①增加注释条目。如《和谢希深会圣宫》增加"谢希深""会圣宫""容卫"，《右丞李相公自洛移镇河阳》增加"右丞李相公""河阳"，《上巳日午桥石濑中得双鳜鱼》增加"午桥"等注释条目。②增加校勘条目。如《依韵和希深游大字院》增加"霜鸥"，《伤白鸡》增加"梁"，《尹师鲁治第伐樗》增加"得以"等校勘条目。③注释部分加以扩充。如《尹师鲁治第伐樗》"尹师鲁"条在"尹洙字师鲁，河南人"后面加上"时为河南府户曹参军"，揭明尹洙当时所任官职。《尹阳尉耿传惠新栗》在考证"尹阳耿传即伊阳耿传之讹"基础上增添"耿传当作耿傅。伊阳县属河南府。考《宋史》，耿傅字公弼，曾为伊阳县尉，《任福传》引作耿傅，《尹洙传》引作耿传，《宋史》已互异，当系《尹洙传》引作传者为误"的详细考证。《和赵员外良佐赵韩王故宅》在"赵普追封韩王"基础上追加"本幽州人，占籍洛阳"的描述。《缑山子晋祠》"钱相公"条在钱惟演官职、谥号、字号基础上增添"《宋史》圣俞本传称钱惟演留守西京，特嗟赏之，为忘年交，引兴酬倡，一府尽倾"的史笔描写。

对比国图批注本和夏敬观评注本，可发现夏敬观评注本在引证群籍方面较国图批注本远为浩瀚、富赡，夏敬观评注本校勘字词时不局限《宛陵集》几种校本，而广泛运用《广群芳谱》《宋诗纪事》《古今诗话》《扪虱新话》《临汉隐居诗话》《王直方诗话》《韵语阳秋》《苕溪渔隐丛话》《侯鲭录》等类书、诗话资料，注释字词时充分运用《扬州府志》《太平府志》《太平寰宇记》《池州府志》《南陵小志》《德兴县志》《台州府志》《婺源县志》《宣城县志》《河南通志》《南昌府志》《咸淳临安志》等方志资料，《欧阳文忠公集》《公是集》《王荆公集》《司马温公集》《邵氏闻见后录》《疑年录》《困学纪闻》《老学庵笔记》等宋人文集、笔记资料。即便国图批注本、夏敬观评注本引用《宋史》较多，但二者还是差别明显：国图批注本多引用人物传记，夏敬观评注本除人物传记外，还旁涉《艺文志》《礼志》《地理志》《宰辅表》等各种志表。夏敬观评注本还十分注重宛陵诗前后卷人名相同时互相引证，宛陵诗见于他集时亦提示其重出，可证夏敬观评注本耗费的时间、功力远在国图批注本之上。

尽管两个注本内容出入很大，但国图批注本的批注条目基本包含于夏敬观评注本，这表明夏敬观评注时必定参考、借鉴过国图批注本。然而，这两个注本所用底本并不相同，国图批注本的校勘底本为夜吟楼本，校本为梅枝凤本、宋荦本；夏敬观评注本的校勘底本为宋荦本，校本为正统本、万历本、梅枝凤本、残宋本。那么，国图批注本的作者到底是谁呢？这个批注本是夏敬观评注宛陵诗的初注本，还是被夏敬观借阅、过录的他人注本呢？

二　国图藏《宛陵集》批注本作者考

国图批注本仅有"国立北平图书馆珍藏""北京图书馆藏"藏印，并未钤下作者私人印章，亦无相关题跋、批注注明作者信息和批注时间，这就使考证该书作者身份、批注时间变得艰难。核检批注条目，笔者发现批注笔记有若干涉及"朱古微"的条目，可能涉及作者交游信息，现制成表附2-2。

表附2-2　国图批注本的"朱古微"条目

篇名	诗句	批注
卷七《孙主簿惠上党寺壁胡霈然书墨迹一匣》	拂拭还看体势生，盘屈苍虬舞鸾鹥。	鹥，朱古微曰："未合韵，疑鸷字。"
卷十一《永叔赠酒》	愿频致此物，勿恤疮檐肩。	檐，朱古微曰："担误。"
卷三十《答显忠上人》	是甘处穷巷，晨笑微生烟。	朱古微云："笑，突字之误。"
卷三十《依韵和欧阳永叔秋怀拟孟郊体见寄二首》	日看紫苔生，乃见三经穷。	朱古微云："经，疑径误。"
卷三十二《杂诗绝句十七首》	露腹不曾肥，杀之嗟已往。	朱古微云："往，疑枉误。"

续表

篇名	诗句	批注
卷三十三《画真来嵩》	与我货布不肯受，此之医卜曾非庸。	朱古微云："此，疑比误。"
卷三十五《依韵和正仲赋杨兵部吴兴五题》《□□□》	雨过见虹明，长桥欲映城。窗间晴气入，空际昼凉生。有扇徒看画，无冰自觉清。人知太守姓，不减汉公名。	此首前应有五题之一目。古微云："疑是消暑楼，杜牧有《消暑楼》诗。"
卷三十五《八月七日始见白髭一茎》	白日俄日拔，日拔讵能已。	古微云："白日二字疑倒。"
卷四十二《游隐静山》	偃穟黄压亩，刘麻东盈丘。	古微云："东疑束。"
卷四十五《历阳过杜挺之遂约同入汴》	沧海泻玉自外天，牛斗傍边客正回。	古微云："外天当作天外。"
卷四十八《泊徐城寄杜挺之王平甫》	二人党及亲朝夕，更晚更迟何计程。	古微云："党，疑作傥。"
卷五十一《缲盎》	朝渍一盎茧，缲就几绚丝。	古微云："绚，疑绚误。"
卷五十一《尝茶和公仪》	都蓝携具向都堂，碾破云团北焙香。	古微云："蓝，乃监误。"
卷五十四《送李殿丞通判蜀州》	1. 日爱西湖照空锦，醉看春雨洗燕脂。 2. 闻说赵高今已老，试教图画两三枝。	1. 古微云："空，疑宫误。" 2. 古微云："高，疑昌误。"
卷五十七《寄题西浴致仕张比部静居院四堂》		古微云："浴，疑洛误。"
卷五十九《寄致仕余少卿》	男能智自谟，孙亦俯就职。	古微云："谟疑谋。"
卷五十九《雷逸老以仿石鼓文见遗因呈祭酒吴公》	从官执笔言成章，书在鼓腰镌刻藏。	古微云："藏与后韵重，疑作臧。"
卷六十《鱼琴赋（并序）》	阴凝其腋，阳削其皮。	古微云："腋，疑液误。"

　　国图批注本所云"朱古微"即朱祖谋（1857~1931），字古微，一作古薇，号沤尹，又号强村，浙江归安人，光绪九年（1883）进士，官至礼部右侍郎。光绪三十二年，江苏省官立法政学堂在苏州海红坊巷成立，这是江苏最早建立的高等法政专门学堂，辛亥革命后停办。光绪三十四年，朱祖谋担任江苏法政学堂监督。这一时期，朱祖谋集中精力从事古籍整理工作，重校《梦窗词》，笺注《东坡乐府》。从这十九条批注看，作者批注《宛陵集》时与朱祖谋经常切磋、往来频繁。据此，笔者一度怀疑该本为郑孝胥批注。郑孝胥（1860~1938），字苏戡，一字太夷，号

海藏，世称郑海藏，福建闽侯人，生于苏州胥门。宣统年间，郑孝胥与朱祖谋往来频繁，其对朱祖谋的称呼皆是"朱古微""古微"，与国图批注本合。他对宛陵诗下过一番功夫。《郑孝胥日记》记载：

> 雨寒。入署。发与旭庄信。阅宛陵诗，古淡精简，旷世少匹。复取王介甫诗看之。楼上凉甚，偶成一绝："湿草留虫语瓦沟，松须沾雨悄鸣秋。窗间才觉收残暑，一段新寒又满楼。"来时赁日本女奴名金，懒而数假，是日，遣之去。（1892年9月19日）①

> 书林文忠祠御制碑文。钰甥示《闽中教育私议》，为阅一过，颇多可取。叔言九家邀饮别有天酒馆。过陈贞宇。在薛颐记书坊觅得《梅宛陵诗集》，乃梅歧（枝）凤曾（会）庆堂本，有印云"曾存李方山处"。又有《陈简斋诗》，乃聚珍板零本也。五更闻雨。（1905年12月24日）②

> 七点，开驶，风浪甚大。阅《梅圣俞集》。（1906年1月4日）③

郑孝胥不仅阅读、推崇宛陵诗，寻觅古本《宛陵集》，还为《宛陵集》刊刻、传播做过贡献。检《郑孝胥日记》，宣统三年（1911）五月初六日记云："阴，鉴泉来，饭毕赴苏州，余送至车站。归过何擎一，座中遇王抟沙，交《宛陵集》印费一百元与何，取集四部，所认三百元已交足。"④ 1914年10月10日日记云："晨，过张菊生，以《宋百家诗存》还之。徐仲可来。何澄一来言：前合资所印《宛陵集》售出甚少，当以二百五十部见还。"⑤ 擎一、澄一皆为清末民初上海广智书局经理何天柱之字，从这几条材料可见清宣统二年（1910）本《宛陵集》应为郑孝胥等人自费集资刊刻，其内亦有牌记"宣统二年庚戌十二月印于沪上"。

---

① 劳祖德整理《郑孝胥日记》，中华书局，1993，第321页。
② 劳祖德整理《郑孝胥日记》，中华书局，1993，第1021页。
③ 劳祖德整理《郑孝胥日记》，中华书局，1993，第1022页。
④ 劳祖德整理《郑孝胥日记》，中华书局，1993，第1323页。
⑤ 劳祖德整理《郑孝胥日记》，中华书局，1993，第1534页。

附录二　国图藏《宛陵集》夜吟楼本批注考论　287

由于宣统本售出甚少、库存积压，作为出资方的郑孝胥还赴广智书局搬回二百五十部《宛陵集》，1914年10月13日，"至广智书局询《宛陵集》有无箱装，云无箱，但纸包耳"①；12月12日，"搬回《宛陵集》二百五十部"②。尤为重要的是1913年9月20日日记云"雨，骤凉。续点《宛陵集》"③，表明郑孝胥曾经亲笔批点过《宛陵集》。

笔者找来夏敬观、郑孝胥书法作品与国图批注本字迹进行比对，如图附2-1、图附2-2所示。

图附 2-1　夏敬观楷书　　　图附 2-2　郑孝胥书《盛宫保墓志》

从书法字迹可发现郑孝胥楷书作品有很强的魏碑风格，而夏敬观字迹整体唐楷痕迹很重，魏碑痕迹较轻，尤其是"之"字的写法对比更为清晰。郑孝胥是晚清著名书法家，尤其擅长楷书，其楷书取法欧阳询、颜真卿、苏轼等书法家和北魏碑版，结字上收下放，势长而苍劲，肃整而险奇，所谓"有精悍之色，又松秀之趣"。这显然与国图批注本的字

---

① 劳祖德整理《郑孝胥日记》，中华书局，1993，第1534页。
② 劳祖德整理《郑孝胥日记》，中华书局，1993，第1542页。
③ 劳祖德整理《郑孝胥日记》，中华书局，1993，第1484页。

体风格有明显差异（见图附 2-3）。

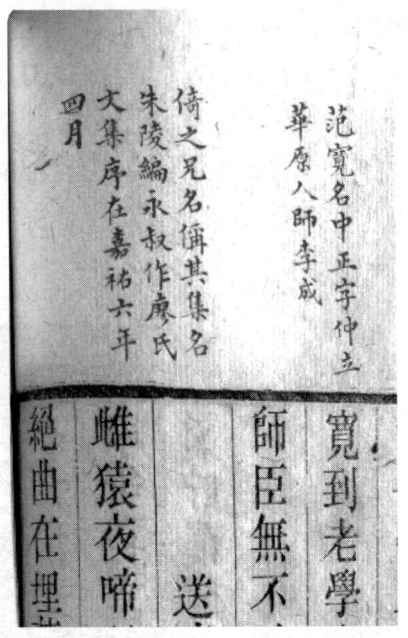

图附 2-3　国图《宛陵集》批注本

再核检陈谊《夏敬观年谱》，1908 年 6 月夏敬观受两江总督端方聘出任复旦公学监督，就此寓居上海，与上海文人开展了诸多雅集活动，与朱祖谋的社交往来甚为频繁。现将年谱所载 1909~1912 年夏敬观与朱祖谋的交往活动胪列如表附 2-3。

表附 2-3　1909~1912 年夏敬观、朱祖谋的交往活动

1909 年	2 月 4 日，先生与郑孝胥、李宣龚、子仁、朱祖谋、林惠亭、郑季明等宴于雅叙园。又同郑孝胥、李宣龚游张园。（第 35 页）
	5 月，陈锐假花步里陈逸渔寓园，为饯春之约，与会者先生与朱祖谋、郑叔问诸公。各赋《一萼红》词，以志胜饯。（第 38 页）
1910 年	夏，与朱祖谋、刘福姚（伯崇）、成多禄（澹庵）同集沧浪亭。（第 48 页）
	7 月 29 日晚，先生与朱祖谋、严复同宴郑孝胥家。（第 49 页）
	孟夏，先生与朱祖谋、俞明震、林开谟同游虞山，登破山寺楼望海。阅日微雨，登剑门。（第 49 页）
	12 月 6 日，先生与朱祖谋、王仁东（旭庄）送郑孝胥归沪。（第 51 页）
	冬，先生与朱祖谋、俞明震、林开谟、文永誉、陈诗同游邓尉探梅，时俞明震将之官甘肃，先生赋《三姝媚》词赠别。（第 53 页）

1911年	8月21日，与朱祖谋、邹福保（咏春）、曹元恒（智涵）同集留园。（第59页）
1912年	暮春，偕朱祖谋、李惜诵访赵熙、杨增荦徐汇寓所不遇。次日，赵、杨与胡铁华约游龙华寺，先生因雨不赴。（第65页）
	8月15日，朱祖谋致先生书，谈《清真集》板片剜改及校定《缀芬阁词稿》事，并约吴门之游。（第65页）
	9月，赴苏州，同行诸宗元、胡颖之（栗长）、陶牧，寓朱祖谋之听枫园，与朱、郑论词不辍。诸宗元有《沤尹先生雨中招饮听枫园席间举东坡事以为笑乐归成此篇亦申其例》记此事。（第65~66页）
	10月9日，夜于小同春釀饮，座有先生、陈三立、朱祖谋、李孟符、杨增荦、俞明震、郑孝胥、李宣龚、梅光远（斐漪）、诸宗元、陶牧、何天柱（擎一）等。朱祖谋出《归鹤图》小卷，使陈三立先题。（第66页）

其中，1910年同集沧浪亭，夏敬观有诗《朱古微刘伯崇成澹庵同集沧浪亭》；1911年同集留园，夏敬观亦有诗《闰六月二十七日朱古微邹咏春曹智涵同集留园》。可知夏敬观、朱祖谋有颇为频密的社交往来，缔结了深厚的文人情谊，他们一起设宴赴宴、游赏集会、送人访人、相互致书，乃至密切到居住对方家中。基于彼此的密切社交与深厚友谊，夏敬观对朱祖谋《宛陵集》字词校勘问题比较熟稔，故其注本记录下朱祖谋对《宛陵集》部分字词的校勘观点。

三 夏敬观批注《宛陵集》时间考

以上我们考察了国图批注本应为夏敬观初注本，夏敬观《梅宛陵诗评注》是在初注本基础上扩展而来。那么，我们能否进一步考证初注本的批注时间呢？该书并无直接呈现批注时间的具体条目，但我们仍能从中寻出少许端倪。卷四十五《真州东园》批注云：

> 今扬子县为宋真州东园，在县东。宋皇祐四年，施昌言、许元为发运使，马遵继为判官，因州监军废营地为之，欧阳修为记，蔡君谟书。

据（道光）《重修仪征县志》沿革表，三国、南朝时期仪征县隶属广陵郡，隋改江阳县，北宋改永贞县，隶属建安军、真州，南宋、元代改扬子县，明清时期改仪征县。在北宋时期，仪征于宋太宗乾德二年升为建安军，又于"真宗大中祥符六年，诏铸玉皇、圣祖、太祖、太宗金像。成，升建安军为真州军事（升州始于此），即铸像地建道观曰仪真（仪真始此）"①。是以梅尧臣写作此诗时称为"真州"。宣统元年（1909）因避溥仪讳，改仪征县为扬子县。1912年复名仪征县。此本刊刻于道光十年（1830），故其批注亦应在道光十年后。检符合"今扬子县"之称者，仅有1909~1912年，故知此书应批注于1909~1912年。

1936年，夏敬观主编的《艺文》杂志创刊，助编者为黄孝纾、卢前，主办兼发行人为张静庐。《艺文》杂志以传统国学研究与古籍整理为主要内容，征稿范围为"甲 关于经史诸子之专著；乙 关于金石文字之专著；丙 诗文词曲及论诗文词曲之著作；丁 海内藏书家书目提要及关于藏书论著；戊 关于国故及考证之笔记；己 游记及乡土山川名胜记载"②。夏敬观在该刊创刊号发表了《梅宛陵集校注》卷一，又于第1卷第2、3期陆续发表《梅宛陵集校注》卷二。核对国图批注本、台湾商务印书馆出版的《梅宛陵诗评注》与《梅宛陵集校注》，可发现《艺文》所载《梅宛陵集校注》接近《梅宛陵诗评注》，但仍与之有所出入。限于篇幅，兹将《梅宛陵集校注》《梅宛陵诗评注》二稿卷一中的注释条目详简差异略去，仅将相差较大处予以罗列，详见表附2-4。

表附2-4 《梅宛陵集校注》《梅宛陵诗评注》二稿卷一中的差异较大处

篇名	《梅宛陵集校注》	《梅宛陵诗评注》
和谢希深会圣宫		[注]：容卫
寒食前一日陪希深远游大字院	[注]：希深；大字院。[校]：远游	
游龙门自潜溪过宝应精舍	[注]：龙门；潜溪；宝应精舍	
依韵和希深游大字院	[注]：先生醉复吟	
少姨庙	[注]：少姨庙	
天封观	[注]：天封观	
启母石	[注]：启母石	
轩辕道	[注]：轩辕道	

---

① （道光）《重修仪征县志》，《中国地方志集成·江苏府县志辑》第45册，江苏古籍出版社，1991，第22页。
② 陈谊：《夏敬观年谱》，黄山书社，2007，第158~158页。

续表

篇名	《梅宛陵集校注》	《梅宛陵诗评注》
元政上人游终南	[注]：终南	
依韵和希深立春后祀风伯雨师毕过午桥庄		[注]：午桥庄

从表附2-4中可见，《梅宛陵集校注》《梅宛陵诗评注》的相应差异主要集中于地名注释，《梅宛陵集校注》注释更详细，《梅宛陵诗评注》注释更简略，这表明夏敬观发表卷一、卷二时对校注稿本进行了大幅增改。夏敬观《梅宛陵集校注序》曾自述其校注工作，"予于甲寅后，间为引证群书，笺注题下。又据商丘宋牧仲刊本校以明正统万历及清康熙梅氏重修会庆堂本，后又得残宋刊本于日本，加以覆勘"①。甲寅年为民国三年（1914），表明夏敬观第二次批注宛陵诗从民国三年就已开始，直到民国二十五年才将其校注稿本修改增注后公开发表于《艺文》杂志。

夏敬观《梅宛陵诗评注》较国图批注本在引证群籍方面远为富赡，其注释新貌很可能缘于1916年5月夏敬观受聘入职商务印书馆，从此拥有了极其优渥的读书、注书条件。1916年6月，《张元济日记》就有夏敬观借书记录，6月18日，先生赴商务印书馆，"借《公是集》《彭城集》《景文集》各一部，均聚珍版。又《荆公诗注》末一册"②。商务印书馆刊行《四部丛刊》需借阅、搜集大量典籍，夏敬观深度参与了《四部丛刊》的刊刻印行，1919年9月4日，"张元济为商务印书馆印《四部丛刊》，向傅增湘借到《水心集》、《庾子山集》、《山海经》、《西京杂记》、《管子》、《韩非子》、《曹子建集》、《元次山集》、《中论》等九种书，均由先生收集复勘"③。这种借阅、搜集、复勘的日常工作使夏敬观颇方便阅读到许多典籍，有了校注《宛陵集》的便利条件，为其增加、扩充《宛陵集》注释奠定了文献基础。

四 国图藏《宛陵集》批注本的文献价值

国图藏《宛陵集》批注本的发现具有重要文献价值，主要表现为以

---

① 陈谊：《夏敬观年谱》，黄山书社，2007，第159~160页。
② 张人凤整理《张元济日记》，河北教育出版社，2001，第104页。
③ 陈谊：《夏敬观年谱》，黄山书社，2007，第94页。

下几个方面。

首先，国图藏《宛陵集》批注本是现存最重要的《宛陵集》批注本。《宛陵集》批注本并不多见，仅国家图书馆、上海图书馆等地藏有少许《宛陵集》批注本，这类批注本多为随手评点而不涉及字词校注。国图藏吴嗣广白华书屋批点本《宛陵集》是少数能据手写题跋考证作者的批点本，然多为只言片语且仅批点29条，其批点如《送张秀才之淮南》"摹土泽国"，《送张子野知虢州先归湖州》"亦出自古，加修洁尔"，《送侯孝杰殿丞签判潞州》"竟体古淡"，《次韵和景彝省闱宿斋二首》"通首写土静况，以静字起"，《杜挺之赠端溪圆砚》"曲折具见"，这类评点更多就梅尧臣诗歌书写内容、艺术风格而言。国图藏康熙四十一年（1702）宋荦本亦偶有少许批语，如《读蟠桃诗寄子美永叔》旁有批语"此即所谓蟠桃诗也"，题下双行小注"按此系欧阳诗误入梅集者，题当作寄圣俞兼示子美"，《新息重修孔子庙记》下有批注"此当人文类，不宜入诗"，《雨赋》下有批注"人赋类"，这类批点着重阐明《宛陵集》编集误处。上图藏《宛陵集》批点本有朱、墨二色批点，墨批1条、朱批19条，视字迹当出自二人之手，其评点如《春阴》"人诗话"，《送谢舍人奉使北朝》"庄重"，《寄题周敦美琨瑶洞》"结豪宕"，《撷芳亭》"深沉苍郁"，《送代州钱防御》"似唐初体"，《古意》"似东野调"，《李审言归郑州》"初唐"，注重揭明梅尧臣某首诗的风格特征及诗学渊源。国图藏《宛陵集》夏敬观初注本的发现，使其成为现存《宛陵集》批注本的最重要版本，丰富的校勘条例、详细的注释条目皆超越其他批注本，具有相当重要的文献价值。

其次，国图藏《宛陵集》批注本的发现，可以补充夏敬观的相关著述。陈谊《夏敬观年谱》附录四《夏敬观著述年表》罗列其寓目的夏敬观所有著作，从中可见1914年前夏敬观著述仅有《师伏堂骈文序》（1895）、《师伏堂诗草序》（1904）、《呋庵词》一卷（1907）。国图批注本《宛陵集》作于1909~1912年，足以补充夏敬观相对稀少的前期著述。陈谊《夏敬观年谱》又附有上海图书馆所藏夏敬观著述目录，但这份著述目录不见夏敬观家藏本《梅宛陵诗评注》的文献踪迹。依现存文献所载，朱东润曾借录过夏敬观《梅宛陵诗评注》家藏稿本，家藏本的最后线索见于章斗航《梅宛陵诗评注序》所述"亡友曾克耑氏，生前于香港旅次分别觅得夏赵二先生校注宛陵诗"①，可知此稿后来流落香港，最终归向何处已无法稽考。因夏敬观后注本不知所终，国图批注本的文献价值便更加凸显了。陈谊《夏敬观年谱》所录夏敬观著述除藏于上海图书馆外，并无其他图书馆收藏踪迹。经上述考证，我们可知夏敬观著述作品不仅藏于上图，还藏于国图。至于初注本为何出现在国图而其余稿本皆在上图就不得而知了。

再次，国图藏《宛陵集》批注本的发现，可以窥觇夏敬观三次批注的前后变化。夏敬观首次批注《宛陵集》形成了国图批注本；甲寅（1914）后夏敬观第二次批注《宛陵集》，持续笺注二十多年，形成了家藏稿本，后人纂集出版为《梅宛陵诗评注》；1936年夏敬观于其校注稿本基础上修改、增注宛陵诗卷一、卷二，发表于《艺文》杂志，形成了第三次批注本。三次批注各不相同，国图批注本与第二、三次批注本间相差尤大，第三次批注本的地名注释亦详于第二次批注本。比勘各本不同，足以窥觇夏敬观三次批注《宛陵集》的变化痕迹，亦可见夏敬观批注《宛陵集》的努力程度。值得注意的是，朱东润撰写《梅尧臣集编年校注》时从夏敬观处借得家藏手稿予以抄录，并未看到1936年发表于《艺文》杂志的二卷宛陵诗校注，故其著录条目更接近曾克耑纂集的夏敬观《梅宛陵诗评注》。

最后，国图藏《宛陵集》批注本的发现，可以补充北京图书馆善本书目。目前，《北京图书馆古籍善本书目》所录《宛陵集》五条古籍善本条目为：

宛陵先生文集六十卷拾遗一卷 宋梅尧臣撰 附录一卷 明正统四年袁旭刻本 二十册 十行十九字黑口四周双边

宛陵先生文集六十卷拾遗一卷 宋梅尧臣撰 附录一卷 明正统四年袁旭刻本 十册

宛陵先生文集六十卷拾遗一卷 宋梅尧臣撰 附录一卷 明正统四年袁旭刻本 七册

宛陵先生集六十卷拾遗一卷 宋梅尧臣撰 附录一卷 明万历四年姜奇方刻本 十册 九行十八字白口左右双边

---

① 夏敬观、赵熙原著，曾克耑纂集《梅宛陵诗评注》，台湾商务印书馆，1983，第1页。

宛陵先生文集六十卷拾遗一卷 宋梅尧臣撰 清康熙四十一年徐惇复白华书屋刻本 吴嗣广批点并跋 吴骞跋 十册 十一行二十一字白口左右双边[①]

五条善本条目中，前三种皆为明正统年间袁旭刻本，正统本是残宋本之外的最早刊本，字迹潦草、刻印不佳，历代收藏家皆不以之为善本而以宋荦本为善本，国图将正统本列入善本条目多因正统本刊刻时代稍早，具有较高的文物价值。清康熙年间徐惇复白华书屋刻本被列为善本应是该本有吴嗣广批点并跋、吴骞跋等稀有名家亲笔题跋缘故。国图未将夏敬观批注本列入善本，盖因不知该书批注出自夏敬观之手。经此考证，该夜吟楼本因夏敬观批注而具有了较高文物价值，亦可列入古籍善本书目。

---

① 《北京图书馆古籍善本书目》，书目文献出版社，1987，第2117~2118页。

附录三 《宛陵集》序跋补辑

《宛陵集》序跋辑录主要见于三书。一是朱东润《梅尧臣集编年校注》。此书卷后移录欧阳修《书梅圣俞稿后》《梅圣俞诗集序》、宋绩臣《梅圣俞外集序》、陆游《梅圣俞别集序》、绍兴本汪伯彦后序、嘉定本题名、刘性《宛陵先生年谱序》、正统本杨士奇后序、万历四年本宋仪望《重刻宛陵梅圣俞诗集序》、万历四年本姜奇方《刻宛陵先生集后序》、宋荦本宋荦《宛陵文集序》、夏敬观《梅尧臣诗导言》《梅宛陵集校注序》。[①] 二是周义敢、周雷《梅尧臣资料汇编》。此书于朱东润移录之外增录陈俊《万历本刻宛陵集后序》、迟日豫《重修梅宛陵先生全集叙》、李士琪《重修梅诗后序》、吴肃公《梅都官诗集序》、梅枝凤《重刻先都官诗集纪略》、纪昀提要、梁中孚《重刊宛陵诗集序》、张元济《宋绍兴本宛陵集跋》、傅增湘《宋本宛陵先生集跋》。[②] 三是祝尚书《宋集序跋汇编》。此书增录康熙八年柯煜《康熙重刻宛陵集序》、金俊明《康熙本宛陵集序》，此书后出而未录周义敢、周雷《梅尧臣资料汇编》所收梅枝凤《重刻先都官诗集纪略》、纪昀提要、梁中孚《重刊宛陵诗集序》、张元济《宋绍兴本宛陵集跋》等篇目，可见该书编排时并未参考周书。[③]

上述三书对《宛陵集》序跋辑录之功不容轻忽，可见在学者们持续努力下学术研究的转益增进。然而，在考察历代《宛陵集》刊刻情况时，笔者发现尚有不少序跋为此三书失收，以其对梅尧臣诗歌研究具有重要文献学和学术史意义，故搜罗辑录如下并略做考释。

一　明末邓良知《记宛陵先生诗集》，载于万历四十三年（1615）《宛陵先生集》卷前，十册一函，为覆万历四年姜奇方刻本，现藏于南开大

[①] 朱东润编年校注《梅尧臣集编年校注》，上海古籍出版社，2006，第1160~1180页。
[②] 周义敢、周雷编《梅尧臣资料汇编》，中华书局，2007。
[③] 祝尚书编《宋集序跋汇编》，中华书局，2010，第176~196页。

学图书馆

予尝读欧阳文忠公①集，知宛陵有圣俞梅先生。文忠公为之题其诗稿，序其集，又序其所注《孙子》，又铭其墓而哀之以文，予是以知宛陵先生为文忠公所深契与者。题其诗曰："英华雅正，变态百出，哆兮其若春，凄兮其若秋，使人诵之可以喜、可以怨，陶畅酣适，不知手足之将鼓舞也。"称扬赞叹于是至矣。有味乎王文康②之云曰"二百年无此作"。凡武夫、贵贱、童儿、野叟无不人人知先生，无不以诗文重先生。予悦慕于中久矣。安所得率业以竟文忠公所称扬赞叹者乎。适承之兹土，吊先生遗文而瞩览焉，多所阙略不完，而寸美之光气乃不得睹其大全，能无扼腕于斯？购其全帙，命剞劂氏补之，庶几哉宛陵文献足征矣。眉山③曰："欧阳公能知先生。"予曰："先生之能为欧阳公知也。"记之令后之君子采先贤著作而无憾于残阙者。始于万历乙卯春王正月之既望，赐进士出身、知宣城县事、豫章邓良知记。

邓良知，明末官员，万历四十年（1612）举人，次年联捷进士，任南直隶宁国府宣城县令。此序应为其宁国府宣城令任上重刊梅尧臣诗集所作。序文内容主要为其从欧阳修集得知梅尧臣，并从欧阳修所作序、铭知其为欧阳修所深契者。适逢为宦宣城，遂购其全帙而补所缺略，以使后人不存遗憾。序文从欧阳修集谈起，最终突出"先生之能为欧阳公知也"，似可见明人对梅尧臣诗歌的认识多借助欧阳修达成。尽管明正统四年、万历四年皆刊刻过《宛陵集》，但依稀可见明人对梅尧臣诗歌的冷落、生疏程度。

---

① 欧阳修（1007~1072），字永叔，号醉翁，晚号六一居士，吉州庐陵人，北宋政治家、文学家、史学家。宋仁宗天圣八年（1030）以进士及第，历仕仁宗、英宗、神宗三朝，官至翰林学士、枢密副使、参知政事。死后累赠太师、楚国公，谥号"文忠"，故世称欧阳文忠公。
② 王曙（？~1034），字晦叔，河南（今河南省洛阳市）人。宋仁宗时累官工部侍郎、参知政事、枢密使、同中书门下平章事。谥"文康"。
③ 苏轼（1037~1101），字子瞻、和仲，号铁冠道人、东坡居士，世称苏东坡，北宋著名文学家、书法家、画家。因其为四川眉山人，故称"眉山"。

二　梅峕、梅历《搜刻先都官遗集目录》，见于康熙二十六年（1687）梅枝凤本《宛陵先生集》、清道光十年（1830）夜吟楼本《宛陵先生集》，现藏于南开大学图书馆、上海图书馆等多处。与此同收录者还有梅枝凤编《历代修辑姓氏》、梅枝凤重订《梅宛陵先生全集总目新编》，以其无识文，故不录

　　《宛陵文集》四十卷，《唐载》二十六卷，《毛诗小传》二十卷，注《孙子》十三篇，《续金针诗格》。

　　祢正平①警才博识，著作甚富，而至今传者惟鹦鹉一赋，余皆散亡，君子惜之。先都官《宛陵诗集》六十卷，赖内侄谢景初②编次，欧阳文忠公序而传之，后得历代巨公补残修缺，故能流传至今。然世人徒知其诗而已。所著诸集如右，但存《孙子注》十三篇，余亦尽归乌有，岂不惜哉！忆我王父方窦堂珍藏尚存《毛诗》、《唐载》二种，崇祯丁丑不戒于火，付之劫灰，岂神物天妒之耶？海内博雅君子邺架所珍，或有先公遗书，愿购求重刊，广布同人，庶后之景仰先公者知不仅以诗传也已。十九世裔孙峕、历同谨识。

　　欧阳修《梅圣俞墓志铭》、《宋史》本传皆载梅集为四十卷，此目录所见康熙二十六年梅枝凤本《宛陵先生集》、清道光十年夜吟楼本《宛陵先生集》已为六十卷。六十卷本大体是北宋中后期加入外集、补遗等篇目补录而成。此目录为牵附欧阳修《梅圣俞墓志铭》、《宋史》本传而强改为四十卷，实误。此文提到梅尧臣《续金针诗格》，但康熙二十六年梅枝凤本仅录拾遗一卷、附录三卷，并未附上《续金针诗格》，直到清道光十年梁中孚夜吟楼本才附有《续金针诗格》。

　　此文不同于诸多以梅尧臣诗歌为陈述对象的序跋，而将视角延展到梅尧臣各种著作。文中记录了梅尧臣著述的收藏、亡佚情况，以及购求重刊其遗书的热切愿望。从此文可知梅尧臣《毛诗小传》《唐载》等著

---

① 祢衡（173~198），字正平，平原郡般县人，东汉末年名士，著有《鹦鹉赋》《吊张衡文》等。
② 谢景初（1020~1084），字师厚，号今是翁，浙江富阳人，宋庆历六年（1046）进士，北宋文学家黄庭坚的岳父。

作原为梅氏宗亲收藏,大约亡佚于明末崇祯年间。《续金针诗格》原不见于欧阳修《梅圣俞墓志铭》、《宋史》本传,但此时梅氏后人已认为《续金针诗格》为梅尧臣著作。康熙二十六年梅枝凤本刊刻时不录《续金针诗格》,并非认为其为伪书,实是未见此书,认为梅著"但存《孙子注》十三篇,余亦尽归乌有"。

三　梅瑛后序,载于清嘉庆二十年(1815)重修梅枝凤本《宛陵先生集》卷后,现藏于湖南图书馆

　　右先都官集六十卷,瑛六世祖东渚公①所重刻也。板藏府治正心楼,楼圮板坏。康熙丙寅秋,学宪李文江先生檄征《宛陵集》,公以家藏古本赍献。丁卯春,先生遂檄府行学,命族人重修世守。公独肩之,参订校雠,拾遗补缺,庋板满听楼,四方求者无虚日。历岁既久,寻复散逸。先君子屡谋修辑,未遂。乌呼!此非予兄弟之责耶!顾念东渚公之鸿才,顾学犹谓以蚊负山,惴惴焉惧不克胜,况如瑛才识谫陋,又无翕羽之助,多见其不自量也。抑有不忍辞其责者。祖宗玩好,留遗子孙,不克谨守,或为贵人钩致,或落巨商之手,仁人恫之。况先人心血所寓,听其散亡黯昧,乌呼!可不揣梼昧,捃拾旧板,修补缺败,庀才鸠工,凡五阅月蒇事。旋以藏弆非所,遭蚁蠹者十之二三。复痛自咎责,重加修理,惜费未能,告劳不敢,兹又可观厥成矣。瑛诚不自量,庶以终吾父未竟之志,并告无罪于东渚公云。皇清嘉庆二十年春王月,二十三世裔孙瑛谨记。

此序所云六世祖东渚公即梅枝凤,关于康熙年间正心楼楼圮板坏、赍献家藏古本的事迹已见于梅枝凤序文。文中交代了梅枝凤刊板历岁已久、散佚良多,作为梅氏子孙的自己不忍其散亡黯昧,落于他人之手,愿意承担修补缺败、以终父志的文化责任。此序文还补充了康熙年间梅枝凤刊刻时"庋板满听楼,四方求者无虚日"与这次刊刻"藏弆非所,

---

① 东渚公即梅枝凤,安徽宣城人,字子翔。有《石轩集》《东游草》《东渚诗集》。

遭蚁蠹者十之二三"等细节，再现了宣城梅氏家族后人为守护祖宗文化遗产的不懈努力。

四　章斗航《梅宛陵诗评注序》，见于夏敬观、赵熙注，曾克耑辑《梅宛陵诗评注》，台湾商务印书馆，1983

　　有宋前期诗家梅宛陵凭其学问才力，摆脱唐韵，开宋诗之先河，深情孤诣，拔出于风尘之表，淡而弥永，清而能腴，寻常猥琐之事，宛陵往往出以骤视若俚鄙之辞，而自深远闲淡，欲驾韦柳而上之。宛陵句云，"野凫眠岸有闲意，老树著花无丑枝"，不意示人以自证之境，诸家论之綦详，欧公推崇尤力。新建夏先生①论宋诗，举宛陵为冠，卓乎其言之也。顾宛陵诗虽在宋已显，然元明至清，转趋沉寂。宋诗若半山、东坡、山谷、后山、简斋，莫不有为之诠注者，几于家诵户籀，独于宛陵诗，未尝有探索蕴积，阐其宗风，以告当世学人者。岂脍炙羊枣，口之于味，嗜有不同，至太羹不和，大音希声，则喻者难之耶？先生于是引证群书，笺注题下，又据商丘宋牧仲刊本，校以明正统、万历及清康熙梅氏重修会庆堂本，嗣又得残宋刊本于日本，加以覆勘，于全集之当注校者殆十得六七，自谓精力衰朽，不得蒇事，录刊以备踵为者之助。

　　其后踵而为之者，有荣县赵先生②。夏赵二先生皆有注，有校，有圈，有点。夏注夏校较详，赵于注校圈点外，复有批。昔贤有"经一番批评，新一番耳目"之言，又谓"观人评论圈点，皆是借镜"，惟此中自有真实境地，未可以未证为证也。赵先生当代大诗家，凡所论征，皆真知灼见，裨益后学匪浅鲜也。

　　亡友曾克耑③氏，生前于香港旅次分别觅得夏赵二先生校注宛陵诗，曾氏于是购中华书局印行之聚珍本宛陵集一部，将每一首诗

---

① 夏敬观（1875~1953），近代江西派词人、画家。字剑丞，一作鉴丞，又字盥人，号缄斋，晚号吷庵，别署玄修、牛邻叟，江西新建人。
② 赵熙（1867~1948），字尧生，号香宋，四川荣县北郊宋家坝人。蜀中五老七贤之一，世称"晚清第一词人"。
③ 曾克耑（1900~1975），民国著名诗人、书法家。福建闽侯人，字履川，号颂橘，斋号为涵负楼、优跋罗庵、撄宁楼、天只阁等。

剪开，而写附夏赵二先生校注圈点批语于诗后，依原有次序，以白纸粘贴成稿，日久稿定，题曰"梅宛陵诗评注"，亟以寄余，嘱为于此间刊印。因携稿走谒当时任参谋总长海军一级上将黎公玉玺①道来意。公虽总绾三军军符，日理万机，稍有余暇，必沉酣文史，司马光②《资治通鉴》与萧一山③《清代通史》等巨构，皆圈点一过，一篇在手，佳趣无穷，盖以为文史与兵事相为表里，于文人学士，备极礼重。自投身海军，战无不胜，任何艰巨任务，罔不从容达成，自谓于文史得力居多云。既见此稿，欣然谓余曰："当为继侯官严氏评点故书三种与范伯子诗集之后，印成此籍。"先是公督印严范二籍，皆线装绝精美，为士林所共称美。三种者谓严几道先生评点之老子、庄子与王荆公诗也。因命为典记室之吉君树先以端楷缮正，吉君书法婉约秀整，兼王虞之长，顾文书鞅掌，备极烦苦，既承命黎公，因于案牍余暇，悉力以赴，历七年缮成，王虞风致，隐约楮墨间，弥足珍贵矣！

夏先生名敬观，字剑丞，一字盥人，又号缄斋，晚号映庵，清光绪二十年，乡试中式。适善化皮鹿门④，以名经师，主讲南昌经训书院，先生从游，治群经之学。二十八年，用府道官入两江总督南皮张文襄公⑤幕府参新政，文襄锐意兴学，派先生兼办两江师范学堂，即后历衍而为中央大学者也。三十三年，监督上海复旦中国两公学，复旦即后之复旦大学，中国公学今仍旧称，尔时监督，犹今之校长也。以功保署江苏提学使。宣统三年，武昌军兴，民国肇建，先生以嬗递至正，首去发辫，不以遗老自居。民国五年，受上海涵芬楼聘，承校雠撰述之任。八年，任浙江省教育厅长。十三年，苏浙构兵，遂弃官移居上海，将著书以终老焉。先生《忍古楼文》四卷，《忍古楼诗》二十卷，《映庵词》四卷，皆经手定。至《忍古

---

① 黎玉玺（1914～2003），字薪传。四川达县人，曾任海军总部参谋长等职。
② 司马光（1019～1086），字君实，号迂叟，陕州夏县涑水乡（今山西省夏县）人，世称涑水先生。北宋政治家、史学家、文学家。
③ 萧一山（1902～1978），中国历史学家，江苏徐州人，原名桂森，号非宇，字一山，以字行。一生专治清史，有"清史研究第一人"之称。
④ 皮锡瑞（1850～1908），字鹿门，湖南善化人，晚清经学大家。
⑤ 张之洞（1837～1909），字孝达、香涛，晚清名臣，清代洋务派代表人物。

楼诗续》，则先生归道山后，公子承诗，兄子书枚，于上海香港，空邮往返，商略裒集，复得四卷。三十八年，上海沦没，先生以衰病之身，走避无及；自是闭门谢客，念浩劫胡底，怨焉忧心。又五年，自知且不起，病革，家人遵先生预戒，环侍诵心经，先生注目澄心，若有契悟，遂安详而逝。时当一九五三年四月初二日，享年七十有九。先生生平论诗，最为服膺东野宛陵，于宛陵研精尤极，于是遣辞树骨，具体入神，而又自出新意，守一家之意，而不为所囿，此先生之过人者也。词则秀韵天成，似不经意，而出其锻炼，实奄有清真梦窗之长。独先生遭逢桑海奇变，终保晚节，享天年，而以令终。则先生之经术文学，交辉互映者，愈崎岖，而愈显笃实之效，终于老树妍花，千秋炳焕，呜呼！抑何盛欤！

赵先生名熙，字尧生，别号香宋，晚年自称香宋老人，四川荣县人，清光绪十八年成进士，授翰林院编修，历长东川川南两书院院长，官江西道监察御史，谔谔言事，与胡思敬①江春霖②同擅直名，时号清流。宣统以冲龄践位，时亲贵如庆亲王奕劻③，滥权败政，先生具疏劾之，声震中外。民国初，居成都，主讲各校，旋归故里。民国九年，杨沧白氏④主四川省政，延请先生修省志。及杨氏解职，先生复归去。抗战期间，各方名辈，多集重庆，常有不远千里访先生于荣县问业者。先生亦徇各方请，一游陪都。先生以是时全国力谋团结，共赴国难，虽年逾古稀，仍不辞跋涉，其体国之心，有如此者。自是家居殆三十年，以三十七年九月卒于家，享年八十有一。先生诗学深湛，才思敏捷，所作苍秀密栗，下笔数百韵立就，盖功力深邃，脱口成吟，不假雕饰，自臻稳惬。与樊增祥⑤、

---

① 胡思敬（1869~1922），字漱唐，号退庐，江西新昌（今江西宜丰）人。光绪乙未年（1895）进士，历任吏部考功司主事、辽沈道监察御史、广东道监察御史。
② 江春霖（1855~1918），字仲默，一字然然，号杏村，晚号梅阳山人，福建莆田人，光绪二十年（1894）进士，历任翰林院检讨、武英殿纂修、国史馆协修，官至新疆道监察御史，兼署辽沈、河南、四川、江南道监察御史。
③ 爱新觉罗·奕劻（1838~1917），晚清宗室重臣，清朝首任内阁总理大臣。
④ 杨庶堪（1881~1942），字沧白，晚号邠斋，四川巴县（今重庆市巴南区）人，中国近代民主革命家、辛亥革命元勋。
⑤ 樊增祥（1846~1931），清代官员、文学家。原名樊嘉、又名樊增，字嘉父，别字樊山，号云门，晚号天琴老人。

易顺鼎①、陈伯严②同以赋诗之速著称。观其造诣，乃在唐宋之间，所作不下二三千首。古体似文与可③、韩子苍④，而有时恣肆过之；近体似唐子西⑤、文与可，亦有似子苍者，陈石遗⑥序先生诗有曰："尧生豪于诗者也。观其诗，疑若锤击甚力，而为之则甚乐而易。"可谓深知先生者也。先生性行诚挚，学问道义，相知者无不敬爱，梁任公⑦一代豪士，于先生极推挹。先生暮年家居，忧患离索之余，春怀友朋，一发之于诗，语意沉痛，皆从肺腑中出，非寻常人所能勉托也。

至宛陵平生，具正史纪载与流通之宛陵集中，学者检阅可也。

曾氏下世近十年，遗原配及子女均陷北平，续配远居香港，亦无意于文史，为不忍一任夏赵二先生呕心呕血之什之沦于荒秽也，故余乐为之斡旋，终幸影印成书，精美尤过严范之籍，是亦复兴之一助云耳。一九八二年孟夏月丰城章斗航序于台北。

这篇长序是夏敬观、赵熙原著，曾克耑纂集《梅宛陵诗评注》卷前第一篇序言，此文先介绍此书的多位撰写者、整理者、出版者。由于极其推崇宛陵诗，夏敬观以宋荦本为底本，校以明正统本与万历四年本、清康熙梅枝凤本、残宋本，引证群书，笺注题下。赵熙于注校圈点外复有批点，多有真知灼见。曾克耑于香港旅次分别觅得夏、赵校注宛陵诗，购中华书局印行之聚珍本《宛陵集》，剪开每首诗，写附夏、赵校注圈点批语于诗后，依原有次序粘贴成稿，寄"余"嘱为刊

---

① 易顺鼎（1858~1920），清末官员、诗人，寒庐七子之一。字实甫、实父、中硕，号忏绮斋、眉伽、晚号哭庵、一广居士等，龙阳（今湖南汉寿）人。
② 陈三立（1853~1937），字伯严，号散原，江西义宁（今修水）人，近代同光体诗派重要代表人物。
③ 文同（1018~1079），字与可，号笑笑居士、笑笑先生，人称石室先生。北宋梓州梓潼郡永泰县人。著名画家、诗人。
④ 韩驹（1080~1135），字子苍，号牟阳，北宋末南宋初江西诗派诗人、诗论家。
⑤ 唐庚（1070~1120），字子西，眉州丹棱唐河乡人，北宋诗人、文学家。
⑥ 陈衍（1856~1937），字叔伊，号石遗老人，福建侯官（今福州市）人，近代著名文学家。
⑦ 梁启超（1873~1929），字卓如，一字任甫，号任公，又号饮冰室主人、饮冰子、哀时客、中国之新民、自由斋主人。清朝光绪年间举人，中国近代思想家、政治家、教育家、史学家、文学家。

印。"余"携稿走谒当时任参谋总长海军一级上将的黎玉玺,黎玉玺因命典记室吉树先以端楷缮正。接着介绍了夏敬观、赵熙的生平经历,以及曾克耑下世近十年,"余"不忍任夏、赵心血沦于荒秽,故为之斡旋影印成书的出版过程。夏敬观推崇宛陵诗,于其《梅尧臣诗》"导言"亦有阐述,"我生平于宋代的诗,最崇拜的是梅尧臣",认为其诗品极其高深,锻炼功夫远超常人。

附录四 《宛陵集》未刊题跋辑释

笔者查阅各地图书馆所藏《宛陵集》时发现一些版本书有部分未刊题跋，这些题跋记述了《宛陵集》版本卷次、流传情况等重要信息，对梅尧臣诗歌研究具有重要文献学和学术史意义，故搜罗辑录并略做考释如下。

一 岛田翰跋，残宋本《宛陵先生文集》，存第13～18卷、第37～60卷，上海图书馆藏

壬子之春，予奉井井竹添①夫子命，将校书于野庠。路迂回川越，而到于大宫。川越有新井政毅②先生者，受业于渔村海保翁③，好古通敏，家多藏古文旧书。中有元翠岩精舍覆绍兴刻《宛陵集》，纸质净致，墨光焕发，凛然于行墨之间，真希世之宝也。予恳请欲必获之，而先生以其书出于先师旧收，不许之。既而先生归于道山，其书不知归于何人之手。而残宋本偶为予所获，是书盖系宋嘉定椠本，在现存《宛陵集》中为最古。较诸秘府明刻本，可以订补今本之讹脱者极多，则其为宋时善本也，并可知矣。乌乎！予向失元本而获残宋本，是岂为不获足宋本之谶哉。夏日晒书，理所手校者，恍如隔世。追想往日，一则惨然以伤，一则怆然以自悲也。明治三

---

① 竹添进一郎（1842～1917），名光鸿，字渐卿，号井井，世人多以竹添井井称之，晚年号独抱楼。进一郎是其通称。日本近代史上的外交官、汉学家。主要著作有《栈云峡雨日记》、《纪韩京之变》、《左氏会笺》、《毛诗会笺》和《论语会笺》等。
② 新井政毅，日本江户末期、明治初期著名藏书家，其藏书很多卖给岛田翰父亲岛田重礼。
③ 海保元备（1798～1866），又名海保渔村，字纯卿，讳元备，号渔村，名尚贤，别名纪之，南综（今千叶县）人，江户后期的儒学家、考证学家，是江户时期著名考证学家大田锦城（1765～1825）的弟子。海保元备毕生潜心研究中国古典文献，曾经担任过江户幕府医学馆（跻寿馆）的儒学教授，一生著作颇多，主要有《周易古占法》《周易象义余录》《春秋传考》《孝经辨定》《周易汉注考》《周易应氏集解》《周易正义点勘》《大学郑氏义》《渔村文话》《周易校勘记举正》《左传正义点勘》等。

十五年，太岁壬寅，九月二十四日，岛田翰识于小田原荒久井井书屋，二十四岁。

此跋辑自残宋本《宛陵先生文集》第十五卷后，该序板框上方有岛田翰"精华老苍之气"批语。此外，第五十一卷后有手书"明治庚子嘉平月从古泽草堂获之，岛田翰"。跋文提及的"野庠"指足利学校。"川越""大宫"俱为地名，川越在埼玉县，大宫现为埼玉市的一个区，两者毗邻。海保元备是岛田翰父亲岛田重礼的老师，与新井政毅具有一定的学缘关系。岛田翰所言元翠岩精舍覆绍兴刻《宛陵集》为完本，然至今未见。莫友芝《宋元旧本书经眼录》、吴焯《绣谷亭薰习录》等书亦载录过《宛陵集》元刊本，不知是否为岛田翰所言版本。残宋本原件为日本内野皎亭家藏，张元济摄得胶卷，1931年涵芬楼影印。原件后于1936年被文求堂主人田中庆太郎所获，40年代陈澄中从文求堂购入此书，其后人将此书捐给上海图书馆。岛田翰所言秘府明刻本可能是《四库全书》所收明万历姜奇方刻本。《四库全书》本《宛陵集》下有"内府藏本"小字，可能即岛田翰所谓秘府明刻本。跋文首句"壬子"纪年应误，由第五十一卷后"明治庚子嘉平月从古泽草堂获之"与明治时期干支纪年可知"壬子"应为庚子之误，时当明治33年，亦即1900年。残宋本为南宋嘉定十七年（1224）重修绍兴十年（1140）刊本，并有绍兴十年宛陵郡守汪伯彦序言，是现存最古的《宛陵集》版本。夏敬观、吕贞白、吴庠等人先后抄录残宋本较其他版本溢出古近体诗篇90首，故岛田翰称"较诸秘府明刻本，可以订补今本之讹脱者极多"，此言确凿。

二 朱桂之跋，万历四年（1576）姜奇方刻本《宛陵先生集》，天津图书馆藏

《宛陵集》，明刻本，甚难购。一为正统己未宁国府袁旭刻，一即此本。甲寅春，厂友寄至，因收之。玖珊记。

此文录自天津图书馆藏万历四年姜奇方刻《宛陵先生集》。落款"玖珊"，即朱桂之（1859~?），河北永清人，清末民国初期收藏家。朱桱之名号、书室名、藏书印章极其多变。其名号很多，除名桱之、字淹颂外，还有"玖珊""九丹""琴客""震旦第一山樵""松广老人""与石居主人"等。书室也有多个名字，如"从碧簃""滂喜堂""松广""紫阳精舍""与石居"等。藏书印章有"朱桱之印""桱之印信""朱九丹""九丹鉴藏"等20余种。由此跋可知清末民初收藏家能见到的《宛陵集》主要有两种版本——正统袁旭刻本、万历姜奇方刻本，然已非常稀有。

三 吴嗣广跋一则、吴骞跋三则，清康熙四十一年（1702）徐惇复白华书屋本，一函十册，国家图书馆藏

吴嗣广跋：宛陵先生谓作诗须写难言之景如在目前，含不尽之意见于言外。今读其集，方知此语实先生自道所得也。敬业师①曾语余宛陵正自突过摩诘。又云："宛陵仍是唐音，非宋调也。"阮亭②《诗话》："作诗曰典，曰远，曰谐，典谐易得，远字惟韦苏州及宛陵到之。"

吴骞跋：右跋当为吴樵石先生笔。樵石名嗣广，字芑君，邑诸生，尝以诗文受知于初白先生，故称敬业师，余详州志文苑传。壬申秋日骞记。

吴骞跋：硖川吴芑君批，名嗣广，号樵石，邑庠生，生康熙丙寅。

吴骞跋：《宛陵集》为吴樵石先生评点。樵石名嗣广，字芑君，樵石其号，海宁硖石人。工诗，与钱坤一、汪匡古诸君往还唱和，身后遗书多散佚。予尝从其孙晓亭见樵石诗稿若干卷，今晓亭没久矣，不知此稿尚存其家否？余藏弆《宛陵集》亦几五十年矣。嘉庆壬申七月，八十老人吴骞记于小桐溪之拜经楼。

此书原为傅增湘所藏，傅增湘《藏园订补邵亭知见传本书目》云：

---

① 查慎行（1650~1727），初名嗣琏，字夏重，号查田，后改名慎行，字悔余，号他山，晚年居于初白庵，故又称查初白。浙江海宁人，清代诗人，主要有《敬业堂诗集》。
② 王士禛（1634~1711），字子真，一字贻上，号阮亭，又号渔洋山人，世称王渔洋。山东新城人，清初诗人、文学批评家。

"清康熙四十一年徐惇复白华书屋刊本。清吴嗣广评点并跋，吴骞跋。余藏。"① 由于傅增湘藏书大多捐给了国家图书馆，故此本现藏于国家图书馆。吴嗣广、吴骞这几则题跋零散见录于《藏园群书经眼录》《拜经楼藏书题跋记》等书各处，但皆未被录全，故此处将四则题跋一起整体录出。吴嗣广跋文指出梅尧臣关于作诗应写难言之景如在目前、含不尽之意见于言外的诗论，实为梅尧臣自道所得之语。吴骞跋文指出吴嗣广这位批点者的身份、师承、交游、著作等信息，以及自己收藏《宛陵集》的时间情况。在此书中，吴嗣广总共评点了《宛陵集》53首诗，大多数诗只有1条评点，少数诗有多条评点，总共涉及65条评语。

四　清末吴庠跋，录残宋本较康熙四十一年（1702）宋荦本《宛陵先生文集》溢出部分的抄本，一册，上海图书馆藏

　　陆氏皕宋楼所藏宋椠梅宛陵集，残存第十三卷至第十八卷，又自第三十七卷至第六十卷。后归日本静嘉文库。张菊生先生摄影以来，拟付影印，未果。夏映庵②借校徐七来③刊本，计溢出古近体诗九十首，吕贞白④有抄本，特录副以赠，可感也。戊寅十一月十三日眉孙记。

此文题于封面上，跋中提到残宋本《宛陵集》原为中国清末藏书家陆心源皕宋楼所藏，后归日本静嘉堂文库。静嘉堂文库是日本东京都收藏日文古籍的专门图书馆，创始人岩崎弥之助从明治25年（1892）前后开始搜集中国、日本古籍，其子岩崎小弥太扩充了藏书。陆心源去世后，1907年，其子陆树藩将皕宋楼所藏宋元版刻本和名人手抄本4146部

---

① （清）莫友芝撰，傅增湘订补，傅熹年整理《藏园订补邵亭知见传本书目》，中华书局，2009，第1111页。
② 即夏敬观。
③ 即徐惇复，清代人，其所刊刻书籍为白华书屋本。
④ 吕贞白（1907~1984），名传元，以字行，别字伯子，号茹庵、戴庵、萧翁。江西九江人，寄籍上海。曾任中央大学教授，后入上海出版界，兼华东师范大学、复旦大学教授。工诗词，精版本目录之学。有《茹庵志小录》《淮南子斠补》《吕伯子诗集》《吕伯子词集》等。

43218 册售予岩崎，运往日本，成为静嘉堂文库的基本藏书。但吴庠此文称日本静嘉堂文库《宛陵集》源于陆心源皕宋楼，恐有所误。《皕宋楼藏书志》所载《宛陵先生文集》为明袁旭刊本，且残宋本并无国内藏书家印，傅增湘根据藏印皆为"皎亭收藏""岛田重礼""岛田翰读书记"等日本人印记（此外"别有'常山常住'正书墨记，最古"，未知是否为日本人印章），判定"此书亦宋代求法僧徒所携归，故卷中绝无吾国名家藏印，真海外之佚籍矣"。故此条应误。

吴庠（1879~1961），原名清庠，后去清字，字眉孙，别号寒竽，江苏镇江人。其诗文与丁传靖、叶玉森在清末齐名，人称"铁瓮三子"。吴庠尤工于词，"豪迈而不失之伧，沉骏而不失于放"。藏书数万卷，颇多善本，后在困居上海时卖掉不少，其余先后让归公家。其著作生前不愿刊刻，世无传本。此文提到"夏映庵借校徐七来刊本，计溢出古近体诗九十首，吕贞白有抄本，特录副以赠"，申明此本所录为残宋本溢出的90首诗，所录诗歌标题下题有"在某某诗后"的具体提示语。夏映庵即夏敬观，十分推崇梅尧臣诗歌，曾有手稿校注过梅尧臣诗集，后由曾克耑纂集夏敬观、赵熙原著合刊为《梅宛陵诗评注》，又曾选注《梅尧臣诗》。朱东润写《梅尧臣集编年校注》时曾多采夏敬观之说。徐七来即徐惇复，清康熙四十一年（1702）徐惇复白华书屋刻有《宛陵先生文集》，因有宋荦序言，亦称宋荦本，此书刻印质量较佳，故被夏敬观选为校勘底本。

五　徐益藩跋，涵芬楼影印残宋本《宛陵先生文集》，1931年影印本，一函六册，上海图书馆藏

涵芬楼景残宋本《宛陵先生文集》，有夏剑丞[①]、费范九[②]、胡

[①] 即夏敬观。
[②] 费范九（1887~1967），名师洪，字知生，南通平潮人。光绪三十一年（1905）参加通州试院"应文童州试"，名列榜首。后入江宁法政学堂，毕业后参与办理两淮盐务。民初回通州任张謇秘书，协助督办水利保圩工程，主编《南通报》。1928年以后居住于上海，认真研究佛经，与我国近代著名佛教学者叶恭绰、朱庆澜、范成等交往甚密。他在上海碛砂经会工作数载，影印出版大量佛教经藏，对我国的佛教典籍和祖国文化遗产的挖掘与保护有重大贡献，在国内外都有重大影响。他还在上海主办佛经流通处。著有《镛余杂墨》《淡远楼诗》《淡远楼联语》《延旭轩俪语》等。

文楷①诸公合校,详且备矣。借自墨巢②,为校读《宋诗钞》之用。遇有异者,辄补志之。

  卷十五 叶二 行后三 卖人穷市无须吏 原校云人疑入之讹。案《宋诗钞》正作入。

  十三   前一   我仆倦揩肘   原校云正本揩作墨丁,万本梅本荦本作挛。案《宋诗钞》作屈。

  十六 二 后三 背有模法圆 原校云案《汉书·食货志》宋祁引此诗背作皆。案《宋诗钞》正作皆。

  十七 十 前九 此土只出看杏蕊 无校。案《宋诗钞》作北土 题云京师逢卖梅花,次句云大梁亦复卖梅花,似当作北。

  五十五 四 前四 长啄歇铿未充腹 原校云歇疑敲之讹。案韩愈孟郊联句诗树啄头敲铿。案《宋诗钞》正作敲。

  五十七 八 前十后一 唯与公非才 无校。案《宋诗钞》与公二字倒;公谓欧阳非才,自谓与字当在中间,似可从也。

  又校勘记据校之本凡四,曰正统间袁旭刊本,曰万历间梅氏祠堂刊本,曰康熙丁卯梅枝凤刊本,曰康熙壬午商丘宋荦刊本。而墨巢文校补《宋诗钞》别据一明初刊本,较之四本各早二三百年。不审③当

---

① 胡文楷(约1899~1988),字世范,江苏昆山(今属上海)人,现代藏书家、妇女文献学家。曾编纂《历代妇女著作考》《清钱夫人柳如是年谱》《历代名媛文苑简编》《昆山胡氏仁寿堂闺秀书目》《昆山胡氏怀琴室藏闺秀书目》等,整理《李清照集》。家藏书颇富,藏书处有"仁寿堂""怀琴室"等。

② 李宣龚(1876~1953),福建闽县人。沈葆桢为其舅祖。字拔可,号观槿,室名硕果亭,晚号墨巢。清光绪甲午(1894)举人,官至江苏候补知府。民国后供职于上海商务印书馆多年,曾任商务印书馆经理,并兼发行所所长。喜收藏有清一代和清末民初同辈人诗文,以及时人书法、绘画精品。1941年任合众图书馆(上海图书馆前身)董事。所藏经史子集各类图籍千余册及师友简札、书画、卷轴等一并捐入该馆。内中有翁方纲、林旭、曾慕韩、诸贞壮等人之诗集稿本。书画墨迹以伊墨卿(秉绶)、林琴南、溥心畲三家为多。合众图书馆为之编《闽县李氏硕果亭藏书目录》一册。曾为诸贞壮、林旭、林亮奇、杨钟羲、冒广生、王允晳等刊行诗文集。其生平诗文词,生前有过几次刊刻,如《硕果亭诗正续集》等;2009年10月,又经黄曙辉先生汇集校点,刊为《李宣龚诗文集》。

③ 原文作"寀",通"采",但此处似为"审"的省笔字,姑记于此。

时借之谁氏，诸家校残宋本时何以不能得也。三十二年三月十八日益藩还瓶谨记，时寓杜美新村。

此文录自上海图书馆藏涵芬楼影印残宋本《宛陵先生文集》末页附纸。该书线装一函六册，有牌记"上海涵芬楼据中华学艺社照存残宋本影印。原阙卷一至十二，卷十九至三十六"。六十卷后附有《重修宛陵先生文集》嘉定重修衔名页、汪伯彦后序、《宛陵先生文集校勘记》、张元济跋。此书所附《宛陵先生文集校勘记》别存一稿本，亦藏于上海图书馆。这页附纸钤有"徐益藩印""南屏手稿"等印章。"徐益藩印""南屏手稿"皆为浙江省崇德籍学者徐益藩之印。徐益藩（1915~1956），字南屏，又字一帆，小名松生，著有《越绝考》等。此跋言其于李宣龚处借得涵芬楼影宋本《宛陵先生文集》，目的是校读《宋诗钞》。他将《宋诗钞》与涵芬楼本相异处补录出来，总计六条，附于书后。此文提及一条重要信息，即李宣龚校补《宋诗钞》所据为明初刊本，较明正统本、万历四年本、梅枝凤本、宋荦本皆早二三百年，但涵芬楼校残宋本时未使用此明初刊本，目前各地图书馆所藏《宛陵集》亦不存明初刊本。明初刊本《宛陵集》的文献踪迹仅见于邵懿辰撰，邵章续录《增订四库简明目录标注》："王君九藏明初本，十行十九字，有阮葵生藏印。卷一及八至十五各卷钞补，校万历祠堂本少拾遗三首，诗二文一。万历本尚有后序四首，此无。次第字句，与万历祠堂本同。"[①] 王季烈（1873~1952），字晋余，号君九，又号螾庐，江苏省长洲县（今苏州市）人，清光绪甲辰（1904）科进士，官学部郎中。由于王季烈与李宣龚（1876~1953）生卒年颇为相近，又皆与江苏渊源甚深，此跋提出的疑问"不审当时借之谁氏"，很可能有一个确切答案，即借自王季烈家藏本。

六　民国元年（1912）《四部备要》本《宛陵先生文集》，六册，国家图书馆藏

己卯长至得之于北平东安市中书肆，唯为题于藏书阁，时盆梅

[①] 邵懿辰撰，邵章续录《增订四库简明目录标注》，上海古籍出版社，1979，第693页。

初放，气暖如春。

此跋录自国家图书馆藏民国元年（1912）《四部备要》本首册封页上，并钤有印章"忍默"。该书共六册，内钤印有"忍默""终不忍斋""语山楼""国立北平图书馆珍藏"。第六册有少许圈点、批注，如《送李载之殿丞赴海州榷务》"飞梭句佳"，《铜雀砚》"畎音狷"，《送张待制知越州》"秦山堆翠"，《送王正卿寺丞赴睢阳幕》"孝王国"。

七　曾习经跋，清道光十年（1830）夜吟楼本《宛陵先生文集》，十二册。知宣城事山右梁中孚刻，国家图书馆藏

道光庚寅刻本，宛陵诗集六十卷，凡十二册，并四原册。辛酉正月十日得于厂甸。湖楼题。

此跋录自国图藏夜吟楼本《宛陵先生文集》（索书号：XD6584）首册封页，题跋上并钤印章"湖上藏书"。内有少许圈点，无评注。钤印有"刚庵审定""长乐郑振铎西谛藏书""长乐郑氏藏书之印""北京图书馆藏"。由"湖楼""刚庵审定"印章知其为曾习经手跋。曾习经（1867~1926），字刚甫，一作刚父，号刚庵、蛰公，别号蛰庵居士，广东揭阳人。工诗词，著有《蛰庵诗存》《秋翠斋词》等。性喜藏书，收藏秘本甚多，有明代万历本《太函集》《倘湖樵书》《南华今梦》、成化本《张曲江集》等，其藏书处有"湖楼"，编有《揭阳曾氏湖楼藏书目》。晚年因投资失败变卖古籍，所藏多为叶恭绰、伦明、傅增湘等人购得。藏书印有"曾习经印""湖楼""秋翠斋""湖民""但求无愧我心""种参""蛰庵藏书"等。辛酉年当为1921年，由此题跋可知该书应为曾习经于1921年购于琉璃厂。由"长乐郑振铎西谛藏书""长乐郑氏藏书之印"等钤印可知此书后曾为郑振铎所藏，郑氏藏书在其殁后由其夫人高君箴女士全部捐献给了北京图书馆，而北京图书馆亦以"西谛书库"专室储藏，又编印了《西谛书目》。

附录五 《书窜》诗辨伪

作为研究梅尧臣诗歌的重要参考资料，朱东润《梅尧臣集编年校注》、《全宋诗》皆载有《书窜》一诗。不少学者视其为梅尧臣热心政治、正义感强的诗歌代表作，如朱东润认为此乃梅尧臣三次政治斗争的最后一次，是其"爱国家，爱人民""敢于斗争，勇于斗争"[①]的具体表现；莫砺锋亦视其为梅尧臣歌咏朝政大事之代表作，指出这些诗歌确实不似王维、韦应物诗风那般平淡[②]。其实，宋代以后已有学者怀疑《书窜》为伪诗，而今学者述及时却并未考辨真伪就径直采信，因此，这类论述从文献源头上就存在疑义。基于此，《书窜》文献辨伪就比较重要，以下从其文献著录、文学风格等方面考辨其真伪。

一 《书窜》的诗歌内容与政治背景

作为一首政治性极强的叙事诗歌，《书窜》的效仿对象是杜甫《北征》，它与《北征》同样采择五古体式，然《北征》侧重表达北征路上的见闻感想，寄寓了忧国忧民的情思、中兴国家的希望；《书窜》则侧重客观记录整个政治事件的来龙去脉，抒情色彩不如《北征》浓烈。全诗如下：

> 皇祐辛卯冬，十月十九日。御史唐子方，危言初造膝。日朝有巨奸，臣介所愤嫉。愿条一二事，臣职非妄率。巨奸丞相博，邪行世莫匹。曩时守成都，委曲媚贵昵。银珰插左貂，穷腊使驰驲。邦媛将侈夸，中金费十镒。为言寄使君，奇纹织纤密。遂倾西蜀巧，日夜急鞭挟。红经纬金缕，排枓斗八七。比比双莲花，篝灯戴心出。几日成几端，持行如鬼疾。明年观上元，被服稳贤质。灿然惊上目，

[①] 朱东润：《叙论一 梅尧臣诗的评价》，朱东润编年校注《梅尧臣集编年校注》，上海古籍出版社，2006，第12页。
[②] 莫砺锋：《论梅尧臣诗的平淡风格》，《唐宋诗歌论集》，凤凰出版社，2007，第226页。

附录五 《书窜》诗辨伪

遽尔有薄诘。既闻所从来，佞对似未失。且云虐至尊，于妾岂能必！
遂回天子颜，百事容丐乞。臣今得粗陈，狡狯彼非一。偷威与卖利，
次第推甲乙。是惟阴猾雄，仁断宜勇黜。必欲致太平，在列无如弼。
弼亦昧平生，况臣不阿屈。臣言天下言，臣身宁自恤！君傍有侧目，
喑哑横诋叱。指言为罔上，废汝还蓬荜。是时白此心，尚不避斧锧。
虽令御魑魅，甘且同饴蜜。既其弗可惧，复以强辞窒。帝声亦大厉，
论奏不及毕。介也容甚闲，猛士胆为栗。立贬岭外春，速欲为异物。
外内官恂恂，陛下何未悉。即敢救者谁，襄执左史笔。谓此傥不容，
盛美有所咈。平明中执法，怀疏又坚述。介言或似狂，百岂无一实？
恐伤四海和，幸勿苦苍卒。巫许迁英山，衢路犹嗟咄。翌日宣白麻，
称快颇盈溢。阿附连谏官，去若坏絮虱。其间因获利，窃笑等蚌鹬。
英州五千里，瘦马行駚駚。毒蛇喷晓雾，昼与岚气没。妻孥不同途，
风浪过蛟窟。存亡未可知，雨馆愁伤骨。饥仆时后先，随猿拾橡栗。
越林多蔽天，黄甘杂丹橘。万室通酿酤，抚远亡禁律。醉去不须钱，
醒来弄琴瑟。山水仍怪奇，已可销忧郁。莫作楚大夫，怀沙自沈汨。
西汉梅子真，去为吴市卒。为卒且不惭，况兹别乘佚。①

这首诗叙写北宋仁宗皇祐三年（1051）唐介上疏弹劾文彦博之事。从"曩时守成都"起记载唐介奏陈文彦博献灯笼锦给张贵妃的历史故实，从"臣今得粗陈"起叙述唐介弹劾言辞与推荐富弼代替文彦博出任宰相的建议，以及朝廷大臣的横加诋叱、唐介的肝胆剖白、宋仁宗的声色俱厉、蔡襄的挺身相救、唐介贬谪英州的政治结局。整首诗围绕唐介疏文内容展开故事情节，记录了当时轰动朝野的政治事件。《续资治通鉴长编》对此事记载甚详：

> 于是劾宰相文彦博："专权任私，挟邪为党。知益州日，作间金奇锦，因中人入献宫掖，缘此擢为执政。及恩州平贼，幸会明镐成功，遂叨宰相。昨除张尧佐宣徽、节度使，臣累论奏，面奉德音，谓是中书进拟，以此知非陛下本意。盖彦博奸谋迎合，显用尧佐，

---

① 朱东润编年校注《梅尧臣集编年校注》，上海古籍出版社，2006，第580~581页。

阴结贵妃，外陷陛下有私于后宫之名，内实自为谋身之计。"

又言："彦博向求外任，谏官吴奎与彦博相为表里，言彦博有才，国家倚赖，未可罢去。自彦博独专大政，凡所除授，多非公议，恩赏之出，皆有夤缘。自三司、开封、谏官、法寺、两制、三馆、诸司要职，皆出其门，更相援引，借助声势，欲威福一出于己，使人不敢议其过恶。乞斥罢彦博，以富弼代之。臣与弼亦昧平生，非敢私也。"上怒甚，却其奏不视，且言将加贬窜。介徐读毕，曰："臣忠义愤激，虽鼎镬不避，敢辞贬窜。"上于座急召二府，示以奏曰："介言他事乃可，至谓彦博因贵妃得执政，此何言也。"介面质彦博曰："彦博宜自省，即有之，不可隐于上前。"彦博拜谢不已。枢密副使梁适叱介下殿，介辞益坚，立殿上不去，上令送御史台劾介。既下殿，彦博再拜言："台官言事，职也，愿不加罪。"不许，乃召当制舍人即殿庐草制而责之。

时上怒不可测，群臣莫敢谏，右正言、直史馆、同修起居注蔡襄独进言，介诚狂直，然容受尽言，帝王盛德也，必望矜贷之。翼日，己亥，中丞王举正复上疏言责介太重。上亦中悔，恐内外惊疑，遂敕朝堂告谕百官，改介英州别驾，复取其奏以入。遣中使护送介至英州，且戒必全之，无令道死。而介之直声，自是闻天下。介，江陵人也。①

此事起源于宋仁宗宠爱张贵妃，进而除授其伯父张尧佐宣徽、节度、景灵、群牧四使，唐介、包拯等百官留班据理力争，卒夺其宣徽、景灵二使。后复除宣徽使、知河阳，唐介独争之，宋仁宗告其除授乃中书所为，唐介于是弹劾宰相文彦博曲意媚上，知益州时给张贵妃入献灯笼锦之事。宋仁宗愤怒于唐介"谓彦博因贵妃得执政"间接影射自己为政昏聩，意图将其重惩远贬，经蔡襄等人回护而卒谪英州，文彦博亦以此事"罢为吏部尚书、观文殿大学士、知许州"。李焘《续资治通鉴长编》补充了一些笔记小说的相关记载：

---

① 《续资治通鉴长编》卷171，中华书局，2004，第4113~4114页。

附录五 《书窜》诗辨伪　　315

　　或言张尧佐,彦博父客也。彦博知益州贵妃有力焉,因风彦博织灯笼锦以进。贵妃服之,上惊顾曰:"何从得此?"妃正色曰:"文彦博所织也。彦博与妾父有旧,然妾乌能使之,特以陛下故尔。"上悦,自是意属彦博。及为参知政事,明镐讨王则未克,上甚忧之,语妃曰:"大臣无一人为国了事者,日日上殿何益。"妃密令人语彦博。翼日,彦博入对,乞身往破贼,上大喜。彦博至恩州十数日,贼果平,即军中拜相。议者谓彦博因镐以成功,其得相由妃力也。介既用是深诋彦博,虽坐远贬,彦博亦出。其事之有无,卒莫辨云。①

这段材料将文彦博献灯笼锦、破贼等历史事件予以详细还原,李焘虽记录此事,亦称无法甄辨真伪,所谓"其事之有无,卒莫辨云"。从其小注"自张尧佐为彦博父客至彦博因明镐有功,皆据《碧云騢》",可知此段史料源于《碧云騢》。李焘又补充《邵氏闻见录》的相关记载:

　　按《邵氏闻见录》云:仁宗尝幸贵妃阁,见定州红瓷器,怪问曰:"安得此?"妃以王拱辰所献为对。帝怒曰:"戒汝勿通臣僚馈遗,不听何也?"因击碎之。妃愧谢,良久乃已。妃又尝侍上元宴于端门,服所谓灯笼锦者,帝亦怪问,妃曰:"文彦博以陛下眷妾,故有是献。"上终不乐。其后唐介弹彦博,介虽以对上失礼远责,彦博亦出守,上盖两罢之也。或云:灯笼锦,乃彦博夫人遗妃,彦博不知也。介章及梅尧臣《书窜》诗过矣!②

在《碧云騢》《邵氏闻见录》这两段笔记材料里,张贵妃与宋仁宗的对话、情态皆非常逼真,使我们对唐介疏文的弹劾内容有了更清晰的深层理解。朱东润所出《书窜》校记云:

　　李焘《续资治通鉴长编》卷一七一记灯笼锦事云:"或云灯笼

---

① 《续资治通鉴长编》卷171,中华书局,2004,第4115页。
② 《续资治通鉴长编》卷171,中华书局,2004,第4115~4116页。

锦乃彦博夫人遗妃，彦博不知也。介章及梅尧臣《书窜》诗，过矣。"李焘亦谓此诗出于尧臣，可证。①

朱东润根据上述材料指出"李焘亦谓此诗出于尧臣"，作为支撑自己观点的他人旁证，但其实是断句错误所致，核检《邵氏闻见录》，其原文云：

> 或云灯笼锦者，潞公夫人遗张贵妃，公不知也。唐公之章与梅圣俞《书窜》之诗，过矣。呜呼，仁宗宠遇贵妃冠于六宫，其责以正礼尚如此，可谓圣矣！②

可见，"介章及梅尧臣《书窜》诗，过矣"是《邵氏闻见录》作者的评论，并非李焘对此政治事件的史家评断。李焘仅采录笔记小说以使内容充实、经过清晰，他对该事的褒贬、采信态度并未流露。因此，李焘并未指认梅尧臣作过《书窜》一诗，朱东润认为李焘指认梅尧臣作《书窜》的观点是错误的。

二 《书窜》的著录情况与文献追索

《书窜》真伪情况究竟如何，我们可从其著录情况和文献追索入手，从文献记载上考证其真伪。

首先，在现今流传的宋元明清所刻文集中，《书窜》仅见于残宋本《宛陵集》，明清刊本皆不著录此诗。残宋本《书窜》后刻有小方框，框内小字3行，云：

> 魏泰作《碧云霞》，诋诸巨公，托名圣俞。其《东轩笔录》全载此《书窜》诗，以为圣俞作此，不敢示人，欧阳公编其集削去，人少知者。则知亦魏泰所作无疑，今复见于此，盖后人误入耳。③

这段文字指出魏泰不仅托名梅尧臣作《碧云騢》，更托其名作《书窜》

---

① 朱东润编年校注《梅尧臣集编年校注》，上海古籍出版社，2006，第582页。
② （宋）邵伯温撰，李剑雄、刘德权点校《邵氏闻见录》，中华书局，1983，第13页。
③ 残宋本《宛陵先生文集》卷13。

附录五　《书窜》诗辨伪

诗,此处刊刻乃后人误入。那么,此段文字究竟是何时所加呢?这就需要了解残宋本的版本源流。《宛陵集》共有三个北宋刊本——四十卷本、《梅圣俞外集》十卷本、北宋后期钱塘刊本,但皆已亡佚,无从得见。南宋绍兴十年(1140),宛陵郡守汪伯彦刻梅尧臣集并序,是为绍兴本。嘉定十六年(1223)至十七年重修绍兴本,即为嘉定本。嘉定本存卷十三至卷十八、卷三十七至卷六十,是今存最古版本和唯一宋本,又称残宋本。残宋本收录绍兴本汪伯彦后序,云"梅圣俞诗集自遭兵火,残编断简,靡有全者,幸郡教官有善本"①,可证其集由于宋室南渡毁于兵火,绍兴本乃据宛陵郡教官藏北宋善本而刻,保留了北宋本《宛陵集》的基本内容。残宋本《书窜》小方框内字迹如图附5-1所示。

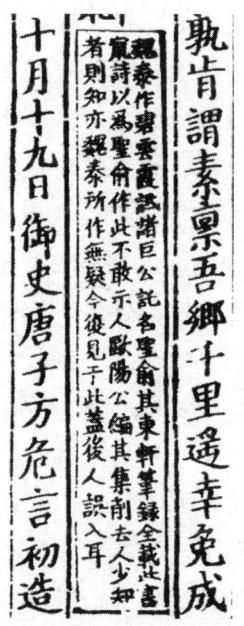

图附 5-1　《书窜》小注　残宋本

按理说,这段文字既可能是绍兴本所刊,也可能是嘉定重修本所刊。但仔细分辨,可以看见正文字体与小方框内字体不一样,正文字体有书法味道,比较舒展;小方框内文字则比较方板。小方框周边完整,基本上无断裂,而小方框右边相邻的原版竖格线多处断裂,说明原版时

---

①　残宋本《宛陵先生文集》卷60。

间长了。小方框左边相近的一行"十九日","十"字断裂,左右线断开一条缝,这条缝对着小框内"亦"字,"亦"字就没有断裂。书中原有大量小注皆为双行小字注于正文下,若一行内小注未完则另起一行,如此处以方框括三行字并注于下者是绝对没有的。可见,原版应该是绍兴刻板,小方框内文字是嘉定修版时补刻进去的。因此,我们可以判定《书窜》应在绍兴十年甚至此前就已窜入《宛陵集》,嘉定十六年至十七年重修时发现此诗不该收录进去,遂于题后以小字说明。明正统本不再载录此诗,并非因此诗被视作伪诗,而是从宋刊本到明刊本之间存在删削本,以至用三十卷残宋本与正统本对勘,正统本少了 100 篇诗歌,而《书窜》正列其中。

随着残宋本《宛陵先生文集》被发现,民国藏书家们最先开始辑录此诗。傅增湘《宋本宛陵先生文集跋》云:"庚午秋,访书日本,于东京内野五郎家忽睹宋刻,洵海内之奇书,传世之孤籍。惊喜叹赏,生平未见。私意欲得传校以归,顾缟纻甫通,主人似秘惜异常,只私记其行格于册而已。其后闻涵芬楼展转殷勤,竟得摄取影本,私心为之大慰,而询其刊行之期,则渺不知何日。因驰书菊生前辈,乞先以稿本见示,旋以二巨册邮致,展卷疾读,如逢故人。因取明刻校之,文字异同固不必言,而今本佚收之诗乃至一百篇。其最著者,如《东轩笔录》所记之《书窜》诗乃赫然具在。余乃尽取佚诗,别写成册,补入明本之后,世之嗜梅诗者,或以先睹为快耳。"① 后又有夏敬观、吕贞白、吴庠等人相继抄录残宋本溢出诗歌,吴庠所录手抄本跋云:"陆氏皕宋楼所藏宋椠梅宛陵集,残存第十三卷至第十八卷,又自第三十七卷至第六十卷。后归日本静嘉文库。张菊生先生摄影以来,拟付影印,未果。夏映庵借校徐七来刊本,计溢出古近体诗九十首,吕贞白有抄本,特录副以赠,可感也。戊寅十一月十三日眉孙记。"② 从吴庠所录抄本来看,《书窜》诗亦在其中,但这仅表明《书窜》为残宋本溢出诗歌,未能证实他们对此诗的真伪态度。实际上,夏敬观、赵熙原著,曾克耑纂集《梅宛陵诗评注》并未录入《书窜》,似表明夏敬观不认为《书窜》乃梅尧臣作品。

---

① 傅增湘:《藏园群书题记》,上海古籍出版社,2022,第 763~764 页。
② 吴庠所录宋本《宛陵先生文集》溢出诗篇手抄本,上海图书馆藏。

因此，实际上仅朱东润《梅尧臣集编年校注》和《全宋诗》认可《书窜》为梅尧臣作品。综上，从历代《宛陵集》文献著录情况来看，《书窜》仅有残宋本这个单一文献支撑，且宋代刊集时已有注解认为其为魏泰所作伪诗。朱东润《梅尧臣集编年校注》收录《书窜》的文献证据并不充足。北京大学古文献研究所编《全宋诗》底本即用朱东润《梅尧臣集编年校注》，由朱东润后人朱邦薇按照《全宋诗》体例格式整理，故内容一致，所载《书窜》亦不可信。

其次，在宋代笔记小说中，魏泰《东轩笔录》是《书窜》的原始出处，魏泰称"始尧臣作此诗，不敢示人。及欧阳文忠公为编其集，时有嫌避，又削去此诗，是以人少知者，故今尽录焉"①，可见《宛陵集》最早并未收录《书窜》，到北宋后期始见此诗，随后被绍兴本采录进《宛陵集》。从文献源头来看，《书窜》的真正出处就是魏泰《东轩笔录》。

那么，魏泰这条关于《书窜》的旧事记录是否可靠呢？王铚曾对魏泰其人有过品评：

> 近时襄阳魏泰者，场屋不得志，喜伪作它人著书，如《志怪集》、《括异志》、《倦游录》，尽假名武人张师正，又不能自抑，出其姓名，作《东轩笔录》，皆用私喜怒诬蔑前人，最后作《碧云骃》，假名梅圣俞，毁及范文正公，而天下骇然不服矣。且文正公与欧阳公、梅公立朝同心，讵有异论，特圣俞子孙不耀，故挟之借重以欺世。今录杨辟所作《范仲尹墓志》，庶几知泰乱是非之实至此也。则其他泰所厚诬者，皆迎刃而解，可尽信哉！仆犹及识泰，知其从来最详。张而明之，使百世之下，文正公不蒙其谬焉。②

这条评论可谓揭了魏泰老底，不仅言其"作《东轩笔录》，皆用私喜怒诬蔑前人"，还揭发其伪作《志怪集》《括异志》《倦游录》《碧云骃》等笔记小说。当世宋人亦多指《碧云骃》乃魏泰托名梅尧臣之作。如陈振孙《直斋书录解题》云："《碧云骃》一卷，题梅尧臣撰。以厩马为书

---

① （宋）魏泰撰，李裕民点校《东轩笔录》，中华书局，1983，第81页。
② （宋）邵博撰，刘德权、李剑雄点校《邵氏闻见后录》，中华书局，1983，第125页。

名，其说曰：'世以旋毛为丑，此以旋毛为贵，虽贵矣，病可去乎？'其不逊如此，圣俞必不尔也。所记载十余条，公卿多所毁评，虽范文正亦所不免。或云实魏泰所作，托之圣俞。王性之辨之甚详，而《邵氏闻见后录》乃不然之。"①李焘《续资治通鉴长编》云："《碧云騢》托名梅尧臣，然非也。"②陈长方《步里客谈》、洪迈《容斋随笔》等皆指《碧云騢》乃魏泰托名梅尧臣之作。魏泰《东轩笔录》具有与《碧云騢》相似的"多所毁评"特点，如晁公武《郡斋读书志》称"其所是非多不可信。心喜章惇，数称其长，则大概已可见。又多妄诞"③，四库馆臣写该书提要时亦引王铚观点，称"是书宋人无不诋諆之"④，且于他处多次提及魏泰伪作，对魏泰其人、其书皆持严厉批评态度。由此可见，魏泰是众人眼中的作伪惯犯，《东轩笔录》所载《书甯》为梅尧臣作品是很不可信的。

三 《书甯》作品文本与梅尧臣诗歌特征比较

马端临《文献通考》载，"其载尧臣作唐介《书甯》诗，则句语狂肆，非若尧臣平时所作简古纯粹，平淡深远"⑤，从诗歌风格角度考证《书甯》的真伪性质。实际上，细致分析《书甯》的作品文本，比对梅尧臣诗歌的表达方式和艺术风格，亦可确证《书甯》为伪诗，这可从如下三方面予以说明。

第一，指名道姓攻讦他人与梅尧臣写作特征殊为不类。《书甯》开篇云："皇祐辛卯冬，十月十九日。御史唐子方，危言初造膝。曰朝有巨奸，臣介所愤嫉。愿条一二事，臣职非妄率。巨奸丞相博，邪行世莫匹。曩时守成都，委曲媚贵昵。"这一段提到"御史唐子方""巨奸丞相博"两个人名，唐子方即以"直声动天下"的唐介，丞相博即文彦博。这种指斥人名的写作方式与梅尧臣惯于比兴怨刺的创作方式迥不相侔。梅尧臣与范仲淹交恶是众所周知之事，我们从梅尧臣、范仲淹交恶事件所作

---

① (宋)陈振孙撰，徐小蛮、顾美华点校《直斋书录解题》，上海古籍出版社，2015，第330页。
② 《续资治通鉴长编》卷151，中华书局，2004，第3684页。
③ (宋)晁公武撰，孙猛校证《郡斋读书志校证》，上海古籍出版社，1990，第587页。
④ (清)永瑢等撰《四库全书总目》，中华书局，1965，第1193页。
⑤ (宋)马端临：《文献通考》第10册，中华书局，2011，第6052页。

诗歌可见其涉及争端时的言说方式，《灵乌赋》《灵乌后赋》《谕乌》等诗皆为范仲淹而发，以《谕乌》为例：

> 百鸟共载凤，惟欲凤德昌。愿凤得其辅，咨尔孰可当。百鸟告尔间，惟乌最灵长。乃呼乌与鹊，将政庶鸟康。乌时来佐凤，署置且非良。咸用所附己，欲同助翱翔。以燕代鸿雁，传书识暄凉。鹎鸰代鹦鹉，剥舌说语详。秃鸧代老鹤，乘轩事昂藏。野鹑代雄鸡，爪觜称擅场。雀豹代雕鹗，搏击肃秋霜。蝙蝠尝入幕，捕蚊夜何忙。老鸥啄臭腐，盘飞使游扬。鸲鹆与枭鹏，待以为非常。一朝百鸟厌，谏乌出远方。乌伎亦止此，不敢恋凤傍。养子颇似父，又贪噪豺狼。为鸟鸟不伏，兽肯为尔戕。莫如且敛翮，休用苦不量。吉凶岂自了，人事亦交相。①

全诗通篇皆用凤、乌、鹊、燕、鸿雁、鹎鸰、鹦鹉、秃鸧、老鹤、野鹑、雄鸡、雀豹、雕鹗、蝙蝠、老鸥、鸲鹆、枭鹏、豺狼等动物来比拟范仲淹及其同党，将自己的政治态度巧妙寓含其中，可谓婉而多讽、不伤直致。又如《彼鸳吟》：

> 断木喙虽长，不啄柏与松。松柏本坚直，中心无蠹虫。广庭木云美，不与松柏比。臃肿质性虚，圬蝎招猛觜。主人赫然怒，我爱尔何毁。弹射出穷山，群鸟亦相喜。啁啾弄好音，自谓得天理。哀哉彼鸳禽，吻血徒为尔。鹰鹯不搏击，狐兔纵横起。况兹树腹怠，力去宜殡死。②

松、柏、广庭木、鸳、群鸟、鹰鹯、狐兔皆各有所指、各有寓意。这种以动物、植物隐喻政治对象和政局乱象的写作手法，就是梅尧臣诗歌怨刺他人的典型风格。梅诗还有一种写法，如"大第未尝身一至，人猜巧宦我应非"（《寄汶上》）、"诽诃猬毛起，度量牛鼎函。人情何多嫉，机

---

① 朱东润编年校注《梅尧臣集编年校注》，上海古籍出版社，2006，第291页。
② 朱东润编年校注《梅尧臣集编年校注》，上海古籍出版社，2006，第91页。

巧久已谙"（《依韵解中道如晦调》）、"昔予在京师，多为人所诋"（《前以诗答韩三子华后得其简因叙下情》），皆将"人"作为对诽谤之人的模糊概指。虽不免"谁能事州郡，鸡狗徒聒耳"的愤慨之语、"曩者忤贵势，悔说乌鸟灵"（《次韵答黄介夫七十韵》）的羞恨之意，却终究没有直斥名字的写作先例。因此，从《书窜》直斥唐介、文彦博姓名可知此诗并非梅尧臣作品。

第二，诗中有明显拟杜痕迹，似作于江西诗派兴起后。《书窜》语言文字确实模拟了梅尧臣诗歌的常用表达方式，如《书窜》诗名源自梅尧臣《书哀》一诗，又如"曰朝有巨奸，臣介所愤嫉。愿条一二事，臣职非妄率。巨奸丞相博，邪行世莫匹。曩时守成都，委曲媚贵昵"，"曰""匹""曩"等字皆为梅尧臣诗所习用，"曰"字如"曰我见犹怜，何况是老奴"（《桓妒妻》）、"曰我非亲旧，曰我非门生"（《次韵答黄介夫七十韵》）、"曰予当是时，为之肠九回"（《和江邻几见寄》），"匹"字如"朱金待金构，荣美安与匹"（《李少傅郑圃佚老亭》）、"兹道日未埋，可与古为匹"（《别后寄永叔》）、"何为爱此花，曾非桃杏匹"（《送晋原乔主簿》），"曩"字如"曩为众所惜，今复人共伤"（《哭尹子渐》）、"曩者初见君，同来许昌幕"（《送徐州签判李廷评》）、"曩者忤贵势，悔说乌鸟灵"（《次韵答黄介夫七十韵》）。《书窜》修辞方式亦多承自梅尧臣诗歌，如"臣言天下言，臣身宁自恤"的排比方式、"在列无如弼。弼亦昧平生""西汉梅子真，去为吴市卒。为卒且不惭，况兹别乘佚"的顶针方式，皆是梅尧臣诗歌具有标志性的艺术技巧。

然而，《书窜》模拟杜甫诗的痕迹也非常明显，根据这点，反而可证实其为江西诗派兴起后出现的伪诗作品。《书窜》"皇祐辛卯冬，十月十九日。御史唐子方，危言初造膝"拟自杜甫《北征》"皇帝二载秋，闰八月初吉。杜子将北征，苍茫问家室"，"饥仆时后先，随猿拾橡栗"拟自《北征》"我行已水滨，我仆犹木末"、《乾元中寓居同谷县作歌七首》"岁拾橡栗随狙公，天寒日暮山谷里"，这些模拟、糅合现象说明作者写《书窜》时受杜甫诗歌影响较深，而魏泰生活于宋神宗、哲宗、徽宗年代，与宗尚杜甫的江西诗派宗师黄庭坚有所交游，故其很可能受江西诗派宗杜观念的文学沾溉。反观梅尧臣所处的宋仁宗时期，宗尚杜甫者尚属稀少，检视梅尧臣集亦可发现其诗受杜甫影响的文学迹象非常轻微，不太可能创作出这样规行矩步、痕迹显露的长篇诗歌。

第三，诗歌冗滥、过于直致，整体艺术水准欠佳。《书窜》的艺术风格亦存在许多可疑之处。一是冗滥不堪。关于灯笼锦事，《书窜》写了一大段："曩时守成都，委曲媚贵昵。银珰插左貂，穷腊使驰驲。邦媛将侈夸，中金赍十镒。为言寄使君，奇纹织纤密。遂倾西蜀巧，日夜急鞭抶。红经纬金缕，排科斗八七。比比双莲花，篝灯戴心出。几日成几端，持行如鬼疾。明年观上元，被服稳贤质。灿然惊上目，遽尔有薄诘。既闻所从来，佞对似未失。且云虔至尊，于妾岂能必！遂回天子颜，百事容丐乞。"事情发生原委、经过描述详尽，不能抓住重点，不善剪裁诗料，以致絮絮叨叨、滔滔不尽。后面一大段不仅写唐介直言不讳、不恤自身的政争言论，还写当庭臣子的横加诋叱、宋仁宗的声色俱厉、内外官员的各色表现，事无巨细皆采纳成文，虽然原委周详，却显得冗滥不堪。二是词不达意。如"邦媛将侈夸""且云虔至尊，于妾岂能必""既其弗可惧，复以强辞窒""即敢救者谁，襄执左史笔""翌日宣白麻，称快颇盈溢"等诗句颇乏锻炼、词不达意，与梅尧臣诗歌遣词造句的文字功底很有差别。三是过于直致。如"臣今得粗陈，狡狯彼非一。偷威与卖利，次第推甲乙。是惟阴猾雄，仁断宜勇黜"，以"狡狯""阴猾""偷威""卖利"之类词语堆叠，不仅伤于直致，而且失于重复、板滞。再如"巨奸""佞对"、"君傍有侧目，喑哑横诋叱。指言为罔上，废汝还蓬荜"等词语、诗句皆过于直接，与梅尧臣诗歌风格截然异趣。我们可举梅尧臣《闻进士贩茶》对比，这首诗写进士贪利贩茶被捕获、行鞭笞的故事。

山园茶盛四五月，江南窃贩如豺狼。顽凶少壮冒岭险，夜行作队如刀枪。浮浪书生亦贪利，史筒经箱为盗囊。津头吏卒虽捕获，官司直惜儒衣裳。却来城中谈孔孟，言语便欲非尧汤。三日夏雨刺昏垫，五日炎热讯旱伤。百端得钱事酒炙，屋里饿妇无糠粮。一身沟壑乃自取，将相贤科何尔当。[①]

[①] 朱东润编年校注《梅尧臣集编年校注》，上海古籍出版社，2006，第790页。

这首诗的篇幅并不算长,但经由诗人精心提炼,进士贩茶的原委经过就清晰呈现于目前。他以"浮浪书生亦贪利,史笥经箱为盗囊"概括了进士贩茶事件,以"却来城中谈孔孟,言语便欲非尧汤"写其另一副嘴脸,以"百端得钱事酒炙,屋里饿妇无糇粮"写其厚己薄人举动,在对比中凸显进士受笞乃其咎由自取。此诗行文简练、层次丰富,与拖沓冗长的《书窜》风格截然异趣。

以上从魏泰作伪习惯、《书窜》文献著录、作品文本与梅尧臣诗歌特征比较等三方面对《书窜》真伪性质予以细致考辨,基本能够认定《书窜》为魏泰伪作而非梅尧臣诗歌作品。《书窜》不见于最初的《宛陵集》,而是后人在绍兴年间或以前从《东轩笔录》采择进《宛陵集》。朱东润《梅尧臣集编年校注》的相关著录、论述皆是不可靠的,《全宋诗》袭之亦误。

参考文献

著　作

（汉）孔安国传，（唐）孔颖达正义，黄怀信整理《尚书正义》，上海古籍出版社，2007。

（三国）曹操等注，杨丙安校理《十一家注孙子校理》，中华书局，1999。

（晋）杜预集解《春秋经传集解》，上海古籍出版社，1988。

（晋）张华撰，范宁校证《博物志校证》，中华书局，1980。

（南朝梁）刘勰著，范文澜注《文心雕龙注》，人民文学出版社，1958。

（唐）杨晔：《膳夫经》，清初毛氏汲古阁抄本。

（魏）王弼注，（唐）孔颖达疏《周易正义》，北京大学出版社，2000。

（宋）敖陶孙：《诗评》，《江湖小集》，清文渊阁《四库全书》补配文津阁《四库全书》本。

（宋）蔡绦撰，冯惠民、沈锡麟点校《铁围山丛谈》，中华书局，1983。

（宋）晁公武撰，孙猛校证《郡斋读书志校证》，上海古籍出版社，1990。

（宋）晁说之：《嵩山文集》，《四部丛刊续编》影旧抄本。

（宋）陈师道撰，（宋）任渊注，冒广生补笺，冒怀辛整理《后山诗注补笺》，中华书局，1995。

（宋）陈振孙撰，徐小蛮、顾美华点校《直斋书录解题》，上海古籍出版社，2015。

（宋）郭祥正：《青山集》，文渊阁《四库全书》本。

（宋）韩维：《南阳集》，文渊阁《四库全书》本。

（宋）胡仔纂集，廖德明校点《苕溪渔隐丛话》，人民文学出版社，1962。

（宋）黄庭坚：《山谷别集》，文渊阁《四库全书》本。

（宋）黄庭坚：《豫章黄先生文集》，四部丛刊影宋乾道刊本。

（宋）黄庭坚著，（宋）任渊、史容、史季温注，黄宝华点校《山谷诗集注》，上海古籍出版社，2003。

（宋）黎靖德编，王星贤点校《朱子语类》，中华书局，1986。
（宋）李涂著，刘明晖校点《文章精义》，人民文学出版社，1960。
（宋）刘敞：《公是集》，文渊阁《四库全书》本。
（宋）刘道醇：《五代名画补遗》，宋刻本。
（宋）刘克庄撰，王秀梅点校《后村诗话》，中华书局，1983。
（宋）刘克庄撰《后村集》，文渊阁《四库全书》本。
（宋）陆游著，钱仲联校注《剑南诗稿校注》，上海古籍出版社，1985。
（宋）马端临：《文献通考》，中华书局，2011。
（宋）孟元老撰，伊永文笺注《东京梦华录笺注》，中华书局，2006。
（宋）欧阳修：《欧阳文忠公集》，《四部丛刊》本。
（宋）契嵩撰，钟东、江晖点校《镡津文集》，上海古籍出版社，2016。
（宋）邵伯温撰，李剑雄、刘德权点校《邵氏闻见录》，中华书局，1983。
（宋）邵博撰，刘德权、李剑雄点校《邵氏闻见后录》，中华书局，1983。
（宋）沈括撰，胡道静校注《新校正梦溪笔谈》，中华书局，1957。
（宋）司马光撰，李之亮笺注《司马温公集编年笺注》，巴蜀书社，2009。
（宋）宋敏求撰，诚刚点校《春明退朝录》，中华书局，1980。
（宋）孙升：《孙公谈圃》，中华书局，1991。
（宋）王应麟：《玉海》，（台北）华文书局，1964。
（宋）魏庆之著，王仲闻点校《诗人玉屑》，中华书局，2007。
（宋）魏泰撰，李裕民点校《东轩笔录》，中华书局，1983。
（宋）文同：《丹渊集》，《四部丛刊》影明汲古阁刊本。
（宋）严羽著，郭绍虞校释《沧浪诗话校释》，人民文学出版社，1983。
（宋）叶梦得撰，宇文绍奕考异，侯忠义点校《石林燕语》，中华书局，1984。
（宋）叶梦得撰《避暑录话》，文渊阁《四库全书》本。
（宋）曾敏行著，朱杰人标校《独醒杂志》，上海古籍出版社，1986。
（宋）张嵲：《紫微集》，文渊阁《四库全书》本。
（宋）赵与时著，齐治平校点《宾退录》，上海古籍出版社，1983。
（宋）周紫芝撰《太仓稊米集》，文渊阁《四库全书》本。
（宋）朱弁：《风月堂诗话》，中华书局，1991。
（宋）朱熹撰《四书章句集注》，中华书局，1983。

参考文献

（宋）邹浩：《道乡集》，明成化六年刻本。

（元）戴表元：《剡源集》，四部丛刊影明本。

（元）方回：《桐江集》，清嘉庆《宛委别藏》本。

（元）方回：《桐江续集》，文渊阁《四库全书》本。

（元）方回选评，李庆甲集评校点《瀛奎律髓汇评》，上海古籍出版社，2005。

（元）元明善：《清河集》，清光绪刻藕香零拾本。

（元）袁桷：《清容居士集》，上海书店出版社，1989。

（元）张师曾编《宛陵先生年谱》，《北京图书馆藏珍本年谱丛刊》第 13 册，北京图书馆出版社，1999。

（明）程敏政：《篁墩集》，明正德二年刻本。

（明）胡应麟撰《诗薮》，上海古籍出版社，1979。

（明）陆时雍选评，任文京、赵东岚点校《诗镜》，河北大学出版社，2010。

（明）王士禛著，张宗柟纂集，夏闳校点《带经堂诗话》，人民文学出版社，1963。

（明）谢榛：《四溟诗话》，人民文学出版社，1961。

（明）许学夷著，杜维沫校点《诗源辩体》，人民文学出版社，1987。

（明）张丑撰，徐德明校点《清河书画舫》，上海古籍出版社，2011。

（清）仇兆鳌注《杜诗详注》，中华书局，1979。

（清）范能濬编集，薛正兴校点《范仲淹全集》，凤凰出版社，2004。

（清）方东树著，汪绍楹校点《昭昧詹言》，人民文学出版社，1961。

（清）郭庆藩撰，王孝鱼点校《庄子集释》，中华书局，2012。

（清）何文焕辑《历代诗话》，中华书局，1981。

（清）黄宗羲：《南雷文定》，商务印书馆，1936。

（清）刘熙载：《艺概》，上海古籍出版社，1978。

（清）莫友芝撰，傅增湘订补，傅熹年整理《藏园订补郘亭知见传本书目》，中华书局，2009。

（清）莫友芝撰，邱丽玟、李淑燕点校，杜泽逊审定《宋元旧本书经眼录》，上海古籍出版社，2018。

（清）申涵光：《聪山集》，中华书局，1985。

（清）沈德潜撰《古诗源》，中华书局，1963。

（清）王琦等注《李贺诗歌集注》，上海古籍出版社，1978。

（清）王原祁等：《佩文斋书画谱》，文渊阁《四库全书》本。

（清）翁方纲：《复初斋文集》，（台北）文海出版社，1969。

（清）翁方纲著，陈迩冬校点《石洲诗话》，人民文学出版社，1981。

（清）吴焯：《绣谷亭薰习录》，《清人书目题跋丛刊》第10册，中华书局，1995。

（清）徐鼎：《毛诗名物图说》，乾隆辛卯年（1771）刊本影印本。

（清）袁枚著，顾学颉校点《随园诗话》，人民文学出版社，1982。

残宋本《宛陵先生文集》。

陈伯海主编《唐诗汇评》，上海古籍出版社，2015。

陈伯君校注《阮籍集校注》，中华书局，2012。

陈乃乾编《黄梨洲文集》，中华书局，1959。

陈声聪：《兼于阁诗话》，上海古籍出版社，1985。

程千帆：《古诗考索》，商务印书馆，2014。

程千帆、莫砺锋、张宏生：《被开拓的诗世界》，凤凰出版社，2020。

程树德撰，程俊英、蒋见元点校《论语集释》，中华书局，1990。

丁福保辑《历代诗话续编》，中华书局，1983。

范晔撰《后汉书》，1965，中华书局。

傅璇琮主编《唐才子传校笺》，中华书局，1987。

傅增湘：《藏园群书经眼录》，中华书局，1983。

傅增湘：《藏园群书题记》，上海古籍出版社，2022。

葛兆光：《汉字的魔方：中国古典诗歌语言学札记》，复旦大学出版社，2016。

巩本栋：《唱和诗词研究——以唐宋为中心》，中华书局，2013。

郭齐笺注《朱熹诗词编年笺注》，巴蜀书社，2000。

郭绍虞编选，富寿荪校点《清诗话续编》，上海古籍出版社，1983。

《汉书》，中华书局，1962。

洪本健校笺《欧阳修诗文集校笺》，上海古籍出版社，2009。

华忱之、喻学才校注《孟郊诗集校注》，人民文学出版社，1995。

黄惠贤、陈锋主编《中国俸禄制度史》，武汉大学出版社，1996。

参考文献

黄节撰《鲍参军诗注》，中华书局，2008。
黄节撰《谢康乐诗注》，中华书局，2008。
冀勤点校《元稹集》，中华书局，2010。
《晋书》，中华书局，1974。
孔凡礼点校《苏轼文集》，中华书局，1986。
孔寿山编著《唐朝题画诗注》，四川美术出版社，1988。
邝健行等选编《韩国诗话中论中国诗资料选粹》，中华书局，2002。
李剑锋：《元前陶渊明接受史》，齐鲁书社，2002。
李逸安点校《欧阳修全集》，中华书局，2001。
《林庚文选》，北京大学出版社，2010。
刘琳、李勇先、王蓉贵校点《黄庭坚全集》，四川大学出版社，2001。
刘守宜：《梅尧臣诗之研究及其年谱》，（台北）文史哲出版社，1980。
《鲁迅全集》，人民文学出版社，1981。
逯钦立辑校《先秦汉魏晋南北朝诗》，中华书局，1983。
《民国诗话丛编》，上海书店出版社，2002。
莫砺锋：《唐宋诗歌论集》，凤凰出版社，2007。
彭林编《中国近代思想家文库·王国维卷》，中国人民大学出版社，2014。
《鄱阳五家集》，文渊阁《四库全书》本。
漆侠：《宋学的发展和演变》，人民出版社，2011。
齐文榜校注《贾岛集校注》，人民文学出版社，2001。
钱锺书：《宋诗选注》，生活·读书·新知三联书店，2002。
钱锺书：《谈艺录》，生活·读书·新知三联书店，2001。
乔亿：《剑溪说诗》，《续修四库全书》本，上海古籍出版社，2002。
《清代诗文集汇编》，上海古籍出版社，2011。
《全宋诗》，北京大学出版社，1998。
《全宋文》，上海辞书出版社、安徽教育出版社，2006。
《全唐诗》，中华书局，1960。
《全元诗》，中华书局，2013。
邵懿辰撰，邵章续录《增订四库简明目录标注》，上海古籍出版社，1979。
《史记》，中华书局，1959。
司义祖整理《宋大诏令集》卷178，中华书局，1962。

《四库全书总目》，中华书局，1965。
《宋集珍本丛刊》，线装书局，2004。
《宋史》，中华书局，1977。
《宋史研究集刊》，浙江古籍出版社，1986。
孙望编著《韦应物诗集系年校笺》，中华书局，2002。
《汤用彤学术论文集》，中华书局，1983。
汪荣宝撰，陈仲夫点校《法言义疏》，中华书局，1987。
汪圣铎：《两宋财政史》，中华书局，1995。
王夫之等撰《清诗话》，上海古籍出版社，1978。
《王国维文集》，中国文史出版社，1997。
王明：《抱朴子内篇校释》（增订本），中华书局，1985。
王瑞来：《天地间气——范仲淹研究》，山西教育出版社，2015。
王澍编著《魏晋玄言诗注析》，群言出版社，2011。
王水照主编《王安石全集》，复旦大学出版社，2016。
《王水照自选集》，上海教育出版社，2000。
魏鸿：《宋代孙子兵学研究》，军事科学出版社，2011。
闻一多：《唐诗杂论》，中华书局，2015。
吴世昌著，吴令华编《诗词论丛》，北京出版社，2000。
夏敬观选注《梅尧臣诗》，商务印书馆，1940。
谢思炜撰《白居易诗集校注》，中华书局，2006。
辛更儒校注《刘克庄集笺校》，中华书局，2011。
熊飞校注《张九龄集校注》，中华书局，2008。
《续资治通鉴长编》，中华书局，2004。
游彪：《宋代荫补制度研究》，中国社会科学出版社，2001。
游国恩等主编《中国文学史》，人民文学出版社，2004。
于安澜编《画史丛书》，上海人民美术出版社，1963。
袁行霈：《中国诗歌艺术研究》（增订本），北京大学出版社，1996。
袁行霈撰《陶渊明集笺注》，中华书局，2011。
张邦炜：《宋代婚姻家族史论》，人民出版社，2003。
张伯伟：《全唐五代诗格汇考》，江苏古籍出版社，2002。
张高评：《宋诗之传承与开拓——以翻案诗、禽言诗、诗中有画为例》，

（台北）文史哲出版社，1990。

张一兵：《不可能的存在之真——拉康哲学映像》，上海人民出版社，2020。

张毅：《宋代文学思想史》，中华书局，2006。

张元济著，顾廷龙编《涉园序跋集录》，古典文学出版社，1957。

张志烈、马德富、周裕锴主编《苏轼全集校注》，河北人民出版社，2010。

章锡琛点校《张载集》，中华书局，1978。

周剑之：《宋诗叙事性研究》，中国社会科学出版社，2013。

周义敢、周雷编《梅尧臣资料汇编》，中华书局，2007。

朱东润编年校注《梅尧臣集编年校注》，上海古籍出版社，2006。

朱刚、陈珏：《宋代禅僧诗辑考》，复旦大学出版社，2012。

朱谦之撰《老子校释》，中华书局，1984。

《朱自清古典文学论文集》，上海古籍出版社，1981。

祝尚书编《宋集序跋汇编》，中华书局，2010。

〔奥〕A. 阿德勒：《自卑与超越》，黄光国译，作家出版社，1986。

〔奥〕弗洛伊德：《释梦》，孙名之译，商务印书馆，1996。

〔波斯〕鲁米：《万物生而有翼》，〔美〕巴克斯英译，万源一汉译，湖南文艺出版社，2016。

〔波斯〕鲁米：《在春天走进果园》，〔美〕科尔曼·巴克斯英译，梁永安汉译，湖南文艺出版社，2021。

〔德〕卡尔·马克思：《黑格尔法律哲学批判导言》，费青译，人民出版社，1955。

〔美〕查尔斯·霍顿·库利：《人类本性与社会秩序》，包凡一、王源译，华夏出版社，1999。

〔美〕欧文·戈夫曼：《日常生活中的自我呈现》，冯钢译，北京大学出版社，2008。

〔日〕遍照金刚：《文镜秘府论》，人民文学出版社，1975。

〔日〕福原泰平：《拉康——镜像阶段》，王小峰、李濯凡译，河北教育出版社，2002。

〔日〕吉川幸次郎：《宋元明诗概说》，李庆、骆玉明等译，复旦大学出版社，2012。

〔日〕吉川幸次郎：《中国诗史》，章培恒等译，安徽文艺出版社，1986。

〔英〕温尼科特：《游戏与现实》，卢林、汤海鹏译，北京大学医学出版社，2019。

论　文

蔡崇禧：《缘何嗜腥：北宋汴京食用水产的风尚》，《中国饮食文化》2015年第1期。

陈冠明：《论代书诗的流变》，《杜甫研究学刊》2017年第3期。

陈素贞：《对话与分享——北宋饮食诗歌情调与意趣的转变》，《中国饮食文化》2007年第1期。

陈允吉：《李贺：诗歌天才与病态畸零儿的结合》，《复旦学报》（社会科学版）1988年第6期。

慈波：《宋诗与类书之关系》，《涪陵师范学院学报》2005年第6期。

杜佳悦：《梅尧臣叙事诗研究》，硕士学位论文，沈阳师范大学，2017。

葛晓音：《论杜甫的新题乐府》，《社会科学战线》1996年第1期。

韩维娜：《梅尧臣叙事诗研究》，硕士学位论文，辽宁师范大学，2016。

胡传志、汪婉婷：《论梅尧臣诗歌的体裁选择》，《安徽师范大学学报》（人文社会科学版）2015年第5期。

解爽：《论宋代茶磨与器物文化》，《宁夏社会科学》2013年第2期。

解爽：《论宋代文人对古旧器物的鉴赏与弘扬——以澄心堂纸为考据》，《求索》2012年第11期。

李峰：《宋初的史鉴之风》，《史学史研究》2008年第3期。

刘朴兵：《唐宋饮食文化比较研究——以中原地区为考察中心》，博士学位论文，华中师范大学，2007。

宁雯：《物之审美与情志寄寓——北宋士大夫关于澄心堂纸的酬赠与文学书写》，《安徽大学学报》（哲学社会科学版）2017年第1期。

舒红霞：《论孟郊诗歌意境的审美结构》，《延安大学学报》（社会科学版）1995年第2期。

谭杰丹：《宋代诗注家多蜀士考论》，《内蒙古大学学报》（哲学社会科学版）2017年第1期。

王秀云：《梅尧臣未为宋诗典范探论》，《中国诗学研究》2018年第1辑。

王永平：《从土贡看唐代的宫廷饮食（下）》，《饮食文化研究》2004年第4期。

吴瑞侠、吴怀东：《梅尧臣题画诗考论》，《山东师范大学学报》（人文社会科学版）2018年第4期。

吴涛：《北宋东京的饮食生活》，《史学月刊》1994年第2期。

姚华：《苏轼诗歌的"仇池石"意象探析》，《文学遗产》2016年第3期。

张邦炜：《史事尤应全面看——关于当前宋史研究的一点浅见》，《西北师大学报》（社会科学版）2017年第1期。

张海鸥：《步入老境——北宋诗的发展趋势》，《广州大学学报》1990年第2期。

周裕锴：《以战喻诗：略论宋诗中的"诗战"之喻及其创作心理》，《文学遗产》2012年第3期。

朱友舟：《〈兰亭序〉与鼠须笔考辨》，《荣宝斋》2012年第8期。

后　记

　　这部书稿选题缘起于2015年报考北京大学魏晋隋唐文学方向时系里要求我们提交的博士研究计划，我从平日读书思考的灵感中选择了两个课题：唐宋诗歌嬗变研究、玄言诗与宋代哲理诗比较研究。进入川大读博后，我将前一个选题聚焦、凝定到宋诗"开山祖师"梅尧臣身上，试图通过这个具有转折意义的个案作者折射唐宋诗歌嬗变的文学轨迹。在具体研究上，拟用"新批评"的研究方法详析梅尧臣诗歌字法、句法、章法、结构、体式、修辞、音韵等方面变唐之处，再加上我熟悉的文论、文献研究。原以为博士学位论文的写作过程是比较轻松的，但博士生导师认为我的论文框架十分陈旧，建议我从社会学、心理学等视角切入梅尧臣研究，故所择选题虽未更换，实际上却成了避开所有前期积累的、全新的学术演习。我当时不懂社会学、心理学，所以当我试图阅读社会学、心理学著作并将其融入唐宋诗歌嬗变的叙述框架时，不知二者有何关联的我几度陷入抑郁状态。毕业后，有了更多时间学习社会科学，慢慢阅读、体悟之中也略有收获，也试着对博士学位论文进行重新整合。从书稿审稿评语来看，有的专家颇为认可心理研究方式，认为"发现了新问题，不重复已有之论"，有的专家则认为其"生硬""不成功"。我很能理解不同学术路径下的评价分歧，毕竟我亲历过那种难以弥合的冲突、分裂。因此，这种勉强融合写出的作品不能要求所有专家皆认可，是非功过就任由读者评说吧。

　　书稿写作不仅伴随许多心理对峙、冲突，也伴随许多萦绕心怀的珍贵记忆。我总试图在孤独的学习探索中求取尽可能丰富的生命体验，去体验书斋之外生命的鲜活与丰盈。记得深秋时节，我去南开新校区图书馆查完资料，漫步在校园的阔叶林，风将木叶吹落、堆积在一片区域，长住南方的我被北方干爽、富饶的落叶深深吸引，踩到尽头又折回来踩，留恋于干枯落叶的碎裂声响。又记得去国图古籍馆查资料，其院子里有几棵柿子树，树梢叶片早已摇落殆尽，仅挂着十几颗稀稀落落、红彤彤的柿子，一群乌鸦还是什么鸟"啊啊啊"扬声飞过，让我想起梅尧臣《普净院佛阁上孤鹊》等诗歌，他这南方人初见类似景象时应该也很好奇、惊讶吧。还记得去上海图书馆查资料，由于善本古籍不能在阴雨天翻看，被天边乌云、雷声牵动的紧张心绪……书稿写作也是一次次求助师友的过程，在资料收集与辨认书法、印章字迹过程中，我得到了很多师友的无私帮助，在学术请益、交流过程中，收获了许多令人感动、铭记的交谊。

钱锺书对学术体系保持警觉，认为："许多严密周全的思想和哲学系统经不起时间的推排销蚀，在整体上都垮塌了，但是它们的一些个别见解还为后世所采取而未失去时效。好比庞大的建筑物已遭破坏，住不得人，也唬不得人了，而构成它的一些木石砖瓦仍然不失为可资利用的好材料。往往整个理论系统剩下来的有价值东西只是一些片段思想。"这种观念对我影响颇深，故写作书稿时，我眼前虽有唐宋诗歌嬗变的宏大主题，具体写每节时却往往"目无全牛"，常因一些新颖材料、观点而直线深入，导致单节写作经常游离主题，书稿逻辑性不强。后来我尽量使用前言、结语穿针引线缝合章节使成体系，但仍存在诸多衔接、逻辑方面不足。这里有我的写作初衷：如果有一天，学术的进阶足以让此书体系溃散，希望这些"个别见解""木石砖瓦""片段思想"还有其独立存在的价值意义，即便风气偏移导致我的论述不再站在学术前沿，也还有文献与论文作为最后的学术堡垒。感谢《学术界》《求是学刊》《中国诗学》《文化与诗学》《中国美术研究》《宋史研究论丛》《北京大学中国古文献研究中心集刊》等学术刊物对我单篇论文的认可、接纳，这让我对学术风气转移之后，提前布下的层层防线不至全线溃退稍稍有了一点底气。

2024 年 9 月 6 日成都至重庆途中